David Gilman

Danger Zone

Der Code des Luzifer

David Gilman

DANGER ZONE

DER CODE DES LUZIFER

Zweiter von drei Bänden

Aus dem Englischen von
Silvia Morawetz und Werner Schmitz

Ravensburger Buchverlag

Bibliografische Information der Deutschen Nationalbibliothek

Die Deutsche Nationalbibliothek verzeichnet diese Publikation in der Deutschen Nationalbibliografie; detaillierte bibliografische Daten sind im Internet über *http://dnb.d-nb.de* abrufbar.

1 2 3 11 10 09

Die Originalausgabe erschien 2008 unter dem Titel
»Danger Zone – Ice Claw«
bei Penguin Books Ltd., London

Umschlaggestaltung: Dirk Lieb
unter Verwendung einer Illustration
von Silvia Christoph

Printed in Germany

ISBN 978-3-473-35296-8

www.ravensburger.de

Für Suzy
Möge das Abenteuer niemals enden.

1

Zum Sterben war dieser Tag viel zu schön.

Max Gordon sah zu den Bergspitzen hinauf, die in den kristallklaren Himmel ragten. Im Tal gegenüber wallten Nebelschwaden an den Hängen empor und verschwanden über den Gipfeln. Schnee wirbelte von den Felsen wie weiße Schmetterlinge von einer Wiese. Aber dies war keine sanfte englische Sommerlandschaft. Max befand sich in eisigen zweitausend Metern Höhe, das Wetter war unberechenbar, und niemand wusste, dass er und Sayid Khalif, sein bester Freund, hier oben waren.

Ein Schneebrett, groß wie ein Fußballfeld, hing bedrohlich an der Felswand hundert Meter über ihm. Ein kräftiger Windstoß, ein einziges Zucken der überladenen Bäume und er und sein verletzter Freund würden von tausend Tonnen Schnee zerschmettert werden.

Fünfzig Meter entfernt lag Sayid und krümmte sich vor Schmerzen und Angst. Max musste ihn unbedingt erreichen und von dem Hang weg in Sicherheit bringen. Ihm blieb nicht mehr viel Zeit. Eine Ladung locker gepappten Schnees krachte herunter und rumpelte hinter Sayid zu Tal.

»Nicht bewegen!«, schrie Max und streckte dem Jungen warnend einen Arm entgegen, während er sich ihm vorsichtig näherte. Vor jedem Schritt stocherte er mit seinem Snowboard prüfend in den Schnee.

Sein Atem dampfte, als er keuchend vor Anstrengung neben Sayid auf die Knie sank. Mit den Zähnen zog er einen Skihandschuh aus und tastete behutsam das Bein seines Freundes ab.

Sayid schrie auf. Er kniff vor Schmerz die Augen zu.

»Entschuldige«, sagte Max und warf einen besorgten Blick nach oben zu der losen Schneefläche, die jederzeit auf sie niederstürzen konnte.

»Das Bein ist gebrochen«, flüsterte Sayid.

»Nein, ist es nicht. Wahrscheinlich bist du nur mit dem Fuß umgeknickt.«

»Meinst du?«

»Ja«, log Max. »Geschieht dir recht, wenn du dich von der Piste entfernst. Wir wollten doch auf sicheren Hängen bleiben.« Er half Sayid, sich aufzusetzen, richtete das krumme Bein und wischte ihm den Schnee aus dem Gesicht.

Eine blöde Idee: Sayid auf Skiern gegen Max auf dem Snowboard – wer zuerst unten ankommt! Aber Sayid war etwas weiter oben vom Kurs abgewichen und in diese gefährliche Spalte geraten. Ein trügerisches Schneefeld, das eine schnelle Abfahrt zu verheißen schien. Max hatte ihn gewarnt, aber vergeblich. Als Sayid an den vom Schnee bedeckten umgestürzten Baumstamm geprallt war, war er noch zehn Meter weiter gestürzt. Immerhin hatte er sich nicht das Genick gebrochen.

Max nahm sich den zerbrochenen Ski vor. Er zog die Zugschnur aus Sayids Skijacke und band eins der Bruchstücke mit dem heilen Ski zu einem Kreuz zusammen.

»Willst du damit mein Bein schienen?«, fragte Sayid.

Max schüttelte den Kopf. »Das ist nicht nötig, Dummkopf. Das brauchst du, um hier rauszukommen.«

»Machst du Witze? Ich habe wahnsinnige Schmerzen. Ich brauche einen Hubschrauber.«

Max machte den letzten Knoten. »Du brauchst bald gar nichts mehr, wenn das Zeug von da oben runterkommt«, sagte er und zeigte auf das Schneefeld.

Ein unheilvolles Knirschen unterstrich seine Warnung und dann ging weiter hinten am Hang eine Lawine ab. Sie rauschte mit lautem Krachen und beängstigender Wucht in die Tiefe.

»Max! Was machen wir denn jetzt?«

»Wir müssen hier weg, Sayid! Halt dich an dem Querholz fest.« Max legte Sayids Hände auf das abgebrochene Stück Ski, das als Lenkstange dienen sollte. »Setz dich auf den Ski, und dann gut festhalten und einfach nach unten fahren.«

Sayid wühlte in seiner Tasche. »Warte. Einen Moment noch!« Er zog eine Kette mit kleinen schwarzen Perlen hervor, wickelte sie sich um die Faust, küsste sie und nickte Max nervös zu. »Okay. Los geht's!«, sagte er.

Sayids Lebenswille überwand den stechenden Schmerz in seinem Fuß, als Max ihn anschob. Wie ein Kind auf einem Dreirad, dem die Füße von den Pedalen gerutscht sind, sauste er durch den Schnee.

Max hatte gerade seine Stiefel auf dem Snowboard eingeklinkt, als der Schnee oben in Bewegung geriet. Die ungeheure Masse kam in Zeitlupe auf ihn zu und in diesem Augenblick erkannte er, dass es vor etwas so Gewaltigem kein Entrinnen gab. Der Boden unter seinen Füßen erzitterte. Max beugte die Knie und jagte los, als zweihundert Meter rechts von ihm die stäubende Masse die Bäume niederwalzte. Dichte Schneewolken hüllten ihn ein und der von der Lawine ausgelöste Luftstrom schlug ihm in den Rücken. Er warf sich nach vorn und glitt mit engen Schwüngen, so schnell er konnte, den Berg hinunter. Die Lawine raste neben ihm her, ein knurrendes Monster auf verzweifelter Jagd nach Beute.

Ein Adrenalinstoß überschwemmte seinen Körper. Die tödliche Gefahr, die mit einem Ritt am Rand dieser furchtbaren Woge einherging, war auf einmal vergessen und eine wilde Freude erfasste ihn. Er lachte laut auf. *Komm schon! Komm schon! Ich kann dich schlagen! Ich kann gewinnen!*

Ein mächtiger Schneeblock löste sich aus der Lawine und stürzte auf ihn zu. Eins zu null für die Realität. Max beugte sich vor, schwenkte in dem wirbelnden Chaos zur Seite und spürte, wie die Ausläufer seine Knie streiften. *Nicht stürzen! Jetzt nicht!*

Und dann war es plötzlich vorbei. Nur wenige Meter von ihm entfernt krachten die Schneemassen auf die felsigen Flächen an der Baumgrenze.

Weißen Pulverschnee versprühend stellte Max das Snowboard quer und hielt an. Er drehte sich um und sah, dass weiter oben, wo eben noch er und Sayid gewesen waren, alles unter Schnee begraben lag.

Die Stille war fast so beängstigend wie zuvor das Gebrüll der Lawine. Sayid war unter den schneebeladenen Bäumen hindurch unten auf die andere Seite gelangt. Er war in Sicherheit. Max sog die eisige Luft ein. Die Stimme in seinem Kopf lachte noch immer ihr triumphierendes Lachen, aber Max gab sich keinen Illusionen hin. Wäre die Lawine nur ein wenig näher in seine Richtung gekommen, hätte sie ihn lebendig begraben und in den Tod gerissen.

Die kleine Notfallklinik in dem Skiort Mont la Croix diente nur als Durchgangsstation, wo Patienten Gipsverbände bekamen und so weit versorgt wurden, dass sie in ein größeres Krankenhaus transportiert werden konnten. Meist waren es Erwachsene, die dort vor Schmerzen schreiend eingeliefert wurden.

Leute, die sich einbildeten, jeder Idiot könne Ski laufen, ohne fit zu sein und ohne hinreichend zu üben. Und meist waren es dann solche Idioten, die sich die Beine brachen.

Max sah zu, wie Sayid aus der Notaufnahme geschoben wurde. Die Schiene, die sein Bein vom Fuß bis zum Knie umhüllte, fixierte es und schützte es vor Stößen beim Transport.

»Gebrochen, wie ich gesagt habe«, stöhnte Sayid.

»Ist es schlimm?«, fragte Max die junge französische Krankenschwester.

Sie lächelte und antwortete dann mit melodischem Akzent: »Nichts Ernstes. Er hat sich einen Fußknochen angeknackst. Wir können hier aber nur die Notversorgung leisten. Wir bringen ihn ins Krankenhaus nach Pau. Die Fahrt dauert nur zwei Stunden und dort wird man ihm einen Gips anlegen.«

»Mit dem Hubschrauber?«, fragte Sayid erwartungsvoll.

»Nein, nein. Dazu ist die Verletzung nicht schlimm genug«, sagte sie und lächelte wieder.

»Ich kann's gern noch etwas schlimmer machen«, schlug Max scherzend vor.

»So witzig ist das nicht«, erwiderte sie mit freundlichem Tadel. »Ihr beide habt heute großes Glück gehabt. Es ist ein Wunder, dass die Lawine euch nicht erfasst hat. Die Nebenpisten sind sofort gesperrt worden.«

Max hatte schon Gewissensbisse, weil er Sayid in diese Situation gebracht hatte. Er hatte Sayids Mutter, die bei ihnen an der Schule als Lehrerin arbeitete, das Versprechen gegeben, ihren einzigen Sohn im Auge zu behalten. »Darf ich ihn ins Krankenhaus begleiten?«

Bevor die Schwester antworten konnte, sagte Sayid: »Nein. Denk an dein Finale morgen. Wenn die Straßen vereisen, schaffst du es nicht mehr rechtzeitig zurück. Ist schon gut, Max.

Ich pack das schon. Du bist so kurz vor dem Ziel. Du kannst diese Meisterschaft gewinnen.«

Sayid hatte Recht. Dass er bei dem Junioren-X-trem-Wettkampf so weit gekommen war, grenzte an ein Wunder. Sein Vater hatte ihn zwar unterstützt, dennoch waren Max' Mittel begrenzt. Er hatte jeden Aushilfsjob angenommen, um etwas Geld dazuzuverdienen. Für die optimale Ausrüstung reichte es zwar immer noch nicht, aber wenigstens half es, einen Teil der Kosten zu decken, die für die Reise in die französischen Pyrenäen und das Startgeld aufzuwenden waren.

Zwei Jahre lang hatte Max für diesen Wettkampf trainiert und seine Lehrer hatten ihm die ganze Zeit Mut gemacht. Die Dartmoor High war keine normale Oberschule. Am Nordrand des Dartmoor National Parks wie eine kleine mittelalterliche Festung in den Felsen gebaut, vermittelte sie ihren Schülern eine solide Ausbildung und legte besonderen Wert darauf, dass sie Selbstvertrauen entwickelten. Das oft trügerische Moorland stellte nicht nur die Jungen der Dartmoor High auf die Probe, es diente auch als Trainingsgelände für britische Soldaten und Marines.

Verschneite Hänge aber hatte Dartmoor nicht zu bieten, also hatte Max nur mit dem Skateboard trainieren können. Ein asphaltiertes Straßenstück, das bergab ging und am unteren Ende von Baumwurzeln stark aufgewölbt war, hatte ihm als Rampe für seine Sprünge gedient. Das dichte Heidekraut hatte seine Stürze abgefedert, und gestürzt war er reichlich, aber dort und auf der Trockenskipiste in Plymouth hatte er manches von dem gelernt, was er für die Teilnahme an dem Wettkampf brauchte. Zwei Disziplinen standen noch aus und morgen fiel die Entscheidung.

Die Schwester bemerkte Max' Unruhe.

»Vielleicht kann ich helfen«, sagte sie. »Die Straßen sind vereist, also wird der Krankenwagen wahrscheinlich nicht rechtzeitig aus Pau zurückkommen und ihn erst morgen abholen können. Ich denke, wir könnten ihn über Nacht hierbehalten.«

»Das ist eine gute Idee, Max«, sagte Sayid. »Du wirst mich ja wohl nicht die drei Treppen in der Jugendherberge hochtragen wollen.«

»Dein Zimmer liegt oben?«, sagte sie. »Nein, dann bekommst du besser hier bei uns ein Bett. Warte kurz. Ich organisiere das gleich.«

Sie ließ die beiden Jungen allein und ging zu einem Schreibtisch, wo sie zuerst einige Papiere durchsah und dann eine Tabelle studierte.

Sayid lächelte Max zu. Die Betten in der Jugendherberge hatten Lattenroste aus Holz und harte Matratzen und die Duschen fingen meist genau dann an zu stottern, wenn man sich gerade eingeseift hatte. Ein bequemes Krankenhausbett mit persönlicher Bedienung war wie ein Kurzurlaub. Ein kleiner Ausgleich für die Schmerzen.

Max sah aus dem Fenster. Er hatte gar nicht gemerkt, wie die Zeit vergangen war. Es war schon spät. Zwischen den Lichtflecken der Straßenlaternen kauerten die durcheinandergewürfelten Häuser des Dorfes in tiefen Schatten. Das ganze sah aus wie ein perfektes Postkartenidyll, aber nur von außen betrachtet. Es hätte ihn viel Mühe gekostet, Sayid durch diese steilen Straßen zu schleppen, ihn mit einer warmen Mahlzeit zu versorgen und ins Bett zu bringen.

»Also gut, Sayid, du Glückspilz. Ich komm dich nach dem Wettkampf in Pau besuchen. Okay?«, sagte Max.

Sayid nickte. Aber als Max sich zum Gehen wandte, hielt er ihn am Arm fest und sah ihn verzweifelt an.

»Was ist?«, fragte Max leise.

Sayid zögerte und schüttelte dann traurig den Kopf. »Max, ich habe Dads Perlenkette verloren.«

»Wo?«

»Als ich durchs Unterholz gerauscht bin.«

Max erinnerte sich, wie Sayid auf der Flucht vor der Lawine den Berg hinabgeschlittert war. Die Kette bedeutete Sayid sehr viel.

Unwillkürlich berührte Max die Edelstahluhr an seinem Handgelenk. Die hatte sein Dad getragen, als er vor zwanzig Jahren den Mount Everest bestiegen hatte. Er hatte sie ihm zum zwölften Geburtstag geschenkt. *Für Max. Nichts ist unmöglich. In Liebe, Dad,* stand auf der Rückseite eingraviert.

Vor zwei Jahren hatte Max' Vater im Nahen Osten Sayid und seine Mutter vor Mördern gerettet, aber Sayids Vater war damals erschossen worden. Die Perlenkette – die *Misbaha* seines Vaters – war, wie Max' Uhr, eines der wenigen Dinge, die er von seinem Vater noch besaß.

Eine *Misbaha,* eine Kette mit entweder dreiunddreißig oder neunundneunzig Perlen, half ihrem Besitzer, Stress abzubauen. Man konnte sie zum Beten oder Meditieren verwenden, weshalb sie auch Gebetsketten hießen.

Die Perlen waren zwar nur aus Ebenholz, für Sayid als Erinnerung an seinen toten Vater jedoch beinahe von unschätzbarem Wert.

Max' Vater hatte sein Leben aufs Spiel gesetzt, um Sayids Familie zu retten – und was hatte Max getan? Er hatte Sayids Leben mit diesem blöden Wettlauf in Gefahr gebracht. Sicher, Sayid selbst war es gewesen, der sich von der sicheren Piste entfernt hatte, aber Max fühlte sich einfach verantwortlich für ihn. Genau wie sein Dad.

»Nach dem Wettkampf gehe ich die Kette suchen«, sagte Max.

»Nein. Es ist zu gefährlich da oben«, erwiderte Sayid. »Dafür brauchst du nicht dein Leben zu riskieren.«

Schnee und Eis knirschten unter seinen Schuhen, als Max durch die schlecht beleuchteten Straßen zur Jugendherberge am Rand der Stadt ging. Die alten Gemäuer warfen finstere Schatten. Der hoch in den Pyrenäen gelegene Ort hatte die Entwicklung der modernen Welt verschlafen, und die fünfzig Jahre alten Straßenlaternen mochten ja ganz malerisch sein, aber viel Licht spendeten sie nicht.

Er trug sein Snowboard und die Überreste von Sayids Skiern auf der Schulter und sehnte sich nach einer Pizza und einem Becher heißer Schokolade. Der Tag auf dem Berg war anstrengend gewesen, und der Gedanke an den Wettkampf morgen machte ihn nervös. Von all dem abgelenkt, übersah Max den Schatten, der neben ihm über die Straße gehuscht war. Dann aber hörte er ein Ächzen, und als er aufblickte, sah er jemanden von einer niedrigen Mauer hechten. Die Gestalt fing sich an einem parkenden Auto, rollte sich ab und lief mit weiten Sätzen weiter, alles in einer einzigen fließenden Bewegung. *Parkour,* dachte Max sofort. So nannte man diesen Sport, der von Franzosen erfunden worden war und inzwischen in vielen Städten überall auf der Welt begeisterte Anhänger gefunden hatte. Es ging darum, sich auf einer bestimmten Strecke von nichts aufhalten zu lassen – Häuser, Autos, Brücken und alle möglichen anderen Hindernisse, die vor einem liegen mochten, mussten auf direktem Weg überwunden werden. Die schwarz gekleidete Gestalt verschwand außer Sicht, aber nur für wenige Sekunden. Plötzlich dröhnte das Geknatter von Motorrädern durch die

Stille. Ihre Scheinwerfer holten den Läufer aus der Dunkelheit ins gleißende Licht, als sie aus verschiedenen Gassen auf die Straße einbogen. Sekunden später hatten die Biker ihre Maschinen zu einem geschlossenen Kreis formiert. Mit ihren Spikereifen hatten sie guten Halt auf der vereisten Oberfläche und schwenkten hin und her. Der eingekesselte Läufer konnte kaum noch einen Schritt machen, ohne angestoßen zu werden. Die Motorräder schienen miteinander zu wetteifern, wer den größten Krach machen konnte, und die Auspuffgase warfen einen unheimlichen Schleier über die Szene, die sich rasch zu einer brutalen Attacke entwickelte.

Vier der sechs Biker blockierten jeden möglichen Fluchtweg, während die anderen beiden ihre Maschinen aufheulen ließen und den Läufer in die Zange nahmen. Die Schreie des verzweifelten Opfers gingen in dem Lärm unter. Er stürzte, rollte sich ab und entging den Rädern des einen Motorrads nur knapp. Und kaum stand er wieder, wurde er von dem anderen umgestoßen.

Plötzlich erkannte Max, dass diese Leute ihr wehrloses Opfer ernsthaft verletzen oder gar töten wollten. Er reagierte instinktiv. Sein Snowboard kratzte über das Eis, schnell glitt er dahin und hatte schon gut zwanzig Meter hinter sich gebracht. Er musste eine Lücke zwischen den Motorrädern finden und so viele wie möglich von ihnen zu Fall bringen.

Er ging in die Knie, beugte sich nach vorn und wurde noch schneller. Der Läufer lag auf der Straße, außer Atem, vielleicht sogar verletzt, und die Motorräder schickten sich an, ihn zu überfahren.

Max hob Sayids heilen Ski, hielt ihn quer vor sich und sauste zwischen zwei der stehenden Motorräder hindurch. Der Ski ging zu Bruch, als er die beiden nichts ahnenden Biker traf, die zur Seite kippten und die anderen neben sich mit umrissen. Plötzlich herrschte Chaos. Motorräder und Fahrer purzelten übereinander, einige Motoren erstarben und eine Maschine brach unkontrolliert aus. Max' Blitzüberfall hatte sie alle überrumpelt.

Im Licht der Scheinwerfer erkannte Max, dass die Biker etwa in seinem Alter waren. Einer der Angreifer kam schnell wieder auf die Beine. Noch ein wenig benommen starrte er Max wütend in die Augen. Er mochte zwei Jahre älter sein als er. Max starrte zurück. Der Kopf des Jungen hatte eine ungewöhnliche Form. Wangenknochen und Nase ragten nach vorn, während das Kinn stark zurückwich. Als er keuchend nach Luft rang, waren seine kaputten Zähne zu sehen. Max konnte sich nicht sofort erinnern, wo er so ein Gesicht schon einmal gesehen hatte. Aber dann fiel es ihm plötzlich ein.

Sein Vater hatte ihn einmal zum Tauchen vor Aliwal Shoal in der südafrikanischen Provinz KwaZulu-Natal mitgenommen. Die schlammigen Flüsse, die dort ins Meer fließen, sind ein Paradies für Sambesihaie. Das Riff lag fünf Kilometer vor der Küste, und unter Wasser war gute Sicht, aber als sie nach oben kamen, stieß der örtliche Tauchführer einen Warnruf aus: »Johnny One-Eye!« Denn so nannte man diese Mörderfische da unten.

Und dieser Junge hier erinnerte ihn an jene gefühllosen Wesen mit den kalten Augen. Ein schmaler weißer Strich – eine alte Stichwunde – lief von seinem Ohr bis zum Hals hinunter. Die Narbe bewies, dass er ein draufgängerischer Kämpfer war. Max war größer als die anderen, von diesem Hai einmal abgesehen, aber zahlenmäßig waren sie ihm überlegen. Sie konnten ihn mühelos überwältigen, zu Boden werfen und auf ihn eintreten, bis er sich ergab. Oder noch schlimmer.

Max löste die Bindung seines Snowboards und half dem leicht gebauten Läufer auf die Beine. Zeit, zu gehen. Die schwarze Skimütze hatte der Läufer bei dem Gerangel verloren; lange kastanienbraune Haare fielen ihm ins Gesicht.

Der Läufer war eine Läuferin.

Die leeren Straßen verschwanden hinter den beschlagenen Scheiben des Cafés. Max und das Mädchen aßen Pizza und tranken heiße Schokolade. Ab und zu fuhr draußen knirschend ein Auto vorbei und einmal hörten sie ein Motorrad aufjaulen. Max horchte gespannt, aber es fuhr, ohne anzuhalten, vorbei. Das Mädchen fasste kurz seine Hand – eine Beruhigungsgeste. Max gefiel die Wärme der Berührung, trotzdem zog er seine Hand schnell zurück und aß weiter. Französinnen waren offener als die Mädchen, die er von zu Hause kannte, und schienen keine Scheu zu haben, ihre Gefühle zu zeigen. Max konzentrierte sich auf seine Pizza.

Das Mädchen hieß Sophie Fauvre. Sie war schlank und zart gebaut und konnte ebenso gut vierzehn wie achtzehn Jahre alt sein. Bis vor zwei Jahren hatte sie in Paris gelebt, und Max hatte Recht gehabt, sie machte tatsächlich *Parkour* – ihr älterer Bruder Adrien hatte sie mit diesem städtischen Sport bekannt gemacht. Aber diese Jungen, die sie eingekesselt hatten – die hatte jemand mit Vorsatz losgeschickt, um sie zu verletzen oder gar zu töten.

»Jemand hat diese Kerle geschickt? Ich meine, woher weißt du, dass das nicht bloß irgendwelche Rüpel waren, die sich austoben wollten?«

»Rüpel?«, fragte sie stirnrunzelnd.

»Äh …« Er suchte nach dem französischen Wort dafür. »*Loubards*.«

»Nein, nein. Die werden dafür bezahlt, dass sie mich aufhalten sollen. Sicher, das sind noch Kinder, aber sie sind wie wilde Tiere. Die Männer mit dem Geld kaufen ihnen alles, was sie haben wollen, und dafür tun sie, was man ihnen sagt. Wenn mir heute Abend was passiert wäre, hätte die Polizei das einem bösen Zufall zugeschrieben.«

»Und warum sollten diese Leute, die Straßenkinder mit teuren Motorrädern ausrüsten, dir unbedingt Schaden zufügen wollen?«

Sie zögerte. Hatte sie ihm nicht schon genug erzählt? Er war ein gänzlich Unbeteiligter, der sich in Gefahr begeben hatte, um ihr zu helfen.

»Habe ich Essen im Gesicht?«, fragte Max.

»Was?«

»Weil du mich so anstarrst.«

»Entschuldige. Ich habe nachgedacht. Pass auf, du kannst das nicht verstehen. Mein Bruder ist verschwunden. Er hat uns noch aus Oloron-Sainte-Marie angerufen, das ist ein Dorf wenige Kilometer weiter unten im Tal. Und dann war er plötzlich weg. Ich dachte, ich könnte ihn finden. Einige Leute, mit denen ich gesprochen habe, erinnern sich an ihn, aber niemand weiß, wo er steckt. Und jetzt muss ich nach Hause zurück. Vielleicht gibt es da inzwischen Neuigkeiten.«

»Nach Paris?«

»Nein. Nach Marokko.«

»Ah. Habe ich das mit Marokko irgendwie nicht ganz mitbekommen?«

Sie lachte. Er gefiel ihr. Das war nicht so günstig. Das würde ihr nicht gerade helfen, ihre Aufgabe zu beenden. Er hatte so eine Art, sich übers Haar zu streichen und dann mit schüchternem Lächeln den Blick abzuwenden. Und hübsche Augen. Blau oder blaugrau, das konnte sie bei dem Dämmerlicht im Café nicht erkennen.

»Jetzt starrst *du* mich an«, sagte sie.

Verlegen riss Max sich zusammen und legte einen Finger an seine Lippen.

»Du hast Käse zwischen den Zähnen.«

Und kaum hatte er das gesagt, hätte er vor Scham im Boden versinken mögen.

Er begleitete sie durch die gewundenen Straßen zu ihrem Hotel zurück. Sie hielten sich immer in der Mitte, wo es am hellsten war, und fern von den dunklen Nebengassen. Die kalte Nachtluft drang jetzt sogar durch seine dick gefütterte Jacke.

Die Kälte tat weh, aber er achtete nicht darauf, sondern konzentrierte sich ausschließlich auf irgendwelche verdächtigen Bewegungen in den Schatten. Die Angst hielt den Kreislauf in Schwung und wärmte besser als jede Jacke.

Sophie erzählte ihm, ihr Vater habe früher den Cirque de Paris geleitet, sich aber mit der Zeit immer intensiver für den Tierschutz engagiert. Als ihre marokkanische Mutter vor ein paar Jahren erkrankte, war die Familie in ihre Heimat zurückgekehrt und nach ihrem Tod hatte ihr Vater dort eine Organisation zum Schutz gefährdeter Arten gegründet. Wie andere Tierschützer, die gegen den illegalen Handel mit Tieren kämpften, wurde auch er häufig bedroht und tätlich angegriffen. Die Händler verdienten sehr viel Geld. Leute wie ihr Vater waren schlecht fürs Geschäft.

»Mein Bruder Adrien fand heraus, dass eine der Routen durch Spanien und über die Pyrenäen führte. Seit es keine Zollposten mehr gibt, fahren täglich Tausende Lastwagen von den südspanischen Häfen aus durchs Land.«

»Und dein Bruder hat dann ein illegal exportiertes Tier entdeckt?«

Sie nickte und blies in ihre Hände, um sie zu wärmen. Dabei krümmte sie frierend den Rücken. Max fragte sich eine Nanosekunde lang, ob er ihr einen Arm um die Schultern legen sollte.

»Es ging um einen vom Aussterben bedrohten südamerikanischen Bären, der aus Venezuela über Spanien nach Frankreich gebracht wurde«, sagte sie. »Für solche Tiere werden von den Käufern enorme Summen bezahlt.«

»Aber warum? Haben diese Leute private Zoos?«

Sie schüttelte den Kopf. Vielleicht begriff Max Gordon wirklich nicht, wie grausam die Welt jenseits seiner Snowboard-Träume war.

»Trophäensammler. Sie töten die Tiere. Erschießen sie. Und eines Tages wird einer dieser Killer der glücklichste Jäger von allen sein, wenn er sagen kann, dass er das allerletzte Exemplar seiner Art getötet hat.«

Sie erreichten das kleine Hotel, in dem sie ein Zimmer hatte. Hinter ihnen kroch langsam ein Auto die Straße entlang; der Auspuff brummte, die Spikereifen knirschten über Schnee und Eis. Max zog Sophie in den Schatten des Gebäudes. Es war ein schwarzer Audi A6 Quattro – starker Motor, Vierradantrieb, schnell, wendig und teuer. An der Kreuzung hielt der Wagen an. Ein getöntes Fenster surrte auf. Zwei Männer saßen in dem Auto: der Fahrer und ein Begleiter. Sie trugen schwarze Lederjacken über schwarzen Rollkragenpullovern. Große, starke Männer. Dunkle, kurz geschorene Haare, Dreitagebart – Designerstoppel oder Schlägertypen? Max vermutete das Letztere. Sie starrten mit kalten Augen durch ihn hindurch.

Das Fenster glitt wieder zu und das Auto fuhr langsam weiter. Vielleicht waren es bloß Touristen, die so spät am Abend ihr Hotel suchten, aber sie hatten keine Skiträger auf dem Dach und sahen auch nicht so aus, als stünden sie auf Schneeballschlachten.

»Kennst du diese Männer?«, fragte er.

»Nein. Die habe ich noch nie gesehen.«

»Hat wahrscheinlich nichts zu bedeuten«, sagte Max lächelnd, um sie zu beruhigen, obwohl sein sechster Sinn ihm deutlich Gefahr signalisierte.

Nach dem dritten Klingeln kam der Nachtportier endlich angeschlurft.

»Wenn du willst, bestell ich dir noch was Heißes zu trinken, bevor du gehst«, sagte sie.

»Nein danke. Ich muss zurück. Wichtiger Tag morgen.«

»Ja, klar. Ich wünsch dir viel Glück.«

Der blasse Portier wartete schweigend.

Sie senkte die Stimme. »Danke, Max. Falls meine Familie einmal irgendetwas für dich tun kann, wird es meinem Vater eine Ehre sein.« Sie stellte sich auf die Zehenspitzen, legte ihm eine Hand auf die Schulter und gab ihm einen Kuss auf die Wange. Max drehte vorsichtig den Kopf ihren Lippen entgegen und ließ vor Nervosität das Snowboard fallen. Siedend heiß stieg ihm das Blut ins Gesicht.

Der Portier beobachtete ihn mit einer Mischung aus Mitleid und Langeweile.

Sie trat durch die Tür. Fragte noch einmal lächelnd: »Du willst wirklich nicht noch etwas trinken?«

»Nein. Ehrlich. Danke. Ich … ich muss noch bügeln«, murmelte er.

Sie nickte schweigend, drehte sich um und ging in den schlecht beleuchteten Empfangsbereich, während der Portier ihm nun mit unverhohlener Verachtung die Tür vor der Nase zumachte und abschloss.

Käse zwischen den Zähnen. Bügeln. Was für ein Reinfall!

Er musste tatsächlich noch bügeln, aber das hatte nichts mit seiner Kleidung zu tun.

Das Snowboard lag quer auf den Holzrahmen der beiden Einzelbetten in dem Jugendherbergszimmer, das er mit Sayid teilte. Die Matratzen hatte Max herausgehoben und zur Seite gelegt. Unter dem Board hatte er ein Handtuch und eine Zeitung ausgebreitet, und jetzt hielt er ein Stück Wachs an die Spitze eines heißen Bügeleisens und ließ die schmelzenden Tropfen auf das Board fallen, das vorhin auf der Straße schlimme Kratzer abbekommen hatte.

Die Hitze öffnete die Poren des Holzes und ließ das flüssige Wachs eindringen. Als es zwanzig Minuten später abgekühlt war, schabte er das überschüssige Wachs ab und polierte die Oberfläche mit der Rückseite eines Topfreinigers.

Seine Ausrüstung war bereit. Jetzt musste er sich bloß morgen Früh beim Wildwasserkajak-Rennen einen Platz unter den ersten drei sichern, dann konnte er beim Finale im Freestyle-Snowboard antreten.

Er kontrollierte den Wecker.

Nur noch drei Stunden.

Max sank angezogen auf die Matratze am Boden. Er zog die Bettdecke über sich und schlief sofort ein.

Und dann – zwei Minuten später, so kam es ihm zumindest vor – riss ihn das Rasseln des Weckers wieder aus dem Schlaf.

2

Die Vorrunden des Junioren-X-trem-Wettkampfs hatten in der vorigen Woche stattgefunden. Drei Disziplinen: querfeldein mit dem Mountainbike über die unteren Berghänge, Wildwasserkajak und Freestyle-Snowboard. Die bei den einzelnen Disziplinen errungenen Punkte entschieden über das Fortkommen in die nächste Runde. Max war einer der jüngsten Teilnehmer, die zwischen fünfzehn und achtzehn Jahre alt sein durften und in Europa zur Schule gehen mussten. Bobby Morrell, der ehemalige amerikanische Juniorenmeister, lag bisher in der Punktewertung vorn. Er besuchte die Internationale Schule bei Toulouse. Max war klar, den musste er schlagen. Zum Glück wurden die Mountainbikes und Kajaks wegen der sonst zu hohen Kosten von den Organisatoren zur Verfügung gestellt, und zwar nur Standardmodelle, sodass niemand, der sich eine Spezialausrüstung leisten konnte, einen Vorteil hatte. Es kam allein auf das Können an. Beim Snowboarding war es allerdings nicht so. Die wirklich guten Fahrer besaßen eine ganze Reihe verschiedener Boards für alle Schneeverhältnisse. Max würde mit seinem mittelmäßigen Board zurechtkommen müssen – falls er das Kajakrennen in einer akzeptablen Zeit überstand.

Das Wasser toste.

»Max Gordon!«, rief der Kampfrichter.

»Hier!«

Die Startreihenfolge war nach den Vorrunden festgelegt

worden und in dieser Phase des Wettbewerbs mussten die schnellsten Kajakfahrer als Letzte antreten. Und das waren Max und Bobby.

Der Amerikaner gab ihm die Hand und sagte: »Viel Glück, Max. Denk an das Gefälle kurz vor der großen Biegung. Wenn du das nicht richtig angehst, wirst du nach links zu der Flussgabelung fortgerissen. Lass dich da nicht runterdrücken. Die Stelle hat schon fast Schwierigkeitsgrad vier. Das ist echt schwer. Wenn es dich da nach unten zieht, wird es lebensgefährlich, Max. Okay?«

Max nickte. Er mochte den Amerikaner. Der achtzehnjährige Champion ließ seine jüngeren Konkurrenten immer an seinen Erfahrungen teilhaben. Beide wollten gewinnen, aber für Bobby war das bei Weitem keine so große Sache wie für Max. Die fünftausend Euro Siegprämie würden Max helfen, sich eine bessere Ausrüstung zu kaufen, und die Reisekosten zu weiteren Wettkämpfen decken, falls er in Zukunft noch einmal an so etwas teilnehmen wollte. Sein Vater hatte nicht so viel Geld, und auch wenn es der Schule gelungen war, ihm ein Stipendium zu besorgen, sodass er dort bleiben konnte, musste er sich alles Weitere selbst hinzuverdienen.

Er brachte die Spritzdecke um die Luke an. Dann nickte er den Kampfrichtern zu; er war bereit. Das Wasser brauste so laut, dass er das Piepen der elektronischen Startmaschine kaum hören konnte. Der Kampfrichter half beim Countdown, indem er die gespreizte Hand hochhielt und nacheinander die Finger einkickte. Fünf, vier, drei, zwei …

Max schob die Schultern vor und packte das Doppelpaddel fester. *Tief Luft holen. Energie laden. Dieses Rennen gewinnen. Du musst schnell sein … sehr schnell … Los …*

Eins!

Die Starthupe quäkte und Max jagte das Kajak in die erste schäumende Woge hinein.

Sofort spürte er, das Wasser war schwieriger als bei den ersten Zeitrennen. Es schleuderte ihn hin und her. Die Schneeschmelze weiter oben in den Bergen ließ den Fluss anschwellen und die Wassermassen schossen hier wie durch einen Trichter zu Tal.

Er stieß das Paddel links und rechts hinein, warf sich von einer Seite zur anderen, um das Gleichgewicht zu halten. Im Prinzip ging es nur darum, sich der Kraft des Wassers mit Geschick und Verstand entgegenzustemmen. Wildwasserkajaks sind kurz und wendig, ihr abgerundeter Rumpf macht sie zwar schnell, aber auch instabil.

Eine Woge stürzte donnernd über ihm zusammen. Er hatte einen Strudel falsch eingeschätzt und wäre beinahe umgeschlagen, und dann hatte er sich mit dem Helm von dem Felsen abgestoßen, um den herum sich das Wasser beschleunigte. Er musste die Form des Boots zu seinem Vorteil nutzen. Der Fluss wurde breiter. Näher am Ufer war die Strömung weniger heftig. Max hielt sich in der rauen Mitte, kurvte hin und her und ließ sich von der Wucht des Wassers vorwärtstreiben. Die gefährliche Biegung war jetzt nicht mehr weit. Niemand würde auf dieser Seite des Flusses fahren – jedenfalls nicht freiwillig. Die Stromschnellen dort waren tückisch.

Max sah das schäumende Wasser mit wütendem Zischen über verborgene Felsen rauschen. Dort, am Rand des Wellenzugs, war die Strömung am stärksten.

Als er die Kurve nahm, wurde er von dem gewaltigen Sog erfasst und schoss nur so dahin. Sein Jubelschrei ging in dem Tosen unter.

Das eisige Wasser schlug ihm ins Gesicht und als er den Kopf wegdrehte, sah er ein anderes Kajak im Schutz eines Felsvorsprungs durch das ruhigere Wasser nahe am Ufer gleiten.

Das konnte nicht Bobby sein, der konnte ihn unmöglich hier schon eingeholt haben. Außerdem durfte er sowieso erst starten, wenn Max über die Ziellinie gekommen war. Vielleicht war die vor ihm gestartete Teilnehmerin in Schwierigkeiten geraten, eine Deutsche, die in allen Disziplinen gute Leistungen gezeigt hatte. Ob sie hängen geblieben war? Oder was war da los? Warum hatte man das nicht zum Start durchgegeben? Seine Gedanken rasten, während er weiter mit den krachenden Wassermassen kämpfte. Nein, dieses Kajak war stabiler gebaut als die der anderen Sportler, es war aus kohlefaserverstärktem Kunststoff und glitt mühelos über die Stromschnellen hinweg. Wer dieses Boot steuerte, musste viel Kraft und Erfahrung haben.

Und er kam jetzt genau auf Max zu.

Kollisionskurs.

Der wollte ihn versenken!

Es war der Hai!

Max hieb das Paddel ins Wasser, warf sein ganzes Gewicht auf eine Seite und schaffte es gerade noch, sein Kajak so herumzureißen, dass es seitlich gegen den Angreifer prallte.

Um ein Haar wäre Max gekentert.

Die beiden Jungen kämpften fast Seite an Seite mit dem aufgewühlten Wasser. Der Hai hieb sein Paddel nach hinten und beinahe hätte er Max aus dem Gleichgewicht gebracht. Wieder geriet sein Kajak ins Schwanken. Um nicht zu kippen, warf er sich auf die andere Seite, und in diesem Moment war er verwundbar. Der andere hob sein Paddel wie ein riesiges Schwert hoch in die Luft und ließ es auf Max niedersausen.

Max riss sein Paddel hoch, hielt es quer vor sich und fing den

Schlag ab. Jetzt verlor der andere das Gleichgewicht und war verwundbar. Mit einigen kräftigen Stößen war Max bei ihm.

Seite an Seite donnerten sie durch das schäumende Wasser und benutzten ihre Paddel, um abwechselnd ihr Boot zu steuern und auf den Gegner einzuprügeln. Sie fochten wie zwei Schwertkämpfer zu Pferde. Ein mächtiger Schlag streifte Max' Stirn unterhalb des Helms, Blut spritzte in das kalte Wasser und ein Auge schwoll ihm zu.

Mit wütendem Gebrüll richtete er sich hoch auf und hieb dem anderen sein Paddel an den Kopf.

Der Hai sackte zusammen. Die Strömung riss das führerlose Kajak mit sich. Max fand sein Gleichgewicht wieder und wischte sich das Blut aus dem Gesicht. Er war noch immer schnell, aber jetzt hatte er den Angreifer vor sich. Der bewusstlose Junge hing immer noch vornübergebeugt im Boot. Sein Paddel war längst davongeschwommen und jetzt hatten die beiden Kajaks die gefährliche Biegung erreicht. Der Hai trieb auf der falschen Seite des Flusses. Wenn er dort unterging, würde er, selbst bei Bewusstsein, sehr wahrscheinlich ertrinken. Der Junge mochte ihn grundlos und heimtückisch attackiert haben, aber Max war kein Mörder.

Vor ihm schäumte das Wasser in die Kurve und er paddelte wie wild, als sein Kajak sich vorne hob und gleich wieder senkte und dann von der schnelleren und gefährlicheren Strömung erfasst wurde.

Binnen Sekunden hatte er den anderen Jungen erreicht. Er fuhr jetzt direkt neben ihm her und drängte das führerlose Kajak so ab, dass es nicht in die Stromschnellen geraten konnte. Wenn es ihm gelang, mithilfe seines Paddels das Tempo zu drosseln, konnte er sie beide an dem Nebenarm vorbeisteuern, der mit gewaltigem Druck in den Fluss hineinströmte.

Max hatte das Gefühl, gleich würden die Sehnen in seinen Schultern reißen, doch er hielt das Paddel ins Wasser gedrückt und blieb schräg an das andere Kajak gedrängt, um es auf Kurs zu halten.

Dann endlich beruhigte sich der Fluss, und Max konnte sich wieder um sich selber kümmern und das andere Boot sich selbst überlassen. Es stieß sanft ans Ufer und kippte langsam auf die Seite.

Max steuerte daran vorbei und fuhr zurück in die Mitte des Flusses. Als er sich ein letztes Mal umdrehte, sah er den Hai benommen aus seinem Kajak klettern und am Ufer zusammensacken. Irgendwem hatte es nicht gefallen, dass Max gestern Abend Sophie geholfen hatte. Sie hatte Recht gehabt – jemand versorgte diese aggressiven Burschen tatsächlich mit allem, was sie haben wollten, und erkaufte sich damit ihre Dienste.

Das Adrenalin trieb Max weiter, aber er wusste natürlich, dass der Angriff ihn wertvolle Zeit gekostet hatte.

Hinter der letzten Biegung waren es noch zweihundert Meter bis zum Ziel, wo sich Zuschauer und Offizielle drängten. Auf der Straße, die sich den Berg hinaufschlängelte, sah er etwas aufblitzen.

Ein schwarzes Auto, neben dem zwei Männer in schwarzen Lederjacken standen. Einer hatte ein Fernglas vor den Augen.

Max hörte die Zuschauer jubeln.

Er konzentrierte sich auf die Ziellinie und spannte noch einmal alle Muskeln an. Sekunden später hörte er das elektronische Signal, als er durch die Lichtschranke glitt.

Er paddelte ans Ufer und einige Helfer hielten sein Kajak fest. Dann stemmte er sich mit seinem Paddel hoch und stieg aus. Erschöpft atmete er mehrmals tief durch. Einer der Kampfrichter rief nach einem Sanitäter.

Ohne auf ihn zu achten, schob sich Max durch die Menge, um einen Blick auf die Zeitanzeige zu werfen.

Nicht optimal, aber immerhin. Damit war seine Teilnahme am Snowboard-Finale gesichert. Mit einer besseren Zeit wären seine Chancen in der letzten Runde des Wettkampfs größer gewesen. Jetzt musste er bei seiner Freestyle-Nummer schon etwas Außerordentliches leisten, um die verlorenen Punkte wieder aufzuholen.

Er sah zu der Bergstraße hinauf.

Die Männer und das Auto waren nicht mehr da.

Die Teilnehmer wurden mit Bussen ins Dorf gebracht und bekamen zwei Stunden Zeit, etwas zu essen und sich auf die letzte Runde vorzubereiten. Die Woche war ziemlich hart gewesen, denn es ging bei alldem nicht nur um Können, sondern auch um Kondition. Bobby Morrell, der auf dem Fluss die beste Zeit erreicht hatte, war jetzt klarer Favorit. Außer Bobby und Max waren noch drei im Rennen: die junge Deutsche, die auf einer Snowboard-Anlage in München trainiert hatte, ein siebzehnjähriger Franzose, der bei den Zuschauern Heimvorteil genoss, und ein Holländer, von dem Max nicht erwartet hätte, dass er es in die Endrunde schaffen würde. Zu den Favoriten hatte auch eine Ungarin gezählt. Sie war gelenkig und schön wie eine Turnerin und sah mit ihrer modischen Kurzhaarfrisur aus wie eine Kalifornierin. Lebhaft und immer mit einem Lächeln auf den Lippen war sie bei allen beliebt. Die Jungen fühlten sich zu ihr hingezogen wie Autofans zu einem Ferrari. Sie begannen erst Abstand zu halten, als sie erfuhren, dass sie mit Bobby zusammen war. Die beiden waren ein Paar. Sie hieß Potÿncza Józsa und schien den Wettbewerb noch ernster zu nehmen als die meisten anderen. Sogar Bobby konnte über ihre konzentrierte

Entschlossenheit nur verwundert den Kopf schütteln. Da ihr Name schwer auszusprechen war, fügte sie, wenn sie sich vorstellte, jedes Mal hinzu: »Aber sag einfach Peaches zu mir, so nennt mich jeder.« Und unter diesem Namen kannten sie alle.

Zunächst sah es so aus, als könnte sie den Holländer haushoch schlagen, aber dann hatte sie im Kajak einen dummen Fehler gemacht. Sie ärgerte sich sehr darüber und Bobby versuchte vergeblich, sie zu trösten. Sie wünschte ihm viel Glück, gab ihm einen Kuss und ging, damit er sich auf den Wettkampf konzentrieren konnte. Sie wollte ins Hotel, um ein heißes Bad zu nehmen und wahrscheinlich auch, vermutete Max, um sich ungestört auszuheulen. Irgendwie war Max erleichtert, dass sie ausgeschieden war. Peaches wäre viel schwerer zu schlagen gewesen als der Holländer. Der stellte keine große Gefahr dar, denn er hatte noch weniger Erfahrung als Max im Freestyle-Snowboarding. Also: Fünf waren noch übrig, jeder musste noch zweimal antreten, dann war die Meisterschaft entschieden.

Die Platzwunde über Max' Auge musste mit vier Stichen genäht werden. Der Arzt meinte, ein Pflaster werde die Blutung nicht zum Stillstand bringen, und während die Wunde im Sanitätszelt versorgt wurde, stand Bobby Morrell daneben und sah dabei zu.

»Du könntest fragen, ob du beim Finale später antreten kannst«, sagte er.

»Nein, ich will das hinter mich bringen. Hast du an der großen Biegung ein lose treibendes Kajak gesehen?«

»Ja, schwarz mit einem chaotischen weißen Muster.«

Max nickte. »War jemand drin?«

»Nein. Vielleicht hat es sich früher am Tag irgendwo losgerissen. Man hätte den Fluss vor dem Rennen noch einmal kontrollieren sollen. Das Boot hätte uns alle in Gefahr bringen können. Erst recht bei den harten Bedingungen heute da draußen.«

Max zuckte zusammen, als die Nadel in die Wunde stach. Der Arzt entschuldigte sich.

Morrell sah ihn aufmerksam an. »Hat das Kajak dir Probleme gemacht? Hast du dir deswegen diese Platzwunde geholt? Hör zu, wenn du einen Neustart verlangst, habe ich nichts dagegen. Und die anderen bestimmt auch nicht.«

Der französische Arzt tupfte die Wunde mit einem Antiseptikum ab. »Fertig. Keine Sorge, den Mädchen wird die Narbe gefallen«, sagte er.

Max zog seine Skijacke an. Bobby hatte Recht. Wenn er wollte, konnte er die Veranstalter bitten, die Strecke noch einmal fahren zu dürfen. Aber er schüttelte den Kopf.

Der Berg wartete.

Die speziell angelegte Snowboard-Piste war von der Startmaschine bis zum Ziel, wo man aus den Schneemassen eine Art Sprungrampe geformt hatte, ein einziger langer, steil abfallender Hang. Mit seinen Punkten aus den vorigen Wettbewerben lag Max in der Gesamtwertung auf Platz drei. Sinnlos, sich über die verlorenen Punkte im Wildwasser zu ärgern – er hatte immer noch eine Chance auf den Sieg. Der Holländer hatte einen ziemlich mittelmäßigen Sprung hingelegt und dabei so viele Punkte verschenkt, dass er das beim zweiten Durchgang nicht mehr gutmachen konnte. Er war aus dem Rennen.

Max machte sich bereit. Er atmete tief durch. Das nervöse Prickeln, das gute alte Lampenfieber, half ihm bei der Konzentration. Er war cool. Jetzt ging es um alles. Los!

Erster Sprung – Tempo machen, auf die Mitte der Rampe zuhalten und hoch in die Luft. Er brauchte einen Big Ollie –

einen sehr hohen Sprung – und kam gut von der Rampe, kickte das hintere Ende des Snowboards runter und hob die Spitze mit einem Fuß an. Dann zog er die Knie an und packte im Flug das Board vorn mit einer Hand. Alles war still. Kein Scharren des Boards auf dem Schnee. Kein Wind. Nichts. Er riss die Arme hoch, um einen Backside 360 zu machen – eine Drehung um dreihundertsechzig Grad. Er spürte die Luft in seinem Gesicht, sah undeutlich die Zuschauer, dann den Berg und schließlich den Hang. Er hatte es geschafft! Er und das Board landeten gleichzeitig auf dem Hang.

Er fühlte sich wie im Rausch. Als er in den Zielbereich glitt, klatschte Bobby Morrell ihn ab. Obwohl er den Sprung nur wenig geübt hatte, war er ihm gut gelungen. In seiner einfachsten Form galt er als nicht besonders schwierig, aber Max hatte ihn langsam und hoch ausgeführt, und der Stil war bei so einem Sprung das Wichtigste.

Die Deutsche war als Nächste dran, dann Bobby.

Das Mädchen gab eine beeindruckende Vorstellung ab. Die Menge tobte vor Begeisterung. Max sank der Mut, als er die Punkte für ihre Darbietung auf der Anzeigetafel aufleuchten sah. Jetzt war er auf Platz vier abgerutscht, und nach Bobby Morrells bärenstarkem Auftritt war Max schließlich sogar nur noch auf Platz fünf. Nach all seinen Mühen war er drauf und dran, aus dem Wettbewerb auszuscheiden.

Max musste sich etwas ganz Besonderes einfallen lassen, um die Punktrichter von den Plätzen zu reißen. Voriges Jahr hatte er bei einem amerikanischen Snowboard-Champion einen fantastischen Sprung gesehen – mit viel Tempo aus der Startmaschine und dann ein Double Flip von der Rampe. Eine einzelne Umdrehung war relativ einfach, dazu brauchte man nur die Schwerpunktverlagerung des Körpers beim Auftreffen auf die

Rampe auszunutzen, aber ein doppelter Salto? Um das hinzukriegen, musste Max zum einen sehr hoch in die Luft fliegen und dann auch noch perfekt ausbalanciert wieder landen – und das schaffte man eigentlich nur mit sehr viel Erfahrung. Als er wieder am Start stand, hatte er seinen Entschluss gefasst.

Er würde es wagen.

Die Gesichter der Leute verschwammen, er sah nur noch die Rampe, und jetzt begann es zu schneien, große Flocken, die durch die Luft segelten. In den Bergen würde es frischen Pulverschnee geben – schöne, unberührte Pisten. Da oben wäre es still, nicht so wie hier. Kein Geschrei von all diesen Leuten, die wussten, dass dies sein alles entscheidender Sprung war.

Max hatte ein Talent dafür, andere zu imitieren. Es war, als habe er eine Kamera im Gehirn, die Millionen Aufnahmen pro Sekunde machte und die Informationen an seinen Körper weitergab. Ein Muskelgedächtnis. *Bring deinen Körper nirgendwo hin, wo dein Geist noch nicht gewesen ist,* hatte sein Vater ihm einmal gesagt. *Führ dir die Schwierigkeiten vor Augen, erkenne den Weg, leg ihn dir zurecht – und dann geh los. Es mag nur den Bruchteil einer Sekunde brauchen, aber lass den Verstand zuerst dort hingehen.*

Max wusste, dass er diesen Sprung schaffen konnte.

Sein Anlauf war schnell. Er sauste die Rampe hinauf, verringerte den Druck auf die Spitze des Boards, behielt den Kopf oben und spannte alle Muskeln an. Er flog hoch in die Luft. Eine Schulter schräg nach hinten biegend, griff er nach der Kante des Boards und erwischte sie in Höhe der Bindung. Die musste er gegen die Fliehkräfte des Saltos festhalten. Er zog die Knie an und spürte den Zugwind an seiner Jacke zerren, als er die zweite Umdrehung machte. Er krampfte die Hand noch fester um das Board, hörte den gedämpften, fast hypnotischen

Aufschrei der Menge, die jetzt erst begriff, was er da machte. Noch eine Umdrehung! Seine Finger rutschten von der Kante. Wenn er das Board nicht halten konnte, würde er auf dem Rücken landen und sich womöglich das Genick brechen. Die Hand tat ihm weh, so fest drückte er zu, während er, die Beine immer noch hoch angewinkelt, den zweiten Salto vollendete. Undeutlich sah er den Boden unter sich, verwischte Schneeflocken in der Luft. Das Schwierigste war die Landung. Er musste den Aufprall mit den Beinen abfedern, zugleich aber die Bauchmuskeln anspannen, um seinen Körper im Gleichgewicht zu halten. Sein Snowboard berührte den Boden, er streckte die Arme zur Seite, dann aber verlagerte sich sein Schwerpunkt zu weit nach hinten und er begann zu kippen.

In diesem Augenblick wusste er, es war vorbei. Max keuchte vor Schmerz, als er mit dem Rücken am Boden aufschlug und unkontrolliert auf die Zuschauer zuschlitterte.

Er hatte alles für den Sieg gewagt – und verloren.

Bobby Morrell war als Erster zur Stelle, half ihm hoch und löste die Bindung. Sein Blick sagte alles. Der Sprung war großartig gewesen, und hätte die Landung geklappt, hätte Max die Führung übernommen. Bobby legte ihm eine Hand in den Nacken und berührte seine Stirn mit seiner. Eine kleine, intime Geste, die Freundschaft und Respekt ausdrückte.

»Wenn du noch ein Jahr lang weitertrainierst, wird dich keiner mehr schlagen können, Mann. Garantiert«, sagte er ruhig. »Nicht einmal ich.« Er lächelte Max aufmunternd zu und ging zum Start.

Als Max sich hinsetzte und seine verkrampften Beine entspannte, kamen ein paar Leute und klopften ihm auf die Schulter. Einige sprachen ihm Mut zu, andere bedauerten ihn. Auch wenn Max den Sieg verschenkt hatte, war den meisten von ihnen bewusst, dass sie selbst niemals einen solchen Sprung gewagt hätten.

Max hatte unbedingt gewinnen wollen. Er war ungeheuer enttäuscht, aber das wollte er vor all den Leuten nicht zeigen. Die anderen Snowboarder waren besser als er; sie waren älter, hatten mehr Erfahrung und eine bessere Ausrüstung. Das war nicht zu leugnen. Trotzdem war er mit seinem Ergebnis nicht zufrieden. Lass das, sagte er sich schließlich. Du hast dein Bestes getan. Schluss mit dem Selbstmitleid, sieh lieber den anderen zu, wie sie um die ersten drei Plätze kämpfen.

Er blieb bis zur Schlussfeier. Bobby Morrell war Erster geworden, gefolgt von der Deutschen und dem Franzosen. Max sagte Bobby, er wolle sich für ein paar Stunden zurückziehen, solange es noch hell sei, aber zu der Party nachher komme er auf alle Fälle.

Er stahl sich unauffällig davon, fuhr mit dem Skilift auf eine Piste hoch und glitt durch den tiefen, frisch gefallenen Schnee. Tausend Meter hoch ragten die Berge über ihm, und nachdem der Schneesturm durch die Täler gefegt war, wirkte die ganze Gegend wie eine unberührte Wildnis.

Als er so mit weiten Schwüngen dahinglitt, kehrte das Glücksgefühl zurück. Einmal hielt er an, um die stille, majestätische Schönheit der Landschaft zu genießen. Ganz gleich, was bei zukünftigen Wettbewerben passieren würde, am schönsten war es doch, so ganz allein und frei durch die endlosen Schneefelder zu gleiten.

Dann ging es weiter durch knietiefen, perfekten Schnee in einem großen Bogen zu Tal. Plötzlich erkannte er, dass er nicht weit von der Stelle war, wo ihn und Sayid am Tag zuvor die Lawine überrascht hatte.

Der Schnee hatte die Landschaft neu geformt, alles wirkte

sanft und glatt, wie die Konturen eines schnellen Autos. Das sah schön aus, aber Max wusste, die Lawinengefahr war damit längst nicht gebannt, vor allem, wenn noch andere Läufer auf den Hängen unterwegs waren. Er kannte sich in den Bergen gut aus und wusste besser als die meisten anderen, worauf man unter so gefährlichen Umständen zu achten hatte. Sayid war gestern unvorsichtig gewesen. Er hatte die Strecke abseits der Piste entdeckt und als Erster durch den unberührten, tiefen Pulverschnee fahren wollen.

Max ließ den Blick über die Felshänge und Gipfel schweifen. In der Ferne erhob sich der Pic du Midi d'Ossau wie der Kopf eines Riesenreptils; der gekerbte, dreitausend Meter hohe Gipfel glich einem aufgerissenen Maul. Und das vermeintliche Auge starrte in den Himmel, ohne auf den winzigen Menschen da unten im Tal zu achten.

Max studierte die Schluchten und Spalten. Aus einem *Couloir,* einer schmalen Felsrinne oben an einem Hang, stoben Schneeflocken in die Höhe. Er nahm an, dass dort ein Aufwind die Luft durcheinanderwirbelte.

Alles schien in Ordnung, aber sein Instinkt sagte ihm etwas anderes, warnte ihn, dass da etwas nicht stimmte. In Afrika hatte er gelernt, auf solche Gefühle zu achten, nachdem er dort nur knapp dem Tod entronnen war. Aber jetzt … Was war das nur? Was stimmte hier nicht? Immer noch kein Anzeichen irgendeiner Bewegung. Der Schnee hüllte alles in Stille. Vielleicht war er allzu vorsichtig, vielleicht nagte sein Scheitern bei dem Wettbewerb immer noch an ihm und er war deshalb so unruhig. Nein, da war noch mehr – aber was, das war ihm ein Rätsel. Er sah auf die Uhr seines Vaters. Er hatte noch Zeit, etwas zu tun, was seine Niederlage wenigstens einigermaßen wieder wettmachen konnte.

Es war ein kalkuliertes Risiko – aber er würde versuchen, Sayids Perlenkette zu finden.

Max warf einen letzten Blick über das weiße Tal. So weit er sah, war alles sicher. Er fuhr los, glitt durch den tiefen Schnee, der wie zerstoßene Diamanten unter ihm wegstob, auf die Baumgrenze zu, durch die Sayid gestern gefahren war. Nachdem er eine Zeit lang zwischen den tief hängenden Ästen gesucht hatte, entdeckte er schließlich etwas Dunkles vor dem weißen Hintergrund: Sayids *Misbaha*, die dort hing wie vergessener Christbaumschmuck. Max nahm sie behutsam von dem Ast ab und stopfte die Kette mit den neunundneunzig Perlen in seine Skijacke.

Jetzt wurde es Zeit; er musste Sayid aus dem Krankenhaus abholen, seine Sachen packen und nach Hause fahren.

Als er plötzlich eine Bewegung wahrnahm, duckte er sich so schnell, als habe er die Gefahr schon die ganze Zeit über geahnt. Dreihundert Meter von ihm entfernt kam ein Skiläufer aus einer Rinne geschossen. Die große schwarze Gestalt flog zehn Meter in die Tiefe, landete äußerst gekonnt im Schnee, machte eine scharfe Kehre und sauste mit enormem Tempo den Hang hinunter.

So etwas Verrücktes hatte Max noch nie gesehen.

Der Skiläufer war ein Mann mit grauem Vollbart. Ein Mönch. Sein dichtes, schulterlanges Haar flatterte hinter ihm her wie eine Pferdemähne. Er trug nur eine Kutte, die im Fahrtwind wild hin und her schlug; die Kapuze wirkte beinahe wie ein Bremsfallschirm hinter seinem Kopf. Er konzentrierte sich so sehr, dass er weder nach links noch rechts sah und Max gar nicht bemerkte.

Sekunden später schoss aus demselben *Couloir* eine zweite Gestalt hervor. Während aber der Mönch nur bizarr gewirkt hatte, machte dieser Skiläufer einen ausgesprochen bedrohlichen Eindruck. Auf kohlefaserverstärkten Skiern sauste er wie ein Phantom durch den Schnee. Zu hören war dabei nur das sirrende Geräusch seiner Skier. Zu sehen bekam Max kaum etwas von ihm, da er fast ganz hinter dem von ihm aufgewirbelten Schneeschleier verschwand, ehe er zehn Meter weiter bergab wieder auftauchte. Das Skigespenst trug einen einteiligen Skianzug und einen schwarzen Helm mit Gesichtsschutz. Auch die Skier waren schwarz. Dass Max ihn nur undeutlich sehen konnte, lag an dem unregelmäßigen Muster seines Anzugs, weiß mit gezackten Linien dazwischen, wie die Adern eines Blatts. Im Schnee die perfekte Tarnung.

Max hatte sich nicht bewegt. Der Mönch und sein Verfolger befanden sich etwa auf seiner Höhe, als das Phantom, ohne an Tempo zu verlieren, mit einer Hand in seinen Nacken fuhr, dort etwas packte und nach vorne holte. Ein Gewehr mit schwarzweißen Tarnstreifen, wie es von Soldaten und Marines im Winter benutzt wurde. Mit einer einzigen geübten Bewegung hob er das Gewehr an seine Schulter.

»Nein!«, rief Max. Der Schrei hallte durchs ganze Tal.

Beide Skiläufer blickten gleichzeitig in seine Richtung, aber der mit dem Gewehr reagierte als Erster. Ohne das Gewehr von der Schulter zu nehmen, bremste er so scharf ab, dass der Schnee in hohem Bogen aufstob. Und gleich darauf hörte Max einen beängstigend lauten Knall.

Der Mönch geriet ins Straucheln und schwankte. Er konnte sich gerade noch auf den Beinen halten. Offenbar war er getroffen worden. Er brauchte Hilfe. Max setzte sich sofort in Bewegung. Tief geduckt, eine Hand durch den Schnee schleifend, um nicht das Gleichgewicht zu verlieren, glitt er im Zickzack auf den Verwundeten zu. Er fürchtete, der Mann mit dem Gewehr könnte auch auf ihn schießen, aber das geschah nicht. Stattdessen schlug ein ohrenbetäubender Lärm über ihm zusammen.

Ein eisiger Luftschwall traf ihn ins Gesicht. Der ganze Berg schien zu brüllen. Der Schütze war nach einer scharfen Kehre schon auf der Flucht, weg von Max, dem Mönch und den Schneemassen, die den Hang hinunter auf sie zustürzten.

Der Verletzte sah Max an. Und zeigte mit einem Skistock – die Bäume! Sie mussten unter die Baumgrenze, falls sie noch irgendeine Chance zum Überleben haben wollten. Max erspähte den Fluchtweg und der Mönch fuhr schon, so schnell er konnte, zu Tal, um dem Zorn des Berggottes zu entkommen.

Max' Vater hatte ihm oft gesagt, Angst zu haben sei etwas Natürliches, Angst habe einen ganz bestimmten Sinn und könne überwunden werden, nur hatte er ihm leider nie gesagt, dass es Dinge gab, die einem solch gewaltige Angst einjagen konnten.

Das anschwellende Donnern hinter ihm verschlug ihm fast den Atem. Seine Muskeln schmerzten vor Anstrengung, aber er konzentrierte sich weiter auf die Stelle, die er erreichen musste. Eine mächtige Windfaust hämmerte ihm in den Rücken. Jetzt lachte Max nicht mehr. Ein solches Rennen machte keinen Spaß. Diesmal ging die Lawine nicht in einiger Entfernung nieder. Sondern genau über ihm. Aus den Augenwinkeln sah er Bäume umknicken wie Streichhölzer – die Schneewoge überholte ihn.

Und dann war er mittendrin.

In dem wirbelnden Chaos wurden ihm das Snowboard von den Füßen und die Skimaske vom Gesicht gerissen. Schnee, körnig wie nasser Sand, drang ihm in Mund und Ohren.

Eine Erinnerung blitzte auf. Etwas, das sein Vater einmal gesagt hatte. Wortfetzen. Überleben. Es ging ums Überleben. Erinnere dich! *Niemals alleine in den Bergen Ski fahren.* Regel Nummer eins – nicht dran gehalten. *Niemals in einer Gegend Ski fahren, wo kurz vorher Lawinen abgegangen sind.* Regel Nummer zwei – nicht dran gehalten. Lawinengefahr besteht immer dort, wo Neuschnee auf einem vom Wind abgewandten Berghang liegt. Das wusste er doch! Das hatte er gewusst! Und trotzdem hatte er es ignoriert, weil er sich so dumm über seine Niederlage bei dem Wettbewerb geärgert hatte.

So schnell, wie der Schnee ihn mit sich riss, verhöhnte ihn die Stimme in seinem Kopf. *Überleben! Wie?*

Schwimmen! Du musst dich oben auf der Schneewoge halten, wie beim Kraulen.

Max ruderte mit den Armen und versuchte den Kopf so zu halten, dass er die fliehenden Himmelfetzen hinter den tobenden Schneemassen im Blick behielt. Er spuckte Schnee aus und schüttelte sich. *Immer nach oben sehen!* Er spürte die ungeheure Energie der Lawine förmlich in seinem Körper. Sie schleuderte ihn hin und her und spie ihn wieder aus. Auf einmal war alles totenstill. Aber nicht die Lawine war plötzlich stehen geblieben, sondern Schnee hatte ihm beide Ohren verstopft.

Ein Hoffnungsschimmer. Blauer Himmel. Er reckte einen Arm nach dem goldenen Lichtstrahl. Die Sonne. Ein schmaler Streifen zwischen dem blauen Himmel und dem wirbelnden Schnee. *Atmen! Luft! Du schaffst es! Du kannst dich von diesem Monster befreien! Du kannst überleben!*

Dunkelheit schlug über ihm zusammen.

Wütende Zähne schienen ihn von allen Seiten zu beißen, als er kopfüber den Hang hinabpurzelte. Er wusste kaum noch, wo er war.

Dann war es endlich vorbei. Max konnte sich nicht mehr bewegen. Ein gewaltiges Gewicht drückte auf seine Brust. Offenbar lag er auf dem Rücken und starrte nach oben, denn der Schnee über ihm war bläulich gefärbt. Wie tief war er begraben? Er musste irgendwie den Schnee von seinem Gesicht wegbekommen, damit er atmen konnte, aber seine Arme waren wie gelähmt. Er steckte mindestens einen Meter tief im Schnee. Panik machte sich breit. Er wusste, es würde ihn die letzten Kräfte kosten, wenn er jetzt gegen die drückende Last anzukämpfen versuchte. Er musste sich zusammenreißen. Sich beruhigen und nachdenken. Max versuchte den Kopf zu bewegen, schaffte aber nur wenige Zentimeter. Lawinenschnee war nicht fein und pulvrig, sondern nass, schwer und kompakt. Wie lange würde er in dem winzigen Hohlraum über seinem Gesicht noch Luft bekommen? Der Druck der Schneemassen auf seiner Brust wurde mit jedem Augenblick schlimmer.

Es gab kein Entkommen. Was würde ihn töten? Die Kälte oder der Druck? Er würde erfroren in diesem Grab liegen und nach der Schneeschmelze würde seine Leiche in den Fluss gespült, auf dem er noch vor wenigen Stunden mit dem Hai gekämpft hatte. Wie von Blitzlichtern beleuchtet, liefen in seinem Kopf noch einmal Szenen dieser Attacke ab. Das Kajak hatte das gleiche Tarnmuster gehabt wie der Skianzug des Killers eben, nur weiß auf schwarzem Grund. Und dieser Killer – schlank – war schnell und wendig auf dem Schnee gewesen. Jung? Schwer zu sagen. Der Hai? Nein. Der war kräftiger gebaut – hatte breitere Schultern – und bewegte sich nicht so elegant und leichtfüßig wie der Skiläufer mit dem Gewehr.

Max' Gedanken trieben dahin. Erschöpfung und Sauerstoffmangel zogen sein Bewusstsein in einen magischen Tunnel. Farben wirbelten umher: Lila, Braun, Blau – ein Kaleidoskop, das seine Sinne verwirrte.

Als Max in Afrika war, hatte ihn eine Vergiftung an die Schwelle des Todes geführt. Damals hatte ihn ein Schamane gerettet. Der Medizinmann war ein *Bakoko*, ein Gestaltwandler, und er hatte Max eine Fähigkeit verliehen, die er nicht verstand und die ihm Angst machte. Wenn er sich sehr konzentrierte und dabei tief und langsam atmete, gelang es ihm bisweilen, sich selbst in ein Tier zu projizieren.

Max' Vater hatte ihn gelehrt, den Glauben der sogenannten primitiven Völker niemals als Blödsinn abzutun, und er erinnerte sich jetzt lebhaft daran, wie er als Falke geflogen und als Schakal gelaufen war. Aber er wusste nicht, wie er die Verwandlung mit seinem Willen herbeiführen konnte. Und welches Tier war imstande, sich aus dieser Situation zu befreien? Lebendig begraben.

Ihm wurde angenehm warm. Er drohte einzuschlafen. Die Kerntemperatur seines Körpers, die zum Überleben notwendig war, sank unaufhaltsam. Schlafen war nicht gut. Schlafen bedeutete sterben. Plötzlich dachte er an Sophie. Das warme Café. Das schmutzige Fenster. Finstere Männer, die ihn anstarrten. Todesengel? Waren sie das gewesen? Todesengel, die ihn holen wollten? Der Bär, hatte Sophie gesagt. Sie sei auf der Suche nach einem Bären, den jemand gestohlen und nach Europa gebracht hatte, wo irgendwer ihn erschießen wollte.

Ein Bär würde Winterschlaf halten. Tief versteckt in einer Schneehöhle. Und dann würde er sich ins Freie wälzen, in die Frühlingssonne, und die herrlich klare Luft einatmen. Max' Hand fühlte sich an, als hätte er einen Eispickel gepackt. Unmöglich. Er hatte keinen. Die wirbelnden Farben verschmolzen, zogen ihn in wildem Strudel mit sich. Max kämpfte dagegen an, aber seine Gedanken zerbarsten in winzige Splitter. Und dann spürte er plötzlich eine ungeheure Kraft.

Er reckte einen Arm, spürte eher, als dass er es hörte, ein Rascheln in dem kompakten Schnee. Seine Sinne schärften sich. Dumpfer Schweißgeruch, wie ein feuchtes Hundefell, drang ihm in die Nase und schlug sich in seiner Kehle nieder. Instinktiv knurrte er vor Anstrengung, als Schnee aus der Höhlung fiel, die er vor seinem Gesicht freigeschaufelt hatte. In dem gedämpften Licht sah seine Hand aus wie eine Tatze, eine Bärentatze, die im Schnee wühlte – *seine Tatze!*

Das Blau des Himmels sickerte intensiver durch die Schneekristalle. Max hatte den Eindruck, er könnte es nach oben schaffen, aber auf Beinen und Brust spürte er immer noch einen furchtbaren Druck, als wollte eine unsichtbare Hand ihm das Leben aus dem Leib pressen. Er verlor das Bewusstsein.

Und dann drang jemand von außen durch den Schneepanzer. Ein Gesicht. Wild verzerrt. Speichel hing von seinem schneeverkrusteten Bart. Ein Irrer, ganz in Schwarz gekleidet. Seine Hand schlug Max ins Gesicht. Max keuchte, spuckte Schnee aus und konzentrierte sich. Der Mund des Mannes mit seinen kaputten alten Zähnen bewegte sich, aber falls er etwas sagte, konnte Max es nicht hören. Seine Ohren waren immer noch mit Schnee verstopft. Es war der Mönch, der jetzt mit bloßen Händen hektisch den Schnee wegschaufelte. Es gibt nur zwei Möglichkeiten zu überleben, wenn man unter einer Lawine begraben ist: einen Sender bei sich haben und hoffen, dass die Retter rechtzeitig eintreffen oder man hat Glück und ein anderer Skiläufer sieht, wo man verschüttet ist.

Der Mönch packte Max vorne an seiner Schneejacke und zog. Max strampelte und wand sich, um endlich ans Tageslicht zu kommen. Kalte Luft stach ihm ins Gesicht. Der Mönch wischte ihm mit seiner schwieligen Hand den klumpigen Schnee von den Augen. Max kletterte aus dem Loch. Die Landschaft hatte sich verändert, aber er war auch bestimmt ein paar Hundert Meter weit den Hang hinabgestürzt, gefährlich nah an den Steilhang heran, der ungefähr auf halber Höhe des Berges lag. Die schneenasse Kutte schien den Mönch zu behindern. Der alte Mann ließ sich erschöpft zu Boden sinken. Hinter ihm schlängelte sich ein rötlicher Streifen gut zwanzig bis dreißig Meter über den Schnee. Das war die Strecke, die er gekrochen war, und Max war sofort klar, dass der Mann viel Blut verloren hatte. Zum Glück hatte der Mönch gesehen, wo Max in der Lawine untergegangen war.

Max brauchte ein bisschen Zeit, bis sein Atem sich beruhigt hatte. Auf die Knie gesunken, tastete er vorsichtig seine Arme und Beine ab. Nichts gebrochen. Der alte Mann murmelte etwas. Max zog einen Handschuh aus und versuchte, den eisigen Matsch aus den Ohren herauszubekommen.

»Ich helfe Ihnen«, schrie er. Aber er konnte sich selbst nicht hören. Die Kälte musste seine Trommelfelle beschädigt haben.

Schwerfällig taumelte er die wenigen Schritte durch den lockeren Schnee zu dem alten Mönch. Jetzt konnte er sehen, wie groß dieser Mann war. Ein Riese. Und barfuß. Anscheinend hatte die Lawine ihm die Skier samt Stiefeln von den Füßen gerissen. Die langen Haare hingen ihm wirr ins Gesicht, sein Bart – verdrehte weiße und graue Strähnen – war völlig verfilzt. Auf seiner groben Kutte breitete sich ein Blutfleck aus.

Der Boden unter Max' Füßen bebte. Weiter oberhalb rumpelte es wieder. Sie waren immer noch nicht in Sicherheit. Der Mönch schüttelte murmelnd den Kopf, schob sich die Haare aus Mund und Augen und sah Max mit einem Gesichtsausdruck an, in dem sich Panik und Wahnsinn mischten. Er versuchte aufzustehen, fiel aber wieder hin. Er würde unmöglich durch den tiefen Schnee gehen können. Max taumelte zu ihm hin, bekam es aber plötzlich mit der Angst zu tun. Der Mönch war einen Meter tiefer gerutscht. Der Schnee bewegte sich wie Sand auf einer abschüssigen Düne. Der Mönch riss die Augen auf. Er wusste, was geschah, und warf sich bäuchlings auf den Boden, um nicht noch weiter in die Tiefe gerissen zu werden.

Plötzlich stoppte die Abwärtsbewegung. Auch Max hatte sich flach auf den Boden gelegt und robbte auf den Mönch zu wie jemand, der sich über dünnes Eis bewegt, um einen Ertrinkenden zu retten.

»Nicht bewegen! Ich komme. Ich bringe Sie von hier weg.« Er konnte seine eigene Stimme wieder hören, wenn auch nur dumpf. Und er hatte keine Ahnung, wie er sich selbst von dem Berg retten sollte, geschweige denn den Verletzten.

Der Mönch ächzte vor Anstrengung, als er auf Max zukroch; blutiger Speichel hing in seinen Barthaaren. Er streckte einen Arm aus und sah Max in die Augen. Max packte ihn am Handgelenk und bemerkte erst jetzt, dass der andere Arm verletzt war, entweder von der Lawine oder von der Gewehrkugel. Der Mann musste enorme Schmerzen überwunden haben, um Max aus dem Schnee zu graben.

Und wieder geriet der Hang in Bewegung. Eine riesige Schneefläche löste sich, und sie rutschten wie auf einer Eisscholle bergab. Max ließ den stöhnenden Mönch nicht los. Als er seine Füße in den Schnee stemmte, spürte er einen harten Druck auf der Brust, offenbar von einem Felsen unmittelbar unter der Oberfläche. Das gab immerhin etwas Halt.

»Ez ihure ere fida – eheke hari ere«, schrie der Mönch in einer Sprache, die Max noch nie gehört hatte.

»Ich verstehe nicht! *Je ne comprends pas!*«, brüllte Max zurück und konnte nur hoffen, dass der Mönch Französisch verstand.

Als der Griff des Mönchs sich lockerte, packte Max noch fester zu. Die bloßen Arme unter der Kutte waren muskulös und sehnig, aber glitschig von Blut und Schweiß, sodass er ihn nicht richtig halten konnte.

Und dann sah Max etwas, das ihm den Atem stocken ließ.

Zweihundert Meter entfernt verschwand still und ohne Vorwarnung eine riesige Schneefläche. Sackte einfach weg ins Nichts. Andere folgten. Der Hang war nicht so stabil, wie er ausgesehen hatte. Der Schnee war über einer tiefen Schlucht aufgestaut gewesen und das letzte Beben hatte den Stau aufgelöst. Die Schwerkraft zog das ganze Schneefeld, groß wie ein Fußballplatz, in die Tiefe.

Der Mönch bemerkte das Entsetzen in Max' Augen. Er drehte den Kopf nach hinten, erkannte die Situation und klammerte sich noch fester an Max' Arm. Wenn noch so ein Schneefeld ins Rutschen geriet, waren sie tot. Unter ihnen hatte sich ein fünfhundert Meter tiefer Abgrund geöffnet, wie der Schlund eines Vulkans, der dicke Wolken Pulverschnee ausspie, die von den weit unten aufprallenden Schneemassen aufgewirbelt wurden.

Der Mönch schüttelte den Kopf. Es war sinnlos. Er wusste, dass er sterben würde. Seine Verletzungen raubten ihm die letzten Kräfte.

»Nicht loslassen!«, schrie Max.

Die blutbeschmierte Hand des Mönchs wurde schlaff.

Max hatte das Gefühl, ihm würde der Arm ausgerissen, und seine Rippen schmerzten, aber das hielt ihn nicht davon ab, sich weiter fest auf den Felsen unter ihm zu pressen und den Mann mit aller Kraft festzuhalten.

Wieder stieß der Mönch einen verzweifelten Schrei aus und rief dann etwas auf Französisch, das aber teilweise in einem würgenden Röcheln unterging. Max verstand lediglich Bruchstücke: »*... allez ... abbaye! ... le crocodile et le serpent!*«

Max riss entsetzt die Augen auf. Hinter dem Mönch waren nur noch zwanzig Meter Schnee übrig, alles andere war weg. Wenn das Stück, auf dem sie lagen, auch noch abrutschte, würden sie beide sterben und in einem weißen Nichts versinken.

Der Mönch griff mit der freien Hand nach einer Schnur, die um seinen Hals hing, zerriss sie und warf den Anhänger zu Max hoch. Es war ein Kreuz und etwas, das wie ein Medaillon aussah. Aber Max hatte jetzt nur Augen für den flehenden Blick des Verletzten, der mit schwacher Stimme noch einmal flüsterte: »*Ez ihure ere fida – eheke hari ere.*«

Max schüttelte den Kopf. Warum merkte der Mann nicht, dass er ihn nicht verstand? Und dann geriet der Schneeblock ins Rutschen, und der Mönch mit ihm, und seine Hand glitt aus Max' Griff. Er starrte ihm in die Augen, während seine verzweifelt krallenden Finger Max' Handschuh und die Uhr seines Vaters abstreiften und seine Nägel ihm die Haut aufritzten.

In dem Sekundenbruchteil, bevor er mit den tobenden Schneemassen endgültig in die Tiefe stürzte, schrie er ein Wort, das Max mühelos verstand.

»Luzifer!«

3

Die Pistenpatrouille entdeckte Max eine Stunde später. Er lag auf einer gezackten Felsspitze, die über einem gewaltigen Abgrund in den Himmel ragte. Er war unterkühlt und bewusstlos. Die vier Männer seilten sich gemeinsam und gut gesichert ab und bargen Max auf einer Trage. Binnen zehn Minuten hatten sie ihn auf sicherem Gelände abgelegt und den Hubschrauber der Bergrettung angefordert, der ihn direkt zum Krankenhaus nach Pau brachte, das eine knappe halbe Flugstunde weiter im Süden lag.

Max verharrte in seinem Dämmerschlaf, und manchmal glaubte er durch schwarze Nacht zu stürzen, als ob der furchtbare Strudel, der ihm den Boden unter den Füßen weggerissen hatte, noch immer an ihm zerrte. Das mechanische Rattern des Helikopters drang bis zu ihm durch. Einmal sah er durch halb geöffnete Augen die schwirrenden Rotoren vor dem grauen Himmel und spürte den stechenden Geruch der Auspuffgase in seiner Nase. Er versuchte sich aufzurichten, aber er war fest angeschnallt. Ein Mann legte ihm beruhigend eine Hand auf die Brust. Der Mann lächelte. Alles war in Ordnung. Er war in Sicherheit.

Max war wieder bewusstlos, als der Hubschrauber landete. Er hatte eine Manschette um den Hals, seine Arme und Beine waren fixiert. Die französischen Rettungssanitäter leisteten wie immer hervorragende Arbeit. So nah am Gebirge und einer viel befahrenen Autobahn stationiert, besaßen sie im Umgang mit Knochenbrüchen und unterkühlten Unfallopfern viel Erfahrung.

Im Krankenhaus ließ man sich von den Sanitätern über den Zustand des Patienten informieren. Schnell war klar, dass sie es mit einem kräftigen, gesunden jungen Mann zu tun hatten. Sein Muskeltonus war gut, sein Herzschlag regelmäßig, und es gab keine Anzeichen für innere Blutungen.

Der Arzt ordnete eine Kernspintomografie an. Die Schwester hatte bereits Max' zerfetzte Skijacke aufgeschnitten und wollte gerade mit seiner Hose und dem Fleecepullover fortfahren, als er die Augen aufschlug.

»Nicht meine Sachen zerschneiden«, murmelte er. »Ich hab keine anderen.« Dann wurde er wieder ohnmächtig.

Der Arzt zögerte. In der verzweifelten Bitte des Jungen lag zugleich eine Leidenschaft für den Alpinsport, die ihm vertraut war. Max konnte nicht wissen, dass Dr. Marcel Riveux in seiner Freizeit als Freiwilliger in den Bergen Dienst tat; dass er jemand war, der die Verlockungen der hochgelegenen Täler kannte und eine innere Verwandtschaft zu Leuten empfand, die so wie er von den Bergen begeistert waren.

Er sah die Schwester an und schüttelte den Kopf. Und statt Max' Kleider aufzuschneiden, machten sie sich behutsam daran, sie ihm auszuziehen.

Das Krankenhaus war technisch auf dem neuesten Stand. Hoch spezialisierte Ärzteteams sorgten dafür, dass jeder Patient bestmöglich versorgt wurde.

Max lag in dem Kernspintomografen und wurde langsam unter dem alles sehenden Auge des Geräts durchgeschoben. Er war komplett von Technik eingehüllt. Nur der Scanner, der sein Gehirn und seine Wirbelsäule abtastete, spendete etwas Licht in diesem dunklen Kokon. Die Maschine gab tiefe, jaulende Geräusche von sich. Wie ein Autoalarm, dem die Kraft ausgeht, oder ein schlecht eingestellter Gitarrenverstärker, und einmal klang es wie das Zischen einer Dampflokomotive. Dann wieder ein Rauschen wie Wind in Bäumen. Max sah einzelne Lichtkleckse wie Schnee auf Zweigen und ließ sich von alldem in den Schlaf wiegen.

Der Arzt war von seinem jungen Patienten fasziniert. Alles schien normal; keine Hirnschäden, keine Schädelfraktur. Aber die Messwerte der Hirntätigkeit zeigten an, dass Max sich in einem ungewöhnlichen neurologischen Zustand befand. Die Scans seines Gehirns glichen sehr detaillierten Satellitenfotos der Erdoberfläche, und an einigen Stellen waren besonders aktive Gebiete zu erkennen. Ein farbiger Knoten, der Neocortex, in dem sich Gedankenprozesse abspielten, und das limbische System, das für Gefühle und Träume zuständig war – beide wiesen erhöhte Aktivität auf. Aber was den Arzt zu einer weiteren Untersuchung veranlasste, war die Aktivität des Hirnstamms, der für Instinkt, Überleben, Atmung und Herzschlag verantwortlich ist.

Er führte einen PET-Scan durch – eine Positronen-Emissions-Tomografie, die die biochemische Zusammensetzung des Gehirns ermittelt. Dieser Junge verfügte über Instinkte fast wie ein Tier. Der Scan ließ nichts von den Schädigungen erkennen, die jemand, der eine extreme Gefahrensituation durchlebt hatte, normalerweise aufwies. Während der Untersuchung hatte es einmal so ausgesehen, als sei Max gestorben. Sein Gehirn war in einen todesähnlichen Zustand übergegangen, aber dann erkannte der Arzt, dass dieser tierhafte Instinkt oder wie er das nennen sollte, Max in Tiefschlaf versetzt hatte – ähnlich einem Winterschlaf. Nicht anders als bei einem Bären im Winter. Der Arzt versuchte sich diesen außerordentlichen Vorgang in Max' Gehirn logisch zu erklären – vergeblich. Der Junge war ihm ein Rätsel. Was auch immer dahintersteckte, er brauchte mehr Zeit, das zu analysieren. Nur eines war sicher: Der Junge war etwas Besonderes.

Als Max schließlich steif und zerschlagen aufwachte, lag er in einem Krankenzimmer und hörte zwei Schwestern gedämpft miteinander sprechen. Die jüngere der beiden trug ihre dunklen Haare hinten zusammengebunden und ihre schlanken Finger zogen gerade die Fieberkurve am Fußende seines Betts nach. Die andere Frau war älter, vielleicht so alt, wie seine Mutter jetzt wäre, wenn sie noch leben würde.

Er blieb vollkommen still liegen, sein Instinkt hielt ihn davon ab, sich zu bewegen – wie bei einem verwundeten Tier. Sein Geist nahm einzelne Informationen auf und versuchte die Lücken dazwischen zu füllen. Er hatte keine Ahnung, wie er hierhergekommen war oder in welchem Krankenhaus er sich befand. Und dann kamen die Erinnerungen. Wirre Worte eines Sterbenden hämmerten in seinem Schädel. Er stöhnte auf und die beiden Frauen sahen ihn an.

»*Ez … fida – eheke …*«

Die ältere Frau trat näher und berührte seine Stirn.

»Was hast du gesagt?«, fragte sie auf Englisch, aber mit starkem Akzent.

»Ich weiß nicht …«, flüsterte Max. Die fremden Wörter wollten ihm nicht richtig über die Lippen. Wieder sah er das verzerrte Gesicht des Mönchs vor sich. Hörte seine Worte. Horchte noch einmal hin.

»*Ez ihure ... ere fida – eheke ... hari ... ere*«, stammelte Max unbeholfen.

Die Schwestern sahen einander an und die Jüngere fragte mit freundlicher Stimme: »Weißt du, was du da eben gesagt hast, junger Mann?«

Max schüttelte den Kopf. Die Frauen schienen beunruhigt. Die Jüngere sprach weiter: »Ich stamme aus dem französischen Baskenland. Das ist meine Sprache. Du kannst Baskisch?«

»Nein«, sagte Max. »Was heißt es denn?«

Die beiden Frauen tauschten ein paar Sätze auf Französisch aus, so schnell, dass Max nichts verstand. Dann zuckte die Jüngere mit den Schultern.

»Es bedeutet wörtlich: *Vertraue niemandem – sie werden dich töten.*«

Im Krankenhaus war man gründlich. Man hatte Max geröntgt, gescannt, untersucht, gesäubert und bei alldem außer ein paar geprellten Rippen und den Nachwirkungen der Kälte nichts feststellen können. Er hatte die Gefahr mit viel Glück unbeschadet überlebt, dennoch bestand man darauf, dass er über Nacht bleiben sollte. Übrigens war es Bobby Morrell gewesen, der Alarm geschlagen hatte. Max hatte ihm gesagt, dass er noch einmal in die Berge wolle, und als dann das Donnern der Lawine im Tal zu hören war, hatte Bobby sofort die Pistenpatrouille alarmiert.

Die üblichen Fragen der Ärzte mussten beantwortet werden. Wo waren seine Eltern? Hatte er jetzt Schulferien? Wie lange wollte er in den Pyrenäen bleiben? Wo wohnte er? Wie viel Geld hatte er?

Max erklärte alles, und jemand meinte, man solle seinen Vater informieren. Dann ließen sie ihn in Ruhe. Er blieb eine

Stunde oder länger liegen und ließ vor seinem inneren Auge immer wieder dieselben Bilder ablaufen.

Wie war er da nur hineingeraten? Erst Sophie und dann der Mönch. Kaum war er diesen beiden so verschiedenen Menschen begegnet, war er jedes Mal in Attacken von Männern verwickelt worden, die die gleiche schwarz-weiße Tarnkleidung trugen. Eigentlich müsste er damit zur Polizei gehen. Wie würde sein Dad sich verhalten? Er würde gründlich nachdenken und dann selbst entscheiden, was zu tun war – und dann würde er es tun.

Manchmal gerät man in Situationen, mit denen man nur allein fertig werden kann, Max.

»Wo sind meine Sachen?«, fragte Max die junge Schwester, als sie wieder einmal kam, um seine Temperatur zu messen.

Sie machte den kleinen Schrank auf, in dem seine Kleider hingen. Dann nahm sie aus einer Schublade einen verschlossenen braunen Umschlag. Darin befanden sich sein blaues Portmonee mit Klettverschluss und sein grünes Moldavit-Armband. Die Uhr seines Vaters fehlte, und die Schrammen an Max' Handgelenk bestätigten, dass die schrecklichen Ereignisse kein Traum gewesen waren. Ein dumpfer Schmerz, Trauer über den Verlust der Uhr, lenkte ihn vorübergehend von dem Albtraum ab, dem er gerade erst entkommen war. *Tut mir leid, Dad,* dachte er.

Außer Sayids *Misbaha* besaß er noch die beiden Gegenstände, die der Mönch sich vom Hals gerissen und Max zugeworfen hatte, kurz bevor er gestorben war. Da war erstens ein Rosenkranz – das Kreuz war noch dran, aber die meisten Perlen fehlten –, zweitens eine Lederschnur, die durch eine flache Messingscheibe von der Größe eines Zehn-Pence-Stücks gezogen war. Vier Speichen innerhalb dieses Rings hielten einen kleinen runden Kristall in der Mitte.

Max befühlte den Anhänger und barg ihn in seiner Hand. Der sterbende Mann hatte ihm das unbedingt geben wollen, und plötzlich empfand Max eine große Verantwortung. Er mochte seinen größten Schatz, die Uhr seines Vaters, verloren haben, aber dieser Anhänger hatte dem sterbenden Mönch so viel bedeutet, dass er ihn dem Jungen, der ihm das Leben retten wollte, anvertraut hatte. Und Vertrauen war eine gewaltige Verpflichtung, hatte sein Vater ihm oft erklärt.

Wenn nur sein Dad jetzt hier wäre. Dann wäre es sehr viel einfacher, die richtige Entscheidung zu treffen. Vielleicht sollte er ihn anrufen und ihm von den letzten verzweifelten Augenblicken im Leben dieses Mönchs erzählen. Aber sein Vater war in London, wo er sich von den in Afrika erlittenen Torturen erholte, und konnte sich immer noch nicht an alles erinnern. Die Ärzte glaubten, er mache langsame Fortschritte, und da sein Dad für eine internationale Agentur arbeitete, die der Regierung bei der Aufdeckung großer Umweltskandale half, hatte man ihn in ein privates Sanatorium gebracht, wo er bestens versorgt wurde. Max durfte ihn mit diesen Dingen nicht belasten. Und falls die Polizei tatsächlich das Sanatorium in England anrufen und von Max' Unfall unterrichten wollte, würde ohnehin jemand anders das Telefonat entgegennehmen. Damit gewann er etwas Zeit.

»Was ist das für ein Anhänger?«, unterbrach die Schwester seine Gedanken.

»Nichts Besonderes«, antwortete Max.

Aber er wusste, das brennende Geheimnis in seiner Faust war vermutlich der Schlüssel zu den Ereignissen auf dem Berg. Und die Worte des Mönchs waren eine mächtige Warnung.

»… allez … abbaye! … le crocodile et le serpent!« *Geh zur Abtei. Das Krokodil und die Schlange.*

Vertraue niemandem – sie werden dich töten.

Luzifer.

Sie werden dich töten.

Luzifer.

Ein alter Mönch, verfolgt von einem Mann in schwarz-weißem Tarnanzug. Angeschossen und verwundet. Eine Lawine. Ein verzweifelter Kampf gegen den Tod. Und eine Botschaft.

Eine geheime Botschaft.

Max stand am Fenster seines Zimmers und schaute über die niedrigen Dächer. Pau liegt oben auf einem felsigen Berg über dem Gave de Pau, dem Fluss, der unterhalb der Klippe am Südrand der kleinen Stadt fließt. Die gezackten Massive der Pyrenäen boten an klaren Tagen sicher eine beeindruckende Kulisse. Die schneebedeckten Gipfel mit dem Château de Pau im Vordergrund ergaben das perfekte Urlaubsfoto eines jeden Touristen. Aber heute Abend war es anders. Heute hüteten die Berge ein mächtiges Geheimnis, das ihn bedrohte und verhöhnte. Als Max das Fenster aufschob, schlug ihm heftiger Wind entgegen.

Ein Gewitter tobte in den Bergen, eine richtige Schlacht. Donner und Blitze krachten lärmend über die Stadt. Das Feuer am Himmel zerriss die Dunkelheit und ließ erkennen, welch ungeheuren Kräfte da wirkten. Die Welt bebte und zitterte. Gespenstisch rot und blau flammten die Blitze, tauchten Wolken und Berge in flackerndes Licht und wirbelten um die Gipfel wie brennende Reifen. Noch niemals hatte Max ein so beeindruckendes Naturschauspiel gesehen.

Ein Blitz und im selben Moment ein gewaltiger Knall schlugen Max entgegen. Er zuckte zurück, trat dann aber gleich wieder dem wütenden Treiben entgegen. Er packte das Fensterbrett und blinzelte in den schneidenden Wind. Die Berge hatten Max nicht umbringen können, aber diese entfesselten Gewalten schienen ihm zu sagen, dass sie ihn jederzeit vernichten konnten.

Die Pyrenäen flammten noch einmal mit einem letzten Donnerschlag auf, und die Wolken leuchteten im Widerschein exakt in dem Tarnmuster, das der Hai und der Mörder des Mönchs benutzt hatten.

Max hatte Verantwortung auferlegt bekommen: für den Anhänger und dafür, in einer Abtei Antworten zu finden. Er beschloss, der Polizei nichts zu sagen. Jedenfalls noch nicht. Immerhin gab es zwei Menschen, denen er trauen konnte. Der eine war sein Dad, der andere war Sayid.

»Nicht zu fassen, dass du von einem Hubschrauber gerettet wurdest«, stöhnte Sayid. »Ich musste mich zweieinhalb Stunden lang in einem Krankenwagen durchrütteln lassen, bis ich hier war.« Er lag in einem anderen Zimmer, den Unterschenkel in Gips. »Echt cool! Ein Rettungshubschrauber!«

Max lächelte ihn an. »Hör auf zu jammern, sonst versteck ich deine Krücken. Morgen Früh schmeißen die uns hier raus und bis dahin sollten wir einen Plan haben.«

»Der Plan ist: Wir gehen nach Hause, oder?«

Max nickte. »Der Flug ist für das Wochenende gebucht, aber ich nehme an, die werden versuchen, uns früher zurückzuschicken. Ich will aber noch bleiben.«

»Der Wettbewerb ist vorbei, da kannst du nichts mehr dran ändern«, sagte Sayid. Er brauchte nicht hinzufügen, wie leid es ihm tat, dass Max im Finale verloren hatte.

Sayid nahm die *Misbaha*. Max hatte alles riskiert, um sie zu holen, und wäre dabei fast ums Leben gekommen.

Max erriet seine Gedanken. »Sayid, ich bin nicht nur wegen der Kette noch einmal in die Berge gegangen. Ich musste dorthin. Manche Dinge lassen sich nicht erklären, aber wenn ich das Finale nicht verloren hätte, wäre ich bestimmt nicht mehr dorthin zurückgekehrt.« Er zeigte ihm das Kreuz und den Messinganhänger mit dem durchsichtigen Stein darin.

Sayid blickte erstaunt. »Wo hast du das her?«

Max erzählte ihm alles.

Sayid hörte schaudernd zu. Er hatte nichts gegen Abenteuer, aber nicht so viel auf einmal! Sein Freund zog, wie er aus eigener Erfahrung bestätigen konnte, große Gefahren offensichtlich magnetisch an.

Max' Geschichte brachte ihn ganz durcheinander. Er und Max hatten sich vorgenommen, in diesem Winterurlaub viel Spaß miteinander zu haben. Max hatte mit allen möglichen Gelegenheitsjobs das Geld für die Reise und den Wettbewerb zusammengespart und Sayid hatte sich mit Reparaturen von Computern in der Nachbarschaft etwas dazuverdient. Insgeheim sehnte Sayid sich danach, so zu sein wie Max, auch so eine Einstellung zu entwickeln wie er. Sein bester Freund schien einen Plan nicht nur entwerfen, sondern auch durchführen zu können. Sayid würde alles tun, um ihm zu helfen, das stand unumstößlich fest, aber er wusste auch, dass er nicht den Instinkt – ja, das war es –, den animalischen Instinkt besaß, den man zum Überleben brauchte. Aber Max verfügte darüber.

Die Lawine, vor der sein bester Freund ihn gerettet hatte, war mit Sicherheit nicht so riesig gewesen wie die, von der Max fortgerissen worden war. Schon die Vorstellung, wie ein ganzer Berghang aus Schnee ins Rutschen geriet, erfüllte ihn mit Entsetzen. Lebendig begraben zu werden. Zerquetscht. Was für ein Tod. Max hatte Recht: Er verdankte sein Leben der Entschlossenheit dieses Mönchs.

»Ich möchte mehr über ihn herausfinden«, sagte Max.

»Und du meinst nicht, wir sollten das einfach der Polizei überlassen? Mensch, Max, vergiss nicht, jemand hat versucht, ihn zu ermorden.«

»Er hat mir das Leben gerettet.«

»Aber es ist nicht deine Schuld, dass er gestorben ist«, sagte Sayid.

»Er hätte mich unter der Lawine liegen lassen können, Sayid, er hätte ins Tal fahren und vielleicht noch einen Arzt erreichen können. Ich bin ihm das schuldig. Er war verzweifelt. Er hat mich angefleht.«

»Er hat dich gewarnt!«

»Und das war auch wichtig.«

Sayid wusste, es hatte keinen Sinn, Max etwas ausreden zu wollen, wenn er sich einmal dazu entschlossen hatte. »Allein fahre ich nicht nach England zurück, Max. Versprich mir, dass dir nichts passiert, ja?«

»Ich komme zurück, und dann fahren wir zusammen. Versprochen.«

»Du brauchst also noch etwas Zeit. Wie lange?«

»Mindestens noch einen Tag. Bist du eigentlich ein guter Schauspieler?«

»Redest du von diesen schrecklichen Schmerzen, die plötzlich von meinem Bein in meinen Rücken ausstrahlen, ganz zu schweigen von meinen rasenden Kopfschmerzen?«

Max grinste. »Übertreib's nicht mit den Kopfschmerzen. Sonst untersuchen die noch deinen Kopf und finden raus, dass da nichts drin ist.«

Bobby Morrell hatte im Krankenhaus angerufen, um sich nach Max zu erkundigen. Jetzt wählte Max die Nummer der Jugendherberge in Mont la Croix, wo er und die anderen Teilnehmer des Wettbewerbs wohnten. Man sagte ihm, Bobby sei auf der Piste – wo sonst? Er käme erst zurück, wenn es dunkel würde. Max war auf die Hilfe des Amerikaners angewiesen. Er sagte dem Portier, was er Bobby ausrichten sollte, und vergewisserte sich, dass der Mann alles genau verstanden hatte.

Max zog die Krankenhaussachen aus, Schlafanzug und Morgenmantel, und nachdem er seine Cargohose, den Fleecepullover und die Stiefel angezogen hatte, fühlte er sich gleich besser. Nur so hatte er das Gefühl, er selbst zu sein. Er hielt seine Finger unter den Wasserhahn und verwuschelte seine Haare. Dann schlang er sich die Schnur mit dem Messinganhänger um den Hals und versteckte ihn unter dem Pullover. Was er mit dem kaputten Rosenkranz anfangen sollte, wusste er noch nicht so recht.

Die junge baskische Schwester brachte ein Tablett mit Essen herein; sie hatte natürlich erwartet, dass er im Bett lag.

»Was hast du vor?«

Max dachte kurz nach. »Ich muss die Sachen meines Freundes holen. Die Kleider und alles. Wir fahren nach England zurück. Der Arzt hat gesagt, das ist in Ordnung.«

»Aber erst morgen. Oder?«

Sie stellte das Tablett ab, schüttelte unwillig den Kopf, legte eine Hand auf seine Stirn und dann zwei Finger an sein Handgelenk. Mit der freien Hand zupfte sie zerstreut den Pullover an seiner Schulter zurecht, während sie seinen Puls fühlte. Max wehrte sich nicht dagegen. Große Schwestern waren manchmal schwierig, das wusste er. Nicht, dass er eine hatte, aber er kannte das von Baskins, einem der unangenehmsten Schüler auf seiner

Schule, der sich andauernd mit seinem Kumpel Hoggart prügelte. Jedes Mal, wenn seine Familie zu Besuch kam, platzte er fast vor Wut, weil seine Schwester ihm immerzu an den Haaren und an den Kleidern herumzupfte und ihm auch sonst das Leben zur Hölle machte. Grauenhaft. Max hatte gelernt, dass manche Mädchen in diesen Dingen einfach nicht zu bremsen waren.

Die Krankenschwester schien mit seinem Puls zufrieden, aber irgendetwas ließ sie zögern.

»Alles in Ordnung?«, fragte Max. »Kein Schnee oder Eis in mir drin, das noch aufgetaut werden muss?«, scherzte er, aber sie ging nicht näher darauf ein.

»Doch, alles in Ordnung«, sagte sie. Ihre Finger berührten das Kreuz in seiner Hand. »Das habe ich schon mal gesehen.« Sie stockte. »Hast du das gestohlen?«, fragte sie vorsichtig.

»Nein! Natürlich nicht.« Dass sie das Kreuz kannte, schockierte ihn mehr als ihr Verdacht, dass er ein Dieb sein könnte.

»Erzählst du mir, woher du das hast?«, fragte sie und sah ihm direkt in die Augen.

Max wusste, wenn jemand log, konnte man das in seinen Augen sehen. Also, was nun? Sich abwenden, sich eine Antwort ausdenken, das Schwanken überbrücken, indem man einfach etwas anderes tat? Nein. Ihrem Blick standhalten, nicht zwinkern – und ihr nicht die Wahrheit sagen.

»Ich habe es auf einer Skipiste gefunden.«

Er sah ihr in die Augen. Sie überlegte kurz und nickte dann. »Das wäre möglich. Ich habe gehört, dass er oben in den Bergen Ski läuft.«

Meinte sie den Mönch? Max' Herz schlug schneller. Nur gut, dass sie jetzt nicht mehr seinen Puls fühlte. Er versuchte so locker wie möglich zu bleiben. »Wer?«

Sie nahm ihm den Rosenkranz aus der Hand und berührte mit einem Finger das daran baumelnde Kreuz. Unten war ein Stück abgebrochen. »Er kam gelegentlich aus den Bergen, um mit uns die Messe in unserer Sprache zu feiern. Immer wenn ich dieses Kreuz geküsst habe, ist mir das fehlende Stück hier aufgefallen. Er ist ein baskischer Mönch.«

»Basken sind also etwas anderes als Franzosen?«

»Selbstverständlich. Wir haben unsere eigene Sprache, unsere eigene Kultur. Die spanischen Basken kämpfen aggressiver für ihre Unabhängigkeit, manche sogar als Terroristen, während wir auf dieser Seite der Pyrenäen die französische Kultur nicht weniger lieben als unsere eigene. Für uns gibt es da keinen Konflikt.«

»Und Sie sind sicher, das Kreuz gehört ihm?«, fragte Max.

»Was geht hier vor? Du weißt etwas, aber du hast Angst, es auszusprechen«, sagte sie leise und wiederholte bedächtig die Warnung, die er gemurmelt hatte, als er aus der Bewusstlosigkeit aufgewacht war: »*Ez ihure ere fida – eheke hari ere.* Warum hast du das gesagt?«

War sie misstrauisch oder wollte sie in ihrem schlechten Englisch nur zum Ausdruck bringen, dass sie sich Sorgen um ihn machte? Sorge oder Argwohn – es kam alles auf Nuancen der Aussprache an, und so wie sie sprach, vermochte Max ihre Absichten nicht zu deuten. Er beschloss, die Frage zu ignorieren. Schon möglich, dass sie sich wie eine große Schwester um ihn sorgte, aber Max war selbst dabei gewesen, als Baskins Schwester allen seinen Freunden erzählt hatte, dass ihr Bruder als kleiner Junge ein Bettnässer gewesen war.

Traue niemandem.

Max nahm ihr den Rosenkranz wieder aus der Hand. »Ich werde ihm das zurückbringen«, sagte er.

»Aber er ist Einsiedler. Er lebt irgendwo in den Bergen. Weißt du, was *Citeaux* bedeutet?«

Max schüttelte den Kopf.

»Das ist ein Ort, wo keine Menschen leben, nur wilde Tiere. Er hat eine Hütte auf der Montagne Noire.«

»Auf dem Schwarzen Berg? Sind Sie sicher?« Max verbarg seinen Schreck. Vor knapp zwei Wochen war er dort gewesen, zum Höhen- und Fitnesstraining. Drei Tage lang war er auf den Hängen des Schwarzen Bergs gewandert, bevor dann der Wettbewerb anfing. Die Gegend dort war wild und manchmal schneite es dort heftig, nur dass der Schnee aufgrund der geografischen Lage so nah am Atlantik kaum länger als eine oder zwei Wochen liegen blieb. Und das bedeutete, es gab dort Vegetation und wilde Bergziegen, von denen wiederum Raubvögel leben konnten.

Man hatte Max auch gewarnt, dass er weiter oben sogar auf Wölfe und Bären stoßen konnte. Wegen des Klimawandels hielten die Bären nicht mehr Winterschlaf wie früher. Es war nicht ratsam, sich in dieser Gegend eine Verletzung zuzuziehen, die Überlebenschancen waren praktisch gleich null. Und Max war nicht besonders scharf darauf, noch einmal dorthin zurückzukehren.

»Wissen Sie, wie er heißt?«, fragte er.

»Bruder Zabala. Ein ziemlich großer Mann mit Bart und langen Haaren.«

Jetzt hatte Max keinerlei Zweifel mehr, dass sie von demselben Mönch sprachen, der ihm bei der Lawine das Leben gerettet hatte und dann so schrecklich in den Tod gestürzt war.

Max umklammerte den Rosenkranz noch fester. Eine warnende Stimme in seinem Inneren sagte ihm, dass er drauf und dran war, sich in das dunkle Geheimnis eines Toten zu stürzen.

4

Erleichtert sah Max den verbeulten blauen Kleinbus am hinteren Ende des Krankenhausparkplatzes stehen. Snowboards und Windsurf-Ausrüstung waren gut verpackt oben auf dem Gepäckträger festgeschnallt. Die Schiebetür stand offen und davor saß Bobby Morrell auf einem Klappstuhl, neben ihm zwei Teenager, die Max vom Wettkampf her kannte. Die Gendarmen verstanden keinen Spaß, wenn es um Trinken in der Öffentlichkeit ging, und da niemand Lust hatte, Strafe zu zahlen oder Schwierigkeiten mit der Polizei zu bekommen, tranken Bobby und seine Freunde nur heißen Kaffee und aßen selbst gemachte Hotdogs dazu.

»Hey«, sagte der Amerikaner mit breitem Grinsen, als er Max sah. »Hab deine Nachricht erhalten. Dachte, du musst eine Weile im Krankenhaus bleiben – und jetzt sieh dich an. Ich hab dir deinen Rucksack mitgebracht.«

Max grüßte mit einem Nicken und nahm dankbar einen Becher Kaffee. »Mir geht's gut. Das Essen im Krankenhaus ist mies, und stell dir vor, die haben doch tatsächlich meine Jacke zersäbelt.« Er verschlang bereits einen Hotdog – eine klitschige Wurst mit massenhaft Ketchup. Eine köstliche Schweinerei, wenn man solchen Hunger hatte.

»Ja? Macht nichts«, sagte Bobby und gab einem seiner Kumpels einen Wink. Der Junge verschwand im Wagen, um gleich darauf mit einer coolen Snowboarderjacke wieder aufzutauchen. »Probier die mal an. Die hat einer zusammen mit seiner ganzen Ausrüstung bei mir liegen lassen. Müsste ungefähr deine Größe sein. Nimm dir alles, was du brauchst; er kommt erst in zwei Wochen zurück.«

Die Jacke passte. Max bedankte sich. »Wo ist Peaches?«

Bobby zuckte mit den Schultern, stieß ein Grunzen aus und biss in seinen Hotdog. »Abgehauen. Schlechte Verliererin. Wir treffen uns in Biarritz bei meinen Großeltern. Typisch Mädchen, oder?«

»Ja«, sagte Max. »Typisch Mädchen.« Er wünschte, er hätte Bobbys Erfahrung gehabt.

Er schluckte den ganzen Brei in seinem Mund auf einmal runter, spürte, wie er beinahe in seiner Luftröhre stecken blieb, und bekam dann endlich wieder Luft.

»Ich hatte noch keine Gelegenheit, mich bei dir zu bedanken, Bobby. Wenn du nicht die Pistenpatrouille alarmiert hättest, würde ich immer noch da oben liegen, tiefgefroren wie ein Eiswürfel.«

Sie sprachen beide mit vollem Mund, konnten das Essen gar nicht schnell genug in sich hineinstopfen.

Bobby sprühten Krümel aus dem Mund. »Ach, das war doch nichts. Eigentlich hab ich gedacht, so eine Lawine kannst du gar nicht überleben. Aber du hast es geschafft. Cool. Manchmal hat man wirklich Glück. Ich hab dich übrigens nicht besucht, weil wir eine spitzenmäßige Party hatten und den frischen Schnee zum Skilaufen nutzen wollten. Hätte ja sowieso nichts geholfen, wenn ich dir hier die Hand gehalten hätte.«

»Ja, man darf keine gute Piste auslassen«, bestätigte Max. Er spülte den letzten Schluck mit etwas Kaffee runter. »Du hast gesagt, du könntest uns für ein paar Tage unterbringen?«

»Klar. Meine verrückte Großmutter hat ein Haus in Biarritz.

Da wollen wir surfen und anschließend fahren wir in die Alpen. Dort wird guter Schnee erwartet, und wenn wir in den Chalets Arbeit finden, haben wir Unterkunft, Verpflegung und Skipässe gratis.«

Max schwieg. Er fuhr sich mit der Zunge über die Zähne. Die Küste war keine zwei Stunden entfernt, wenn man die Autobahn nahm; auf der Landstraße dauerte es etwa doppelt so lange. In seinem Rucksack hatte er alles, was er für ein paar Tage in den Bergen brauchte, aber vorher wollte er sich noch vergewissern, dass Sayid bis zu seiner Rückkehr gut versorgt war.

Den Ärzten wäre es wahrscheinlich am liebsten, wenn Sayid und Max spätestens morgen in einem Flugzeug nach England säßen. Aber Max wollte nicht zurück. Noch nicht. Der Angriff auf ihn im Kajak war offensichtlich als Rache dafür gedacht gewesen, dass er Sophie am Abend zuvor aus der Patsche geholfen hatte. Wenn diese Gangster, die mit vom Aussterben bedrohten Tieren handelten, die Tiere über die Berge in spanische Häfen und von dort weiter nach Frankreich und ins übrige Europa brachten, dann war Max hier genau am Brennpunkt des Geschehens.

Auch wenn die Tierschmuggler offenbar annahmen, dass er und Sophie etwas miteinander zu tun hatten, schien ihm das wirkliche Geheimnis ganz woanders zu liegen. Verfolgt und angeschossen hatte Zabala sich noch unmittelbar vor seinem Tod enorme Mühe gegeben, sich den Rosenkranz und den Anhänger vom Hals zu reißen. Noch immer hörte Max die verzweifelte Stimme des Mannes, mit der er ihn, bevor er in den Tod stürzte, so eindringlich anflehte, eine Abtei aufzusuchen und dort irgendetwas mit einem Krokodil und einer Schlange herauszufinden. Warum? Es musste etwas so Wichtiges sein, dass der Mann seinen letzten Atemzug dafür hergab, es ihm zusammen mit einer letzten Warnung vor Luzifer ans Herz zu legen. Der gefallene Engel – gehörte der auch zu der rätselhaften Botschaft des Mönchs? Max wusste, was sein Vater in dieser Situation tun würde. Er würde den letzten Wunsch des Sterbenden erfüllen und sein Geheimnis zu ergründen versuchen. Käme die Polizei dazu, ginge der ganze Schwung bei den schwerfälligen Ermittlungen verloren; also war es besser, die aus dem Spiel zu lassen – vorläufig jedenfalls. Bleiben und mehr über den Mönch in Erfahrung bringen, oder nach Hause gehen und die ganze Sache vergessen? *Ich habe gar keine Wahl, stimmt's, Dad?*

Bruchstücke von Hinweisen, Splitter von Informationen – wie ein zerbrochener Spiegel. *Wie soll man das alles wieder zusammensetzen?*, fragte er sich.

»Nehmt Sayid mit. Ich habe hier noch etwas zu erledigen. Es ist wichtig, Bobby. Aber du musst mir vertrauen, ich kann jetzt noch nicht darüber reden.«

»Was ich nicht weiß, macht mich nicht heiß«, sagte Bobby grinsend. »Wie kann ich dir helfen?«

Max erklärte rasch seinen Plan. Kaum war er damit fertig, erblickte er in der Ferne die blau getönten Scheinwerfer eines Autos, das sich von der Straße her dem Krankenhaus näherte. Er hatte keine Zeit mehr zu verlieren.

Es war ein schwarzer Audi.

Bobbys Kleinbus näherte sich schlingernd dem Eingang des Krankenhauses und plötzlich gab der Motor seinen Geist auf. Laute Musik dröhnte durch die Nacht, als die Snowboarder ausstiegen und den Wagen anzuschieben versuchten.

Sofort kamen zwei Diensthabende von der Nachtschicht

nach draußen und verlangten, sie sollten die Musik abstellen. Die Patienten brauchten ihren Schlaf! Die beiden gestikulierten wütend, bis Bobby endlich begriff, dass die Musik ihnen entweder nicht gefiel oder einfach zu laut war. Also stellte er sie aus, murmelte eine Entschuldigung und sagte, er habe sich verfahren. Er sei aus Amerika und kenne sich hier nicht aus; die Stadt sei ja wirklich sehr schön, aber in diesen vielen Einbahnstraßen könne sich doch kein Mensch zurechtfinden! Das alles brachte er in ziemlich schlechtem Französisch hervor, obwohl er die Sprache in Wirklichkeit fließend beherrschte.

Schließlich beruhigte sich alles. Bobby schaffte es, gerade in dem Moment den Motor wieder anzulassen, als er Max an dem jetzt unbesetzten Empfang vorbei durch den Eingang huschen und im Aufzug verschwinden sah.

Die Korridore waren still und in Halbdunkel getaucht. Irgendwo hörte Max Stimmen flüstern. Ein Rollwagen klapperte, eine Tür fiel ächzend ins Schloss, ein Aufzug fuhr brummend in den Keller. Max schlich vorsichtig weiter. Um in der Abteilung hier oben nicht bemerkt zu werden, hielt er sich dicht an der Wand, wo die Schatten am tiefsten waren. Sein Vater hatte ihn gelehrt, wie man sich im Dschungel an Tiere anschleicht, um sie besser fotografieren zu können. Wenn man beim Gehen möglichst wenig Geräusche machen will, muss man auf den Kanten der Schuhe gehen, und genau das tat Max jetzt. Und er ging schnell.

Sechs Stockwerke tiefer lag der Parkplatz, und als Max durch die Korridorfenster nach unten spähte, sah er die glänzenden Lederjacken der beiden Männer, die jetzt gerade aus dem Audi stiegen. Max erkannte sie sofort: Es waren dieselben, die er auf der Bergstraße oberhalb der Stromschnellen gesehen hatte. Sie blickten sich auf dem fast leeren Parkplatz um. Einer nickte dem anderen zu, dann teilten sie sich auf. Der Größere der beiden begab sich zum Empfang, der andere verschwand zur Rückseite des Gebäudes.

Wer waren diese Kerle?

Ein Stuhl scharrte. Jemand bewegte sich. Max drückte sich an die Wand und spähte um die Ecke in ein Bereitschaftszimmer. Eine Nachtschwester hatte ihren Stuhl vom Schreibtisch zurückgeschoben. Wenn sie auf den Korridor kam, lief sie direkt in ihn hinein. Max konnte den Raum in den Spiegelungen der Korridorfenster sehen. Die Schwester schob eine Handvoll Patientenakten ordentlich zusammen, klemmte sie unter einen Arm und ging zur Tür. Egal was Max für eine Erklärung einfallen mochte, sie würde Verdacht schöpfen und die Sicherheitsleute rufen. Was für einen Grund sollte er haben, nachts hier durch die Flure zu schleichen?

Max griff in seine Tasche und fand zum Glück eine Münze. Er warf sie sachte in hohem Bogen über die Tür und sah sie auf der Kante landen und gegen einen Aktenschrank rollen. Die Schwester hörte etwas klimpern, ging dem Geräusch nach, erblickte die Münze und hob sie vom Boden auf. Bis dahin war Max längst an der offenen Tür vorbeigehuscht.

Er kam an ein paar Privatzimmern vorbei und wurde plötzlich unsicher. War das der richtige Flur? Er konnte sich an das Zimmer nicht erinnern, nachts sah alles anders aus. Aber dann hörte er ein Geräusch, das ihn sicher zum Ziel führte.

Gleich darauf öffnete er die Tür von Sayids Zimmer. Sein bester Freund lag im Bett und schnarchte mit offenem Mund, wie ein glückliches Schwein im Stroh. Max schüttelte ihn sanft. Sayid warf sich stöhnend auf die Seite und schnarchte noch lauter. Max schüttelte ihn etwas heftiger, aber er rührte sich nicht. Er hielt ihm mit einer Hand den Mund zu, vielleicht half das ja.

Das Schnarchen verstummte und sein Freund begann sich zu winden. Max nahm die Hand weg, und als Sayid nun keuchend Luft holte, kippte er ihm das Glas Wasser von seinem Nachttisch ins Gesicht.

Sayid würgte. Max nahm sein Gesicht in beide Hände und flüsterte: »Sayid! Ruhig! Ich bin's!«

Sayid machte zögernd die Augen auf, er hustete jetzt nicht mehr. Er sah Max verschlafen an und murmelte: »Max … hey, ich hatte … große Schmerzen …« Er lachte benommen. »Es hat funktioniert. Haha … es hat geholfen.«

Sayid schlief fast wieder ein. Max schüttelte ihn. Sein Freund machte die Augen wieder auf. »Max. Hi. Habe eben geträumt, du … hättest mir Wasser … ins Gesicht … hey, was machst du eigentlich hier …?«

Er war total von der Rolle. Für lange Erklärungen blieb Max keine Zeit. Er schüttelte ihn noch einmal. »Sayid, hör zu. Wir müssen hier raus. Nicht wieder einschlafen!«, sagte er und tätschelte seine Wange.

Sayid riss sich zusammen. »Ja, ja. Schon gut, Max. Wohin soll's denn gehen?«

»Erkläre ich dir später.« Max hob ihn aus dem Bett und setzte ihn in den Rollstuhl, klappte die Beinstütze hoch und legte eine Decke über ihn. Sayids Kopf sank müde auf seine Brust. Max zog ihn an den Haaren. Der Kopf ruckte wieder hoch.

»Ist ja gut! Ich bin wach!«, murmelte er.

Max machte den Schrank auf und warf Sayids Kleider und Schuhe aufs Bett. Er wickelte alles in die dünne Bettdecke und legte das Bündel auf Sayids Schoß. Wenn Sayid jetzt wieder einschlief, würde er aus dem Rollstuhl rutschten. Also riss er einen Streifen vom Laken ab, zog ihn unter Sayids Achseln durch und knotete ihn hinten fest zusammen.

Max hörte den Aufzug brummen. Da kam jemand.

Er nahm die beiden Krücken, schob eine unter den Lakenstreifen und hängte die andere mit dem Griff an Sayids Arm.

»Sayid, hör mir zu. Du musst wach bleiben und mit der Krücke die Türen aufstoßen, denn sonst knallt dein Fuß dagegen, und das wäre gar nicht gut. Fertig?«

Sayid nickte und leckte sich die trockenen Lippen. »Wasser«, krächzte er.

Max hielt ihm die Karaffe an den Mund und ließ ihn ein paar Schlucke nehmen. »Das reicht. Du bist schließlich kein Kamel, und wir können unterwegs nicht haltmachen, um aufs Klo zu gehen.«

Er sah kurz nach, ob draußen die Luft rein war. Dann schob er den Rollstuhl auf den Korridor, aber nicht zum Hauptlift, sondern in die andere Richtung, direkt auf die linke Hälfte einer breiten Schwingtür zu. Der Lift hielt und machte »Ping«.

»Los geht's! Halt dich fest.«

Sayid packte die Krücke, die als Rammbock dienen sollte, und stieß die Tür auf. Dahinter gelangten sie in einen Versorgungsbereich, wo sie zwischen herumstehenden Rollstühlen und Rollwagen hindurchmanövrieren und schließlich nach links um die Ecke biegen mussten. Aber Max kam nicht um die Ecke herum. Jemand hatte mitten im Gang einen Reinigungswagen mit Putzmitteln und Wischmopps abgestellt, und daran kamen sie nicht vorbei. Max war dem Hinweisschild zum Lastenaufzug gefolgt, aber dieser Fluchtweg war ihnen versperrt.

Max blickte über die Schulter. Wer auch immer hier heraufgekommen war, musste inzwischen in der Nähe von Sayids Zimmer sein.

»Warte mal kurz, Sayid.«

Max lief zu der Doppeltür zurück, spähte durch den schmalen Spalt in der Mitte und sah einen Mann mit Stoppelbart auf sich zukommen. So wie der aussah, passte er ganz und gar nicht in die sterile Atmosphäre eines Krankenhauses. Max nahm an, dass er die Angestellten überredet hatte, ihn reinzulassen. Vielleicht hatte er ihnen erzählt, er sei ein Verwandter. Aber egal, welchen Trick er angewendet hatte, jetzt war er hier. Die Nachtschwester begleitete ihn, und Max hörte sie sagen: »Der Junge hat sich schon selbst entlassen ... aber sein Freund ist noch hier.« Der Mann blieb im Flur, als die Schwester in Sayids Zimmer trat.

Der Mann wartete. Max hielt den Atem an. Er hörte das leise Knarren der Lederjacke, die sich um die Muskeln des Mannes spannte. Der Mann drehte sein finsteres Gesicht und blickte jetzt genau in Richtung Schwingtür. Max kauerte an einer Stelle, die noch dunkler war als der übrige Flur, aber er wusste, wenn er jetzt seiner instinktiven Angst vor Entdeckung nachgab, dann würde genau das passieren. *Wenn du gejagt wirst, beweg dich nicht. Jede Bewegung kann dich verraten.* Die Worte seines Vaters hallten in seinem Kopf. Max verdrängte seine Angst. Bleib ruhig, sagte er sich. Du musst das aushalten. Wenn du der Versuchung nachgibst, ändert sich die Verteilung von Licht und Schatten. Und jeder, der ein geübtes Jägerauge hatte, würde das sofort bemerken. Und Max wusste, der Mann da vor ihm im Korridor war mehr als ein Jäger. Der sah aus wie ein abgebrühter Killer.

Max bewegte sich nicht.

Der Mann kam jetzt direkt auf ihn zu. Max machte sich bereit. Er konnte nur hoffen, dass es ihm gelang, die Tür mit der Schulter so heftig zu rammen, dass es den Mann von den Beinen riss. Zwei zu null für die Realität. Jemand mit einem solchen Körpergewicht würde sich nicht so ohne Weiteres zu Fall bringen lassen, selbst wenn er überrumpelt wurde. Aber ihm blieb nichts anderes übrig. Der Mann war kein halbes Dutzend Schritte mehr entfernt. Max hielt die Luft an. Er wappnete sich für einen Stoß, der härter war als alles, was man beim Rugby auszuhalten hatte.

»Monsieur!«, flüsterte die Krankenschwester.

Der Mann blieb stehen und drehte sich zu ihr um.

»Er ist nicht da. Vielleicht im Bad? Da hinten. Ich geh mal nachsehen«, sagte sie leise.

Die Lichtkegel von oben ließen das Gesicht des Mannes noch dunkler erscheinen, aber seine Augen durchdrangen selbst die Schatten. Max hielt immer noch die Luft an, das Herz schlug ihm laut in der Brust. Es ging um Bruchteile von Sekunden – würde der Mann noch die letzten Schritte machen und die Tür aufstoßen? Aber dann drehte er sich unvermittelt um und folgte der Schwester.

Max stöhnte, so leise er konnte.

Ihm blieb nichts anderes übrig, als Sayid mitsamt dem Rollstuhl die Treppe ins nächste Stockwerk hinunterzutragen, eine langwierige und anstrengende Angelegenheit, und als sie endlich unten ankamen, klebte ihm sein T-Shirt durchgeschwitzt am Rücken. Er betete, dass er das nicht bis zum Erdgeschoss durchhalten musste. Er bog um die Ecke, wich einem weiteren Reinigungswagen aus, und diesmal hatte er Glück: Die Tür des Lastenaufzugs stand bereits offen. Max bedankte sich im Stillen bei den Putzfrauen, die als Letzte auf dieser Etage ausgestiegen waren.

Er schob Sayid in den geräumigen Lift. Sein Finger schwebte über den Aufzugknöpfen. Wohin war der zweite Mann gegangen? Sehr wahrscheinlich zur Rückseite des Krankenhauses. Am sichersten wären Max und Sayid im Keller. Dort könnten sie sich bestimmt für eine Weile verstecken, bevor sie einen Weg nach draußen fanden. Max drückte auf den Knopf.

Die Aufzugtüren glitten zu und der Lift fuhr ächzend abwärts. Unten angekommen, standen Max und Sayid vor einem Labyrinth von Korridoren. Über ihnen an der Betondecke verliefen Lüftungsrohre und rote, grüne und blaue Elektrokabel. Sie mussten sich entscheiden.

»Was meinst du, Sayid? Eigentlich müsste es hier doch irgendwo eine Tiefgarage für die Krankenwagen geben … Links, rechts oder geradeaus?«

Wieder sank seinem Freund der Kopf auf die Brust.

»Das soll dann wohl ›Ja‹ bedeuten – ich versuch's einfach mal«, sagte Max.

Er schob den Rollstuhl geradeaus, dem dunklen Ende eines Korridors entgegen, der eher wie ein Tunnel aussah. Immerhin hatte er Auspuffgase gerochen und meinte, der Geruch käme aus dieser Richtung.

Kaum hatte er diese Entscheidung getroffen, hörte er, wie ein paar Stockwerke weiter oben jemand den Riegel einer Brandschutztür bewegte. Er horchte. Nichts. Dann das kaum hörbare Anschlagen einer Gummisohle an die Kante einer Treppenstufe. Jemand schlich die Feuertreppe hinunter. Max war nur ein Dutzend Schritte von der ersten Treppenwendung entfernt. Jeder, der dort plötzlich herumbog, würde ihn und Sayid auf der Stelle bemerken.

Max legte Sayid eine Hand auf den Mund. Sein Freund riss die Augen auf.

»Wir müssen uns verstecken. Da kommt jemand«, flüsterte Max.

Jetzt war Sayid endlich wach. Angst pumpte Adrenalin in sein Blut. Er hielt die Krücke gerade nach vorne, als Max ihn auf die nächstbeste Tür zuschob. Vorsichtig glitten sie hindurch und gelangten in einen älter aussehenden Korridor. Der Boden war mit Linoleum ausgelegt, an der Decke flackerte knisternd eine Neonröhre. Und es roch hier auch anders. Nicht nach Desinfektionsmitteln. Was war das nur? Max kam nicht drauf. Langsam, damit sie der Luftzug nicht verraten konnte, ließ er die Tür hinter sich zuschwingen. Denn wer auch immer da die Treppe nach unten schlich, achtete bestimmt auf jede winzige Kleinigkeit.

Es blieb ihnen nicht mehr viel Zeit. Vor ihnen stand eine doppelstöckige Rollbahre, auf der ordentlich gefaltet ein Laken und eine Gummidecke lagen. Auf der anderen Seite befand sich eine verriegelte Tür mit Oberlicht. Auf einem kleinen Schild daneben stand: *Leichenhalle*.

»Warte kurz«, flüsterte Max.

Er zog geräuschlos den Riegel auf. Eine Wand des Raums bestand aus Kühlfächern mit Edelstahltüren, groß genug, dass man einen Toten hineinschieben konnte. Auch hier stand eine Rollbahre. Offenbar brachte man damit verstorbene Patienten von den Stationen hierher, vielleicht auch, hoffte Max, aus der Tiefgarage am Ende dieses anderen Korridors, wo Krankenwagen mit Unfallopfern eintrafen.

Max kniete sich neben Sayid und flüsterte ihm ins Ohr: »Wir gehen da rein. Es ist ziemlich finster, und es gibt eine Bahre wie die hier, auf der wir uns verstecken können. Du legst dich unten rein, ich oben, ich zieh eine Decke über mich. Wahrscheinlich werden diese Leute nicht unbedingt in einer Leichenhalle herumschnüffeln wollen. Ich kann lang genug die Luft anhalten, um sie zu täuschen.«

Sayid schüttelte den Kopf. »Kommt nicht infrage.«

»Das ist jetzt nicht der richtige Augenblick, zimperlich zu

sein. Da kommt jemand die Treppe runter, und das ist garantiert keine Schwester, die dich ins Bett bringen will.«

»Nein. Ich kann da nicht rein, Max. Ich kann nicht«, flüsterte Sayid.

»Die tun dir doch nichts. Die sind alle tot«, versuchte Max ihn zu beruhigen. Sayid kniff die Augen zu und schüttelte hartnäckig den Kopf.

Für Diskussionen war jetzt keine Zeit. Jemand hatte auf der Etage über ihnen eine Schwingtür aufgestoßen. Offenbar durchsuchten diese Leute systematisch alle Flure.

»Also wirklich Sayid, manchmal kannst du einem das Leben ganz schön schwer machen.«

»Ich?«, zischte Sayid vorwurfsvoll.

Über ihnen fiel eine Tür zu. Sie blickten auf, versuchten sich vorzustellen, wie der Eindringling zur Treppe zurückging. Max packte Sayids Arm.

»Der Rollstuhl bleibt hier, du kletterst auf diese Bahre hier. Ich geh da rein«, sagte er und wies mit dem Kopf Richtung Leichenraum.

Sayid schob sich auf die untere Etage der Rollbahre, während Max das Laken so darüberlegte, dass es rundum bis zum Boden hinabreichte.

Er sah noch einmal zu Sayid hinein. »Bleib totenstill liegen, bis ich dich holen komme!«

»Wie kannst du jetzt solche Witze machen, Max?«

»Mach ich ja gar nicht. Falls er hier reinkommt – du darfst dich auf keinen Fall bewegen«, sagte Max.

Sayid umklammerte das Bündel auf seiner Brust und blieb stocksteif liegen. Max verzog sich in den Nebenraum.

Im Leichenraum lehnte er die Tür nur an, sodass sie nicht ins Schloss fiel, und kletterte dann wie Sayid unten auf die Bahre.

Das Laken war kürzer als das andere. Er konnte damit weder sich selbst noch die ganze Bahre bedecken. Max zog Schuhe und Strümpfe aus und krempelte seine Cargohose bis zu den Knien hoch. Dann klemmte er sich unter jede Achsel einen Schuh und legte sich oben auf die Bahre. Er zog das Laken über seinen Kopf und streckte sich lang aus, fest entschlossen, sich nicht zu bewegen. Schon begann er an den nackten Füßen zu frieren. Er legte die Fersen dicht zusammen und ließ die Füße in natürlicher Haltung nach links und rechts wegsinken. Kaum hatte sich sein Atem beruhigt, hörte er die Schwingtür leise aufklappen.

Max betete, dass Sayid nicht die Nerven verlor.

5

Der Mann, der sich nahezu lautlos durch die letzten Etagen bewegt hatte, hatte mehr als die Hälfte seines Lebens in der französischen Fremdenlegion verbracht. Als er vor zwanzig Jahren in Marseille in diese legendäre Truppe aufgenommen worden war, hatte man über seine kriminelle Laufbahn als Jugendlicher hinweggesehen. Er bekam eine neue Identität und – für ihn und seinesgleichen noch wichtiger – eine neue Familie: die Legion. Nach seinem Ausscheiden fand er besser bezahlte Arbeit, bei der ihm seine speziellen Fertigkeiten gute Dienste leisteten.

Die Legion hatte ihm den Namen Corentin gegeben, ein keltisch-bretonischer Name, der *Hurrikan* bedeutet, und er besaß wirklich die Kraft und Energie eines Sturms. Aber er war nicht nur stark, sondern auch äußerst gewandt und bewegte sich leichtfüßig durch die kaum beleuchteten Korridore. Auch wenn nichts auf die Anwesenheit der beiden Jungen hindeutete, sagte ihm sein Instinkt, dass jemand durch diese Schwingtür gegangen war. Nachdem er der Schwester weisgemacht hatte, dass er das Gebäude verlassen wolle, hatte er sich systematisch durch die Stockwerke nach unten vorgearbeitet. Und jetzt hatte er etwas gehört.

Corentin trug eine 9-mm-Pistole – eine Glock 18 – und ein Kampfmesser mit kurzer Klinge. Unbewaffneter Nahkampf gehörte zu seinen besonderen Fähigkeiten, aber er würde weder diese Fertigkeiten noch die Waffen einsetzen müssen. Er jagte Kinder, keine Killer.

Sayid drückte sein Gesicht fest in das Bündel auf seiner Brust und hoffte verzweifelt, dass man seinen flachen Atem nicht hören konnte. Am unteren Ende des Lakens tauchten jetzt Schuhe mit weichen Sohlen auf. Ob Stress und Angst der Grund waren oder ob es an den Nachwirkungen der Medikamente lag, jedenfalls war Sayid kurz davor, ohnmächtig zu werden.

Corentin ging an der Bahre vorbei und noch zehn Schritte weiter, bis er ans Ende des Korridors gelangte. Er machte kehrt und blieb zögernd vor der Tür zum Leichenraum stehen. Er hatte schon viele übel zugerichtete Tote gesehen und auch selbst manche Morde begangen, etwas, wozu man Kraft und Aggressivität benötigte, aber ein Leichenkeller war ein stiller, unheimlicher Ort, an dem sich die Geister der Toten herumtrieben. Alter Aberglaube. Vielleicht auch das unbewusste Grauen vor der Gewissheit, dass er eines Tages selbst auf kalten Fliesen liegen würde, während ein Pathologe ihn aufschnitt, um herauszufinden, woran er gestorben war. Messer, Kugel, Explosion. Was würde es sein? Er dachte nicht darüber nach. Es spielte keine Rolle. Aber ein Leichenkeller …

Corentin machte die Tür vorsichtig auf und roch sofort den widerlich süßlichen Gestank von Balsamierflüssigkeit und all den anderen Sachen, die diese Ärzte des Todes benutzen mochten. Er sah sich rasch um. Edelstahlschränke. Eine Bahre mit einer Leiche drauf.

Okay. Niemand da. Er trat zurück. Seine Instinkte schlugen Alarm. Er hatte sich von einer dummen, kindischen Angst aus der Ruhe bringen lassen, und jetzt war jemand hinter ihm. Er wirbelte herum, die Automatik in der Hand, bereit, den lautlosen Verfolger zu erschießen.

»Ich bin's!«, zischte sein Partner Thierry mit halb erhobenen Händen.

Corentin ließ langsam die Pistole sinken. »Thierry. Um Gottes willen!«

Die beiden Männer arbeiteten seit über zwölf Jahren zusammen und waren ein gutes Team. »So nervös? Du wirst alt, Mann«, sagte sein Freund. »Was gefunden?«

»Nein. Du?«

»Hier unten gibt es eine Tiefgarage. Aber alles sehr schlecht gesichert. Und das in diesen Zeiten …«

Corentin unterbrach ihn. »Hast du keinen von diesen Jungen gesehen?«

»Nein. Nichts. Komm, wir vergeuden hier nur unsere Zeit. Was sollen die beiden schon wissen?«

»Genug, um uns zu geben, was wir brauchen. Wir verschwinden von hier. Die Spur ist kalt.«

Corentin folgte seinem Partner durch die Schwingtür, schob aber vorher noch den Riegel der Leichenraumtür zu.

Die Geister der Toten sollten bleiben, wo sie hingehören, dachte er.

Max wartete. Die gedämpften Stimmen, die auf Französisch miteinander gesprochen hatten, waren nicht zu verstehen gewesen. Dann klapperte der Riegel, die Schwingtür ging auf und klappte wieder zu. Für den Fall, dass die Männer sie täuschen wollten, um sie herauszulocken, blieb er noch ein paar Minuten reglos liegen, bevor er das Laken von sich warf.

Sein Herz hatte so laut gehämmert wie der Riegel, der vor die Tür geschoben worden war. Er zerrte an der Klinke. Aber vergeblich.

Max schlug leise an die Tür. »Sayid. Ich bin eingeschlossen.

Sayid?«, flüsterte er. Er lauschte. Nichts. Die konnten ihn doch nicht mitgenommen haben? Ihn geknebelt und weggetragen haben?

Max zog die Bahre an die Tür, arretierte die Feststellbremsen und kletterte hinauf. Durch das halb offene Oberlicht sah er die andere Bahre. Keine Spur von den zwei Männern. »Sayid?«, flüsterte er etwas lauter und lauschte angestrengt. Aber was er hörte, machte ihm noch mehr Angst, als er vorhin auf der Flucht vor dem Verfolger empfunden hatte: Sein Freund schnarchte. Ohne Sayids Hilfe kam er hier nicht raus.

Das Oberlicht war zwar nach außen aufgeklappt, aber viel zu schmal, als dass Max hindurchgepasst hätte. Er schob eine Hand hindurch und warf einen Schuh nach Sayid.

Volltreffer! Er traf das Laken genau an der Stelle, wo er Sayids Kopf vermutete, und vernahm ein lautes Stöhnen. Gut! Das dürfte reichen. Aber die Freude währte nicht lange, denn gleich darauf ging das Stöhnen wieder in ein rhythmisches Schnarchen über.

Mit Sayid konnte er nicht rechnen.

Max saß in der Falle.

Bobby Morrell hatte seinen Wagen dreihundert Meter vor dem Krankenhaus geparkt. Die Straße führte leicht bergauf, sodass er einen guten Blick auf das gesamte Krankenhausgelände hatte. Die beiden anderen Snowboarder lagen bereits in ihren Schlafsäcken auf der Matratze hinten im Kleinbus. Das Ganze dauerte viel länger, als Bobby erwartet hatte. Er wollte gerade aussteigen und sich auf die Suche nach Max und Sayid machen, als er zwei Männer aus den Schatten an der Rückseite des Gebäudes kommen und über den Parkplatz gehen sah. Sie stiegen in einen schwarzen Audi, den Bobby bis dahin gar nicht bemerkt hatte. Er duckte sich, als die blau getönten Scheinwerfer beim Losfahren über den Kleinbus strichen.

Die Kerle sehen verdammt übel aus. Die essen bestimmt keine Milchbrötchen zum Frühstück.

Vielleicht war es doch besser, im Bus zu warten. Nur für den Fall, dass diese Jungs Freunde hatten.

Die Tür des Kühlraums war von außen verriegelt. Max hatte keine Möglichkeit, sie zu öffnen, auch nicht mit Gewalt, und eine andere Tür gab es nicht. Vielleicht konnte er das Oberlicht mit seinem Körpergewicht eindrücken und versuchen, sich da irgendwie durchzuquetschen. Aber dabei bestand die Gefahr, dass er sich an den Glasscherben die Beine aufschnitt, und falls er die Oberschenkelarterie erwischte, würde er in wenigen Minuten verbluten – obwohl er in einem Krankenhaus war.

Sayids unvermindertes Schnarchen reizte Max zunehmend, während er das Oberlicht nach irgendeiner Schwachstelle abtastete. Vielleicht war ja eins der Scharniere locker und er konnte es aufhebeln? Nein, alles fest. Mehrere Lackschichten hatten die Angeln im Lauf der Jahre untrennbar mit dem Holz verbunden. Beweglich waren nur die gut geölten Angeln selbst. Dann bemerkte Max die kleine, spindelförmige Sperrvorrichtung und die daran hängende Schnur, mit der das Oberlicht auf- und zugemacht werden konnte.

Er zog daran, aber das Fenster ließ sich nicht weiter öffnen. Wenn er die Schnur abreißen und eine Schlinge daraus machen konnte, gelang es ihm vielleicht, sie auf der anderen Seite hinabzulassen und um den Riegel zu schlingen.

Er packte die Schnur mit beiden Händen und zerrte daran, aber sie hielt. Dann sah er, dass sie an der Sperre vom häufigen Gebrauch ein wenig ausgefranst war. Er packte noch einmal zu, noch fester, und zog mit einem kräftigen Ruck. Jetzt riss die Schnur entzwei. Er nahm sie und machte an das eine Ende einen Henkersknoten, der sich zusammenziehen würde, wenn er ihn um den Riegel geschlungen hatte. Als er sich gerade aus dem Oberlicht beugen wollte, stellte er fest, dass er gerade mal einen Arm durchstecken konnte.

Max spähte nach unten. Der Riegel befand sich etwa einen Meter unter ihm. Er ließ die Schnur durch die Lücke hinab und angelte nach dem Riegel, ohne etwas zu sehen, nur mithilfe des Bildes, das er im Kopf hatte. Nach einem halben Dutzend Versuchen spürte er einen leichten Ruck. Er zog den Arm vorsichtig nach oben, hielt die Schnur gut fest, spähte wieder nach unten und sah, dass die Schlinge sich fest um den Riegel gelegt hatte. Er schob den Arm wieder zurück, drückte sein Gesicht an den Rand des Fensters und zerrte die Schnur zur Seite. Nichts. Der Riegel klemmte zwischen Tür und Rahmen. Irgendwie musste er ihn freibekommen. Jetzt wäre ein Erdbeben genau das Richtige, um das Ding loszurütteln. Also gut. Dann ein Erdbeben.

Immer noch oben auf der Bahre balancierend, zog er seine Strümpfe an und schnürte den einen Stiefel zu, den er noch hatte. Der Riegel befand sich unmittelbar unter der Türklinke. Er stützte sich mit einer Hand ab, hielt mit der anderen die Schnur stramm und trat mehrmals heftig gegen die Tür, während er gleichzeitig mit aller Kraft an der Schnur zog. Zu seinem Frust gesellte sich jetzt auch noch Angst – er wusste ja nicht, ob die Männer noch im Gebäude waren –, trotzdem hämmerte er so laut gegen die Tür, dass man Tote damit hätte wecken können. Zum Glück beklagte sich niemand.

Mach schon! Geh AUF!

Noch ein Tritt, noch ein Ruck und der Riegel krachte zur

Seite. Die Tür flog auf, gleichzeitig schoss die Bahre nach vorn und als sie Sayid rammte, warf Max sich nach hinten.

Sayid schlug verschlafen die Augen auf und gähnte, während er sich auf den Fußboden gleiten ließ.

»Max?«

Dann kam die Erinnerung zurück.

»Wo ist dieser Kerl?«

»Weg«, sagte Max und zog sich den anderen Stiefel an. »Und wir verschwinden jetzt auch von hier.«

»Toll. Und warum hast du bloß einen Stiefel an?«

Bobby blendete kurz die Scheinwerfer auf, als er die beiden aus demselben dunklen Bereich wie vorhin die zwei Männer kommen sah.

»Hab mir schon Sorgen gemacht«, sagte er, als Max Sayid im Rollstuhl vor die Schiebetür des Kleinbusses schob.

Einer von Bobbys Freunden half Sayid auf die Matratze hinten im Bus und sicherte ihn links und rechts mit zusammengerollten Schlafsäcken.

»Bestimmt nicht so viel wie ich«, sagte Max und klappte den Rollstuhl zusammen.

»Hast du die beiden Knochenbrecher gesehen?«

»Allerdings. Die waren hinter uns her. Wenn ich nur wüsste, wer das ist. Wahrscheinlich denken sie, ich hätte was mit Sophies Tierschützern zu tun.«

Er saß jetzt vorne bei Bobby, und Sayid hatte sich mit einem Schlafsack zugedeckt.

»Sophie? Was für eine Sophie?«

»Das ist eine lange Geschichte«, sagte Max und faltete die schmuddelige Landkarte auf, die auf dem Armaturenbrett gelegen hatte. »Auf jeden Fall muss ich nach …« Er fuhr mit einem

Finger die Landstraße von den Bergen zur Küste ab. »Ungefähr hier. La Vallée de la Montagne Noire.«

»Wir wär's mit Biarritz? Du musst dich mal was ausruhen, Mann«, sagte Bobby, während er langsam auf die leere Straße einbog.

»Setz mich da ab und sag mir, wo du hinfährst. Morgen Abend komme ich nach.« Max rieb sich die Müdigkeit aus den Augen. »Jetzt muss ich erst einmal nachdenken, ich darf auf keinen Fall einnicken. Kannst du Musik anmachen?«

»Klar. Und was ist mit ihm?«, fragte Bobby und zeigte auf Sayid, der schon wieder eingeschlafen war und jeden Moment zu schnarchen anfangen würde.

»Der hat genug geschlafen, das reicht für eine Ewigkeit. Lass krachen.«

Bobby machte das Radio an. Laute Rockmusik dröhnte aus dem Kleinbus, als sie auf die Bergstraße zusteuerten.

In wenigen Stunden waren Bobby und die anderen am wilden Atlantik.

Und Max hatte ein Rendezvous mit einem Toten.

6

Die imposanten Berge ragten wie schwarze Wächter in den Nachthimmel.

Auf dieser Seite der Montagne Noire lag erst oberhalb von achthundert Metern Schnee. Aber das mit kurzem Gras und Geröll bedeckte Gelände machte das Gehen mühsam, und so hielt sich Max bei seinem Weg bergauf an die verschlungenen Vieh- und Ziegenpfade, bis er endlich eine Zuflucht vor dem immer kälter werdenden Wind gefunden hatte.

Früher wurden diese aus Steinen errichteten Berghütten von Schäfern benutzt, wenn sie die Ziegen und Schafe zum Markt ins Tal brachten. Das Einsammeln der verstreut umherlaufenden Tiere konnte Tage dauern.

Seit drei Stunden war Max nun unterwegs, immer bergauf, nachdem Bobby den unteren Pass des Bergs überquert und ihn dann abgesetzt hatte. Max hatte in den vergangenen vierundzwanzig Stunden kaum geschlafen und war ungeheuer müde. Er hatte es so weit geschafft, und das alles wäre sinnlos gewesen, wenn er jetzt einen Fehler machte. Wenn er auf diesen steilen Hängen den Halt verlor und über die Felsen nach unten stürzte, würde er sich ernsthaft verletzen.

Max aß ein paar Brote aus seinem Rucksack. In der Hütte gab es auch Brennholz und einen kleinen Ofen, aber er hatte nicht vor, seine Anwesenheit durch Anzünden eines Feuers kundzutun. Er verzichtete auch darauf, in seinen Schlafsack zu steigen. Er wollte sich schnell aus dem Staub machen können, falls es plötzlich brenzlig werden würde.

Er zog den Ärmel hoch, um auf die Uhr zu sehen, aber die war ja nicht mehr da, die hatte ihm der sterbende Mönch vom Handgelenk gerissen. *Es tut mir so leid, Dad. Ich konnte nichts machen. Ich hab's versucht. Aber ich konnte ihm einfach nicht helfen.* Einsamkeit überkam ihn wie ein Frösteln, als er an seinen Vater dachte. Sein Dad im Sanatorium, nicht mehr Herr seiner Sinne – in einem Zustand zwischen Wachen und Vergessen. Die Ärzte sagten, er werde wieder gesund, aber Max fürchtete, eines Tages könnte sein Dad ihn gar nicht mehr erkennen.

Max verdrängte diese Angst, aber sie war sein ständiger Begleiter und einer der Gründe, warum er auch dann immer noch weitermachte, wenn andere längst aufgegeben hätten. Zabala mochte ihn mit einem geheimen Vermächtnis ausgestattet haben, aber sein Vater hatte ihm ein viel größeres Geschenk gemacht – seine Liebe. Und darüber hinaus hatte er Max die Fähigkeit vererbt, sich einer Herausforderung zu stellen und einen Kampf bis zum Ende durchzufechten.

Max betastete den Anhänger. Der gab ihm keinen Anhaltspunkt, aber sein Geheimnis hatte zu einem Mord geführt.

Er kuschelte sich in das warme Heu, stellte seinen Wecker und hörte den weißen Kühen zu, die auf dem Hang Gras rupften. Sie trugen breite Ledergurte mit dumpf klingenden Glocken um den Hals und das eintönige Gebimmel wiegte ihn in den Schlaf.

Die Gipfel erstreckten sich einer hinter dem anderen bis zum Horizont. Der Nachtwind hatte Wolken und Smog aus der Luft gefegt und einen glasklaren Himmel zurückgelassen. Max'

Sonnenbrille mit den polarisierten Gläsern half ein wenig gegen das grelle Licht, trotzdem musste er, als er über die schneebedeckten Berge spähte, schützend eine Hand über die Augen halten. Nachdem er aufgewacht war, war er vier Stunden lang immer weiter den Berg hinaufgestiegen. Ein wenig kannte er sich von seinem Training her in dieser Gegend aus.

Er stieg vorsichtig durch das verschneite Geröll, und plötzlich tauchte vor ihm die Steinhütte auf, nach der er gesucht hatte.

Als er vor knapp zwei Wochen das letzte Mal hier gewesen war, hatte ein Schneesturm in kurzer Zeit dreißig Zentimeter Neuschnee gebracht. Damals hatte er sich einen ganzen Tag lang im Unterstand für das Vieh verkriechen müssen, bis die Sonne so viel Schnee weggeschmolzen hatte, dass er den Abstieg wagen konnte. Er hätte lieber in der Hütte Schutz gesucht, doch eine massive Tür hatte ihm den Zugang verwehrt.

Als er jetzt näher herankam, sah er, dass die Tür weit offen stand und knarrend im Wind hin- und herschlug. Papier war aus dem Inneren ins Freie gewirbelt worden; ein paar Blätter lagen durchweicht im Eingang, andere hatte es bis vor den Unterstand geweht. Ein Schaffell war zum Trocknen auf der Sonnenseite der Hütte aufgespannt, ein paar Jutesäcke hingen an Nägeln. Eine selbst gemachte Krücke – ein kräftiger Stock, an dessen oberem Ende ein flaches, blank geriebenes Stück Holz befestigt war – lehnte an der Mauer. War der Mönch einmal verletzt gewesen?

Max trat näher. Sein Blick glitt über die Täler und Berge. Auf der Wetterseite lag noch reichlich Schnee, an einigen Stellen vom Wind zu geschwungenen Halfpipes geformt. Der Traum jedes Snowboarders – für jemanden auf der Flucht ein Albtraum. Nur ein sehr geübter Skifahrer oder Snowboarder konnte es mit diesen Hängen aufnehmen, ohne böse zu Fall zu kommen.

Doch auf dem Hang, an dem Max jetzt emporstieg, war die Schneedecke nur wenige Zentimeter dick; dafür musste sie jenseits des Kamms, wo sich die feuchte Atlantikluft niederschlug, umso dicker sein. Er hatte erst im Auto und dann zu Fuß Stunden gebraucht, um hierher zu gelangen, aber ein guter Skiläufer konnte die Strecke bis zu den Bergen oberhalb von Mont la Croix vermutlich in einer halben Stunde bewältigen – vierzig Minuten, wenn er keine Eile hatte. Aber der Mönch war ein Meister auf Skiern, und er war auf der Flucht vor einem Mörder gewesen. Er war um sein Leben gefahren.

Wenn er auf der anderen Seite des Bergs zu Tal gefahren war, konnte er in weniger als einer Stunde dort aufgetaucht sein, wo Max nach Sayids *Misbaha* gesucht hatte.

Ein Schuss, eine Lawine und ein verzweifelter Schrei in einer uralten Sprache hatten Max dorthin gebracht, wo er jetzt war.

Er bekam eine Gänsehaut.

Er drehte sich langsam im Kreis – dreihundertsechzig Grad – und spähte angestrengt in die Weite. Jemand beobachtete ihn. Das spürte er. Nichts regte sich. Hoch oben am Himmel kreiste ein schwarzer Fleck. Ein Adler. War es das? Sträubten sich ihm deshalb die Nackenhaare? Der einsame Raubvogel stieß einen gellenden Schrei aus, den der Wind zu ihm trug. Die Augen des Adlers sahen alles mit zweihundertfacher Vergrößerung, wenn er nach unten blickte. Er konnte Max' Augen sehen, der zu ihm hinaufstarrte. Mit einer scharfen Wendung schwenkte er in die nächste Thermik ab.

Max ging zur Hütte zurück und die Ahnung von Gefahr schrillte in seinem Kopf wie ein Feueralarm.

Und sein Instinkt trog ihn nicht.

Der Mörder des Mönchs verfolgte aus über einem Kilometer Entfernung durch ein Präzisionsfernrohr jede einzelne seiner Bewegungen.

Max hatte sich das Innere der Hütte ganz anders vorgestellt. Zunächst einmal war sie größer, als sie von außen aussah. Dicke Mauern trotzten Kälte und Wind, und mochte Zabala auch Einsiedler gewesen sein, hatte er sich das Leben in dem kargen Gebäude doch so angenehm wie möglich gemacht.

Ein Polstersessel, Bücherregale, ein Kofferradio, Öllampen und ein Ofen – was konnte ein Einsiedler mehr verlangen? Ein stabiles Bett mit einer dicken Matratze, Daunendecke und rotem Überwurf nahm eine Ecke des Raums ein und plötzlich empfand Max so etwas wie Neid. Das musste ein behaglicher, warmer, sicherer Ort gewesen sein. Jedenfalls bevor hier jemand alles verwüstet hatte. Nur das Bett stand noch an seinem Platz; alles andere war umgeworfen. Die Regale lagen zertrümmert am Boden, Bücher waren zerfetzt, sogar der alte Teppich auf dem Steinboden war umgeschlagen. Max legte automatisch den Handrücken an den Ofen. Eiskalt, natürlich. *Ein kalter Kamin ist so einladend wie ein Grab.* Woher er diesen Spruch kannte, wusste er nicht mehr, aber die Aussage war nicht zu bestreiten. Er legte den Rucksack ab und begann sich in dem Chaos umzusehen. Er hob ein paar Bücher auf, aber jeder Versuch, hier aufzuräumen, war sinnlos.

Es sah aus, als sei ein Sturm durch die Hütte gefegt. Ein Minitornado, der alles von den Wänden geschleudert hatte. Der Sessel war aufgeschlitzt, die Füllung herausgerissen. Die Matratze war an einer Längsseite aufgeschnitten, Bücher aus ihren Einbänden gerupft. Spitze Glasscherben ragten aus zerschmetterten Bilderrahmen.

Blinder Vandalismus. War das der Mörder des Mönchs gewesen oder konnte es sein, dass hier ein Bär gewütet hatte? Es gab hier oben ja Bären. Der Klimawandel hatte zur Folge, dass sie nicht mehr wie früher Winterschlaf hielten. Ein hungriger Bär könnte das durchaus angerichtet haben.

Max entdeckte kleine dunkle Flecken an der weiß getünchten Wand, besonders viele am Rand der Matratze und einige dickere Tropfen am Boden. Als er mit den Fingern darüberstrich, war gleich klar, worum es sich handelte: Blut.

Überall waren Kampfspuren zu sehen. Zabala, ein großer, starker Mann, musste seinen Gegner mit einem Schlag außer Gefecht gesetzt haben. Das hatte ihm Zeit gegeben, sich die Skier anzuschnallen und zu fliehen. Nach der Lawine war der Mörder hierher zurückgekommen und hatte hektisch nach etwas gesucht – aber was? Max befühlte den Anhänger. Das musste es gewesen sein.

Er bückte sich und wühlte in den Trümmern. Da war kaum noch etwas zu retten und nichts dabei, das irgendeinen Wert zu haben schien. Auch nichts, das Max einen Hinweis auf Zabalas Geheimnis gab. Die Bücher waren aus allen möglichen Wissensgebieten. Er sah sie sich genauer an. Quantenphysik, Astronomie, Astrologie, Religion, Mythen und Legenden, Umweltschutz, Tierpsychologie. Der Mönch war ein sehr belesener Mann gewesen.

Einzelne Blätter eines Sammelalbums lagen umher, auf die verblichene Zeitungsausschnitte geklebt waren. Sie handelten von Zabala. Er sammelte alle auf, die nicht zerrissen waren, faltete sie zusammen und steckte sie ein, um sie später zu lesen – jetzt aber hatte er erst einmal etwas Interessanteres entdeckt.

Max hob einen der zerbrochenen Fotorahmen auf. Vorsichtig entfernte er die Glassplitter und fluchte, als er sich dabei in den Finger schnitt. Verdammt! Kleine Schnittwunden schienen immer heftiger zu bluten als große. Er zog sein Halstuch über den Kopf, bekam aber mit einer Hand den Knoten nicht auf. Der Finger blutete stark; Max wischte die Hand an dem alten Sessel ab. Ein Stück Tuch lag zwischen den Papieren, er nahm es und wickelte es hastig um den tropfenden Finger. Er hatte eine kleine Erste-Hilfe-Ausrüstung im Rucksack – aber der Finger konnte noch warten. Zuerst musste er sich das Foto etwas genauer ansehen.

Behutsam entfernte er die restlichen Glasscherben und trat mit dem Foto ans Fenster. Der alte Schwarz-Weiß-Abzug sah aus, als sei er vor mindestens zwanzig Jahren gemacht worden. Die zwei Männer auf dem Bild standen nebeneinander und blickten lächelnd in die Kamera. Sie trugen lange Hosen und langärmelige Hemden. Die Sonne schien; sie hatten die Augen in dem grellen Licht halb geschlossen. Jeder hatte einen Arm um die Schultern des anderen gelegt und hielt ein Klemmbrett in der feien Hand, also war dies wahrscheinlich kein gestelltes Foto, sondern eher ein Schnappschuss, den irgendwer zufällig gemacht hatte. Fürs Fotoalbum. Der größere der beiden Männer hatte genau solche buschigen Augenbrauen, wie Max sie erst vor zwei Tagen gesehen hatte. Das konnte nur Zabala sein. Er war glatt rasiert und trug die Haare kurz geschnitten.

Der Mann neben ihm war hager und so blass, dass es sogar auf dem schlechten Foto zu sehen war. Seine Augen lagen tief in ihren Höhlen. Er hielt den Kopf leicht nach hinten geneigt – er lachte. Offenbar freuten die beiden sich über etwas. Das Foto war aus wenigen Metern Entfernung aufgenommen worden. Die beiden Männer füllten es fast ganz aus. Trotzdem konnte Max erkennen, dass sie vor einem Torbogen standen, vor einem schmalen Durchgang, wie der Eingang zu einem alten Gebäude.

Die Spitze des gotischen Bogens über den Köpfen der Männer war abgeschnitten und der Hintergrund war unscharf, aber am linken Bildrand, halb von dem hageren Mann verdeckt, war noch etwas zu erkennen, dicht am Boden, etwas Geschwungenes mit gezackten Umrissen, an einem Ende aufgeklappt. Ein Krokodil aus Stein.

Die Abtei! Wo Zabala und der andere Mann gelebt und gearbeitet hatten.

Ein Schrei riss ihn aus seinen Betrachtungen.

Max drehte sich um und lief zur Tür. Noch ein Schrei. Nicht von einem Menschen. Max rannte ins Freie. Als ob er direkt aus der Sonne käme, schoss der Adler im Sturzflug auf ihn zu. Starrte ihm direkt in die Augen, streckte ihm seine Krallen entgegen. Instinktiv riss Max das Schaffell von der Mauer, schlang es sich um den Arm und hielt es dem Raubvogel entgegen.

Der Adler schoss mit hohem Tempo auf ihn zu. Max würde den Aufprall nicht abfangen können. Aber dann breitete der Vogel seine mächtigen Schwingen aus, bremste abrupt ab und grub die gebogenen Krallen tief in das Schaffell.

Er schlug noch einmal mit den Flügeln, bis er das Gleichgewicht gefunden hatte. Max konnte das schwere Tier kaum halten. Die Krücke. Natürlich. Dazu hatte Zabala sie benutzt. Max nahm sie und stützte seinen Arm darauf ab.

Der Vogel schien zufrieden. Und auf einmal war das Hämmern in Max' Brust nicht mehr Ausdruck von Angst, sondern von Begeisterung. Auf seinem Arm saß der König der Lüfte, und dieser gewaltige Vogel wandte ihm den Kopf zu und sah ihm mit wachsamen Augen ins Gesicht. So mussten sich Herrscher längst vergangener Reiche gefühlt haben. Hoch über dem Rest der Welt. Max empfand ein Gefühl von Macht. Er lachte. Der Vogel schien das zu missbilligen. Er öffnete den Schnabel, drehte den Kopf zur Seite und stieß einen gellenden Schrei aus.

Dass der Adler so ohne Weiteres auf seinem Arm gelandet war, konnte nur bedeuten, dass er es bei dem Mönch auch so getan hatte. Max sah sich um. An der Wetterseite des Viehstalls befand sich ein aus Steinen gemauerter Bereich, in dem Abfalleimer standen – große Behälter mit schweren Holzdeckeln, massiv wie die Eingangstür der Hütte, und mit gefrorenem Schnee bedeckt.

Unwahrscheinlich, dass hier oben die Müllabfuhr vorbeikommt. Also, was wird darin aufbewahrt? Max schwankte unter dem Gewicht des Adlers, stützte seinen Arm wieder ab und hob mit der freien Hand einen der Deckel an.

Eine perfekte Speisekammer bot sich ihm dar: Auf Brettern lagen Stücke von Lammfleisch, an Nägeln hingen tote Berghasen, manche ausgeweidet, andere nicht, keiner gehäutet. Weiter unten waren Obstgläser und Konservendosen verstaut und auf einer Seite lagerten Ziegen- und Rehkeulen. Dort sah es weniger ordentlich aus. Fast so, als habe man die toten Tiere einfach in Stücke gehackt und dort hineingeworfen – vermutlich Aas, in den Felsschluchten aufgesammelt, denn Max hatte in der Hütte keinerlei Waffen gesehen.

Citeaux, hatte die Krankenschwester gesagt. Ein Ort, an dem nur wilde Tiere leben. Deswegen kam der Adler. Weil Zabala ihn gefüttert hatte, wenn in den Bergen nicht viel für ihn zu holen war. Max nahm einen der Hasen und hielt ihn dem Adler hin, der sofort mit seinem krummen Schnabel danach schnappte. Max ging in Deckung, als der Vogel seine Schwingen ausbreitete, den Hasen mit den Klauen packte und sich nach einigen trägen Flügelschlägen dreißig Meter entfernt auf einem Felsen niederließ, um in Ruhe seine Mahlzeit zu genießen.

Max rieb sich den Krampf aus dem Arm und blickte sich um. Er kannte sich mit Raubvögeln nicht aus, aber Tiere hatten feste Gewohnheiten. Sie jagten oder schliefen, wenn ihre innere Uhr es verlangte. Der Adler war bestimmt nicht das einzige Tier hier in der Nähe. Er suchte die Schneefelder und die Geröllflächen mit den Augen ab.

Sei geduldig. Warte, ob sich irgendetwas bewegt. Immer mit der Ruhe. Bleib still.

Da! Eine kaum merkliche Bewegung. Max wölbte die Hände neben seinen Augen, um störendes Licht auszublenden und sich ganz konzentrieren zu können.

Ein paar Hundert Meter entfernt hatte sich ein riesiger Braunbär zu voller Größe aufgerichtet. Max schätzte ihn auf fast drei Meter. Sein dunkles Fell war mit helleren, fast blonden Haaren durchsetzt. Er ließ sich auf alle viere nieder, scharrte im Schnee und schnüffelte am Boden entlang. Der Bär hatte die Felsen als Deckung benutzt, um sich so nah an die Hütte heranzuschleichen. Er hatte einen Menschen gewittert, aber es musste ein anderer sein als sonst, er roch nicht so streng. Jetzt suchte der Bär nach Nahrung.

Plötzlich richtete sich das Tier wieder auf. So ein Bär war verdammt schnell auf den Beinen. Falls er sich zum Angriff entschloss, würde er Max in null Komma nichts erreicht haben. Ob er großen Hunger hatte? Normalerweise legen Bären für den Winterschlaf einen Vorrat an Früchten und Beeren an, aber auch hier hatte der Klimawandel den natürlichen Kreislauf durcheinandergebracht. Auf den unteren Hängen blühten bereits Frühlingsblumen, also hatte er im Tal vielleicht schon etwas fressen können. Braunbären waren eine geschützte Spezies, aber das hielt die Bauern nicht davon ab, sie abzuschießen, wenn sie ihre Schafe gefährdet sahen. Max sah den Bären mit wiegendem Gang auf sich zukommen. Alle paar Meter blieb er stehen und schnüffelte in die Luft.

Vielleicht hatte ja der Bär in der Hütte gewütet. Offenbar hatte Zabala regelmäßig die wilden Tiere des Bergs gefüttert, und sie konnten nicht wissen, dass er nicht mehr da war. Das Ganze hier glich eher einem Zoo als der Einsiedelei eines Mönchs.

Fünfzig Meter entfernt hielt der Bär an, stellte sich auf die Hinterbeine und brüllte. Max erstarrte. Das schien keine freundliche Begrüßung. *Okay. Nicht weglaufen. Keine Dummheiten. Und sieh ihm nicht in die Augen!* Wenn Menschen es mit wilden Tieren zu tun bekamen, begingen sie oft den Fehler, nicht mit ihrem natürlichen Angriffsverhalten zu rechnen. Dabei war es ganz einfach. Man war in ihr Revier eingedrungen. Der Bär kam noch näher und schwenkte dabei den Kopf hin und her wie eine Radarschüssel, um Max' Bewegungen und Geruch zu erfassen.

Nichts wie weg. Aber irgendetwas hielt ihn zurück. Eine plötzliche Erkenntnis, die ihn davon abhielt, langsam zurückzuweichen. Der Wind hatte sich gedreht. Und jetzt wehte Max der warme, modrige Geruch des Bären in die Nase. Sein feuchtes Fell roch wie nasser Hund, vermischt mit dem Duft von altem Laub. Der Geruch weckte die Erinnerung an das, was Max in der Lawine erlebt hatte. Das Gefühl, lebendig zu sein. Und das Gefühl, über enorme Kräfte zu verfügen, die er eigentlich gar nicht besaß. Als sei er selbst ein Bär.

Fasziniert von dem gewaltigen Tier, versunken in seine Erinnerung, verstieß Max gegen die goldene Regel. Vor ihm stand eins der gefährlichsten Tiere der Welt, und er starrte ihm direkt in die Augen. Der Bär starrte zurück, riss das Maul auf, zeigte die Zähne. Speichel troff von seinen Lefzen. Wenn ihn dieses

Menschlein herausforderte, würde er sich dem Kampf stellen. Max hörte den dumpfen Aufprall, als der Bär sich auf alle viere niederließ – und zum Angriff überging.

Bären können so schnell laufen wie Pferde und sie sind so stark, dass sie auf der Suche nach Nahrung mühelos ein Auto zerfetzen – und sie lassen nicht mit sich reden.

Max fasste einen spontanen Entschluss. Er wusste, er konnte dem Bären nicht davonlaufen oder gar gegen ihn kämpfen, aber er konnte ihm etwas anbieten, das ihn abhielt, ihn in Stücke zu reißen. Er warf sich auf die Erde. Der Bär raste grunzend auf ihn zu. Fünf Meter, drei ... noch ein Schritt, und er war über ihm und hatte ihn in seinen Pranken. Max wälzte sich blitzschnell auf den Rücken und trat mit beiden Beinen gegen die Luke des Verschlags, in dem die Lebensmittel gelagert waren.

Holz splitterte. Ein Brett flog aus den Angeln. Max drehte sich weg. Der Bär war über ihm.

Sei ein Igel!, schrie eine Stimme in seinem Kopf. *Roll dich zusammen, leiste keinen Widerstand.*

Er musste seinen ganzen Willen aufbieten, um der Stimme zu gehorchen. Der Bär rollte ihn mit den Tatzen hin und her, beschnüffelte mit geiferndem Maul und stinkendem Atem seine Brust, aber Max behielt die Arme fest vor dem Gesicht verschränkt und die Knie hochgezogen. Er bekam einen Tritt oder jedenfalls fühlte es sich so an – der Bär hatte ihn angestupst wie ein Spielzeug – und die Wucht des Schlags schleuderte ihn durch die Luft.

Max würde diesen Angriff nicht überleben.

Er riskierte einen Blick zwischen seinen Armen hindurch und sah, dass der Bär, nachdem er ihn ein paar Meter zur Seite geworfen hatte, nun aus unerfindlichen Gründen zögerte, seine Attacke fortzusetzen. Er hob den Kopf, schnüffelte und starrte

Max an. Die nächsten Sekunden waren entscheidend für Max' Überleben. Die Hütte war unerreichbar und der Bär schien kein Interesse an den Vorräten zu haben, die nur fünf Schritte entfernt hinter der zertrümmerten Klappe des Vorratsbunkers auf ihn warteten.

Max hatte nur eine Chance.

Er stand auf, stellte sich dem Ungeheuer entgegen und schrie, so laut er konnte. Der Schrei schwoll zu einem donnernden Gebrüll an, das wie ein Nebelhorn aus seiner Brust dröhnte.

Der Bär hielt inne.

Max rannte zu dem Vorratsbunker. Eins, zwei, drei Schritte. Vier …

Der Bär stürmte wutentbrannt seiner fliehenden Beute nach.

Fünf!

Max warf sich auf die Kadaver: Rümpfe, Keulen und Köpfe von Schafen, Ziegen und Rehen. Nicht alle waren steinhart gefroren und es stank entsetzlich. Und schon war auch der Bär da. Das Mauerwerk widerstand seiner Kraft, sodass er nur eine Tatze und den Kopf zum Eingang hineinstecken konnte. Max schob sich nach hinten, um außer Reichweite zu gelangen, stieß aber bald an die Rückwand. Der Verschlag war nur anderthalb Meter tief. Noch ein kräftiger Stoß mit der Tatze und der Bär schlug ihm seine Krallen in den Kopf wie in eine reife Pflaume.

Als der Bär mit der Schnauze auf die Kadaver stieß, brachen sich plötzlich seine Instinkte Bahn. Er zerrte eine Rehkeule ins Freie, klemmte sich das Fleisch zwischen die Kiefer und zog zufrieden davon – jetzt, wo er seinen Hunger stillen konnte, war die Wut schnell verraucht.

Max wartete noch eine Weile, bis er sicher sein konnte, dass der Bär sich hinter die weiter entfernten Felsen zurückgezogen hatte. Dann kroch er aus dem Vorratsbunker und sah nach, ob noch alles in Ordnung mit ihm war. Der Bär hatte praktisch nur mit ihm gespielt. Die Krallen hatten den Rücken seiner Jacke aufgeschlitzt und Federn quollen daraus hervor und flogen mit dem Wind davon wie Löwenzahnsamen. Max tastete seinen Hinterkopf ab, und als er schließlich seine Hand besah, klebte Blut daran. Der Gestank in seinen Kleidern schien seinen ganzen Körper zu durchdringen.

Der Kampf mit dem Bären hätte schlimmer ausgehen können. Er hatte sich weder ein Bein noch das Genick gebrochen, er lag nicht hilflos auf diesem Berg und wartete nur noch auf den Tod. Adler, Wölfe, Geier, Regen und Wind würden ihn nicht bis auf die Knochen abnagen. Er hatte Glück gehabt.

Bruder Zabala war ein wilder Mann der Berge gewesen. Seine Überlebenskünste hatten ihm geholfen, sich hier oben durchzuschlagen, und obendrein war es ihm gelungen, sich mit den wilden Tieren hier zu verbünden. Um das zu erreichen, musste man sehr zäh und klug sein.

In der Bergwildnis hatten Tag für Tag Gefahren auf ihn gelauert, aber erst ein noch grausamerer Eindringling hatte ihm den Tod gebracht. Die Brutalität eines Menschen war erschreckender als die natürlichen Instinkte eines wilden Tieres.

Nachdem Max jetzt die Hütte des Mönchs gefunden und das Foto gesehen hatte, war ihm der Mann ein noch größeres Rätsel als zuvor. Vielleicht war der Entschluss, Einsiedler zu werden, gar keine so einfache, unkomplizierte Sache. Zabala, ein gebildeter Mann, hatte ganz bewusst entschieden, sich in die Einsamkeit zurückzuziehen und sein Geheimnis für sich zu behalten. Und dann hatte er dieses Geheimnis an Max weitergegeben – Luzifer und den Anhänger.

Nun, bis hierhin hatte Max es geschafft. Er hatte herausgefunden, wer der Mönch war, wo und wie er gelebt hatte, und das alles hatte ihm zu neuen Erkenntnissen über den Mann verholfen.

Er schaute über die Gipfel. Am Morgen würde es schneien. Die lange, weiche Linie der mit Niederschlag gefüllten Wolke am Horizont würde übers Meer heranziehen, von der kalten Gebirgsluft zusammengedrückt werden und Schnee auf die tiefer gelegenen Hänge abwerfen. Die Vorräte würden Max fürs Erste reichen, aber er hatte keine Lust, tagelang hier oben eingeschneit zu bleiben.

Die Wirkung des Adrenalins in seinem Blut ließ allmählich nach und auf einmal war er furchtbar müde. Er musste sich jetzt zum Handeln zwingen, denn wenn er nicht sofort etwas tat, würde er den bequemeren Weg wählen: Feuer im Ofen anzünden, sich in der Hütte hinlegen und einmal richtig ausschlafen. Aber Max musste sich in Ordnung bringen und dann Richtung Küste aufbrechen.

Manche Dinge tut man, weil man sich dafür entscheidet, und andere, weil man weiß, sie müssen getan werden, so unangenehm es auch sein mag. Max sah nicht nur verboten aus, er stank auch fürchterlich, und wenn er so durch die Dörfer ging, würde er nur den Argwohn der Bewohner wecken, die dann womöglich die Polizei alarmierten.

Also, nicht länger darüber nachdenken, davon wurde es nur noch schlimmer. Er musste sich beeilen.

Max zog sich aus. Nur seine Stiefel, Strümpfe und Unterhose ließ er an – die Boxershorts mit dem Mondgesicht. Die eisige Luft biss ihn wie tausend Ameisen, doch als er dann mit den Händen Schnee schaufelte und seinen Körper damit abrieb, schien die Kälte in Hitze umzuschlagen. Er jaulte auf, dann musste er lachen. So was Verrücktes, aber nur so konnte er sich das angetrocknete Blut von der Haut schrubben und seine schmerzenden Gliedmaßen wieder beleben.

»Juhuuu!«, schrie er in die stillen Weiten der Berge. Er wusch sich die Haare mit Schnee und tastete sorgfältig seinen Hinterkopf ab. Keine neue Wunde. Das klebrige Blut stammte von einem der toten Tiere. Plötzlich bekam er eine Gänsehaut; der Wind hatte gedreht und kam jetzt von den Schneefeldern herauf, was ihn noch kälter machte.

Max war recht zufrieden mit sich. Er hatte Zabalas Versteck in den Bergen gefunden und mehr über den Mann selbst in Erfahrung gebracht; dazu kam das Foto, das einen Hinweis auf die geheimnisvolle Abtei zu geben schien. Außerdem hatte er einen wilden Adler gezähmt und den Angriff eines Bären überlebt.

Er warf den Kopf in den Nacken und heulte wie ein Wolf, dann breitete er die Arme aus und tanzte stampfend durch den Schnee. Max Gordon! Der einzige Junge auf dem Dach der Welt!

Er bleckte die Zähne und grunzte wie ein Schwachsinniger, nur um noch mehr zu lachen. Und dann, als er sich bückte, um seine Kleider aufzusammeln, bemerkte er den Schatten.

Blitzschnell fuhr er hoch.

Da stand jemand und beobachtete ihn. Sophie Fauvre.

7

Im Handumdrehen war Max angezogen – jedenfalls wäre ihm das sehr lieb gewesen. In Wirklichkeit sprang er herum wie ein Stummfilmkomiker, der versucht, auf einem Bein hüpfend so schnell wie möglich seine Sachen anzuziehen.

Sophie wandte sich ab, um ihre Belustigung zu verbergen, und wartete, während Max sich stöhnend und ächzend in seine Kleider zwängte. Was für ein seltsamer Junge. Sie wusste nicht, was sie von ihm halten sollte. Einerseits machte sie seine Anwesenheit hier bei Zabalas Hütte misstrauisch, andererseits fand sie sein ungekünsteltes Verhalten ganz entzückend. Sie kannte viele Jungen in seinem Alter, die dauernd Sprüche klopften und eine große Schau abzogen. Sie nahm an, das war natürlich; Jungen hatten es, wenn es um Gefühle ging, viel schwerer als Mädchen. Nicht, dass sie das jemals zugeben würden. Fakt war jedenfalls, dass Jungen nie erwachsen wurden. Vielleicht war das der Grund, warum sie Soldaten oder Feuerwehrmänner wurden oder unbedingt zu Fuß zum Südpol gehen mussten. Frauen zogen ihr Leben einfach durch und machten kein großes Theater. So gesehen schien dieser Max Gordon schon ganz in Ordnung zu sein. Nur das mit dem Anziehen musste er noch etwas üben.

Während Max mit seinen Kleidern kämpfte, redete er jede Menge zusammenhangloses Zeug. Wie überrascht er sei, sie hier zu sehen. Und dieser Bär – ein Ungeheuer mit ungeheurem

Appetit –, wenn sie nur wenige Minuten früher gekommen wäre, hätte das sehr gefährlich für sie werden können. Und dann der Adler, ein Riesenvieh, so groß und stark, dass er einen ganzen Menschen wegtragen und verspeisen könnte. Hier oben sollte man wirklich besser nicht alleine sein – obwohl er das ja sei –, es sei denn, man kenne sich in den Bergen aus. Und das sei bei ihm ja der Fall. Ein bisschen jedenfalls.

Er schwafelte und schwafelte.

Als er mit seinem Stiefel im Hosenbein stecken blieb, kippte er zu allem Überfluss auch noch um, aber schließlich wurde er doch noch irgendwie fertig.

Mit einem verlegenen Grinsen versuchte er die peinliche Situation zu überspielen. Und dann erkannte er, dass er die naheliegendste Frage noch gar nicht gestellt hatte: »Was machst du eigentlich hier oben?«

Ein kleiner Schneeklumpen glitt an seinem Rücken hinunter und landete in seinen Boxershorts. Er zuckte zusammen und machte Verrenkungen wie bei einem exotischen Tanz. Sophie bedachte ihn mit einem verächtlichen Blick, zog eine Augenbraue hoch und schüttelte den Kopf, als sei es unter ihrer Würde, einem Jungen zu antworten, der sich offensichtlich nicht im Griff hatte.

Sie hob ihren kleinen Rucksack auf. »Ich möchte Bruder Zabala besuchen. Wo ist er?«

»Du kennst ihn?«

Sie ging zum Eingang der Hütte, Max folgte ihr. »Mein Vater kennt ihn. Er kümmert sich um die wilden Tiere in dieser Gegend. Der Bär und der Adler, die du gesehen hast …«

»Die habe ich nicht bloß gesehen. Die haben mich beinahe zu ihrem Frühstück gemacht«, unterbrach er sie.

»Nun, diese *wilden* Tiere, vor denen du dich als Tourist aufspielen musstest, sind einige der Geschöpfe, die wir zu erhalten versuchen. Bruder Zabala lebt seit Jahren hier oben. Er ist praktisch ihr Schutzengel.«

Max reagierte mit einem Mal gereizt. Plötzlich schien ihm dieses hübsche kleine Mädchen irgendwie verdächtig. »Du hast meine Frage noch nicht beantwortet. Was machst du hier oben?« Ohne nachzudenken, packte er sie am Arm.

Sie riss sich von ihm los. »Was hast du denn bloß? Ich dachte, er weiß vielleicht, wo mein Bruder ist! Mein Vater und mein Bruder haben mit Zabala zusammengearbeitet!«

Der verschwundene Bruder. Den hatte Max ja völlig vergessen.

»Entschuldige, Sophie. Aber die letzten Tage waren ziemlich verwirrend für mich.« Er gab den Eingang zur Hütte frei.

Sie trat ein und schrie auf. Max beobachtete schweigend ihre Reaktion. Sie hob eine Hand an die Lippen. Ihr Schreck wirkte echt. War es nur Zufall, dass sie zur selben Zeit hier oben war wie er?

Vertraue niemandem – sie werden dich töten.

Also wirklich, du Idiot! Sieh sie dir an! Ein Mädchen, das seinen verschwundenen Bruder sucht! Du hast ihr geholfen. *Das ist der Grund, warum diese Gangster hinter dir her sind. Weißt du nicht mehr?*

Sie ging in dem Raum umher und sah sich die Verwüstung an. Um sich irgendwie von dem schrecklichen Anblick abzulenken, hob sie ein paar Bücher vom Boden auf und stellte sie in ein Regal zurück. Max vermochte ihre Stimmung nicht zu deuten. War es Trauer oder Angst, dass sie so leise sprach?

»Wo ist er?«, fragte sie.

»Ich weiß es nicht«, log Max. »Ich war vor zwei Wochen hier oben zum Training. Bin nur zurückgekommen, um nach dem

Wettkampf etwas Abstand zu gewinnen. Bin noch nicht lange hier. Die Tür war zertrümmert. Also habe ich nachgesehen, ob da nicht vielleicht jemand verletzt ist.« Er spürte schon beim Sprechen, wie entsetzlich lahm sich das anhörte.

Sie sagte nichts. Aber Max bemerkte ihre Unsicherheit. Ob sie ihm glaubte?

»Kennst du Bruder Zabala?«, fragte sie ihn.

»Nur, was du mir von ihm erzählt hast.«

»Aber als ich vorhin sagte, dass ich ihn kenne, warst du überrascht. Du wusstest seinen Namen. Wie kann das sein? Was verheimlichst du mir?«

Max bewahrte die Ruhe. Ihre klaren Fragen verlangten eine logische Antwort. Er ging auf sie zu, aber sie wich einen Schritt zurück.

»Schon gut, Sophie«, sagte er und streckte ihr eine Hand entgegen, als wolle er ein verängstigtes Tier beruhigen. »Schau mal ...« Max nahm ein zerlesenes Buch über Astronomie, schlug es vorne auf und zeigte es ihr. »Hier steht sein Name. In den anderen wahrscheinlich auch.«

In den Einbanddeckel waren die Worte *Ex Libris* gestempelt. Unter der lateinischen Inschrift stand mit Tinte geschrieben der Name Zabala, das Z mit einem schwungvollen Schnörkel.

Dass die Antwort so einfach war, schien sie eher zu beunruhigen. Sie nahm die Bücher, die sie ins Regal gestellt hatte, und blätterte sie auf. In jedem einzelnen erklärte dieselbe Inschrift dem Leser, dass es in Zabalas Bibliothek gehörte. Sie nickte. »Entschuldige, Max. Ich hätte nicht so misstrauisch sein sollen. Und was machen wir jetzt?«

Eigentlich müssten sie jetzt die Polizei verständigen, dachte Max. Er hatte sich bereits dagegen entschieden – aber warum hatte *sie* noch nichts davon gesagt?

Noch bevor er selbst irgendeinen Vorschlag in dieser Richtung machen konnte, ergriff Sophie plötzlich wieder das Wort. Fast ein wenig zu plötzlich, fand er, aber vielleicht bildete er sich das auch nur ein.

»Ich finde, wir sollten keinem etwas davon sagen.«

Das überraschte ihn.

»Warum denn nicht?«, fragte er.

»Es wäre nicht das erste Mal, dass Bruder Zabala ein Haus verwüstet hat.«

»Du meinst, er hat das hier selbst getan?«

»Möglich. Er ist jähzornig, und er trinkt ziemlich viel. Die Leute in der Gegend halten ihn für verrückt. Niemand kommt hierher, Max, höchstens aus Versehen. Wenn wir die Polizei benachrichtigen, könnte das schlecht für ihn ausgehen. Das möchte ich nicht.«

Das kam Max gut zupass. Solange er den Mund hielt, würde niemand etwas über den verschwundenen Mönch erfahren. Das gab ihm die Zeit, die er brauchte, um die geheimnisvolle Abtei zu finden. Je weniger er Sophie erzählte, desto besser. Sollte sie ruhig denken, dass Zabala hier betrunken gewütet hatte. Auf keinen Fall würde er sie darauf hinweisen, dass es sich bei den dunklen Flecken an der Wand um Blut handelte.

»Du meinst nicht, dass das etwas mit den Gangstern zu tun hat, die dich neulich abends verfolgt haben? Du hast mir erzählt, diese Leute würden dafür bezahlt, dich aufzuhalten. Vielleicht haben sie ja auch versucht, Zabala aufzuhalten«, sagte Max, um ihr auf den Zahn zu fühlen.

Sie dachte darüber nach und schüttelte den Kopf. »Ihn anzugreifen, wäre sinnlos. Wir sind es, die Tiere retten und wieder aussetzen. Zabala ist ein harmloser Einsiedler, er hat nichts mit ihnen zu schaffen. Nein. Manchmal denke ich, der arme Mann kann die Einsamkeit hier oben einfach nicht ertragen. Lassen wir alles, wie es ist. Er kommt bestimmt bald zurück.«

Bruder Zabala kommt nie mehr zurück, hätte Max ihr am liebsten gesagt.

Sie machten sich auf den Weg bergab. Sophie lief voran, bewegte sich geschickt und mit gut durchdachten Sprüngen über das unebene Gelände. Nie geriet sie ins Stocken, wenn sie die Richtung wechselte. Max zurrte seinen Rucksack fester, um nicht durch irgendeine hektische Bewegung aus dem Gleichgewicht zu geraten. Das sportliche Mädchen war die geborene *Parkour*-Läuferin – wie eine Akrobatin sprang sie mit fließenden Bewegungen von Stein zu Stein. Max war entschlossen, mit ihr mitzuhalten, aber wenn er sich die tückischen Hänge so ansah, war ihm klar, dass er einen einfacheren Weg gewählt hätte, einen, bei dem die Wahrscheinlichkeit, sich bei einem Sturz zu verletzen, kleiner gewesen wäre. Aber auf einen Wettlauf mit ihr würde er es nicht ankommen lassen. *Erst denken, dann handeln.* Er folgte ihr keuchend, hörte aber zu seiner Erleichterung, dass sie genauso außer Atem war wie er selbst.

Sophie wusste nicht so recht, was sie von Max halten sollte. Er war ein Junge, der ein Geheimnis mit ins Grab nahm, und er wusste mit Sicherheit irgendetwas über Zabala. Als sie die Bücher aufgehoben hatte, war ihr ein Bilderrahmen mit einer blutverschmierten Glasscherbe aufgefallen, und das Bild darin hatte gefehlt. Sie war überzeugt, dass Max es herausgenommen hatte. Was mochte er sonst noch mitgenommen haben? Als sie zu Zabalas Hütte gekommen war, hatte sie unter dem verknoteten Tuch um Max' Hals etwas aufblitzen sehen. Vielleicht ein Anhänger, aber genau konnte sie das nicht sagen. Fest stand nur eins: An dem Abend im Café hatte er das Ding nicht getragen.

Ein Hund bellte. Kühe stoben auseinander und beruhigten sich wieder. Ein alter baskischer Bauer, der in den letzten Sonnenstrahlen vor sich hin döste, hob den Kopf und sah sich um. Aus seinen müden Augen sah er einen Jungen, der den Berghang herunterrannte, als sei Inguma, der böse Herr der Albträume, hinter ihm her. Die Jugend von heute hatte nur Spott für diese Legenden übrig, dachte der alte Mann, aber wenn dieser Herr der Finsternis einen holen wollte, hatte man keine Chance. Der Junge rannte, als habe Inguma ihn schon beim Schlafittchen gepackt.

Die umliegenden Täler und Berge waren ziemlich nah am Atlantik, und die Schneewolken, die Max von dort hatte herankommen sehen, hüllten bereits die Gipfel ein. Hier aber regnete es nur leicht, als Sophie Max zu der schmalen Straße führte, die sich ins Tal hinabwand. Hinter einer Hecke, unter einem Baum versteckt, stand ein kleines Auto, das von der menschenleeren Straße aus kaum zu sehen war. Beide hatten kein Wort gesprochen, seit sie ihren wilden Lauf den Berg hinunter gestartet hatten, und mussten erst einmal zu Atem kommen. Max gingen tausend Fragen durch den Kopf. Lebte sie wirklich in Marokko, wie sie behauptet hatte? Das Auto sah eher aus wie eins hier aus der Gegend. Hatte sie gelogen? War ihre Begegnung auf dem Berg wirklich Zufall gewesen? Wie konnte er das wissen? Hatte Sophie ihn mit diesem Sprint bergab auf die Probe stellen wollen – oder hatte sie einfach angenommen, er sei fit genug, mit ihr mitzuhalten? Max musste sich entscheiden. Entweder ging er seinen eigenen Weg, oder er behielt sie im Auge, aber dann musste er dafür sorgen, dass sie bei ihm blieb, und ihr irgendein Märchen erzählen, damit sie sich nicht weiter fragte, was er bei Zabalas Hütte zu suchen gehabt hatte.

Hatten die Tierschützer Zabala ermordet? Nein, dachte Max.

Zabala hatte aus einem anderen Grund sterben müssen, irgendwie schien es um die Abtei zu gehen. Sophies Familie und Zabala – da musste es eine Verbindung geben. Wusste sie mehr über den Einsiedler, als sie gesagt hatte?

Seine verunsicherte Miene beim Anblick des Autos entging ihr nicht. »Ein Mietwagen«, sagte sie. Sie öffnete den Kofferraum und warf ihren Rucksack hinein. Max tat es ihr nach und sie schlug die Haube zu. Dann standen sie da, der Nieselregen wusch ihnen den Schweiß von den Gesichtern, und Sophie betrachtete den Jungen, der sie, unbeeindruckt von dem Regen, fragend ansah.

»Wohin?«, fragte sie.

Er zögerte nur eine Sekunde. »Biarritz«, antwortete er.

Sie befanden sich südlich von Biarritz in der Nähe der Autobahn, die am Flughafen und dann weiter an der Küste entlang in einer Stunde zur spanischen Grenze führte.

Max erinnerte sich an Bobby Morrells Wegbeschreibung. Das Krachen der Brandung war schon zu hören. Biarritz war in den 1960er-Jahren von einem kalifornischen Filmemacher »entdeckt« worden – eine solche Brandung musste man einfach ausprobieren – und hatte sich seitdem zur Surf-Hauptstadt Europas entwickelt.

Sie fuhren eine gewundene Straße hinauf, vorbei an einer Reihe moderner und offensichtlich sehr kostspieliger Eigenheime. Ein Stück weiter gelangten sie an eine hohe, mit Gras bewachsene und oben mit Stacheldrahtrollen gesicherte Böschung; hinter einem rostigen Eisentor waren die dunklen Umrisse eines alten Gebäudes zu erkennen. Hier endete die Straße.

»Mach das Licht aus«, riet Max ihr. Während sie nun im

Dunkeln saßen, fragte er sich, ob er hier richtig war, wollte aber keinen Verdacht erregen, falls er sich getäuscht hatte. »Bleib hier«, sagte er und stieg aus.

Es ist ein Château, hatte Bobby Morrell ihm gesagt. Na ja, das hier war nicht so schick, wie Max es sich vorgestellt hatte. Ein nüchterner, klotziger Bau, umgeben von dieser Befestigungsanlage. Sah eher wie eine staatliche Einrichtung aus. Der Mond tauchte die Landschaft in bleiches Licht und verschwand dann plötzlich hinter Wolken.

Das Grundstück hinter den Büschen und dem Stacheldraht war zu einem Golfplatz umgestaltet. Einige trübe Außenscheinwerfer weiter hinten am Clubhaus ließen Teile des welligen Geländes erkennen. Anscheinend hatten die Besitzer des Châteaus das ganze Land verkauft und sich in das Haus hinter der Böschung zurückgezogen. Max stand im Schatten vor dem Eisentor. Zu hören war nur das Donnern der Brandung, wenige Hundert Meter entfernt.

Er tastete den Rahmen des Tors ab, vielleicht gab es irgendwo einen Klingelknopf. Es war stockfinster. Seine Hand streifte eine dicke Kette und fand schließlich das Vorhängeschloss, mit dem die beiden Hälften des Tors gesichert waren. Als er hindurchgriff, packte ihn jemand am Arm und riss ihn nach vorn, sodass er mit dem Kopf an die Gitterstäbe schlug. Er hatte nicht mal Zeit, laut aufzuschreien. Etwas Scharfes wurde unter sein Kinn gedrückt. Der Mond trat hinter einer Wolke hervor. Max sah ein breites Küchenmesser aufblitzen und spürte, wie es seine Haut aufritzte. Blut lief an seinem Hals entlang. Er würgte. Er konnte sich nicht bewegen. Ein runzliges Gesicht drückte sich an das Gitter und starrte ihn misstrauisch an. Eine alte Frau mit wirrem Haar. Im Mondlicht sah sie aus wie eine Hexe.

Sie krächzte ihm zischend ins Ohr: »Ich hab's dir schon einmal gesagt, es gibt nichts mehr! Nichts!«

Plötzlich flammten Lichter auf. Max konnte es nur aus den Augenwinkeln sehen, aber im Licht der starken Scheinwerfer bewegte sich jemand. Die Frau hielt ihn immer noch am Gitter fest. Dann eine vertraute Stimme. Bobby Morrell.

»Lass ihn! Das ist der Freund, von dem ich dir erzählt habe! Komtess! Lass ihn los!«

Der Klammergriff löste sich, die Klinge verschwand. Max wich vom Tor zurück und hob eine Hand über die Augen, um in dem grellen Licht etwas zu erkennen.

Bobby erschien auf der anderen Seite des Tors und trat neben eine verwirrt aussehende Frau. Sie war klein und drahtig, die zerzausten Haare hingen ihr bis auf die Schultern. Sie trug eine Art Kaftan, vielleicht war es auch ein Nachthemd. Max war sich nicht sicher. Aber das war ihm auch egal. An seinen Fingern war Blut. Die alte Frau machte auf dem Absatz kehrt und verschwand.

Plötzlich stand Sophie neben Max. Sie sah das Blut an seinen Fingern. Er schüttelte den Kopf. Nicht schlimm.

Bobby öffnete das Tor. »Tut mir leid. Das war meine Oma. Manchmal ist sie ein bisschen durcheinander.«

Max und Sophie traten in den Hof des Châteaus, die Kette rasselte durch die Gitterstäbe und das Vorhängeschloss schnappte wieder zu.

»Genau genommen«, sagte Bobby, während er prüfte, ob die Kette richtig saß, »ist sie total verrückt. Bei der sind sämtliche Schrauben locker.«

»Und du lässt sie raus?«, fragte Max.

»Nur bei Vollmond.«

Max fiel auf, dass Bobby nicht lächelte, als er das sagte.

Es lief ihm kalt den Rücken runter. Er kam sich vor, als sei er geradewegs in ein Gefängnis geraten.

Oder vielmehr in ein Irrenhaus.

8

Der Tod würde blitzartig eintreten, lautlos und gnädig. Ein sengender Schmerz würde dem Opfer vom Hals durch die Brust in Herz und Lunge schießen, ihm die Rippen zertrümmern und lebenswichtige Organe zerreißen. Der kalte Pfeil, der aus dem Himmel in seinen Körper fuhr, würde jeden Schmerzensschrei ersticken.

Der Name des Jägers war Fedir Tischenko – Fedir bedeutete *Geschenk Gottes*. Olha, seine slawische Mutter, hatte ihn verhätschelt; nachdem sie sich jahrelang ein Kind gewünscht hatte, hatte Gott endlich ihr Flehen erhört. Sie liebte ihren Sohn über alles, seinen Vater jedoch fürchtete sie, und auch Fedir sollte ihn bald fürchten lernen. Der Vater hieß Evgan. Er war ein Bandenchef, barbarisch, grausam und mächtig, und befehligte Klans in drei slawischen Staaten. Das Gefühl der Zusammengehörigkeit verband über alle Landesgrenzen hinweg. Der Bund war mit Blut besiegelt und Außenstehende kamen niemals in diese Gemeinschaft hinein.

Fedir wurde zum Nachfolger seines Vaters erzogen, zu einem Leben voller Gewalt. Evgan lehrte ihn Ausdauer, Kriegslisten und Kampftechniken und die Fähigkeit, Schmerzen zu ertragen. Angst, hatte er ihm beigebracht, muss immer der andere haben. Ein Mann, der zum Herrschen geboren ist, muss seine Gegner niederwalzen wie die Windgötter ein Weizenfeld. Beschwichtige die Götter, verehre den Herrscher – oder stirb.

Evgan und seine Leute standen in dem Ruf, überall Chaos und Zerstörung anzurichten, und sie waren stolz darauf.

In der Antike glaubte man, dass die Männer vom Volksstamm der Neuri sich in Werwölfe verwandeln konnten. Solche Legenden wurden von den Bauern und der Landbevölkerung auf ihren Festen am Leben erhalten; dort traten Männer auf, *Vucari* oder Wolfsmänner genannt, die ihr Gesicht hinter Wolfsmasken verbargen.

Und die Drohung mit den echten *Vucari* war es, die Evgan und seinen Leuten so viel Macht verlieh.

Die Götter und Geister der Berge gehörten zu den Dingen, in denen Fedirs Eltern sich einig waren. Seine Mutter nährte Fedirs Respekt vor den alten Sitten und Gebräuchen. Die Slawen lebten mit ihren Mythen und verehrten heidnische Götter und eines Tages trat ein schreckliches Ereignis ein, das sie in ihrem Glauben bestätigte. Es war der Tag, an dem die Männer den Sohn mehr fürchten lernten als den Vater.

Als Fedir zwölf Jahre alt war, kam er einmal von der Dorfschule nach Hause und fand seine Mutter zusammengeschlagen am Boden liegen. Draußen tobte ein Gewitter, eins der schlimmsten seit Menschengedenken. Fedir rang seine Wut nieder, bis seine Mutter getröstet war. Dann trat er wieder in das Unwetter hinaus und machte sich auf den Weg, seinen Vater zu töten. Evgan hatte immer damit gerechnet, dass sein Sohn eines Tages seine Autorität und Führerschaft anfechten würde – freilich nicht schon so früh. Er sah den Jungen den steilen Hang zu sich hinaufsteigen, sah die Kraft in seinen Beinen und Schultern. Er konnte den Hass beinahe riechen, den sein Sohn ausströmte. Aber das war ihm gleichgültig, er war ja nur ein kleiner Junge.

Fedir stürzte sich auf seinen Vater. Evgan stieß ihn beiseite.

Fedir ging zu Boden, Blut lief ihm aus der Nase. Aber der mächtige Drang, seine Mutter für die Angst und Qual zu rächen, in die sein Vater sie ständig versetzte, gab ihm die Kraft, sich erneut in den Kampf zu stürzen. Er schlug zu und landete sogar noch einen zweiten Treffer. Sein Vater lachte nur und stieß ihn fort.

Die anderen spotteten über diesen Knirps, der es wagte, einen alten Kämpfer wie Evgan anzugreifen. Sie selbst hatten mit eigenen Augen gesehen, wie ihr Anführer mit bloßen Händen Gegner getötet hatte, die dreimal, ja viermal so stark waren wie dieser Junge. Alkohol befeuerte ihre Spottgesänge. Aber der Junge wollte einfach nicht am Boden bleiben. Vom Wind gepeitschter Regen spülte das Blut aus seinen Wunden. Fedir spie blutigen Speichel aus. Aber sein Hass trieb ihn zu immer weiteren Attacken.

Und plötzlich zog er einem der Männer das Messer aus dem Gürtel.

Die Klansleute verstummten. Eine Messerstecherei. Evgan wusste, im Kampf mit dem Messer war Fedir kaum zu schlagen, denn er war bei einem Meister seines Fachs in die Lehre gegangen. Bei ihm selbst.

Wenn er die Sache jetzt nicht beendete, würde der Junge ihn keinen Tag seines Lebens mehr in Ruhe lassen. Nicht einmal im Schlaf. Ihm blieb keine andere Wahl. Er zog sein Messer aus der Scheide.

»Ich werde dir das Leben nehmen, Junge! Ich habe es dir gegeben! Und ich nehme es dir wieder! Letzte Chance!«, schrie er in den heulenden Wind.

Ein Donnerschlag krachte vom Himmel. Die Druckwelle zerrte an den Kleidern Evgans. Die Männer duckten sich, als habe eine mächtige Faust sie niedergeschlagen. Nur Fedir zuckte mit keiner Wimper. Er griff an. Sein Vater fing die Attacke ab und schleuderte dem Jungen mit einem knochenbrechenden Schlag das Messer aus der Hand.

Die Männer hörten es knacken. Aber der Junge schrie nicht auf, als er auf die Knie sank. Der Schmerz hatte ihn gelähmt. Er blickte in den tobenden Himmel auf. Staub und Blätter tanzten in wirbelnden Kreisen durch die Luft, als wollten sie seine Schmach verhöhnen. Sein Vater packte ihn an den Haaren. Das Messer zum Stoß erhoben, wie bei einem Opferritual. Die Zeit stand still. Die Männer waren wie erstarrt. Das Messer sauste nieder. Und der Junge schrie.

»PERUN! Rette mich!«

Die Klansleute schworen bis an ihr Lebensende, dass im selben Augenblick, als der Junge den Gott des Gewitters anrief, ein Donner die schwarzen Wolken auseinanderriss und einen Blitzspeer auf ihren Anführer schleuderte.

Die Explosion warf sie alle zu Boden. Das Himmelsfeuer versengte die Erde. Die verkohlten Überreste Evgans krümmten sich kurz darauf in dem schwarzen Krater, wo der Blitz eingeschlagen war. Glimmende Leichenteile qualmten noch. Auch Fedir lag, von Kopf bis Fuß schwarz angesengt, am Boden.

Aber er lebte.

Es dauerte zwei Jahre, bis die Kräuter und Arzneien seine Kräfte wiederhergestellt hatten. Seine Mutter übernahm während dieser Zeit die Führung der Klans. Die Männer verehrten sie, weil sie einen unbesiegbaren Sohn geboren hatte. Und die Legende, die sich um den Jungen rankte, wuchs, wie seine Stärke, mit jedem Tag. Was aber blieb, waren die Narben an seinem Körper. Der Blitz hatte ihn vom Scheitel bis zur Sohle verbrannt und seine runzlige, wie mit Schuppen bedeckte Haut glich der eines Reptils. Seine Mutter ließ einen Wolf töten und häuten und legte ihm das bluttriefende Fell aufs Gesicht, um es auf diese Weise zu heilen.

Als der Wolfspelz nach einiger Zeit wieder abgenommen wurde, war das Fell in Fedirs Gesicht eingewachsen.

Fedir empfand die Wolfsbehaarung als Auszeichnung. Wer sich voller Abscheu von dem Anblick abwandte, wurde mit unnachgiebiger Strenge bestraft.

Wer Fedir Tischenkos Zorn auf sich zog, war schon so gut wie tot.

Mit sechzehn begann seine Herrschaft, die das Antlitz Osteuropas veränderte. Niemand wagte es, sich ihm in den Weg zu stellen. Sein eiserner Wille vernichtete Feinde und belohnte Freunde. Er baute ein Imperium auf – *Perun Industries*. Das Logo des Unternehmens, eine gezackte weiße Linie auf schwarzem Grund, blieb für Außenstehende ohne Bedeutung, die Eingeweihten aber wussten, dass es einen Kettenblitz symbolisierte – zu Ehren seines Retters, des Gottes der Blitze.

Das von Fedir beherrschte Land besaß enorme Bodenschätze, Erdöl und Gas in großen Mengen, die ihm zu Reichtum und noch mehr Macht verhalfen. Mit fünfundzwanzig war er einer der reichsten Männer der Welt. Er beeinflusste die Aktienmärkte. Politiker und ganze Regierungen tanzten nach seiner Pfeife. Er ließ sich jedoch nie in der Öffentlichkeit blicken, er kaufte keine Fußballclubs, und so rankten sich bald immer mehr Legenden um diesen geheimnisvollen Mann. Und als er einunddreißig Jahre und einen Tag alt war, verkaufte er seinen ganzen Besitz.

Und verschwand.

Das war vor fünf Jahren gewesen.

Jetzt jagte er in der Stille der Nacht. Er hatte es sich zum Ziel gesetzt, Untreue und Unfähigkeit zu verfolgen. Er wollte die

Menschen dafür bestrafen, damit sie daraus lernten. Dieser Junge, hinter dem er jetzt her war, hatte einen schweren Fehler begangen. In einer Stadt nicht weit von Zabalas Hütte im Gebirge hatte er sich betrunken und von den geschmuggelten Tieren erzählt. Tischenkos neue Privatwelt, dieses Königreich in den Bergen, hätte dadurch kompromittiert werden können. Dafür konnte es nur eine Strafe geben.

Das Heulen von Tischenkos Jagdwölfen war noch weit hinter dem Jungen. Seine Kraft gab ihm Zuversicht, als er über das gefrorene Schneefeld lief. Er würde ihnen entkommen, da war er sich sicher. Er kannte die Gegend und den Weg am Rand des Gletschers. Dort hinauf konnten die Wölfe ihm nicht folgen.

Tischenko sah die Atemwolken seines Opfers und beobachtete, wie der Junge immer wieder über die Schulter zurückblickte, als könne er selbst kaum glauben, welches Glück er hatte, dass die Verfolger nicht mehr hinter ihm waren, dass ihm die Flucht gelungen war, dass die Gefahr gebannt schien. Schon winkte die Freiheit. Das war das kostbarste Geschenk für einen verängstigten Geist – Hoffnung. Sein Pech, dass er nicht in den Nachthimmel hinter sich geblickt hatte.

Tischenko brachte seinen schwarzen Gleitschirm in die richtige Position.

Der Schnee leuchtete im Mondlicht. Tischenko spannte die Muskeln an und atmete gleichmäßig, während sich sein Schatten von hinten dem Jungen näherte, der nur noch wenige Sekunden zu leben hatte.

Es gehörte viel Kraft und Geschick dazu, den speziell angefertigten Jagdbogen aus Titan zu spannen, ruhig auszurichten und dann den Pfeil treffsicher ins Ziel zu schicken. Tischenko wollte niemandem unnötig Leid zufügen. Die Angst war Folter genug.

Auf dunklen Schwingen glitt er fast lautlos durch die Nacht. Ein Sirren, und der spitze Pfeil bohrte sich in das laufende Opfer.

Der Junge brach auf der Stelle zusammen, kippte mit ausgestreckten Armen nach vorn, ohne zu ahnen, was ihn niedergestreckt hatte. Im Schnee breitete sich eine Blutlache aus. Der Tod kam nach wenigen Sekunden. Seine letzte Wahrnehmung waren die rauen Schneekristalle in seinem Gesicht und das Gefühl, in den kalten Boden hinabgezogen zu werden.

Die Wölfe würden das Blut wittern und den Leichnam verschlingen. Tischenko musste sich noch um einige andere kümmern, bevor sein Plan, sich die gewaltigste Kraft der Natur zunutze zu machen, verwirklicht werden konnte. Wenn er das vollbracht hatte, konnte er aus der Zerstörung eine neue Weltordnung errichten.

Als Tischenko den Gleitschirm über die menschenleeren, faszinierend schönen Schneefelder zu dem Ort tief in den Schweizer Alpen lenkte, der jetzt seine Heimstatt war, flog ein Rabe vorbei. Raben fliegen nachts nicht, und schon gar nicht in so einsamen Gegenden.

Ein Vorzeichen. Von etwas Unvorhergesehenem.

Der Junge, Max Gordon?

Das blieb abzuwarten.

Fedir Tischenko entschwebte wie ein dunkler Engel von diesem Ort des Todes.

Max' Zimmer in dem Château war sehr einfach eingerichtet. Ein altes eisernes Bettgestell, eine durchgelegene Matratze, eine Bettdecke, handbemalte Läden vor zugigen Fenstern, kahler Fußboden. Ein Stuhl mit hoher Lehne diente als Kleiderständer. Fast wie zu Hause, dachte er.

Nun lag er gut eingepackt im Bett und hatte zum ersten Mal Gelegenheit, sich die Zeitungsausschnitte anzusehen, die er aus Zabalas Hütte mitgenommen hatte. Im schwachen Licht der nackten Vierzig-Watt-Birne studierte er die französischen Artikel und versuchte sein Gehirn dahin zu bringen, in der fremden Sprache zu denken.

Vor dreiundzwanzig Jahren hatte Zabala mit der Behauptung, in Südosteuropa stehe ein katastrophales Ereignis bevor, für großes Aufsehen gesorgt. Beweise dafür konnte er offenbar nicht erbringen. Man lachte ihn aus. Man warf ihm vor, sich mit Astrologie zu befassen und haltlose Prophezeiungen in die Welt zu setzen, statt sich weiterhin der exakten Wissenschaft der Astronomie zu widmen.

Das also war er gewesen – ein Astronom.

Zabala hielt seinen Kritikern entgegen, schon die alten Ägypter, Griechen und Perser hätten gewisse Erscheinungen am Himmel mit wichtigen historischen Ereignissen in Zusammenhang gebracht. Er weigerte sich jedoch, seine Forschungsmethoden zu enthüllen, und beharrte darauf, dass Luzifer …

Max stöhnte auf. Also hatte Zabala schon vor so vielen Jahren von Luzifer gesprochen! Sein letztes Wort, bevor er in den Tod gestürzt war. Max schüttelte sich. Dieser entsetzliche Augenblick auf dem Berg stand ihm immer noch mit erschreckender Klarheit vor Augen.

Luzifer werde zurückkommen und die Welt mit Tod und Verderben überziehen, hatte Zabala den Reportern gesagt. Die Zeitungsartikel hatten nur Spott für Zabala übrig und brachten keine Fakten. Vielleicht, weil es keine gab. Sie erwähnten nicht einmal, wo er arbeitete, woraus Max den Schluss zog, dass der Mann zu einer Art Witzfigur geworden war. Doch Zabala beteuerte immer wieder, er werde unwiderlegbare Beweise liefern, seine Forschungen seien noch nicht abgeschlossen, aber alle Zeichen deuteten darauf hin, dass er Recht behalten werde.

Es war schon spät. Max kletterte ins Bett und machte das Licht aus. Überall in dem alten Haus knarrte und knackte es, als der Wind unter die Dielenbretter und Dachbalken des heruntergekommenen Gebäudes fuhr. Die Fensterläden wanden sich ächzend in ihren Angeln.

Vielleicht war er ja wirklich auf dem Holzweg. Ein Irrer, besessen von einer abstrusen Wahnvorstellung, zog sich aus der Gesellschaft in die Einsamkeit der Berge zurück – wegen einer Sache, die niemals eintreten würde. Und wenn Zabalas Prophezeiungen sich als falsch herausgestellt hatten, weil sie nicht eingetroffen waren, war Max jetzt drauf und dran, sich in den überholten Wahnideen eines alten Mannes zu verstricken.

Max versuchte seine Gedanken zu ordnen. Jemand hatte den Mönch verfolgt und schließlich ermordet. Das war kein Hirngespinst. In den Sekunden vor Zabalas Tod waren sie beide vor Panik wie gelähmt gewesen. Aber Max hatte durchgehalten. Er hatte alles getan, um ihn zu retten, so wie Zabala es zuvor für ihn getan hatte. So wie sein Vater es getan hätte.

Der Artikel kam zu dem nüchternen Schluss, Zabala sei ein namenloser, drittrangiger Wissenschaftler, der, vom Dämon des Scheiterns besessen, unbedingt an die Öffentlichkeit wolle. Er sei zum religiösen Fanatiker geworden – einer dieser Leute, die der Menschheit das Ende der Welt verkünden.

Max lag im Dunkeln. Jemand tappte durch den Flur – Kerzenlicht schimmerte durch den Türrahmen, hielt kurz an und bewegte sich weiter.

Er glitt aus dem Bett und klemmte den Stuhl unter die Türklinke. Eine Verrückte hatte ihm mit einem Messer beinahe die Kehle aufgeschnitten. Weder sie noch sonst jemand in diesem unheimlichen Haus sollte zu ihm reinschleichen und nachsehen, ob er sich auch ordentlich zugedeckt hatte.

Der Schlaf drängte heran. Max betastete den Anhänger und versuchte, die Zweifel an Zabalas geistiger Gesundheit beiseitezuschieben. Er konnte den Mörder nur finden, wenn er etwas besaß, was dieser unbedingt haben wollte. Zabala hatte Luzifers Geheimnis entdeckt und Luzifer hatte sich dafür gerächt.

Max würde das Geheimnis lüften.

Und Luzifer würde sich auf den Weg zu ihm machen.

9

Bei Tageslicht sah das Château auch nicht anheimelnder aus. Zwei riesige Balkone klebten bedenklich schief an dem alten Gebäude. Ein Glockenturm ragte über die mit Zinnen bewehrte Dachterrasse. Das Dach selbst war halb eingefallen, die meisten der großen Fenster mit Brettern vernagelt.
Zu Beginn des neunzehnten Jahrhunderts hatten vierhundert Männer zwölf Jahre lang an diesem Traum eines Aristokraten gebaut. Und dann hatten schlechte Zeiten, Schulden, Unglück und Vernachlässigung das Anwesen nach und nach verfallen lassen.

Max hatte schlecht geschlafen: Die Matratze war klumpig, das Zimmer zugig und die uralten Wasserleitungen rumpelten und klopften die ganze Nacht. Als er jetzt durch die Flure ging, den gedämpften Stimmen und dem Duft von Kaffee und Speck entgegen, fiel ihm auf, dass in dem Haus fast gar keine Möbel standen. Und das Wohnzimmer, das er dann betrat, machte eher den Eindruck eines Durchgangslagers. Bobby Morrell, seine zwei Surferkumpel, Peaches, Sayid und Sophie lümmelten sich, Teller mit Essen auf dem Schoß, in großen Polstermöbeln, die aussahen, als stammten sie aus der Zeit des Zweiten Weltkriegs. Ein riesiger Esstisch, die einst glänzend polierte Oberfläche zerkratzt und angesengt von unzähligen heißen Teekannen, die im Lauf der Jahre dort abgestellt worden waren, hielt sich nur noch wacklig auf den Beinen. Es gab frisches Brot, Honig, Gelee und

Marmelade, Speck, Eier, Kaffee, Obst – so ziemlich alles, worauf man Appetit haben konnte.

Peaches' Lachen erhellte den Raum wie Sonnenschein und Bobby lachte so heftig mit, dass er fast erstickte.

»Hey, Max«, rief er. »Gut geschlafen? Bedien dich. Sieh mal, wen wir hier haben!«

»Hi, Max«, sagte Peaches und winkte ihm munter zu. Sie saß mit hochgezogenen Knien auf einem alten Sofa neben Bobby und Sophie.

Max nickte ihr lächelnd zu. Die anderen interessierten sich nicht weiter für ihn. Bobby und seine Freunde hatten nur Augen und Ohren für Sophie und Peaches, die sich kichernd unterhielten.

Dann humpelte Sayid, ein zermanschtes Spiegelei-Sandwich in der Hand, grinsend auf ihn zu und umarmte ihn.

»Du hättest dich ruhig melden können, als du letzte Nacht gekommen bist«, sagte er und passte auf, dass er Max nicht mit dem Eigelb bekleckerte, das ihm durch die Finger troff.

»Ich wollte ja, aber du hast geschnarcht wie ein ganzes Sägewerk. Wie sieht's denn aus?«

Sayid hinkte zum Tisch. »Ist das nicht toll? Jede Menge Fressalien, Max, und dann das Meer«, er zeigte über den großen Balkon hinaus, dessen Türen geschlossen waren, »gleich vor der Haustür. Aber versuch bloß nicht, auf den Balkon zu gehen, der ist hinüber. Der bricht schon ab, wenn du ein Brötchen darauffallen lässt. Das ganze Haus geht aus dem Leim«, sagte er leise und fuhr dann munterer fort: »Zum Meer sind es nur zweihundert Meter den Weg da hinunter. Tolle Wellen zum Surfen. Peaches ist gestern hier angekommen, und sie, Bobby und seine Freunde waren den ganzen Tag auf dem Wasser. Mich haben sie im Rollstuhl an den Strand gebracht. Hab solange unter einem großen Sonnenschirm gesessen. Die Komtess sorgt dafür, dass immer genug zu essen da ist. Ich lese den ganzen Tag Comics. Bobby hat eine Riesensammlung davon in seinem Zimmer. Er kommt schon seit seiner Kindheit regelmäßig hierher. Unglaublich, dass seine Oma eine französische Gräfin ist. Die ist übrigens ziemlich in Ordnung. Bisschen komisch. Aber du weißt ja, diese Adligen sind halt anders als wir, stimmt's? Und du musst unbedingt diese Croissants probieren und die Marmelade. Alles selbst gemacht, fast so gut wie die *Ataifs* von meiner Mutter«, sagte Sayid. Er meinte diese köstlichen kleinen Pfannkuchen, die mit Nüssen oder Käse gefüllt und mit Sirup übergossen werden.

»Danke für die kurze Einführung, Sayid. Hauptsache, du musst keinen Hunger leiden. Schön zu wissen, dass du dir meinetwegen mir keine Sorgen gemacht hast.«

»Max, wenn ich mein halbes Leben damit verbringen würde, mir wegen dir Sorgen zu machen, wäre ich längst mit den Nerven am Ende. Sophie hat gesagt, sie hat dich auf einem Berg getroffen.«

»Ach ja? Ich weiß gar nicht viel über sie«, sagte Max und nahm sich etwas von dem frischen Obst.

»Sie hat uns von Paris erzählt, von einem Zirkus und von ihrem Dad. Dann haben die Mädchen sich nur noch miteinander unterhalten. Das Übliche. Wie die sich einbilden können, irgendwer könnte sich wirklich für diese Sachen interessieren, ist mir ein Rätsel. Ich meine, sieh dir die beiden mal an.«

Sie sahen zu Sophie und Peaches hinüber.

»Jungen und Shopping. Total langweilig. Also, auf welchem Berg warst du denn nun?«, fragte Sayid und nahm sich noch etwas zu essen.

»Was macht dein Fuß?«, fragte Max zurück und sah sich

vorsichtig um, ob irgendjemand ihr Gespräch belauschen konnte.

»Besser. Was für ein Berg? Erzähl schon.«

»Wo der alte Mönch gelebt hat«, sagte Max leise. »Seine Hütte war völlig verwüstet. Wahrscheinlich hat es dort einen schlimmen Kampf gegeben, das kann nur vor der Lawine gewesen sein. Die müssen was gesucht haben, du weißt schon, was.«

Sayid machte ein verständnisloses Gesicht.

Max starrte ihn an.

»Ach so. Ja. Natürlich. Das … ja. Dieses Ding«, sagte Sayid, dem jetzt der Anhänger einfiel. »Verdammt, Max. Die Sache wird immer gefährlicher, oder?«

»Allerdings. Vielleicht solltest du besser nach England zurückfahren.«

Sehr überzeugend klang das nicht. Max lag daran, dass Sayid noch eine Weile bei ihm blieb. Sein Freund verstand es meisterhaft, komplizierte Probleme zu lösen, und wenn Max noch mehr Hinweise fand, wäre ihm Sayids Hilfe sehr willkommen.

Sayid zögerte. Auch er wollte tiefer in diese geheimnisvolle Geschichte eindringen, empfand aber schon ein nervöses Kribbeln in seinem gut gefüllten Magen. Wer wusste schon, auf was sie sich da einließen.

»Können wir das später besprechen?«, fragte er, um erst einmal Zeit zu gewinnen.

»Okay«, sagte Max, schon zufrieden damit, dass Sayid bereit war, noch eine Weile zu bleiben. »Am Ende des Gangs ist ein Bibliothekszimmer. Vielleicht kannst du bei Gelegenheit mal nachsehen, ob es dort Bücher über alte Abteien hier in der Gegend gibt. Ich möchte nicht, dass mich dort jemand sieht und unangenehme Fragen stellt.«

Sayid nickte lächelnd. In Büchern stöbern war nicht gefährlich. Das war zu schaffen.

Max wies mit dem Kopf in Sophies Richtung. »Was hältst du von ihr?«, fragte er, bevor er ein Glas frischen Orangensaft austrank.

»Sophie? Keine Ahnung. Was hatte sie da oben überhaupt zu suchen?«

»Weiß ich nicht. Warten wir's ab.«

Max zweifelte immer noch, ob er Sophie trauen konnte. Hoffentlich irrte er sich und sie hatte nicht so viel mit Zabalas Tod zu tun, wie er befürchtete. Aber er hatte nun mal etwas gegen auffällig viele Zufälle.

Geirrt hatte er sich jedenfalls, was die Hexe betraf, die ihm gestern Nacht die Kehle durchschneiden wollte. Komtess Isadora Villeneuve war eine zierliche kleine Frau. Nur das Mondlicht hatte sie so hässlich erscheinen lassen. Ihre fein geschnittenen Züge, die markanten Wangenknochen und die smaragdgrünen Augen ließen erkennen, dass sie in jüngeren Jahren eine sehr schöne Frau gewesen sein musste. Jetzt sah die runzlige, von der Sonne gegerbte Haut aus wie altes Leder, derb wie der Riemen, mit dem sie ihr Haar im Nacken zusammengebunden hatte. Auch heute trug sie einen Kaftan, aber dieser war mit schillernd bunten Fäden durchwirkt. Sie hatte Arthritis, wie man an den geschwollenen Gelenken ihrer knochigen Finger sehen konnte, und sie rauchte. Auch nicht grade gut für ihre Haut, dachte Max, als sie ins Zimmer kam. Sie ließ sich von Bobby, ihrem Enkel, einen Teller geben und fragte, ob Sophie genug gegessen habe, dann wandte sie sich Max zu.

Max wurde sehr verlegen.

»Ich muss mich für gestern Abend bei dir entschuldigen, junger Mann«, sagte sie und trat zu ihm. »Ich besitze nichts mehr, was ich meinen Gläubigern noch geben könnte. Die haben mein Haus geplündert und mir mein Land weggenommen. Ich habe dich für einen von diesen Leuten gehalten, die manchmal hier herumschleichen und einer alten Dame Angst zu machen versuchen.«

»Ich bin es, der sich zu entschuldigen hat«, bekam Max schließlich heraus, sehr um höfliches Benehmen bemüht. »Ich wollte Ihnen keine Angst einjagen.«

Sie lächelte. Ein Rest ihrer ehemaligen Schönheit schimmerte auf. »Ich denke, Angst hatte gestern jemand anderes. *N'est-ce pas?*«

Sie sagte das, wenngleich spöttisch, in einem so freundlichen Ton, dass Max ihr Lächeln nur erwidern konnte. »Ich hatte furchtbare Angst«, gab er zu.

Sie hielt den Kopf schief und sah nach dem Abdruck des Küchenmessers, das sie ihm an die Kehle gesetzt hatte. »Habe ich dir wehgetan?«

»Nein. Nur ein bisschen. Wie ein Wespenstich. Ist schon wieder gut. Wirklich.«

Sie betrachtete ihn kurz. »Nach dem, was mein Enkel mir erzählt hat, bist du nicht so leicht zu erschrecken. Das gefällt mir an einem Jungen. Robert«, sagte sie und sah zu Bobby hinüber, der mit den Beinen über der Sofalehne hing wie eine alte Stoffpuppe, »ist mutig, wenn es um das Meer und die Berge geht, während du eine ganz andere Art von Mut hast, denke ich.« Ihr Lächeln verschwand. Max war das alles peinlich. »Und du hast eine dunkle Seite. Habe ich Recht? Verstehst du, ich kann das sehen. In deinen Augen. Es ist immer in den Augen. Robert ist anders. Aber du …«

Ihr Lächeln kehrte zurück. »Greif ruhig zu. Wenn es darum geht, meinen Enkel und seine Freunde durchzufüttern, ist immer genug Geld im Haus.« Sie lachte. »Du glaubst doch nicht, dass ich wirklich arm bin?«

Sie entschwebte – so jedenfalls kam es Max vor, als er sie über die Holzdielen und Läufer davongleiten sah.

Bobby, unrasiert und anscheinend noch gar nicht richtig wach, reckte sich über den Tisch und nahm noch ein Brötchen. »Heute Morgen ist die Alte ganz gut beieinander. Manchmal hat sie, na ja, Erscheinungen. Dann sieht sie Gespenster und so was.«

»Geister?«, fragte Sayid leise.

»Ja. Nachts wandert sie durchs Haus und sieht nach, ob sie alle ruhig sind. Angeblich sind das ihre toten Freunde. Und Opa.«

»Du meinst, sie ist verrückt?«, fragte Max.

»Ich meine, sie trinkt die falschen Sachen«, sagte Bobby und biss in sein Brötchen. »Was soll's – jetzt gehen wir surfen.«

Die Welle stieg auf. Der ablandige Wind blies feine Gischt von ihrem Kamm, als Max das Segel des Surfbretts in den Wind drehte und knatternd über die weißen Schaumkronen glitt. Einer von Bobbys Surfkumpels hatte ihm einen Neoprenanzug geliehen, knallblau, mit einer geschwungenen gelben Linie auf dem Rücken. Das Ding sah gut aus, passte aber nicht richtig. Max spannte die Schultern an und fing den Aufprall einer harten Woge mit den Knien ab, hatte aber den böigen Wind falsch eingeschätzt und klatschte in den kalten Atlantik.

»Das hat er in North Devon gelernt«, erklärte Sayid Bobby. Die beiden sahen vom Strand aus zu.

»Unter Wasser schwimmen? Eigentlich sollte man oben bleiben«, sagte Bobby lachend, während Max mit dem Surfbrett an Land kam.

»So ein Mist«, keuchte Max und ließ sich auf den Grasstreifen am Strand fallen.

»Die Stelle ist zum Windsurfen nicht besonders geeignet. Ich werd's mal ohne Segel versuchen. Bis später, Leute«, sagte Bobby und stürzte sich mit seinem Surfbrett unterm Arm in die Fluten. Peaches und die anderen sausten bereits über die Wellen.

»Wir können hier nicht den ganzen Tag abhängen«, sagte Max. »Ich wollte bloß nicht einfach wieder verschwinden. Bobby hat nichts dagegen, dass wir hier sind, aber ich muss diese Abtei finden, Sayid, und zwar möglichst, bevor Sophie wieder auftaucht.«

Sophie war am Morgen nach Biarritz gefahren, um den Mietwagen zurückzubringen. Sie hatte sich ziemlich ausweichend verhalten, aber gesagt, sie werde zum Château zurückkommen, wenn er das wolle.

Sie und Max trauten einander immer noch nicht wirklich über den Weg – beide ahnten, dass der andere mehr mit Zabala zu tun hatte, als er bisher zugegeben hatte. Sie waren durch gegenseitiges Misstrauen miteinander verbunden.

»Ich habe mir alle alten Reiseführer im Château angesehen, und die einzige Abtei, die ich gefunden habe, liegt ein paar Hundert Kilometer nördlich von hier«, sagte Sayid.

Max trocknete sich ab. Der Wind ließ nach; bald würde das Wetter sich verschlechtern und dann würden Bobby und seine Freunde zum Snowboarden in die Schweiz weiterfahren. Er musste Bobbys Kenntnisse nutzen, solange es noch ging. Das Dumme war nur, dass Bobby Morrells Ortskenntnisse sich mehr oder weniger auf Surfbedingungen und Mädchen beschränkten, was zu jeder anderen Zeit von Vorteil gewesen wäre, aber nicht jetzt. Max sah über die Dünen zum Château.

Die Komtess stand am Fenster. Als Max in ihre Richtung blickte, wandte sie sich ab. Es war kein Atlantikwasser, was Max jetzt kalt über den Rücken lief.

Zeit, ein weiteres Risiko einzugehen.

Der schwarze Audi glitt durch die frühmorgendlichen Straßen wie eine Raubkatze auf der Suche nach Beute. Biarritz war noch wie ausgestorben. Die Bürgersteige waren mit Autos vollgestellt – das Parken war wie in allen Städten ein Albtraum. In zwei Stunden würden die schmalen Straßen im Verkehr ersticken, und dann würden Corentin und Thierry niemals die kleine Seitenstraße finden, nach der sie suchten.

Sie hatten das Mädchen verloren und der Junge war ihnen in Pau entwischt. Dann aber hatte das Mädchen ein Auto gemietet, und mit etwas Glück würde es es heute zurückgeben. Die beiden Killer waren von Norden in die Stadt gekommen und dann die Avenue de l'Impératrice hinunter zum Hôtel de Palais gelangt, wo reiche Leute sich vom Fünf-Sterne-Luxus verwöhnen ließen. Auf dem Parkplatz des Hotels war so ziemlich jedes Spitzenmodell vertreten, stellte Corentin fest, als sie daran vorbeirollten. Thierry studierte den Stadtplan und fluchte leise, weil er sich in dem Einbahnstraßensystem nicht zurechtfand. Corentin empfand keinen Neid auf die Reichen und ihr Leben. Sein Weg war schon bestimmt worden, als er ein kleiner Junge war. Und als Mann hatte er den Erwartungen entsprochen und die sinnlose Gewalt seiner Kindheit aufgegeben. Die Fremdenlegion hatte seine Aggressivität kanalisiert und ihn Denken und Benimm gelehrt. Er hielt an einer Reihe von Werten fest, die ihm wichtig schienen, und es war bekannt, dass er, wenn ein Auftrag gewisse Instinkte in seinem Innern berührte, auch schon mal ohne Bezahlung arbeitete. Einen Menschen zu töten, der wirklich böse war, war für ihn ein Akt der Nächstenliebe, ein Beitrag für die Gesellschaft.

Nach einigem Hin und Her bogen sie schließlich in eine schmale Straße ein. Die Läden hatten noch geschlossen. Thierry zeigte auf eine Gasse hinter dem Marktplatz. Ein kleines Schild: *Simones Autos*. Ein Torbogen führte auf einen Hof, auf dem einige ältere Autos standen.

Corentin und Thierry hielten an und warteten auf Sophie.

Komtess Villeneuve saß mit dem Rücken zur Tür vor einem kleinen, mit grünem Tuch bespannten Kartentisch am Fenster. Mit bedächtigen Bewegungen legte sie ungewöhnlich große Karten aus, neben ihr glomm eine Zigarette. Nachdem Max sie eine Zeit lang beobachtet hatte, aber noch bevor er anklopfen konnte, hob sie die Zigarette an die Lippen und sagte, ohne sich umzudrehen, mit leiser Stimme: »Steh nicht den ganzen Tag da herum, junger Mann. Ich habe schon auf dich gewartet.«

Max, dem schon der Mut sank, weil sie ihn bemerkt hatte, trat zu ihr. Durchs Fenster sah er Sayid wieder unter dem Schirm liegen, der ihn aber eher vor der feuchten Seeluft als vor der schwachen Sonne schützte. Er lag auf der Erde und benutzte den Rollstuhl als Fußstütze. Bobby hatte gerade eine gute Welle erwischt – weit vorgebeugt stand er auf dem Board, seine nassen Haare flatterten wie Seetang im Wind –, ein herrliches Schauspiel, das er sich nicht entgehen lassen wollte.

»Wie meinen Sie das, Komtess?«, fragte Max und drehte sich zu ihr um.

»Du bist anders als die anderen Jungen. Du bist nicht so unbekümmert. Du denkst nach. Dein Gehirn – es ist in Bewegung. Ich weiß nicht, was dich bewegt, aber du schaust dir alles an, du siehst Dinge, die die anderen Jungen nicht sehen. Du überlegst dir, was du sagst. Du hast Geheimnisse. Du weißt nicht, ob du dem Mädchen trauen kannst. Nun, daran tust du wohl nicht Unrecht. Manche Mädchen, wie Mademoiselle Fauvre, sind … kompliziert. Du beobachtest sie, du beobachtest mich. Du hast viele Fragen, die auf Antwort warten. *N'est-ce pas?*«

»Ich hätte nicht gedacht, dass man mir das ansehen kann.«

»Mein lieber Max, ich bin eine alte Frau. Im Alter steht man wie auf einem hohen Berg. Man hat einen wunderbaren Überblick über alles, bevor man dann abstürzt, versteht sich.« Sie lachte über ihre Sterblichkeit und sein ernstes Gesicht. »Rück schon raus damit, Max. Was hast du?«

Vertraue niemandem! Aber was sollte er machen? Ihm lief die Zeit davon.

»Ich suche eine baskische Abtei und habe keine Ahnung, wo sie sein könnte. Jedenfalls nehme ich an, dass es eine baskische Abtei ist.« Das Gefühl der Hilflosigkeit deprimierte ihn, trotzdem versuchte er sich in dem Chaos seiner Unwissenheit zurechtzufinden.

»Die Basken! Ja, die sind ein seltsames und einzigartiges Volk. Das hier sind ihre Berge, sie reichen bis ans Meer und sind von Geheimnissen umwittert. Die Basken haben uraltes Blut in ihren Adern. Weißt du, dass sie vor Tausenden von Jahren aus Finnland hierhergekommen sind? Dass sie durch ganz Europa gewandert sind, dass sie ihren Glauben mitgenommen haben und fest entschlossen waren, ein neues Land für sich zu entdecken? Es gibt nur wenige schriftliche Zeugnisse über sie. Und es sind nur noch wenige übrig, die ihre Sprache beherrschen. Nein. Das hast du natürlich nicht gewusst. Woher denn auch?«

Sie unterbrach sich und sah an dem verfallenden Gemäuer vorbei aufs Meer hinaus. Als sie sich wieder zu ihm umdrehte, hatte Max das Gefühl, dass sie seine tiefsten Geheimnisse kannte. Vielleicht war sie ja doch so eine Art Hexe.

»Mein verstorbener Gatte war Soldat in Diensten Frankreichs. Wo immer wir hingingen, beschäftigte er sich intensiv mit Land und Leuten, als ob er überall einen Hinterhalt vermutete. Genau wie du.« Sie lachte. »Du bist hier in Sicherheit, aber du tust Recht daran, Vorsicht walten zu lassen.«

»Auch Ihnen gegenüber?«, wagte Max zu fragen.

Sie überlegte kurz. »Ja. Du hast mir Informationen gegeben und ich weiß jetzt, wonach du suchst. Ja, Vorsicht. Immer.«

Sie begann die Karten zu mischen, als sei das Gespräch damit beendet.

»Es ist wirklich sehr wichtig, dass ich diese Abtei finde. Sie hat irgendetwas mit einer Schlange und einem Krokodil zu tun.«

Die Komtess ließ die Hände mit den Karten sinken. Max' Herz machte einen Satz. Sie wusste Bescheid. Sie sah ihn an. Er hielt ihrem Blick stand, versuchte sie zu zwingen, es ihm zu sagen. Aber sie schaute ihm ruhig ins Gesicht – beinahe verträumt. Wieso interessierte sich dieser Junge für einen Ort voll exotischem Wissen, geschaffen von einem ganz außerordentlichen Mann? Von einem Iren, der eine baskische Mutter und einen irischen Vater hatte. Basken und Kelten, zwei Völker, die viele Mythen und Legenden kannten. Was hatte dieser Junge vor? Warum fühlte sie sich plötzlich so unbehaglich? Dieser Max Gordon besaß eine ganze besondere Art von Energie. Etwas Urtümliches, das geweckt werden konnte.

»Setz dich«, sagte sie.

Max zog einen Rattanstuhl heran und nahm Platz. Sie winkte ihn näher heran. Er rutschte ein paar Zentimeter vor.

»Gib mir deine Hand.«

Er tat wie geheißen und sie umschloss seine Hand mit beiden Händen. Ihre schwieligen Fingerkuppen zogen die Falten und Linien seiner Handfläche nach und strichen über seine Knöchel. Schließlich hielt sie inne. Sie hatte Trauer und Verlust in seiner Hand gespürt.

»Deine Mutter.« Sie schüttelte sanft den Kopf. »Du warst sehr jung, als sie starb.«

Max schwieg, er dachte daran, wie sein Vater ihn damals mit Tränen in den Augen in die Arme genommen hatte. Bis dahin hatte er seinen Vater noch niemals weinen sehen – und später dann auch nie mehr.

Die Komtess wartete, sie fühlte die Kraft und Entschlossenheit, die wie eine feine Strahlung von diesem Jungen ausging. Nichts Böses. Aber eine dunkle Macht, die spürbar in ihm lauerte.

»Die Energie deines Vaters strömt in dir. Du trauerst um ihn. Aber er ist nicht tot.«

»Ja«, antwortete Max und sah seinen Vater deutlich vor sich. Die Komtess flüsterte eine Wahrheit, die er noch keinem zu sagen gewagt hatte.

»Du machst dir Vorwürfe. Etwas Schlimmes ist geschehen. Und du fühlst dich schuldig.«

Max schluckte, er hatte einen ganz trockenen Mund. Die Erinnerung an die verzweifelten Bemühungen, seinen Vater aus der Gefangenschaft in Afrika zu befreien, nagte noch immer schrecklich an ihm. Hätte er seinen Dad früher gefunden, wäre ihm die Folter vielleicht erspart geblieben. Und dann läge sein Geist jetzt nicht in Scherben wie ein zerbrochener Spiegel.

Die Komtess kam zu dem Schluss, dass der Junge gute Gründe für seine Suche hatte.

»Was du suchst, ist keine Abtei, Max. Das Anwesen wurde

im neunzehnten Jahrhundert von einem Forscher erbaut. Es ist nach ihm benannt. Das Château d'Antoine d'Abbadie.« Sie lächelte.

»Eine Touristenattraktion.«

»Was?«

»Viel Reklame wird nicht dafür gemacht, aber ganz unbekannt ist es nicht.«

»Wo?«

»In Hendaye, an der spanischen Grenze. Ungefähr eine Stunde von hier.«

Er hatte Zabalas verzweifelte Schreie kurz vor seinem Tod falsch verstanden. Was er als *»abbaye«* gehört hatte, war der Name *Abbadie* gewesen.

»Können Sie das für sich behalten?«, fragte Max die Komtess.

»Eine Touristenattraktion? Wohl kaum«, entgegnete sie lächelnd.

»Dass Sie mir das gesagt haben. Bitte. Sagen Sie Sophie nichts davon. Ich muss mir das erst allein ansehen.«

»Also gut. Ich bin schließlich eine Vertraute von Königen und Königinnen gewesen.«

Max hob verwundert die Augenbrauen.

»Nicht in diesem Leben«, erklärte sie ruhig und ohne die Spur eines Lächelns. Offenbar scherzte sie diesmal nicht. »Ich gebe dir mein Wort.«

Max wandte sich zum Gehen. Jetzt brauchte er Bobbys Auto und Sayids Gehirn.

Als er das Zimmer verließ, legte die Komtess gerade ihre Karten aus. Es waren Tarotkarten, von denen manche Leute glauben, dass sie Aufschluss über die Lebensreise eines Menschen und seinen Kampf mit den elementaren Mächten geben können. Sie deckte vier Karten auf – und was sie sah, erfüllte sie mit Angst.

Zuerst die Hohepriesterin – die Macht des Unbewussten. Geheimnis.

Dann folgte das Skelett – Zerstörung und Erneuerung. Sterblichkeit.

Schließlich ein Turm, in den der Blitz einschlägt – ein Schicksalsschlag. Katastrophe.

Die letzte Karte zeigte einen jungen Mann mit einem Stab auf der Schulter – ein Junge auf Wanderschaft, auf der Suche. Sprung ins Unbekannte.

Max Gordon war in Lebensgefahr.

10

Hundert Meter vor der Küste saßen die beiden Freunde von Bobby Morrell auf ihren Boards und warteten auf eine Welle, die einen anständigen Ritt versprach. Peaches, die noch weiter draußen war, hatte bereits eine hohe Woge erwischt und kurvte daran entlang, bis sie ihr Brett schließlich über den umstürzenden Wellenkamm schnitt.

Bobby schüttelte seine nassen Haare aus, griff hinter sich und zog den Reißverschluss seines Neoprenanzugs auf. Er wollte Zeit gewinnen. Max hatte ihn gefragt, ob er ihm seinen Wagen leihen würde. Sayid hatte ihm versichert, Max könne jedes Fahrzeug steuern, aber sein Verstand sagte ihm, dass er einen Minderjährigen ohne Führerschein nicht auf eine französische Autobahn lassen durfte. Er trocknete sich die Haare, dann sah er die beiden an.

»Tut mir leid, Leute. Kann ich nicht machen.«

»Bobby, wenn Max sagt, es ist dringend, dann ist das auch so. Er sagt das nicht einfach so daher«, erklärte Sayid.

Max hob eine Hand, um seinen Freund zum Schweigen zu bringen.

»Er hat ja Recht, Sayid. Wenn mich die Polizei erwischt, werden wir mit dem nächsten Flugzeug nach Hause geschickt und Bobby kriegt großen Ärger. Ich hätte dich gar nicht erst fragen dürfen«, sagte er an Bobby gewandt.

»Schon gut, Max.«

»Okay.«

Bobby sah über das Wasser zu seinen Freunden hinaus. »Das Wetter schlägt um. Die beiden reisen morgen ab. In Hendaye ist mit Surfen nicht viel los, höchstens an einer Stelle, wo sich die Wellen an den Felsen brechen. Da würde ich es gern mal versuchen. Peaches hat bestimmt auch Lust dazu. Ich könnte euch beide dahin mitnehmen.«

Immerhin, er war hilfsbereit und stellte keine Fragen. Max nickte. »Gute Idee, Bobby. Danke.«

Bobby sammelte seine Sachen ein und rief die französische Auskunft an. Max beobachtete ihn. Sayid fiel der Ausdruck in Max' Augen auf – als versuchte er zu ergründen, ob Bobby noch ein anderes Motiv haben könnte, als ihnen zu helfen.

»Was hast du?«, fragte er leise.

Max schüttelte den Kopf. »Nichts.«

Bobby trat zur Seite und hielt sich wegen der lauten Brandung ein Ohr zu.

Sayid konnte es nicht fassen. »Du traust Bobby nicht?«, flüsterte er.

»Ich traue niemandem, Sayid. Tut mir leid. Aber ich kann nicht anders.«

»Und was ist mit mir?«

»Fragst du das im Ernst?«

»Ja, leider. Du entwickelst ziemlich finstere Gedanken. So was kann einen ganz schön durcheinanderbringen. Du bist nicht allein, Max. Du hast Freunde.«

Sayid hatte Recht. Trotzdem hielt Max es für besser, auf seinen Instinkt zu hören. Er wollte sich nicht im Notfall auf zu viele Leute verlassen müssen. Warum?, fragte er sich oft. Die Antwort war jedes Mal denkbar einfach. Weil nicht jeder einsah, wie wichtig es war, zuverlässig zu sein.

Bobby kam wieder zu ihnen. »Ich habe nur den Hausmeister gesprochen, aber sie haben jedenfalls geöffnet.«

Max dankte lächelnd.

Sayid stemmte sich aus seinem Rollstuhl. »Wenn wir ins Museum wollen, lass ich das Ding lieber hier.«

»Nein. Den brauchen wir noch«, sagte Max.

Sophie Fauvre steuerte das Mietauto vorsichtig über das Kopfsteinpflaster der belebten Straße. Bauern, die ihre Erzeugnisse zu den Ladebuchten der Markthalle brachten, drängten sich mit ihren Lieferwagen durchs Verkehrsgewühl. Auf den Bürgersteigen wurden Marktstände aufgebaut. Es war fast kein Durchkommen. Als vor ihr ein Parkplatz frei wurde, nutzte sie die Gelegenheit sofort. *Simones Autos* war schon in Sichtweite.

Sie schob sich durch die Menge, bis sie den Torbogen erreichte. Das Büro der Autovermietung bestand nur aus einem winzigen Raum. Als sie einem Mann auswich, der ihr im Weg stand, rangierte jemand einen Gemüsekarren neben dem Eingang der Markthalle, und plötzlich blinkte dahinter die Windschutzscheibe eines Autos auf – ein schwarzer Audi. Der Fahrer lehnte lässig an der Motorhaube und schaute, die Hände in den Taschen, dem Markttreiben zu.

Sophie wandte sich rasch ab und trat in den Schatten des Torbogens. Diese Männer hatten sie gefunden. Aber wie? Nur Max und die anderen im Château der Komtess wussten, wo sie war. Aber sie hatte mit ihrem Vater telefoniert. Vielleicht wurden ihre Anrufe überwacht. Sie nahm die SIM-Karte aus ihrem Handy und warf dann beides in verschiedene Mülltonnen. Sie würde eine Zeit lang ohne auskommen müssen.

Mit wenigen großen Schritten war sie im Büro der Autovermietung.

»Ah, Mademoiselle. *Ça va?*« Simone Lavassor schob ihren Armreifen übers Handgelenk und strahlte sie an. »Schönen Urlaub gehabt?«

Sophie nickte und vergewisserte sich durch einen raschen Blick über die Schulter, dass die Männer sie noch nicht entdeckt hatten und schon auf dem Weg zu ihr waren.

»Stimmt was nicht?«, fragte die Frau mit sanftem Nachdruck.

Sophie schüttelte den Kopf. »Die Straße ist völlig verstopft. Ich habe das Auto gegenüber den Marktständen abgestellt.«

»Aber das Auto ist in Ordnung? Keine Schäden?«

»Nein, nein. Natürlich nicht. Wollte bloß nicht so lange im Stau stehen.«

Irgendetwas stimmte nicht. Simone Lavassor starrte sie an. »Haben Sie Schwierigkeiten?«

Sophie lachte überrascht. »Nein! Kein bisschen.«

Simone Lavassor musterte sie prüfend und zupfte den Kragen ihrer geblümten Bluse zurecht – sie brauchte Zeit zum Nachdenken. Diese junge Frau war eine Lügnerin. Eine gute oder eine schlechte?

»Vorhin hat sich hier ein Mann nach Ihnen erkundigt. Hat gesagt, er sei ein Verwandter. Er habe gehört, dass Sie hier sind. Wollte Sie überraschen, bevor Sie zum Flughafen fahren.«

Angst kribbelte in Sophies Nacken. Sie hatte sich nicht getäuscht. Das war einer der Männer aus Mont la Croix.

»Schwarz gekleidet, Dreitagebart? Dunkles Haar? Gut aussehender Typ?«

»Genau so einer.«

Sophie ließ die Schultern sinken und schüttelte seufzend den Kopf, als sei sie verzweifelt.

»Sie kennen ihn, Mademoiselle?«

»Ich habe ihn beim Skilaufen kennengelernt. Er hat mich belästigt. Ist mir überallhin gefolgt. Wie ein Besessener. Solchen Leuten lächelt man einmal zu und schon bilden sie sich ein, man wolle sie heiraten.«

»Ha! Typisch! Die älteren Männer sind doch alle gleich! Man sollte sich nur an Gleichaltrige halten. Ich habe mich ein wenig um den alten Monsieur Labrecht gekümmert, nachdem seine Frau gestorben war. Habe ihm Suppe gekocht, seine Wohnung aufgeräumt. Und dann …! Ich trau mich gar nicht, das zu erzählen!«

»Der Mann steht draußen auf der Straße. Ich habe ihn gesehen. Ich weiß nicht, was ich machen soll«, sagte Sophie.

»Er stellt Ihnen nach?« Simone Lavassor nahm das verstörte Mädchen tröstend bei der Hand. »Keine Sorge, *ma cherie,* Sie können durch den Hof gehen.«

Sie schlurfte hinter dem Tresen hervor, nahm Sophie am Arm, führte sie durch die Tür und zeigte auf die Mietwagen, die draußen abgestellt waren. »Auf der anderen Hofseite ist eine Hintertür. Die gehört zu Monsieur Fouchés Geschäft, einer *Chocolaterie.* Köstlich. Bei ihm habe ich mir meine Figur verdorben. Ihm kann ich widerstehen, nicht aber seiner Schokolade. Gehen Sie. Sagen Sie ihm, Simone schickt Sie. Er wird Sie vorne aus dem Laden lassen.«

Sophie küsste ihr dankbar die Wange und zwängte sich zwischen den Autos durch. Simone Lavassor sah ihr nach. Früher einmal war auch sie schlank und gelenkig gewesen und gut aussehende Männer hatten ihr zu Füßen gelegen. Und jetzt? Jetzt war sie in die Jahre gekommen.

Aber so schlimm war ihr Leben nun auch wieder nicht. Sie hatte ja immer noch Fouché und seine wunderbare dunkle Himbeerschokolade.

Corentin und Thierry besaßen viel Erfahrung. Sie hatten die Straßen um den Markt ausgekundschaftet und wussten, wohin Sophie gehen würde, wenn sie es mit der Angst zu tun bekam.

Corentin hatte sich absichtlich so hingestellt, dass sie ihn sehen musste.

Als Sophie über Simones Hof eilte, übersah sie, dass Thierry auf der anderen Straßenseite lauerte. Er folgte ihr von Weitem, aber auch das bekam sie nicht mit. Unterdessen lenkte Corentin das Auto durch die verstopften Seitenstraßen, und als Sophie einen jungen Fahrer gefunden hatte, der sie mitnahm, war Thierry schon in den Audi gestiegen. Die beiden Killer hatten keine Schwierigkeiten, ihr zu folgen.

Max stand hinter den Vordersitzen und spähte durch die Windschutzscheibe, als Bobby den Kleinbus mit Höchsttempo auf die spanische Grenze zusteuerte. Peaches hockte auf dem Beifahrersitz; die Knie hochgezogen, die Augen geschlossen, hörte sie Musik aus ihrem iPod – abgeschottet von der Außenwelt. Sie wechselten von der Autobahn 63 zur D912, einer schmaleren, gewundenen Straße, auf der sie hoffentlich das Château erreichen würden. Max war unruhig. Er war, was Unterkunft und Transport anging, ganz auf Bobby angewiesen. Natürlich war er dankbar, dass Bobby ihm half, aber lieber wäre er ohne fremde Unterstützung ausgekommen – und der junge Amerikaner hatte noch immer keinerlei Fragen gestellt, was hier eigentlich vor sich ging. Weder nach der Sache in Pau, als Max ihn angerufen und um Hilfe bei der Aktion im Krankenhaus gebeten hatte, noch dann, als sie in die Berge und zu Zabalas Hütte gefahren waren, und schließlich auch dann nicht, als Max und Sophie mitten in der Nacht in dem Château aufgetaucht waren. Und heute Früh hatte Bobby von sich aus angeboten, sie zu fahren, auch wieder, ohne Fragen zu stellen. Wäre es nicht natürlich, sich wenigstens zu erkundigen, worauf man sich da womöglich einließ?

Als sie sich den Außenbezirken von Hendaye näherten, fuhr Bobby etwas langsamer.

»Irgendeine Ahnung, wo dieses Château sein könnte? Der Hausmeister konnte mir den Weg nicht beschreiben. Wahrscheinlich ist er noch nie im Leben aus seinem Dorf rausgekommen«, sagte er zu Max.

»Die Komtess hat gesagt, es gibt keine Hinweisschilder, aber wir sollten auf eine Haarnadelkurve achten. Irgendwo rechts davon soll es dann sein.«

Bobby verzog das Gesicht. »Ich muss dir was gestehen, Max.«

Sollten sich Max' Zweifel bestätigen? Er wartete.

Bobby grinste kleinlaut. »Meine Oma ist gar keine Gräfin. Sie war die Haushälterin, bis die alte Gräfin vor zwanzig Jahren gestorben ist und meiner Oma das Château mitsamt allen Schulden vererbt hat. Seitdem verkauft sie nach und nach das Mobiliar, um die Gläubiger in Schach zu halten. Sie ist ein bisschen verrückt. Hält sich für die Gräfin. Aber sie hat ein Herz aus Gold und ich würde sie nur sehr ungern in irgendwelche Schwierigkeiten hineinziehen. Und diese Sache, in die du da verwickelt bist, scheint ja ziemlich kompliziert zu werden. Falls du mir also etwas dazu sagen willst, tu es bitte gleich.«

Max' Gedanken rasten. Was war in den letzten Wochen alles passiert? War das die Lösung? Hatte Bobby jetzt endlich die Karten auf den Tisch gelegt? Hatte er irgendwie mit all dem zu tun? *Ez ihure ere fida – eheke hari ere. Vertraue niemandem – sie werden dich töten.* Max konnte das einfach nicht glauben. Er konnte keine der Gefahren, in die er geraten war, mit Bobby in Verbindung bringen. Immerhin, der schwarze Audi war kurz nach dem Amerikaner am Krankenhaus in Pau eingetroffen. Zufall? Und Zabalas Berghütte? Bobby hatte ihn in dieser Nacht unten im Tal abgesetzt, und dann …?

Max wurde schlecht. Am nächsten Tag war Sophie aufgetaucht – war es möglich, dass die beiden ein gemeinsames Spiel trieben? Es passte alles zusammen. Max sträubte sich gegen diese Möglichkeit. Nein! Das war doch dumm. Er litt schon unter Verfolgungswahn. Wenn man zu niemandem Vertrauen hatte, geriet man schnell ins Bodenlose. Zweifel und Angst erstickten dann bald jeden vernünftigen Gedanken. Nein!

Er schüttelte unwillkürlich den Kopf.

»Also gut«, sagte Bobby, der die Geste missverstand.

»Das habe ich nicht gemeint. Du hast Recht, Bobby, ich sollte niemanden da mit hineinziehen. Die Sache ist ernst und ich erzähle dir bloß deshalb nichts davon, weil es dich angreifbar machen würde. Sobald wir diesem Haus von Antoine d'Abbadie einen Besuch abgestattet haben, verschwinde ich von hier. Ich und Sayid. Ich kann dir nur sagen, dass ich etwas herausfinden muss. Obwohl ich ehrlich gesagt gar nicht weiß, wonach ich eigentlich suchen soll. Auf jeden Fall möchte ich nicht, dass du und deine Oma, egal für wen sie sich hält, irgendwelche Schwierigkeiten bekommt.«

»Okay«, sagte Bobby. Er nahm sein Handy vom Armaturenbrett und gab es Max. »Vielleicht kannst du das brauchen. Ich habe noch eins. Bin auf Kurzwahltaste eins zu erreichen.«

»Danke«, sagte Max, von diesem großzügigen Geschenk überrascht.

Der Surfer nickte. Alles cool. Wie immer.

»Da«, sagte Max und zeigte auf die scharfe Kurve vor ihnen. »Da ist es.«

Der Traum des jungen Fahrers, das schöne Mädchen um ein Rendezvous zu bitten, währte nur fünf Minuten – dann sprang Sophie aus dem Auto, entschuldigte sich und sagte, sie sei spät dran, ihr Freund warte schon auf sie. Die Lüge kam ihr locker von den Lippen. Der Fahrer zuckte die Schultern. So war das Leben.

Sophie fand den günstigsten Weg über das mit Stacheldraht gesicherte Tor. Sie stemmte sich mit beiden Händen auf den Torpfosten, schwang ihre Hüften über den Draht, machte in der Luft eine Kehre und landete mit beiden Füßen gleichzeitig auf dem Boden, weder auf den Fußspitzen – das hätte sie nach vorn geworfen – noch auf den Fersen – das hätte ihr das Rückgrat gestaucht. Es sah ganz einfach aus. Nahezu lautlos lief sie ins Château. Wo war Max?

»Ich kann es dir nicht sagen.« Komtess Villeneuve sah das ziemlich aufgeregt wirkende Mädchen prüfend an.

»Gräfin, hören Sie mich an. Hier geht es nicht darum, dass ein Fünfzehnjähriger plötzlich keine Lust mehr hat, nach Hause zurückzugehen. Der Junge ist in eine gefährliche Sache hineingeraten.«

»Sein Verhalten gleicht eher dem eines viel älteren Jungen. Er hat den Tod gesehen und einen schweren Verlust erlitten. So etwas kann ein Kind schnell reifen lassen.« Ihr entging nicht, dass das Mädchen rot wurde.

Sophie nahm ihre Mütze ab, fuhr sich mit einer Hand durch die Haare und setzte sich der alten Dame gegenüber. »Die Sache ist wirklich gefährlich«, wiederholte sie hilflos.

»Für wen?« Die Stimme der Komtess klang neutral. Kein Argwohn, kein Verdacht. Nur eine Frage. Würde das Mädchen aufrichtig antworten?

»Für jeden, der ihn kennt«, sagte Sophie.

Die Komtess wusste nicht, ob sie Sophie trauen konnte. Diese Mandelaugen waren unergründlich, und sie war es gewohnt, Menschen an ihren Augen zu erkennen. Eine graue Wolke schob sich zwischen Meer und Himmel und im Zimmer wurde es dunkel. Sophie erschien in diffuses Licht gehüllt, ein Leuchten, das nur sehen konnte, wer die Gabe hatte. Die alte Frau sah die fahlen Wirbel um das Mädchen tanzen. Offenbar war Sophie äußerst besorgt, verbarg das aber außerordentlich gut. Und da waren auch Schmerz, Trauer und Angst. Nicht die Angst vor physischer Bedrohung, sondern die Angst einer jungen Frau, die sich ihrer Gefühle nicht sicher war.

Max' Aura war ausgeprägt und unbeschädigt gewesen, ein Beweis für seine Kraft und Gesundheit; aber die des Mädchens war brüchig – enorme Energie, fest eingekapselt. Von ihrem Schattenkörper gingen rote Lichtblitze aus. Als sie die widerstreitenden Gefühle des Mädchens erkannte, stöhnte die Komtess auf. Sie konnte nicht anders.

Entweder war Sophie Fauvre in Max Gordon verliebt oder sie wollte ihn töten.

Der unauffällige Eingang zum Château d'Antoine d'Abbadie konnte von vorbeikommenden Autofahrern leicht übersehen werden. Keine großen Schilder wiesen darauf hin und von der Straße aus war das Château nicht zu sehen. Bobby lenkte den Kleinbus unter die Bäume, die die schmale asphaltierte Zufahrt säumten. Nach etwa hundert Metern zeigte sich rechts ein kleiner Parkplatz, der mit einem Zaun aus Kokosmatten abgegrenzt war. Dort stand ein Auto mit deutschem Kennzeichen, und ein Stück weiter weg sah Max einen Mann und eine Frau, offensichtlich Touristen, die vor dem grauen Gebäude auf etwas zu warten schienen. Dort musste der Eingang sein.

»Warte hier. Ich seh mal nach, ob wir hier richtig sind«, sagte Max.

Die kahlen Zweige der Bäume verhinderten noch immer eine klare Sicht auf das Gebäude, aber immerhin konnte Max jetzt die Umrisse erkennen. Das Gemäuer aus Stein, das schwarze Schieferdach. Das Château war nicht so groß wie ein mittelalterliches Schloss, sah aber mit dem hohen Wall auf der einen Seite ein wenig danach aus. Die andere Seite war schon typischer für ein französisches Château. Dieser d'Abbadie musste eine Menge Fantasie gehabt haben, dachte Max, denn das alles machte den Eindruck von einem Disneyland des neunzehnten Jahrhunderts. Andererseits wirkte es irgendwie unheimlich. Wasserspeier mit hässlichen Fratzen, Gestalten der Mythologie, die höhnisch zu lachen schienen, starrten von den Ecken des Gebäudes auf ihn herunter. Mythische Gegenstücke zu Schrottplatzhunden knurrten lautlos: »Zutritt verboten!« Max blieb abrupt stehen. Von der Fassade starrte ihn eine ungeheure Schlange an, eine gigantische Anakonda, die da ins Gemäuer gemeißelt war. Den Kopf hoch aufgerichtet, wand sich ihr Körper in der Form eines S, ihr Schwanz war zu einer Acht geringelt. Mit laut pochendem Herzen – denn jetzt wusste er, dieses Château war der Schlüssel zu Zabalas Tod – ging Max ein paar Meter weiter auf das Gebäude zu. Der Anblick entsprach exakt dem Foto, das er in Zabalas Hütte gefunden hatte. Acht Stufen, unten breit, nach oben hin schmaler, führten zu dem roten Eingangsportal. Der gotische Bogen, der auf dem Foto nur teilweise zu sehen gewesen war, endete unter einem Relief, das einen Schild und ein Schwert darstellte. Um Griff und Klinge des Schwerts wand sich eine weitere Schlange. Zwei Palmen säumten den Eingang.

Steinerne Krokodile, eins auf jeder Seite, lagen auf den niedrigen Balustraden neben den Treppenstufen und glotzten ihn an. Ihre Schwänze zeigten nach oben gekrümmt auf die Tür. Die Mäuler weit aufgerissen, erweckten sie den Eindruck, als wollten sie jeden Besucher anfallen.

Max biss so fest die Zähne zusammen, dass es wehtat. Er war schon einmal von richtigen Krokodilen angegriffen worden, und diese beinahe lebensecht aussehenden Biester ließen ihn erschaudern. Damals hatte sein Vater ihm alte Grabmäler in Ägypten gezeigt. Dort wurden Krokodile wie Götter verehrt. Max erinnerte sich an den Namen des Krokodilgottes: Sobek. Man glaubte, er sei aus dem »dunklen Wasser« gekommen, um die Welt zu erschaffen. Außerdem bewachte er die Toten. Und diese beiden Krokodile hier bewachten den Eingang zu einer verborgenen Welt.

Als Max zwischen ihnen hindurch zur Tür hochstieg, rechnete er beinahe damit, dass sie zum Leben erwachten und mit einer plötzlichen Bewegung über ihn herfielen. Aber die in Stein gemeißelten Wesen verhielten sich still, als er sich dem Château und seinem Geheimnis näherte.

11

Die Führung kostet extra, aber die brauchen wir nicht, und wenn man unter dreizehn ist, zahlt man nur die Hälfte«, erklärte Max Sayid, als er den Rollstuhl zum Eingang schob.

Der Kleinbus war im Verkehr der Küstenstraße verschwunden, aber Bobby hatte versprochen, sie in ein paar Stunden abzuholen, wenn sie ihn anriefen.

»Also, falls man dich fragt, bist du unter dreizehn. Ich komme damit nicht mehr durch, aber du schon.«

»Ich dachte, ich sehe älter aus«, stöhnte Sayid.

»Nein. Eigentlich siehst du aus wie zehn.«

»Zehn?«

Max lachte. »Na ja, jedenfalls benimmst du dich manchmal wie ein Zehnjähriger. Jetzt halt den Mund und mach ein dummes Gesicht, wenn die mit dir reden. Das dürfte nicht dir allzu schwerfallen.«

Hinter dem kleinen Fenster neben der Eingangstür befand sich ein kleines Büro und darin ein Mann, der gerade überlegte, nach Hause zu gehen und den leckeren Fisch zu verspeisen, den seine Frau zubereitet hatte. Ärgerlich sah er zu, wie dieser blonde Junge versuchte, ein Kind in einem Rollstuhl die Treppe hinaufzubugsieren. Hilfe anbieten wollte er nicht, am Ende bekam er dann nur wieder Rückenschmerzen, und der Junge machte einen kräftigen Eindruck. Aber wie wollte der Kleine das Château im Rollstuhl besichtigen?

»Nicht gerade ein behindertengerechter Zugang«, jammerte Sayid, als Max ihn die nächste Stufe hochwuchtete.

»Allerdings, aber ich hoffe, das wird uns später helfen, den Kartenverkäufer hinters Licht zu führen. Wir werden eine ganze Weile hier sein. Ich habe einen Plan.«

Sayid sah seinen Freund an, der ihm aufmunternd zulächelte. Wenn Max Pläne hatte, gab es meistens Ärger. Sayid hatte Max zwar gesagt, er wolle mitmachen – aber er wusste auch, dass er dazu eine Dreistigkeit aufbringen musste, die ihm eher fernlag.

Max wandte sich an das deutsche Paar, das eben die Stufen zum Eingang hochging.

»Entschuldigung«, rief er dem stämmigen Mann auf Deutsch zu, dessen Miene sich aufhellte, als er sich in seiner Muttersprache angesprochen hörte. Sogleich ging er zu Max zurück und half ihm, Sayid die Treppe hinaufzubringen.

Max konnte nur wenig Deutsch – Verstehen fiel ihm leichter als Sprechen –, aber er konnte den Akzent gut nachmachen, und sein beschränktes Vokabular würde für seine Zwecke wohl ausreichen. Der deutsche Tourist sprach sehr schnell. Max verstand nur ungefähr jedes dritte Wort, versicherte ihm aber, dass alles in Ordnung sei.

Als sie das Portal erreichten, hatte es den Anschein, als ob sie sich schon seit Jahren kennen würden. Die Rechnung ging auf. Der Franzose, der die Eintrittskarten verkaufte, konnte Max und Sayid nicht richtig sehen, und auch nicht die zerknüllten Notizen, die Max in der Hand hielt.

Max stöhnte auf.

Der Deutsche drehte sich zu ihm um. »Was? Was ist los?«, fragte er.

Er schien aufrichtig um den Jungen besorgt, als Max traurig

den Kopf schüttelte. Seine Miene sagte alles. Er hatte nicht genug Geld. Der stämmige Mann machte eine wegwerfende Geste, wandte sich an den Kartenverkäufer und gab ihm in Zeichensprache zu verstehen, dass er für alle zahle.

Sayid sah über die Schulter zu Max hoch. Was für ein schlauer Trick. Wie schaffte Max es bloß immer wieder, mit so etwas durchzukommen?

Der Franzose ließ die »deutsche Familie« lächelnd ins Haus. Max dankte dem Deutschen für seine Großzügigkeit und sagte ihm und seiner Frau, sie könnten sich das Château gerne allein ansehen. Falls sie Hilfe brauchten, könnten sie sich jederzeit an ihn wenden.

Der Kartenverkäufer hatte nichts dagegen, dass die Jungen den Rollstuhl in der Eingangshalle stehen ließen. So konnten sie wenigstens nicht den Fußboden oder gar die Wände zerschrammen. Sayid schwang sich auf seine Krücken und Max verstaute den Rollstuhl in einer dunklen Ecke. Der würde später noch wichtig werden.

Die schwarzen Wände, geschmückt mit hellblau und golden gemusterten Emailletafeln, ließen das Château wie einen kleinen Königspalast erscheinen. Max versuchte ein interessiertes Gesicht zu machen, als der Tourist aus einem deutschsprachigen Schlossführer vorlas, die Kapelle, vor sie jetzt standen, sei für Antoine d'Abbadie und seine Frau Virginie ein Ort der inneren Einkehr gewesen. Der Astronom, gestorben 1897 in Paris, sei zusammen mit seiner Frau in der Krypta unter dem Altar begraben.

Als der Kartenverkäufer wieder in seinem Büro verschwand, dankte Max dem Deutschen für seine Erklärungen und sagte, er wolle sich jetzt ein wenig allein umsehen. Dann nahm er Sayid beiseite.

»Komm, Sayid. Wir haben nicht so viel Zeit wie diese Touristen.«

Sayid hatte schon einige Übung mit den Krücken und eilte ihm mit großen Schwüngen zum nächsten Raum voraus.

»Hey, warte! Ich komm ja kaum mit«, rief Max lachend.

Das stimmte natürlich nicht, aber es linderte Sayids Befürchtung, er könnte Max in seiner Bewegungsfreiheit zu sehr einschränken.

»Wo fangen wir an?«, fragte er.

»Weiß noch nicht. Sehen wir uns erst mal hier unten um. Hier gibt's viel über Äthiopien«, sagte Max, als sie an prächtigen Gemälden mit Szenen aus Abessinien vorbeigingen, wie das Land in alten Zeiten hieß. »Wenn Zabala hier so viele Jahre gearbeitet hat, hat das vielleicht was zu bedeuten.«

Sie gelangten in ein Schlafzimmer. Die Ausstattung war überwältigend. Das riesige Himmelbett wirkte winzig im Vergleich zu der verschwenderischen Umgebung. An die Wände waren arabische Schriftzeichen gemalt.

»Was heißt das, Sayid?«

Sayid sah sich die Schrift genauer an.

»Äh, weiß nicht genau. Irgendwas wie … Ah, warte, das ist ein altes arabisches Sprichwort. Mein Opa hat dauernd solche Sprüche auf Lager gehabt: ›Wirf niemals Steine in deinen eigenen Brunnen.‹«

Max machte ein verständnisloses Gesicht.

Sayid zuckte die Achseln. »Jedenfalls glaube ich, dass es so heißt. Was könnte damit wohl gemeint sein?«

»Na ja, vielleicht: ›Mach bei dir zu Hause keine Dummheiten, sonst musst du den Schaden selber tragen!‹ Oder: ›Sieh zu, dass du endlich an die Kanalisation angeschlossen wirst!‹ Woher soll ich das wissen?«, sagte Max.

»Aber du suchst doch hier nach irgendwelchen verborgenen Hinweisen!«

»Der gehört aber bestimmt nicht dazu. Komm weiter.« Max steuerte schnell in das nächste Zimmer und schaute sich nach dem Kartenverkäufer um, aber der ließ sich nicht blicken, und auch von den Deutschen war nichts mehr zu hören. Durch ein Fenster konnte er den Rand des Parkplatzes sehen. Ihr Auto war noch da. Gut. Das bedeutete, sein Plan hatte noch Zeit. Er kam ins Speisezimmer des Châteaus. Die Wände waren bis in Schulterhöhe holzgetäfelt, darüber hingen einige Büffelfelle und das Wappen von Antoine d'Abbadie mit dem Familienmotto in Latein.

»Was heißt das?«

»Ähm … Das ist Lateinisch …«

Sayid stöhnte. Er wusste um Max' bescheidenen Kenntnisse in dieser Sprache.

Max überlegte kurz. »Ich glaube, das heißt: ›Das Leben ist nur Rauch.‹« Der Satz erinnerte ihn an seinen afrikanischen Freund, den Buschmann, dessen Volk glaubte, das Leben sei ein Traum, aus dem die Menschen eines Tages in der wirklichen Welt erwachen werden.

»Meinst du, das könnte ein Hinweis sein? Das Leben ist Rauch. Lateinische Sprichworte, arabische Sprüche … Alles könnte irgendeine Bedeutung haben«, sagte Sayid.

»Wie das zum Beispiel?« Max zeigte auf die Rückenlehnen der Stühle, die um den mit Intarsien verzierten Tisch standen. Sie waren mit grünem Samt bezogen und auf jedem stand ein arabischer Buchstabe. Max trat zurück und ging um den Tisch herum. »Was bedeuten diese Zeichen?«, fragte er Sayid.

»Kann ich nicht genau sagen, Max.«

»Was? Kannst du plötzlich nicht mehr lesen?«

»Das ist Amharisch. Äthiopisch.«

Das hatte der Deutsche gesagt, auf Englisch. Er stand plötzlich in der Tür und lächelte, als Max sich ein wenig zu heftig nach ihm umdrehte. Irgendetwas stimmte hier nicht. Als er die beiden Touristen in der Kapelle verlassen hatte, hätten sie ihren Rundgang eigentlich auf der anderen Seite des Châteaus fortsetzen müssen. Und Max glaubte, dass er auch die vorsichtigsten Schritte draußen im Gang gehört haben würde. Warum so leise? Vielleicht hatte Max sich auch nur von Sayid und den vielen verschiedenen Sprachen hier ablenken lassen.

»Ich nehme an, du bist Engländer, obwohl dein Deutsch gar nicht so schlecht ist«, sagte der Mann und lächelte Max an. Er hielt die Schlossbroschüre hoch. »Wenn man die Schriftzeichen auf den Stühlen in die richtige Reihenfolge bringt, ergibt sich eine Warnung: *An diesem Tisch mögen niemals Verräter sitzen.*« Wieder lächelte er den beiden Jungen zu, dann gab er Max die Broschüre. »Wir haben noch eine. Viel Spaß noch, Jungs«, sagte er und verschwand mit seiner Frau im Korridor.

Sayid ließ sich auf einen der Stühle sinken und massierte sein schmerzendes Bein. »Immerhin gut zu wissen, dass Verräter hier beim Essen nicht willkommen sind.«

Max schüttelte den Kopf. »Das ist alles nur Augenwischerei und interessiert uns nicht. Wenn Zabala so viele Jahre hier gearbeitet hat, muss er an der wissenschaftlichen Forschung beteiligt gewesen sein. Oben gibt es noch eine Bibliothek und ein Observatorium.«

Er spähte in den Korridor. Die Deutschen gingen gerade in eins der anderen Zimmer und so begab er sich mit Sayid zur Eingangshalle, von wo eine Holztreppe mit schön geschnitztem Geländer nach oben führte.

»Komm«, sagte Max. »Huckepack.«

Auf der Treppe spürte er das zusätzliche Gewicht deutlich in seinen Beinen, aber das machte ihm nichts aus. Die Gewissheit, dass er sich dem Ort näherte, an dem Zabala so viele Jahre gearbeitet hatte, verlieh ihm Flügel.

Auf dem oberen Treppenabsatz hingen riesige Porträts von äthiopischen Stammesfürsten in weißen Umhängen, umringt von speertragenden Kriegern, das Ganze vor einem tiefblauen Himmel. Die üppige Ausstattung des Châteaus schien so gar nicht zu der schlichten Hütte zu passen, die Zabala auf dem Berg bewohnt hatte. Max rief sich ins Gedächtnis, dass Zabala zum Mönch geworden war, nachdem er aufgehört hatte, hier zu arbeiten, weil er niemanden davon hatte überzeugen können, dass irgendein furchtbares Ereignis bevorstand. Nach Antoine d'Abbadies Tod hatte die Akademie der Wissenschaften das Château übernommen, und so hätte Zabala die gesamte französische Wissenschaft gegen sich gehabt, wenn er nicht beweisen konnte, dass Luzifer – wer auch immer das sein mochte – ein großes Zerstörungswerk plante. Er war ein baskischer Außenseiter, ein Mann, der sein Scheitern nicht verwinden konnte, schließlich aber ermordet wurde, weil seine Prophezeiung offenbar doch nicht ganz aus der Luft gegriffen war. Wer profitierte davon, wenn Zabalas Theorie nicht bekannt wurde?

Verzerrte Schatten lagen über dem Treppenaufgang. Das dunkle Holz verschluckte den letzten Rest von Tageslicht. Arabische Schilde und Schwerter, einst von Kriegern getragen, zierten die Wände. Antilopenköpfe – Jagdtrophäen – starrten in stummer Angst mit blinden Augen in die Prunkräume des neugotischen Schlosses, das sie zu Lebzeiten nie zu sehen bekommen hätten.

Plötzlich fühlte sich Max von all diesen Gemälden und Gegenständen überwältigt. Die Farbenpracht der Dekorationen erdrückte ihn fast wie ein übertrieben geschminktes Clownsgesicht, unter dessen falschem Lachen sich Unglück und Elend verbargen. Sie bogen um eine Ecke und gelangten in das nächste Zimmer.

»Wow!«, sagte Sayid verblüfft.

Auf dem Holzfußboden in der Mitte des Raums stand ein langer, stabiler Tisch mit wissenschaftlichen Apparaten und einer alten Schreibmaschine. In Regalen, die vom Boden bis zur Decke reichten, lagerten Karten, Tabellen und Aktenordner. Das Lebenswerk eines Forschers. Die oberen Regalbretter verschwanden im Dunkel unter der fast schwarzen Holzdecke. Hier, in dieser schmucklosen Umgebung, konnte sich ein Gelehrter wahrhaftig ungestört auf seine wissenschaftliche Arbeit konzentrieren. Es war, als seien Max und Sayid hinter eine Fassade getreten und ins wahre Innere des Châteaus gelangt. Würden sie hier Zabalas Geheimnis finden?

Gusseiserne Säulen trugen die Galerie, die in halber Höhe der Wände um den ganzen, ungefähr sechs Meter hohen Raum herumlief. In den Bücherreihen war keine einzige Lücke zu sehen. Oben an einer Wand stand in mattgoldenen Buchstaben auf Schwarz etwas in Baskisch, das Max nicht entziffern konnte.

Aber er liebte Bücher. Und Landkarten. Alles, was ihm Geschichten über Orte erzählte, die er noch nicht kannte. Seekarten, auf denen Riffe und Sandbänke, Gezeiten und Gefahren verzeichnet waren. Überall warteten Abenteuer. Aber das hier war etwas Einzigartiges – hier konnte er darüber hinaus einen Blick in das Leben eines außerordentlichen Mannes werfen.

Max wusste, sein Vater könnte Jahre in diesem Raum zubringen und jedes Blatt Papier studieren, das d'Abbadie beschrieben hatte. Er strich mit den Fingern über die Buchrücken.

Ein leises Summen lenkte seinen Blick auf einen Luftentfeuchter, der in einer Ecke stand. Ja, natürlich. So nah an der baskischen Küste mit ihrem feuchten Klima brauchte man so etwas unbedingt, wenn man die Bücher nicht irgendwo in einem geschützten Gebäude in der Stadt einlagern, sondern hierbehalten wollte, wo sie hingehörten. Aus Hochachtung vor der Lebensleistung eines Mannes, der hier in diesem seltsamen Schloss die Welt und die Menschen, die Sterne und Planeten ergründet hatte.

In den unteren Regalen entdeckte Max hauptsächlich astronomische Zeitschriften. Sie waren nach Jahrgängen gebunden. Schließlich nahm er einen hervor und legte ihn auf den Tisch.

»Sayid, nimm dir auch so einen. Von vor zwanzig Jahren, kurz bevor Zabala von hier weggegangen ist.«

Der Band war schwer, die großen Seiten unhandlich. Max' Finger glitten über die komplizierten Darstellungen. Eine Sternenkarte. Sich kreuzende Linien, mit Zahlen oder Buchstaben bezeichnete Sterne. Vergrößerungen, Größenordnungen – Max vermochte in all dem nur ein wirres Panorama der Galaxis zu erkennen. Er blätterte rasch weiter. Nichts, das auch nur entfernt auf den Namen Zabala zu deuten schien.

»Hier fehlt was«, sagte Sayid.

»Was?« Max ging zu seinem Freund, der an den breiten Regalen entlangschlurfte, wo Platz genug für die großen Sternenkarten war.

»Die Sammlung geht zeitlich weit zurück. Hier«, zeigte er, »haben wir 1904, 1927 und so weiter. Wie lange hat Zabala hier gearbeitet?«

»Weiß ich nicht«, sagte Max.

»Also, nehmen wir an, er war zehn oder fünfzehn Jahre hier, dann fehlt hier bis vor zwanzig Jahren eine ganze Menge.«

Das schien logisch. Wenn Zabala vergeblich versucht hatte, etwas zu beweisen, wenn er damit an die Öffentlichkeit gegangen war und seine wissenschaftlichen Kollegen der Lächerlichkeit preisgegeben hatte, hatten sie seine Forschungsunterlagen sehr wahrscheinlich eingesammelt und woanders archiviert oder schlimmstenfalls sogar vernichtet.

»Schau dich mal um, ob du ein Buch oder so was findest, wo die Wissenschaftler aufgelistet sind, die hier gearbeitet haben«, sagte Max. »Ich muss mal kurz was nachsehen.«

Er sah automatisch auf sein Handgelenk, aber die Armbanduhr seines Vaters war natürlich nicht mehr da. Er schob den schmerzlichen Gedanken beiseite.

»Wie spät ist es, Sayid?«

»Gleich halb vier. Um fünf wird hier zugemacht.«

Max nickte und lief zum Treppenabsatz. Durch ein Fenster sah er, dass das Auto der Deutschen nicht mehr da war. Er ging zu einem anderen Fenster mit Blick über die Felder Richtung Küste. Der Franzose verschloss gerade eine Art Gartentor, hinter dem ein Fußweg zu den Klippen führte.

Max rannte nach unten in die Eingangshalle und warf einen Blick in das Büro. Der schwarze Anorak des Mannes hing an einem Haken, also machte er vermutlich nur seine Runde. Das hieß, er käme bald zurück.

Max schob Sayids Rollstuhl durch den Flur in die Kapelle, klappte ihn zusammen und versteckte ihn hinter der Tür. Bestimmt sah der Kartenverkäufer sich noch einmal im Château um, bevor er es für die Nacht abschloss. Aber den Rollstuhl würde er nicht bemerken, selbst wenn er auch die Kapelle kontrollierte.

Und wenn Max Glück hatte, würde der Mann zu dem Schluss kommen, dass die ganze »deutsche Familie« weggefahren war.

Max rannte die Treppe hinauf, lief zu Sayid zurück und stellte sich dicht neben ihn, damit er so leise wie möglich sprechen konnte.

»Sag mir Bescheid, wenn es Viertel vor fünf ist. Noch was entdeckt?«

Sayid hatte ein Buch mit geprägtem Ledereinband auf den Tisch gelegt, daneben lagen zusammengerollte Pläne. »Ich habe Zabala aufgespürt.« Er grinste. »Ein Verzeichnis habe ich nirgendwo gefunden, aber ich bin davon ausgegangen, dass diesen Wissenschaftlern ihr bisschen Ruhm sehr wichtig ist und dass sie deshalb niemals irgendetwas wegwerfen würden, wo ein Foto von ihnen drin ist.« Sayid schlug den großen Lederwälzer auf. »Viele Bilder der Wissenschaftler, die hier bis in die 1970er-Jahre gearbeitet haben. Danach sieht es aus, als sei der Laden geschlossen worden.«

Sayid zeigte auf ein Gruppenfoto. Die Bildunterschrift war winzig klein gedruckt, aber Zabalas Name war dabei. Die Männer bildeten zwei Reihen: die in der vorderen Reihe saßen, die dahinter standen. Zabala, mit kurzem Bart, sah fast genauso aus wie auf dem Bild in dem zerbrochenen Rahmen. Er stand da mit verschränkten Armen, hielt eine Bryèrepfeife zwischen den Zähnen und grinste in die Kamera.

»Aber ich habe Zeitungsausschnitte aus den achtziger Jahren gefunden«, sagte Max.

»Dann hat er wohl seine Forschungen hier später auf eigene Faust weitergeführt.«

»Dafür muss es einen Grund geben. Was befindet sich alles in diesem Château? Zeug aus Afrika, Bücher in verschiedenen Sprachen, Werke zu Astronomie …« Max erinnerte sich an den Zeitungsartikel über Zabala. »Und Astrologie. Er hat sich mit beidem beschäftigt. Also gibt es hier irgendwo eine Verbindung, Sayid. Die Araber waren in alten Zeiten große Astronomen …«

Sayid klappte das Buch zu.

»Astronomie war zulässig, weil man den Bauern sagen konnte, wie sie den Fruchtwechsel zu organisieren hatten, aber Astrologie war nicht erlaubt.«

»Okay, also geht es vielleicht nur um Astronomie. Die Europäer haben die beiden Disziplinen zusammengebracht. Hier gibt es eine Menge über die Reisen des alten d'Abbadie durch Afrika. Such weiter. Aber sei leise. Was ist das?«

Er breitete die aufgerollten Pläne aus.

»Grundrisszeichnungen des Châteaus«, erklärte Sayid.

Sie hielten die widerspenstigen Blätter auf dem Tisch fest. Max fuhr mit einem Finger auf der Zeichnung herum, prüfte den Bauplan des Châteaus für den Fall, dass es vielleicht ein Geheimzimmer gab, das sie übersehen hatten oder das, noch wahrscheinlicher, den Besuchern von vornherein vorenthalten wurde.

»Wir sind jetzt hier, und das da ist das Observatorium …«

»Das sollten wir uns mal ansehen«, sagte Sayid.

»Ja, sicher. Ich hatte nur gehofft, dass uns irgendetwas in diesem Raum hier weiterhelfen würde. Immerhin werden hier die ganzen Aufzeichnungen aufbewahrt. Das Observatorium wird schon seit einem Vierteljahrhundert nicht mehr benutzt.«

Unten waren schlurfende Schritte zu hören. Der Franzose machte seinen Kontrollgang. Er hustete und keuchte. Im ganzen Château gingen die Lichter aus und dann glommen nur noch die Sicherheitslämpchen, kleine Scheinwerfer, die an strategischen Punkten ein wenig Helligkeit verbreiteten.

Schatten deformierten die Wände, entstellten die riesigen

Gemälde und machten die Räume zu einem unheimlichen Niemandsland.

Max musste unbedingt in das Büro. Beim Betreten des Gebäudes hatte er dort den Kontrollkasten für die Alarmanlage bemerkt, und die musste ausgeschaltet sein, wenn er und Sayid noch einige Stunden lang ungestört im Château nach Hinweisen suchen wollten.

Max duckte sich und spähte durch das Treppengeländer. Der alte Mann zog seine Jacke an. Dann ging er zur Eingangstür – Feierabend.

Ein Knarren – laut wie ein Donnerschlag, so kam es Max jedenfalls vor – war plötzlich von der Treppe zu hören. Sayid!

Hatte der Mann das gehört? Er drehte sich um, sah aber nicht nach oben, sondern trat noch einmal in sein Büro, nahm seine Zigaretten vom Schreibtisch, schloss die Tür und begab sich zum Ausgang.

Max huschte leise die Treppe hinauf.

Sayid war erstarrt, als sei er auf eine Landmine getreten, die bei der kleinsten Bewegung explodieren würde. Als sein Freund vor ihm auftauchte, zuckte er zusammen.

Die Haustür unten fiel ins Schloss.

Max hob beruhigend einen Daumen, und Sayid trat vorsichtig vor und schwang sich auf seinen Krücken in die Bibliothek. Max spähte aus dem Fenster und sah den alten Mann zu den Torpfosten am Ende der Zufahrt humpeln. Die Bürotür

war nicht abgeschlossen. Max schlüpfte hinein. Abgestandener Zigarettenrauch hing in der Luft.

Er klappte den Deckel der Alarmanlage auf. Nur ein paar Schalthebel. Der Hauptschalter war deutlich markiert, aber auf *Aus* gestellt. Offenbar hatte der Franzose vergessen, die Anlage einzuschalten. Vielleicht war das Château so sicher, dass sowieso niemand hineingelangte. Sicherheitssysteme waren eine lästige Angelegenheit, wenn man immer wieder wegen eines Fehlalarms aus dem warmen Bett gescheucht wurde. Egal. Der Hauptschalter stand auf *Aus* und alles andere interessierte Max nicht. Jetzt konnten sie an die Arbeit gehen.

Wieder lief er die Treppe hinauf. Durch ein buntes Glasfenster schien gelb und verzerrt der Mond. Oben stand schweigend die lebensgroße Statue eines jungen äthiopischen Kriegers mit einer Lampe in der Hand und wachte über die dunkle Treppe. »Danke, mein Freund«, murmelte Max.

Das dämmrige Château, voller Altertümer und Geheimnisse, lag jetzt friedlich und still. Max hörte, wie Sayid mit leisem Rascheln in Büchern blätterte. Als er sich oben wandte, um zu Sayid in die Bibliothek zu gehen, ahnte er nicht, dass sie nicht allein waren.

Unten, in den Schatten, bewegte sich etwas.

12

Bobby Morrell hatte keine Chance, als sie ihn holen kamen.

Als es dunkel wurde und der Mond am Horizont erschien, saß er mit einem Becher Kaffee vor einem kleinen Feuer am Strand. Das salzverkrustete Holz brannte mit hellblauer Flamme, die Glut erhitzte die Steine um das Feuer. Fast widerstrebend, mit leisem Zischen, rollte die Brandung über den Sand. Es war eine kalte Nacht. Er und Peaches hatten draußen bei den Felsen einige gute Wellen erwischt, aber dann hatte der Wind zugenommen und Wolken herangetrieben. Ihr Rennboot, mit dem sie einen Kilometer vor der Küste ankerten, hatte sacht zu schaukeln angefangen. Fischer holten ihre Netze ein. Alles sehr malerisch. Bobby war zufrieden. Er genoss die Einsamkeit des Surfers – auf dem Snowboard einen Berg hinunter- oder auf dem Surfbrett an einer sich überschlagenden Woge entlangsausen –, nur er und sein Brett. Noch ein paar Wochen, dann musste er wieder zur Schule. Dann aufs College. Und dann? Er wusste es noch nicht. Eigentlich wollte er nur allein mit den Elementen sein. Vielleicht würde er Wirtschaft studieren und im Internet eine Sportartikelfirma aufbauen. Nach fünf Jahren konnte die dann jemand anders übernehmen. Und er würde nur noch den größten Wellen und den höchsten Bergen nachjagen.

Überall auf der Welt warteten unzählige Wellen auf ihn und sein Brett, und überall gab es schneebedeckte Hänge, die er noch nicht bezwungen hatte. Das Leben sollte nicht so kompliziert sein. Bobby war ein Teil der großen freien Natur, mit ihr fühlte er sich verbunden. Es war wie eine Symbiose – eine wechselseitige Abhängigkeit. Die Berge und das Meer brauchten ihn, und er brauchte sie.

Schule hingegen war nicht symbiotisch.

Das gefiel ihm an Max Gordon. Der hatte es auch mit der Natur. Max war cool. Er hatte sich einer Herausforderung gestellt. Eines Tages würde er ihn nach Hawaii mitnehmen und ihm auf Oahu mal richtige Wellen zeigen. Da würde er staunen. In Alaska sorgten Winterstürme für riesige Wogen, die Tausende Kilometer zurücklegten, bis sie sich an der Nordküste von Oahu brachen. Richtige Monster. Knochenbrecher. Eine echte Mutprobe für den Jungen. Diese Wellen kamen auf einen zugerast wie ein Schnellzug, zwanzig Meter hoch. Manchmal noch höher.

Das würde Max gefallen.

Er sah über die Bucht hinaus. Peaches hatte noch ein paar Wellen ausgenutzt, aber jetzt musste sie bald kommen. Er würde das Feuer anlassen. Bestimmt war ihr kalt.

Mondlicht schimmerte auf dem flachen Wasser der Bucht, aus der Ferne drang ein dumpfes Brummen – Geländefahrzeuge. Drei oder vier, die da durch die Nacht rumorten.

Nervös, weil er fürchtete, Max' Anruf verpasst zu haben, kontrollierte er sein Handy. Nichts. Dann schob sich plötzlich jemand durch die Büsche.

Bobby erhob sich, packte ein Stück Treibholz, um sich notfalls verteidigen zu können, und trat der Gestalt entgegen, die jetzt im Lichtkreis des Lagerfeuers stand.

Der Kerl wandte sein hässliches Gesicht dem Mond zu und schnüffelte, als wollte er Witterung aufnehmen. In seinem breiten Mund waren spitze Zähne zu sehen. Speichel troff ihm von der Zunge und über sein kaum vorhandenes Kinn.

»Du musst Bobby sein«, sagte der Hai.

Max zog Bücher und Akten aus den Regalen. Irgendwo musste doch ein Hinweis zu finden sein. Sayid half ihm. Aber bis jetzt war ihre Ausbeute kaum der Rede wert, nur ein paar Karten, ein Grundriss des Châteaus und einige Jahrbücher von Forschungseinrichtungen. Max war auf die Galerie gestiegen, um die oberen Regale abzusuchen; der baskische Text an den Dachbalken interessierte ihn nicht. Die Worte waren ein Vermächtnis von Antoine d'Abbadie und ermutigten die Leser in seiner Bibliothek, durch fleißige Arbeit Weisheit zu erlangen. Es spielte keine Rolle. Max verstand sowieso kein Wort davon.

Seine Augen wurden müde. Zu lange versuchte er bei dem schlechten Licht die fremdsprachigen Buchtitel zu entziffern, und einen steifen Hals hatte er auch schon. Er schaute hin, nahm aber nichts mehr wahr. Seine Konzentration ließ nach.

Und dann fiel ihm plötzlich doch etwas ins Auge. Er trat zwei Schritte zurück. In die Kante eines Regalbretts waren Worte geritzt. Schwach, kaum sichtbar und so klein, dass man sie nur durch Zufall entdecken konnte. Es sei denn, man suchte gezielt danach.

Er brauchte Kreide, um die Buchstaben deutlicher hervorzuheben. Aber hier gab es keine Kreide. Was ging noch? Max sah zu Sayid hinunter, der am Tisch über einem Wälzer brütete. Und dann wusste er, was er brauchte. Hoffentlich war es noch drin, dachte er und stieg hastig zu Sayid hinunter.

Die alte Schreibmaschine.

»Hast du was gefunden?«, fragte Sayid, als Max sich über die altmodischen Tasten beugte.

»Kann sein«, sagte Max und hob vorsichtig die Spulen mit dem verblassten Farbband aus der Maschine. Sekunden später war er wieder oben an dem Regal. Er befeuchtete das Farbband mit Spucke und rieb damit kräftig über die Kante des Regals. Es funktionierte. Die blassen Kerben traten etwas deutlicher hervor, trotzdem konnte er nur einige wenige einzelne Wörter erkennen. *Luciferi primo cum sidere frigida rurar carpamus ...* Da stand noch mehr, aber vollkommen unleserlich. Max las es leise vor. Luzifer! Das war's.

Wenn er jetzt nur Mr Chaplin bei sich hätte. Der freundliche Lehrer von der Dartmoor High hatte es geschafft, Max für alte griechische und römische Geschichte zu interessieren. Die Schule stand auf dem Gelände eines ehemaligen Vorpostens der zwanzigsten römischen Legion, und daher war im Unterricht viel von Schlachten und Soldaten zu hören – und Latein hatten sie auch.

»Was hast du da?«, fragte Sayid leise und sah zu ihm hoch.

Max las es noch einmal vor. »Schon wieder was Lateinisches. Keine Ahnung. Irgendwas mit ... äh ... Eile ... oder mit dem ersten Morgenlicht.« Er schüttelte den Kopf und zuckte hilflos mit den Schultern.

»Dummkopf«, sagte Sayid.

»Ich kann dir alle Schlachten aufzählen, die die zwanzigste Legion geschlagen hat. Aber was kann ich dafür, dass die Latein gesprochen haben?«

»Aber Luzifer steht da, oder?«, fragte Sayid.

»Luciferi. Ja.«

Max besah sich die Bücher, die unmittelbar über den eingekratzten Wörtern standen. Dahinter war eine Mappe versteckt, aber so, dass ein aufmerksames Auge sie entdecken musste. Max zog sie heraus.

Der braune Einband hatte sich abgelöst wie tote Haut. Als Max ihn aufschlug, fielen ein paar Seiten heraus. Er schob sie zusammen. Auf dem ersten Blatt war ein Kreis mit Symbolen und Ziffern um den Außenrand abgebildet; in den Kreis waren drei oder vier Dreiecke verschiedener Größe gezeichnet.

Darüber standen in kaum lesbarer Schrift drei lateinische Wörter: *Lux et veritas.*

»Hier ist noch mehr!«, rief Max aufgeregt, als er wieder nach unten zu Sayid kam. »*Lux et veritas.* Das heißt ›Licht und Wahrheit‹. So viel weiß ich immerhin.«

Er legte die Papiere auf den Tisch, aber Sayid konzentrierte sich gerade auf etwas anderes. Er hatte einen Band mit Dokumenten entdeckt.

»Verdammt«, sagte er. »Sieh dir das an, Max.«

Er legte das große Buch neben Max' Mappe. Die aufgeschlagene Seite zeigte ein kompliziertes Diagramm aus Geraden und Zickzacklinien. Das Ganze bildete ein Muster, das aussah wie aus Diamanten und Sternen zusammengesetzt.

»Weißt du, was das ist?«

»Ja«, antwortete Sayid, ohne auch nur von der Zeichnung aufzublicken.

»Schon gut, Sayid. Lass dir Zeit. Nur keine Hektik. Du brauchst mir das Geheimnis nicht zu erklären, wenn du nicht willst.«

»Na ja, ich bin schon überrascht. In meiner Familie gab es Bücher über islamische Kunst, und da habe ich das schon mal gesehen. Erstaunlich.«

Max sah seinen Freund an, der wie gebannt auf die Zeichnung starrte. Er drehte sie nach links und nach rechts, und egal, welche Seite oben war, das Muster blieb immer gleich.

»Ich erklär's dir ja …«, sagte Sayid und verstummte wieder.

Max seufzte und wartete.

»Das ist die göttliche Ordnung«, teilte Sayid ihm schließlich mit.

»Wie bitte?«

»Die reine Geometrie. Soweit ich weiß, haben die Araber das von den Griechen übernommen, dann aber weiter verfeinert. Es besagt, dass das Chaos des Universums kein Zufall, sondern Teil eines Plans ist. So habe ich es wenigstens verstanden. Und hier in dieser Zeichnung ist das Chaos des Universums in einer klaren Ordnung dargestellt. Ganz präzise.«

»Ich komm nicht mehr mit, Sayid.«

Max überlegte fieberhaft. Sein Dad hatte ihm auf ihren gemeinsamen Reisen so viele Dinge beigebracht, aber das alles nützte ihm jetzt nichts. Er wusste, dass die alten Griechen manches von den Ägyptern und Babyloniern gelernt hatten und dass Inder und Araber Großmeister in Astronomie und Mathematik gewesen waren, aber wie passte das mit dem hier zusammen? Hatte sein Dad ihm denn nichts erzählt, was ihm helfen könnte, dieses Rätsel zu lösen?

Der Gedanke an seinen Vater, der jetzt allein mit seiner Krankheit zu kämpfen hatte, quälte ihn. Sein Dad war ein ganz außerordentlicher Mensch. Sein starker, abenteuerlustiger, kluger Dad. Max riss sich zusammen. Es war nicht gut, zu lange solch belastenden Gedanken nachzuhängen. Er wollte lieber daran denken, was sein Vater ihm über die Griechen erzählt hatte. Die blutigen Konflikte der Antike faszinierten ihn, und er hatte mit seinem Vater einige der alten Schlachtfelder besucht. Das war zu der Zeit gewesen, als er große Schwierigkeiten gehabt hatte, sich in der Dartmoor High einzuleben. Also hatte ihm sein Vater Geschichten erzählt. Sie wanderten unter der heißen Sonne Griechenlands, wo Krieger in großen Schlachten gefallen waren, und sein Vater erklärte ihm, wie der Gebrauch der Geometrie die Menschen schon vor Jahrtausenden in die Lage versetzt hatte, Belagerungsmaschinen zu bauen. Auf die Weise half ihm sein Vater, im Unterricht aufmerksam zuzuhören. Er gab ihm etwas Handfestes, woran er sich orientieren konnte, wenn das Thema nicht Fantasie, sondern Konzentration verlangte.

Max hatte es in der Schule nicht leicht gehabt. Der Schock und die Trauer nach dem Tod seiner Mutter wirkten lange nach und oft kamen ihm die Tränen. Wenn er versuchte, auch nur die simpelsten Grundlagen der Geometrie zu begreifen – das Längenquadrat der Hypotenuse ist gleich der Summe der beiden Seitenquadrate –, machte sein Gehirn manchmal einfach nicht mehr mit. Dann erzählte ihm Dad von Pythagoras. Das war ein bedeutender griechischer Mathematiker, ein vegetarisch lebender Mystiker, der davon überzeugt war, mithilfe der Geometrie die Geheimnisse des Universums lösen zu können. Geheimnisse des Universums! Und jetzt hatte Sayid gesagt, in dieser Zeichnung gehe es auch um nichts anderes.

»Wenn es in diesem Buch ist, kann es wohl kein direkter Hinweis sein«, sagte Max. »Aber vielleicht sollten wir daraus schließen, dass Zabala etwas suchte, das mit Astrologie und Astronomie zu tun hatte, und dass er sich, um das Rätsel zu lösen, der Geometrie bediente.«

Max nahm das zweite Blatt aus der Mappe. Darauf standen fünf Reihen mit jeweils fünf Zahlen. Darüber, wie eine Überschrift, ein Wort, ein Symbol und eine Zahl: *Mars = 65.*

»Mars ist gleich fünfundsechzig«, sagte Max. »Was soll das bedeuten?«

»Mars ist der Kriegsgott.«

»Das weiß ich, Sayid. Aber er ist nicht fünfundsechzig Jahre alt, oder? Und er wohnt auch nicht in Haus Nummer fünfundsechzig.«

»Ich versuche nur zu helfen. Bleib locker. Ich habe dir letztes Jahr geholfen, die Matheprüfung zu bestehen, weißt du noch? Dein verrückter Mönch muss einen Grund gehabt haben, das hier abzulegen.«

»Er war nicht verrückt, da bin ich mir sicher. Er war Wissenschaftler, und das hier ist genauso ein Hinweis wie alles andere.«

Max sah sich die Zahlenreihen genauer an, sie mussten doch irgendeinen Sinn haben.

11	24	7	20	3
4	12	25	8	16
17	5	13	21	9
10	18	1	14	22
23	6	19	2	15

»Ich habe mal ein Buch über Spione im Zweiten Weltkrieg gelesen; die hatten auch so ein Codiersystem, allerdings mit Buchstaben, nicht mit Zahlen«, sagte er.

»Ich erinnere mich. Du hast mir damals endlos davon erzählt. Und?«

»Und … keine Ahnung. Hab vergessen, wie das ging.«

Sayid sah ihn entsetzt an.

»Mach nicht so ein Gesicht, Sayid. Wenn ich dir so viel davon erzählt habe – warum erinnerst du dich dann nicht mehr daran?«

»Weil ich in der Zeit wahrscheinlich grade deine Matheaufgaben gemacht habe.«

Max fuhr mit einem Finger über die Zahlenreihen.

»Bei Zahlen gibt es immer irgendeine Gesetzmäßigkeit. Die haben immer was zu bedeuten«, sagte Sayid.

»Sicher«, pflichtete Max ihm bei, »sonst hätte er sie nicht da hingeschrieben. Eins kann ich dir jedenfalls sagen – alle diese Zahlenreihen, senkrecht, waagerecht und diagonal, ergeben als Summe fünfundsechzig.«

Sayid rechnete kurz nach. Max hatte recht. Die Spalten und Reihen ergaben als Summe immer fünfundsechzig.

»Gar nicht mal so schlecht.«

»Na ja, so dumm bin ich ja nun auch nicht. Hab nur ab und zu ein bisschen Schwierigkeiten mit Mathe«, erwiderte Max eingeschnappt.

Sayid nahm das Blatt in die Hand. »So was habe ich schon mal gesehen. Das nennt man ein magisches Quadrat«, sagte er nachdenklich.

»Magisch? Abrakadabra?«

»Nein, die Araber haben das bei den Indern kennengelernt. Ungefähr im siebten Jahrhundert. Und dann gab es da einen Mathematiker …« Sayid blickte auf und kramte in seinem Gedächtnis herum. »Al-Buni. So hieß er. Der hat sich um Zwölfhundert herum mit Astrologie beschäftigt und …«

Max unterbrach ihn. »Sayid, wir haben jetzt keine Zeit für Geschichtsunterricht. Erklär mir einfach, was ein magisches Quadrat ist, okay? Oder wenigstens dieses hier. Mars ist gleich fünfundsechzig – das hat was zu bedeuten. Zabala hätte sich nicht so viel Mühe gemacht, etwas zu verstecken, wenn es eine ganz banale Sache wäre.«

»Ich weiß nicht, was diese Zahlen bedeuten. Ehrlich, ich habe keine Ahnung. Aber das mit der Zahl Fünfundsechzig ist immerhin ein Anfang«, sagte Sayid, klang aber nicht sehr überzeugt.

»Das denke ich auch«, sagte Max, »nur wissen wir nicht, in welcher Richtung wir zu suchen haben. Noch nicht. Ich finde, wir sollten jetzt von hier verschwinden und das Ganze bei der Komtess genauer untersuchen.«

Sayid nickte. Er versuchte immer noch, das Durcheinander in seinem Kopf zu sortieren. »Ich werde weiter darüber nachdenken«, sagte er und faltete das Blatt vorsichtig zusammen.

»Tu das. Mit Zahlen hast du's ja. Aber bevor wir gehen, müssen wir noch das Observatorium überprüfen. Wir kommen bestimmt nicht mehr so bald hierher zurück«, sagte Max, schob die Zeichnung mit dem Kreis in seine Hosentasche und stellte die Mappe ins Regal zurück.

Sayid räumte den Tisch ab, während Max das Farbband wieder in die Schreibmaschine einlegte.

Das Observatorium lag auf derselben Etage, und als sie dort ankamen, wies in der Bibliothek nichts mehr darauf hin, dass dort jemand etwas gesucht haben könnte.

Das Observatorium war ein schlichter, vollkommen schmuckloser Raum. Durch eins der beiden Fenster fiel ein helles Rechteck aus Mondlicht auf den dunklen Holzboden. Offenbar diente der Raum ausschließlich zum Arbeiten, hier wurde geforscht, hier wurde ausgewertet, was man in der Bibliothek zusammengetragen hatte. Ein gotischer Bogen teilte den Raum in der Mitte, links und rechts davon befanden sich alte Bücherschränke mit grauen Aktenordnern. In einer Nische unter dem Bogen stand ein altmodisches Teleskop, das fest auf eine Art Speichenrad montiert war und in einem Winkel von etwa fünfundvierzig Grad nach oben zeigte. Unter dem Apparat war ein kleiner Holzsitz auf einer Gleitschiene am Boden befestigt.

»Halte dich von den Fenstern fern, Sayid. Falls draußen doch noch jemand ist.«

Max strich über das Gehäuse des Teleskops. In dem Gewölbe darüber waren Fenster, die sich zur Beobachtung des Himmels aufschieben ließen.

»Hier legt man sich drauf«, erklärte Sayid und zeigte auf den Holzsitz, »dann schiebt man sich unter das Teleskop und beobachtet, wie die Sterne über den Meridian wandern.«

»Woher weißt du das?«

Sayid lächelte und zeigte auf ein kaum sichtbares Schildchen in dem Bogen. »Weil es da steht. Ich versuch's gleich mal.« Und schon ließ er sich nieder.

»Sayid, wir haben keine Zeit.«

»Ach was! Komm schon, Max, mit Sternen kennst du dich doch aus. Sehen wir's uns mal an. Der Himmel ist wolkenlos. Mach mal die Fenster da oben auf.«

Sayid hatte sich bereits unter das Okular des Teleskops geschoben. Max rüttelte an den Stäben, mit den sich die oberen Fenster öffnen ließen. »Der Mond ist zu hell, Sayid. Da sieht man nicht viel.«

»Hör auf zu meckern, Max. Tu's einfach.«

Endlich bekam Max die alten Klappfenster auf. Seine Befürchtung, die ganze Konstruktion könnte über ihnen zusammenbrechen, traf zum Glück nicht ein.

»Sehr gut«, sagte Sayid grinsend und machte sich daran, das Okular scharf zu stellen.

Max sah sich um. Was gab es hier noch? Hatten sie jetzt alles gefunden? Er wollte sich unbedingt mit den Zeichnungen in seiner Hosentasche beschäftigen. Und um das ungestört tun zu können, mussten sie sich an einen sicheren Ort zurückziehen.

Allmählich wurde er ärgerlich. »Sayid, lass gut sein! Komm, wir müssen hier raus.«

Sayids Auge schien an dem Teleskop zu kleben; er ruckte ein

wenig vor und zurück, bis er es sich bequem gemacht hatte, und hob einen Arm, um Max zum Schweigen zu bringen. Etwas Helles huschte über eine Wand. Max' Herz machte einen Satz. Da war etwas aufgeschimmert. In diesem alten Schloss hausten Ungeheuer. Die Wasserspeier krochen von den Dächern hinab, kratzten mit ihren Krallen hungrig an den Mauern. Oder hatte ihm seine Fantasie einen Streich gespielt? Der Wind, der jetzt vom Meer her kam, verfing sich in den Zinnen. Die Wasserspeier lechzten brüllend nach Beute.

Sayid blickte auf. Das Jaulen und Heulen hatte ihn erschreckt.

»Das ist nur der Wind«, erklärte Max.

Sayid lächelte gequält und hielt sein Auge wieder an das Teleskop. Max beschloss, ihm noch eine Minute zu lassen. Das Licht, das er eben gesehen hatte, war von der anderen Seite des Raums gekommen.

Er bemerkte einen uralten Spiegel, arg verstaubt, mit grünlich angelaufenem Kupferrahmen, das Glas trüb und braun. Max trat davor und betrachtete sein Spiegelbild. Der Junge, der ihn da anstarrte, hatte keine Augen. Das Licht von oben warf dunkle Schatten auf sein Gesicht und tauchte die Augenhöhlen in Schwarz. Die dünne rote Narbe quer durch seine Augenbraue war noch zu erkennen, und in seiner hochgerutschten Jacke sah er aus, als ob er einen Buckel hätte. Er grinste, und beinahe rechnete er damit, zwischen seinen Lippen Vampirzähne zu erblicken. Um besser sehen zu können, wischte er mit einem Ärmel den Staub von der Glasfläche.

Etwas in dem Spiegelbild machte ihn stutzig.

Er drehte sich um und ging zu der Wand gegenüber. Dort hing ein altes, auf Holz gemaltes Bild. Es war etwa fünfzig Zentimeter hoch und halb so breit. Kleine Ösen aus Messing, an kaum sichtbare Nägel gehakt, hielten es an der Wand. Das Bild, blass und stumpf, hing im dunkelsten Winkel des Raums und passte gar nicht dorthin; und es war das einzige Bild hier überhaupt.

Es wirkte wie eine Malerei aus dem Mittelalter, die dargestellten Figuren flach und zweidimensional und irgendwie unwirklich. Im Hintergrund war eine Gebirgskette zu erkennen; schmutzig graue Gipfel, keine Spur mehr von Schnee. Aber das Bild war leicht zu verstehen. Ein Stern, gelblich weiß, schwebte über den Bergen. Rechts daneben, in gleicher Höhe, war noch ein Stern. Im Vordergrund lag ein Mönch auf der Erde. Sein Kopf ruhte auf einem Baumstamm oder Felsen – es war nicht deutlich zu sehen –, in einer Hand hielt er ein primitives Fernrohr. Er sah uralt aus, geradezu biblisch. Sein zotteliger Bart hing ihm bis auf die Brust und mit dem Zeigefinger seiner freien Hand wies er auf sich selbst.

Max las die französische Inschrift auf dem Messingschildchen, das unten an den Rahmen geschraubt war. Demnach war das Château dem heiligen Antonius, dem Einsiedler, geweiht. Max konzentrierte sich auf jeden einzelnen Pinselstrich. Links unten auf der Holztafel schien ein Kratzer zu sein. Ein Zeichen? Er kippte die Tafel leicht an, damit etwas mehr Licht darauf fiel. Der Kratzer war kaum zu sehen, falls man nicht gerade danach suchte. Es war ein Z.

Das Bild stammte nicht aus dem Mittelalter, nicht einmal vom Beginn des vorigen Jahrhunderts. Max nahm es von der Wand und stellte es auf den Boden; es war erstaunlich schwer. Warum der Mönch durch ein Fernrohr schaute, verstand er nicht, wohl aber, was die beiden Wörter links und rechts neben dem alten Mann bedeuteten: *Lux Ferre.*

Max sah sich hektisch um, als fürchte er, jemand anders

könnte den Hinweis ebenfalls sehen. Sayid war mit dem Teleskop beschäftigt, im Mondlicht schwebten Staubteilchen umher, sonst bewegte sich nichts. Im Château war es totenstill.

Max kniete sich vor das Bild und starrte dem alten Mann in die Augen. Er war so gemalt, dass der Betrachter das tun konnte – ihm in die Augen sehen –, trotz des Fernrohrs vor seinem Gesicht. Es war, als sehe er Max direkt an.

Einfach Beängstigend.

Der Einsiedler zeigte auf einen winzigen Lichtfleck unter seinem Bart. Noch ein Stern. An seinem Schlüsselbein.

Max berührte den Anhänger, den er um den Hals hängen hatte.

Bobby Morrell war um sein Leben gerannt. Der Sand machte seine Schritte schwer, aber er war stark und trainiert genug, das zu ignorieren. Und die Angst trieb ihn voran, auf das Meer zu, dort wäre er in Sicherheit. Die dunklen Fluten würden ihn aufnehmen, der Neoprenanzug war die perfekte Tarnung. Und Bobby konnte sehr lange unter Wasser schwimmen.

Eine Düne hinauf und dann das letzte Stück über den mondhellen Strand. Es war Flut, er würde es schaffen, kein Problem, und später musste er Max warnen. Er würde einfach so lange im Wasser bleiben, bis diese Schlägertypen von der Bildfläche verschwanden. Dann zu der Landzunge schwimmen. Ganz einfach.

Als er losgerannt war, hatte er Peaches' Namen in die Nacht gerufen. So laut er konnte. Hatte gebrüllt, sie solle weglaufen. Sich verstecken. Aber der Angriff hatte ihn völlig überrumpelt. Die Typen hatten sich zwischen den Büschen und Bäumen hinter den Dünen versteckt. Ihre Motocross-Maschinen jaulten einmal kurz auf, die Räder wühlten im Sand, und plötzlich sprangen sie aus der Dunkelheit, wie Wölfe, die ein schutzloses Tier anfielen.

Er war jetzt am Wasser, aber sie hatten ihn eingeholt. Ihre Räder versprühten nassen Sand und Gischt. Gut eingespielt nahmen sie ihn in die Zange, einer von links, einer von rechts. Und als er einmal kurz stehen bleiben musste, rammte ihn ein Dritter von hinten.

Bobby schlug mit dem Gesicht auf den nassen Sand. Die See war verlockend nah. Schmerz breitete sich in seinem Rücken aus. Sie hatten ihn übel erwischt, aber er war nicht zum ersten Mal auf die Nase gefallen. Wie viele Tonnen Wasser hatten ihn schon umgeworfen? Er atmete durch den Schmerz, stieß seine Füße in den saugenden Sand und richtete sich auf.

Sie ließen ihn drei, vier Schritte machen, dann jagten sie ihre Maschinen auf ihn zu. Einer schwang einen Knüppel. Bobby konzentrierte sich auf das rettende Wasser, nur dort wäre er in Sicherheit.

Der Schlag wirbelte ihn herum. Er klatschte mit dem Hinterkopf ins Wasser und ging würgend unter. Salzwasser drang ihm in Mund und Nase, klebriger Sand erstickte ihn. Und während er keuchend nach Atem rang, höhnte ihn die Ironie des Schicksals: *Du wirst in knöcheltiefem Wasser ertrinken!*

Jemand packte ihn, riss sein Gesicht aus dem Wasser und schüttelte ihn. Bobby spuckte und bekam etwas Luft. Das Gesicht des anderen war nicht zu sehen, nur eine Silhouette vor dem Mond, aber er kicherte hämisch.

»Wir sind noch nicht mit dir fertig«, zischte er.

Wer noch nie die Gewalt einer sechs Meter hohen Woge gespürt hat, die Wucht, mit der sie von unten nach einem schlägt, der kann nicht wissen, über welche Kräfte jemand verfügt, der jede freie Minute auf dem Wasser verbringt. Bobby warf sich herum. Er hatte einen Batzen nassen Sand gepackt, und seine Faust, schwer wie ein Stein, krachte an den Kopf des anderen, der vor Schmerz aufschrie und ihn losließ.

Wie eine Robbe, die einem Killerwal entflieht, glitt Bobby davon und stürzte sich in das tiefere Wasser. Schon konnte er schwimmen. Hierher konnten die Motorräder ihm nicht folgen. *Weiter. Den Kopf unten halten, kraulen, Luft holen, kraulen, Luft holen. Weiter! Ich muss Max warnen! Muss ihn warnen!*

Er drehte sich um, legte sich mit dem Rücken in die Brandung und richtete den Blick auf die Küste. Er hatte zweihundert Meter zwischen sich und diese Typen gebracht. Sie standen reglos da und sahen ihm nach.

Er lachte. Falls die darauf warteten, dass er müde wurde, hatten sie eine lange Nacht vor sich. Bobby Morrell konnte schwimmen wie ein Delfin. Er würde durch die Bucht zur Landspitze schwimmen, über die Felsen klettern und von dort zu Fuß zum Château gehen. Irgendwo hinter dem Brandungsrauschen hörte er einen Motor aufbrummen. Was war das? Ein Motorrad war es jedenfalls nicht.

Er drehte sich um.

Das Rennboot raste direkt auf ihn zu. Sie hatten das Boot in Reserve gehabt und bei dem hellen Mond brauchten sie keinen Suchscheinwerfer. Er war ein leichtes Ziel. Das Boot umkreiste ihn, und auf den schaukelnden Wellen war er sogar noch besser zu sehen. Jetzt wendeten sie und nahmen Anlauf, ihn zu überfahren.

Er zog den Kopf ein, tauchte unter und versuchte so tief wie möglich zu kommen, damit die Schraube ihn nicht zermalmte. Das Brummen des starken Außenbordmotors hallte dumpf durchs Wasser, als die Sogwelle über ihn hinwegging. Er kam nach oben, atmete tief durch und schwamm los. Das Boot wendete zum nächsten Angriff. Er durfte die Landspitze nicht aus den Augen verlieren. Aber er hatte sich verrechnet. Das Boot war so schnell herumgeschleudert, dass es schon wieder auf ihn zuraste. Aber diesmal bremste es vorher etwas ab, da es beim ersten Versuch zu schnell gewesen und daher am Ziel vorbeigeschossen war. Irgendwann würden sie ihn erwischen.

Wenn er überleben wollte, musste er das Tempo des Angriffs genau kalkulieren. Er sah das Boot kommen, wartete, holte tief Luft und als es nur noch drei Meter entfernt war, warf er sich mit aller Kraft zur Seite. Aber das reichte nicht. Das Boot streifte ihn. Seine Rippen knackten. Ein heftiger Schmerz folgte. Er stöhnte auf, schluckte Wasser, wälzte sich herum und spuckte hustend aus.

Die kalte Wirklichkeit traf ihn wie ein Keulenschlag.

Er würde es nicht schaffen. Er würde sterben.

Sie umkreisten ihn langsam, den Motor im Leerlauf, und sahen gelangweilt zu, wie die finstere See ihn zu verschlingen begann.

Er sah das Boot neben sich, einen Meter entfernt.

Helft mir.

Sie beobachteten ihn. Reglos.

Helft mir. Bitte.

Hatten sie ihn gehört? Oder rief das nur die Stimme in seinem Kopf? Einer der Männer packte einen Bootshaken mit speerähnlicher Spitze und hob ihn wie eine Lanze. Die anderen grinsten. Sie würden ihn aufspießen wie einen verwundeten Fisch.

Der Mann holte aus.

Bobby spürte, wie die Spitze durch den Neoprenanzug in seinen Körper eindrang. Wasser spülte ihm übers Gesicht, er sank und kam noch einmal hoch. Jetzt sah er nur noch den strahlenden Ball, der die Nacht mit seinem Licht beglückte.

Der Mann im Mond lächelte.

Schadenfroh.

13

Max zog sich den Anhänger über den Kopf und betrachtete den blinden Stein. Er drehte den Messingring hin und her, hielt ihn ins Mondlicht und dann ins Dämmerlicht des Observatoriums, vermochte aber nichts Besonderes daran zu erkennen. Aber wenn der Anhänger wie ein Stern um den Hals des Einsiedlers hing – was hatten dann die anderen beiden Sterne auf dem Gemälde zu bedeuten?

Max wusste, er riskierte viel. Es war schon spät. Womöglich kam der Franzose noch einmal zu einer Kontrollrunde zurück, und ob die Sicherheitslampen die ganze Nacht anblieben, stand auch nicht fest.

»Sayid, lass mich auch mal da reinschauen.«

Sayid rutschte auf dem Sitz nach hinten und kletterte umständlich heraus.

»Ja, versuch du es mal. Ich konnte nicht viel erkennen. Das ist das Dumme mit den Sternen – sie sind zu weit weg. Und der Mond ist viel zu hell, auch wenn man ihn nicht mit im Bild hat.«

Max glitt auf den Sitz, schob sich unter das abgewinkelte Okular und kniff ein Auge zu. Dann schwenkte er das Teleskop nach unten, dorthin, wo er die Pyrenäen vermutete, aber er war zu hastig, und jetzt verschwamm alles vor seinem Auge. Als er es noch einmal versuchte und dabei den Mond ins Blickfeld bekam, tränten ihm die Augen. Schwierig. Das würde länger dauern. Beim nächsten Versuch nahm er sich vor, höchstens ein paar Minuten lang den Himmel abzusuchen.

Er musste den Fokus immer wieder nachstellen, schwenkte das Teleskop hin und her, rauf und runter, sah aber nichts Auffälliges. Als er schon frustriert aufgeben wollte und den Kopf hob, um aufzustehen, schlug der an seinem Hals baumelnde Anhänger an das Okular und verfing sich beinahe daran.

Er schob ihn unter sein Halstuch zurück und dann entdeckte er an dem Okular etwas, das er aus der Nähe gar nicht bemerkt hatte. Ein Gewinde. Ähnlich wie im Objektiv einer Kamera, in das man Filter einschrauben konnte. Hier allerdings mit sehr kleinem Durchmesser.

Er zog sich die Schnur mit dem Anhänger über den Kopf und hielt den Messingring an die Öffnung. Er passte genau. Behutsam drehte er ihn hinein, bis er fest mit dem Okular verbunden war.

Als er jetzt hindurchspähte, zeigte sich der Stein als glänzender, dunkler Kristall, in den Zahlen und ein Diagramm eingeritzt waren.

Der blinde Stein hatte sein Geheimnis im Schimmer des Mondlichts offenbart.

»Sayid!«, flüsterte Max aufgeregt, ohne das Auge vom Okular zu nehmen. »Ich sag dir ein paar Zahlen. Schreib sie auf. Schnell!«

Sayid nahm das Blatt Papier mit dem magischen Quadrat.

»Okay«, sagte er.

»Lass zwischen den Zahlen immer etwas Platz ... 7, dann 24 und 8. Dann ein Strich. Dann 10, 4, 9, 12, 25. Noch ein Strich. Hast du das?«

»Hab ich.«

»Dann 7, 11, 9 und 17. Das wär's.«

Sayid wiederholte die Zahlen mitsamt den Strichen und Zwischenräumen laut.

Max sah noch etwas anderes, aber nur verschwommen. Wer auch immer diese winzigen Zeichen in den Stein geritzt hatte, musste eine Engelsgeduld gehabt haben – das war das Werk eines geschickten Handwerkers. Oder eines entschlossenen Wissenschaftlers.

Max drehte ein wenig an dem Okular. Jetzt verschwammen die Zahlen, dafür wurde der Rest scharf.

Er sah zu Sayid auf. »Hier ist eine Zeichnung eingeritzt. Gib mir was zu schreiben, bitte.«

Max begab sich wieder unter das Okular, und Sayid nahm eine alte Aktenmappe aus dem Regal, riss den Deckel ab und reichte ihn Max zusammen mit seinem Kugelschreiber.

Mitten in der Bewegung hielt er inne. »Ich glaub, ich hab was gehört«, flüsterte er.

»Was denn?«

Sayid schüttelte den Kopf. Sie horchten. Alles war still, nur der Wind pfiff schaurig um das düstere Gemäuer.

»Geh zur Tür, Sayid. Falls du was hörst, sag Bescheid. Ich muss mich konzentrieren.«

Sayid tat wie geheißen, und Max legte wieder ein Auge an das Okular.

Er nahm die Pappe auf den Schoß und zeichnete möglichst genau ab, was er sah: ein flaches Dreieck in einem Kreis. Sehr ähnlich, wenn nicht identisch mit der Zeichnung, die er vorhin gefunden hatte. Nur, dass hier die Spitzen des Dreiecks mit Buchstaben versehen waren – E, S und Q.

Wieder war Max der Lösung des Rätsels einen Schritt näher gekommen. Dies war ein wichtiger Teil des Vermächtnisses, das der sterbende Mönch ihm hinterlassen hatte. Nach kaum einer

Minute war er mit der groben Skizze fertig. Er schraubte den Anhänger aus dem Okular, faltete die Zeichnung zusammen und steckte sie in seine Jackentasche.

Zeit, zu gehen!

Er kletterte unter dem Teleskop hervor, schloss das Fenster und lief zu Sayid.

»Sayid, ich bin fertig. Wir verschwinden jetzt besser.«

Zu spät!

Max sah den gespenstischen Schemen eines Mannes die Treppe hinaufkommen. Es war der Deutsche. Und er grinste. Sofort war Max klar, dass nur er die Alarmanlage ausgeschaltet haben konnte.

»Sehr gut, Max. Wir hatten vergeblich danach gesucht.«

Die Erkenntnis traf Max wie ein Schlag: Der Mann und die Frau hatten gewusst, dass er heute in das Château kommen würde. Woher? Wer hatte es ihnen gesagt? Aber das war im Augenblick nicht so wichtig. Max hatte ihnen in die Hände gespielt, und sie hatten im Dunkeln gewartet und ihm so viel Zeit gelassen, wie er brauchte, um dem Geheimnis des Mönchs auf die Spur zu kommen.

Der Schock war schnell überwunden. Max drängte sich zwischen den herantretenden Deutschen und Sayid, steckte seinem Freund Bobbys Handy zu und schob ihn fort, Richtung Schlafzimmer des Châteaus. »Geh, Sayid! Ruf Bobby an!«, zischte er.

Sayid stakte auf seinen Krücken wie ein dürres Insekt in Todesangst den Gang hinunter.

Der Mann schüttelte den Kopf und zündete sich in aller Ruhe eine Zigarette an.

»Max, es hat keinen Sinn, ihr könnt nicht fliehen.« Er sah dem Rauch nach, der sich in dem mondhellen Treppenhaus träge nach oben kräuselte, und sagte schulterzuckend: »Ich bin nicht allein.«

Aus der Dunkelheit sprangen zwei Gestalten an dem Mann vorbei die Treppe hinauf. Junge Männer in Motorradkluft. Der eine mit einer Motorradkette bewaffnet, der andere mit einer kurzen Eisenstange – einem Schraubenschlüssel. Die führten offensichtlich nichts Gutes im Schilde. Der Hai war nicht dabei, aber Max hatte diese Kerle damals in seiner Gang gesehen.

»Bringt ihn nicht um. Noch nicht. Holt euch erst den verletzten Jungen«, rief der Deutsche.

Max wusste, wenn sie Sayid bekamen, würden sie ihm solche Schmerzen zufügen, dass er, Max, seine Seele verkaufen würde, damit sie aufhörten.

Aber er dachte nicht daran, einfach wegzulaufen. *In Schwierigkeiten? Tu immer das Unerwartete, Max.* Die Stimme seines Vaters. Max lächelte. Er sah die beiden Kerle an. Eine Kette und ein Schraubenschlüssel? Er musste sich was einfallen lassen. Er schnappte sich einen äthiopischen Schild und ein gefährlich aussehendes Antilopengehörn von der Wand und griff an, sprang die letzten drei Treppenstufen mit einem Satz hinunter und stürzte sich auf die verblüfften Schläger. Der Deutsche drehte sich um und rannte los, einer der Männer geriet hinter ihm ins Stolpern und trat ihm in die Beine, sodass sie beide zu Boden gingen. Der Deutsche schrie vor Schmerz und Wut auf.

Der zweite Schläger fand sein Gleichgewicht wieder und schwang die Kette nach Max' Kopf. Max duckte sich, riss den Arm hoch, spürte und hörte die Kette auf den Schild krachen und sprang nach vorn. Die Augen des Angreifers weiteten sich, als Max ihm an die Kehle ging. Er schwankte, machte einen Schritt rückwärts und stieß ans Geländer. Max rammte die Antilopenhörner nach vorn und traf ihn so, dass sie ihm links und rechts am Hals vorbeigingen und ihn am Treppenpfosten festnagelten, unmittelbar neben einem der Ungeheuer, die darin eingeschnitzt waren. Und in dem schwankenden Licht sah es fast so aus, als grinste es höhnisch über den dummen Kerl, der zum Fressen nah an seinem Rachen zappelte und nicht weg konnte.

Kaum war der Schläger außer Gefecht, als aus der Dunkelheit etwas herangezischt kam.

Max fuhr herum, hob den Lederschild – ein Messer schlug ein und blieb darin stecken.

Der Deutsche schrie von unten einen Befehl:

»Wir brauchen ihn lebend!«

Aber lautes Trampeln sagte Max, dass junge Leute nicht immer das tun, was die Erwachsenen ihnen sagen, auch wenn sie noch so gut dafür bezahlt werden. Die ersten Gestalten tauchten undeutlich vor ihm auf. Er sah ihre Messer im Mondlicht aufblitzen. Max hatte nur den Schild zu seiner Verteidigung. Und der würde ihm nicht lange helfen. Er drehte sich um und lief los, aber ein harter Aufprall an der Wand neben ihm ließ ihn sofort wieder innehalten. Ein Pfeil war vor den Angreifern vorbeigeschossen. Max blickte auf. Sayid stand an das Geländer gestützt, einen kurzen afrikanischen Jagdbogen in den Händen, und schickte bereits den nächsten Pfeil die Treppe runter. Er traf eins der geschnitzten Ungeheuer in den Kopf. Die Schläger wichen zurück und gingen in Deckung. Max nutzte die Chance.

Mit wenigen Schritten war er an Sayids Seite.

»Mehr Pfeile waren nicht da«, sagte Sayid zitternd vor Anstrengung, Angst und Aufregung.

Max schob ihn bereits wieder in das Schlafzimmer zurück.

Er hatte genug getan, um die Angreifer fürs Erste zurückzuschlagen.

»Du hast mir das Leben gerettet, Sayid.«

Sayid lächelte. »Tatsächlich?«

»Ja. Obwohl – nur ein paar Zentimeter näher, und du hättest mich getötet.«

»Ich hab noch nie mit einem Bogen geschossen«, erklärte Sayid, als Max hinter ihnen die Tür zumachte.

»Wäre ich nie drauf gekommen«, ächzte Max, während er eine große antike Kommode vor die Tür wuchtete. Er musste seine ganze Kraft aufwenden, aber die Angst vor dem, was da die Treppe hinaufkam, machte ihn stark.

»An Bobbys Handy geht keiner ran«, erklärte Sayid.

»Dann müssen wir improvisieren«, sagte Max – und er klang sehr ernst. Sie waren jetzt in echten Schwierigkeiten und konnten nicht mit Hilfe rechnen.

Die Kommode vor der Tür würde die Verfolger eine Weile aufhalten, jetzt sah er sich erst einmal um. Konnten sie sich hier verstecken? Schwere Möbel, Vitrinen und Tische auf gedrechselten Beinen, ein Leopardenfell auf dem blanken Holzfußboden. Gitterfenster, eine Chaiselongue, ein Kastenbett, dessen Seiten fast bis an den Boden reichten. Nirgends ein vernünftiges Versteck, wo man sie nicht nach Sekunden finden würde. Schwere blaue Vorhänge verhüllten Bett und Fenster, eine Tür führte in ein Ankleidezimmer. Dort drin war es ziemlich finster.

Lautes Ächzen und Gebrüll ertönte vor der Schlafzimmertür. Ihre Verfolger gaben sich alle Mühe. Die Kommode rückte ein paar Zentimeter vor.

Max packte einen großen Tisch und schob ihn an die Kommode heran. Damit gewannen sie noch einige kostbare Minuten. Alle diese Vorhänge! Die mussten doch zu etwas gut sein. Als Max an den Vorhangschnüren über dem Kamin zog, kamen dahinter in Gold gerahmte Porträts von Antoine d'Abbadie und seiner Frau Virginie zum Vorschein. Beim Anblick ihrer freundlichen Gesichter bekam Max ein schlechtes Gewissen, weil er so viel hässliche Gewalt in das Haus dieses Exzentrikers gebracht hatte. Gewalt, die lärmend hinter der Tür wütete, um über Max und Sayid herzufallen.

»Sayid!«

Max zeigte auf das Ankleidezimmer. Sayid zögerte – dort würde man sie sofort finden! Aber Max knotete schon die Vorhangschnüre zu einem langen Seil zusammen. Sayid wusste, Max würde ihn nicht ohne Grund nach nebenan schicken, und mit den Schlägern, die jederzeit hereinbrechen konnten, wollte er schon gar nichts zu tun haben. Also gehorchte er.

Sayid bemerkte sofort die Balkontür hinter den schweren Vorhängen in dem kleinen Zimmer. Max war mal wieder allen anderen voraus – ihm war der Balkon auf dem Grundriss des Châteaus nicht entgangen. Sayid zog die Balkontür auf, während Max fieberhaft die getäfelten Wände des Zimmers abtastete. Endlich fand er den Riegel, nach dem er gesucht hatte. Ein Klick, und schon sprang eine schmale Tür auf. Dahinter erschien ein Gang: ein schwarzer Tunnel, der ins Innere des Gebäudes führte.

»Für die Dienstboten«, sagte Max. »Komm. Es geht los.«

Max schob Sayid auf den Balkon, zog die Vorhänge zu und schloss die Tür – der Deutsche und seine Schlägerbande mochten wertvolle Sekunden verlieren, ehe sie merkten, dass das Zimmer einen Balkon hatte.

Sayids Mund war ganz trocken. »Was geht los?«, fragte er flüsternd.

Max befestigte das zusammengeknotete Seil am Geländer und schob Sayid sanft nach vorn. »Kinderleicht«, sagte er. »Du brauchst nur über das Geländer zu steigen, dann steckst du den gesunden Fuß in diese Schlinge und ich lasse dich runter. Riechst du die Seeluft? Die Freiheit winkt.«

Einige der Vorhangschnüre waren aus besonders starkem Material, und daraus hatte Max am Ende des Seils eine Schlinge gemacht. Er lächelte. »Keine Hektik. Lass dir Zeit«, sagte er mit vorgetäuschter Ruhe.

Ein lautes Krachen an der Tür brachte Sayid dazu, über das Geländer zu steigen. Die Fingerknöchel weiß vor Anspannung, nickte er. Er hielt die Krücken in einer Hand, klammerte die andere um das Seil und schob seinen gesunden Fuß in die Schlinge.

Max zog das Seil über seiner Schulter stramm und konzentrierte sich auf Sayids Gewicht. »Langsam loslassen. So – ich hab dich«, flüsterte er.

Das Seil schnitt ihm in den Rücken, als er es Hand über Hand nach unten gleiten ließ. Dann spannte er seine Oberschenkel an und trat vorsichtig an das Geländer heran. Sayid hing noch zwei Meter über dem Boden. Das Seil war zu kurz! Max beugte sich über das Balkongeländer, um Sayid so weit wie möglich hinabzulassen. Das Seil brannte in seinem Rücken und die Haut an seinen Händen schien bis auf die Knochen durchgewetzt. Er schwitzte. Das Geländer drückte an seine geprellten Rippen. Er musste loslassen, er konnte nicht mehr. Sayid würde abstürzen und sich die Beine brechen. Er hatte versagt.

Plötzlich ließ das Gewicht nach. Max machte die Augen auf. Sayid stand unten und winkte zu ihm hoch. Max zog das Seil zu sich herauf, schlang es um eine Balkonstütze und ließ sich daran hinab. Unten angekommen, riss er das Seil los und schleuderte es in die Dunkelheit. Auch wenn ihre Verfolger den Balkon entdeckten, würden sie nicht sehen, wie Max und Sayid von dort weggekommen waren. Das dürfte reichen, sie auf eine zeitraubende Reise durch den Dienstbotengang zu schicken.

Max drängte Sayid in den Schatten der Bäume. »Pass auf, ob jemand kommt. Vor allem die Frau des Deutschen. Ich wette, die wartet hier draußen im Auto.«

Sie mussten so schnell wie möglich verschwinden. Wie viel Zeit blieb ihnen noch, bis ihre Verfolger die Tür oben aufgestemmt hatten und erkannten, dass die Jungen geflohen waren? Max stützte seinen Freund und half ihm zwischen den Bäumen hindurch zur Vorderseite des Châteaus. Ein halbes Dutzend Motorräder parkte dort. Ob auch der Hai hier war? Wohl kaum. Falls ja, wäre er beim Kampf auf der Treppe sicher ganz vorn mit dabei gewesen.

Max spähte in die Dunkelheit. Links von der Einfahrt waren die Schatten noch dunkler als in der Umgebung. Dort stand das Auto des Deutschen – gut versteckt gegenüber dem Tor, sodass man vom Fahrersitz aus beobachten konnte, ob der alte Franzose zufällig noch einmal vorbeikam.

»Keine Spur von Bobby«, flüsterte Max Sayid ins Ohr. »Offenbar hat er von unserem Anruf nichts mitbekommen. Wir müssen das alleine schaffen. Halte dich zwischen den Bäumen auf der rechten Seite. Siehst du das Auto? Beweg dich so, dass man dich von da aus nicht sehen kann. Wir treffen uns am Eingangstor.«

Sayid zögerte. Was hatte Max vor?

»Ich komme gleich nach«, versicherte Max. Und dann lief er zum Eingangsportal des Châteaus. Die Tür stand zum Glück offen. Er musste ihnen einen Vorsprung verschaffen.

Max kam gerade in das Büro des Franzosen, als er aus dem

oberen Stockwerk die wütende Stimme des Deutschen hörte: »Findet sie! Findet sie! Durchsucht jedes Zimmer!«, trieb er seine Schlägerbande an.

Max sah sich prüfend in dem kleinen Büroraum um. *Denk nach. Na los!* Er nahm eine Schere vom Schreibtisch, die würde er noch brauchen. Dann öffnete er den Kasten der Alarmanlage und betrachtete die unbeleuchteten Lämpchen und den Hauptschalter. Wie viel Zeit blieb ihm, nachdem er die Anlage aktiviert hatte? Er rief sich ins Gedächtnis, was der Franzose getan hatte. Er hatte sein Büro verlassen, die Tür hinter sich zugemacht und war dann aus dem Haus gegangen. Wie lange hatte er dafür gebraucht? Der Franzose war langsam. Max spulte die Szene vor seinem inneren Auge ab. Und zählte. Die Bürotür schließen, eins … zwei Sekunden. Umdrehen, drei … vier. Drei oder vier Schritte bis zur Eingangstür, fünf … sechs. Die Tür aufmachen, sieben … Hut und Jacke anziehen, acht … neun … zehn … elf …

Der Franzose hatte seine Taschen abgeklopft, zwölf … dreizehn. Noch einmal zum Büro zurück, vierzehn … fünfzehn. Tür auf, sechzehn. Was hatte er dort gemacht? Etwas von seinem Schreibtisch genommen. Was? Seine Zigaretten, die er vergessen hatte, siebzehn … achtzehn. Dann das Ganze noch einmal: aus dem Büro, zur Eingangstür, neunzehn … zwanzig, einundzwanzig. Der alte Mann war schneller geworden, zweiundzwanzig … dreiundzwanzig … vierundzwanzig. Die Tür war noch offen … er trat hindurch und zog sie hinter sich zu.

Fünfundzwanzig Sekunden, höchstens. Der alte Franzose mochte langsam sein, aber er war auch routiniert, schließlich tat er das jeden Abend. Auf die Sekunde genau.

Max' Finger schwebte über dem Hauptschalter. War das

überhaupt der richtige? Er hielt den Atem an, legte den Schalter um, und während er dann genau das Gleiche tat wie der Franzose, zählte er stumm mit. Tür … eine Sekunde. Umdrehen, zwei … drei … vier …

Schritte polterten auf der Treppe. Max spähte um die Bürotür herum. Der Deutsche kam ächzend vor Anstrengung in die Eingangshalle. Max duckte sich hinter der halb offenen Haustür und beobachtete durch den schmalen Spalt zwischen Tür und Mauer, wie der Mann plötzlich stehen blieb.

Fünf … sechs … sieben …

Max hätte ihn aus der Dunkelheit heraus am Arm packen können.

Acht … neun … zehn …

Der Mann gestikulierte wie wild und brüllte: »Das Auto! Bring das Auto! Wir brauchen eine Taschenlampe! Die sind abgehauen! Rhona, schnell! KOMM!«

Elf … zwölf … dreizehn … vierzehn … Max wagte kaum zu atmen. Die Uhr tickte; die Alarmanlage würde losgehen, falls er nicht zur Tür hinauskam und sie zumachte. Das war seine einzige Chance. MACH SCHON! Halt die Klappe und verzieh dich!

Fünfzehn … sechzehn. Der Deutsche drehte sich wieder zur Treppe um. Max hörte einen Motor anspringen, Reifen knirschen, eine Autotür aufgehen und zuschlagen. Keine Scheinwerfer.

Siebzehn … achtzehn … neunzehn. Die Frau des Deutschen lief in die Eingangshalle. Blieb stehen. »Ernst!«

Zwanzig …

Von oben die Antwort. »Hier!«

Einundzwanzig … zweiundzwanzig …

Sie lief der Stimme ihres Mannes entgegen.

Dreiundzwanzig …

Max trat vor, packte die Tür …

Vierundzwanzig … fünfundzwanzig!

Die Tür fiel leise hinter ihm ins Schloss.

Alles still.

Max atmete erleichtert aus. Er sprang an den Krokodilen vorbei die Stufen hinunter, lief zu den Motorrädern und machte sich daran, mit der Schere die Hinterreifen aufzustechen, einen nach dem anderen. Das Zischen war Musik in seinen Ohren.

Die Sache war besser gelaufen, als er gehofft hatte. Das Auto des Deutschen stand genau vor dem Eingang und der Schlüssel steckte noch. Jetzt war es Max egal, ob er Krach machte.

Er versetzte dem ersten Motorrad in der Reihe einen Tritt. Nett, den Dominoeffekt einmal live zu erleben. Die Maschinen kippten klappernd um. Lenker bohrten sich zwischen Speichen, Brems- und Kupplungshebel verhakten sich in Motorblöcken, Scheinwerfer gingen zu Bruch.

Max rückte sich den Fahrersitz in dem kleinen Mercedes zurecht, drehte den Zündschlüssel, stellte den Automatikhebel von *Parken* auf *Fahren* und fuhr zum Eingangstor. Dort hielt er an, öffnete das Fenster und rief: »Sayid, dein Taxi ist da!«

Sein Freund trat aus dem Schatten. »Max!« Er stieg ein. »Was war das für ein Lärm?«

»Nichts«, sagte Max grinsend. »Wart mal ab, was jetzt gleich erst losgeht …«

In diesem Augenblick ertönte aus dem Château das ohrenbetäubende Kreischen der Alarmanlage. Max und Sayid drehten sich um. Mehrere Gestalten stürzten die Treppe hinunter. Einige versuchten ihre Motorräder hochzuheben; zwei größere Silhouetten fuchtelten wie wild in der Gegend herum und riefen etwas.

Max lachte, streckte den Arm aus dem Fenster und winkte.

»Auf Wiedersehen, ihr Nieten«, rief er auf Deutsch.

Sayid schlug mit beiden Händen aufs Armaturenbrett und schrie: »Wir haben's geschafft. Wir haben's geschafft!«

Max fuhr los. Richtung Biarritz.

»Schnall dich an, Sayid. Was hast du? Oder lebst du gern gefährlich?«

14

Fedir Tischenko war abergläubisch. Viele große Männer der Geschichte hatten sich von Vorzeichen leiten lassen, und bescheiden, wie er war, zählte Fedir sich dazu. War er nicht von der Hand des Blitzgottes gezeichnet worden? Er bezweifelte, dass irgendein anderer Mensch eine so grausame Taufe überlebt hätte.

Die unsichtbaren Mächte des Universums lenkten sein Schicksal eindeutig auf jenen Augenblick hin, wo er die größte aller Naturgewalten entfesseln und die Welt in ihren Fundamenten erschüttern würde.

Aber er war auch ein praktischer Mensch. Aberglaube mochte sein Fühlen beherrschen, doch war es kalte Logik, die ihm zu finanzieller Macht verholfen hatte. Sein Bestreben, vor den Medien der Welt anonym zu bleiben, hatte nicht nur mit seiner Entstellung zu tun, sondern auch mit Verschlagenheit. Hinter den Kulissen war es viel einfacher, Regierungen zu beeinflussen, Politiker zu kaufen und Leute zu bestrafen, die seinen Erwartungen nicht entsprachen.

Für einhundert Milliarden Dollar kann man sich eine Menge Einfluss und ein weitestgehend geschütztes Privatleben kaufen. Doch war ihm stets bewusst, dass trotz all seiner Sorgfalt irgendeine unvorhergesehene Kleinigkeit alles über den Haufen werfen konnte. Wie bei einem Formel-1-Fahrer, dem bei Tempo dreihundert eine Wespe unter den Helm gerät oder bei einem hochempfindlichen Präzisionswerkzeug, das schon von einem einzigen Staubkorn entscheidend gestört werden kann.

Tief unter der Erde fuhr er an riesigen Maschinen entlang, die aussahen wie Motoren von Düsenflugzeugen, nur hundertmal größer: ein gewaltiges rundes Metallgehäuse, höher als ein sechsstöckiges Gebäude, gehalten von Stahlrahmen, die im Felsgestein verankert waren. Nur, dass in diesem Gehäuse keine Turbinen rotierten, sondern Konduktoren, einander überlappende Platten aus hochpoliertem Titan, Zylinderspulen, die die Energiemassen übertrugen, die er bald nutzbar machen würde.

Energiekrise? In seinem runzligen Gesicht tat sich eine Lücke auf – ein Lächeln.

Die Welt wusste gar nicht, was diese Wörter bedeuteten: Energie, Krise. Wenn er seine Pläne verwirklichte, würden sich solche Probleme dagegen nur noch wie lächerliche Lappalien ausnehmen.

Als er jetzt auf dem elektrischen Golfwagen durch die riesigen, kathedralengroßen Hallen unter den Bergen fuhr, bekam er eine Gänsehaut. Jedoch nicht, weil es kalt war. Ein ausgeklügeltes Heizungssystem hielt die Temperatur auch hier, hundert Meter unter der Erdoberfläche, angenehm warm. Nein, weil diese unerwartete Komplikation eingetreten war.

Dieser Mönch, Zabala, hatte über zwanzig Jahre lang nach Hinweisen auf ein herannahendes, die Welt erschütterndes Ereignis gesucht. Offenbar war es ihm dabei um Tag und Stunde gegangen, um den genauen Zeitpunkt, an dem die Katastrophe stattfinden sollte. Und für diese Information hatte Tischenko Zabalas bestem Freund ein kleines Vermögen gezahlt. Da es dem Mann aber nicht gelungen war, Zabala sein Geheimnis zu entlocken, hatte Tischenko ihn bestraft – die Leiche würde niemals gefunden werden. Immerhin hatte der Mann Tischenko den Tag angeben können, an dem er der Menschheit seine furchtbare, zerstörerische Offenbarung beibringen konnte. Das Wort gefiel ihm. Offenbarung. Ja, das würde ein ganz außerordentlicher Augenblick sein.

Tischenkos Wissenschaftler beobachteten fortwährend die mächtigen Wetterfronten über dem Atlantik und bestätigten, dass der Tag, für den der Sturm erwartet wurde, exakt mit Zabalas Prophezeiung übereinstimmte. Eins machte ihm trotzdem immer noch Sorgen. Er wollte seine Katastrophe unbedingt auf die Sekunde genau zum richtigen Zeitpunkt entfesseln, um einen optimalen Erfolg zu erzielen. Absolute Macht verlangte absolutes Wissen.

Aberglaube nagte an seiner Logik wie ein Kind, das sich immer wieder eine Wunde aufkratzt. Vielleicht hatte der Mönch etwas besessen, das Tischenko fehlte – so etwas wie einen sechsten Sinn. Zabala hatte nicht nur Wissenschaft und Mathematik betrieben, sondern auch gebetet und meditiert. Er war einem dieser alten Meister ähnlich gewesen, die sich mit dem Universum verbunden fühlten und die Dinge auf überbewusster Ebene verstanden. Zabala hatte die Schöpfung durchschaut.

Und er hatte seine mystische Prophezeiung mit Tatsachen untermauert. Andere Wissenschaftler hätten Zabala wahrscheinlich immer noch ausgelacht, wenn er noch leben würde. Was aber, wenn sie das nicht getan hätten? Der Klimawandel machte den Forschern solche Sorgen, dass sie Informationen tauschten wie Kinder, die Fußballkarten sammeln. Nicht auszuschließen, dass sie doch noch dahinterkamen, was Tischenko vorhatte.

Fedir, denk daran, wer du bist, denk daran, weshalb du diesen Namen trägst – ein Geschenk Gottes.

Die Worte seiner Mutter beschwichtigten seine Zweifel.

Wie war dieser Max Gordon da hineingeraten? Tischenkos Leute überwachten seit Monaten alle möglichen Kommunikationswege und hörten jeden ab, der auch nur entfernt eine Bedrohung darstellte. Diese gesetzwidrige Bespitzelung von Umweltgruppen, Polizeibehörden, Wissenschaftlern und Ministerien hatte keinen Grund zur Besorgnis geliefert. Nichts bedrohte Tischenkos Pläne, da niemand von ihnen wusste – außer Zabala.

Nur ein lästiger Umweltaktivist, Tom Gordon, war kontaktiert worden. Zurzeit befand er sich in einem Sanatorium in England, aber sein Sohn hielt sich genau in dem Gebiet auf, in dem Zabala gelebt hatte.

Tischenko hasste Zufälle. Für ihn gab es so etwas nicht. Für ihn war es das Schicksal, das bestimmte Dinge zusammenführte wie ein Teilchenbeschleuniger, der Protonen mit Lichtgeschwindigkeit aufeinanderprallen ließ – na ja, mit 99,999999 Prozent der Lichtgeschwindigkeit, um genau zu sein –, wobei nicht einmal die Wissenschaftler wussten, was aus der so herbeigeführten Explosion hervorgehen würde.

Der Aberglaube regierte ihn.

Sie hatten alles noch einmal überprüft. Seit Wochen rief jemand jeden Freitagnachmittag aus den Pyrenäen das Sanatorium in England an und sprach mit Tom Gordon. Nach Lage der Dinge konnte das nur sein Sohn Max sein.

Der Junge hatte auch aus dem Krankenhaus in Pau angerufen – nach der Ermordung Zabalas. Und dann hatte er Zabalas Hütte in den Bergen aufgesucht.

Zufall?

Schicksal?

Seitdem Tischenko diese Information besaß, hatte er versucht, den Jungen aufzuhalten. Nur für den Fall, dass er etwas wusste. Aber der Junge hatte sich von seinen Leuten nicht einschüchtern lassen. Und jetzt war er jene unvorhergesehene Kleinigkeit, die seinen ganzen Plan zunichtemachen konnte.

Der Amerikaner, der Max Gordon geholfen hatte, war aus dem Weg geräumt. Die Deutschen, die den lästigen englischen Jungen in dem Château bei Biarritz gefangen nehmen sollten, hatten versagt und bereits ihre Strafe empfangen – ihre Leichen würden niemals gefunden werden. Jetzt sollten die Motorradjäger die Gegend um Biarritz durchkämmen, bis Max Gordon wieder auftauchte. Da er auch das Château in Hendaye besucht hatte, war die Wahrscheinlichkeit, dass er Zabalas Geheimnis entdeckte, umso größer.

Ohne es zu wissen, hatte Max Gordon es geschafft, ihn zu verunsichern. Tischenko musste diesen Jungen festsetzen und ein für alle Mal herausfinden, ob er Zabalas Geheimnis, das für ihn von so entscheidender Bedeutung war, aufgedeckt hatte oder nicht. Vor allem musste jetzt noch einmal genau nachgeprüft werden, ob der Vater seinem Sohn irgendwelche Anweisungen gegeben hatte. Wie? Es gab einen Mann, der vielleicht an ihn herankommen konnte. Früher war er mit Tom Gordon befreundet gewesen, aber dann hatte er ihn verraten.

Wäre es ein zu großes Risiko, diesen Mann loszuschicken?

Tischenkos Aberglaube verlangte am Ende, dass er ihn auf Max Gordons Vater ansetzte.

Und so gab er den Befehl – Kontakt mit Angelo Farentino aufnehmen.

Max wurde aus Sophie Fauvre einfach nicht schlau. Sie hatte erleichtert gelächelt, als er und Sayid zur Tür hereingekommen waren, war dann aber auf Distanz geblieben, fast als wollte sie sich nicht zwischen die beiden Freunde drängen. Max nickte erst nur und murmelte einen mürrischen Gruß, aber da ihm das dann doch zu unhöflich vorkam, lächelte er sie an und erzählte, Bobby und Peaches könnten vom Surfen wohl nicht genug bekommen, sie seien immer noch am Strand.

Er fühlte sich wie zu Hause. Sie bot ihnen Kaffee an, den sie vorbereitet hatte. Max dankte und nahm den Kuchenteller, den sie vor ihn hinstellte. Dann erzählte sie von dem Mann in dem schwarzen Audi. Max hörte mit besorgter Miene zu, sagte aber nichts. Sie streckte eine Hand aus, streichelte sein Gesicht und lächelte irgendwie traurig.

Für Sayid war das ein fürchterlich peinlicher Augenblick. Er beobachtete die beiden, die offenbar vergessen hatten, dass er mit ihnen am Tisch saß.

»Ich geh mich mal umziehen«, sagte Sophie schließlich und ließ die beiden Jungen allein.

Max ließ den Keks, den er in seinen Kaffee getaucht hatte, in den Becher zurückfallen. »Oh, klar. Natürlich. Okay«, stammelte er.

Als Sophie gegangen war, schnitt Sayid eine Grimasse. »Was sollte das denn jetzt?«

»Was?«

»Na, alles. Die hat dich ja fast aufgefressen. Ich dachte schon, sie wischt dir gleich die Kekskrümel vom Mund.«

»Sei nicht albern.«

»Wenn ich in den letzten Stunden was gegessen hätte, wär's mir hochgekommen. Das war doch ganz übel. Ich sag dir, die bringt uns noch Ärger.«

Max rückte mit seinem Stuhl vom Tisch ab. »Was weißt du denn schon?«

»Ich weiß, dass ich mehr Schmerzen habe, als wenn Baskins und Hoggart mich verprügelt hätten. Stundenlang mit einem gebrochenen Bein herumzuspringen wie ein Grashüpfer – das hält doch keiner aus.«

»Sayid, einer dieser Kerle vom Krankenhaus hat ihr aufgelauert. Hast du denn nicht zugehört?«

»Und die anderen waren im Château! Wer auch immer die sein mögen, sie wissen alles. Max, du bist in Gefahr. Und jetzt überleg mal: Wer ist der einzige Mensch, der weiß, wo wir uns aufhalten?«

»Das mit dem Château hat sie nicht gewusst«, flüsterte Max wütend.

»Das kannst du nicht sicher wissen! Genauso wenig, wie du wissen kannst, ob dieser Kerl sie wirklich verfolgt hat. Das hat sie zwar behauptet, aber was beweist das schon? Würde mich nicht wundern, wenn der Kerl und sein Kumpel hier gleich aufkreuzten.«

Max fühlte sich hin- und hergerissen. Das war keine Frage der Vorgehensweise, wie im Fall, als der Deutsche und seine Schlägertruppe sie angegriffen hatten. Da hatten sein Körper und sein Verstand unmittelbar reagiert. Jetzt war es viel schlimmer, denn jetzt kämpften sein Herz und sein Verstand miteinander. Sie lebten bei Leuten, die sie mochten und sich um sie kümmerten. Wer von ihnen wusste, wo sie gewesen waren? Wer hatte sie verraten? Bobby konnte es nicht gewesen sein. Der hätte keine Gewalt im Haus seiner Großmutter geduldet. Aber wo steckte er nur? Mit dem Handy, das er ihnen gegeben hatte, konnte Max ihn nicht erreichen. Lag es daran, dass der Empfang hier in der Gegend schlecht war, oder meldete Bobby sich absichtlich nicht? Und Sophie? Max schüttelte den Kopf. Ein solches Misstrauen wollte er keinem hier im Haus entgegenbringen.

»Tut mir leid. Aber die Sache ist jetzt wirklich ernst und ich habe kein Problem damit, zuzugeben, dass ich Angst habe«, sagte Sayid, als ob er sich rechtfertigen müsste.

Daran kam Max nicht vorbei. »Nimm noch ein Stück Kuchen. Das bringt dich auf andere Gedanken.«

»Ich mach keine Witze, Max!«

»Ich weiß«, sagte er ernst.

Max war sich im Klaren darüber, dass Sayid sich bis hierhin unglaublich tapfer verhalten hatte. Sein Freund hatte seine Angst verdrängt, um ihm zu helfen. Möglich, dass Sayid das Abenteuer reizte, aber die hautnah erlebte Gefahr hatte ihm sichtlich zugesetzt. Max hatte nicht zum ersten Mal Gewalt erlebt – aber das änderte nichts daran, dass auch er Angst hatte. Der Unterschied zwischen ihnen war, dass Max diese Sache zu Ende bringen musste. Genau wie sein Dad es getan hätte.

Als Max durch die Küche ging, hörte er Stimmen und Lachen aus dem tragbaren Fernseher, den die Komtess ständig laufen zu haben schien. Die alte Dame saß an einem großen Holztisch. Eine Zigarette glomm zwischen ihren Lippen, der Rauch strich an ihren halb geschlossenen Augen vorbei, vor ihr stand ein großes Glas billigen Rotweins neben der halb geleerten Flasche.

Während sie Gemüse in kleine Würfel schnitt und vor sich aufstapelte, erzählte ihr Max mit knappen Worten von dem unbekannten Feind, der ihm am Château aufgelauert hatte. Sie hörte zu und fuhrwerkte dabei weiter mit ihrem großen Messer herum. Max staunte, dass sie sich nicht in die Finger schnitt. Schließlich blickte sie auf.

»Ich mache Suppe, und bevor du mich fragst: Ich habe Sophie nicht gesagt, wo du hinfährst«, sagte sie.

»Woher wussten Sie, dass ich das fragen wollte?«

»Das liegt doch auf der Hand, *mon cher*. Wer wusste davon?

Ich, Robert und Sayid. Wer von uns dreien könnte dich verraten haben?«

»Was glauben Sie, wo Bobby steckt, Komtess?«

Sie nickte. »Eine vernünftige Frage. Er muss dir als Erster verdächtig erscheinen.«

»Nein, ich mache mir Sorgen um ihn. Er geht nicht an sein Telefon, und das Handy, das er uns gegeben hat, ist tot. Falls er uns anrufen wollte, warum hat er es dann nicht hier versucht? Er hatte versprochen, uns von d'Abbadies Château wieder abzuholen.«

Asche fiel von der Zigarette. Sie blies sie von dem Gemüse weg und drückte den Stummel in einem Stück Kartoffelschale aus. »Robert ist ein Kind der See und der Berge. Er reist mit dem Wind.«

»Er würde uns weder im Stich lassen noch verraten, Komtess, da bin ich mir ganz sicher.«

Sie unterbrach ihre Arbeit und zeigte mit dem Messer auf den Stuhl neben sich. Max nahm gehorsam Platz. Sie trank einen Schluck Wein und stellte mit der Fernbedienung den Ton des Fernsehers aus.

»Ich will dir von meinem Enkel erzählen. Er hat ständig Angst zu versagen. Sein Vater erwartet große Dinge von ihm. Er hat Angst vor seinem Vater. Er versteckt sich hinter seinem Sport. Vielleicht meint er, du bist in etwas hineingeraten, das eine Nummer zu groß für ihn ist.«

Sie sah Max an, der ihr aufmerksam zugehört hatte. Er fühlte mit dem älteren Jungen, der praktisch ganz allein war auf der Welt. Das konnte er nachvollziehen. Sie nahm seine Hand.

»Es ist nicht das erste Mal, dass er weggelaufen ist. Und jetzt hat er Peaches bei sich. Ein junger Mann, der mit seiner Freundin zusammen ist, hat es ein wenig leichter.«

Max nickte. Er konnte Bobby keinen Vorwurf machen, dass er sie im Stich gelassen hatte.

»Sophie hat mich gefragt, wo du bist. Ich habe es ihr nicht gesagt. Aber sie war ziemlich aufgewühlt. Das habe ich gesehen, obwohl sie sich nichts hat anmerken lassen. Ihr jungen Leute. Mein Gott, es ist wunderbar, jung zu sein – aber immer diese Gefühle! Die könnt ihr meinetwegen behalten!« Sie lächelte über sein verblüfftes Gesicht. »Du verstehst nicht, was ich meine?«

»Nein«, sagte er.

»Das kommt schon noch. Aber eins will ich dir sagen, Max, diese Geschichte ist noch nicht vorbei. Nimm dich in Acht! Auch vor dem Mädchen.«

Bestätigte die Komtess damit seine eigenen Zweifel?

»Denk an meine Worte«, sagte die Komtess. »Ich habe alles in den Karten gesehen.«

Ja, klar. Nur schade, dass die Karten ihr nicht gesagt hatten, wo Bobby steckte und wer eigentlich hinter ihnen her war und wo diese Leute jetzt sein mochten. Aus hübschen Bildchen die Zukunft zu erraten, war nicht gerade eine exakte Wissenschaft.

Max nahm das Blatt Papier mit dem Kreis und den Dreiecken darin aus der Tasche. Um das Puzzle zusammenzusetzen, brauchte er alle Teile, erst dann würde sich ein vollständiges Bild ergeben. Die Komtess war die Einzige weit und breit, die von diesem verrückten Zeug überhaupt irgendeine Ahnung zu haben schien. Verrückt, aber bedeutungsvoll. Andererseits wäre sie als Mitwisser dann auch in Gefahr. In großer Gefahr, nach allem, was Max bisher erlebt hatte.

Sie schien seine Gedanken zu erraten. »Ich bin eine alte Frau. Und sehr vergesslich. Manchmal weiß ich nicht einmal mehr, welcher Wochentag gerade ist. In gewisser Weise ist das ganz angenehm. Die Zeit steht still. Wie hat Bobby mal gesagt? Bei mir sind alle Schrauben locker.« Sie lächelte. »Ich habe schon mehr vergessen, als ich jemals gewusst habe.« Sie zeigte auf das Papier und zog die Augenbrauen hoch. »Noch mehr Geheimnisse?«

Max faltete das Blatt auseinander und zeigte auf den Kreis, die Dreiecke und die anderen Zeichen. »Wissen Sie, was das ist?« Er hielt es ihr hin und wartete, während sie einen flüchtigen Blick darauf warf.

»Das ist ein Geburtshoroskop«, sagte sie beinahe abfällig.

»Und was ist das?«, fragte Max.

»Jeder Mensch wird zu einem bestimmten Zeitpunkt geboren. Jemand, der sich auf diese Dinge versteht, schaut sich die Sterne und Planeten am Himmel an und erstellt daraus ein Geburtshoroskop.«

Max dachte kurz nach. »So ähnlich wie ein Kompass? Mit dem man sich am Himmel orientieren kann?«

»So könnte man sagen, ja. Um diese Dinge zu deuten, braucht man viel Geschick. Ein solches Horoskop zeigt das ganze Leben eines Menschen, sein Schicksal. Mir zeigt es leider gar nichts. Ich verstehe nichts davon. Ich verrate dir ein Geheimnis, Max. Das ist mir zu schwierig. Genau wie Mathematik. Das konnte ich schon in der Schule nicht ausstehen. Ich denke gefühlsmäßig, nicht wissenschaftlich. Außerdem kann man solche Sachen heutzutage mit Computern machen. Das ist einfach nichts für mich.«

Sie schenkte sich den restlichen Wein ins Glas und legte die Flasche in einen Eimer, in dem sich schon einige leere Flaschen stapelten.

»Aber das hier ist ein ganz altes Horoskop. Das wurde vor

zwanzig oder dreißig Jahren gemacht. Noch mit der Hand gezeichnet«, sagte Max.

»Dann besaß derjenige, der es gemacht hat, noch die alten Fähigkeiten«, sagte sie.

»Die alten Fähigkeiten?«

»Ich meine, wer das gemacht hat, muss über sehr altes Wissen verfügt haben«, erklärte sie, während sie die Gasflamme unter einem Topf mit kochendem Wasser kleiner drehte.

»Ich habe noch etwas anderes gefunden«, sagte er zögernd.

Sie wartete.

»Ein Gemälde, auf dem zwei lateinische Wörter standen.«
»Niemand spricht mehr Latein. Nicht mal Anwälte«, murmelte sie.

»Aber Sie haben lateinische Bücher hier im Haus. Habe ich selbst gesehen.«

»Du hast herumgeschnüffelt?«

»Ich habe einen Atlas gesucht.«

»Hast du einen gefunden?«

»Nein.«

»Und? Willst du verreisen?«

Wahrscheinlich hatte er schon viel zu viel gesagt. Es war besser, keine weiteren Fragen zu stellen. Er nickte, schob das Papier in die Tasche zurück und stand vom Tisch auf.

»Ich fahre nach England zurück. Zu meinem Vater. Ich brauche seine Hilfe.«

Sie zündete sich eine Zigarette an, nahm eine andere angebrochene Flasche Wein, füllte ihr Glas wieder auf und trank einen Schluck. Dann stellte sie den Ton des Fernsehers wieder an. »Das ist das Vernünftigste, was ich bis jetzt von dir gehört habe. Du brauchst einen Atlas, um den Weg nach Hause zu finden?«

»Nein, natürlich nicht.«

»Dann suchst du also nach was anderem?«

Sie drehte sich zu ihm um.

»Was waren das für lateinische Wörter?«

»Lux Ferre. Ich meine, ich weiß, was diese Wörter ungefähr bedeuten, aber ich verstehe nicht, warum sie da auf diesem Bild waren.«

»In dem Château?«

Er nickte. Der strenge Geruch des Weins und der Rauch ihrer Zigarette mischten sich unangenehm mit dem Duft des kochenden Gemüses. Er wollte an die frische Luft, brauchte aber noch die Antwort auf seine letzte Frage.

»Also? Was haben sie zu bedeuten?«

»Irgendwas mit Licht.« Sie nickte. Klopfte umständlich ihre Zigarette ab. Dann schien sie zu einem Entschluss gekommen. »Lux Ferre wurde in der Antike von römischen Astrologen verwendet. Es bedeutet ›Lichtbringer‹. Später verschmolzen die beiden Wörter zu einem einzigen – Luxferre. Verstehst du jetzt? Heute bezeichnet man mit diesem Wort das Böse in der Welt. Luzifer.«

Max schwieg. Seine Gedanken rasten. Luzifer. Das letzte Wort, das Zabala ihm zugeschrien hatte. Das Wort, das ihm im Château begegnet war, eingeritzt in das Regalbrett, irgendwas mit Morgenlicht, dann Lux Ferre auf diesem Bild … Luzifer.

Brach ihm der Schweiß aus, weil es in der Küche so heiß und stickig war?

»Ich finde wirklich, du solltest nach Hause fahren«, sagte sie.

Er nickte. Er hatte schon beschlossen, ihr die anderen Dinge, die sie gefunden hatten, nicht zu zeigen: weder die Zahlen noch das andere Diagramm, das er am Teleskop von dem Anhänger abgezeichnet hatte. Sie hatte den Mann oder das Wesen identifiziert, vor dem Zabala solche Angst gehabt hatte.

Aber wieso brachte Luzifer Licht? Er war doch eine Macht der Finsternis, des Bösen.

»In der Bibliothek gibt es einen alten Atlas«, sagte die Komtess und begann die nächste Kartoffel zu schälen.

Wenn ein Geburtshoroskop so etwas wie ein Kompass war, lieferte es Max vielleicht auch einen Hinweis, wohin er als Nächstes gehen sollte. Tatsächlich fand er in der mit alten Büchern vollgestopften Bibliothek der Komtess einen Atlas, auf dessen verstaubten Seiten Länder zu sehen waren, die es gar nicht mehr gab.

Alles verändert sich, Max. Reiche werden erobert und verloren, das Klima schwankt, unser Schicksal ist ungewiss. Natürlich kannst du Pläne machen, aber erwarte nicht, dass sich alle verwirklichen lassen. Auf die Weise kommst du durch.

Die Worte seines Vaters trösteten ihn, als er die Zeichnung betrachtete, die er von dem Anhänger kopiert hatte: ein breites Dreieck, das ihn an die Zeit erinnerte, als er Orientierungsläufe gemacht hatte. Um zu ermitteln, wo genau man sich befindet, bedient man sich der Triangulation. Man nimmt zwei gut sichtbare Punkte im Gelände, bestimmt mit dem Kompass die Himmelsrichtung, in der sie liegen, zeichnet die Richtungslinien auf einer Karte ein, und dort, wo sie sich schneiden, ist der eigene Standort. Und dieses Dreieck sah auch so aus wie eine Triangulation. Natürlich nicht maßstabsgerecht, aber Max hatte ein gutes Auge und er hatte die Linien akkurat nachgezeichnet. Er legte die Zeichnung auf die Karte im Atlas, die Frankreich und einige seiner alten Kolonien in Nordafrika darstellte. Er drehte die Zeichnung hin und her, aber das ergab alles keinen

Sinn, vor allem nicht die Buchstaben E, S und Q. Dann legte er eine Ecke des Dreiecks auf die Ausläufer der Pyrenäen, etwa dorthin, wo er jetzt war. Die kürzere Seite des Dreiecks wies in Richtung französische Alpen und Schweiz, auffälliger aber war die längere Seite – sie zeigte auf Nordafrika. Er nahm ein Lineal und legte es auf die Linie. *Mach schon! Denk nach!* Sollte diese Linie eine Richtung anzeigen? Der Maßstab des Atlas war nicht groß genug, als dass man Genaues daran ablesen konnte, aber die Linie zeigte eindeutig auf das Atlasgebirge in Marokko. Das konnte eigentlich kein Zufall sein. Dort war Sophie zu Hause. Die Gegend sah auf der Karte ziemlich öde aus, ganz anders als das üppige Europa. Wie käme er dorthin und was würde ihn dort erwarten?

Max, Sayid und Sophie saßen um den großen Tisch im Wohnzimmer und aßen Brot und Käse. Max riss sich ein Stück von einem Baguette ab und stopfte ein dickes Stück Käse hinein.

»Wir müssen hier weg, Max. Diese Männer haben mich in Biarritz gefunden, und ich weiß nicht, *wie* sie das geschafft haben. Und jetzt hat Sayid mir erzählt, was in dem Château passiert ist.«

Max geriet leicht in Panik. Was hatte er ihr sonst noch erzählt?

»War denn da gar nichts? Überhaupt keine Hinweise?«, fragte sie.

Sayid machte ein unschuldiges Gesicht, schob sich ein Stück Brot in den Mund und sah Max an. Der war erleichtert. Sayid hatte nichts wirklich Wichtiges erzählt, nur, dass sie angegriffen worden waren.

»Nein, da war nichts. Ich glaube, wir sind total auf dem Holzweg. Sayid und ich fahren nach England zurück.«

»Toll!«, sagte Sayid ein wenig zu begeistert. Er hatte die Nase voll von Abenteuern. Und England war eine sichere Zuflucht vor allen Verrückten dieser Welt.

Sophie reagierte nicht darauf. Insgeheim hatte Max gehofft, sie würde etwas dagegen einwenden. Daraus hätte er dann schließen können, wie sehr und ob sie überhaupt in dieses ganze Chaos verwickelt war.

»Ich kann für euch am Flughafen anrufen«, sagte sie.

»Nein. Das kann die Komtess machen«, entgegnete Max etwas überhastet. Ihre Motive waren ihm immer noch ein Rätsel. Aber sein instinktiver Überlebenswille war stärker als alle anderen Gefühle.

Bevor Sophie darauf antworten konnte, kam die Komtess ins Zimmer geschlurft. Sie schwenkte ein Küchenmesser, rief »Anmachen! Anmachen!« und zeigte auf den Fernseher.

Sayid saß am nächsten dran.

Gleich darauf füllte Max' Gesicht den Bildschirm.

Keiner sagte etwas. Der französische Nachrichtensender zeigte ein Bild von Zabala und das Foto aus Max' Reisepass. Dazwischen kamen Aufnahmen aus dem Lawinengebiet hinter Mont la Croix; ein Toter wurde auf einer Trage abtransportiert, und dann wurde Zabalas Berghütte gezeigt. Der Nachrichtensprecher sprach sehr schnell, aber deutlich genug.

Bruder Zabala, ein baskischer Mönch, war tot unter einer kürzlich abgegangenen Lawine aufgefunden worden. Die Obduktion hatte ergeben, dass er, bevor die Lawine ihn mitgerissen hatte, erschossen worden war. Des Weiteren wies die Leiche eine Stichwunde auf. Max Gordon, ein junger Engländer – wieder wurde Max' Passbild gezeigt –, schien am Tod des Mönchs nicht unbeteiligt gewesen zu sein. Wie bei allen ausländischen Touristen in französischen Unterkünften war sein Pass fotokopiert worden. Etwa zwei Wochen vor dem Tod des Mönchs hatten Zeugen den Jungen gesehen, als er in der Nähe der Hütte des Einsiedlers durch die Berge gewandert war. Im Krankenhaus von Pau hatte der Junge den Aufenthaltsort von Zabala erfahren, und wenig später hatte ein Bauer beobachtet, wie er von der Einsiedelei auf dem Montagne Noire weggelaufen war. In der Hand des Toten hatte man diese Uhr gefunden – eine Nahaufnahme von Max' Armbanduhr war jetzt zu sehen. Die Gravur auf der Rückseite identifizierte eindeutig ihren Besitzer: Max Gordon. Weitere Ermittlungen in der Berghütte ergaben – man sah Polizisten, die Kisten mit Material aus Zabalas Hütte trugen, Kriminalbeamte von der Spurensicherung, Spürhunde –, dass Blutspuren in der Hütte von dem Toten stammten. Und eine DNA-Analyse von Hautpartikeln unter den Fingernägeln des Toten und weiteren Blutspuren in der Hütte, die beide dem jungen Engländer zugeordnet werden konnten, lieferte den Beweis, dass es zwischen den beiden einen Kampf gegeben haben musste.

Ein Motiv für die Ermordung des Mönchs sei zu diesem Zeitpunkt noch nicht zu erkennen, fuhr der Sprecher fort, aber die Polizei fahnde nach dem Jungen, weil er die Ermittlungen entscheidend voranbringen könnte. Gordon, 1,75 Meter groß, athletische Gestalt, blonde, unordentlich geschnittene Haare, blaugraue Augen, Gewicht etwa sechzig Kilogramm, werde als gefährlich eingestuft. Zeugen sollten sich bei der Polizei melden, aber nicht selbst eingreifen.

Dann erschien ein Reporter namens Laurent Messier auf dem Bildschirm. Hinter ihm erkannte Max das Krankenhaus in Pau.

»Ich stehe hier vor dem Krankenhaus in Pau, wo Max Gordon nach dem Lawinenunglück in Mont la Croix eingeliefert und von dem Neurologen Dr. Fabian Vagnier untersucht wurde.«

Der Reporter richtete sein Mikrofon auf den Arzt, der mit angemessen ernster Miene neben ihm stand. In seinem Streben nach Anerkennung verbog er die Wahrheit, sprach jedoch so schnell, dass Max kaum etwas verstand. Erst als der Reporter zusammenfassend einiges davon wiederholte, trat besonders ein Satzfetzen deutlich hervor: *assassin et un sociopath.* Mörder und Psychopath.

Alle waren schockiert. Die Komtess stellte den Ton aus und starrte Max an.

Schließlich brach Sayid das Schweigen.

»Ich hab nicht alles verstanden. Was war das da zum Schluss?«

Noch immer rührte sich niemand.

»Ein französischer Arzt behauptet, er habe bei der radiologischen Untersuchung von Max' Gehirn nach dem Lawinenunfall eine Hirnaktivität festgestellt, wie sie häufig bei Gewalttätern anzutreffen sei«, sagte Sophie leise. »Bei Mördern.«

»Verdammter Mist«, zischte Sayid.

Alle sahen Max an. Er schob einen Ärmel hoch und zeigte Sophie und der Komtess die verblassten Kratzspuren. »Ich habe versucht, Zabala zu retten. Als er in die Tiefe stürzte, hat er meinen Arm zerkratzt und dabei die Uhr meines Vaters mitgerissen. Ich habe ihn nicht umgebracht. Aber ich habe den Mörder gesehen.«

»Hast du ihn erkannt?«, fragte Sophie hastig, und es klang beinahe beunruhigt.

Max sah ihr in die Augen und antwortete nach kurzem Zögern: »Nein, zu weit weg.«

Sie nickte und senkte den Blick.

Max wandte sich an die Komtess. »Ich schwöre es Ihnen, Komtess, ich habe ihn nicht umgebracht.«

Sie hatte sich nicht bewegt, hielt aber immer noch das Messer in ihrer Hand, als wollte sie sich damit verteidigen. Schließlich ließ sie es sinken und nickte.

»Natürlich nicht. Ich glaube dir. Aber auf jeden Fall steckst du jetzt ernstlich in Schwierigkeiten.« Sie sah zu dem stummen Bildschirm hinüber, und die anderen folgten ihrem Blick.

Gezeigt wurde ein Foto von Max; darunter stand in großen Buchstaben: *Recherché pour meurtre.*

Max Gordon: Gesucht wegen Mordes.

15

Max hatte wie immer wenig einzupacken – mit kleinem Gepäck reiste es sich schneller. Während er seine Hosen und T-Shirts faltete und in den Rucksack stopfte, erwog er seine Möglichkeiten. Wie entkam er am besten der Polizei und den Verfolgern, die ihn töten wollten? Allmählich kam er sich vor wie ein Fisch im Netz. Er durfte auf keinen Fall in Panik geraten, denn dann beging man immer die größten Fehler. Also gut, keine Panik. Lieber einen Plan zurechtlegen.

»Du musst der Polizei alles erzählen, Max«, unterbrach Sayid seine Gedanken.

»Nein. Wenn ich mich jetzt stelle, werden wir das Rätsel niemals lösen. Hör zu, Sayid. Zabala wurde wegen einer Sache ermordet, die so wichtig war, dass ich sie nicht mit ihm sterben lassen kann. Die Polizei hat genug Beweismaterial, mich bis zum Beginn eines Prozesses einzusperren. Das Ganze ist eine abgekartete Sache.«

»Wie meinst du das?«, fragte Sophie.

Max, der immer noch nicht schlau aus ihr wurde, sah ihr in die Augen.

»Wie hat man Zabalas Leiche gefunden?«, fragte er.

»Anscheinend hat es Tauwetter gegeben«, antwortete sie.

»Nein, hat es nicht. Du hast doch auch die Nachrichten gesehen. Die sind ganz gezielt zu der Stelle gegangen, wo er abgestürzt ist.«

»Dann hat es ihnen jemand gesagt!«, rief Sayid.

»Ganz genau. Und wer konnte so gut Bescheid wissen?«

»Der Mörder«, sagte Sophie ruhig.

Das war keine Vermutung, sondern eine nüchterne Feststellung. Aber warum klang das aus ihrem Mund so provozierend?, fragte sich Max. Vielleicht, weil sie es so gelassen ausgesprochen hatte?

Er nickte. »Irgendjemand ist hinter mir her, um an die Informationen heranzukommen, die ich besitze. Und mir die französische Polizei auf den Hals zu hetzen, ist eine fantastische Methode, mich in die Enge zu treiben, findest du nicht auch?«

»Du hast mich angelogen. Du warst in Zabalas Hütte, weil du etwas Bestimmtes gesucht hast. Was?«

»Ich wollte mehr über ihn herausfinden«, sagte Max, noch immer nicht bereit, ihr allzu viel zu verraten. Erst musste er wissen, ob sie irgendetwas mit dieser ganzen Sache zu tun hatte.

»Und deswegen bist du auch zu dem Château gefahren?«

»Ja, weil ich erfahren hatte, dass er früher dort gearbeitet hat.«

»Und ist dir denn jetzt nicht alles klar?«, fragte Sophie, und es klang ziemlich gereizt. »Das sind die Tierschmuggler. Die stecken dahinter. Du hättest mir das alles früher sagen sollen. Du hättest mir vertrauen sollen.«

Max wusste, es ging um viel mehr als Tierschmuggel. Der Deutsche hatte in d'Abbadies Château gewartet, bis Max die Zeichnung auf dem Anhänger entdeckt hatte. Erst dann hatten sie angegriffen.

»Entschuldige, Sophie. Je weniger du weißt, desto besser. Ich habe nicht gewusst, wie gefährlich das werden würde.« Er wollte ihr immer noch nicht mehr verraten.

»Hast du irgendeine Vermutung, warum Zabala sterben musste? Abgesehen davon, dass er von Tierschmugglern ermordet wurde.«, fragte Sophie und sah ihm dabei direkt in die Augen.

Sayid war nervös. Würde Max ihr alles erzählen? Er traute Sophie nicht. Erstens war sie ein Mädchen, das so ziemlich in allem gut war, was Sayid nicht konnte. Zweitens hatte sie sich zwischen ihn und Max gedrängt – also war er ein wenig eifersüchtig. Drittens spielte sie Max etwas vor, das war so offensichtlich, dass selbst die Uhr an der Wand es bemerkt hätte. Viertens war sie in den entscheidenden Augenblicken immer genau da, wo Max auch war, zum Beispiel bei Zabalas Hütte und in Mont la Croix, als er sie vor diesen Bikern gerettet hatte. Fünftens … na ja, Sayid hätte noch eine Menge Gründe aufzählen können, warum er Sophie Fauvre nicht über den Weg traute.

»Ich weiß nicht, warum er ermordet wurde«, sagte Max. »Aber es könnte noch etwas anderes dahinterstecken als Tierschmuggel. Aber Genaueres weiß ich auch noch nicht.« Er warf Sayid eins seiner T-Shirts zu. »Komm, Sayid. Uns bleibt nicht viel Zeit.«

»Moment mal«, sagte Sophie. »Wo willst du hin?«

»Dorthin, wo Zabalas Hinweise mich hinführen.«

Sie wartete, aber Max sagte nichts mehr. Er wartete auf ihre Reaktion. Sie schien beunruhigt. Max wusste nur eins genau: Binnen Kurzem würde er ganz Frankreich durchqueren müssen, ohne entdeckt zu werden. Und das war praktisch unmöglich. Er hatte Sophie absichtlich so wenig verraten. Das auf den Anhänger geritzte Dreieck wies auf Sophies Geburtsland. Sie hatte irgendetwas mit dem Schmuggel gefährdeter Tierarten zu tun und sie war aus unerfindlichen Gründen bei Zabalas Hütte in den Bergen aufgetaucht – das alles brachte ihn zu der Überzeugung, dass sie tiefer in dieser Sache steckte, als sie bisher zugegeben hatte. Noch hatte Max keinem Menschen erzählt, dass er ins marokkanische Atlasgebirge reisen musste. Und ohne Sophies Hilfe würde er das wohl nicht schaffen.

»Du solltest mit mir nach Hause kommen«, sagte sie.

»Und warum?«, fragte Max, der seine Erleichterung kaum verhehlen konnte – genau das hatte er von ihr hören wollen.

»Weil du da in Sicherheit wärst. Fürs Erste jedenfalls. Und dann kannst du entscheiden, was du weiter tun willst. Meine Familie ist dir etwas schuldig. Meinem Vater wäre es eine Ehre, dir helfen zu können.«

»Danke. Ich werde darüber nachdenken. Aber vorher muss ich mit Sayid reden.«

Sie ging aus dem Zimmer und Max machte die Tür hinter ihr zu. Sayid schüttelte den Kopf.

»Du bist verrückt, Max. Ich fühle ganz deutlich, dass mit dem Mädchen was nicht stimmt.«

»Mir bleibt nichts anderes übrig, Sayid.«

»Wie bitte? Du willst mit Absicht in eine Falle gehen?«

»Nicht so laut. Wir wissen nicht genau, was sie damit zu tun hat. Noch nicht.«

»Ich glaub, in dieser Lawine muss ein Stein gewesen sein, der dich am Kopf getroffen hat. Du bringst dich immer mehr in Schwierigkeiten. Wie willst du aus der Sache jemals wieder rauskommen?«

»Ich weiß, wie riskant das ist. Aber wenn wir erst mal da sind, kommen wir schon dahinter. Es muss sein, Sayid. Alle Hinweise Zabalas führen nach Marokko.«

»Ich kann jedenfalls nicht mit«, sagte Sayid.

»Natürlich kannst du. Ich brauche deine Hilfe. Einiges von

dem, was wir in dem Château entdeckt haben, hat mit heiliger Geometrie zu tun, und mit solchen Dingen kennst du dich sehr gut aus. Du schaffst das schon. Und ich brauche einen, der Arabisch für mich spricht.«

»Max, mein Bein tut verdammt weh. Ich wäre dir nur hinderlich. Außerdem wird in Marokko Darija gesprochen … Das ist ein Dialekt«, erklärte er hastig, »von dem ich kein Wort verstehe.«

Max spürte, dass es Sayid um mehr ging als seine mangelnden Sprachkenntnisse. »Ich habe deiner Mutter versprochen, bei dieser Reise auf dich aufzupassen, und bis jetzt ist mir das nicht besonders gut gelungen«, sagte er.

»Max, das war eine schreckliche Zeit für mich, auch wenn es mir irgendwie Spaß gemacht hat, aber ich kann mit dir einfach nicht mithalten. Schon gar nicht mit diesem Bein. Ich fahr besser nach Hause.«

Max ließ sich von seiner Enttäuschung nichts anmerken. Sayid war zur Stelle gewesen, als er ihn gebraucht hatte. Benutzte er sein verletztes Bein als Vorwand, weil er zu viel Angst hatte, weiterzumachen? Max machte sich im Stillen Vorwürfe. Es war ganz egal, ob Sayid eine Ausrede brauchte oder nicht. Er hatte bereits mehr ertragen als die meisten anderen Jungen in seinem Alter. Max hatte ihn schon allzu großen Gefahren ausgesetzt.

»Ja, du hast Recht. Okay. Ich bring dich zum Flughafen.«

Sayid unterbrach ihn. »Nein, Max, du musst verschwinden. Du kannst nicht zum Flughafen mitkommen. Der wird garantiert überwacht. Mach es nicht so kompliziert. Die Komtess kann mir ein Taxi bestellen. Es geht nicht anders, wir müssen uns trennen.«

Max zurrte seinen Rucksack zu und reichte seinem Freund

die Hand. Die Jungen umarmten einander. Beiden fiel die Trennung nicht leicht.

»Geh mal meinen Dad besuchen. Sag ihm, ich schaff das schon. Wenn du zu Hause angekommen bist, sprich mir was auf meine Mailbox. Irgendwas, sagen wir über Flugunterricht, dann weiß ich, dass du gut angekommen bist. Und falls sie dich in England hochnehmen und nach mir ausfragen, erzähl ihnen alles, bloß nicht die Sache mit Marokko. Vielleicht kann ich das als Alibi brauchen, wenn ich noch mal nach Frankreich zurückmuss.«

»Du willst nach Frankreich zurück? Warum? Spinnst du?«

Max lächelte und legte seinem Freund einen Arm um die Schulter. Wenn er erst einmal herausgefunden hatte, ob Zabala tatsächlich eine Spur nach Marokko gelegt hatte, würde er die dritte Seite des Dreiecks in Angriff nehmen, die über die französischen Alpen in die Schweiz zeigte. »Darüber will ich jetzt lieber nichts sagen. Du weißt jetzt schon mehr als jeder andere. Gehen wir.«

Die Komtess hatte ihnen Baguettes mit Käse und Pastete, Obst und Wasser eingepackt und erfolglos versucht, ihnen ein paar zerknitterte Euro-Scheine, die sie in einem leeren Marmeladenglas gehortet hatte, in die Hand zu drücken.

Das Taxi kam. Die Komtess ging mit zum Tor, um ihren »Austauschschüler« zu verabschieden und dem Fahrer einzuschärfen, er solle den Jungen sicher am Abflugschalter des Flughafens von Biarritz abliefern. Sie schob ihm die gefalteten Scheine in die Hand. »Er ist noch so klein, kümmern Sie sich um ihn. Ich gebe Ihnen viel Geld dafür.«

Sayid drehte sich noch einmal um, als das Taxi um die Ecke bog. Er winkte der Komtess zu, aber sein Blick ging nach oben zu dem Fenster, wo Max stand. Er nahm Abschied von seinem

Freund, ohne zu wissen, wann er ihn wiedersehen würde. Sein Gewissen plagte ihn, denn er malte sich aus, wie Max gejagt wurde und um sein Leben kämpfen musste. Seine hartnäckige Entschlossenheit konnte einem manchmal richtig Angst machen. Was ihn dazu trieb, immer wieder so große Gefahren auf sich zu nehmen, konnte Sayid einfach nicht verstehen. Aber wenn er ihn nach Marokko begleitet hätte, hätte er mit seiner Verletzung die Gefahr für Max nur noch erhöht.

Sayid würde nach Hause fliegen, Max' Vater aufsuchen und ihm alles erklären – der würde wissen, was zu tun war.

Und dann würde er auf den Anruf seines Freundes warten.

»Ich habe Bobbys Handy in seinem Zimmer gelassen, Komtess. Ich kann damit nichts anfangen, der Akku ist leer. Wenn er zurückkommt, soll er nicht denken, er hätte mich im Stich gelassen. Richten Sie ihm aus, es ist alles in Ordnung zwischen uns. Ich möchte, dass wir Freunde bleiben«, sagte Max.

»Das sage ich ihm, und ich werde darauf bestehen, dass er dich sucht. Er ruft mich bestimmt bald an, das tut er immer.«

»Und denken Sie an meinen Vater. Rufen Sie ihn bitte für mich an, ja?«, schärfte Max ihr nochmals ein. Es waren die letzten Minuten, bevor er endgültig aufbrach.

Die Komtess lächelte ihn beruhigend an und ihre Stimme dämpfte seine Zweifel. »Selbstverständlich, sobald du gut von hier weggekommen bist.«

»Mein Vater, er ist ... na ja, manchmal versteht er nicht alles, und er kann nicht jederzeit Anrufe entgegennehmen. Falls Sie jemand anderem eine Nachricht hinterlassen müssen, sagen Sie nicht zu viel, weil die Engländer sich dann womöglich verpflichtet fühlen, die Polizei zu benachrichtigen.«

»Ich werde mich kurzfassen. Diskret, aber deutlich genug.

Man wird ihm das Nötige ausrichten, aber kein Wort mehr. Du musst dir keine Sorgen machen – höchstens um dich selbst. Sei vorsichtig. Und denk daran, was ich dir gesagt habe.«

Als sie ihm einen Kuss auf die Wange drückte, sah sie zu Sophie hinüber und flüsterte: »Die Sache mit dem Vertrauen.«

Tischenkos Plan würde Max Gordon aus seinem Versteck aufscheuchen, davon war er überzeugt. Der Mörder wusste genau, wo der Mönch abgestürzt war, und diese Information hatte man an die Behörden weitergegeben. Wenn Max Gordon erst einmal im Gefängnis saß, war es ein Kinderspiel, ihn von dort zu entführen und in die gnadenlose Wüste zu verfrachten, aus der es kein Entrinnen gab.

Tischenkos Killer hatte es nicht geschafft, Zabala in seiner Hütte zu töten; und der zweite Versuch war durch das Auftauchen des Jungen beinahe ebenfalls gescheitert. Eigentlich hätte Fedir Tischenko ein solches Versagen bestrafen müssen, doch als er mit seiner Botschafterin des Todes sprach, blieb diese gelassen. Ihr Auftrag war erledigt, und wenn dieser Junge vorher etwas mit Zabala zu tun gehabt hatte, konnte man das nicht ihr zur Last legen. Tischenko mochte Frauen, die gern töteten. Sie gingen irgendwie kaltblütiger zu Werke. Als seien ihre weiblichen Emotionen unter einem Berg von eiskaltem Intellekt begraben. Er fand das äußerst attraktiv. Aber das Beste daran war, dass kein Mensch jemals auf die Idee kommen würde, dass ein Mädchen als Killer arbeitete.

In England läutete ein Telefon. Das leise, aber nachdrückliche Klingeln hallte durch die stillen Flure des Sanatoriums. Auf der anderen Seite des Innenhofs war an einen alten Flügel des Anwesens ein großes Gewächshaus angebaut, in dem exotische

Pflanzen den Duft ferner Länder verbreiteten – der ideale Ort für Männer, die ihr Leben lang durch die Welt gereist waren, die den Dschungel kannten und sich jetzt damit trösteten, diese Blüten und Stängel zu berühren. Männer, die so krank waren, dass sie nur noch in einer solchen Einrichtung leben konnten.

Das Telefon hörte nicht auf zu klingeln. Irgendwann musste der diensthabende Pfleger doch einmal rangehen. Der ehemalige Marinesoldat Marty Kiernan, 1,83 Meter groß und 112 Kilo schwer, stapfte über den viktorianischen Fliesenboden und nahm den Hörer ab. Er hörte zu, drückte auf einen Knopf, legte den Hörer wieder auf und machte sich auf den Weg zu dem kleinen Dschungel in dem verglasten Gewächshaus. Trotz seiner massigen Gestalt ging er fast geräuschlos auf seinen weichen Sohlen. Alte Angewohnheit. Marty hatte im Dschungel und in der Wüste gekämpft. Er hatte als ausgebildeter Sanitäter in verschiedenen Kriegsgebieten Verwundete in Sicherheit gebracht und oft sein Leben riskiert, um andere zu retten. Und er war nicht ungeschoren davongekommen. In Afghanistan war er von zwei Kugeln getroffen worden und musste von sechs Männern zum Rettungshubschrauber geschleppt werden – die Verletzung machte seinen Kampfeinsätzen ein Ende. Und Marty hatte nicht nur physische, sondern auch psychische Wunden davongetragen, am Ende aber noch Glück gehabt, dass er in das einzige Militärkrankenhaus Großbritanniens eingeliefert wurde. Die Leute, die sich dort um ihn kümmerten, gaben ihm neue Hoffnung, bis die Depression, die ihn so schrecklich niederdrückte, von einer positiven, optimistischen Grundeinstellung abgelöst wurde. Jetzt fühlte er sich wieder fast so wie in seinem früheren Leben, bevor die beiden Kugeln ihm den rechten Arm genommen hatten.

Man muss die belastenden negativen Erfahrungen in positives Handeln umsetzen, pflegte er den Verwundeten zu sagen, die in das Sanatorium St. Christopher's gebracht wurden. Niemals fragte er diese Männer, warum sie so wortkarg waren, warum einige von ihnen immer wieder ohne jeden Anlass in Tränen ausbrachen und warum andere stundenlang irgendein Bild an der Wand anstarrten. Früher oder später würden diese verletzten Männer einen Weg aus dem Leiden finden, in dem sie gefangen waren. Und dann würden sie auf sein Zureden reagieren, vielleicht sogar lächeln oder selbst etwas sagen. Und bis es so weit war, sorgten Marty und andere, die wussten, welche Schäden der Krieg in einem Menschen anrichten kann, für diese Männer.

Einer seiner Schützlinge war etwas ganz Besonderes. Vor langer Zeit hatte dieser Mann bei den Spezialeinheiten gedient, war dann ein berühmter Bergsteiger geworden und hatte schließlich seine Bildung, seinen Mut und seine Fähigkeiten darauf verwendet, durch die Welt zu reisen und nach potenziellen ökologischen Katastrophen Ausschau zu halten. Mit seiner Tätigkeit für eine privat finanzierte Organisation hatte Tom Gordon sich eine Menge Feinde gemacht, darunter auch ganze Regierungen und mächtige Wirtschaftsunternehmen. Andererseits hatte er zahlreiche Umweltkatastrophen rechtzeitig abwenden können, lange bevor der Klimawandel zu einem so heißen Thema geworden war. Marty lächelte. Heißes Thema. Das gefiel ihm. Das würde er mal als Scherz fallen lassen, auch wenn er noch so lahm war.

Marty und seine Mitarbeiter wussten, was mit Tom Gordon in Afrika passiert war – dass ein korrupter Arzt ihn gefoltert und mit giftigen Chemikalien seinen Verstand ruiniert hatte, um ihm wichtige Informationen zu entlocken. Nun, das war ihm nicht gelungen, und Gordons Sohn Max hatte das schier

Unmögliche zuwege gebracht und seinen Vater aus den Fängen dieser Leute gerettet. Wie der Vater, so der Sohn? Wer weiß.

Es war schwül in dem riesigen Gewächshaus, und ohne die geöffneten Lüftungsklappen wäre es heißer gewesen als im Dschungel von Borneo.

Marty ging auf den Mann zu, der, über ein Beet gebeugt, die Erde um eine bunt blühende Pflanze umgrub. Er blieb stehen. Es war niemals ratsam, sich einem Mann wie Tom Gordon von hinten zu nähern, besonders wenn der so etwas wie eine kleine Schaufel in der Hand hielt. Die konnte, wenn er erschreckt herumfuhr, zu einer tödlichen Waffe werden, denn seine Reflexe waren immer noch beängstigend schnell. Marty hustete. Der Mann drehte sich um.

Unsicherheit trübte Gordons Blick. Er kannte diesen Mann. Er sah ihn jeden Tag. Wie hieß er noch? Wie …?

Dann fiel es ihm ein. »Marty. Hallo.«

»Hi, Tom. Die Zentrale sagt, da ist ein Anruf für Sie, aus Frankreich. Wahrscheinlich Max.«

Es gab Tage, da konnte Tom Gordon sich nicht an seinen Sohn erinnern. Er wusste von Marty, dass dieser Junge ihn regelmäßig anrief, aber an manchen Tagen konnte er absolut nichts damit anfangen.

»Max?«

»Ja. Sie wissen doch …«

»Keine Sorge, Marty. Heute ist ein guter Tag.« Tom Gordon lächelte. Er sah dem großen Mann ins Gesicht. »Er steckt in Schwierigkeiten, habe ich Recht?«

»Ich bin Komtess Alyana Isadora Villeneuve. Ihr Sohn hat mich gebeten, Sie anzurufen und Ihnen von den aktuellen Ereignissen hier zu berichten, damit Sie, falls Sie von anderer Seite davon hören, nicht auf die Idee kommen, er habe irgendetwas Unrechtes getan.«

Tom Gordon hörte so aufmerksam zu, wie es ihm möglich war. Die Frau redete wie ein Wasserfall, und wenn sie zwischendurch doch einmal Luft holte, ratterte sie sofort wieder los. Max' Vater hatte keine Chance, ihr irgendwelche Fragen zu stellen. Erst Minuten später, nachdem sie alles erzählt hatte, senkte sie ein wenig die Stimme und fuhr etwas langsamer fort.

»Es war mir eine Ehre, mit Ihnen zu sprechen«, sagte die Komtess zum Schluss. »Ihr Sohn besitzt ganz erstaunliche Fähigkeiten, von denen er selbst noch kaum etwas weiß. Ich kann mir denken, dass mein Anruf Sie höchstwahrscheinlich beunruhigt. Als Vater werden Sie sich große Sorgen machen, aber ich denke, Sie können zuversichtlich sein, dass Ihr Sohn diese Sache überleben wird …«

Überleben? Tom Gordon blinzelte. Wovon redete diese Frau? Aber er hatte keine Zeit, nachzufragen.

»… und dass er einen Weg finden wird, selbst mit Ihnen Kontakt aufzunehmen. Jedenfalls haben Sie mein tief empfundenes Mitgefühl. Unsere Kinder. Ach, unsere Kinder … Was soll man dazu sagen? Ich bitte Sie dringend, machen Sie sich keine Sorgen. Er ist ein sehr fähiger und sehr mutiger junger Mann. Auf Wiederhören, Monsieur Gordon.«

Tom Gordon starrte den Telefonhörer verständnislos an. Hatte er sich dieses Gespräch nur eingebildet? Es kam ihm ganz unwirklich vor. Er sah Marty an, der geduldig in der Nähe wartete, ob er etwas für ihn tun konnte.

»Alles in Ordnung, Tom?«

»Vor ein paar Tagen haben Sie mir doch erzählt, dass Max einen Lawinenunfall hatte.«

»Jawohl. Er hat angerufen.« Da hatte Tom Gordon einen seiner »schlechten Tage« gehabt und den Anruf nicht selbst entgegennehmen können. Max wusste, wie schwer sein Vater es manchmal hatte.

»Sie waren beschäftigt«, versuchte Marty ihm auf die Sprünge zu helfen.

Sein Patient nickte.

»Max ist nichts passiert. Er hat angerufen, damit Sie Bescheid wissen«, sagte Marty. Er wartete. Tom Gordon sortierte noch die Informationen, die er eben von der unbekannten Anruferin erhalten hatte. »Gibt es ein Problem?«, fragte er jetzt freundlich.

»Jemand ist durch die Lawine ums Leben gekommen, und jetzt glaubt man, Max habe damit zu tun. Diese Frau, eine Gräfin, behauptet, Max habe sie gebeten, mich anzurufen. Die französische Polizei ist hinter ihm her, und er will irgendein Geheimnis aufdecken, das der Tote ihm anvertraut hat.«

Marty ließ sich von nichts aus der Ruhe bringen, weder von manchen Besuchern hier im Sanatorium noch von seltsamen Anrufen, die seine Patienten gelegentlich bekamen.

»Und wo ist Max jetzt?«, fragte er.

Tom Gordon schob mit dem Daumen einen Erdklumpen von seiner Schaufel und zerrieb ihn zwischen seinen Fingern. Er schien tief in Gedanken versunken. Schließlich blickte er auf und schüttelte den Kopf.

»Ich weiß es nicht«, sagte er.

Max und Sophie gelangten auf die Hauptstraße. Max wünschte, er könnte einfach in den Mercedes steigen, den er den Deutschen am Château d'Abbadie abgenommen hatte, aber den hatte er ein paar Kilometer entfernt auf dem Parkplatz eines

Hochhauses abgestellt, damit niemand das gestohlene Auto mit dem Château der Komtess in Verbindung bringen konnte.

Zum Plan gehörte, sich jetzt möglichst unauffällig zu verhalten. Er konnte kaum erwarten, dass es losging. Sein Gefühl sagte ihm, dass die Reise nach Marokko ihn der Lösung von Zabalas Geheimnis ein großes Stück näher bringen würde. Aber er wollte Sophie die Initiative überlassen, denn auf diese Weise würde er bald dahinterkommen, ob sie seine Feindin war. Vom Meer war Nebel aufgezogen und hüllte die Landschaft wie in Watte, aus der dann unvermittelt ein Bus auftauchte.

Als der Bus hielt, ließ er Sophie zuerst einsteigen. Max hatte seine Skimütze tief in die Stirn gezogen und folgte ihr mit gesenktem Kopf. Nachdem sie Geld in den Automaten gesteckt und die Fahrkarten herausgenommen hatte, schob er sie ein paar Reihen weiter auf einen Sitz gegenüber der Fahrerseite. Er nahm an, dass jemand, der einen halb leeren Bus bestieg, zuerst den Fahrer und den Fahrkartenautomaten ansah und seinen Blick dann auf die freien Sitze im hinteren Teil richten würde.

Er saß aufrecht und schaute aus dem Fenster. *Ganz locker bleiben. Wir sind bloß zwei Kids.*

»Ich kann mir eine Reise nach Marokko nicht leisten«, hatte er Sophie gestanden. Spontan hatte sie erklärt, sie habe eine Kreditkarte, mit der sie alles im Voraus buchen könne. Aber zunächst mussten sie aus Biarritz heraus und die vierzigminütige Fahrt nach St. Jean de Luz an der spanischen Grenze schaffen. Von dort gingen regelmäßig Züge nach Bilbao, und am Flughafen dieser alten spanischen Industriestadt gab es billige Flüge nach Marokko. In Spanien wurde nicht nach ihm gefahndet, jedenfalls noch nicht.

St. Jean de Luz, ein schicker Badeort am Meer, war im Gegensatz zu Biarritz auch in dieser Jahreszeit für Touristen attraktiv; auf der einen Seite der Atlantik, der sich schäumend an der Ufermauer brach, auf der anderen die baskischen Pyrenäen, die das Städtchen und die Geheimnisse seiner Bewohner wie ein Schutzwall umgaben.

Der Nebel wallte noch immer über die Küstenstraße und die Eisenbahnlinie und die feuchte, kalte Nachtluft senkte sich wie Tau auf Max' Jacke.

Im nächtlichen Dunst erschien der fast menschenleere Bahnhof noch beunruhigender – feindliche Angreifer konnten praktisch wie aus dem Nichts vor ihnen auftauchen. Er und Sophie hatten auf der ganzen Fahrt kaum ein Wort miteinander gewechselt und jetzt kauerten sie frierend auf einer Bank. Draußen war es sicherer als drinnen. In geschlossenen Räumen wurde man leichter erkannt und im Bahnhofscafé gab es einen Fernseher. Er wusste nicht, wie oft das französische Fernsehen Nachrichten sendete, aber er wollte nicht gerade da drin sein, wenn welche kamen.

Der Zug hatte Verspätung. Zwei Männer in dunklen Mänteln erschienen am Ende des Bahnsteigs und schritten langsam auf sie zu. Sie trugen Maschinenpistolen vor der Brust, eine Hand lässig auf dem Kolben. Ihr gemessener Gang wies sie als Autoritäten aus. Es waren Gendarmen und sie bewegten sich direkt auf Max und Sophie zu.

Bleiben oder weglaufen?

Zwischen ihm und der Straße lag ein halbes Dutzend Gleise. Rechts war der Fluss, und auf der Brücke wäre er vollkommen ungeschützt.

Als endlich das Knirschen von Rädern und dröhnender Lokomotivenlärm das Nahen des Zugs ankündigte, drehte einer der Gendarmen sich um. Wenn Max weglaufen wollte, dann musste es jetzt sein. Er sah Sophie an, die erst an ihm vorbei und ihm dann in die Augen sah. Sie schüttelte kaum wahrnehmbar den Kopf.

Seine Gedanken rasten. Wollten die zu ihm oder war das nur eine normale Streife? Zwei Teenager auf dem Bahnsteig – es wäre nicht allzu ungewöhnlich, wenn die Gendarmen sie nach ihren Ausweisen fragen würden.

Der verdammte Zug brauchte viel zu lange.

Einer der Gendarmen rückte seine Maschinenpistole zurecht. Um es bequemer zu haben? Oder um sich auf einen Einsatz vorzubereiten?

Psychopathischer Killer!, hallte es in Max' Kopf. Die suchen einen psychopathischen Killer.

Die Gendarmen – noch fünf Meter entfernt.

Der Zug – zwanzig Meter.

Sophie lächelte.

Sie nahm sein Gesicht in beide Hände und drückte ihm ihre Lippen auf den Mund. Dann ließ sie eine Hand sinken, legte mit einer raschen Bewegung seinen Arm um sich herum und sorgte so dafür, dass seine Verblüffung und seine lahme Reaktion unbemerkt blieben.

Er schloss verwirrt die Augen. Die Gendarmen, die jetzt fast neben ihnen standen, machten ihm Angst, zugleich aber gab Sophies Umarmung ihm Wärme und Sicherheit. Irgendwo im Hintergrund, gedämpft von seinem lauten Herzklopfen und dem Rauschen des Bluts in seinen Ohren, kamen die schweren Eisenräder des Zuges kreischend zum Stillstand. Türen schlugen auf. Eine kratzige Lautsprecherstimme plärrte unverständliches Zeug.

Max öffnete vorsichtig ein Auge.

Die Polizisten waren weitergegangen. Einer von ihnen lächelte – oder war das ein spöttisches Grinsen?

Sophie stand wortlos und ohne ihn anzusehen auf, ging die vier, fünf Schritte zum Zug und stieg ein.

Max hielt sich dicht hinter ihr.

Das alles wirkte so berechnet. Und das war es natürlich auch. Wie kam er nur auf die Idee, dass es etwas anderes sein könnte? Sie hatte spontan gehandelt, um sie beide zu retten. Ein guter Trick. Die ideale Tarnung.

Warum war er nicht selbst darauf gekommen?

Er knallte die Tür hinter sich zu. Sophie saß bereits und sah sich prüfend um, ob sie freie Sicht auf den Gang hätten. Dann wandte sie ihm ihren Blick zu, lächelte aber nicht. Sie zog Mantel und Baskenmütze aus. Es war sehr warm im Abteil.

Als der Zug losfuhr, schaute Max aus dem Türfenster. Die Gendarmen waren ins Café geschlendert. Die beiden schienen es nicht eilig zu haben. Alles reine Routine.

Max schob das Fenster hoch, und als er sich dort gespiegelt sah, bemerkte er, dass er lächelte. Er nahm sich zusammen und drehte sich zu Sophie um, die mit versteinertem Gesicht dasaß und seinem Blick auswich. Drei zu null für die Realität.

Der Zug verließ den Bahnhof.

Im Café wischte Corentin das beschlagene Fenster frei und sah dem Zug nach. Thierry warf zwei Stück braunen Zucker in seinen Kaffee. Er hielt Corentins Handy an sein Ohr.

Sie kamen wie die Ratten. Ein lautloser Angriff aus der Dunkelheit. Ein paar ächzten vor Schmerz, als der Stacheldraht ihnen die Haut aufriss. Sie landeten auf der anderen Seite der Mauer und verschmolzen mit der Finsternis.

Nur ein Licht, hoch oben, strahlte in die Nacht – gespenstisch von Nebel umhüllt.

Das Anwesen lag so einsam, dass sie sich ohne Eile nähern

konnten; die Mörder gingen in aller Ruhe zu Werke. Sie brachen die schwachen Fensterriegel auf und schwangen sich lautlos in das stille Château.

Aus dem Zimmer der Komtess drang Licht in den Flur. Wie jeden Abend, wenn sie allein war, saß sie bei offenen Balkontüren im Sessel und genoss den Trost, den das Rauschen des Winds und der Brandung ihrem müden Herzen brachte.

Sie liebte ihre Kinder und Bobby, ihren einzigen Enkel, aber der Mensch, der ihr am meisten fehlte, war ihr Mann. Er war Soldat gewesen. Wie wenig die Leute diese Männer verstanden, die ihrem Land dienten.

Sie nahm einen Schluck Rotwein und zog an ihrer starken französischen Zigarette. Niemand wusste, dass sie bald sterben würde. Zu viele Zigaretten, zu wenig Essen – oder einfach nur Schicksal? Sie wusste es nicht. Es war ihr gleichgültig. Sie war alt. Ihre Zeit war abgelaufen. Aber aus irgendeinem Grund hatte sie das nicht in den Karten gesehen. Sie hatte ein gutes Leben gehabt. Sie hatte ihre Pflicht gegenüber ihrer Familie erfüllt, und auch wenn ihr klar war, dass sie mehr oder weniger in einer Fantasiewelt lebte, hatte sie das Andenken der richtigen Komtess stets in Ehren gehalten.

Als der Mond sich hinter den Wolken hervorschob und das Zimmer in magisches Licht tauchte, bemerkte sie, dass die Gestalten sich in ihr Heiligtum geschlichen hatten. Dass sie keine Panik empfand, überraschte sie selbst. Die vier jungen Männer hielten sich in den Zimmerecken verborgen; ihre Gesichter konnte sie kaum erkennen, wohl aber ihre Augen. Tot. Ohne Seele. Gleichgültig und unnachgiebig. Diese Jungs überlegten nicht lange, bevor sie töteten.

Sie stand langsam auf und drehte der See und dem Mond den Rücken zu, in der Hoffnung, das Licht von hinten möge den Ausdruck von Angst verbergen, der sich plötzlich auf ihrem Gesicht abzeichnete. Aber ihre Stimme war ruhig.

»Wer seid ihr? Was macht ihr in meinem Haus?« Herrische Geringschätzung schwang in ihren Worten mit. So hätte auch die wirkliche Komtess gesprochen. Einer der Jungen trat einen Schritt vor. Er schien keine Waffe zu tragen, aber allein schon sein Gesicht war furchterregend.

Speichel glänzte auf seinen Lippen, als er sie in die Breite zog und seine spitzen Zähne zeigte. Sollte das ein Lächeln sein, oder sah er immer so aus?, fragte sie sich. Er kam noch einen Schritt näher, und jetzt lösten sich auch die anderen aus den Schatten. Eine Angst auslösende Phalanx.

»Wo ist der Junge?«

»Wer? Mein Enkel? Ich weiß es nicht. Er ist nicht hier. Wer seid ihr?«, fragte sie.

Lass dir deine Angst nicht anmerken. Gib keiner Drohung nach. Bleib standhaft. Stell dich der Gefahr. So hätte sich ihr Mann verhalten.

»Nicht der«, sagte der Hai. »Max Gordon. Er hat seinen Vater in England angerufen. Von hier aus. Das wissen wir.«

Wie konnten die das wissen? Sie schob den Gedanken beiseite. Ausdruckslos sah sie den Jungen an.

»Ich kenne keinen Max Gordon. Ihr solltet jetzt gehen. Mein Enkel und seine Freunde können jeden Moment nach Hause kommen. Und glaubt mir, mit denen solltet ihr euch besser nicht anlegen! Verschwindet!«

Sie rückten noch weiter auf sie zu. Unwillkürlich machte sie einen Schritt zurück und stützte sich mit einer Hand auf die Lehne des großen, alten Sofas.

»Wir wissen, wo dein blöder Surfer-Enkel steckt. Der kommt nicht nach Hause.«

Die gefühllose Stimme traf sie wie eine Ohrfeige. Was hatten sie mit Bobby gemacht?

»Wo ist er?!«, rief sie.

Der Hai grinste sie mit seinen spitzen Zähnen an. »Wo ist Max Gordon? Er hat von hier aus seinen Vater angerufen. Oder warst du das? Wo ist er?«

Sie hörte das Klicken eines Springmessers und sah im Mondlicht die Klinge in der Hand eines der Jungen aufblitzen.

»Na, mach schon, Alte. Du sagst uns jetzt alles, was wir wissen wollen«, zischte der Hai.

Aus dem tiefsten Inneren ihres Herzens strahlte etwas Warmes durch ihren ganzen Körper. Sehnsucht nach ihrem Mann durchdrang sie. Er hielt sie fest, er beschützte sie, er stellte sich als unsichtbarer Schutzschild zwischen sie und die Mörder. Max Gordon würde sich, falls er es nicht schon getan hatte, diesen Verbrechern stellen und um sein Leben kämpfen müssen. Ja, sie konnten ihr wehtun und sie zum Reden bringen, das wusste sie. Aber sie würde ihnen nicht sagen, was sie wissen wollten. Sie würde diese Hunde nicht auf Max Gordon hetzen.

Ihr tapferer Mann, Soldat in Frankreichs Diensten, hielt sie fest umschlungen. Er flüsterte ihr seine Liebe ins Ohr und half ihr, sachte, ganz sachte einen Schritt rückwärts auf den verfallenen Balkon zu tun.

Mondlicht glänzte in ihren Augen. Das Krachen der Wellen dämpfte das Knacken und Knirschen der zerberstenden Holzkonstruktion.

Ihr letzter Atemzug war ein freudiger Seufzer.

Sie war sofort tot, als ihr Körper auf die Erde schlug.

16

Sayid ließ den Taxifahrer am Terminal vorbeifahren und eine Runde auf der Ringstraße des Flughafens drehen. Auf diese Weise wollte er feststellen, ob die Biker hier irgendwo in der Nähe lauerten oder ob auffällig viel Polizei unterwegs war.

Als er seinen Pass und das Flugticket aus der Tasche nahm, geriet ihm das Blatt Papier mit dem magischen Quadrat in die Finger, das sie in d'Abbadies Château gefunden hatten. Sayid hatte es in seine Jacke gesteckt, als sie von der Bibliothek ins Observatorium gegangen waren. Was sollte er damit machen? Falls man ihn festnahm und durchsuchte, konnte dieses Papier womöglich einen Hinweis darauf geben, wohin Max unterwegs war. Sayid sah sich die fünf mal fünf Zahlen genau an. Max mochte den Überlebensinstinkt eines wilden Tiers besitzen, dafür verfügte er über die Fähigkeit, sich mathematische Formeln und Zahlenkombinationen merken zu können.

Das hatte ihm bei Klassenarbeiten schon oft geholfen. Er nahm an, das war so ähnlich wie bei Musikern, die vom Blatt spielen konnten. Jedenfalls fiel es ihm nicht schwer, sich die Zahlen einzuprägen. Zu viele durften es natürlich auch nicht sein. Aber Max hatte ihn immer dafür bewundert.

Sayid verschloss die Ohren vor den Geräuschen der Nacht und konzentrierte sich ganz auf jede einzelne Reihe und Spalte, bis die Zahlen in seinem Kopf Gestalt annahmen und sich in sein Gedächtnis einbrannten. Dann schrieb er die anderen Zahlen, die Max ihm diktiert hatte, unter die Sohle seines Schuhs. Nicht einmal Sayids Gedächtnis war so gut, dass er sich diese Folge *und* das magische Quadrat merken konnte. Er vergewisserte sich, dass die Tinte getrocknet und die Zahlen deutlich zu lesen waren, dann knüllte er das Papier zusammen, schob es sich in den Mund, zerkaute es zu einem weichen Brei und schluckte es runter.

So hätte Max es auch gemacht.

Es schmeckte abscheulich, aber jetzt war wenigstens ein Teil des Geheimnisses in Sicherheit.

Der Taxifahrer setzte Sayid vor dem Abflugterminal ab. Ein Auto hupte. Es klang wie Morsezeichen. Als wollte es ihn auf etwas aufmerksam machen. Sayid drehte sich um. Ungeheure Erleichterung ließ ihn seine Angst vor dem Heimflug vergessen, als er Bobbys Kleinbus neben sich halten sah.

Er humpelte zu der Tür, die bereits aufgeschoben wurde.

»Bobby, wo zum Teufel hast du gesteckt?«

Hände packten ihn, zogen ihn ins unbeleuchtete Innere und zerrten ihn grob nach hinten. Er schrie auf, aber der Wagen brauste schon mit aufheulendem Motor davon. Jemand legte einen Arm um seinen Hals, ein anderer fesselte seine Hände mit Klebeband, und dann wurde ihm auch noch der Mund mit einem Streifen zugeklebt. Der Hai hatte die Jagdmeute aufgeteilt. Drei seiner Schläger hatten den Flughafen überwacht, während er mit den anderen ins Château der Komtess eingedrungen war.

Es roch nach Neopren und Seetang, als sie Sayid auf den schwarz gekleideten Körper fallen ließen, der gut verschnürt im Laderaum des Wagens lag.

Das war Bobby, vollkommen leblos. Sayid erstickte beinahe vor Panik. Er hatte keine Ahnung, ob Bobby lebte oder tot war.

Auf jeden Fall war er nicht bei Bewusstsein. Und sein Körper strahlte keine Wärme aus, aber das lag vielleicht daran, dass er noch seinen Neoprenanzug anhatte.

Der Kleinbus hatte die Autobahn verlassen, das gelb leuchtende Band schlängelte sich in der Ferne, verlockend wie eine Einkaufsmeile. Sayid hatte ein ungutes Gefühl, als sie jetzt durch eine unheimliche, finstere Industrielandschaft fuhren.

Schließlich hielten sie an. Die Hecktür schwang mit gequältem Kreischen auf, und die Gangster zerrten Sayid ohne Rücksicht auf seine Verletzung am Knöchel ins Freie. Er schlug mit dem Rücken auf dem Boden auf, ein heftiger Schmerz schoss durch seinen ganzen Körper. Dumpf drang sein Stöhnen durch das Klebeband auf seinem Mund. Er drehte den Kopf hin und her, konnte aber in der Dunkelheit nichts Genaues erkennen. Alte Gebäude, ein verlassenes Grundstück.

Bobbys Körper klatschte neben ihm auf die Erde. Sayid hörte ein Stöhnen. Gut! Bobby lebte noch. Andere Männer erschienen jetzt; Sayid konnte sie nicht deutlich sehen, nur einer, der sich einmal kurz über ihn beugte, kam ihm von dem Angriff in d'Abbadies Château her bekannt vor.

Ihre Gesichter waren hässlich und gemein. Jemand gab Bobby einen Tritt, ein anderer zog Sayid brutal auf die Füße. Diese Kerle waren größer und stärker, als er gedacht hatte. Jetzt stand auch Bobby aufrecht und schüttelte benommen den Kopf. Eine Faust stieß Sayid von hinten auf den dunklen Eingang eines leerstehenden Lagerhauses zu. Als man ihn dorthin schleifte, zog er seine Schuhe absichtlich durch eine schlammige Pfütze, um die Zahlen, die er darunter notiert hatte, unkenntlich zu machen.

Im Hintergrund parkten Lastwagen mit dicken Reifen. Daneben standen zwei ältere Teenager und rauchten; ein anderer schraubte an Motorrädern herum, die auf ein Transportgestell montiert waren – offenbar die Maschinen, die Max umgeworfen hatte.

Einer der Männer öffnete die Tür eines anderen Wagens und griff hinein. Peaches! Sie saß auf der Rückbank, unverletzt, aber bewacht von einem dieser Schlägertypen. Sayid konnte die Angst in ihren Augen sehen. Diese Leute mussten sie und Bobby in Hendaye entführt haben. Wie gern hätte er ihr zugerufen, sie solle sich keine Sorgen machen. Alles werde gut. Aber er konnte nicht, und schon wurde die Tür auch wieder zugeschlagen.

Einer umkreiste langsam die gespenstisch in Schatten getauchte Szene und filmte alles mit einer kleinen Videokamera, die er auf Armeslänge von sich hielt. Sayid bemerkte eine Antenne auf dem Dach des Wagens.

Ein anderer stand, von oben angestrahlt, im Lichtkegel eines Scheinwerfers, der seine verkniffenen Züge besonders hart erscheinen ließ. Er lehnte an einer alten, rostigen Werkbank, auf der ein Winkelschleifer lag.

Jetzt trat er vor und riss erst Bobby, dann Sayid das Klebeband vom Mund. Er schob sein Gesicht so dicht an das des jungen Amerikaners heran, dass dieser ängstlich zurückzuckte, falls ihn nicht bloß vor dem schlechten Atem ekelte, den jemand mit so kaputten Zähnen verströmen musste, dachte Sayid.

»Wo ist Max Gordon?«, fragte der Hai.

Bobby schüttelte den Kopf. »Ich weiß es nicht.«

Der Hai nickte zweien seiner Schläger zu, die daraufhin Bobby ihre Fäuste in den Leib rammten. Da half ihm auch seine ganze Fitness nichts: Er sackte zusammen.

»Wo ist er?«, fragte der Hai noch einmal.

Bobby schnappte keuchend nach Luft. Schüttelte den Kopf. »Weiß nicht.«

»Du sagst uns jetzt, wo Max Gordon sich verkrochen hat, sonst müssen wir der alten Frau im Château mal einen Besuch abstatten.«

Bobby und Sayid konnten ihre Bestürzung nicht verbergen. Diese Typen wussten von der Komtess!

»Lasst sie aus dem Spiel! Sie weiß überhaupt nichts!«, schrie Bobby dem Hai ins Gesicht.

»Wo ist …?«

»Ich weiß es nicht! Ich habe ihn in Hendaye abgesetzt und danach nicht mehr gesehen!«

Der Hai musterte ihn kalt und nickte. »Weißt du was? Ich glaube dir.«

»Dann lasst die Frau in Ruhe. Bitte!«

»Sie hat gesagt, du würdest bald nach Hause kommen. Wir haben ihr gesagt, da kann sie lange warten«, erwiderte der Hai spöttisch.

»Was?«

»Wenn du was wüsstest, hättest du's uns erzählt. Um sie zu schützen. Stimmt's?«

»Wenn du ihr was getan hast, bring ich dich um«, schrie Bobby.

Der Hai grinste, das heißt, er verzog das Gesicht, als wollte er ein Stück Fleisch zerreißen. »Zu spät, Bobby.«

Bobby wollte brüllend auf ihn losstürzen, aber die Männer, die ihn festhielten, traten ihm die Beine weg und pressten ihn auf den Boden.

Der Amerikaner hatte Tränen in den Augen, als er mit gebrochener Stimme stöhnte: »Was habt ihr getan? Sie war doch nur eine alte Frau … meine Großmutter!«

Sayid litt mit ihm. Er wusste, was es hieß, einen geliebten Menschen zu verlieren.

»Ich habe sie nicht angerührt. Sie ist vom Balkon gefallen«, sagte der Hai abfällig und wandte sich von ihm ab.

Sayid erschauderte, als der Hai jetzt ihn anstarrte. Vor seinem inneren Auge sah er die Komtess durch den Boden des morschen Balkons in die Tiefe stürzen.

»Aber *du* weißt, wo er ist«, sagte der Hai und wischte sich den Speichel ab, der ihm von den Lippen troff.

Sayid schüttelte heftig den Kopf. Er war kurz davor, sich zu übergeben. Er würgte, schluckte den beißend sauren Brei wieder runter und überlegte fieberhaft, was er tun könnte. Aber es gab nichts. Er war diesen Leuten schutzlos ausgeliefert.

Das Gesicht kam näher. Wie ein Hai, der aus den Tiefen des Ozeans einen wehrlosen Taucher angreift. So nah, bis das Licht von oben die Knopfaugen in der hässlichen Visage aufblitzen ließ.

»Wie geht's deinem Bein?«, flüsterte der Hai in Sayids Ohr.

»Bitte, ich weiß nicht, wo er ist. Er macht immer alles allein. Keine Ahnung. Ehrlich. Lass uns gehen. Wir verraten auch keinem, was hier passiert ist. Ganz bestimmt – Ehrenwort.«

Sayid wusste selbst, wie jämmerlich das klang, was da aus ihm hervorsprudelte. Jämmerlich und verzweifelt. In einer so bedrohlichen Situation konnte man einfach keinen klaren Gedanken fassen. Er wollte nicht geschlagen werden, aber ebenso wenig wollte er Max verraten. Wie lange würde er wohl durchhalten?

Der Hai nickte den Kerlen hinter Sayid zu und sie hoben ihn auf die Werkbank und hielten ihn dort fest. Sayid stöhnte auf. Er wollte nicht weinen, er wollte diesen Gangstern nicht zeigen, welch schreckliche Angst er hatte, aber seine Augen schwammen schon vor Tränen. In seinem Kopf schrie eine Stimme: *Bitte, tut mir nicht weh, bitte … Nein!* Aber die Worte kamen nicht aus seinem Mund, solange er panisch um jeden einzelnen Atemzug kämpfen musste. Seltsam, aber plötzlich hatte er mehr Angst um seine Mutter, sollte ihm etwas zustoßen. Der Hai beugte sich über ihn.

»Der Gips an deinem Bein ist schon lästig, oder? Davon juckt der Fuß, stimmt's?«

Sayid nickte.

»Dann nehmen wir ihn doch einfach ab«, sagte der Hai grinsend. »Und ich meine nicht den Gips.«

Sayid hörte noch das sirrende Kreischen, als der Winkelschleifer angeworfen wurde.

Geld bedeutete Macht, und Fedir Tischenko besaß beides. Er setzte die Leute, die für ihn arbeiteten, ein, als seien sie Figuren in einem Computerspiel, und das aktuelle Spiel schien einen besonders interessanten Verlauf zu nehmen. Max Gordon war entwischt, und die alte Frau war gestorben, ohne seinen Männern irgendeinen Hinweis zu geben.

Tischenko stand vor der Wand aus Glas – vier Meter hoch und zwanzig Meter breit –, die das riesige, in den Stein gehauene Rechteck ausfüllte. Die Berghöhle war ein Meisterwerk der Ingenieurkunst. In jahrelanger Arbeit hatten Tunnelbohrmaschinen gewaltige Höhlen geschaffen, größer als Straßentunnel, so geräumig, dass fünfzig Meter hohe technische Anlagen darin Platz fanden, so ausgedehnt, dass kilometerlange Kabel in den unterirdischen Labyrinthen verlegt werden mussten. Hier, in seinen Privaträumen, blickte er aus dreitausend Metern Höhe auf zerklüftete Täler und mächtige Gletscher hinab. In den winzigen Flugzeugen, die zweitausend Meter unterhalb seines Domizils dahinflogen, ahnte niemand, dass Tischenko wie ein Berggott über ihnen thronte.

Senkrechte Spalten im Innern des Bergs, die noch aus der Eiszeit stammten, waren zu luftdichten Schächten ausgebaut worden. Die gläsernen Aufzüge, die dort auf- und abfuhren, bewegten sich in einem vollkommenen Vakuum auf Luftpolstern – Technik des Weltraumzeitalters, die sich nicht einmal die reichsten und innovativsten Unternehmen leisten konnten. Es waren die schnellsten Aufzüge der Welt, sie brachten ihn schneller in seine Unterwelt aus Eis und Fels hinab, als wenn er von da oben einfach so in die Tiefe springen würde.

In einem dieser Aufzüge war der Mann unterwegs, den Tischenko zu sich bestellt hatte. Angelo Farentino war nervös, aber das wusste er gut zu verbergen. Auch er lebte in einer Art Festung, einer Festung aus Falschheit und Lügen. Ihn schützten dicke Mauern aus gezielten Falschinformationen vor denen, die ihn nur zu gern hinter Gittern sehen würden für den gewaltigen Verrat, den er an Umweltgruppen überall auf der Welt begangen hatte. Aber Tischenko wusste, wo er zu finden war.

Farentino war einmal Tom Gordons bester Freund gewesen. Er hatte Artikel über ökologische Gefahrenzonen veröffentlicht, geschrieben von Wissenschaftlern, Abenteurern und Forschern wie Max' Vater. Nach und nach aber hatte Farentino sich auf ein perfides, heimtückisches Spiel eingelassen. Er wandte sich finanzstarken Unternehmen zu, denen daran gelegen war, die durch ihre Projekte verursachten Umweltschäden zu vertuschen.

Die Aufzugtür glitt auf und Farentino, sportlich, aber teuer gekleidet, trat in den Raum. Man hatte ihn herbeordert, und dem Ruf dieses grotesken Menschen nicht zu folgen, wäre mit

Sicherheit ziemlich ungesund. Tischenko zu grüßen, war nicht erforderlich. Hier war nicht Höflichkeit, sondern Gehorsam gefragt.

»Gutes Timing, Angelo.«

Per Knopfdruck fuhr Tischenko eine Projektionsfläche von der Größe einer kleinen Kinoleinwand hoch. Dort lief eine Aufnahme, die Sayids Entführer geschickt hatten. Max Gordons Freund war am Flughafen abgefangen worden, und die Angst, die seine Männer dem Jungen einjagten, brachte ihnen die Information, die sie brauchten.

Angelo Farentino krampfte sich der Magen zusammen, als sei er in den Liftschacht gestürzt. Vorsichtig tupfte er sich mit seinem Taschentuch den Schweiß von der Oberlippe, als das Kreischen des Winkelschleifers die Schreie des Jungen auf der Werkbank übertönte.

Es waren entsetzliche Angstschreie – und der Verrat an Max Gordon.

Im Flugzeug gönnte sich Max ein wenig Schlaf. Wer wusste schon, was ihn in Marokko erwartete? Er musste jede kleine Verschnaufpause nutzen. Auch mit einem zwanzigminütigen Nickerchen konnte er neue Kräfte tanken. Soldaten schliefen auch bei jeder Gelegenheit, und wenn es nur ein paar Minuten waren.

Du darfst nicht aufgeben. Aber jetzt ruh dich erst einmal aus. Denk an die Gefahren, die dir drohen.

Warum machte er das eigentlich alles? Jemand war auf schreckliche Weise ums Leben gekommen und hatte ihm den Auftrag gegeben, ein Geheimnis zu lüften und den Mörder zu finden – deswegen machte er das. Kapitulieren kam gar nicht in die Frage. Manchmal dachte er daran, alles hinzuwerfen, aber etwas in seinem Blut ließ das nicht zu. Und dieses Etwas war mit keiner chemischen Analyse nachweisbar, auch nicht mit den modernsten Methoden der Wissenschaft. Es war weit mehr als seine Gene – es war er selbst. Im Übrigen analysierte Max nicht gern. Wer zu viel über sich nachdenkt, verzettelt sich allzu leicht und kommt nicht mehr weiter. *Nimm alles, wie es kommt. Tu, was du zu tun hast; zum Nachdenken ist hinterher immer noch Zeit.*

Der Flug geriet zu einer Folge wirrer Träume und Gedanken. In seinem Kopf herrschte ein wirbelndes Chaos, und ein paarmal wachte er stöhnend auf und rang nach Luft. So schlief er ungefähr zwei Stunden, immer wieder unterbrochen, aus dem Schlaf gerissen von jedem ungewöhnlichen Geräusch, mit laut hämmerndem Herzen, alle Muskeln angespannt, bereit zum Kampf.

Sophie legte eine Hand auf seinen Arm und lächelte ihn an. Max kam zu dem Schluss, dass sie nicht bloß einfach die Ruhe in Person war; vielmehr schien sie überhaupt keine Gefühle zu haben – oder aber sie hatte sich vollkommen unter Kontrolle.

»Uns kann nichts passieren, Max. Niemand weiß, dass wir hier sind. Bald landen wir in Marrakesch und dann sind wir in wenigen Stunden zu Hause.«

»Und dein Vater, was wird der dazu sagen, dass du einen gesuchten Mörder mitbringst?«

»Er wird das genauso wenig glauben wie ich.«

Max sah ihr in die Augen. Das Mädchen war ihm immer noch ein Rätsel, und er wurde das Gefühl nicht los, dass er an einen abgelegenen Ort gelockt wurde und dann niemand mehr wusste, wo er war. Dort wäre er ganz auf sich allein gestellt. Aber war das nicht genau das, was er wollte? Deuteten nicht alle Hinweise auf diesen Ort? Er glaubte, das Risiko wie immer gut berechnet zu haben. Nur, dass Mathe nicht zu seinen Stärken zählte.

Er wünschte, er hätte Sayid zum Flughafen begleitet. Dass er von seinem besten Freund getrennt war, machte ihn zusätzlich nervös.

Als es hell wurde, hatte er sein Schlafbedürfnis überwunden. Jetzt galt es, hellwach zu sein und sich zu vergewissern, dass ihnen niemand gefolgt war, dass sie nicht in einen Hinterhalt gerieten.

Die Sitze waren unbequem, aber das half ihm, sich zu konzentrieren.

Er hatte sich in eine gefährliche Situation manövriert. Er hätte nach der Lawine einfach nach Hause fahren können. Er hätte Sophie in jener Nacht in Mont la Croix nicht helfen und sich den Hai zum Feind machen müssen, und er hätte auch nicht versuchen müssen, den verwundeten Mönch zu retten. Aber er hatte es getan und jetzt musste er die Konsequenzen tragen. Ursache und Wirkung. Max wusste, egal was geschah, ob er das Rätsel löste oder nicht, der Hai würde nicht aufhören, ihn zu jagen.

Tief in seinem Innern spürte er etwas, geballt wie eine Faust.

Nicht Angst, sondern Kampfbereitschaft.

17

Lärm und Gerüche. Stimmengebrabbel. Hände zupften an Max herum. Farben blendeten ihn. Rauch und Weihrauch brannten ihm in den Augen.

Marrakesch. Marokko.

Auf dem Souk, den Marktgassen der Altstadt, wimmelte es von Menschen. Tausende Stimmen schwollen an zu einer gigantischen Kakofonie. Händler wetteiferten um Aufmerksamkeit, Finger zupften Max am Ärmel, Männer sprangen mit einem Satz vor ihn hin und hielten ihm alle möglichen Waren unter die Nase: Seidenstoffe und Gewürze, Schmuck, Kleidung, kupfernes Kochgeschirr, Perlenketten und glimmende Weihrauchstäbchen.

»*Anji! Anji!* – Hier! Hier!«, riefen die Ladenbesitzer und ihre Laufburschen.

Stechende Gerüche hingen in der Luft. Wortwechsel eskalierten zu Streit; Männer schrien sich an. Motorroller, hoch beladene Esel und Menschen kämpften sich gleichermaßen durch die engen, verstopften Gassen.

Sophie war ihm zehn Schritt voraus, manchmal von der drängenden Menge verdeckt, doch sie schaute sich öfters nach ihm um und schob sich, zufrieden, dass er ihr immer noch folgte, weiter durch die Wand der Leiber.

Plötzlich sah Max sie nicht mehr. Fliegen und Schweiß reizten seine Augen und die Gerüche überwältigten ihn. Nur einen

Augenblick lang war er unkonzentriert gewesen, und schon hatte das Meer der Gesichter sie verschlungen. Max hätte am liebsten Sophies Namen gerufen, doch der wäre im Lärm der Gassen untergegangen. Dann fasste ihn jemand an der Schulter. Sophie. Sie stand in einem dämmrigen Durchgang.

»Hier entlang«, sagte sie und drehte sich in das kühle Halbdunkel, wo ein mageres Kätzchen vor ihren Füßen herumsprang.

Kurz darauf schob sie mit der Schulter eine schwere Holztür auf und Max folgte ihr in eine Oase der Ruhe. Ein Innenhof, gedämpftes Licht in verschiedenen Blautönen, die sich in den Mosaikkacheln spiegelten. Ein Springbrunnen im Zentrum des gepflasterten Hofs versprühte Wasser.

Und es war still. So als habe jemand die Tür zu der draußen herrschenden Kakofonie geschlossen.

Sophie stellte ihren Rucksack ab. »Wir bleiben über Nacht hier«, sagte sie zu Max. Dann rief sie: »Abdullah!«

»Was ist das für ein Haus? Wohnst du hier?«, fragte Max.

»Das ist ein Riad, ein traditionelles Haus«, erklärte Sophie.

»Ich weiß, was ein Riad ist.«

»Entschuldige, ich wollte dich nicht belehren«, sagte Sophie kleinlaut.

Sie ging zum Eingang und rief noch einmal den Namen des Mannes. Max verspürte einen Stich in seiner Brust. Er hätte keinen so arroganten Ton anzuschlagen brauchen, aber er wollte ihr und sich selbst beweisen, dass er der Situation nicht vollends ausgeliefert war.

Max ließ den Blick über den schmiedeeisernen Balkon schweifen, der sich mit seinem Muster aus kunstvollen Spiralen über den ganzen ersten Stock zog. Auf der gegenüberliegenden Hofseite führte ein Durchgang in einen zweiten umschlossenen

Hof, in dem ein Swimmingpool darauf wartete, dass jemand hineinsprang und die glatte Wasseroberfläche zerteilte.

Die Anlage war wie ein Zipfelchen vom Paradies.

»Das ist ein Privathotel. Acht Zimmer, zwei Suiten und sehr teuer«, teilte Sophie ihm mit.

»Und hier willst du eine Übernachtung bezahlen?«, fragte Max, zog seine Stiefel und Socken aus und ließ seine Füße auf dem Steinboden abkühlen. Das fühlte sich großartig an. Der feine Sprühnebel des Springbrunnens wehte über sein Gesicht wie eine kühlende Massage.

Bevor Sophie etwas antworten konnte, erschien ein Mann. Er war groß und kräftig und hatte einen Oberkörper wie ein Fass. Sein braunes Gesicht war über und über mit Stoppeln bedeckt, und sein Haar war millimeterkurz geschnitten. Das verlieh seinem Schädel etwas von einer rasierten Kokosnuss. Der Mann trug die traditionelle Kleidung der Berber, eine Djellaba, und Ledersandalen. Er breitete grinsend die Arme aus und umarmte Sophie.

»Sophie! Gut, gut! Es ist mir eine Ehre, dich wieder in meinem Haus zu begrüßen. Meine Angestellten haben deine Anweisungen erhalten und zwei Zimmer hergerichtet, wie du es gewünscht hast.«

Sophie hatte am Flughafen ein Handy gekauft und Max hatte sie damit telefonieren sehen. Hier hatte sie also angerufen, wurde ihm jetzt klar. Konnte sie auch noch jemand anderen angerufen haben? Er musste sich entscheiden: Sollte er ihr vertrauen oder nicht?

»Max, das ist Abdullah Boulkoumit. Das Haus hier gehört ihm. Abdullah, das ist Max Gordon, ein Freund von mir«, sagte Sophie und trat mit dem Mann vor Max hin.

Abdullahs Blick war von Sophie zu Max' Gesicht gewandert

und ruhte ununterbrochen auf ihm. Es war, als forsche er nach den Ereignissen im Leben des Jungen, die ihn in sein Haus im Herzen der alten Stadt geführt hatten. Für einen Augenblick war Max verlegen. Barfuß, seine Stiefel in der Hand, stand er mitten in diesem Luxushotel. Er war schmutzig, ungekämmt, fühlte sich zerknautscht nach der langen Reise und bemerkte außerdem gerade, dass eine seiner Socken in dem aus dem Springbrunnen überlaufenden Wasser quer über den Hof schwamm.

»Seien Sie in meinem Haus willkommen, Mister Gordon. Wie ich sehe, ist Ihnen unser Brauch, die Schuhe vor dem Betreten eines Hauses auszuziehen, bereits bekannt. Das ehrt mich«, sagte Abdullah sanft und half seinem Gast auf diese taktvolle Art über seine Verlegenheit hinweg.

Abdullah reichte Max die Hand und küsste anschließend, wie es der Brauch verlangte, seine eigenen Fingerspitzen.

Zwei Angestellte warteten im kühlen Innern des Hauses auf sie; einer nahm Max jetzt seinen Rucksack ab und ging ihm durch den Korridor voraus. Sophie folgte ihnen.

»Wir fahren morgen zu meinem Vater. Abdullah besorgt uns eine Transportmöglichkeit. Mach dich erst mal frisch, wir treffen uns dann in zwei Stunden«, sagte sie.

»Ich brauch bloß ein paar Minuten zum Duschen«, erwiderte Max, als sie vor einer eisenbeschlagenen Tür anhielten, die, als sie geöffnet wurde, den Blick auf ein luxuriöses Zimmer freigab. Daran könnte er sich gewöhnen, dachte Max.

»Ich brauche aber länger, und deshalb, Max Gordon, schalte einmal in deinem Leben einen Gang runter und hab Geduld.«

Sophie folgte dem anderen Angestellten und verschwand in einem Korridor.

Max trat in das Zimmer. Hinter dem riesigen Doppelbett

stieg Dampf aus einer in den Boden eingelassenen Badewanne. Rosenblätter schwammen auf dem Wasser und ein leicht fauliger Geruch von Sandelholz wehte ihm jetzt entgegen.

»Ist das für mich?«, fragte Max.

Der Mann nickte.

»Wenn ich da reinsteige, rieche ich ja wie ein Hundesalon«, sagte Max, der nicht zugeben wollte, dass Sandelholz eigentlich ganz gut roch. Außerdem war die Badewanne so groß wie das Tauchbecken in einem Football-Club. Gar nicht mal so übel, wenn er es sich genau überlegte. Da drin konnte er sogar Tiefseetauchen üben.

»Bitte«, sagte der Angestellte und deponierte Max' Rucksack auf dem Kofferständer.

Max ging ein Stück weiter in das Zimmer hinein. Es kam ihm vor wie in einer Geschichte aus *Tausendundeiner Nacht*. Hinter dem Bad befanden sich Jalousien, die ihn vor unliebsamen Blicken schützten, ihm jedoch einen herrlichen Blick über die Dächer der Altstadt erlaubten. Über dem Horizont der Stadt ragten schneebedeckte, von den letzten Strahlen der untergehenden Sonne golden getönte Berggipfel in den Himmel. Das Atlasgebirge. Wie weit mochte es entfernt sein? Ein paar Autostunden? Irgendwo dahinter lebte Sophies Vater, und dorthin musste er Zabalas Hinweisen zufolge gehen, da war er sich sicher.

Die Hinweise aus dem Château – wie hing das alles zusammen, Sophies Vater und Zabala und die bedrohten Tierarten? Da *musste* es eine Verbindung geben. Über Marokko wusste Max so gut wie nichts. Aus seiner Kindheit erinnerte er sich an ein paar der berühmtesten Geschichten: *Ali Baba und die vierzig Räuber, Aladin und die Wunderlampe, Märchen aus Tausendundeiner Nacht*. Doch im Unterschied dazu befand er sich jetzt ganz konkret in diesem Teil der Welt, den er mit eigenen Augen sehen und mit eigenen Ohren hören konnte, der Gerüche aufwies, so exotisch, dass man meinte, sie könnten einen mit sich fortreißen wie eine …

Hier gebot Max seinen Gedanken Einhalt, denn ihm war gerade das Wort *Lawine* eingefallen. Und bei dieser Vorstellung lief es ihm plötzlich eiskalt den Rücken hinunter. Der Hotelangestellte schlug das Bett auf. Er entnahm der Minibar eine Flasche gekühltes Wasser, schraubte sie auf, goss die Hälfte in ein Glas und stellte es auf einen Untersetzer aus perlengroßen, mit feinem Draht zusammengehaltenen Steinen, einer kunstvollen Arbeit hiesiger Handwerker. Dann zeigte er auf die Lampen, klatschte sacht in die Hände und lächelte, als das Licht anging.

Das war ja cool. Das gefiel Max.

Der Mann, erfreut, dass er seinen Gast amüsiert hatte, verbeugte sich und ging hinaus.

Max sah sich im Zimmer um. Das Bett war riesig: Darauf konnte man mit einem halben Dutzend seiner Kumpels eine Mitternachtsfete feiern. Es gab einen CD-Spieler mit einer Musikauswahl, eine Obstschale, ein Telefon, Computeranschlüsse und eine Minibar, gefüllt mit kohlensäurehaltigen Getränken und Fruchtsäften. Hier konnte er gut etwa eine Woche überleben, rechnete er sich aus.

Er griff zu dem Telefon auf dem Nachttisch, nahm den Hörer ab, bekam eine Leitung nach außen und wählte Sayids Handynummer, hörte aber kurz darauf nur die Standardansage der Mailbox. Er hinterließ eine kurze Nachricht, wobei er seinem Freund jedoch vorsichtshalber nicht mitteilte, wo er war. Konnte ja sein, dass Sayid von der Polizei geschnappt worden war. Max legte auf. Sayid müsste jetzt eigentlich schon zu Hause sein und an sein Telefon kommen. Aber Max war realistisch genug zu wissen, dass er weiter nichts ausrichten konnte. Sayid würde den Behörden nicht mehr als das Allernötigste sagen.

Nachdem Max nun alles getan hatte, was er tun musste, konnte er sich entspannen. Er kramte in seinem Rucksack und zog eine kleine Tube Superkleber heraus, unschlagbar, wenn etwas schnell repariert werden musste. Nach einer Viertelstunde konzentrierter Arbeit an seinen abgeschabten und ramponierten Turnschuhen – die ausklappbare Klinge des Korkenziehers aus der Minibar leistete ihm dabei gute Dienste – war er fertig und hatte sogar das kleine Wunder vollbracht, sich nicht die Finger zu verkleben.

Er ließ seine Klamotten fallen, wo er stand, und legte eine CD ein. Machte eine Dose auf, griff sich eine Mango und eine Tüte Chips und ging in das feuchte Bad. Rosenblätter hin oder her, er würde sich erst mal ausgiebig in die Wanne legen. Auf einmal war er sehr müde.

Alles, was er brauchte, in den Händen balancierend, stieg er über den breiten Rand der Badewanne und ließ sich in die samtige Wärme des tiefen Wassers gleiten. Er schälte die Mango und grub die Zähne in das gelbe Fruchtfleisch. Es schmeckte nach Sonne. Der Saft tropfte und spritzte – eine Riesensauerei, aber Max war ja am idealen Platz, um so etwas zu essen. Die Tüte mit den Chips gleich hinterher und mit Cola runtergespült. Nicht gut für die Zähne, aber das war ihm egal. Eine innere Stimme sagte ihm, er habe es verdient, sich mal eine Weile gehenzulassen.

Er klatschte in die Hände.

Das Licht ging aus.

Er klatschte noch einmal.

Die Musik wurde lauter.

Er klatschte zum dritten Mal. Nur so für sich.

Fedir Tischenko mochte noch so viel Geld besitzen, gegen den Nebel, der die Atlantikküste von Frankreich und Nordspanien einhüllte und den Luftverkehr zum Erliegen gebracht hatte, konnte auch er nichts ausrichten.

Der Hai wartete in einem Privatjet in Biarritz. Sein Ziel war ein stillgelegter Militärflugplatz südlich von Marrakesch, von dem aus er die Jagd nach Max koordinieren sollte. Doch die Maschine stand auf dem Rollfeld, von der Natur zum Ausharren verurteilt. Den Job mussten jetzt andere übernehmen. Andere Killer würden Max aufspüren.

Hunderte von Kilometern entfernt fuhren die Fahrzeuge des Hais zusammen mit Bobbys Kleinbus langsam durch Frankreich auf die schweizerische Grenze zu. Sayid und Bobby lagen immer noch als verschnürte Bündel darin. Sayids Tränen waren getrocknet, und Bobby nickte ihm tröstend zu. Sayid hatte nicht wegen der Angst geweint, die diese Killer ihm eingejagt hatten, obwohl die Nachricht vom Tod der Komtess ihn tief getroffen hatte. Nein, Sayid weinte, weil er ihnen verraten hatte, dass Max in Marokko war. Das üble Gefühl, seinen besten Freund ausgeliefert zu haben, wühlte in seinen Eingeweiden wie ein stumpfes Schwert.

Wie groß war die Gefahr, in die Max dadurch geraten war? Sayid wusste kaum etwas über Max' Pläne, aber sein Freund hatte ihm genug mitgeteilt, dass seine Feinde jetzt eine klarere Vorstellung davon hatten, was Max herausgefunden hatte.

Max hatte von Zabala einen Anhänger aus Kristall bekommen und dann etwas in d'Abbadies Château entdeckt, wo die Deutschen und die Gang des Hais sie überfallen hatten. Aber mehr wusste Sayid nicht. Nur, dass Max nach Marokko gefahren war.

Der Hai hatte den Winkelschneider an Sayids Gips gehalten

und langsam und bedächtig zu schneiden begonnen. Weißer Staub sprühte auf. Nur noch ein paar Millimeter und …

Sayid hatte den Hai angebrüllt. Hatte ihm alles gesagt, was er wusste. Und wie bereitwillig! Nur, damit dieser Horror aufhörte.

Als er jetzt in dem Bus lag, dachte er daran, wie oft er sich in seiner Fantasie als Helden gesehen hatte. Als Helden, der wie Max Menschen retten konnte und jede Situation bewältigte, wie beängstigend sie auch sein mochte.

Das Leben hatte ihn eines Besseren belehrt und ihm deutlich gezeigt, wie sehr Realität und Fantasie auseinanderklaffen konnten.

Bevor Max' Vater Sayids Familie im Nahen Osten gerettet hatte, hatte Sayids Vater dafür gearbeitet, dieser Region Frieden zu bringen. Die Terroristen waren nachts gekommen und hatten ihn getötet. Sayid erinnerte sich, wie das Feuer der Waffen die Luft zerriss, roch noch das Schießpulver und hörte noch die Schreie seiner Mutter. Und seine eigenen. Nur Augenblicke später hatten Fackeln die Dunkelheit und den Rauch durchdrungen und britische Soldaten ihr Haus gestürmt. Gewehrfeuer blitzte auf und hallte wider. Noch mehr Männer starben – die Angreifer. Und dann hatten Soldaten Sayid und seine Mutter in einen Hubschrauber getragen. Ein Engländer, ein Mann, der Arabisch sprach, tröstete sie. Es war ein Freund von ihnen. Der Mann, den sein Vater *Bruder* genannt hatte. Sein Name war Tom Gordon, und er hatte ihnen versprochen, sich um sie zu kümmern, zu Ehren von Sayids Vater – einem tapferen, großen Mann.

So war Sayid schließlich mit Tom Gordons Sohn an der Dartmoor High gelandet. Und jetzt zeigten die Lawine, der Kampf im Château und seine Entführung bloß, wie viel Angst

Sayid hatte. Er hatte nicht nur seinen besten Freund verraten, sondern auch das Vermächtnis seines Vaters.

Der Bus holperte über ein Schlagloch. Sayid blickte zu den vorn sitzenden Gangstern. Gelbe Autobahnlichter zogen über die Windschutzscheibe. Er sah zu Bobby hinüber, der seine Augen geschlossen hatte.

Was Sayid seinen Peinigern nicht gegeben hatte, war die Information auf dem Blatt Papier. Er sah die Zahlen im Geiste vor sich. Nach vorn greifend, kratzte er sich den getrockneten Schlamm von der Sohle seines Schuhs. Die Zahlen waren ein Teil des Geheimnisses, und sie waren wichtig.

Sayid sprach sich selbst Trost zu. Etwas konnte er immerhin noch tun, um Max zu helfen. Den Code lösen. Max die Information zukommen lassen. Aber wie? Er hatte keine Ahnung. Er wusste in seinem tiefsten Innern nur, dass sein Freund ihn finden würde.

Abdullah verstaute Max' Pass in seinem privaten Safe und fragte ihn, ob er seinen Anhänger ebenfalls dort deponieren wolle. Max lehnte ab. Er bemerkte Abdullahs Blick: ein flüchtiger Moment, in dem ihm klar wurde, dass Abdullah wissen konnte, wie bedeutsam der Anhänger war.

»Ein Glücksbringer«, sagte der Besitzer des Riads. »Er soll dich beschützen, ja?«

»Ja, das kommt ungefähr hin.«

»Wenn er wertvoll ist, solltest du ihn in meinen Safe legen. Hast du vor, auf den Hauptmarkt zu gehen?«

»Ja. Auf den Djeemaa el Fna«, erwiderte Max.

»Der Platz der Gehenkten«, sagte Abdullah nüchtern.

Wollte der Mann ihm Angst machen? Max wartete einen Augenblick und hielt Abdullahs Blick stand.

»Der soll ziemlich belebt sein, hab ich gehört«, sagte er.

Abdullah nickte. »Ich muss beschämt gestehen, dass es in meiner Stadt auch Diebe gibt.«

Max dachte einen Moment nach und griff nach dem Anhänger; der Mann streckte schon die Hand danach aus. Aber Max nahm nur das Ende des Lederbands, drehte es, wie er es beim Binden seines Schulschlipses machte, und verkürzte es, bis die Schlaufe enger an seinem Hals anlag.

»Der ist nicht wertvoll, bloß ein Geschenk eines Freundes«, sagte er beiläufig. »So.« Er schob zwei Finger zwischen das Band und seinen Hals; es lag dicht an, ohne ihm die Kehle abzuschnüren. »Jetzt kann es niemand mehr abreißen.«

»Es sei denn, sie schneiden dir die Kehle durch«, bemerkte Abdullah, ohne zu lächeln.

Auf dem Djeemaa el Fna, dem weitläufigen Platz im Zentrum von Marrakesch, loderten Dutzende Kochfeuer. Bunte Laternen warfen ihr Licht in die tanzenden Schatten; die Bewegungen der dahinschlurfenden Menschenmassen wirkten abgehackt, wie in einem schwach beleuchteten Nachtclub. Männer in traditioneller Kleidung posierten mit angeketteten kleinen Meerkatzen für die Touristen, die mehr oder weniger nervös beobachteten, wie die Tiere schnatternd auf den Armen der Männer saßen.

Max krampfte sich das Herz zusammen. Die kleinen Äffchen schlugen Purzelbäume, saßen dann wieder geduckt da und starrten zu den höheren Primaten, die ein paar Münzen in den umgedrehten Hut warfen. Ein Ruck an der Kette, ein kehliges Kommando und die Affen wiederholten ihre Vorführung. »Für die Affen! Für die Affen!«, rief der Dresseur und drängte die Umstehenden, noch mehr Münzen in den Hut zu werfen.

Max und Sophie schoben sich weiter auf den Platz vor und bahnten sich mühsam einen Weg durch das Gedränge. Münzen gingen von Hand zu Hand. Fettige Finger griffen nach zerknitterten Scheinen, für die Einheimische und Touristen heißen Lammkebab und gebratenes Gemüse kauften. Auf diesem Platz strömten die Einheimischen zum Essen aus den umliegenden schmalen Gassen zusammen. Wie eine Decke aus Watte lag der Rauch über dem Markt. Er brannte Max in den Augen, aber das hinderte ihn nicht, fasziniert zu beobachten, was um ihn herum geschah.

Gruppen von vier oder fünf Männern, die Flöte, Trillerpfeife und Zimbel spielten oder mit gebogenen Stöcken auf Trommeln schlugen, wanden sich durch das Gedränge. *Ganga*-Trommeln und *Haejuj*-Basslauten kämpften um die Vorherrschaft. Frauen mit feinen Henna-Tätowierungen im Gesicht und auf den Armen saßen auf der Erde. Ein alter Mann, seinem kleinen Schild nach ein Arzt, saß im Schneidersitz inmitten von Flaschen voller Kräuter und untersuchte die geschwollene Hand einer Frau.

Max und Sophie machten vor einem halben Dutzend Garküchen Station und ließen es sich schmecken. Max aß zu gern aus der Hand – da brauchte man sich wenigstens nicht um Tischsitten zu kümmern. Es war fast so gut wie beim Camping, nur, dass das ganze Essen hier extra für einen gekocht wurde.

Am Rand des Marktplatzes gab es Cafés, die Pfefferminztee und Obstsaft anboten.

»Hierher kommen alle zum Essen. Jeden Abend. Das geht bis spät in die Nacht«, sagte Sophie.

»Wie ein Straßenfest«, rief Max zurück. Man musste immer schreien, um den Lärmpegel zu übertönen.

»Du siehst übrigens gut aus«, rief Sophie. »Steht dir.«

Max zupfte an der baumwollenen Djellaba, die er anhatte. Für einen Augenblick war er fast in Panik gewesen, als er bemerkte, dass die Angestellten im Riad seine Sachen zum Waschen abgeholt und ihm dafür traditionelle Kleidung hingelegt hatten. Zum Glück hatten sie ihm seine Turnschuhe gelassen, und die lugten jetzt unter dem langen, fließenden Gewand hervor. Im ersten Moment war es ihm zwar ein bisschen so vorgekommen, als ob er ein Kleid anzöge, doch gleich nachdem er sich die Djellaba ganz über den Kopf gezogen hatte, erkannte er, wie praktisch dieses locker sitzende Gewand war. Es war angenehm kühl auf der Haut und man konnte sich herrlich frei darin bewegen.

Max bahnte sich den Weg durch einen Pulk von Menschen und zog Sophie hinter sich her. Sie hielt seine Hand umklammert, als würde sie, wenn sie den Kontakt zu ihm verlöre, von diesem Menschenmeer fortgetragen. Sie beobachtete, wie Max eine Schneise durch die Menschen schlug. Max war hier fremd. Ihm drohten Gefahren, weil nichts hier ihm vertraut war. Und er war auf der Flucht vor Killern, die zu allem entschlossen waren. Sein Griff, das spürte sie, war stark. Er vermittelte Zuversicht und Schutz. Doch wie wenig dieser Junge von den hier lauernden Gefahren wusste, wo ein Menschenleben manchmal schon für den Preis einer Mahlzeit verkauft wurde.

Max wunderte sich, wie jemand in diesem Gedränge überhaupt vorankam. Standbesitzer hatten ihre Waren aufgebaut. Berge von Orangen, zu Pyramiden aufgeschichtet, wurden zerteilt und gepresst. Tanzgruppen gesellten sich zu den Musikern, und Wahrsager wischten mit einer Handbewegung das Elend der Menschen beiseite.

Max blieb neben einem Schlangenbeschwörer stehen, der auf einem zerschlissenen Teppich saß und eine Kobra tanzen ließ. Zum lockenden Flötenspiel des alten Mannes sanft hin- und herschaukelnd, schraubte sich das Tier in die Höhe.

Die Brillenzeichnung der Schlange blitzte, in den schwarzen Augen des Tiers spiegelten sich Lichtpunkte. Die Kobra richtete sich schwankend auf. Sie schien Max direkt ins Herz zu sehen. Bannte ihn mit vorgetäuschter Gelassenheit. Bewegte sich gemächlich, hypnotisierend. Verführte ihr Opfer, seine Vorsicht aufzugeben.

Dann schlug die Kobra zu. Sie entblößte ihre Giftzähne, zischte – wie vor Hass.

Mit der gesammelten Kraft des hoch aufgerichteten Körpers schoss das Tier an dem Alten vorbei direkt auf Max und Sophie zu. Max zuckte zurück, hielt schützend den Arm vor Sophie, doch der runzlige Alte, der aussah, als sei er bereits halb blind, fuhr einfach mit der Hand hinter den Kopf des Tiers, drehte sein Handgelenk und ließ die Schlange sich um seinen Unterarm winden. Dann hob er sich die vorschnellende Zunge der Kobra an die Lippen und küsste die Schlange.

Beifälliges Gemurmel ertönte aus der Menge, es wurde laut applaudiert, Münzen fielen klimpernd in den umgedrehten Hut.

Max rang sich ein verlegenes Lächeln ab. Vielleicht war er übereilt zurückgewichen. Aber konnte man zu schnell sein, wenn eine Kobra im Begriff war zuzuschlagen? Sophie berührte ihn an der Schulter. Sie wusste nur zu gut, wie schnell Max reagiert hatte – eine tapfere, instinktive Regung. Ein Kobra-Angriff, das war ein alter Schlangenbeschwörer-Trick. Aber das konnte Max nicht wissen.

Die wenigen Sekunden des Reagierens hatten Max' Sinne geschärft. Da war noch eine andere Gefahr. Er spürte es ganz deutlich. Seine Instinkte schlugen Alarm und forderten seine

Aufmerksamkeit. Aber wo war die Bedrohung? Von wo kam sie? Max suchte die ihn direkt Umstehenden mit den Augen ab. Irgendetwas stimmte hier nicht. Ein Mann erwiderte seinen forschenden Blick und wandte sich rasch ab. Da waren zwei Männergesichter, die Max schon früher gesehen hatte. Er hatte aufs Geratewohl an irgendwelchen Ständen haltgemacht und sich etwas zu essen geben lassen, also war es unwahrscheinlich, dass er denselben Gesichtern zweimal begegnete.

Max zeigte über die Köpfe der Menge hinweg. »Geh an den Rand, Sophie!«, rief er.

Sophie nickte. Sosehr ihn die brodelnde Menge auf dem Marktplatz auch faszinierte, hier, das wurde ihm klar, bot er ein viel leichteres Ziel als in der freien Natur. In freiem Gelände sah man den Feind schon von Weitem, während er hier womöglich nur einen Atemhauch entfernt und doch nicht auszumachen war. Aber warum sollte er so denken? Warum sollte Sophie ihn hierherbringen, wenn sie es seit ihrer Abfahrt aus Biarritz jederzeit hätte einrichten können, dass Max angegriffen wurde?

Paranoia. Furcht. *Befrei dich davon,* redete Max sich zu – diese Gefühle rührten von diesen Menschenmengen her. Hier ging es schließlich zu wie im Wembley Stadion, nur, dass es doppelt so laut war.

Die erdrückende Menge schien jetzt undurchdringlich. Max zog Sophie näher zu sich heran. Er wollte sie direkt neben sich haben, höchstens einen Schritt entfernt. Wie ein Schaudern lief eine Welle der Energie durch die aneinandergepressten Leiber; Hände reckten sich, krallten sich in ihn. Max spürte, wie jemand ihm das Handgelenk umdrehte. Sophie war nur eine Armeslänge von ihm entfernt. Zwei Männer standen zwischen ihnen, verdeckten Sophies Gesicht mit ihren Hinterköpfen. Noch hielt Sophies Griff, aber Max spürte schon, wie ihre Hand ins Rutschen geriet. Vor seinem geistigen Auge blitzte auf, wie Zabala ihm aus der Hand glitt. Sophies Mund formte seinen Namen. Rief ihn. Einer der Männer drehte sich um. Dasselbe Gesicht wie vorhin. Stumpfsinnige Augen, ungerührt, vermutlich unter Drogen. Urplötzlich grapschte der Mann nach Max' Anhänger. Max wehrte den Arm ab, aber dabei musste er Sophie loslassen.

Andere Hände versuchten sich jetzt in sein Gesicht zu krallen. Begleitet von Geschrei und Geschnatter scharrten flinke Finger über Max' Kopf. Jemand hatte ihm einen angeketteten Affen auf die Schulter gesetzt und dessen kleine Nägel kratzten über sein Gesicht und sein Haar. Und dann spürte Max einen Ruck – jemand zog an dem Lederband um seinen Hals.

Max riss den Arm hoch, bekam den Affen an seinem weichen Fell zu fassen, stieß jedoch unwillkürlich einen gellenden Schrei aus, als dieser ihn in den Oberarm biss. Er schleuderte das Tier von sich fort und griff energisch nach seiner Kette. Er wollte den Mann, der an ihrem Ende stand, doch im selben Moment trat ihm jemand die Beine weg und Max ging hart zu Boden. Sandalen und schmutzige Füße, Abfall und Essensreste wirbelten um sein Gesicht. Max rollte umher, versuchte sich taumelnd wieder aufzurichten. Es war fast wie eine neuerliche Lawine.

»Sophie!«, schrie er und stieß mit den Ellbogen alle von sich fort, die ihn niederhalten wollten.

Jemand ächzte. Ein Mann schrie vor Schmerz auf, als Max' Schlag ihn am Wangenknochen traf. Max wurde von einer Seite zur anderen gezerrt und konnte sich nicht richtig verteidigen. Ein halbes Dutzend kleinerer Jungen, zehn oder elf Jahre alt, die aussahen wie Straßendiebe, fielen jetzt über ihn her, doch auch sie hatten mit dem wogenden Gedränge zu kämpfen.

Erdrückende Angst überkam ihn – war der Hai hier? Er schaute sich verzweifelt um, doch von dem jungen Mann mit der markanten Mundpartie war nichts zu sehen.

Leute schwankten und stürzten. Max sah, wie Sophie einen Mann, der doppelt so schwer war wie sie, zu Boden warf. Es war ein regelrechter Nahkampf. Sophies Blick flog über die wirbelnde Menge, suchte ihn. Doch ehe sie etwas sagen konnte, legte sich von hinten ein Arm um ihren Hals. Sie zappelte und verschwand aus seinem Blickfeld, während er einen wütenden Schrei ausstieß. Max hatte nicht bemerkt, dass plötzlich eine andere Art von Unruhe Besitz von der Menge ergriff. Ein Wogen ging durch sie hindurch wie eine Schockwelle. Stimmen erhoben sich protestierend und verstummten wieder. Max duckte sich unter das Meer aus Beinen und kroch in Sophies Richtung. Die Jungen grapschten immer noch nach ihm, doch er wühlte sich weiter wie durchs Getümmel eines Rugbyspiels.

Fünf Meter weiter gelang es ihm endlich, sich an die Oberfläche zu stemmen. Menschen stießen einer an den anderen, als ein Hüne von Mann die Menge wie ein großes Schlachtschiff teilte: Abdullah. In seinem Gefolge wie zwei Zerstörer: die beiden Männer aus seinem Riad. Sie näherten sich geräuschlos, riefen keine Drohungen, sondern schritten wortlos durch die wogende Menge. Beide Männer trugen Laternen, wodurch es so aussah, als habe Abdullah zwei mächtige Flügel aus Licht am Rücken.

Ein Engel der Nacht.

»Abdullah!«, rief Sophie, und der massige Körper steuerte direkt auf sie zu.

Max war nur wenige Meter von ihr entfernt, doch Abdullah hatte schon mit einem stabil aussehenden Stock ausgeholt, und einer der Angreifer ging zu Boden. Abdullah und seine Lichtträger trampelten über ihn hinweg. Das gab vermutlich einige gebrochene Rippen, dachte Max. Die Jungen zerstreuten sich, als der zweite Angreifer törichterweise versuchte, die Hand gegen die unaufhaltsame Kraft dieses Hünen zu erheben. Ein Lichtträger neigte die Laterne über Abdullahs Schulter, der Mann schob unwillkürlich die Hände schützend vor die Augen, und schon krachte Abdullahs Faust wie ein Hammerschlag an seinen Kopf. Auch er sank zu Boden.

Max war fast im selben Augenblick bei Sophie angelangt wie Abdullah. Der große, kräftige Mann lächelte nicht, sondern gab nur einen kurzen Befehl.

»Wir müssen gehen!«, sagte er.

Er machte kehrt, Sophie und Max eilten ihm nach, und die Menge teilte sich wie das Rote Meer vor Moses. Fürs Erste waren sie gerettet.

Aber Max wusste jetzt, dass die Killer ihn gefunden hatten.

18

Angelo Farentino hatte einmal gewusst, was Mut ist. Mut war für ihn so selbstverständlich gewesen wie seine teuren Anzüge. Viele Jahre lang hatte er Menschen verteidigt und beschützt, die die ganze Welt bereisten und über Machenschaften berichteten, die eine Gefahr für die Umwelt darstellten.

Und dann war er eines Nachts aufgewacht – voller Angst. Er konnte die Demütigungen und Drohungen dieser Zerstörer nicht mehr ertragen. Und dann kam die Erkenntnis, wie er überleben konnte, in Sicherheit und Wohlstand – er brauchte nur die zu verraten, die ihm bedingungslos vertrauten.

Wie bei einer schleichenden Krankheit war die Saat des Verrats schon vor Monaten, vielleicht vor Jahren aufgegangen. Der Auslöser war, wie er später begriff, Schmerz gewesen, nagende Eifersucht. Dass ihm etwas versagt blieb, das er nicht haben konnte. Eine Frau. Sein Zorn hatte ihm, wie ein klauenbesetztes Ungeheuer, etwas aus dem Herzen gerissen. Und ihn dadurch geschwächt.

Zu seinem Mut hatte er nie zurückgefunden, aber sein Überlebenswille war intakt. Deswegen hatte er sich mit Tischenko gestritten. Nicht direkt gestritten, genau genommen hatte er ihn angefleht. Denn was Tischenko von Farentino verlangte, konnte ihn das Leben kosten.

»Sie wollen, dass ich nach England fahre und mit Tom Gordon spreche?«

Tischenko hatte keine Lippen, die hatte ihm in seiner Kindheit ein Blitz weggebrannt, doch die Öffnung, die sein Mund war, weitete sich zu einem Grinsen. »Wir wissen, wo er ist. Und sein Geist ist so zerbrechlich wie ein Drachen bei Sturm, das wissen wir auch.«

Farentino nippte an dem Drink, den Tischenko ihm in die Hand gedrückt hatte. Trinkend zuzuhören erlaubte es ihm, den Blick so oft wie möglich abzuwenden. Für einen Menschen, der die Kunst und die Schönheit so sehr verehrte wie er, war Tischenkos groteskes Äußeres eine Beleidigung fürs Auge.

Tischenko nahm sein Getränk durch einen Strohhalm zu sich. »Seinen Sohn, diesen Max, kennst du ja. Der ist in eine ziemlich große Sache hineingeraten. Er ist meinen Leuten entwischt und hat Informationen gesammelt, die mir schaden könnten, wenn jemand genug Grips und Wissen hätte, sich die mal genauer anzusehen«, sagte er ruhig.

Farentino hatte Tom Gordon in Afrika töten lassen wollen, und schon bei diesem Anschlagsversuch war ihm Max in die Quere gekommen. Er kannte den Jungen ganz genau. Er wusste, wie verdammt eigensinnig der sein konnte.

»Wieso hat denn Max Gordon überhaupt damit zu tun?«, fragte er jetzt.

»Ich bin mir nicht sicher, ob er bloß zufällig über die Information gestolpert ist, die ich brauche, oder ob sein Vater etwas damit zu tun hat.«

»Tom Gordon würde seinen Sohn niemals absichtlich einer Gefahr aussetzen. Das ist lächerlich«, protestierte Farentino.

»Es hat aber Kontakte zwischen Vater und Sohn gegeben. Wenn Tom Gordon etwas über meine Pläne weiß, könnte er mir Schwierigkeiten machen. Er könnte alles vereiteln. Ich lasse mir aber bei meinem Vorhaben weder von einem Teenager noch von einem Mann, der den Verstand verloren hat, einen Strich durch die Rechnung machen.«

»Und ich soll bei Tom Gordon reinmarschieren und ihn fragen, ob er etwas damit zu tun hat? Der würde mich umbringen. Auf der Stelle. Der würde mich glatt töten!«

Tischenko sah zu, wie hinter den Alpen die Sonne aufging. Der feurige Ball schleuderte Lichtspeere zwischen den schroffen Bergspitzen hindurch. Dieser Feuerball schenkte Leben, doch er würde bis zur Bedeutungslosigkeit verblassen, wenn er, Tischenko, mit seinen Plänen Erfolg hatte.

»Tom Gordon weiß die meiste Zeit nicht einmal, wer er ist. Seine Erinnerung ist stark lückenhaft. Aber wenn er eine Untersuchung in Gang gesetzt hat und seinen Sohn als inoffizielle Informationsquelle benutzt, hieße das, er wäre im Vollbesitz seiner geistigen Kräfte – zumindest was die neuesten Ereignisse betrifft. Es ist mir egal, wie Sie das machen, Farentino. Fahren Sie hin, sprechen Sie mit ihm. Überzeugen Sie ihn davon, dass Sie immer noch sein Freund sind.«

Tischenko drehte sich um und sah den bedrückten Farentino an. Sein entstelltes Gesicht lächelte schief.

»Und dann können Sie wieder den Verrat genießen.«

Nach einer Stunde Fahrt war Abdullah an einem Berghang in ein enges Tal eingebogen. Die Dunkelheit hüllte den Landrover ein. Er wollte sichergehen, dass sie nicht verfolgt wurden. Wenn die Kunde von ihrer Flucht erst aus der Stadt herausgedrungen war, konnten sie in einen Hinterhalt geraten. Überleben hieß, Vorsicht walten zu lassen. Außerdem war es dem Freund von Sophie schlecht. Abdullah hatte zweimal angehalten, damit der Junge sich übergeben konnte. Die Übelkeit rührte wohl von dem Affenbiss her. Jetzt schlief Max tief und fest, sein Gesicht mit Schweißtropfen bedeckt. Abdullah wollte nicht zu viel Zeit verlieren – der Junge musste medizinisch versorgt werden.

Während Max schlief, kletterte Sophie auf den Rücksitz und benutzte den Verbandskasten aus dem Auto, um die Wunde an Max' Arm zu säubern und zu verbinden. Die nächtliche Kühle der Wüste lag noch in dem Landrover, und so zog sie einen Teppich über Max und sich. Abdullah und sein Mann würden auf der Hut bleiben.

Als es Tag wurde, fühlte sich Max ein wenig besser. Er hatte sich fast die ganze Nacht hindurch nicht bewegt. Die Aufregung der letzten Wochen war dafür verantwortlich, dass sich die Bisswunde so schnell entzündet hatte, das war klar. Die Lymphdrüsen an seinem Hals und unter dem Arm waren geschwollen und seine Bauchmuskeln taten immer noch weh, aber wenigstens die Benommenheit war verschwunden. Sein Arm war jedoch steif und fühlte sich taub an. Er betrachtete den Verband und erkannte, dass Sophie ihn versorgt hatte. Sie lag mit dem Kopf an ihn gelehnt und schlief noch. Max trank in großen Schlucken aus der Wasserflasche, die Abdullahs Mann ihm anbot. Das Erbrechen hatte ihn ausgetrocknet und da es ein heißer Tag werden würde, brauchte er Flüssigkeit im Augenblick noch dringender als feste Nahrung.

Sophie regte sich. Unsicher, was er machen sollte, beschloss Max, sie nicht zu wecken.

Als die aufgehende Sonne ihr Licht über die Landschaft aussandte, überraschten Max die Schönheit und Üppigkeit der Berge und Täler. In westlicher und in südöstlicher Richtung breitete sich bis zum Horizont eine mit Steinen übersäte Wüste aus – eine schimmernde Warnung, dass raueres Territorium nicht weit entfernt war.

Der Landrover erklomm mit sicherem Halt den unbefestigten Weg durch die wild zerklüfteten Berge mit ihren schneebedeckten Gipfeln.

Plötzlich geriet der Allradwagen in eine tiefe Furche, machte einen Satz und kam wieder ins Gleichgewicht. Im Nu war Sophie hellwach. Sie sah Max an, schaute durch die Windschutzscheibe und befeuchtete sich die trockenen Lippen. Max reichte ihr die Wasserflasche. Sophie trank gierig daraus und gab sie ihm zurück.

»Alles in Ordnung mit dir?«, fragte sie.

Er nickte. »Danke, dass du meinen Arm verbunden hast.«

Sophie zuckte mit den Achseln. »Es musste gemacht werden. Mein Vater wird sich das genauer ansehen. Er kennt sich mit solchen Sachen aus.«

»Wahrscheinlich gibt es kein Tier auf Gottes Erde, das Laurent Fauvre nicht gebissen hat«, sagte Abdullah.

Max sah seinen Augen im Rückspiegel an, dass er lächelte.

»Und vermutlich sind sie alle an Blutvergiftung gestorben«, ergänzte Sophie und fuhr sich mit den Fingern durchs Haar.

»Sophie, mach dich nicht über deinen Vater lustig. Erweis ihm ein bisschen mehr Respekt, ja? Er hat es schwer genug in seinem Leben«, sagte Abdullah sanft.

»Und die anderen mit ihm auch«, entgegnete sie, an niemanden speziell gerichtet.

Abdullah zuckte mit den Achseln. Er wusste von den Reibereien zwischen Vater und Tochter. Max spürte die Spannung geradezu. Sophie und ihr Dad hatten Probleme, das war nicht zu übersehen. Worauf ließ er sich hier ein?

»Ist es noch weit?«, fragte er.

Sophie deutete mit dem Kopf nach vorn.

»Da ist es.«

Max spähte durch die staubverschmierte Windschutzscheibe.

Das schwache Morgenlicht verzerrte die Konturen. Auf der hinteren Seite des kahlen Tals lag etwas, das wie Reihen behauener Sandsteinblöcke aussah, starr nebeneinanderstehend wie Dominosteine. Sie hoben sich kaum von den dahinter aufragenden Bergen ab, die mit ihren zerklüfteten Rändern Licht und Schatten über die raue Landschaft streuten.

Als Max genauer hinschaute, sah er die Spitzen von Dattelpalmen und für einen kurzen Augenblick einen glitzernden Widerschein, als die Sonne einen schmalen Wasserfall an einem der Hänge aufblitzen ließ.

»Sieht aus wie eine Stadt«, sagte Max.

»Du hast Recht. Sie heißt Les Larmes des Anges«, erklärte Abdullah. »Früher war das einmal das stärkste Bollwerk der Berber in diesen Bergen. Als wir gegen die Franzosen kämpften, haben sie dann die Festung über Jahre gehalten – ich rede hier von der Zeit zwischen den Weltkriegen, von den Zwanzigerjahren. In dieser Gegend gab es damals schwere Kämpfe. Keine Seite dachte daran, sich zu ergeben. Das ist die einzige von einer Mauer umringte Stadt hier. Während des letzten Kampfes fegte ein Gewitter über den Berg. Die Regentropfen leuchteten in den letzten Sonnenstrahlen hell auf. *Les Larmes des Anges – die Tränen der Engel.* Die haben die Verteidiger geblendet. Die Franzosen aus der Garnison sind an Ort und Stelle gestorben. Und noch heute sagt man, wenn der Wind von den Bergen herunterkommt, könne man die Schreie der Sterbenden hören.«

Der Geländewagen ließ eine Staubfahne hinter sich, als Abdullah mit beschleunigtem Tempo auf die alte Stadt zufuhr. Ihre Mauern mussten dreißig, vierzig Meter hoch sein. Die Flügel eines riesigen schmiedeeisernen Tores öffneten sich, als der Geländewagen näher kam. Max fragte sich, was ihn wohl erwartete, als sie unter dem Torbogen hindurch in die Stadt hineinrollten, die die Franzosen *Engelstränen* genannt hatten.

Genau genommen war von der Stadt nicht mehr viel übrig; sie bestand zum größten Teil aus Befestigungsmauern und vereinzelten anderen Bauwerken. Das ganze Innere erinnerte an einen riesigen Zoo. Große ausgehobene Erdlöcher, manche davon mit Wasser gefüllt, dienten als Tränken. Andere bildeten natürliche Einfriedungen für die verschiedensten Tiere. Die Mauern waren mindestens fünf Meter dick und erstreckten sich, so weit Max' Auge reichte, bis sie schließlich an die dünnen Ausläufer der Berge stießen, die die alte Festungsstadt beinahe berührten.

Auf einer Seite der Stadtmauer erkannte Max höhlenartige Öffnungen, darunter so etwas wie tiefe Krater. Er drehte sich auf seinem Sitz so weit es ging nach hinten und erhaschte einen Blick auf orangegelbe und dunkle Streifen. Ein Tiger kletterte gerade seelenruhig an einem Baumstamm hinauf, der an der Felswand lehnte und ihm so einen bequemen Zugang zu seiner Lagerstatt bot. Fell und Muskeln des Tiers schimmerten, als die Großkatze, die eine tote Ziege im Maul trug, die letzten Meter springend überwand und in der Dunkelheit ihrer Höhle verschwand. Noch Respekt gebietender war allerdings der zweite Tiger, der das Geschehen verfolgte. Ein großes Männchen, das auf einem Felsvorsprung lagerte, ohne vom Tun des Weibchens groß Notiz zu nehmen. Das massige Tier mit dem großen Kopf richtete seine Aufmerksamkeit vielmehr auf Max. Bernsteingelbe Augen folgten ihm reglos und wachsam zugleich.

»Habt ihr den Tiger gesehen?«, sprudelte Max heraus. »Der war ja riesig. Was ist das hier? Das sieht ja fast so aus wie ein Safaripark.«

Abdullah steuerte den Geländewagen um einen Kraterrand

herum. Von Menschen errichtete Hindernisse wie bei einem Hindernisparcours, vermischt mit Felsblöcken und abgestorbenen Bäumen, waren darin zu erkennen – der perfekte Lebensraum für Affen.

»Das ist der beste Ausdruck dafür, Mister Gordon«, sagte Abdullah und steuerte den Wagen auf ein offeneres Gebiet zu, wo ein riesiges Eisengerüst in den Himmel ragte. »Diese tiefen Löcher, das sind Bombenkrater. Die sind für viele Tiere hier einfach perfekt. Schließlich gehören etliche zu den geschützten und bedrohten Arten. Durch einen glücklichen Umstand haben Krieg und Zerstörung diesen Tieren einen neuen Lebensraum eröffnet. Die Stadt wurde dem Erdboden gleichgemacht, die Mauern konnten sie aber nicht niederreißen. Sophies Vater hat das Wasser aus den Bergen umgeleitet und auf diese Weise natürliche Wasserstellen geschaffen. Hier sind die Tiere so weit geschützt und in Sicherheit, wie nur irgend möglich. Ah, da ist ja Laurent.«

Im Schutz der Mauern war es schon heiß. Max stieg aus dem Wagen aus. Sie hatten vor dem Eisengerüst gehalten, das wie eine Trapezplattform gebaut war, die in großer Höhe über einen der Krater ragte. Die Stahlträger erhoben sich fünfundzwanzig Meter oder mehr in die Höhe, und Max schaute gebannt zu der Gestalt, die sich, an eine Trapezstange geklammert, über den freien Raum schwang.

Es war kein junger Mann, der dort über ihnen hing – das Sonnenlicht fing sich in seinem grauen Haar. Doch trotz seines Alters zeichneten sich durch seinen Gymnastikanzug hindurch deutlich die kräftigen Muskeln seines Oberkörpers ab. Ein junger Araber in kurzer weißer Hose und T-Shirt stand auf der gegenüberliegenden Plattform und schwenkte eine zweite Trapezstange über den Abgrund. Max sah, wie sich der Bizeps des

Mannes vor Anstrengung spannte, als er Absprungstellung einnahm, seinen Körper verdrehte und mitten in der Luft losließ.

Einen Augenblick lang hing er reglos in der Luft. Wenn er sich nicht rechtzeitig umdrehte, würde er das ihm entgegenschwebende Trapez verfehlen. Der Mann warf sich herum und seine Hände bekamen die auf ihn zuschwingende Stange genau im richtigen Moment zu fassen. Mit geübter Leichtigkeit schwang er sich zu dem Jungen hinüber, der das Trapez festhielt.

Laurent Fauvre saß auf der Plattform, bestäubte sich die Hände mit Talkumpuder, ergriff ein Seil und ließ sich zum Fundament des Gerüsts herabgleiten.

Abdullah stupste Max an und deutete mit dem Kopf zum Fuß des Trapezes, einem ausgehöhlten Krater wie die anderen, jedoch mit scharfkantigen Steinen gefüllt.

»Kein Sicherheitsnetz«, flüsterte er. »Wenn er stürzt, stirbt er.«

Max folgte Abdullah, der sich zu dem Gerüst aufmachte. Schlimm genug, dass Laurent Fauvre jedes Mal, wenn er sich aufs Trapez schwang, sein Leben riskierte, doch jetzt sah Max auch noch, dass er sich vom Seil in einen Rollstuhl herabließ.

Fauvre tupfte sich das Gesicht mit einem Handtuch ab, das er sich dann um die Schultern schlang. Abdullah beugte sich vor, küsste seinem Freund die Wangen, schüttelte ihm die Hand und hielt sie einen Augenblick freundschaftlich fest.

»Allah, der Barmherzige, gewährt dir seinen Schutz, mein Freund«, sagte er.

»Offenbar hast du ein gutes Wort für mich eingelegt.« Der Franzose grinste breit.

Laurent Fauvre sah zu Sophie herüber. Max hielt sich zurück. Sophies Vater hatte bereits in seine Richtung geblickt, ihn aber wohl als unwichtig eingestuft.

»Sophie«, sagte Fauvre jetzt, und die Liebe, die er für seine Tochter empfand, war nicht zu übersehen. Die in sein ledriges Gesicht eingegrabenen Falten verzogen sich zu einem Lächeln. Sophie küsste ihn.

»Papa.«

Sie lächelte, aber Max sah, dass es nicht echt war. Und Fauvre spürte es auch. Ein Schatten von Traurigkeit umwölkte sein Gesicht, zog aber so schnell vorüber, wie er gekommen war. Er nickte.

»Gott sei Dank bist du in Sicherheit«, sagte er. »Du bereitest mir mehr Sorgen als die Tiere hier, um die ich mich kümmere.«

»Nicht, bitte, Papa«, sagte Sophie leise.

Ihr Vater wollte schon weitersprechen, überlegte es sich aber anders. Er sah Max an.

»Und das ist der Junge, der dir geholfen hat?« Laurent Fauvre streckte Max die Hand entgegen, sein Griff war fest, aber ohne jede übertriebene Demonstration von Stärke.

»Sei mir willkommen.«

»Vielen Dank, Monsieur Fauvre. Ich glaube allerdings, jetzt bin ich es, der Ihre Hilfe benötigt.«

Fauvre nickte, ließ seinen Blick noch einen Moment auf Max ruhen und drückte dann auf diverse Knöpfe an seinem Rollstuhl.

»Wenn ihr euch eingerichtet habt, frühstücken wir. Abdullah, lass uns reden. Sophie, zeig dem jungen Herrn Gordon sein Zimmer.«

Der Rollstuhl schnurrte davon, und erst da fiel Max auf, dass sich ein Fahrweg rings um die Tierpferche schlängelte. Laurent

Fauvre konnte in seiner ummauerten Stadt fahren, wohin er wollte.

Max sah ihm nach. Als Fauvre und Abdullah einen Eisenkäfig passierten, der eine oberhalb einer Rinne errichtete Plattform umschloss, sprang ein Löwenmännchen gegen das Gitter. Bei seinem zähnebleckenden, tiefen Knurren fingen die Affen erschreckt zu schreien an und Abdullah machte, eine Hand auf der Brust, einen Satz rückwärts. Fauvre war bei dem Überraschungsangriff nicht einmal zusammengezuckt.

»Lass das sein! Du hast Abdullah erschreckt!«, fuhr er den Löwen an. Dann griff er durch die Stäbe und kraulte sein Kinn. Der Löwe ließ sich stöhnend auf den Bauch plumpsen wie eine Hauskatze, die sich über ein wenig Aufmerksamkeit freut.

Eine Autotür schlug zu. Max drehte sich um. Sophie hatte ihre Rucksäcke geholt.

»Versuch so etwas gar nicht erst. Dieser Löwe ist ein Killer. Das sind alle Großkatzen hier, bloß will mein Vater das nicht glauben. Eines Tages werden sie ihn sich holen. Und jetzt komm, ich zeig dir dein Zelt.«

Max nahm seinen Rucksack und folgte ihr. Er würde jetzt in einem Zelt schlafen? Da wollte er mal hoffen, dass Laurent Fauvre die Katzen nicht über Nacht herausließ, wie man es mit Stubentigern zu Hause in England machte.

Max betrachtete die alten Befestigungsanlagen. Es würde einige Stunden dauern, dieses Heiligtum zu erkunden. Und wer töricht genug war, hier uneingeladen einzudringen, konnte als Frühstück für mindestens ein Dutzend wilder Tiere enden. Ein *Vorsicht-bissiger-Hund*-Schild am Eingang wäre hier unangebracht, *Vorsicht, bissige Katze* käme schon eher hin.

Max wollte sich den Rest des Tages ein wenig ausruhen und

dann später Laurent Fauvre befragen. Hinter diesen mächtigen Mauern fühlte er sich zum ersten Mal seit Ewigkeiten sicher. Einer nach dem anderen schossen ihm jetzt die Gedanken durch den Kopf. Ihm wurde klar, dass die Freundschaft und die geschäftliche Verbindung zwischen Zabala und Laurent Fauvre das alles entscheidende Bindeglied bei diesem Rätsel war. Als Max das gezeichnete Dreieck auf den Atlas gelegt hatte, war es, als wiese die längere Seite ihm den Weg zu diesem verlassenen Ort. Zabala hätte den Erben seines Geheimnisses bestimmt nicht ohne Grund hier ans Ende der Welt geführt. Es musste *dieses* Ende der Welt sein. Und Max hoffte, Laurent Fauvre war der Grund.

Hinter einem verfallenen Teil der Stadt hatte man über die Jahre Gärten angelegt, in denen nach maurischer Tradition Wasser plätscherte, was der Anlage etwas Heiteres verlieh. Hier standen im Schatten von Palmengruppen drei oder vier Zelte. Max ließ den Anblick auf sich wirken. Es war eine richtige Oase. Mit den Zelten von Rucksacktouristen hatte das nichts zu tun. Das waren Beduinenzelte, kleinen Zirkuszelten vergleichbar … Nichts Luxuriöses, aber die diversen Stoffschichten, das spitze Dach, die Teppiche auf dem Boden – das alles erinnerte ein bisschen an *Lawrence von Arabien.* Fehlten bloß noch ein Kamel und ein …

Ein heftiges Schnaufen brachte Max' Träumereien zu einem abrupten Ende. Er drehte sich um. Keine zehn Meter entfernt stand hinter einem Dornbusch ein Kamel und streckte ihm seine spuckeglänzende Zunge entgegen. Max wollte das Kompliment schon erwidern, als Sophie den Eingang eines Zeltes zurückschlug.

»Das ist deins, Max.«

Er trat ein. Das Berberzelt war aus Kamelhaar, Ziegenwolle und Leinwand gemacht, und wie in den anderen Zelten lagen auch hier handgewebte Teppiche, baumwollene Kissen und Sitzpolster über den Boden verstreut. Die Kühle im Innern war sofort zu spüren. Max ließ seinen Rucksack aufs Bett fallen.

»Es ist einfach, aber ich hoffe, du fühlst dich wohl. Zur Toilette und Dusche geht's hier durch. Mein Vater hat nicht viele Angestellte und die sind vor allem fürs Füttern und für die Versorgung der Tiere zuständig, du musst also jemanden bitten, wenn du etwas gewaschen haben möchtest.«

»Das ist Luxus, verglichen mit den Zelten, in denen ich normalerweise schlafe«, sagte Max. »Und ich brauche kein Waschzeug, danke.«

»Gut.«

Sophie stand ziemlich dicht vor ihm und streckte die Hand aus, um ihm die Haare aus dem Gesicht zu streichen. Instinktiv zog Max den Kopf zurück. Was machte sie da?

Sophie seufzte. »Herrgott, Max. Sei nicht kindisch.« Sie legte ihm die flache Hand auf die Stirn. »Du hast immer noch leichtes Fieber. Ich sag's Papa.«

»Mach keine Umstände. Ich komm schon wieder in Ordnung.«

Max wandte sich ab, weil ihm plötzlich ganz heiß wurde und sein Herz schneller zu schlagen begann. Er fühlte sich wirklich krank, aber was er jetzt fühlte, hatte mit Fieber nichts zu tun. Er packte seine Sachen zum Wechseln aus. Die Angestellten im Riad hatten alles gewaschen und gebügelt. Eins anziehen, das andere in der Zwischenzeit waschen, das war Max' Devise. Es war Zeit, wieder Shorts und Hemd anzuziehen. Zeit für Small Talk.

»Hast du auch ein eigenes Zelt?« Er bereute die Worte bereits, kaum dass sie ihm über die Lippen gekommen waren. Es hörte sich an, als wolle er sich selber einladen.

Sophie zog eine Augenbraue hoch und lächelte. »Ich hab ein Zimmer in einem der alten Häuser. Ich brauch ein bisschen mehr Beständigkeit, als ein Zelt sie vermittelt.«

Jetzt stand sie wieder dicht vor ihm. Max bemühte sich, ein ernstes, konzentriertes Gesicht zu machen. Er musste seine Shorts unbedingt auf dem Bett ausbreiten. Sophie berührte ihn an der Schulter.

Tapfer lächeln, Max! Cool! Lass dich nicht nervös machen. Sie ist bloß ein Mädchen.

»Was ist das?«, fragte Sophie und berührte den Anhänger.

Wie eine Raubkatze, die von einem Napf mit Fressen angelockt wird, den ein freundlicher Mensch ihr anbietet, war Max weiter auf der Hut. Wenn das Raubtier fraß, dann trotzdem mit einem wachsamen Auge auf die Person, die ihr das Futter gab, immer auf dem Sprung, einer eventuellen Falle zu entgehen. Max spürte die Gefahr, es lief ihm kalt den Rücken herunter.

»Den hab ich unterwegs gekriegt. Ein Freund hat ihn mir geschenkt«, sagte er so beiläufig wie möglich.

»Aber der ist sehr ungewöhnlich«, sagte Sophie und ließ den Anhänger nicht aus den Augen. Sie hatte ihn sich schon ansehen wollen, als Max im Geländewagen schlief, aber da war er unter Max' Gewand gerutscht.

»Ach, das ist bestimmt nichts Besonderes.« Max versuchte zu bluffen.

»Darf ich mal sehen?«

»Klar.« Er nestelte an dem Band herum, doch der Schweiß hatte den Knoten fester zusammenkleben lassen. Max bekam ihn nicht auf und konnte die Kette nicht über den Kopf ziehen. »Tja, anscheinend doch nicht.«

»Schon gut. Ich war bloß neugierig.« Sophie sah Max mit einem Lächeln an, mit dem sie einen Affen vom Baum hätte locken können.

Aber Max ließ sich davon nicht beeindrucken.

»Bis nachher draußen, wenn du fertig bist. Papa sieht sich deinen Arm an und dann können wir essen«, sagte sie.

Die Zeltklappe fiel zu und Max war allein. Als er seinen Arm beugte, kroch ihm der Schmerz in die Schulter. Die Übelkeit war immer noch da, aber die konnte er sicher überwinden. Musste er ja auch. Auf einmal kam ihm dieser sichere Ort wie ein Käfig vor.

»Genäht zu werden braucht es nicht«, sagte Fauvre, als er den Affenbiss an Max' Arm auswusch. Die Wunde sah schlimm aus, bläuliche Fäden rankten sich wie Adern unterhalb der Haut zur Schulter hinauf.

Fauvre trug jetzt ein locker sitzendes weißes Hemd und seine verhutzelten Beine waren von einer weißen Hose bedeckt. Mit den Sachen sah er aus wie ein Arzt, dachte Max, aber besonders tröstlich war der Gedanke nicht.

»Tut's weh?«, fragte Fauvre, als er die Wunde dehnte.

»Ein bisschen«, sagte Max. Die tastenden Finger und das brennende Antiseptikum, dieses Ziehen und Drücken konnten langsam mal aufhören.

»Die Entzündung steckt noch drin, du hast eine leichte Blutvergiftung. Möglicherweise breitet die sich noch weiter aus. Ich kann das nicht mit Sicherheit sagen, es sind die roten Linien, die hier deinen Arm hinaufgehen. Wann hast du deine letzte Tetanusimpfung bekommen?«

»Vor ein paar Jahren, glaub ich.«

»Gut. Dann Tetanus und Penizillin für dich. Und ich geb dir

auch noch eine Multivitaminspritze. Die baut dich wieder auf. Diese Spritzen sind wesentlich unangenehmer als die anderen, sie fühlen sich an, als würde einem Suppe injiziert. Ich hasse sie, aber ich geb mir ab und zu selber eine.«

»Dann nehme ich lieber eine Tablette.«

Sie waren in einem kleinen Untersuchungszimmer, in dem Fauvre sonst wahrscheinlich seine Tiere behandelte. Fauvre drehte sich mit dem Rollstuhl zur Seite und griff nach einem kleinen Kühlschrank. Die Schränke, fiel Max jetzt auf, waren alle ziemlich niedrig angebracht, um dem behinderten Mann sein Leben etwas zu erleichtern.

»Natürlich würdest du lieber eine Tablette nehmen. Das ist die einfache Variante, aber unter diesen Umständen ungefähr so nützlich, wie ein Bonbon zu lutschen. Außerdem macht Tabletten austeilen viel weniger Spaß«, sagte Fauvre lächelnd. »Wenigstens mir.«

Er entnahm dem Kühlschrank zwei kleine Glasflaschen mit Arznei und zog das Serum auf Spritzen auf.

»Tierbisse und -wunden können die Hölle sein«, sagte er und stach die Nadeln ohne weitere Vorwarnung in Max' Arm.

Max zuckte zusammen. Er hasste Spritzen, und die hier waren mit weniger Feingefühl gesetzt als bei einem Tierarzt, der eine Kuh impfte.

Fauvre ahnte wohl, was Max gerade dachte.

»Nette Krankenschwestern gibt's hier leider nicht, sondern nur mich. Und ich kann nicht besonders gut mit Kranken umgehen.«

Er räumte die benutzten Instrumente weg.

»Schon gut. So schlimm war's nicht. Vielen Dank.«

Fauvre lächelte amüsiert. »Du lügst sehr gut, Max. Es hat ganz schön wehgetan, die Spritzen haben sich angefühlt wie

Schlangenbisse, und ich hab ungefähr so viel Feingefühl wie ein Elefant.«

»Sie retten immerhin bedrohte Tiere. So schlimm können Sie also nicht sein, Monsieur Fauvre.«

»Meine Tochter sieht das aber nicht so. Du kannst Laurent zu mir sagen. Das hast du dir verdient. Kannst du Auto fahren?«

»Ja«, erwiderte Max.

»Dann bist du heute Vormittag mein Chauffeur, junger Mann.« Fauvre zückte noch eine Spritze.

»Was ist das?«, fragte Max.

»Du dachtest wohl, wir sind schon fertig? Nein, nein. Das ist die Suppe. Und Multivitaminpräparate kommen ...«

Er zeigte auf Max' Hintern. »Zieh mal die Shorts runter und denk an England.«

Max ließ sich langsam auf den Fahrersitz des Golfbuggys sinken. Die letzte Spritze fühlte sich an, als ob Fauvre mit einem Schraubenzieher in ihm herumgebohrt hätte.

»Wir gehen ein paar Tiere füttern. Also, los«, sagte Fauvre und wies Max die Richtung.

»Wir« hieß offenbar, dass die Angestellten die Tiere fütterten, begriff Max. Vielleicht war es dieser autokratische Zug, der Sophie an ihrem Vater so missfiel.

Das Dach des Golfbuggys schützte Max vor der heißen Sonne. Fauvre zeigte die Richtung an, und Max drückte aufs Gaspedal. *Immer locker bleiben, lass dir Zeit, sieh dich um, verschaff dir einen Überblick.* Entdeckte er hier etwas, das ihm erklärte, warum Zabala ihn an diesen Ort geschickt hatte? Max ließ den Blick über dieses Durcheinander von Ruinen schweifen. Ihm war klar, dass er nicht nur nach irgendwelchen weiteren Hinweisen suchte, ihn beschäftigte auch, wie er von hier fortkommen konnte, falls sich etwas Schlimmes ereignete.

In den Felswänden um die alte Stadt schienen eine ganze Menge Höhlen zu sein. Die Großkatzen schliefen vermutlich alle, aber es gab wohl auch viele kleinere Tiere, die einerseits dort Schlafplätze fanden und andererseits Platz zum Umherstreifen brauchten, wenn sie sich hinauswagten und in die Krater am Erdboden hinabstiegen. Am entfernten Rand der Stadt erhob sich – Max hatte das vor dem felsigen Hintergrund anfangs gar nicht bemerkt – eine große Voliere, die wegen der unregelmäßigen Form des Netzes fast nicht zu erkennen war. Das Netz hob und senkte sich, von stützenden Pfosten mal in die, mal in die Richtung gespannt, sodass die Vögel sich darin fast wie in freier Wildbahn bewegen konnten.

Das könnte ein möglicher Fluchtweg sein: An diesem Netz hinaufklettern, sich an den Wänden anklammern und auf der anderen Seite wieder heruntersteigen. Wie man in der Wüste überlebt, wusste Max ja.

»Du stellst gar keine Fragen«, sagte Fauvre.

»Ich versuch mich erst mal zu orientieren.«

»Wie eine meiner großen Katzen, die einen Weg aus ihrem Pferch sucht.« Fauvre lächelte. Er wollte den Jungen beruhigen. In Sachen Max Gordon mussten Entscheidungen getroffen werden. »Hier bist du in Sicherheit. Du hast meiner Tochter das Leben gerettet. Ich stehe in deiner Schuld.«

»Sie hat mir genauso geholfen. Was mich betrifft, gibt es keine Schuld, Sir. Ich meine, Laurent.«

Fauvre nickte. Das war eine gute Antwort. Eine respektvolle. Der Junge hatte Köpfchen und wusste, wann er es einzusetzen hatte. Er lächelte. »Die meisten Teenager, die ich kenne, sind entweder schlecht gelaunt und nuscheln wie ein verschnupftes

Kamel oder stellen endlos alberne Fragen, die nicht einmal eine Enzyklopädie beantworten könnte. Du tust beides nicht.«

Max konnte es nicht leiden, wenn man von oben herab mit ihm sprach oder wenn er ohne richtigen Anlass so gelobt wurde, aber er war sich nicht sicher, ob das hier bei Fauvre zutraf. Ihm kam es eher so vor, als ob Sophies Vater nicht viel Erfahrung mit Teenagern hatte, und das, obwohl seine Tochter selber einer war.

Max musste das Thema wechseln! Mehr herausfinden.

»Wie lange leben Sie schon hier?«, fragte er, den Blick weiter über den kurvigen Weg auf das Ziel gerichtet, das Fauvre ihm angegeben hatte.

»Zu suchen angefangen hab ich vor fünfzehn, zwanzig Jahren. Ich habe den Cirque de Paris geleitet. Was mit den wilden Tieren geschieht, wusste ich damals schon und es hat mir damals schon zu schaffen gemacht.«

»Und Sie waren Trapezkünstler?«, fragte Max.

»Und der Zirkusdirektor mit meinen Großkatzen. Ich habe sie dressiert.« Fauvre stockte, Max schaute zu ihm hinüber. »Ich liebe diese Tiere«, murmelte Fauvre.

Max steuerte den Golfbuggy über die gewundenen Wege. Eine eingestürzte Mauer eröffnete den Zugang zu einer alten Arena. So riesig wie ein römisches Amphitheater war sie zwar nicht, doch die rings um den freien Platz angeordneten Bauten hatten nach ihrem Zerfall künstliche Sitzreihen geschaffen, fast wie bei einer Tribüne im Stadion oder bei einer Zirkusmanege. Mit der roten, zusammengebackenen Erde und dem Sand sah das Rund aus wie ein aufgegebener Bauplatz. Verrostete Stahlträger lagen kreuz und quer auf der Erde oder lehnten an Gerüsten; manche lagen über alten Autos. Niedrige Mauerreste waren überall zu erkennen, und auf einem Drittel der Fläche standen Pfosten, zwischen denen Seile gespannt waren. Das Ganze erinnerte Max an ein Trainingsgelände für Nahkampfausbildung.

Durch ein Handzeichen gab Fauvre Max zu verstehen, er solle in den Schatten eines der Gebäude fahren.

Abdullah saß dort in einem Polstersessel unter einer Plane, die ihn vor der Hitze schützte, und trank aus einem großen Glas, in dem Pfefferminzzweige zwischen zerstoßenem Eis steckten. Er hatte eine Kühltasche neben sich stehen.

»*Bravo! Bravo! Ma petite princesse! Encore!*«, rief er und klatschte in die Hände.

Max hob eine Hand vor die Augen. Eine Staubwolke zeigte ihm, wo er hinschauen musste, als ein Schatten, eben noch nicht unterscheidbar von der dahinterliegenden Mauer, sich plötzlich zu regen begann. Es war Sophie. Sie sah aus wie eine Marathonläuferin in knappen Shorts, Tanktop und Laufschuhen. Erde und Sand klebten an ihrem verschwitzten Rücken – anscheinend trainierte sie schon eine ganze Weile. Sie trat an ein Ölfass, sprang auf einen alten Eselskarren, machte einen Salto in der Luft und rannte wild entschlossen auf eine Rostlaube von Auto zu. Max hörte sie stöhnen vor Anstrengung, als sie sich mit dem ganzen Körper über die Motorhaube warf, sich scheinbar gegen einen Stapel von Gerüstmaterial fallen lassen wollte, dann aber abdrehte, mit beiden Händen nach den Stangen griff und sich, ihren Schwung ausnutzend wie eine Turnerin, daran nach oben zog und einen Stahlträger packte. Wie ein Affe kletterte sie hinauf, Füße und Hände um den Träger gekrallt.

Zehn Meter weiter oben endete der Stahlträger. Ohne zu zögern, machte Sophie einen Salto in der Luft, und erst da sah Max, dass unter ihr ein kleiner Erdhügel lag. Nach fünf Metern landete Sophie auf den Beinen, sauste wieder los und rannte nach unten.

Unten angekommen, beugte sie sich nach vorn, die Hände auf den Knien, und pumpte sich die Lunge voll Luft. Schweiß lief ihr übers Gesicht und tröpfelte in den Sand. Max hatte die Augen nicht von ihr gelassen. Sophies schmale Gestalt ließ nichts von ihrer Kraft und ihrem Können ahnen. Fauvre sah ihn von der Seite an.

»Die jungen Frauen von heute sind so unabhängig. Halte dich von ihnen fern, das rate ich dir. Sie können dir großen Kummer bereiten.«

Wollte Fauvre ihn warnen? Max sagen, er solle sich von seiner Tochter fernhalten? Max wischte sich den Schweiß aus dem Gesicht.

»Alles in Ordnung mit dir?«, fragte Fauvre.

Max nickte.

»Dann fahr. Dort rüber.« Etwas Schneidendes lag in seiner Stimme.

Vielleicht, dachte Max, hatte der Mann auch eine dunklere Seite.

Max riss das Lenkrad herum. Er bereute jetzt, dass er nicht ehrlich gewesen war und Fauvre gesagt hatte, dass er sich zu krank fühlte, um auf Besichtigungstour zu gehen. Aber dann hätte er die unglaubliche Vorstellung verpasst, die Sophie gerade gegeben hatte.

Sie fuhren auf ein eingehegtes Gelände zu. Fauvre zeigte ihm verschiedene Höhlen und Gruben. Das Thema Tochter war jetzt abgelöst von seinem Lieblingsthema – seiner Liebe zu den Tieren.

»Die Jäger und Sammler sind besonders hinter den Großkatzen her. Wir retten viele davon und wildern sie auf der ganzen

Welt wieder aus. Ich hab hier schon Servale gehabt, Ozelots, Tiger, Geparden, Jaguare, Leoparden, aber auch Bären – die werden von den Gangstern, die sie verkaufen, sogar mit Vorliebe gefangen. Ich erzähle dir jetzt etwas, das nicht viele Leute wissen. Ein europäischer Monarch hat einem russischen Bauern einmal ein Vermögen dafür bezahlt, dass er den Dorfbären abschießen durfte, das ist erst ein paar Jahre her. Dieser Bär trank sehr gern Bier, lag dann auf dem Dorfplatz und schlief wie ein alter Mann. Und eines Tages kam dieser König, diese hochgestellte, mächtige Person, angefahren und erschoss ihn, einfach so. Er brauchte für seine Trophäensammlung eben noch einen Bären.«

Fauvre schloss für einen Augenblick die Augen, so als ob sich die Bilder in seinem Kopf ganz tief in seinem Herzen verankert hätten.

Max musste gleich an den Braunbär zurückdenken, der ihn auf dem Berg angegriffen hatte. Mit Ehrfurcht und Respekt erinnerte er sich an die Kraft und Wildheit dieses Tieres. Mehr noch – er spürte förmlich eine gewisse Affinität, war sich total im Klaren darüber, was ein solches Bärenleben bedeutete. Gerüche sind ein wunderbares Hilfsmittel beim Erinnern, und Max konnte fast noch den nassen Fellgeruch in seiner Kehle schmecken.

Fauvre seufzte. »Die Chinesen foltern Bären, wusstest du das? Sie halten sie in Bambuskäfigen, auf so engem Raum, dass sie sich nicht einmal umdrehen können. Barbarisch. Sie verwenden die Gallenblasen der Bären zu medizinischen Zwecken. Und wir nennen uns allen Ernstes die höchst entwickelte Spezies«, murmelte er zum Schluss.

Max sah dem Mann aufmerksam ins Gesicht. Es war verzerrt vor Empörung.

»Ich hab also diesen Platz hier gefunden. Hat mich zehn Jahre meines Lebens gekostet, ihn so zu gestalten, wie er heute ist.«

Max wusste nicht, wie aufdringlich er mit seinen Fragen sein durfte, aber wenn er bei diesem eigensinnigen Mann nicht ein bisschen penetranter wurde, würde er der Lösung von Zabalas Rätsel keinen Schritt näher kommen.

»Sitzen Sie schon immer im Rollstuhl?«, wandte er deshalb beherzt ein.

Die Frage trug Max einen scharfen Blick Fauvres ein. »Nein. Das verdanke ich einem Tiger. Meinem Lieblingstiger. Er heißt Aladfar.«

»Klingt arabisch«, sagte Max.

Fauvre nickte. »Das ist der Name eines Sterns. Er bedeutet *Klaue*. Aus der arabischen Astronomie. Kennst du dich mit Astronomie aus?«

Die Frage war für Max so, als bekäme er eine Spritze direkt in die Brust. Ein scharfer Schmerz, der ihn siedend heiß an seine Aufgabe erinnerte – die fehlenden Teile von Zabalas Rätsel zu finden. Und seinen Mörder.

Fauvre spielte also Spielchen mit ihm.

»Ich lese ein bisschen nebenbei«, sagte Max betont lässig. »Wie kam es denn zu dem Unfall?«

Fauvre ließ Max die ausweichende Frage durchgehen. »Er ist der vollkommene Tiger. Drei Meter lang, dreihundert Kilo schwer. Eines Tages beschloss er, mir zu zeigen, wer hier das Sagen hat. Er spielte mit mir wie eine Katze mit der Maus. Er warf mich um und stellte die Pfote auf meinen Rücken. Er hat mir das Rückgrat gebrochen.«

»Wurde er erschossen?«

»Aladfar!? Ich hätte den Mann eigenhändig getötet, der ihm

auch nur ein Haar gekrümmt hätte. Aladfar ist großartig – und jetzt verstehen wir uns wieder.«

Max nahm an, dass es sich bei Aladfar um den mächtigen Tiger handelte, den er bei seiner Ankunft in der Siedlung als Erstes gesehen hatte. Und anscheinend führte Fauvre ihn jetzt auch zu der Grube, in der das Tier lebte.

Wo war der Zusammenhang, nach dem Max suchte? Wann war Fauvre das erste Mal mit Zabala in Kontakt gekommen?

»War das die Zeit, als Sie mit Ihrer Familie hierhergekommen sind?«, fragte Max.

»Meine Tiere hier sind meine Familie«, erwiderte Fauvre ohne Emotion.

Die Offenheit dieser Antwort ließ Max verstummen. Dazu konnte man nicht mehr viel sagen. Kein Wunder, dass Sophie sich bei ihrem Vater fremd vorkam.

Auf Fauvres Handzeichen hin hielt Max an einem ummauerten Krater an. Zwei Männer standen neben einem Handkarren und luden einen mit altem Gemüse und Obst beladenen Korb ab.

Fauvre sagte etwas auf Arabisch zu ihnen und sie hielten inne. »Schau mal hinein«, sagte Fauvre und lehnte sich über das niedrige Geländer.

Das Fieber hatte Max so benommen gemacht, dass seine Beine zitterten. Er brauchte Schatten und Wasser, aber er wollte sich Fauvre gegenüber keine Schwäche anmerken lassen. Blinzelnd befreite er seine Wimpern von den Schweißtropfen und beugte sich vorsichtig vornüber. Die Wände des Kraters gingen fast senkrecht nach unten. Er sah aus wie die anderen Tiergruben auch. So, dachte Max, lebten vielleicht Bären, die in Gefangenschaft gehalten wurden. Jede Menge Platz, natürliches Wasser, ein Unterschlupf und Wärter, die ihnen Futter brachten.

Doch für den Augenblick sah er nur die Mauer auf der anderen Seite des Kraters, an der Gitterstäbe diese Grube von der nächsten trennten.

Der untere Teil der Mauer war ersetzt oder repariert worden und die Stangen verliefen dort über eine Länge von zwei, drei Metern. Max dämmerte, wo er sich befand: auf der anderen Seite der Tigergrube. Jenseits des Gitters lief der massige, hungrig aussehende Tiger hin und her und wollte das haben, was sich in dem Krater unterhalb von Max befand.

Und dann sah Max eine Bewegung vor der dunklen Mauerseite direkt unter sich, wohin das Sonnenlicht noch nicht gefallen war. Zwei Männer traten hervor und hoben flehend die Hände. Sie sahen schwach und ungepflegt aus. Wie lange mochten sie schon in der Grube stecken?

Max sah Fauvre an. Die ungerührte Miene machte ihm für einen Augenblick richtig Angst.

»Warum tun Sie das? Wer sind diese Männer?«

»Die sind hierhergekommen, um zu stehlen. Ich habe Kleintiere, die sind ein Vermögen wert. Diese Kreaturen dachten, sie kämen damit durch.«

»Sie wollen sie an den Tiger verfüttern?«, fragte Max ungläubig.

»*Die* glauben, sie sollen an Aladfar verfüttert werden. Wenn ich sie wieder freilasse, kriechen sie unter den Stein zurück, unter dem sie hervorgekrochen sind, und sagen den anderen, dass man bei uns nur einbrechen sollte, wenn man darauf vorbereitet ist, zu sterben.«

»Das ist sadistisch«, sagte Max.

»Es wäre sadistisch, wenn ich mich daran ergötzen würde. Das tue ich aber nicht. Ich bin hier praktisch ganz allein. Ich bekämpfe meine Feinde, wie ich es für richtig halte, mit allen

Mitteln, die mir zur Verfügung stehen. Und Angst ist die stärkste Waffe, die ich besitze.«

Fauvre nickte seinen Leuten zu und die kippten den Korb mit dem verfaulten Obst ab. Die Männer in der Grube grapschten nach den Abfällen. Bestimmt hatten sie schon einige Zeit nichts mehr gegessen.

Trotz aller widersprüchlichen Gefühle musste Max daran denken, dass Laurent Fauvre ein entscheidendes Bindeglied für die Entschlüsselung von Zabalas Geheimnis war. Er musste die notwendigen Informationen aus dem Mann herausholen, auch wenn das schwerer sein würde, als eigenhändig so einen Krater aus dem Gestein zu schaufeln. Max brauchte etwas, das Fauvres Panzer sprengte.

»Ist Ihre Frau hier gestorben?«

Das saß. Max sah, wie Fauvre die Zähne zusammenpresste. Seine Kinnlade klappte herunter, als habe er in eine Zitrone gebissen.

»Hat meine Tochter dir das etwa gesagt – meine Frau sei gestorben?«

Jetzt durfte sich Max seinen Schock nicht anmerken lassen! Fauvre schlug mit denselben Waffen zurück. Max nickte.

»Meine Tochter lebt in einer Fantasiewelt. Du darfst nicht alles glauben, was sie dir erzählt.«

Vertraue niemandem!, hallte die Stimme in Max' Kopf.

»Meine Frau ist mit einem anderen Mann durchgebrannt, als ich mir den Rücken gebrochen hatte. Ich lag hilflos da und sie lief davon. Das ist das Gesetz des Dschungels, Max. Die Natur gewinnt am Ende immer.«

»Und Ihr Sohn? Leitet er jetzt den Zirkus weiter?« Max griff nach jedem Strohhalm, der ihm half, die nagenden Zweifel in Bezug auf Sophie zu zerstreuen.

»Meine Tochter hegt einen tief sitzenden Zorn, weil ich einem wilden Tier vertraut habe und nur knapp mit dem Leben davongekommen bin. Sie gibt mir die Schuld an allem – sogar daran, dass ihre Mutter uns verlassen hat. Deshalb sucht sie die Gefahr und nebenbei noch jemanden, den sie lieben kann wie einen Bruder, jemanden, der sie beschützt. Vielleicht bist du ja dieser Mensch.«

Max zuckte zusammen.

»Dann ist Adrien tot?«

»Sophie ist zu Zabala gegangen, weil er Informationen über die Tierschmuggler besaß – und noch etwas, das wichtig war, aber ich weiß nicht, was. Wir haben uns gestritten, aber sie war entschlossen zu gehen. Sie hat mir in jedem Punkt widersprochen.« Fauvre stockte. »Willst du wirklich die ganze Wahrheit wissen?«

Max fühlte plötzlich Verzweiflung in sich aufsteigen. Die Wahrheit? Die tat immer weh.

Nach Fauvres Worten war er plötzlich am Boden zerstört, als habe er einen schweren Hieb einstecken müssen. Alles war Lüge. Ihm war, als würden ihm die Beine wegsacken. *Konzentrier dich! Wer sind diese verrückten Leute? Gib nicht auf!* Er bezwang die Übelkeit, wischte sich den Schweiß aus den Augen und stützte sich an der Mauer ab. Wenn Fauvre wusste, wie angeschlagen Sophie emotional war, traute er ihr dann noch Schlimmeres zu? Konnte sie Zabala umgebracht haben? War sie so entschlossen, an die geheime Information zu kommen, die Max jetzt besaß? Verworrene, absurde Gedanken fegten durch sein Hirn wie ein Schirokko und er konnte nicht mehr klar denken. *Reiß dich zusammen. Du musst dieses Fieber abschütteln.*

Fauvre hatte einen gemeinen Zug an sich, das spürte Max.

Die Gefühle anderer interessierten ihn kaum, erst recht nicht, wenn derjenige ihm bei seinem Anliegen, dem Wohl der Tiere, in die Quere kam. Mitgefühl für Sophie stieg in Max auf. Sie brauchte Hilfe. Sie hatte Probleme, daran gab es gar keinen Zweifel.

»Also«, sagte Fauvre ruhig, »hören wir doch auf, Spielchen zu spielen. Meine Tochter ist nur ein kleiner Teil des Ganzen. Die arabische Kultur verlangt von einem Gastgeber, den Gast zu ehren. Sogar einem Feind wird unter dem eigenen Dach Sicherheit garantiert. Aber ich bin kein Marokkaner.«

In dem Moment wäre Max am liebsten sofort losgelaufen. Er spürte jedoch, wie alle Kraft seinen Körper verließ. *Steh es durch!*

Fauvre starrte ihn an, seine Stimme düster und bestimmend.

»Ich möchte wissen, warum du hier bist. Was hoffst du hier zu finden? Was, glaubst du, ist hier versteckt? Du trägst den Anhänger meines Freundes. Was mich betrifft, also ich sehe genügend Beweise dafür, dass du Bruder Zabala getötet haben könntest.«

In Max' Kopf drehte sich alles. Das Fieber hatte ihn gepackt.

Fauvres Männer hatten sich umgewandt und standen bereit, ihm aufs Wort zu gehorchen. Aladfar brüllte und die Vibration setzte sich durch die trockene, heiße Luft fort. Ein Knurren entblößte das Maul der Wildkatze – dieses Kinn konnte Knochen brechen, diese Zähne konnten Fleisch zerfetzen. Nervös blickte Max nach unten. Ihn über den Rand zu werfen, wäre ganz einfach. Der Tiger hätte ihn binnen Sekunden getötet.

Fauvre starrte Max durchdringend an. »Du hast mich bereits von meiner Schuld freigesprochen. Also, warum sollte ich meinen Freund nicht rächen und die Natur ganz einfach ihren Lauf nehmen lassen?«

19

In der Bibel wurde Daniel in die Löwengrube geworfen und beruhigte die Tiere durch seinen Glauben. Angelo Farentino hatte diese Geschichte als Kind zwar erzählt bekommen, aber jedes Mal, wenn seine Mutter mit ihm in den Zoo ging und er sich diese grausamen Tiere ansah, war er im Innersten davon überzeugt, dass er in ihrem Bauch landen würde. Er malte sich dann gern aus, dass seine Mutter vor Kummer sterben würde, weil die Löwen ihn gefressen hatten. Doch wenn er an den Stock dachte, mit dem seine Mutter ihn immer geschlagen hatte, wusste er wieder, dass sie eigentlich gestorben war, weil sie sich dafür so schämte. Ihr Sohn war gefressen worden, weil es ihm an Glauben fehlte!

Zum Glück musste Farentino sich diesem Test nie unterziehen. Und seine Mutter war jetzt eine alte Frau, die vor ihrem Haus in dem italienischen Dorf saß, wo sie geboren war und immer noch lebte, und schrie streunende Hunde an. Außerdem beschwerte sie sich dauernd bei den Nachbarn darüber, dass ihr Sohn sie im Stich gelassen habe. Dann jammerten alle – die Kinder von heute, was macht man nur mit denen? –, schüttelten den Kopf und spuckten zum Zeichen ihrer Missbilligung.

Das war Farentino egal. Er mochte seine Mutter nicht. Von Anfang an nicht. Sohnesliebe, so eine Pflicht erkannte er nicht an. Er hatte es als erfolgreicher Verleger zu einem bescheidenen Auskommen gebracht, hatte sein Geld für Immobilien ausgegeben und war zu Wohlstand gelangt. Und er hatte seinen eigenen Glauben – an sich selbst und das, was er erreichen konnte. Er hatte manch Gutes getan. Er war ein guter Mensch gewesen. Betonung auf gewesen.

Jahrelang hatte er Umweltschützern geholfen und dabei gestrahlt wie ein Engel. Schließlich stand er auf der richtigen Seite. Er schützte das fragile ökologische Gleichgewicht der Erde. Wissenschaftler erkannten die Bedeutung seines Verlags an. Und diejenigen, die sich um den Zustand der Welt sorgten, scharten sich um ihn und schrieben darüber, wie dieser schöne Planet von skrupellosen Räubern geschunden wurde, die nur an Macht und Profit interessiert und manchmal sogar echte Wahnsinnige waren.

Und dann war auf einmal Schluss mit dem Gutsein.

Er hatte Geld von der anderen Seite angenommen. Jetzt fuhr er einen Ferrari, besaß eine Villa am Genfer See, Häuser an den abgeschiedensten Plätzen der Welt und – das war besonders kostbar – Anonymität. Falsche Identitäten wurden gekauft, und er konnte seinen Reichtum genießen. Er war in Sicherheit gewesen. Bis Fedir Tischenko ihn gerufen hatte. Jetzt trat Angelo Farentino in die Löwengrube.

Und Max Gordons Vater war der Löwe.

Die Frau an der Rezeption im St. Christopher's griff zum Telefon und bat ihn lächelnd, kurz zu warten. Farentino wartete, die Nerven angespannt. Er versuchte sich zu beruhigen. Keine Viertelstunde nach seiner Unterhaltung mit Tom Gordon würde er wieder in sein Auto steigen, in die Schweiz zurückfahren, dem Mann berichten, der ihm gedroht hatte, er werde ihn vor seinen Feinden bloßstellen, und dann wieder in die Anonymität abtauchen. Wen interessierte schon, was sein Besuch bei Tom

Gordon anrichten konnte oder ob Tischenko den jungen Gordon ins Visier nahm? Das Wunderbare an der Bestechlichkeit ist, dass man dabei alle Schuldgefühle verliert. Man ist bösartig und weiß das auch. Man hat keine Moral und schert sich nicht darum. Man bereitet anderen Kummer und Leid und verschließt die Augen davor. Man entschied sich halt für einen bestimmten Lebensstil, dachte Farentino.

»Mister Aldo, kommen Sie bitte? Hier entlang.«

Farentino brauchte einen Augenblick, bis er auf den Namen reagierte, mit dem er eben angesprochen worden war. Ein großer, kräftiger Mann stand in der Tür.

»Ich bin Marty Kiernan. Ich arbeite in Mister Gordons Flügel.«

Er streckte seine linke Hand aus.

Farentino zögerte, doch seine rechte Hand ging schon nach vorn. Schnell korrigierte er sich, verärgert über seine Ungeschicklichkeit. Er hätte die Behinderung des Mannes gleich sehen, die Geste vorausahnen und sich darauf einstellen müssen. Er war wohl doch aufgeregter, als er gedacht hatte.

Martys Schritte waren weit ausladender als die der meisten Männer und Farentino hatte Mühe, ihm zu folgen. Wo Marty einen Schritt machte, brauchte er zwei. Er kam sich vor wie ein Kind. Ob Tom Gordon seine Bitte um ein Interview und seine Behauptung, er arbeite für eine italienische Zeitung, durchschaut hatte? Konnte Gordon wissen, dass *Aldo* ein Deckname war, und es diesem Riesen gesagt haben? Einen Widersacher zu demütigen, war ein alter Trick. *Verunsichere deinen Gegner, schau, dass du ihn auf dem falschen Fuß erwischst und dir einen Vorteil verschaffst.* Es war eine schlechte Idee hierherzukommen. Angelo Farentino war für solchen Stress nicht geeignet. Er gierte nach einer Zigarre. Das feine Aroma der kubanischen Montecristo, die in einer Schachtel in seiner Innentasche steckte, zog ihm in die Nase. Aber im St. Christopher's war das Rauchen verboten.

»Wie geht es Mister Gordon?«, fragte er Marty, um seine Nervosität zu überspielen.

Marty hielt eine Schwingtür auf und sie traten in einen Korridor mit einer Reihe stabiler weißer Holztüren, an denen kleine Namensschildchen aus Messing hingen. Man sah den Namen nicht an, welchen Rang oder welchen Status der Patient in dem jeweiligen Zimmer hatte.

»Ich hoffe, Sie nehmen es mir nicht übel, dass ich das sage, aber ich glaube, es war keine gute Idee, dass Sie hierhergekommen sind«, antwortete Marty leise.

Farentino sank der Mut. Sie wussten es. Sie wussten Bescheid. Er schaute sich unauffällig nach einem Fluchtweg um. Fast blieb er stehen, er wollte nur noch weglaufen, war drauf und dran, die letzten Reste seiner Würde aufzugeben. Farentino hatte sonst immer einen Plan B. Dem Netz der Behörden oder der Drohung persönlicher Rache konnte man sich immer entziehen. Aber hier war das nicht möglich. Tischenko hatte ihn mitten ins Auge des Sturms geschickt. Die Gedanken rasten in seinem Kopf. Die öffentliche Demütigung eines Gerichtsprozesses, der Gestank britischer Gefängnisse – die Häftlingsuniform! Wo stand eigentlich geschrieben, dass Inhaftierte so schlecht sitzende Kleidung zu tragen hatten?

Mit gespielter Gelassenheit sah Farentino Marty in die Augen.

»Warum sagen Sie das, Mister Kiernan?«

Der andere war vor einer Tür stehen geblieben. Auf dem Namensschildchen stand *Tom Gordon*. Martys Hand lag auf dem Türknauf.

»Das werden Sie gleich sehen«, sagte er und machte die Tür auf.

Die Höhle des Löwen.

Zwischen Biarritz und der Schweiz lagen etliche Hundert Kilometer und die Gangstertruppe des Hais ließ sich Zeit. Sie hatten sich mit Bobbys Kleinbus immer an die Geschwindigkeitsbegrenzung gehalten oder waren sogar noch etwas langsamer gefahren. Es war ja nicht nötig, die Aufmerksamkeit eines gelangweilten Verkehrspolizisten zu erregen.

Während der ganzen langen Nacht hatte Sayid gefesselt hinten im Wagen gelegen. Die Kälte nagte an seinen Fingern, doch er war dankbar, dass sie ihm die Hände vor den Körper gebunden hatten und nicht nach hinten. Die vorüberziehenden gelben Lichter der Autobahnbeleuchtung waren das Einzige, was ihm beim Kritzeln half. Je länger die ermüdende Fahrt dauerte, desto größer wurde die Gefahr, dass er die Zahlen des magischen Quadrats, die er sich eingeprägt hatte, wieder vergaß. Die erlittene Gewalt und die Entführung hatten ihn erschöpft und lange würde er nicht mehr gegen die Müdigkeit ankommen. Das Rätsel, was diese Zahlen bedeuten mochten, konnte er nur lösen, indem sie er sie aufschrieb und im Kopf durchspielte. Wenn Max Recht hatte und die Zahlen überhaupt ein Geheimnis bargen, musste es einen Schlüssel geben, der ihren Sinn erschloss. Doch jedes Mal, wenn Sayid sich gerade so zurechtgerückt hatte, dass er anfangen konnte, die Zahlenreihen aufzuschreiben, drehte sich einer der Gangster um und sah nach, was er tat. Wie lange konnte er sich noch wach halten? Wenn er schlief, löschte sein Gehirn die Zahlen womöglich wie eine kaputte Festplatte Daten.

Sayid hatte die Knie angezogen und den zwei Gangstern

vorn im Bus den Rücken zugekehrt. Bobby war noch schlimmer eingekeilt als er und döste offenbar immer wieder ein. Seine Verletzungen waren nicht spurlos an ihm vorübergegangen. Eins von Bobbys Surfboards war auf Bodenhöhe innen am Bus festgebunden und Sayid hatte es geschafft, sich nach und nach weiter dorthin zu schieben. Jetzt konnte er, den Rücken zum Fahrer gekehrt, trotz seiner gefesselten Hände die Zahlen aufschreiben, die er im Kopf hatte. In der winzigen Schrift waren sie kaum zu erkennen, nicht mal bei Tageslicht. Und die Gerätschaften, die Bobby im Bus verstaut hatte, interessierten sowieso niemanden.

Sayid konzentrierte sich. Erste Zeile waagerecht des magischen Vierecks: 11, 24, 7, 20, 3; dann links senkrecht: 11, 4, 17, 20, 23. Das waren Sayids Gedächtnisstützen. Mit ihrer Hilfe füllte er den Rest des Quadrates aus.

Auf diese Weise machte er ein Back-up auf seiner mentalen Festplatte. Sayid rollte sich auf seinem Arm zusammen. Die Zahlen, die er sich auf den Schuh geschrieben hatte, waren da, wo er sie brauchte, und für den Augenblick hatte er genug getan, um etwas schlafen zu können. Er musste so frisch sein wie möglich, wenn er aufwachte.

Das tat er schon nach wenigen Sekunden, wie er meinte, in Wirklichkeit aber eine Stunde später, als der Motor des Busses stotterte. Der Fahrer fluchte, schaute in den Seitenspiegel und schaffte es durch gutes Zureden noch ein paar Hundert Meter weiter. Sayid sah das matte Blinken der Kontrolllampe am Armaturenbrett. Der Kerl auf dem Beifahrersitz machte den Fahrer auf irgendetwas aufmerksam und rumpelnd rollten die Räder jetzt über den Seitenstreifen. Keine Minute später blieb der Wagen stehen. Die beiden Männer stiegen aus. Die Schiebetür ging auf und einer der Kerle kam zu ihnen herein. Sayid schaute weg, er wollte keinen Blickkontakt mit dem Mann. Der Handlanger des Hais trat Bobby mit dem Fuß.

»Steh auf! Was ist los mit der Karre?«

Bobby schlug die Augen auf; er sah mitgenommen aus. »Schon gut. Das krieg ich wieder hin. Es ist der Filter in der Einspritzdüse. Das passiert andauernd.«

»Dann raus mit dir!«

Der Mann drehte sich um und stieg wieder auf die Straße. Bobby, der genauso eingeschnürt war wie Sayid, rutschte herum, kam auf die Knie, stemmte sich mit dem Rücken gegen die Seitenwand des Autos und schob sich hoch. Als er sich mühsam aufrichtete, flüsterte er Sayid etwas zu. Bobby war hellwach, die Benommenheit war nur vorgetäuscht.

»Sayid, ich versuche abzuhauen, wenn ich kann. In Ordnung?«

Der Gedanke traf Sayid wie ein Schlag. Bobby verlieren? Mit den Gangstern allein zurückbleiben? Auch wenn sich der Amerikaner in den letzten Stunden kaum gerührt hatte, bedeutete es ihm sehr viel, dass sie hier, in dieser Situation, zusammen waren. Das wurde ihm jetzt klar. Ein schreckliches Gefühl der Einsamkeit ergriff Besitz von ihm. Trotzdem nickte er. Natürlich. Einer von ihnen musste es versuchen, wenn sich die Gelegenheit ergab.

»Ich hole Hilfe, Sayid. Ehrenwort. Und Peaches weiß nichts, ihr werden sie nichts tun. Ich hab sie in dem anderen Auto gesehen.«

»Ich kann dir vielleicht helfen«, hörte Sayid sich selber sagen und hatte zugleich Angst vor dem, was er ihm vorschlagen würde.

Bobby sah ihn fragend an.

»Ich lenk sie ab«, flüsterte Sayid.

»Hey, raus jetzt mit dir! Los!«, schrie der Gangster. Er hatte einen osteuropäischen Akzent.

Bobby nickte Sayid zu. »Gute Idee. Aber nicht zu früh. Gib mir Zeit«, flüsterte er, als er aus dem Auto stieg.

»Ich muss mal pinkeln«, rief Sayid. »Es ist schon Stunden her. Bitte.«

Er hörte seine Entführer murmeln, und dann drehte sich der, der ins Auto geklettert war, um, langte herein, packte Sayid und zerrte ihn grob in die Nachtluft. Sayid setzte sich auf den Rand der Trittstufe und versuchte sich zu orientieren. Sie hatten an einem erhöht liegenden Parkplatz haltgemacht, der aussah wie ein Picknick-Platz – Bänke und Tische und ein kleines rotes Backsteingebäude mit Toiletten. Am Wochenende diente er Leuten, die weite Strecken fuhren, als Rastplatz, jetzt aber war außer dieser Mörderbande niemand in Sicht. Sie hatten die anderen Autos hinter Bobbys Kleinbus geparkt. In einem sah Sayid vorn den Hai sitzen, der gerade etwas zu jemandem hinter ihm sagte. Die Tür glitt auf und ein dritter Mann trat zu den beiden aus Bobbys Auto hinzu.

Bobby hatte die Motorhaube schon aufgeklappt.

»Ich brauch meine Hände, wenn ihr nicht wollt, dass hier überall Diesel rumschwimmt«, sagte er und hielt einem der Männer seine gefesselten Arme entgegen.

Der Mann zog ein Messer hervor und schnitt das Klebeband durch, dann trat er zurück und beobachtete Bobby, der seinen Kopf über den Motor beugte.

»Ich brauch hier drin auch Licht. Macht schon, Leute.«

Der Mann mit dem Messer nickte einem anderen zu, und der fand vorne im Bus eine Taschenlampe und stellte sich damit dicht neben Bobby und leuchtete in den Motorraum. Die anderen Männer blieben in ihren Autos sitzen. Wenn zu viele Leute im Freien herumliefen, konnte das unnötig Aufmerksamkeit erregen; ein liegen gebliebener Bus, um den sich zwei Männer kümmerten, war weniger auffällig.

Einer der Gangster zerrte Sayid auf die Beine. Sein Fuß tat weh und er humpelte. Der Mann lockerte seinen Griff. »Tragen werde ich dich nicht, also los, beeil dich.«

Sayid humpelte auf die Toiletten zu und schaute sich die Reihe der Autos, den schwarzen Teerstreifen des Parkplatzes und die gelb schimmernden Autobahnlampen an. Viel Verkehr war nicht, aber es gab eine Mittelleitplanke zwischen den Fahrbahnen. Dahinter, auf der anderen Seite der Fahrbahn in Gegenrichtung, verlor sich das Gelände in der Dunkelheit. Dahin würde Bobby rennen, da war sich Sayid sicher.

Er sah nach hinten zu den anderen Autos. Die Entführer hatten Peaches rausgelassen, damit sie sich die Beine vertreten konnte. Sie hatte Jeans und eine Skijacke an und hielt die Arme zum Schutz vor der feuchten Kälte um den Oberkörper geschlungen. Vor Kälte oder Angst? Sayid blieb stehen, lehnte sich an einen Tisch, um seinem Bein Erleichterung zu verschaffen. Sein Bewacher war nur ein paar Schritte entfernt. Würde Peaches auch loslaufen, wenn sie sah, dass Bobby es versuchte? Zu dritt konnten sie vielleicht ein Auto anhalten oder wenigstens so viel Aufmerksamkeit erregen, dass jemand Alarm schlug.

Könnte er doch bloß ihren Blick auf sich lenken! Er würde einfach nicken. Ein simples Nicken und ein Lächeln. Damit sie wusste, sie brauchte keine Angst zu haben.

Jedenfalls nicht so viel Angst wie er.

Angst. Flucht oder Kampf? *Halte stand und besinn dich auf deine eigenen Kräfte. Vertreibe die Panik. Bete* – das war die beste Möglichkeit. Farentino hatte soeben einen neuen Glauben entdeckt und gab sich insgeheim das Versprechen, dass er seine Mutter besuchen, einer Wohltätigkeitsorganisation einen großen Betrag spenden und nie wieder so dumm sein würde, etwas so Verrücktes zu tun, wie es dieser Tischenko von ihm verlangte.

Das Zimmer war groß und angenehm möbliert, wie ein altes Landhotel. Ein Einzelbett, neben dem eine Tür ins Bad führte, ein Schreibtisch, mit Papieren und Notizbüchern übersät. Durch eine Terrassentür sah man auf die Parklandschaft des Gartens, soweit es das von einer Mauer umschlossene Gelände erlaubte.

Tom Gordon saß auf einem Balkonstuhl. Er war auf eine Art gekleidet, wie Farentino ihn schon oft gesehen hatte: beige Hose, langärmeliges, schweres Baumwollhemd und Stiefel. Die kühle Luft schien ihm nicht einmal jetzt etwas auszumachen. Farentino rührte sich nicht, denn Tom Gordon sah weiter unverwandt geradeaus. Dann sah er ihn an. Das war der Augenblick des Erkennens, in dem Gordon sich auf ihn stürzen würde wie ein von der Leine gelassenes Tier. Nicht einmal der große, kräftige Mann neben ihm wäre dann schnell genug, um zu verhindern, dass hier jemand ernsthaft verletzt wurde.

Tom Gordon stand auf und kam die paar Schritte auf ihn zu. Er streckte die Hand aus. »Mister Aldo, ich hoffe, Sie können mir verzeihen, aber ich erinnere mich nicht, für welche Zeitung Sie arbeiten.«

Sofort verdoppelte Angelo Farentino im Stillen die Summe, die er spenden wollte. Die Erleichterung fegte fürs Erste alle Zweifel und Ängste hinweg.

Farentino setzte sich neben Tom Gordon auf die Terrasse und sah ihm in die Augen, suchte nach einem Zeichen des Erkennens, und sei es noch so flüchtig. »Erinnern Sie sich an mich, Tom?«

Tom Gordon überlegte einen Augenblick. Der Mann kam ihm bekannt vor. Ja, er kannte ihn. Aber woher und von wann? Er schüttelte den Kopf. »Entschuldigen Sie bitte, Mister Aldo, mein Gedächtnis spielt mir einen Streich.«

»Das macht doch nichts. Wir haben einmal zusammengearbeitet.« Es versetzte Farentino einen Stich, als er seine Worte hörte. »Wir waren gute Freunde.«

Er schaute den Mann an, dem er sich einmal so nahe gefühlt hatte wie einem Bruder, der dann aber zu seinem Feind geworden war, den er erbittert bekämpfte. Und das alles, weil einmal eine Frau zwischen ihnen gestanden hatte.

Tom Gordon nickte. »Ich bin sicher, dass es mir wieder einfällt. Also, Sie wollten mir Fragen stellen für Ihre Zeitung. Ich werde mein Möglichstes tun, Ihnen zu antworten.«

Farentino lehnte sich in seinem Stuhl zurück, entspannte sich, hatte sich wieder in der Gewalt. Er würde herausfinden, was Tischenko interessierte, und es ihm berichten. Das Leben war wieder im Gleichgewicht. Er brauchte wohl doch kein Geld für Wohltätigkeiten zu verschwenden und den Besuch bei seiner verkniffenen Mutter konnte er sich auch sparen.

Er lächelte.

»Tom, stört es Sie, wenn ich eine Zigarre rauche?«

20

Die Macht, mit der ein Tiger brüllt, verblüfft sein Opfer, schockiert es so, dass es sich nicht mehr regen kann. Und das verschafft der größten Raubkatze der Welt die entscheidenden Sekunden für ihren Angriff. Max sah das Knurren und spürte das Zittern in der Luft. Er schwankte, seine Beine gaben nach, und er sackte an das niedrige Geländer, so sehr hatte das Fieber ihn geschwächt.

Wie sollte er sich verteidigen? Die Männer konnten ihn auf der Stelle töten.

Er verlor das Bewusstsein und versank in einem Meer der Hilflosigkeit.

»*Ez ihure ere fida – eheke hari ere*«, murmelte er, als spräche er ein Mantra. Ein letzter, verzweifelter Versuch, sich an den Freund des alten Mönchs zu wenden.

Fauvre begriff im selben Augenblick, dass Max Worte ausgesprochen hatte, die nur Zabala ihm gesagt haben konnte. Max sank auf die Erde. Die Männer sprangen auf Fauvres Befehl nach vorn, um ihn zu stützen.

Max wand sich. Furcht und Schmerz rannen durch seinen Körper, stachen wie tausend Skorpionstiche. Sein Geist verlor sich schließlich in einem endlosen Tunnel. Ungeheure Mächte tobten in seinem Körper.

»Vorsicht!«, rief Fauvre seinen Männern zu.

Der Junge hatte so etwas wie einen Anfall; sie konnten ihn

nicht halten. Die Bisswunde hatte sich wohl entzündet, die Spritzen waren zu spät gekommen. Max warf sich herum wie ein Wahnsinniger. Er hatte die Augen aufgerissen und die Lippen zurückgezogen zu einem schrecklichen, stummen Schrei.

Der Schweiß rann an ihm hinab, das Hemd klebte ihm am Leib. Aus dem Schatten seines fiebergeschüttelten Geistes tauchte Fauvre auf, ein Riese an Kraft, nicht der alte Mann im Rollstuhl. Er griff nach Max. Seine Stimme passte nicht zu seiner Erscheinung.

»Lass mich dir helfen, mein Junge. Lass mich dir doch helfen.«

Und wie ein schutzlos ausgeliefertes Kind wusste Max, dass er Hilfe brauchte. Aber nicht von dem Mann, der gedroht hatte, ihm das Leben zu nehmen. Er zappelte und warf sich herum, weg von den ausgestreckten Händen.

»Mein Gott!«, schrie Fauvre.

Max taumelte über das niedrige Geländer. Er glitt an den glatten Mauern hinab, sein Leib überschlug sich mehrfach, bis er schließlich auf den Boden krachte. Dieser letzte Schlag drang zu ihm durch und brachte ihn wieder zu sich. Er stöhnte.

Irgendwo schrie jemand. Wo? Er schlug die Augen auf. Sein Hinterkopf lag an der abschüssigen Grubenwand. Gesichter spähten darüber, formten Worte auf Arabisch. Einige hörte er zwar, verstand aber keines, mit einer Ausnahme – Aladfar!

Max kämpfte gegen seine Benommenheit an, schaffte es, sich auf die Knie herumzuwälzen, und sammelte all seine Kraft, um auf die Beine zu kommen. Er drehte sich um und sah den Tiger langsam und gemächlich dahinschreiten; seine Pfoten waren groß wie Essteller, und er kam, den Kopf gesenkt und den Blick fest auf seine Beute geheftet, jetzt immer näher auf ihn zu.

Fauvre schaute entsetzt von oben zu. Der Tiger würde jeden Augenblick zuschlagen. Er würde den Jungen zerfetzen, und er war schuld daran. Zabala hatte ihm den Jungen geschickt – das stand nun fest –, doch dieser Max konnte nur überleben, wenn der Tiger Fauvres Kommando gehorchte.

»Aladfar! Zurück! *Écoutez!* Hör mir zu! *Écoutez!*«

Was dann geschah, war nicht genau zu sagen. Fauvre glaubte, das Tier sei stehen geblieben, habe zu ihm heraufgesehen und sich dann fügsam hingelegt, den Blick weiter auf Max geheftet. Die Wärter schilderten es Abdullah später anders. Sie sahen gebannt nach unten in die Grube und konnten Max in den dunklen Schatten ausmachen. Er hatte sich herumgerollt, war halb verdeckt von einer schartigen Felsnase, stand aber auf den Beinen. Seine Hände öffneten sich wie Tatzen, die Sonne wanderte weiter, die Schatten veränderten sich. Der eine Berber schwor, Max habe seinen Körper angespannt wie ein Tier, habe die Zähne gebleckt und sein Körper sei plötzlich größer geworden – beim Grabe seiner geliebten Mutter schwor der Mann Abdullah, er habe *Dschinn* gesehen, den Geist, der auf der Erde lebt und die Gestalt von Tieren annehmen kann. Der andere Berber behauptete, neben Max hätte sich ein Schatten erhoben, als die Sonne auf die alten Hausdächer fiel, und genau in dem Augenblick hätte Aladfar sich niedergelegt. Die Größe dieses Schattens und die Tatsache, dass der Junge einen Schritt auf ihn zugegangen war, hätten die große Katze innehalten lassen. Niemand, nicht einmal Fauvre, hatte Aladfar bisher jemals direkt herausgefordert.

Der Tiger sah nur den Jungen, größer als eine Ziege zwar, aber leicht zu töten. Der Geruch der Angst, den die beiden hinter den Gitterstäben gefangen gehaltenen Männer verströmten, hatte seine Sinne geschärft. Außerdem hatte er Hunger. Als der

Junge herabstürzte, hätte er sich ohne Weiteres auf dieses Wesen stürzen können, doch in der Luft lag eine Stimme. Es war die des alten Mannes, aber Aladfar bestimmte, ganz die Großkatze, die er war, selbst, wann er sich den Anordnungen eines Menschen fügte. Nicht weil er die gebieterische Stimme des Mannes gehört hatte, hob er den Kopf, sondern weil ihm noch ein anderer Geruch in die Nase stieg. Der Geruch eines Tieres. Eines Tieres, das er früher einmal gekannt hatte, als er noch die Freiheit der Berge und des Dschungels genoss. Aladfar fürchtete nichts mehr als die rohe Gewalt des Menschen, und er würde angreifen, wenn er dazu gezwungen war. Aber dieses wehrlose Wesen beschwor eine Zeit, an die er sich aus den Wäldern und Bergen erinnerte, eine urtümliche Kraft, die seinen sechsten Sinn ansprach.

Er wartete erst einmal ab, wie seine Instinkte es ihm rieten. Und so legte er sich hin.

Fauvre verschwendete keine Zeit. Er fuhr mit seinem Rollstuhl die Rampe hinab, öffnete das Eisentor und rollte in den umschlossenen Bereich. Er redete leise auf seinen Tiger ein, beruhigte das aufgeregte Tier, bis er nah genug war, um die Hand auszustrecken und ihm den Kopf zu streicheln. Aladfar kannte die sanfte Berührung und den Geruch des alten Mannes. Er stand auf. In seinem Rollstuhl reichte Fauvre dem Tiger kaum bis an die Schulter.

Das Privileg, dem wahren König des Dschungels so nahe zu sein, ihn so gut zu kennen, genoss Fauvre sehr. »Ich weiß, du bist das großartigste Tier der ganzen Welt, mein Aladfar, aber wir dürfen den Jungen nicht sterben lassen«, flüsterte er und kraulte den Tiger beschwichtigend am Hals.

Fauvre kannte keine Angst mehr, seit Aladfar ihn vor vielen Jahren für seine Arroganz in der Zirkusmanege bestraft hatte.

Heute empfand er nur noch tiefe Zuneigung für das große Tier. Sachte, ganz sachte zog er die Katze herum und lenkte sie zu dem Durchgang, der zu einem verschlossenen Käfig führte.

Von der sanften Stimme des Alten und von der Regungslosigkeit des Jungen beruhigt, ließ Aladfar es zu, dass der Mann, den er einmal angefallen hatte, das Tor hinter ihm schloss. Der Tiger legte sich hin und schnurrte.

Fauvre sah wieder zu Max hinüber und gab seinen Wärtern durch Handzeichen zu verstehen, in die Grube zu steigen und dem Jungen zu helfen.

Als sie bei ihm ankamen, war auch Fauvre näher gekommen. Max stand immer noch da, einen Ausdruck felsenfester Entschlossenheit in den Augen, als bezöge er seine Kraft aus der Tiefe seines Geistes.

Auch jetzt sprach Fauvre sehr sanft und wie zu einem wilden Tier. »Max, es ist alles wieder in Ordnung. Dir wird nichts geschehen. Ich gebe dir mein Wort. Hörst du mich, mein Junge?«

Fauvre hörte hinter sich seine beiden Männer leise herankommen und hob die Hand, damit sie stehen blieben. Einem wilden Tier, das um sein Leben fürchtete, näherte man sich besser nicht. Und in diesem Augenblick meinte Fauvre bei Max dieselbe Energie zu spüren, die auch von Aladfar ausging.

Max blinzelte, sah Fauvre an, nickte, setzte sich und wurde wieder bewusstlos. Jetzt kamen Fauvres Männer an ihn heran und konnten ihn aus der Grube heben. Abdullah und Sophie hatten die Alarmrufe gehört und kamen im selben Moment an. Abdullah hob sich Max auf die Arme und trug ihn in sein Zelt. Sophie, die neben ihm herlief, holte die Medikamente, die ihr Vater ihr aufgetragen hatte. Als sie wiederkam, kontrollierte er schon Max' Puls und Abdullah wusch dem Jungen das Gesicht.

Sie hatten ihn in eine dunkle Ecke des Zeltes gelegt, wo dicke Zeltplanen für Kühlung sorgten.

»Das ist nicht bloß eine Infektion. In seinem Körper wütet noch etwas anderes. Wenn das Fieber in den nächsten Stunden ausbricht, kommt er durch«, sagte Fauvre.

»Wir brauchen einen Arzt«, wandte Sophie ein.

Fauvre öffnete den Arztkoffer, den seine Tochter ihm gebracht hatte. »Bis der hier wäre, würde er nicht mehr gebraucht. Ob aus dem einen oder dem anderen Grund«, sagte er und zog eine neue Spritze auf. »Entweder hat er sich dann erholt oder er ist tot.«

»Wir sollten es wenigstens versuchen!«, sagte Sophie ungeduldig.

Abdullah berührte sie an der Schulter. »Sophie, ein Sandsturm ist angesagt. Da würde kein Arzt es wagen.«

Fauvre gab Max die Spritze und nickte zufrieden, dass er alles getan hatte, was im Augenblick möglich war. »Sorg dafür, dass er es kühl hat, wasch ihm das Gesicht und flöß ihm so viel Wasser ein, wie er trinken kann. Schaffst du das?«, fragte er ernst.

Ihr Vater übertrug ihr die Verantwortung für Max' Pflege. Sie nickte. Fauvre machte kehrt und gab Abdullah zu verstehen, er solle mit ihm kommen. Sophie drückte den nassen Waschlappen aus und wischte Max den Schweiß von der Stirn. Sie senkte ihr Gesicht dicht vor seines, versuchte sich vorzustellen, was in diesem Jungen vorgehen mochte, der mit bebenden Lippen im Fieber leise stöhnte. Sie berührte die Schnur um Max' Hals und spürte den in dem Anhänger gefassten Stein. Erst nachdem ihr Vater und Abdullah gegangen waren, fiel ihr auf, dass sie Max mit den Händen ans Bettgestell gefesselt hatten.

Während Sophie in den folgenden Stunden an Max' Bett wachte, hing Fauvre seinen Gedanken nach. Vor Monaten hatte Zabala ihm ein Päckchen anvertraut. Er durfte es erst aufmachen, wenn er ein zweites Päckchen erhielt. Oder falls Zabala – er hielt das anscheinend für unabwendbar – getötet würde. Fauvre hatte sich an die Anweisungen seines Freundes gehalten, doch die Zeichnungen in dem dicken braunen Umschlag zeigten nicht mehr als die vor gut zwanzig Jahren von einem Astrologen gemachte Vorhersage – genau das, was Zabalas Untergang gewesen war. Alte Geschichten, die das Leben eines Menschen mit einem Fluch belastet hatten. Warum, zum Teufel, hatte Zabala diesen ganzen Unsinn nicht einfach vergessen? Sein ganzes Können hatte er damit verschwendet.

Fauvre nippte an einem Glas Cognac und dachte an seinen alten Freund. Der Spott, den Zabala damals ertragen musste, hatte den Lauf seines Lebens geändert. Seitdem hatte er sich nur noch zwei Dingen gewidmet: Er hatte Fauvre geholfen, einige der gefährdeten Tiere an einen sicheren Ort zu bringen, und er hatte die Wahrheit ans Licht bringen wollen. Die Wahrheit – dieses trügerische Wort, das für so viele Menschen je Unterschiedliches bedeutete – war für Zabala immer das höchste Gut gewesen. Die Wahrheit aufzudecken war deshalb das eigentliche Ziel des Mönchs Zabala, denn sie würde seine Theorien bestätigen und – das hatte er immer wieder betont – Europa vor einer schweren Katastrophe bewahren. Was diese Katastrophe ausmachte, das wusste allerdings nur der Wissenschaftler Zabala, der sein Ansehen verloren hatte.

Als Zabala ihm vor ein paar Wochen die Nachricht übermittelte, er besitze Informationen über die Tierschmuggler, war diese »Wahrheit« noch lange nicht enthüllt.

Fauvre konnte ja nicht selbst in die Pyrenäen fahren, aber

Zabala hatte betont, seine Informationen seien sehr wichtig, sie müssten mit den Dokumenten zusammengeführt werden, die Fauvre bereits hatte. Der Mönch hatte sie Fauvre selbst bringen wollen, war jedoch davon überzeugt, dass man ihn beobachtete. Zabala fürchtete um sein Leben. Erst vor Monaten hatte ein Freund ihn verraten. Die Schlinge der Mörder zog sich bereits zu.

Fauvre wollte dieses Geheimnis ergründen. Wollte mit eigenen Händen den Grund spüren, der seinen Freund so viele Jahre lang angetrieben hatte. Und jetzt war Max Gordon aufgetaucht – der Bote mit dem zweiten Päckchen? Was sollte das sein? Was hatte Zabala Max gesagt? Irgendwie war Max an Informationen gelangt, um genau hierhin zu finden, an den Ort, den Zabala im Sinn gehabt hatte. Der alte Mann hatte ihm die entscheidende Warnung in einer Sprache mitgeteilt, die nur ganz wenige sprechen konnten. Fauvre hatte jetzt keinen Zweifel mehr – Max Gordon besaß den Schlüssel zur Wahrheit.

Das tobende Fieber wich allmählich aus Max' Körper, seine jugendliche Kraft hatte dagegen gekämpft und gewonnen, doch noch umfing ihn heilsamer Schlaf mit tiefer Dunkelheit. Es musste noch mehr Zeit vergehen, bis sein Körper wieder in der Lage war, die Anweisungen seines Geistes auszuführen.

Sophie hatte das Zelt verlassen, als das Fieber gebannt war; jetzt kam sie wieder, glitt leise zwischen den im Wind flappenden Zeltbahnen hindurch. Sie maß seine Temperatur, legte die Hand auf seine kühle Stirn. Ihr Vater konnte jeden Augenblick wiederkommen, um nach seinem Patienten zu sehen, und da sich der Sandsturm bereits ankündigte, würde das eher früher als später sein.

Es war an der Zeit, zu tun, was sie tun musste.

Sie schaute Max mit einem Blick an, in dem Bedauern und Zärtlichkeit lagen. »Du hast es fast geschafft«, flüsterte sie.

Mit geradezu chirurgischem Geschick setzte sie die rasiermesserscharfe Klinge neben seiner langsam pulsierenden Halsschlagader an.

Sie küsste seine Stirn.

Die Klinge schnitt.

Sayid wusste, dass Bobby seinen Fluchtversuch jetzt jeden Augenblick starten würde. Der Amerikaner hatte sich Zeit gelassen und die kaputte Einspritzdüse des Diesels ausgebaut, und ihre Bewacher hatten in ihrer Aufmerksamkeit etwas nachgelassen. Vorhin hatte einer der Männer genickt – Bobby kam voran, der Junge wusste offenbar, was er da tat, warum sollte *er* sich also mit dem kaputten Teil abgeben?, hatte er den Hai gefragt. Der Killer mit den kaputten Zähnen sah gerade Peaches an. Er sagte etwas zu ihr und sie kletterte hinten in ihren Van hinein. Dann setzte sich der Mann wieder auf den Beifahrersitz. Sayid wollte nicht zu lange zu dem Killer hinsehen, nicht, dass der noch seine Gedanken erriet.

Die anderen hatten irgendwo eine Stelle gefunden, wo sie sich setzen konnten. Einer war wieder in Bobbys Bus gestiegen. Sayid hatte gebettelt, dass er sich draußen an einen der Picknick-Tische setzen durfte, er wollte lieber in der kalten Nachtluft hocken als in der stickigen Enge des Busses – er würde ja wohl kaum abhauen, oder?

Sayid konnte sich nicht auf die Zahlen konzentrieren, die ihm durch den Kopf schwirrten. Sein Herz klopfte zu schnell – ahnte schon den Augenblick voraus, in dem Bobby loslaufen würde. Sayid hatte sich etwas überlegt. Wenn er vorgab zu stolpern und auf dem grasbewachsenen Abhang hinfiel, vor dem er jetzt saß, könnte das die Gangster ablenken. Einer würde vielleicht sogar zu ihm gerannt kommen und Bobby aus den Augen lassen, obwohl er hoffte, sich durch so eine Aktion keine Schläge einzuhandeln.

Achte auf Bobby.

Warte, bis er zu dir hersieht. Oder nickt. Egal, was.

Peaches kam wieder aus dem Van des Hais heraus. Sie hatte ein Handy in der Hand. Warum? Der Hai musste ihr befohlen haben, jemanden anzurufen. Aber wen? Das konnte nur Sophie sein. Ja, genau! Der Hai hatte ihr gesagt, sie solle Sophie anrufen, solle so tun, als ob alles in Ordnung wäre, und wenn Sophie abnahm, kriegten sie vielleicht heraus, wo genau in Marokko sie war – und da war dann ja auch Max. Nein. Das ergab keinen Sinn. Sophie hatte ihm gesagt, sie hätte ihr Handy weggeschmissen, nachdem diese Männer sie in Biarritz verfolgt hatten. Er beobachtete Peaches. Jetzt tippte sie eine SMS. Sie konnte dem Hai ja auch weisgemacht haben, dass ihre Eltern reich wären und ein Lösegeld für sie bezahlen würden. Oder vielleicht Bobbys Familie. Egal, das spielte jetzt auch keine Rolle. Bobby beugte sich über den Motor, griff mit der rechten Hand nach einem Schraubenschlüssel. Er fiel ihm von der Karosserie des Autos herunter. Bobbys Kopf war immer noch über den Motor gebeugt, als Sayid ihn murmeln hörte: »Verdammt! Heben Sie ihn für mich auf, ja?«

Ohne zu überlegen, tat der Gangster, der die Taschenlampe in der Hand hielt, das Normalste von der Welt und bückte sich. In dem Augenblick schrie Sayid auf und warf sich den Abhang hinab – und schon holte Bobby aus und verpasste dem Gangster einen Tritt, dass er durch die Luft flog.

Sayid rollte und purzelte nach unten und konnte kaum noch etwas erkennen.

Bobby rannte, der überrumpelte Entführer kam taumelnd hoch, Autotüren wurden aufgerissen. Der Hai schrie Kommandos, die Spucke sprühte ihm förmlich aus dem Mund. Er zeigte auf Bobbys dunkle Gestalt, die sich unter dem gelben Schein der Lampen entfernte, und dann auf Sayid. Einer der Männer kam auf ihn zugerannt, andere stoben aus den Autos in alle Richtungen davon und verteilten sich, um die fliehende Beute noch einzufangen.

Peaches kam auf Sayid zugerannt.

»Nicht! Lass! Lauf weg!«, schrie Sayid.

Aber es war zu spät. Der Mann war als Erster bei ihm, riss ihn hoch und schlug ihm fest auf den Hinterkopf. Unter der Wucht des Schlags begann sich bei Sayid alles zu drehen. Für einen Augenblick hörte er nichts mehr. Er sah noch, wie Peaches den Mann anschrie, und dann rannte sie auf die Straße zu.

Lauf, versuch dein Glück, Peaches!

Die wattige Stille hob sich auf einmal wieder von seinen Ohren, als die Gangster sich gegenseitig Kommandos zuschrien. Das Letzte, was er von Bobby sah, war, wie er in seinem Kälteschutzanzug humpelnd und hüpfend, so schnell er konnte, auf die Baumreihe hinter der Gegenfahrbahn zulief.

Dann drang ein entsetzliches Geräusch durch die Nacht. Das Schleudern eines Autos mit blockierten Rädern. Reifen, die von Felgen gefetzt wurden. Schreie ertönten, Scheinwerfer stachen durch den gelben Schimmer – ein außer Kontrolle geratener Wagen, dessen Fahrer versuchte, den auf die Fahrbahn rennenden Männern des Hais auszuweichen.

Kurz darauf gab es einen dumpfen Schlag, bei dem sich einem der Magen umdrehte.

Ein Mensch war angefahren worden.

Metall ächzte. Glas splitterte.

Stille.

Sayid spähte hinüber, als einige der Gangster auf das beschädigte Auto zuliefen. Der Hai scherte sich nicht um den hinter dem Steuer zusammengesackten Fahrer und rannte zwanzig Meter zurück. Peaches beugte sich in das Autowrack, als zwei der Entführer den Fahrer herauszogen. Der Mann lebte, konnte aber nicht stehen und sackte zusammen.

Sayids Blick suchte den Hai und die anderen. Sie beugten sich über eine Gestalt am grasbewachsenen Fahrbahnrand. Eine schwarz gekleidete Gestalt.

Und dann sahen sie weg.

»Bobby!«, schrie Sayid in die Nacht.

Düstere Gesichter wandten sich ihm zu. Der Hai und seine Männer liefen zu ihren Autos zurück. Sayid wurde wieder in den Bus gestoßen. Die Tür knallte zu. Draußen hektisches Stimmengemurmel. Eine Minute lang Schraubenschlüssel im Einsatz. Die Motorhaube knallte zu. Der Motor wurde angelassen – die Gangster waren wieder obenauf.

Der Bus rollte über den Randstreifen, drückte Sayid gegen die Innenwand. Angst schnürte ihm die Kehle zu.

Max. Hilf mir. Bitte.

Denk nach, Sayid! Denk doch nach!, schrie ein anderer Teil seines Gehirns und machte sich über seine stummen Hilferufe lustig.

Was war eigentlich passiert? Was ergab hier keinen Sinn? Was hatte er da gesehen?

Das Scheinwerferlicht – wie es hin und her zuckte.

Der Schlag, von dem ihm schlecht geworden war.

Der Zusammenprall – in Zeitlupe.

Bobby, der irgendwo tot oder verletzt liegen geblieben war. Der Hai brüllte den anderen etwas zu. Alle rannten jetzt zu den

Autos zurück. Die Gangster rannten zu den Autos … Die Gangster rannten … Die Gangster rannten zu den Autos zurück – und Peaches auch.

Und da begriff Sayid, was nicht ins Bild gepasst hatte.

21

Der Sandsturm fegte um diese Jahreszeit nicht so heftig. Der Sand zog wirbelnd weiter, zwang die Menschen, den Kopf zu senken und die Augen zu bedecken, und schuf einen Schild, hinter dem sich Feinde verstecken konnten. Und Max Gordons Feinde waren in der Nähe.

Männer mit dunklen Augen und blauschwarzer Haut, die in der Wildnis lebten, deren Vorfahren schwere und brutale Kämpfe ausgefochten hatten und die noch zehrten von dem dabei erworbenen Geschick, bewegten sich auf die Stadtmauern zu. Es gab immer noch Stellen, an denen man mit Allradfahrzeugen nicht so leicht durchkam wie zu Pferde, und während der Sand gegen die Stadtmauern brandete, deckte ein halbes Dutzend dieser Krieger Augen und Mäuler ihrer Pferde ab. Ihre Turbane, etliche Meter eines feinen blauen Stoffs, um ihre Gesichter gewunden, schützten nicht nur Augen und Nasenflügel vor eindringendem Sand, sondern verhinderten nach ihrem Glauben auch, dass böse Geister in ihren Körper eindrangen.

Ihre Enterhaken verfingen sich in der Mauer. Während zwei der Männer die Zügel der Pferde hielten, begannen die vier anderen dunklen Krieger zu klettern.

Fauvre sorgte sich nicht nur um den fiebergeschüttelten Jungen, sondern auch um Aladfar, der in der ganzen Aufregung in Vergessenheit geraten und immer noch im Käfig eingesperrt war. Als er seinen Rollstuhl zu der Rampe wendete, die zu der Tigersenke hinabführte, sah er die Staubwolken, die den Sternenhimmel trübten. Die erste Sandwelle fegte über die Stadtmauern.

Mit ihr fielen Seile herab; die Gewänder der Eindringlinge bauschten sich im Wind. Die Angreifer hatten große Mühe gehabt, die hohen Mauern zu erklimmen, und ihre Entschlossenheit, das wusste Fauvre auch, konnte nur eines bedeuten: Sie kamen, um zu töten.

Aladfar war bereits auf den Beinen, als Fauvre eilig seinen Käfig öffnete. Er griff nach der an einem Haken hängenden Kette und murmelte beruhigend auf den Tiger ein. Dann hakte er die Kette an Aladfars Halsband ein, wendete den Rollstuhl und zog das Tier mit sich mit.

Mit seinen feinen Sinnen witterte der Tiger, dass sein Herr es eilig hatte. Es war, wie Fauvre gehofft hatte – der losspringende Tiger brachte ihn schneller voran, als er es aus eigener Muskelkraft geschafft hätte.

»Weiter, Aladfar, weiter! Du kannst uns alle retten. *Très bien, mon ami.* Gut gemacht. Genau, noch schneller.«

Die fernen Gestalten gingen jetzt auseinander, schwärmten aus, um die Stadt zu durchsuchen. Sie waren bewaffnet, sah Fauvre, einige mit Gewehren, andere mit Kalaschnikows. Sie blieben stehen, knieten im Sand nieder und zogen etwas hinter ihrem Rücken hervor, das wie kurze Stäbe aussah. Kurz darauf leckten kleine Flammen an den Enden dieser Stöcke – mit Teer getränkte Lumpen, die nun schon hell loderten. Fauvre war klar, warum sie keine normalen Fackeln nahmen; diese Flammen boten einen gewissen Schutz vor seinen wilden Tieren.

Inzwischen waren Fauvre und Aladfar an der Mauer des Gebäudes angekommen, in dem er Max behandelt hatte. Er tastete nach dem Lichtschalter an der Wand, doch Aladfar riss ihn mit seiner Kraft aus dem Rollstuhl und zog ihn vom Alarmknopf weg.

Fauvre ließ die Lederschlaufe am Ende der Kette los, sah Aladfar in die Nacht davonspringen und kroch zur Wand. Mit ausgestreckten Armen konnte er den Fenstersims erreichen, seine Rücken- und Armmuskeln leisteten Schwerstarbeit und schoben seinen Körper nach oben. Mit verzweifelter Anstrengung erreichte er schließlich den Schalter.

Er schlug mit der Faust auf den roten Knopf. Ein leises Jaulen begann die Nachtluft zu erfüllen, und binnen Sekunden heulte die alte Luftangriffssirene mit voller Lautstärke.

Max saß im Nu kerzengerade im Bett.

Zeltbahnen flatterten im Wind, Sand fegte scharrend über das Dach, und irgendwo in der Nacht brüllte ein Tiger. Instinktiv hob Max die Hand an den Hals. Sein Anhänger war nicht mehr da. Jetzt bemerkte er auch die zerschlissenen Seile an seinen Handgelenken – er war angebunden gewesen, aber jemand hatte ihn befreit und die Schnur mit dem Anhänger durchgeschnitten.

Die Sirene jaulte noch, da war Max schon aus seinem Zelt hinaus. Ein Sandschleier wehte über den Sternenhimmel; der wirbelnde Staub zog so schnell wieder fort, wie er gekommen war. Feuer züngelte in der Dunkelheit – Max zählte drei, vier Männer mit brennenden Fackeln. Männer, die sich blaue Turbane um die Gesichter gewickelt hatten. Ein orangefarbener Schimmer, die perfekte Tarnung, strich durch die Schatten. Aladfar! War das der Grund für das ohrenbetäubende Geheul der Sirenen – der frei herumlaufende Tiger? Nein! Diese Araber waren bewaffnet. Das war ein Überfall.

Max rannte quer durch das Gelände auf Fauvres Wohnung zu. Die Eindringlinge durchsuchten die Gebäude schnell und gründlich, einer von ihnen war schon zu den Zelten unterwegs. Er kam direkt auf Max zu. Dass der Mann kräftig war, war nicht zu übersehen, und Max hätte große Mühe gehabt, einem solchem Kämpfer Paroli zu bieten. Er wich zur Seite aus und rannte über einen Wall; im Schatten der Senke jagte eine Meute äthiopischer Wölfe herum wie Piranhas in einem dunklen Fluss. Der Mann folgte ihm dicht auf den Fersen. Um die Wölfe in Panik zu versetzen, warf er die brennende Fackel zu ihnen hinunter, vielleicht in der Hoffnung, der nur wenige Meter vor ihm rennende Junge würde die Nerven verlieren. Der Mann sprang auf ein zwei Meter hohes, betonverkleidetes Bewässerungsrohr, rannte bis ans Ende und sprang von dort auf einen Stahlträger, der auf verrosteten Altautos lag. Die körperlichen Strapazen des Lebens in der Wüste machten ihm die Jagd leicht. Ein halbes Dutzend Schritte noch, dann hatte er den Jungen eingeholt. Seine Hand war feucht von Schweiß, der Griff seines Schwerts glitschig. Er konnte sein Gewehr abschnallen und den Jungen mit einer Salve niederstrecken, doch ein Wüstenkämpfer tötete lieber mit dem Schwert. Er fasste fester zu.

Max hörte den kräftigen Mann hinter sich durch den Staub stampfen. Er hatte sein Tempo absichtlich verlangsamt, so als sei er ins Taumeln geraten, denn er wollte seinen Feind mit dessen eigenen Waffen schlagen. Der Krieger stieß einen Siegesschrei aus, als er direkt hinter Max zum Sprung ansetzte. Sein Schwert sauste mit tödlichem Sirren durch die Luft. Max fuhr herum, sprang auf einen der rostigen Träger zu, spürte das raue Metall an seiner Hand und schwang zur Seite. Der Mann verlor, als er ausholte, das Gleichgewicht und hieb, während er schon fiel, in die Luft. Stahl traf auf Stahl, die Klinge des Kriegers schepperte. Der Schlag prallte mit voller Wucht zu seiner Schulter zurück und für einen Moment lag der Mann verdutzt im Staub.

Max verschwendete keine Zeit. Den Träger als Stütze benutzend, trat er gegen ein dort liegendes Ölfass und brachte es in Richtung Feind ins Rollen. Er hörte ein Ächzen, sah den Mann zusammensacken, aber auch gleich darauf wieder auf die Knie kommen.

Und dann sah Max die Augen des Kriegers, wild vor Hass und Zorn. Wütend klatschte Metall auf nackte Haut, als der Mann seine Kalaschnikow nach vorn zerrte. Kaum hatte Max sich hinter dem Autowrack in den Staub geworfen, ratterte die Gewehrsalve durch das Jaulen der Sirene. Unter dem Pfeifen abprallender Querschläger schlugen Kugeln in den Stahlträger, an dem Max eben noch gehangen hatte.

Als Max auf dem Boden landete, stieß er sich mit den Händen wieder ab, rollte sich zusammen, zog den Kopf ein und robbte durch den Staub, drehte und wälzte sich, so schnell er konnte, auf ein anderes Autowrack zu, das auf vier Böcken stand. Aus den Augenwinkeln sah er den Krieger, der die Kalaschnikow jetzt über seinen Kopf gehoben hatte und aufs Geratewohl über das Auto hinwegfeuerte, das ihn von Max trennte. Doch dann sah er den Mann über das Dach klettern.

Max saß in der Falle. Er hatte keine andere Wahl, als kopfüber in das Auto zu springen, obwohl er wusste, dass sein Gegner es von oben mit Schüssen durchlöchern würde.

Benommen, in den Ohren das Getöse von Gewehrfeuer und Sirenen, ließ er sich in das Wrack fallen. Jetzt gab es kein Entkommen mehr.

Donnerndes Rattern erschütterte das Metall, durchsiebte die Karosserie des alten Wagens und gab ihr den Todesstoß. Der

Mann kam immer näher, feuerte pausenlos weiter, pirschte sich heran, um den Jungen zu töten.

Das metallische Scheppern hörte auf, als er das Feuer plötzlich einstellte und einfach nur dastand, die Waffe weiter schussbereit, und durch den Pulverdampf spähte. Seine Augen durchbohrten das Dunkel, suchten nach den blutigen Überresten seines Opfers. Doch das Wrack war leer. Kein Bodenblech, kein Lenkrad; es war nur ein hohler Blechhaufen.

Das Scharren im Sand hörte er nicht, spürte aber kurz darauf den jähen, heftigen Schmerz, als ihm ein Gerüstpfosten in den Rücken gerammt wurde. Und als er in die Knie ging, begriff er blitzartig, dass sich der Junge unter der Karosserie hindurchgerollt hatte und jetzt hinter ihm stand. Max schwang den Pfosten wie einen Baseballschläger, schlug dem Mann den Turban vom Kopf und schickte ihn anschließend selbst zu Boden.

Dann rannte er zu den Gebäuden zurück. Fauvre lag auf der Erde und zog mit aller Kraft an dem umgestürzten Rollstuhl, um ihn aufzurichten. Max hatte sich nie stärker gefühlt. Er drehte den batteriegetriebenen Rollstuhl um, fasste den Mann unter den Achseln und zog ihn auf seinen Sitz.

»Aladfar ist los!«, stieß Fauvre keuchend hervor.

»Ich hab ihn gesehen. Aber die Männer …«

»Tuareg!«

Von denen hatte Max schon gehört. Als berittene Krieger, alte Feinde der französischen Kolonialmacht und der Fremdenlegion standen sie in dem Ruf, Furcht und Schrecken zu verbreiten. Man kannte sie auch unter dem Namen *das Blaue Volk,* weil sie die Stoffe, aus denen sie ihre Turbane und die Umhänge über ihren Kaftanen fertigten, mit Indigo einfärbten. Der blaue Farbstoff zog in ihre Haut ein, versiegelte sie und schützte bei der Wüstenhitze vor Austrocknung. Und er verlieh den Kriegern eine wilde Ausstrahlung, bei der selbst den Tapfersten Angstschauer über den Rücken liefen.

»Hinter dir!«, schrie Fauvre.

Einer der Tuareg war um das Gebäude gebogen, die brennende Fackel kündigte ihn an, noch bevor Fauvre den Mann richtig sah. Max reagierte sofort, als der Krieger ohne Vorwarnung angriff. In dem Gebäude lagerten Stroh- und Heuballen, und Max schnappte sich die erstbeste Waffe, die er fand – eine Heugabel. Der Krieger schlug mit der brennenden Fackel nach Max und griff mit der anderen Hand nach seiner um den Rücken geschlungenen Kalaschnikow. Binnen Sekunden hatte er sie in der freien Hand schussbereit. Einer Feuergarbe war Max entkommen, aber da, wo er jetzt stand, war er ungeschützt. Und Fauvre war hilflos.

Max machte einen Sprung, zielte auf den Arm des Mannes. Der Angreifer wich nach links aus, aber eine Zinke der Heugabel hatte sich in den Lauf seiner Waffe gebohrt. Der Mann konnte jetzt nicht schießen, ohne dass es ihm den Arm weggefetzt hätte. Max zerrte und schob wie wild, spürte, wie er dem Tuareg die Waffe entwand, aber damit hatte er auch sein eigenes Verteidigungsinstrument verloren. Der Angreifer stöhnte auf vor Verblüffung und Wut, zog das gebogene Messer, das an seiner Taille hing, aus dem Futteral und hieb wild nach allen Seiten. Max zuckte zurück, wich dem kalten Stahl aus, der im Schein der brennenden Fackel blutrot schimmerte.

Max stolperte und fiel hin – so jedenfalls sah es für seinen Angreifer aus. Max wusste, wie schwer es war, jemanden anzugreifen, der sich auf dem Boden herumrollt. Da seinem Gegner ein scharfer Hieb nun nicht vergönnt war, musste er sich bücken, wenn er Max aufspießen wollte. Und das tat er auch. Max beschrieb einen kraftvollen Bogen mit dem rechten Arm und ließ den Stein los, den er am Boden aufgelesen hatte. Der Treffer verblüffte seinen Angreifer, warf ihn in die Hocke zurück, wo er das Gleichgewicht verlor und rücklings umkippte. Die brennende Fackel segelte davon, das Messer fiel in den Staub. Als Max aufsprang, war Fauvre mit dem Rollstuhl schon herangefahren und packte den benommenen Mann von hinten, drückte ihm mit seinem muskulösen Arm den Hals zu und presste ihm den Atem aus der Lunge. Der Krieger sackte zusammen.

»Ich fessele ihn, Max. Du musst verschwinden, dich verstecken. Ich hab noch drei andere gesehen. Die sind deinetwegen hier!«

Fauvre fesselte dem Tuareg mit der langen Stoffbahn seines Turbans die Arme, doch kaum hatte er Max gewarnt, als ein Luftzug durch das Heulager fegte und einen Feuerball aus brennendem Stroh auflodern ließ. Die Fackel des Angreifers hatte die wie Zunder brennenden trockenen Ballen in Brand gesetzt.

Max rannte zwischen Fauvre und das Feuer, brachte den alten Mann in Sicherheit, als eine zweite Flammenzunge in die Nacht hinausleckte. Sie klopften sich Funken aus den Haaren und von der Kleidung. Max hatte Rußstreifen im Gesicht – er sah aus wie nach einem Luftangriff.

»Ich kann mich nicht verstecken, Laurent. Wir schlagen sie, das schaffen wir! Die rechnen doch nicht mit Gegenwehr. Und Abdullah und seine Männer sind auch noch da. Wir sind mehr als die.«

Fauvre sah über seine Schulter und stieß einen Schrei aus – eine kehlige Mischung aus Französisch und Arabisch. Blitzschnell drehte sich Max um. Aladfar knurrte, der Tiger duckte sich ängstlich vor dem brennenden Heulager. Das Durcheinander aus Angst einflößenden Schussgeräuschen und dem Geruch, den Menschen ausströmen, wenn sie jagen, hatte die große Katze verwirrt, und nun war sie zu dem einzigen Menschen zurückgekommen, von dem sie je Anweisungen empfangen hatte.

Fauvres ausgestreckte Hand und seine Worte vermochten Aladfar zu beruhigen. Wie ein abgerichteter Hund trabte der Tiger in den Schutz der Steinmauer.

»Wo ist Sophie? Haben die sie mitgenommen?«, rief Max über das Feuer hinweg.

»Ich weiß es nicht. Vielleicht ist sie vor ihnen weggelaufen.« Die Sorge des Vaters brach sich Bahn. »Finde sie, Max!«

Max wollte schon loslaufen, doch Fauvre hatte ihn mit eisernem Griff am Arm gepackt. Wieder sagte er rasch etwas zu Aladfar. Redete ihm gut zu, schmeichelte ihm in einer Sprache, die die Furcht des Tigers besänftigte.

Schüsse, konfuse Schreie und laute Drohungen schallten durch die alte Festungsstadt. Jagdhunde fauchten, Großkatzen brüllten, Affen schrien, während die ohrenbetäubende Sirene immer noch ihr Jaulen durch die Wüste schickte.

Aladfar spähte gebannt und mit offenem Maul ins Dunkel, er keuchte vor Aufregung. Fauvre langte nach unten und hob die Kette auf.

»Nimm ihn mit und such meine Tochter«, sagte er zu Max und drückte ihm die Lederschlaufe in die Hand.

Max nahm sie, als sei es das Normalste von der Welt, bei einem nächtlichen Überfall wilder Tuareg einen dreihundert Pfund schweren Tiger an der Leine zu haben.

Das Heulager war mittlerweile ein Inferno. Funken stoben himmelwärts, den Sternen entgegen. Die beißende Luft verursachte Hustenreiz. Bevor Max etwas sagen konnte, wendete

Fauvre den Rollstuhl, beugte sich nach unten und hob das Messer des Tuareg auf.

»Ich hole Hilfe!« Dann war er fort.

Eine fünf Meter lange Kette verband sie nun. Max rannte los, und die Kette spannte sich, als Aladfar Schritt hielt mit einem Jungen, der wie ein Tier lief – mit großen Sprüngen, nicht in vollem Galopp, sondern stets bereit, auf plötzliche Gefahr zu reagieren.

In den zuckenden Schatten sah Max, wie Abdullah jetzt mit einem Tuareg kämpfte. Der große, kräftige Mann rang mit dem Krieger, hatte ihn an seiner Kleidung gepackt, hob ihn hoch, drehte ihn halb herum und schleuderte ihn mit einem kräftigen Wrestler-Wurf zu Boden, wodurch der Angreifer ohnmächtig wurde.

Drei erledigt – einer noch.

Doch da hatte Max sich geirrt. Die Kampfgeräusche waren zu den auf der anderen Mauerseite bei den Pferden wartenden zwei Männern durchgedrungen. Und da Krieger nichts lieber tun, als sich ins Getümmel stürzen, war einer der beiden schon dabei, über die Mauer zu klettern.

Max und Aladfar rannten über eine kleine Steinbrücke zwischen zwei Pferchen. Aus der Dunkelheit kam eine schreiende Gestalt auf sie zu – ein in sein Gewand gehüllter Kämpfer, einen Krummsäbel in der einen, eine brennende Fackel in der anderen Hand.

Abdullah vernahm das Kampfgeschrei des Mannes, drehte sich alarmiert um und sah, dass Max angegriffen wurde. Seine gebrüllte Warnung ging im Jaulen der Sirene unter. Er hatte einen zweiten Krieger von der Mauer springen und von Max' Flanke kommen sehen, das Schwert über dem Kopf schwingend, bereit, mit einem Hieb zu töten.

Max hörte ein Brüllen, bei dem ihm fast das Herz stehen blieb. Aladfar griff an, sprang auf den ersten Angreifer zu. Mit seinem kräftigen Zug riss das Tier Max genau in dem Moment um, als der zweite Mann sich jetzt in seinem toten Winkel näherte.

Max, der die Kette umklammerte, wurde von dem Tiger herumgezerrt und zu Boden geworfen. Das Schwert, ein schimmernder Streifen, mit so viel Kraft geschwungen, dass es einen Arm oder ein Bein abtrennen konnte, traf den steinigen Untergrund. Wie in Zeitlupe sah Max Aladfar über den ersten Angreifer herfallen, doch wie durch ein Wunder konnte sich der Mann noch einmal losreißen. Seine Kleider waren zerfetzt, von Aladfars Tatzen tropfte Blut. Mit einem schrecklichen Schrei warf sich der Tuareg über das nächstbeste Geländer, um dem letzten, tödlichen Biss zu entkommen. Max wusste, der Mann hatte mehr als einmal Glück gehabt. Er war Aladfar fürs Erste entkommen und in die Senke zu den Affen gefallen. Das alles schoss ihm durch den Kopf, als die Kette plötzlich erschlaffte. Aladfar hatte sich umgewandt.

Und brüllte.

Ein Brüllen, mit dem er seine ganze geballte Kampfkraft mobilisierte.

Angst erschien in den Augen des zweiten Angreifers. Er wollte erneut ausholen, um den Jungen zu töten, doch in dem Augenblick fiel ihm der Schleier vom Gesicht. Nach seinem Glauben konnte das Böse sein Herz treffen, wenn er Mund und Nase unverschleiert hatte. Das Gebrüll war von dem Jungen gekommen, von dem flackernden Schatten, der vor ihm aufragte wie ein riesiges Tier. Oder verzerrte das wütende Feuer alles, was er sah?

Aladfar zerrte und zog, wollte zuschlagen und töten, doch

den Mann traf der Hieb dieses anderen Wesens, das die Kette mit dem Tiger hielt. Es war kein Tatzenhieb, sondern der ausholende Arm von Max, der den Tuareg fällte und der Gnade Aladfars überließ.

Der Tiger sprang.

Max stieß einen Laut aus, der ihm selber fremd war. Er hatte das Inferno der Nacht in sich aufgenommen und verwandelte es in einen Autorität und Macht demonstrierenden Schrei.

Aladfar reagierte unmittelbar. Er wich zurück, spürte, wie die Kette anzog – ein zweites Band zwischen ihm und diesem Wesen der Wildnis.

Max' Mund war trocken wie Sand. Er hob den Blick und sah sich um. Er kniete auf dem Rücken des bewusstlosen Kriegers und fesselte seine Hände mit der Kordel, die die Kleider des Mannes zusammenhielt.

Das Jaulen der Sirene ließ nach, wich zögernd der Stille. Max sah Abdullah in der Ferne, er kam auf ihn zugewankt, die einst makellose Djellaba mit Schmutz und Blut beschmiert.

Fauvre tauchte aus den Rauchschwaden auf, rief Abdullah zu sich und ließ sich von ihm im Rollstuhl zu Max bringen.

»Ihr Zimmer ist von außen abgeschlossen. Sie ist nicht da«, sagte Fauvre.

Tiere krakeelten und schnatterten immer noch, aber allmählich ergriff die Stille von Max Besitz. Er kehrte in die Realität zurück, nach einem frenetischen, adrenalingesättigten Kampf.

Max hob den Kopf und blickte in die bernsteinfarbenen Augen der mächtigen Katze, die keine zwei Meter von ihm entfernt saß und ihn ansah. Langsam und bedächtig blinzelte Aladfar. Ein Ausdruck von Zufriedenheit – alles ist gut, schien er zu sagen.

Es war vorbei.

Max, Fauvre, Abdullah und die anderen Männer spürten noch die Nachwirkungen des Kampfes. Ihre Muskeln waren verkrampft und schmerzten, Schnittwunden und Kratzer brannten. Heißer, süßer Tee half ihnen, leichter in den neuen Tag hineinzufinden, als der Morgen am Himmel dämmerte und der Mond der Sonne Platz machte. Kleinere Wunden wurden versorgt, die Tiere beruhigt, gefüttert und getränkt, wie es ihr Tagesablauf erforderte. Max hatte sich rasch an einem Wassertrog gewaschen; er musste mit Fauvre sprechen und sich Sophies Zimmer ansehen – er musste herausfinden, ob sie vielleicht an diesem Überfall beteiligt war. Doch zuerst brauchte er noch andere Informationen – vorausgesetzt, Fauvre kam jemals vom Telefon weg.

Die Polizei konnte erst später am Tag zu ihrer Stadt kommen. Der Sandsturm war zwischen *den Tränen der Engel* und der Hauptstadt hindurchgefegt, sie waren unterbesetzt und es war nicht das erste Mal, dass der verrückte Franzose mit Eindringlingen in seinem Tierasyl zu kämpfen hatte. Sie würden kommen, sobald sie konnten. Bis dahin sollten sie ihre Gefangenen hinter Schloss und Riegel setzen.

Niemand sprach darüber, warum sie angegriffen worden waren, doch Abdullah hatte nach den Übergriffen in Marrakesch keinen Zweifel daran, dass sie dafür bezahlt worden waren, Max zu finden.

Und jetzt war Sophie verschwunden.

Nicht gekidnappt, sondern einfach in die Nacht verschwunden. Am anderen Ende der Stadt befand sich ein Tor, das zu einer Laderampe führte; früher waren darüber die Lastwagen gekommen, die die Tiere in die Stadt brachten. Dieses Tor war geöffnet und wieder geschlossen worden; und dorthin war Sophie mit Abdullahs Landrover gefahren. Fauvre schimpfte wütend über das Verhalten seiner Tochter. Sein Stimmungsumschwung – während des Überfalls hatte er sich größte Sorgen gemacht, jetzt verurteilte er Sophie – zeigte Max einmal mehr, wie unbeständig Erwachsene sein konnten. Dass Sophie ihm Zabalas Anhänger weggenommen hatte, erzählte er Fauvre nicht. Er brauchte selber erst mehr Informationen. Fauvre rief bei einem halben Dutzend Leuten an: bei seinen Kontakten am Flughafen, bei den Banken, bei jedem, der wissen konnte, wohin Sophie gegangen war. Er sperrte sogar die Kreditkarten, die er ihr gegeben hatte, und ihr Bankkonto. Sie würde schon bald wieder nach Hause zurückkommen müssen.

Max versuchte Fauvre in seinem Zorn zu besänftigen. »Ich habe Ihnen diese Schwierigkeiten ins Haus gebracht, Laurent. Das tut mir leid, aber es hängt mit Zabala zusammen und jetzt auch mit Sophie. Was hat er Ihnen geschickt?«

Fauvre ging mit Max über eine Rampe da hinunter, wo früher das Gefängnis der Stadt gewesen war. Die abgestandene Luft bewahrte noch die Erinnerung an die verlorenen Seelen, und die schwach leuchtenden Glühbirnen warfen einen düsteren Schein über das, was kaum mehr war als ein in den weichen Sandstein gegrabener Tunnel.

»Ich habe immer gewusst, wenn Zabala kein Verrückter ist, dann könnte das, was er mir geschickt hat, sehr wichtig sein. Hier würde niemand danach suchen«, sagte Fauvre, als er aufschloss und die Tür zu einem Tresorraum aufzog.

Die umfangreichen Dokumente, die meisten handschriftlich verfasst, waren für Max so gut wie unleserlich. Doch als sie wieder im helleren Licht von Fauvres Büro angelangt waren und er die Blätter ausbreitete, zeigte sich, dass die Papiere chronologisch geordnet waren – beginnend mit Zabalas ersten Untersuchungen, Spuren und Theorien. Max konnte immer noch nicht viel damit anfangen – mit der Fotografie und den Zeichnungen schon eher. Und mit Fauvres Erläuterungen.

»Ich kenne Zabala und diesen Mann«, er zeigte auf das Foto, das Max schon einmal gesehen hatte – der Hagere, mit Zabala vor dem Château d'Antoine d'Abbadies stehend –, »seit fast dreißig Jahren. Der Mann neben Zabala ist einer seiner wenigen Freunde. Er hat Zabala verraten, als der mit seinen Informationen an die Öffentlichkeit gehen wollte. Zabala hatte sich in den Kopf gesetzt, dass die Welt ihm diesmal zuhören würde, aber dieser sogenannte Freund hat versucht, seine Informationen zu stehlen. Ich weiß nicht, was aus ihm geworden ist. Er ist einfach verschwunden.«

Fauvre blätterte noch mehr Seiten um. »Zabala wusste, dass sein Freund ihn an jemanden verraten hatte, der über viel Macht verfügte, aber nicht, an wen.«

Er faltete einen Brief auf und reichte ihn Max. Die Schrift war hektisch und chaotisch. »Zabala war überzeugt, sie würden ihm jemanden auf den Hals hetzen, der noch viel gefährlicher war als der vermeintliche Freund. Und noch ehe er mir seine Informationen zukommen lassen konnte, hat dieser Killer zugeschlagen.«

Fauvre schob die Schriftstücke hin und her und legte dieselben Zeichnungen vor Max auf den Tisch, die dieser schon in dem Château gesehen hatte: den Kreis, die eingezeichneten Winkel und die Zahlen.

»Das ist ein Geburtshoroskop«, sagte Max.

»Ja, richtig. Siehst du den französischen Namen dort auf der Zeichnung?«, fragte Fauvre.

Max kniff die Augen zusammen, um Zabalas kleine Schrift zu entziffern. »Betel irgendwas … Betelnuss?«

Fauvre lächelte. »Beteigeuze. Das ist ein roter Riesenstern.

Sehr groß. Fünfhundertmal größer als unsere Sonne. In der geschichtlichen Überlieferung wird er manchmal auch als *Ankündiger* bezeichnet.«

Er bemerkte einen Ausdruck von Unsicherheit – oder war es Unglauben? – auf Max' Gesicht.

»Doch, wirklich, Max. Die Astronomen glauben, dass dieser Riesenstern innerhalb der nächsten tausend Jahre explodieren und alles zerstören wird. Die Astrologen wiederum registrieren seinen Einfluss seit Jahrhunderten. Er war am 11. September zu sehen, beim Tsunami in Indonesien, ja sogar, und das ist nun wirklich schon lange her, bei dem großen Brand in London. Wenn Beteigeuze an einem bestimmten Punkt am Himmel steht, kündigt das immer eine Katastrophe an.«

Max war nur mäßig beeindruckt. Sternenkarten, Vorhersagen und Planetenkonstellationen. Wenn das mal nicht wieder bloß Hokuspokus war. Quatsch eben. Botschaften von den Sternen, kosmische Einflüsse – so etwas konnte Max nicht ernst nehmen, das waren keine harten, nüchternen Fakten. Eins war allerdings nicht zu bestreiten. Es glaubten genug Leute an dieses Zeug, dass jemand Zabala ermordet und Max Verfolger auf den Hals gehetzt haben konnte. Das waren Tatsachen. Und die nahm er durchaus ernst.

»Und jemand hat Zabala getötet, um an diese Information zu kommen, und hat Leute auf dich gehetzt, weil du jetzt sein Geheimnis kennst.«

»Vielleicht suchen die das hier. Ich habe nämlich ein Geburtshoroskop, das genauso aussieht«, sagte Max und zog die Zeichnung hervor, die er im Château d'Abbadie gefunden hatte.

Er legte die beiden Blätter nebeneinander. Die Zeichnungen kamen ihm identisch vor, von derselben Hand gefertigt. Er hatte von Astrologie zwar keine Ahnung, war aber überzeugt, dass er mit ein wenig Übung schon herauskriegen würde, was es damit auf sich hatte. Landkarten, Seekarten, Sternenkarten. Sie waren alle nach einem logischen System aufgebaut.

Max zeichnete mit dem Finger die Symbole nach, die er nicht verstand.

»Hier ist etwas anders«, sagte er. »Auf Zabalas Originalzeichnung von mir ist ein zusätzliches Dreieck in den Kreis des Geburtshoroskops eingezeichnet. Das fehlt auf Ihrer Zeichnung. Ganz identisch sind sie also nicht.«

»Deshalb hat er mir also diese Karte geschickt. Du musst noch etwas haben, irgendetwas, das den Unterschied zwischen diesen beiden Vorhersagen zeigt. Die erste war nicht korrekt, aber die zweite …«

Fauvre sah Max konsterniert an. Ihm fiel auf, dass Zabalas Anhänger nicht mehr da war.

»Wo ist der Stein? Hast du den während des Angriffs verloren?«, fragte er.

»Nein, den hat Sophie genommen. Deswegen ist sie fortgelaufen. Ich muss unbedingt ihr Zimmer sehen.«

Das Zimmer war früher einmal Teil einer Gruppe von eingeschossigen Häusern gewesen. Die Ruinen zu beiden Seiten verhinderten bis auf eine Tür jeden Zugang. Wie andere Teenager auch schloss Sophie Fauvre ihr Zimmer stets ab. Es war ihr Heiligtum. Aber einer von Fauvres Männern brachte einen Bolzenschneider mit und kniff damit den dicken Bügel des Vorhängeschlosses auf.

Zwei der Innenwände waren mit ockergelbem Lehm bestrichen. Kleine Fenster, davor Musselinvorhänge, ließen schwaches Licht herein. Max probierte den Lichtschalter aus; nichts geschah. In dem kühlen, schattigen Raum stand ein Bett, mit einer bunten, glänzend bestickten Decke bedeckt. Bücher füllten die Regale an einer Wand, Musik-CDs die an der anderen. Kerzen, von übergelaufenem Wachs gehalten, waren überall im Zimmer verteilt, manche nur noch bunte Pfützen, so tief waren sie heruntergebrannt. Ein schwacher Duft hing in dem stickigen Raum – Sophies Parfum, wie Max erkannte.

Ein Schreibtisch, der hauptsächlich als Frisierkommode verwendet wurde. Make-up, ein Glasbehälter voller Haarklammern, ein Sammelsurium von Kämmen und Bürsten; an den Spuren von Staub und Körperpuder sah man, wo Flaschen mit Öl – Lavendel, Majoran, Thymian – klebrige Kränze hinterlassen hatten.

Fauvre hatte sich mit seinem Rollstuhl in den Raum gezwängt und betrachtete genauso gebannt wie Max die sich vor ihm ausbreitende Welt seiner Tochter. Fotografien, Poster, Zeichnungen und Skizzen des Mädchens – breite Farbstriche auf Leinwänden, stumme Seiten voller Zorn, von einer wütenden Hand mit Kohlestift gekritzelt. Eine Welt aus Schmerz und Verzweiflung.

Max sah sich Familienfotos aus einer Zeit an, als Sophie offensichtlich noch ein Kind war. Der muskulöse Fauvre vor seinem Unfall, die schöne, dunkelhaarige Frau ohne Gesicht. Bei allen Bildern, die Eltern und Kind zeigten, war bis in die allerjüngste Zeit hinein das Gesicht der Mutter entweder verbrannt oder abgekratzt worden.

Am meisten interessierte Max aber die Wand über Sophies Bett. Dicht zusammengeschoben hingen dort Bilder, die weit entfernt von Marokkos brütender Sonne aufgenommen worden sein mussten. Sie zeigten weiße Landschaften, stachlige grüne Nadelbäume und Skifahrer in bunten Anzügen bei Wettkämpfen. Aber das hier waren keine Abfahrtsläufer, diese Skifahrer trieben einen anderen Sport. Einige zielten kniend mit Gewehren, andere zielten im Stehen, während wieder andere auf Skiern fahrend im Hintergrund zu sehen waren.

»Ein Ski-Crosslauf«, murmelte Max vor sich hin.

»Richtig«, sagte Fauvre. »Ein Biathlon. Voriges Jahr in Norwegen. Sophie nahm in der Jugendmannschaft am Wettkampf über die Fünfzehn-Kilometer-Distanz teil. Unter die ersten drei hat sie es aber nicht geschafft. Die Ausdauer war schon da, aber beim Schießen hat es bei ihr noch gehapert.«

Max schaute genauer hin. Er betrachtete die Gestalt, die auf einer ganzen Fotoreihe festgehalten war. Aufgewirbelter Schnee wies darauf hin, dass der Skifahrer gebremst hatte, um auf die Zielscheibe zu schießen. Im Stehen, Gewehr an der Schulter. Max hatte plötzlich ein flaues Gefühl im Magen. Der Mensch auf dem Foto hatte fast genau dieselbe Haltung wie der Killer, als er auf Zabala schoss.

Max verfolgte nacheinander auf den Bildern, wie der Schütze bergab zum Schießplatz fuhr, bis er schließlich direkt am Schießstand in Nahaufnahme zu sehen war.

Der einteilige Rennanzug dieses Skifahrers hatte dasselbe Muster wie der des Mörders, gezackte schwarze Linien auf weißem Grund, und das Gesicht des Schützen war nun von vorn zu sehen.

Max war der Atem stehen geblieben, sein Herz hämmerte.

Er kannte das Mädchen mit den hellen Augen, das den Finger da am Abzug hatte.

Den Mörder, dessen Namen er nicht aussprechen konnte – Potÿncza Józsa.

Peaches.

22

Das war es, was hier nicht stimmte.

Peaches war mit den Männern des Hais wieder zum Van gerannt. Sayid musste schlucken. Irgendetwas hatte ihn an der Kehle gepackt, und es kam ihm so vor, als ob ihm gerade jemand einen Eispickel ins Herz gestoßen hätte. Der Blick, den sie ihm zugeworfen hatte, verstand sich auch ohne Worte.

Die Vans rasten mit quietschenden Reifen los, fuhren an der ersten Ausfahrt von der Autobahn ab, rollten die nächsten fünfzig Kilometer gemächlich auf Landstraßen dahin und kehrten dann auf die glatte, geteerte Autobahn zurück.

In Sayids Kopf überschlugen sich die Gedanken. Bobby war vermutlich tot, ein anderer Mann war verletzt, und Bobbys Freundin war eine von denen, die für diese schreckliche Katastrophe verantwortlich waren. Verzweifelt und allein, begann Sayid vor Angst zu zittern. Der Schock überwältigte ihn, und er stieß unwillkürlich einen tiefen Schluchzer aus.

»Halt's Maul, du plärrender Balg!«, schrie einer der Gangster auf dem Vordersitz.

Die Stimme des jungen Mannes hatte eine seltsame Wirkung auf Sayid. Ihm wurde trotz seiner momentanen Verfassung klar, dass die Männer verunsichert waren. Die Sache war nicht nach Plan gelaufen. Ganz und gar nicht so, wie sie es sich gedacht hatten. Diese üblen Verbrecher waren von den Ereignissen der letzten Stunde genauso überrumpelt wie Sayid, wenngleich aus einem anderen Grund – die Lage geriet immer mehr aus dem Ruder. Und es konnte noch mehr schiefgehen. Zum Beispiel konnte jemand auf sie aufmerksam werden.

Er bekam seine wirren Gedanken wieder unter Kontrolle. Die Zahlen des magischen Quadrats standen ihm plötzlich vor Augen: Vielleicht verbargen sich hier die entscheidenden Informationen, mit denen diese Killer aufgehalten werden konnten.

Sayid konzentrierte sich.

Max wehrte sich gegen das, was doch offensichtlich schien: Sophie steckte mit Peaches unter einer Decke, und Peaches hatte mit dem Mord an Zabala zu tun und gehörte zur Killertruppe des Hais. Bobby Morrell hatte ihn und Sayid in Hendaye gar nicht im Stich gelassen, sondern war verraten, vielleicht sogar von Peaches umgebracht worden. Diese Gangster arbeiteten für jemanden, der so mächtig war, dass er an jedem Ort der Welt bekam, was er wollte – egal, mit welchen Mitteln. Zabalas Schrei – *vertraue niemandem, sie werden dich töten* – klang für Max nun noch überzeugender. War das Ganze also bloß eine Farce gewesen? Die Schlägertruppe des Hais, die Sophie überfiel. Max, der ihr wie ein Idiot zu Hilfe kam, mit hineingezogen wurde und sich von ihrer Verletzlichkeit blenden ließ. Alles bloß ein Mittel zum Zweck – um Zabalas Geheimnis zu lüften? Offensichtlich. So schien es, aber Max wünschte, es wäre nicht wahr.

»Warum hat sie den Anhänger genommen?«, fragte Fauvre, als sie wieder in seinem Büro waren, und kramte in den Papieren des alten Mönchs. »Sie muss gewusst haben, wie wichtig er ist. Daran gibt es keinen Zweifel. Verdammt! Sie verkauft ihn für Geld, nicht? Hat einen Käufer gefunden für etwas, das von unschätzbarem Wert ist. Verkauft das Leben eines Menschen!«

Der rasende Zorn des Mannes hatte ein zerstörerisches Ausmaß erreicht.

Ganz gleich, was Sophie auch getan hatte, eine Mörderin war sie nicht, sagte sich Max. Sie hätte ihm ja die Kehle durchschneiden können, als sie den Stein nahm. Das gab ihm etwas Hoffnung, einen Hauch von Verständnis.

Max brauchte diesen Mann auf seiner Seite, denn er musste fort von diesem Ort und nach Europa zurückkehren.

»Sie ist in etwas verwickelt, das sie nicht versteht«, sagte er. Er hatte das Foto von Peaches von der Wand in Sophies Zimmer genommen. »Kennen Sie dieses Mädchen?«

Fauvre schüttelte den Kopf. »Kennt Sophie sie?«

»Sie hat Zabala getötet«, sagte Max leise.

Fauvres Schock war echt. Die Zornesröte verschwand aus seinem Gesicht, seine Schultern fielen nach vorn, und mit einem Mal sah er furchtbar alt und mitgenommen aus. Mit zittriger Hand hielt er das Foto. »Was hat meine Tochter getan? Was hat sie mit diesen Leuten zu schaffen? Möge Gott mir verzeihen, dass ich sie nicht genug geliebt habe.«

Er schenkte sich ein Glas Whisky ein, trank es wie Medizin in einem Zug aus und verzog das Gesicht. Kopfschüttelnd saß er da. Einen Augenblick später kehrte seine Entschlossenheit zurück. Sein Rücken richtete sich auf, seine Stimme wurde fester.

»Sie ist in Gefahr. Ich muss ihr helfen.«

»Dann müssen Sie mir helfen«, sagte Max zu ihm. »Sehen Sie das Muster auf dem Skianzug des Mädchens? Das ist mir schon öfter begegnet und jedes Mal im Zusammenhang mit einer Gewalttat. Schauen Sie sich die anderen Wettkämpfer an. Einige davon haben Sponsorenlogos auf ihren Anzügen. Glauben Sie, dass das Design etwas bedeuten könnte? Falls ja und falls Sophie zu diesem Mädchen gefahren ist, könnte uns das helfen herauszufinden, wo sie ist.«

Fauvre nickte. Jetzt gab es für ihn etwas zu tun. Er klopfte ans Fenster. Abdullah war draußen und sorgte dafür, dass genug Wasser auf das noch glimmende Heu geschüttet wurde, damit es bei dem Wind nicht zum Funkenflug und zu einem neuen Brand kam.

Der Riadbesitzer kam herein, Schweißbäche in dem dick von Ruß und Sand verklebten Gesicht. Fauvre reichte ihm das Foto.

»Abdullah, geh damit in den Computerraum, scanne es ein und schau nach, ob das Muster irgendetwas bedeutet.«

Abdullah nickte und ging, ohne Fragen zu stellen, in Richtung Nebengebäude davon.

»Wir haben hier einen guten Scanner. Wir benutzen ihn, um damit Tiergesichter mit den in der Wildnis fotografierten Tieren zu vergleichen. Es ist ein Zeichenerkennungsprogramm. Abdullah ist in diesen Dingen viel flinker als ich.«

»Ich habe einen Freund, der auch so was hat«, sagte Max finster und dachte an Sayid, der jetzt wer weiß wo steckte.

»Und das ist alles, was wir tun können? Hoffen, dass wir irgendeinen obskuren Hinweis finden?«

Max musste jetzt seine letzte Karte ausspielen, das war ihm klar. »Nein, wir können noch mehr tun. Wir können uns ansehen, was Ihr Freund Zabala auf dem Stein des Anhängers versteckt hat.«

Max griff nach dem Messer mit der kurzen Klinge, das als Brieföffner diente. Er setzte sich hin, zog einen seiner Turnschuhe aus, bohrte das Messer in die Ferse und kratzte das Gelpolster heraus.

Dann hielt er den Stein mit zwei Fingern hoch.

»Früher oder später hätte sich sowieso jemand den Anhänger geholt. Ich hab Zabalas Stein ausgetauscht, als ich in Abdullahs Riad war.«

»Und Sophie?«

»Hat ein Steinchen aus einem Getränkeuntersetzer. Sie hat nichts«, sagte Max.

Angelo Farentino hatte seine Zigarre zur Hälfte aufgeraucht. Max Gordons Vater hatte tatsächlich keine Ahnung, wer er war, und der Brocken von Bodyguard und Krankenpfleger war außer Hörweite – dieses Gespräch blieb also unter ihnen. Nur Farentino würde sich daran erinnern. Doch bei dem, was Tom Gordon ihm erzählte, blieb ihm die Spucke weg. Die Zigarre war ausgegangen und er hatte einen bitteren Nachgeschmack auf der Zunge, der mehr von der Angst herzurühren schien als vom Tabak.

Ganz beiläufig hatte Tom Gordon davon erzählt, wie er und andere Wissenschaftler und Forscher vor vielen Jahren einmal in die Schweiz gefahren waren. Sofort wurde Farentino hellhörig. Gordons Gedächtnis war wie ein Puzzle und nicht alle Stücke passten zusammen, aber seine bruchstückhaften Erinnerungen ergaben für Farentino nach und nach doch ein Bild.

Umweltgruppen hatten Untersuchungen über den großen nuklearen Teilchenbeschleuniger in der Schweiz angestellt und waren eingeladen worden, sich vor Ort selbst von den getroffenen Sicherheitsvorkehrungen zu überzeugen. Farentino erinnerte sich an diese Zeit, hatte in groben Zügen sogar noch den Artikel parat, den irgendjemand darüber geschrieben und den er dann veröffentlicht hatte; es ging darin um die schmelzenden Alpengletscher und um die Gefahr, dass hier elektromagnetische Energie entstand, die zum Klimawandel in der Region beitragen konnte. Still und leise, um kein Aufsehen zu erregen, wurden Vorsichtsmaßnahmen ergriffen, die diese Untergrund-Forschung begleiteten – ähnlich einer Firewall auf einem Computer. Eine Schutzmauer. Aber niemand wusste, ob das ausreichte, sollte es in dem Gebiet zu einer Katastrophe kommen.

Angelo Farentino war unbeabsichtigt an Informationen gelangt, die an Fedir Tischenko weitergeleitet werden mussten. Nicht einmal Tischenko konnte voraussehen, was für Schäden drohten, wenn er seine Pläne zur Nutzbarmachung der Naturkräfte weiterverfolgte. Oder doch?

Wenn Farentino sich den Behörden anvertraute, würde man ihn verhaften, unabhängig davon, ob man diese längst wieder in Vergessenheit geratene Theorie glaubte oder nicht. Er konnte sich auch nicht verstecken. Wenn diese Information stimmte, würde alles, was Farentino besaß, jedes Fitzelchen seines Reichtums, vernichtet werden. Aktienmärkte würden zusammenbrechen, Banken in Konkurs gehen, Grundbesitz würde wertlos werden. Kernschmelze. Gewaltige Zerstörungen ungeahnten Ausmaßes.

Wenn er das Weite suchen und sein Geld um die Welt verschieben würde, sich zum Beispiel nach Brasilien oder auf einen Flecken Erde mitten im Pazifischen Ozean absetzen würde, besäße Fedir Tischenko trotzdem genügend Mittel, um ihn zu finden und zu töten. Und wenn er sich nicht aus dem Staub machte, war sowieso alles vorbei. In dieser Situation konnte er nicht mehr gewinnen.

Dass eine große Anzahl von Menschen sterben oder die Umwelt unwiderruflich zerstört werden würde, bereitete ihm kein Kopfzerbrechen – er sorgte sich allein um seinen Reichtum. Das war der Hauptgrund, warum er jeden verraten hatte. Sein großer Reichtum. Das war einfach nicht fair! Warum musste er das erfahren? Warum hatte das Schicksal keinen anderen auf den heißen Stuhl gesetzt?

Angelo Farentino war kein Held, aber er würde seine ganze Überzeugungskraft aufbieten und Tischenko davon überzeugen müssen, dass er mit seinen Plänen ein entsetzliches Chaos auf der Erde anrichten konnte.

Die Vans hielten zum Tanken an, aber der Hai ließ Bobbys Kleinbus außer Sichtweite auf der Zufahrtsstraße zu der Raststätte halten. Sie füllten Kanister mit Diesel und betankten den Bus im Schutz der Bäume.

Sayid wälzte sich herum, stützte sich mit dem Rücken gegen die Innenwand des Wagens und vergewisserte sich, dass sein Gips das Gekritzel auf der Unterseite von Bobbys Surfbrett überdeckte. Die Tür ging auf – Sayid zuckte zusammen. Peaches kletterte herein. Sie sah ihn an und er wandte die Augen ab. *Mit etwas Gefährlichem darf man nie Blickkontakt herstellen,* hatte Max ihm einmal gesagt.

Das Mädchen reichte ihm etwas, das wie ein durchweichter Käse in einem pappigen Brötchen aussah, zusätzlich gefüllt mit gedünstetem Gemüse. Es schmeckte wie eine verschwitzte Socke voller Gartenabfälle, aber Sayid hatte Kohldampf und gierte bereits nach dem Becher heißer Schokolade, den sie in der anderen Hand hatte.

Draußen hörte er den Hai reden. Er erklärte den anderen, welche Strecke sie von hier aus fahren würden. Teile von Ortsnamen, darunter auch die Stadt Genf – den Rest bekam Sayid nicht mit, weil das Kauen zu viel Lärm in seinen Ohren machte. Er schlang das Essen runter aus Angst, Peaches, die ihn kalt ansah, könnte es ihm wieder wegnehmen. Sie hatte sich hingehockt und beobachtete ihn. Langsam und gründlich ließ sie ihren Blick durch das Innere des Wagens wandern, offenbar auf der Suche nach etwas, das Sayid die Flucht ermöglichen könnte.

Sayid passte auf, dass er sich mit dem Fuß nicht von Bobbys Surfbrett entfernte. Wagte er es, Peaches zu provozieren, indem er ihr Fragen stellte?

Sei nett. Zeig dich dankbar. »Danke, Peaches. Das hab ich jetzt wirklich gebraucht.«

Sie nickte und gab ihm die heiße Schokolade.

Frag sie. Aber vorsichtig. »Ich kapiere nur nicht, warum du bei diesen Mistkerlen bist«, sagte er leise. »Ich meine, Bobby war so ein netter Typ.«

Peaches riss ihm das heiße Getränk aus den gefesselten Händen, wobei ihn einige Spritzer verbrühten, und schüttete den Rest aus dem Auto hinaus auf die Erde. »Du bist nicht hier, um Fragen zu stellen, Sayid. Man kann nicht reden und trinken zugleich – du hast deine Wahl getroffen.«

»Ich weiß überhaupt nicht, was hier los ist!«, sagte er wütend und sehnte sich verzweifelt nach dem schönen warmen Getränk.

»Das haben wir uns schon gedacht, aber lebendig bist du uns nützlicher, jedenfalls noch für eine Weile. Dein Freund lässt dich doch nicht im Stich, oder? Was meinst du?«

Max! Sie wollten Sayid als Lockvogel benutzen! Aber wie? Wo genau Max jetzt war, konnten sie gar nicht wissen, es sei denn … Sayid hielt jäh inne. Was war der gemeinsame Nenner? Sophie. Und der hatte Peaches eine SMS geschickt. Peaches und Sophie machten gemeinsame Sache!

Peaches lächelte, kletterte aus dem Bus und schlug die Tür zu. Im Innern war es dunkel wie in einem Grab, die Kälte legte sich um Sayid wie das tödliche Netz einer Spinne. Er musste die

Lösung finden, die in diesen Zahlen verborgen lag. Und diese Information Max zukommen lassen – irgendwie.

Denn wenn sie Max hatten, war Sayid für sie nicht mehr von Nutzen.

Dann würden sie ihn töten.

Fauvre wischte sich den Schweiß aus den Augen und suchte, vorwärts und rückwärts rollend, einige Geräte zusammen. Er stellte ein einfaches, altmodisches Mikroskop scharf. Nach heutigem Stand der Technik zwar völlig veraltet, konnte es bei einer so bescheidenen Unternehmung wie der ihren dennoch gute Dienste leisten.

Fauvre streckte die Hand nach Zabalas Kristall aus. Max wurde urplötzlich von Zweifeln gepackt. Der sterbende Mönch hatte ihm den Stein anvertraut, er hatte sein Leben riskiert, um sein Geheimnis zu schützen, und jetzt händigte er ihn dem Vater des Mädchens aus, das ihn verraten hatte.

Nach einem Augenblick des Zögerns ließ Max den Kristall in die ausgestreckte Hand fallen. Fauvre bewegte ihn zwischen seinen Fingerspitzen, als handle es sich um einen Diamanten von unschätzbarem Wert. Und das *war* er schließlich auch, falls sich sein Geheimnis ergründen ließ.

Das Zögern des Jungen entging Fauvre nicht. »In Ordnung. Sehen wir uns mal an, weswegen mein Freund umgebracht worden ist.«

Die Luft im Zimmer war heiß und stickig, eine leichte Brise, die hereinwehte, half zwar ein wenig, sie zu kühlen, aber der beißende Geruch des verbrannten Strohs kratzte ihnen immer noch im Hals. Fauvre wischte sich mit dem Ärmel über die Augen und senkte das Gesicht über die Linse des Mikroskops. In dem abgedunkelten Zimmer glomm nur das Licht eines Leuchtkastens. Max bekam fast keine Luft vor innerer Anspannung. Wenn Fauvre entschlüsselte, was auf dem Kristall stand, war das so, als würde die Tür zu einem geheimen Grab geöffnet werden.

Fauvre konzentrierte sich, sein rasselnder Atem war das einzige Geräusch im Raum. Sein Kopf fuhr zurück, seine Augen fixierten Max – äußerste Beunruhigung blitzte darin auf. Eine Ewigkeit später, so kam es Max vor, schob er sich von dem Tisch zurück.

»Gib mir die Horoskope«, sagte er.

Fauvre drehte sich mit dem Rollstuhl herum und klemmte die beiden Blätter an eine Weißwandtafel – das Originalhoroskop, das Max in dem Château gefunden hatte, und das neueste, das Zabala ihm geschickt hatte. Schnell machte er eine vergrößerte Zeichnung davon, damit sie beide ganz genau sehen konnten, wovon sie eigentlich sprachen.

Max sah zu, wie der schwarze Marker über die Weißwandtafel fuhr, und musste an den über das Schneefeld gleitenden Mörder denken. Die Spitze des Filzstifts quietschte, als Fauvre ein Dreieck von derselben Form zeichnete, wie es sich auf dem Kristall befand, und an jede Ecke einen Buchstaben setzte: E, S und Q.

»Vor einigen Jahren wurden drei ferne Himmelskörper in unserem Sonnensystem entdeckt«, sagte Fauvre, während er die Namen – Eris, Sedna und Quaoar – hinschrieb und sie wie ein Lehrer in der Schule gleichzeitig laut vorsprach. »Eris, Sedna und Quaoar.«

Fauvre tippte auf jede der drei Ecken.

»E, S und Q. Zabala kann vor so vielen Jahren von ihrer Existenz noch nichts gewusst haben. Damals sagten ihm die Planeten nur, dass eine große Katastrophe eintreten würde, aber irgendetwas fehlte zu einem vollständigen Bild – diese Planeten und ihre Konstellation.«

»Ihre Anordnung, das ist das Besondere, nicht wahr?«, sagte Max.

»Richtig! Das sind die Trigger und sie stehen jetzt genau an der richtigen Stelle im Tierkreis.«

Max konnte nicht mehr folgen. Er konnte sich aus diesen Angaben immer noch kein Bild machen. Bei diesem astrologischen Zeug setzte sein Hirn immer aus. Doch er konzentrierte sich, als hinge sein Leben davon ab – und das konnte ja auch sein. Der Mond, das wusste er, beeinflusste die Ernte und die Gezeiten auf der Erde, also konnten diese Planeten vielleicht auch einen bestimmten Einfluss ausüben. Er bewegte die Finger über die Diagramme.

»Zabala hatte alle wichtigen Einzelheiten für seine Vorhersage beisammen«, sagte Max. »Er wollte, dass Sie den Stein bekommen. Denn er hatte Ihnen ja auch die neue Zeichnung geschickt, die er angefertigt hatte.«

Fauvre wurde sehr ernst.

»Ich bin davon überzeugt, dass Zabalas Vorhersage einer Naturkatastrophe korrekt ist. Und sie wird von Menschenhand ausgelöst, Max. Diese drei fehlenden Himmelskörper sind ein gewichtiges Argument dafür, dass es wirklich passieren wird«, fuhr er mit Nachdruck fort.

Max konnte verrückten Ideen zwar einiges abgewinnen, aber jetzt wurde es ihm zu viel. Das war alles einfach zu fantastisch, zu weit hergeholt.

»Tut mir leid, aber ich kann damit nichts anfangen. Da fehlt doch jede Logik. Das beweist doch gar nichts. Alles nur wegen eines lausigen Dreiecks!«, brach es aus ihm heraus.

Sein Dad hatte ihm immer beigebracht, praktisch zu denken,

die Realität hinter der Fassade unwissenschaftlicher Behauptungen zu sehen.

»Du irrst dich, Max! Diese Information wäre mit Zabala untergegangen, hättest du nicht die Verantwortung übernommen und dich darum gekümmert.«

Fauvre sprach leise und deutlich und wartete, bis sich der Unmut des Jungen gelegt hatte.

»Max, hier geht es nicht um idiotische Horoskope, wie man sie jeden Tag in der Zeitung findet. Hier hat ein Wissenschaftler – mein Freund Zabala – eine starke Kraft unseres Universums entdeckt.«

»Ich brauche aber etwas Präziseres, um weiterzumachen«, erwiderte Max.

»Das hier ist präzise, meine Junge. Das steht fest«, sagte Fauvre. Er trug das Dreieck in das Diagramm ein, das Zabala ihm geschickt hatte. »Jetzt sehen wir die Planetenkonstellation zur exakten Stunde an dem Tag und in dem Jahr, wenn die Katastrophe eintreten wird: um 11:34 Uhr, am 8. März.«

»In zwei Tagen«, sagte Max.

Fauvre hielt die Zahlen hoch, die er von dem Kristall abgelesen und auf einem Block notiert hatte.

7 24 8 – 10 4 9 12 25 – 7 11 9 17

»Das ist der Teil von Zabalas Geheimnis, den ich nicht verstehe. Was bedeuten diese Zahlen, was meinst du? Ich glaube nicht, dass die etwas mit den Horoskopen zu tun haben. Es besteht kein Zusammenhang zwischen ihnen und den Zeichnungen.«

»Das ist ein Code, der irgendetwas beschreibt«, sagte Max, und plötzlich wurde ihm ganz flau im Magen. Sayid! Er konnte nichts für seinen Freund tun. Nicht jetzt.

Fauvre sah dem Jungen an, dass ihn etwas quälte. »Da ist noch etwas, wovon du mir nichts gesagt hast.«

Max nickte. »Da war noch ein Blatt Papier mit einem Zahlenquadrat drauf, fünfundzwanzig Zahlen. Das machte keinen Sinn, außer dass die Reihen und Spalten immer fünfundsechzig ergaben, wenn man die Zahlen addierte.«

»Dann steckt in dem Quadrat eine Botschaft. Zabala hat darin wichtige Informationen verschlüsselt, hat uns vielleicht sogar gesagt, wie diese Katastrophe abgewendet werden kann.«

Max zermarterte sich den Kopf. Er bekam die Zahlen dieses magischen Quadrats nicht mehr zusammen, ausgeschlossen. »Wenn man etwas verschlüsseln will, braucht man ein Codewort oder Codeworte. Und diejenigen, die einen Code schreiben, und diejenigen, die ihn entziffern, müssen sie kennen. Das ist wie bei der Zahlenkombination für einen Tresor.« Max grübelte. Selbst wenn er die Zahlen des Quadrats wüsste – die Codeworte kannte er nicht.

»Wir haben bloß die Zahlen des Quadrats und die auf dem Kristall gefunden«, sagte er. »Codeworte, die uns helfen könnten, sie zu entziffern, haben wir nirgends entdeckt.«

»Aber begreifst du denn nicht, Max? Irgendwie *muss* Zabala sie dir gegeben haben. Du hast sie gesehen oder von ihm bekommen, oder er hat sie dir gesagt – wie auch immer. Wo ist das Blatt Papier?« Fauvre ließ nicht locker.

»Das hat mein Freund.«

»Und wo ist der?«

»Er müsste eigentlich zu Hause sein, aber ich habe ihn nicht erreicht. Vielleicht haben ihn die Cops in England geschnappt. Ist jetzt auch nicht so wichtig.«

Max ging zu einer Landkarte an der Wand. »Das Dreieck hat mich von Biarritz hierhergebracht. Die anderen beiden Seiten treffen sich in ...« Max strich mit dem Finger an einer Linie entlang. »Hier.«

»Genf«, sagte Fauvre alarmiert.

Max drehte sich vor Schreck der Magen um. »Der Teilchenbeschleuniger des CERN.«

»Du weißt davon?«, sagte Fauvre.

Das europäische Kernforschungszentrum. Das hatte Max vor ein paar Jahren mal bei einer Klassenfahrt besichtigen sollen, doch er hatte stattdessen an einem Crosslauf-Wettkampf teilgenommen. Sayid war aber mitgefahren und hatte danach erzählt, er habe bloß gestaunt. Hundert Meter unter der Erde befand sich ein ringförmiger Tunnel von Beschleunigerröhren. Sie hatten einen Durchmesser von achteinhalb Kilometern und siebenundzwanzig Kilometer Umfang. Das waren die Dimensionen der um das Londoner Stadtzentrum herumführenden Circle Line, einer wichtigen U-Bahn-Linie. Also ein echtes Riesending. Die größte, komplexeste Maschine der ganzen Menschheitsgeschichte!

Sayid geriet bei wissenschaftlichen Themen schnell ein bisschen ins Schwärmen.

Das CERN war der Traum eines jeden Physikers. Die Urknall-Theorie. Sie wollten dort Protonenstrahlen fast bis auf Lichtgeschwindigkeit beschleunigen. Die Strahlen sollten Partikel kollidieren lassen und so eine unglaubliche Energie freisetzen. »Peng! Peng! Peng! PENG!«, hatte Sayid gerufen und wie ein Wahnsinniger mit den Füßen aufgestampft, fast wäre er vor Begeisterung ausgeflippt. Tagelang hatte er immer wieder davon angefangen, er konnte sich gar nicht beruhigen. Hatte Max damals den letzten Nerv geraubt. Jetzt freilich wünschte er sich, er hätte aufmerksamer zugehört.

Fauvre tippte auf die Landkarte. »Diese Wissenschaftler wollen herausfinden, wie unser Universum entstanden ist. Sie wollen wissen, wann die bekannten Naturkräfte entstanden – auf ein Trillionstel einer Sekunde nach dem Moment der Entstehung genau«, erklärte er. »Das passt alles gut zusammen. Zabala hat Monate in diesen Bergen verbracht.«

Max sah sich auf der Karte den Genfer See an, eingezwängt zwischen Gebirgshängen. Angenommen, nur mal angenommen, was er entdeckt hatte, würde stimmen. Eine Katastrophe in dieser Region würde Tod und Zerstörung in einem unvorstellbaren Ausmaß bedeuten.

»Der Teilchenbeschleuniger. Die Leute von der Urknall-Forschung. Sophie will den Anhänger dort hinbringen«, sagte Max. »Aber wenn sie ihn abliefert und die stellen fest, dass er wertlos ist …«

Er führte den Satz nicht zu Ende. Fauvres bestürzte Miene spiegelte seine eigenen Gedanken wider: Dann würde Sophie sterben.

Zabala hatte ihnen Tag und Uhrzeit der Katastrophe mitgeteilt, und jetzt wusste Max auch, wo es passieren sollte: an der französisch-schweizerischen Grenze am 8. März um genau 11:34 Uhr.

Ihr betretenes Schweigen wurde durch Abdullah unterbrochen, der hereingestürzt kam und mit dem Foto von Peaches herumfuchtelte. »Das Muster auf dem Skianzug, das kann vieles bedeuten.« Er lächelte. »Aber zwei Dinge stehen schon fest!« Er legte einige Ausdrucke auf den Schreibtisch. »Das hier ist ein Foto von einem Kettenblitz. Sieht aus wie eine Koralle am Nachthimmel. Und das hier …«, er schob den anderen Ausdruck näher, »ist das Firmenlogo von *Perun Industries.*«

»Blitze …«, sagte Max, und die Erkenntnis traf ihn wie ein Schlag, »… bringen Licht … *Lux Ferre* …«

»Was? Zabala hat diesen Ausdruck in einem seiner Briefe verwendet …«, sagte Fauvre und kramte in Zabalas Dokumenten herum. »Hier!« Er hielt den zerknüllten Rest eines Papierbogens hoch. »*Lux Ferre*. Das hat er befürchtet! Hier steht es ja. Ich konnte nichts damit anfangen.«

»Das war ein Hinweis«, sagte Max. »Was ist das für eine Firma?«

»Öl und Gas. Die Förder- und Verwertungsrechte wurden vor Jahren verkauft, und der Mann, dem *Perun Industries* mal gehört hat, behielt bloß den Namen. Es gibt keine Anteilseigner. Das ist ein milliardenschweres Privatunternehmen. Es sieht so aus, als ob sich der Mann zurückgezogen hätte. Sein Name ist Fedir Tischenko, ein Ukrainer. Er lebt irgendwo in der Schweiz.«

Max wusste, dass er seinen Feind gefunden hatte.

Und Fauvre hatte Recht gehabt – Zabala *hatte* ihm das Codewort mitgeteilt. Er hatte es ihm wenige Augenblicke vor seinem Tod zugerufen: Luzifer.

Sayid, wo steckst du?

L-U-Z-I-F-E-R. Das Codewort.

23

Fedir Tischenko massierte Aloe-vera-Creme in seine schuppige Haut ein.

Bergsteiger verwendeten Feuchtigkeitscreme, weil ihnen der Wind in großer Höhe die Gesichtshaut ausdorrte, aber für Tischenko war dies zum täglichen Ritual geworden, seit der Blitzgott ihn getroffen hatte. Kleine Partikel abgestorbener Haut lösten sich unter seinen Fingernägeln, und sein haarloser Körper glich dem eines Reptils.

War es das grausame Werk der Natur, die Ungeheuer schuf? Tischenko war das egal. Die Gesellschaft hatte die meisten der Leute, die für ihn arbeiteten, ausgestoßen. Entweder aus Dank oder aus Angst taten sie alles, was er von ihnen verlangte. Loyalität konnte man sich kaufen. Die Kerngruppe der Wissenschaftler aber bildeten Ausgestoßene wie er. Manche hatten eine körperliche Behinderung, andere hatten wegen ihres Geisteszustands eine lieblose, fast grausame Behandlung erdulden müssen. Jeder steckte in seiner ganz persönlichen Hölle der Einsamkeit, doch alle hatten ein besseres, gerechteres Leben gewollt und in Fedir Tischenko einen mächtigen Verteidiger gefunden. Als Einziger von ihnen besaß er genug Geld, den unstillbaren Wunsch nach Unsterblichkeit zu befriedigen. Er bot ihnen die Chance, es einer lieblosen Welt heimzuzahlen. Fedir Tischenko wollte sich die furchterregende Kraft des Universums in einem alles erschütternden Augenblick mit Licht und

Feuer zunutze machen, und das mit einer Wucht, wie es sie seit der Entstehung der Welt nicht mehr gegeben hatte.

Dieser stille Wahnsinn hatte ihn schon vor Jahren erfasst und war immer tiefer in seine Psyche eingedrungen, bis er für ihn zur Normalität geworden war. Tischenko wollte eine neue Lebensform schaffen, und wenn man das erreichen wollte, musste man eben damit rechnen, dass viele andere sterben mussten. Er war kein wild herumtobender Verrückter mit hassverzerrtem Gesicht, der bösartige Genozide begehen wollte – nein, er sah sich als Erwählten.

Soweit es denen bekannt war, die nicht zu seinen engsten Mitarbeitern zählten, investierte Fedir Tischenko alles, was er besaß, in die Erforschung einer alternativen Energiequelle, die die geschundene Welt dringend benötigte. Jetzt stand Angelo Farentino in aller Ahnungslosigkeit vor ihm im Zimmer und erzählte ihm von der gewaltigen Katastrophe, die über große Teile Europas hereinbrechen konnte, wenn er sein Projekt weiter betrieb. Aber das konnte Tischenko nicht beeindrucken.

»Der Zusammenhang zwischen Max Gordon und Zabala ist also reiner Zufall?«, fragte er und kratzte sich Haut vom Wangenknochen.

»Ja!« Kapierte dieser Wahnsinnige denn nicht, was er eigentlich herausgefunden hatte? Das Unglück, das über sie kommen würde, wäre von Tischenko selbst herbeigeführt! Dieser Idiot würde sie alle umbringen!

Tischenko nickte. Weder der Vater dieses Jungen noch seine Wissenschaftler-Freunde bei den Umweltagenturen hatten etwas damit zu tun. Gut. Dass der Junge da war – reiner Zufall, aber er hatte Informationen, die Tischenko brauchte. Das Schicksal hatte Max Gordon auf das Gleis gestellt, auf dem ein kosmischer Zug rollte, und er würde sterben. Bis jetzt hatte sich der Junge allerdings nicht aufhalten lassen. Er hatte einen Lawinenabgang überlebt, war Tischenkos Jägern und der Polizei entwischt und hatte auch den Anschlag in d'Abbadies Château heil überstanden. Er war mit Zabalas Geheimnis geflohen und lebendig aus den engen Gassen von Marrakesch herausgekommen. Von dem Angriff auf das Tierheim in der Wüste hatte er bis jetzt noch nichts gehört, also war wohl auch diese Operation gescheitert. Vielleicht besaß dieser Max Gordon Zauberkräfte oder er wurde von einer übernatürlichen Macht beschützt.

Doch das spielte keine Rolle – nur er allein, Tischenko, war der Erwählte.

»Als ich ein Teenager war«, sagte Tischenko und schenkte sich ein großes Glas Gebirgswasser ein, »bin ich auf Reisen durch Kraminsk gekommen, eine Kleinstadt, in der zwei Brücken über den Fluss führen. Ich und meine Männer, meine *Vucari,* sind über die zweite Brücke gefahren, die praktisch menschenleer war. Plötzlich, Angelo, habe ich Rufe und Schreie gehört. Ein kleines Kind war stromaufwärts von der Brücke ins Wasser gefallen. Es war ein reißender Strom und das Mädchen war hilflos den Fluten ausgeliefert. Ich habe vor nichts Angst, und so bin ich einfach ins Wasser gesprungen und habe das Kind gerettet.«

Farentino schwieg. Tischenko war anscheinend sehr daran gelegen, dass er verstanden wurde.

»Ich ziehe die Kleine heraus. Und sie lebt noch. Ich komme wieder auf die Brücke zurück und die Leute jubeln vor Freude über diese Heldentat. Mir ging es dabei nicht um mein Ansehen, ich wollte keinen Beifall. Ich wollte bloß dieses unschuldige Kind retten. Aber als ich mich dann den Leuten näherte, sahen sie, wie ich aussehe. Da verwandelte sich ihr Lächeln in Abscheu, dann in Hass und in Angst. Aus dem Helden war ein

Monster geworden. Es ist eine grausame Welt, Angelo, finden Sie nicht?«

Farentino nickte. Tischenkos Frage bedurfte keiner Antwort.

»Ich hab das Kind von der Brücke wieder ins Wasser geworfen, und es ist ertrunken.«

»Was?«, flüsterte Farentino.

»Vorurteile haben die Kleine umgebracht. Nicht ich.«

»Sie haben nicht verstanden, was ich Ihnen gesagt habe. Hier geht es nicht um ein sterbendes Kind, sondern um eine Erschütterung, die ein riesiges Loch in die Erdoberfläche reißen wird. Da werden Tausende umkommen. Wir auch.«

Tischenko drückte auf seine Fernbedienung und auf dem Bildschirm erschien eine dreidimensionale Ansicht der Gebirgszüge, die sie umgaben. Ein Gewirr von Linien teilte das Bild und drei besonders hervorgehobene Gitternetze verliefen vom unteren Rand aufwärts – wie die abgerissenen Ecken eines Blatt Papiers – durch Gletscher, Städte, den Genfer See und die Mitte Europas.

Der Strich, der Tischenkos Mund war, verzog sich zur Karikatur eines Lächelns.

»Nicht Tausende, Hunderttausende werden umkommen. Und in vierundzwanzig Stunden wird die Zerstörung beginnen. Eine neue Welt wird geschaffen.«

Farentino wurde mit einem Mal speiübel. Diesen Wahnsinnigen konnte niemand aufhalten.

Tischenko nickte jemandem zu, der hinter Farentino stand. Noch bevor sich Farentino umdrehen konnte, packten ihn zwei von Tischenkos Wachleuten so fest an den Armen, dass der Schmerz bis in seine Schultern hinaufschoss.

»Du wirst kein Teil unserer neuen Schöpfung sein, Angelo.

Du hast nichts zu ihr beizutragen. Dein Genpool ist so leer wie mein Glas«, sagte Tischenko und drehte sein Glas um.

»Es wird schon jemand dahinterkommen, was du hier treibst! Da draußen ist jemand, der kriegt es raus!«, schrie Farentino, und im selben Moment warfen ihn die Männer mit den starken Armen die Treppe hinunter. Der Italiener landete unsanft, zerschlug sich bei dem Aufprall das Gesicht, seine Rippen brannten vor Schmerz. Er hörte nicht, was Tischenko ihm zuletzt noch nachrief.

»Das spielt keine Rolle mehr. Niemand kann uns jetzt noch aufhalten. Es hat praktisch schon angefangen.«

Abdullahs Männer pumpten Diesel aus einem Tankwagen in einen alten Pick-up.

Fauvre hatte Abdullah dazu gebracht, seine Kontakte anzuzapfen und für Max ein Flugticket von Marokko in die Schweiz zu besorgen. An den französischen Flughäfen stand Max möglicherweise schon auf der Fahndungsliste.

Abdullahs Landrover war unweit der Küste aufgefunden worden. Sophie hatte das Tragflügelboot nach Spanien genommen und war von dort mit einem Schnellzug durch Europa weitergefahren. Sie hatte zwölf Stunden Vorsprung, aber Max konnte vor ihr dort sein. Und was dann? Fauvre hatte ihm einen mit Geld gefüllten Briefumschlag in die Hand gedrückt.

»Du sagst ihr, falls sie Geld will, kann sie es haben. Du sagst ihr, der Anhänger sei wertlos. Du sagst ihr das alles, ja?«

Max nickte. Er glaubte nicht, dass es Sophie nur ums Geld ging, aber vielleicht ließ sie sich ja doch kaufen und dazu bewegen, sich von Peaches und ihresgleichen fernzuhalten.

»Ich bin nicht verantwortlich für Sophie«, sagte er. »Sie ist diejenige, die in etwas hineingeraten ist. Ich muss sehen, dass ich einen Weg finde, wie ich diesen Tischenko aufhalten kann.«

»Bei CERN gibt es Leute, mit denen ich sprechen kann. Ich werde versuchen, sie zu überzeugen, dass sie alle Experimente und Forschungsarbeiten wenigstens für achtundvierzig Stunden unterbrechen. In unserer heutigen Zeit – wenn ich die vor einem möglichen Terroranschlag warne, machen sie gleich die ganze Schweiz dicht. Max, ich möchte nicht, dass meine Tochter den Rest ihres Lebens im Gefängnis verbringt. Wenn die Behörden sie festnehmen, werde ich ihr nicht mehr helfen können.«

»Und was ist mit mir?«, sagte Max.

»Du kannst hier nichts aufhalten. Das schaffst du einfach nicht. Sieh es ein. Gib Sophie das Geld und dann stell dich den Behörden. Ich werde für dich aussagen. Dann werden sie dir vielleicht glauben und die ganze Region gründlich durchsuchen. Überlass das den Profis, Max. Wir haben keine Zeit mehr.«

Max packte seine Sachen und zog sich um. Er flog von der Wüste in den Schnee. Wenn er aus dem Flugzeug ausstieg, war er wieder im Winter. Er war reisefertig. Jetzt musste er sich bloß noch verabschieden.

Max stand vor Aladfar. Der Tiger lag schlafend in seinem Käfig. Sein buschiges Ohr zuckte, sein Schwanz klopfte auf den Boden. Träumte er oder erkannte er ihn instinktiv wieder?, fragte sich Max.

Aladfar erwachte und richtete seinen Blick gemächlich auf Max, der reglos dicht vor den Gitterstäben stand. Vorsichtig wich der Tiger zurück. Menschen waren unberechenbar, aber diesen hier kannte er, und er spürte auch die seltsamen Schwingungen, die zwischen ihnen hin- und hergingen. Angst zeigte der Junge nicht. Der Tiger dachte an die vorige Nacht zurück.

Es hatte gutgetan, wieder in Freiheit zu sein. Aber er hatte sich von diesem Jungen Befehle geben lassen. Das verwirrte ihn.

Aladfar setzte zum Sprung an, die Zähne gebleckt, der mächtige Kopf von einer gestreiften Krause umgeben, die sich beim Angriff aufstellte. Er stieß ein fauchendes Knurren aus, um sich diesem Jungen gegenüber zu behaupten, der die Gitterstäbe mit beiden Händen umfasst hielt und sich nichts anmerken ließ. Aladfar ließ den Kopf sinken und sah ihn mit seinen bernsteingelben Augen wachsam an.

Der Junge schob die Hände zwischen den Stäben durch, erst eine, dann die andere. Er sprach leise und beruhigend auf den Tiger ein und senkte dabei langsam die Lider. Der Tiger hörte ein Wort, das er verstand: »Aladfar, Aladfar.«

Er kam näher heran, beschnupperte die Hände, die sich vor ihm öffneten, und ließ zu, dass der Junge die Finger in das dichte Fell an seinem Hals grub.

»Aladfar, du bist herrlich. Das schönste Tier, das ich je gesehen habe«, sagte Max sanft – fast überwältigt vor Respekt. Er roch die Hitze des Tiers, fühlte die dicke Fellschicht, die den darunterliegenden kräftigen Muskel bedeckte. »Eines Tages komme ich wieder und besuche dich. Ich vergesse dich nicht. Niemals.«

Es war heiß. Aladfar keuchte. Er schnupperte und leckte die Hand des Jungen, während der ihm das Gesicht streichelte.

Max riss sich los. Fauvre und Abdullah warteten am Auto auf ihn. Max gab Fauvre die Hand – sie hatten sich alles Nötige bereits gesagt – und stieg in das drückend heiße Taxi.

Als der Wagen wendete, sah er noch einmal zu dem Tiger zurück.

Aladfar stand hoch aufgerichtet da, sein Körper warf einen riesigen Schatten. Seine Augen folgten Max, sahen zu, wie der

Junge sich seine Freiheit nahm. Und dann stieß der Tiger ein Gebrüll aus, das rings von den Mauern der Siedlung widerhallte.

Angst durchfuhr Sayids zitternden Körper. Der alte Bus hatte zu kämpfen. Hoffentlich ließen die ihn jetzt nicht irgendwo stehen, das konnte er überhaupt nicht gebrauchen! Er hatte die Zahlen bestimmt ein Dutzend Mal auf das Surfbrett gekritzelt und wieder durchgestrichen und das Codewort immer noch nicht gefunden, das er brauchte, um das Zahlenquadrat zu lösen.

Eines hatte ihm die Fahrt bis jetzt wenigstens gebracht – Zeit. Zeit, in der er sich an Max' Spionspiel erinnerte. Wenn man das Schlüsselwort erst einmal hatte, war es leicht. Leg die Buchstaben in dieselben Kästchen wie die Zahlen, nimm keine Buchstaben zweimal, benutz die Zahlen, die Max auf dem Kristall gefunden hatte – und des Rätsels Lösung war da.

Leicht.

Wenn er bloß die Buchstaben des Schlüsselworts hätte! Sayid hatte schon alle Wörter durchprobiert, die ihm bei seinem Dilemma einfielen: Hai, Château, Biarritz, Atlantik, Surfen, Äthiopien, Zabala, bedrohte Arten, Marokko – dabei musste er an Max denken. Wenn Max bloß hier bei ihm im Auto wäre! Nein, besser nicht. Ihm wäre es lieber, wenn Max und er frei wären oder wieder zu Hause. Doch je länger er daran dachte, desto mehr verflüchtigte sich sein Mut.

Der Bus hielt an. Der Fahrer kurbelte das Fenster herunter. Peaches und der Hai tauchten auf. Beide schauten an den vorn sitzenden Männern vorbei nach hinten zu Sayid. Er drehte das Gesicht weg, tat so, als ob er schliefe.

»Ihr fahrt weiter«, sagte der Hai, der wie immer Spucke auf

den Lippen hatte. »Peaches bliebt hier, die Vans folgen euch. Wir warten hier mit den Motorrädern. Das Mädchen kommt. Bringt den Jungen dort rauf.«

Ein kalter Windstoß wehte Schneeflocken ins Auto. Das Fenster ging wieder hoch, der Hai klopfte von außen aufs Blech und der Motor wurde wieder angelassen.

Das Mädchen? Damit war Sophie gemeint. Ob sie Max mitbrachte? Wie konnte Sayid ihn warnen, dass er in eine Falle lief? Gar nicht. Noch nicht. Aber vielleicht, wenn er »dort rauf« gekommen war – aber was sollte das sein? Ein Gebäude? Ein Berg? Egal, jedenfalls war das vielleicht eine Gelegenheit, an ein Telefon zu kommen. Dass Max wegen Mordes gesucht wurde, war völlig unwichtig; jetzt musste die Polizei ihn finden, damit ein Mord verhindert werden konnte.

Es war, als spielte man mit dem Teufel Fangen. Wenn er dich kriegt, bist du erledigt.

Und das war die Antwort, die Sayid gesucht hatte. Versuch deinen Kopf freizubekommen, denk an etwas anderes, und schon hast du die Lösung. Der Teufel! Luzifer. Nein: Lucifer, mit C, schließlich hatte ein Franzose das Codewort erfunden.

Wieder waren zwei Stunden rum. Im niedrigen Gang ging es jetzt ins Gebirge hinauf. Das Quietschen von Gummi auf der Windschutzscheibe begleitete die weitere Fahrt, während die Wischerblätter gegen den Schneesturm ankämpften. Die Männer rauchten und fluchten. Sayid war schlecht vom Zigarettenqualm und der verbrauchten Luft. Die Windschutzscheibe fing an zu beschlagen, sodass die Männer das Fenster einen Spalt öffnen mussten – Gott sei Dank! Durch die frische Luft bekam Sayid wieder einen klaren Kopf. Er hatte das Zahlenquadrat noch einmal neu geschrieben und erinnerte sich inzwischen auch genau an das, was Max ihm übers Codeknacken erzählt hatte. Er musste jeweils einen Buchstaben des Codes und eine Zahl in einem Kästchen haben, durfte aber keinen Buchstaben zweimal verwenden.

Wenn man die Buchstaben verwendet hatte, musste man im Alphabet weiterrücken. Das hieß, sobald das Wort *Lucifer* neben den Zahlen eingetragen war, musste er mit S, T, U, V und so fort weitermachen. Das Alphabet hatte sechsundzwanzig Buchstaben, und er hatte ein Quadrat aus fünfundzwanzig Zahlen, das war das Problem. Zwei Buchstaben mussten sich also eine Zahl teilen, und falls die Geschichte von Max stimmte, nahmen die Code-Entwickler im Zweiten Weltkrieg dafür das I und das J.

Saiyd schrieb das Schlüsselwort L-U-C-I-F-E-R unter die Zahlen:

11	24	7	20	3
L	U	C	I'J	F
4	12	25	8	16
E	R	S	T	U

Nein, das U war verkehrt. Einen bereits vorhandenen Buchstaben durfte man nicht noch einmal verwenden. Er strich ihn aus und schrieb die Zeile noch einmal.

4	12	25	8	16
E	R	S	T	V

17 5 13 21 9
W X Y Z A

10 18 1 14 22
B D G H K

23 6 19 2 15
M N O P Q

Der Fahrer schaltete einen Gang runter. Der Motor fing an zu stottern und gab schließlich seinen Geist auf. Einer der Männer fluchte und hieb mit der Faust aufs Armaturenbrett. »Oh, Mann! Wir sind fast da! So ein Mist!«

Die Männer stießen die Türen auf und traten in den wirbelnden Schnee hinaus. Sie unterhielten sich in gedämpftem Ton, aber es klang so, als hätten sie genug von der Fahrerei. Sayid hörte die anderen Vans herankommen. Reifen knirschten, Türen wurden geöffnet und wieder zugeschlagen. Der Schauder, der durch seinen Körper lief, rührte nicht von der Hochgebirgsluft. Wenn der Wagen nun wirklich endgültig liegen geblieben war, würden sie ihn in eins der anderen Autos verfrachten – und dann konnte er das magische Quadrat vergessen.

Sayid schob sich auf dem Boden nach vorn zur Fahrerkabine und griff nach einer der Wasserflaschen, die die Männer zwischen die Sitze geklemmt hatten. Die Zeit lief ihm davon. Er musste das Risiko eingehen. Bobbys Kleinbus hatte hinten keine Fenster, deshalb sah er die Männer nicht mehr, sondern hörte nur ihre Stimmen. Jetzt noch mehr Stimmen, einige davon laut. Jemand stöhnte: »Ich zieh den Bus nicht da rauf. Über den Pass schaffen wir es sowieso nicht. Lassen wir es bleiben!«

Sayid schüttete sich Wasser über den Schuh und rieb den

zusammengebackenen Dreck und Schneematsch weg. Die Zahlen, die Max ihm vom Kristall vorgelesen hatte, wurden sichtbar. Wenn Sayid sie der Reihe nach mit denen im Quadrat verglich, konnte er die zugehörigen Buchstaben ermitteln. Er war ein Dutzend Buchstaben von der Entdeckung von Zabalas Geheimnis entfernt. Die erste Zahl von dem Anhänger lautete 7 – da stand das C im Quadrat, sah Sayid; unter der nächsten, der 24, stand das U …

Sayids Augen flogen über das Quadrat. Die Stimmen kamen näher – er kritzelte schneller. Falls die ihn nachher, wenn sie angekommen waren, durchsuchten, musste er dafür sorgen, dass sie den entzifferten Code nicht fanden. Und wenn er einen Weg fand, Max mitzuteilen, dass er das Rätsel gelöst hatte … *Konzentrier dich!* Zahl, Buchstabe, Zahl …

Er musste etwas tun! Falls dieser Bus je gefunden wurde, musste klar sein, dass er noch lebte. Sayid zog die *Misbaha* aus seiner Hosentasche und hängte sie über die Schwanzflosse des Surfbretts.

Einer der Gangster zerrte die hintere Tür auf. Der funkelnde Schnee um ihn herum erschwerte es ihm, im Halbdunkel des Wageninnern etwas zu erkennen. Sayid schob sich den Stift in den Ärmel.

»Raus mit dir, Junge!«, rief der Mann. »Na los, Beeilung!«

Als er sich hereinbeugte, um ihn herauszuziehen, holte Sayid mit seinem Gips aus, als strenge er sich an, dem brutalen Kommando zu gehorchen. Dabei kickte er das Surfbrett aus der Halterung, sodass es flach auf dem Boden des Innenraums landete. Egal, was jetzt auch passierte, wenigstens konnte keiner dieser Kerle sehen, was er auf dem Brett notiert hatte.

Die Männer nahmen keine Rücksicht auf den in seiner Bewegungsfreiheit eingeschränkten Jungen. Jemand schubste ihn und er geriet ins Stolpern, doch nach einem Dutzend Schritte, die er gezerrt und durch den Schnee getreten wurde, wurde Sayid auch schon in den Laderaum des nächsten Vans bugsiert. Dort roch es nach Öl und Schmierfett. Nach Motorrädern. Die Rinnen im Boden riefen Sayid in Erinnerung, dass die Gangster in jedem Auto drei Motorräder mithatten und dass sie mit ihren Maschinen jetzt in Genf waren. Wo sie auf Sophie warteten.

Die Türen wurden zugeschlagen.

Sayid notierte sich die beiden letzten Buchstaben.

Die Botschaft. Sie ergab keinen Sinn.

Max hatte die Festungsstadt mit Abdullah am Steuer eines alten Pick-ups verlassen. Vor ihnen erstreckte sich eine staubige Straße bis zum Horizont.

Der Pick-up war nicht so luxuriös wie Abdullahs Landrover, und Max wurde auf den tiefen Furchen der Straße tüchtig durchgeschüttelt. Abdullah sprach lange Zeit kein Wort, doch schließlich sah er zur Seite und sagte:

»Die Männer, die uns überfallen haben, das waren Tuareg.«

»Ja, Laurent hat's mir gesagt«, sagte Max.

»Sagt dir das was?«

Max schüttelte den Kopf. »Viel weiß ich nicht. Nur, dass sie Wüstenkrieger sind.«

Abdullah nickte. »Bei denen tragen die Männer einen Schleier. Sie glauben, böse Geister könnten durch Nase und Mund in ihren Körper eindringen. Die Frauen tragen keinen Schleier. Die Tuareg-Frauen sind anders als andere Araberinnen. Sie beherrschen die Kampfkunst. Von Kindheit an bringt man ihnen das Ringen bei. Sie sind stark. Starke Frauen. So etwas gefällt nicht vielen Männern – nur den Tuareg. Die

Frauen sind etwas Besonderes und sie dürfen sich die Männer aussuchen. Verstehst du? Sie suchen sie sich aus. Und die Männer akzeptieren die Wahl der Frauen.«

Abdullah verstummte wieder und wartete, als rechne er damit, dass Max von allein darauf kam, warum er ihm das alles erzählte.

»Verstehe«, sagte Max, obwohl er keine Ahnung hatte, warum Abdullah ihm Unterricht in Stammeskultur gab.

Abdullah zuckte mit den Achseln. Er musste wohl noch deutlicher werden.

»Sophies Mutter war eine Tuareg.«

Jetzt besaß Abdullah Max' ungeteilte Aufmerksamkeit. Das Bild, wie Sophie in Marrakesch den Mann niedergerungen hatte, bekam plötzlich eine ganz neue Bedeutung für ihn.

Der Alte zuckte schon wieder mit den Achseln. Ob der Junge es jetzt endlich kapiert hatte?

»Der Überfall gestern Nacht war wegen Sophies Mutter?«, fragte Max verunsichert.

»Nein! Damit hat das nichts zu tun! Du hörst mir nicht zu.«

Max seufzte. Er hatte geglaubt, er hätte ganz genau aufgepasst. »Entschuldigung, Abdullah, was genau versuchen Sie mir zu sagen?«

Der Pick-up polterte über eine Furche, dass Max alle Knochen im Leib spürte. Abdullah ließ die Gänge krachen, fand eine leichtere Spur und lenkte den Wagen heraus.

»Sie ist eine Tuareg. Sie hat sich einen Mann genommen, der nicht verkrüppelt ist.«

»Das ist grausam«, sagte Max, der gut nachvollziehen konnte, wie lieblos es war, so verlassen zu werden.

»Es war ihre Entscheidung. Nichts zu machen. Laurent ist

Franzose, danach war sein Stolz genauso gebrochen wie sein Rücken. Sophie konnte es auch nicht akzeptieren. Laurent hat versucht, dem Mädchen alle Liebe zu geben, die er noch hatte, aber sie ist eben auch anders. Seine Tochter hat auch Tuareg-Blut in den Adern, oder was meinst du?«

»Glaub schon, doch. Ja.«

»Hast du jetzt verstanden?«

»Ähm … nein, eigentlich nicht.« Max lächelte hilflos. Worauf wollte Abdullah nur hinaus?

Abdullah schüttelte den Kopf. Der Junge kapierte es einfach nicht. »Sophie will für dich kämpfen. Sie hat sich für dich entschieden.«

Laurent Fauvre dachte an seine Tochter, als er Max und Abdullah wegfahren sah. Geheimnisse wurden enthüllt, und womöglich schon bald würden Furcht einflößende Kräfte entfesselt. Glaubte er selber an Zabalas Vorhersagen? Er war sich nicht sicher. Aber seine Tochter war ein Teil dieses Wahnsinns. Und Max Gordon? Wie viel bedeutete ihm dieser Junge?

Die Telefonnummer, die er jetzt wählte, wusste er auswendig. Der Mann ging ran.

»*Oui?*«

»Wo bist du?«, fragte Fauvre.

»Marseilles.«

»Fahr nach Genf. Meine Tochter kommt in ein paar Stunden dort an, am Bahnhof. Max Gordon ist auch unterwegs, mit dem Flugzeug.«

»Wir fahren sofort los«, sagte Corentin.

24

Die Vans gelangten in ein großes unterirdisches Areal. Es glich einer weitläufigen Industrieanlage. In den tiefen Tunneln, die von der gewaltigen, aus dem Berg herausgearbeiteten Höhle wegführten, sah Sayid jede Menge Maschinen – schwere Erdräumungsgeräte, Tunnelbohrmaschinen, Bagger. Das sah nach viel Arbeit aus.

Die Gangster drängten und zerrten ihn zu einem Aufzug. Ein bewaffneter Wachmann ohne Abzeichen an seiner Uniform sah sie näher kommen. Er nickte Sayids Entführern zu und drückte einen Knopf. Türen fuhren zischend auf und Sayid wurde in einen durchsichtigen Lift geschoben. Er kam sich vor wie im Innern eines Diamanten: die Ränder kunstvoll geschliffen, sodass das weiße Licht der Halogenlampen Farben durch den Raum versprühte, wie man es von Strahlenbrechungen in Prismen kennt. Sie fuhren schnell nach oben. Licht flackerte, fing sich an dem nackten Felsen, den man durch den Kristall hindurch sah, und die Steinflächen warfen die Farben zurück. Es war, als schaute man in einen Nachthimmel, an dem ein elektromagnetischer Sturm kosmischen Staub herumwirbelte.

Sayid war abgelenkt genug, um für einen Augenblick seine Angst zu vergessen. Der Lift verlangsamte seine Fahrt und kam mit leise schnurrendem Motor zum Stehen. Erst als die Türen aufgingen, begriff Sayid, wie hoch innerhalb des Berges er sich befand.

Die Gangster schoben ihn unsanft hinaus. Vor sich erblickte er ein riesiges Fenster. Wolken zogen daran vorüber. Er befand sich offenbar in einigen Tausend Metern Höhe. Die Luft war kühl. Der glatte, glänzende, felsige Boden schimmerte. Modern. Funktional. Kalt.

»Ich hoffe, du bist beeindruckt«, sagte eine Stimme am anderen Ende des Raumes.

Der Mann kam näher, und Sayid musste in dem grellen Gipfellicht blinzeln, um sein Gesicht auszumachen. Als er ihn deutlicher sah, erschauerte er.

»Und hast Angst, verstehe. Das solltest du auch«, sagte Fedir Tischenko.

Auf dem Flug nach Genf musste Max dauernd an Abdullahs Worte denken. Wie hatte er das bloß gemeint? Sophie hatte sich für ihn entschieden? Und würde für ihn kämpfen? Sie hatte ihm den Anhänger weggenommen. Das war Diebstahl und Betrug. Für wen tat sie das? Nein, das ergab keinen Sinn. Nur eins stand fest – die Uhr tickte, und sie ging schneller als sonst. Noch vierundzwanzig Stunden, und Zabalas Prophezeiung würde dieses Gebiet zertrümmern wie der Hammer die Walnuss. Max sah auf den Genfer See hinunter, als das Flugzeug in den Landeanflug ging. Die Stadt kauerte sich an die westliche Küstenlinie, dicht an der Grenze zu Frankreich. Max spähte über die Landebahn hinaus. Kaum zwei Kilometer vom Flughafen entfernt standen mehrere moderne Gebäude in der offenen Ebene, riesengroß. Das war CERN. Wie oder warum die mit Zabalas Katastrophe verknüpft waren, wusste Max nicht, aber sollte hier irgendetwas schiefgehen, würde Genf für immer von der Weltkarte verschwinden, das war klar.

Hinter dem See und der Stadt ragten Berge wie Piranhazähne himmelwärts und schienen nach ihm zu schnappen, als sei er ein Häppchen, das man ihnen zum Fraß hingeworfen hatte. Willkommen im Land der Kuckucksuhren, der Schokolade und des gewaltsamen Todes.

Corentin beobachtete die Passagiere in der Ankunftshalle des internationalen Flughafens von Genf. Max Gordon würde sich gleich zu der am Flughafen befindlichen Bahnstation aufmachen, um von dort in die sechs Fahrminuten entfernte Stadt zu fahren. Corentin wollte den Jungen nicht verpassen. Die Züge verkehrten alle Viertelstunden, aber wenn Max Gordon ihn sah, würde er ihm zu entkommen versuchen – und das durfte nicht passieren. Es liefen noch jede Menge andere Jugendliche hier herum, irgendeine blöde Schulklasse. Corentin klappte sein Handy auf. Thierry hielt am Gare de Cornavin – dem Hauptbahnhof in der Stadt – nach Sophie Ausschau.

»Ist sie schon da?«

»Der Zug ist pünktlich. Noch fünf Minuten.«

»Verdammt, das ist zu knapp, Thierry. Er wird sie verpassen. Bleib bei ihr. Ich hol mir hier den Jungen.«

Corentin verließ seine Deckung. Er musste dafür sorgen, dass Max ins Freie kam, dass er losrannte, panische Angst bekam. Und dann würde Corentin ihn sich schnappen, wenn der Junge in die falsche Richtung lief und nicht mehr viele Alternativen zum Ausweichen hatte. Zur Tür hinaus, auf die Straße – da war er angreifbar. Der Verkehr und der Umstand, dass der Junge sich in Genf nicht auskannte, das verschaffte Corentin einen Vorteil.

Max mischte sich zwischen die Schüler auf Klassenfahrt. Die jungen Italiener plapperten wild durcheinander, freuten sich auf ihre Reise an den Genfer See. Gegen diese Geräuschkulisse hatten die Lehrer, die Anweisungen geben wollten, keine Chance. Mit Gelassenheit und Routine schafften sie es schließlich doch, ihre Schäfchen zum Haupteingang zu scheuchen.

Max tauchte in die Schülerschar ein, schaute aber ständig über ihren Rand hinweg und beobachtete die im Terminal verstreuten Leute. Sein Blick fiel auf eine Wanduhr. Er hatte noch Zeit. Sophies Zug sollte erst in einer halben Stunde ankommen. Als die Schüler wie ein Fischschwarm einen Schwenk vollzogen, löste sich Max wieder aus der plappernden Schar. Er ging schnell auf die Rolltreppe am Ende des Terminals zu, die zu den Bahnsteigen hinabführte. Wenn er Sophie abfangen konnte, würde er gleich danach in eine S-Bahn zum Kernforschungszentrum steigen und die Leute dort warnen. Ob Fauvre jemanden erreicht hatte? Hatte er die Leute dort überzeugen können? Oder würde Max bei seiner Ankunft im CERN auf verständnislose Gesichter treffen – oder gar auf die Polizei?

Als er an einem Fahrkartenautomaten vorbeiging, bemerkte er den großen, kräftigen Mann in Lederjacke. Er durchbohrte Max mit seinen Blicken. Es war der Typ aus Mont la Croix, der ihm bis ins Krankenhaus in Pau gefolgt war. Wie hatte der ihn gefunden? Hier, in Genf. Aber das war jetzt unwichtig, denn Max sprintete bereits zu den Rolltreppen. Der Lederjackenmann, war allerdings genauso schnell wie er – offenbar gut trainiert. Die Rolltreppe schwebte mit Max nach unten, aber das ging ihm nicht schnell genug. Er schwang sich auf den mit Gummi überzogenen Handlauf und rutschte nach unten.

Ein Zug fuhr ratternd aus. Bis auf ein paar Touristen war der Bahnsteig leer. Max sprintete zum anderen Ende des Perrons; er würde hinunterspringen und notfalls über die Gleise laufen. Er brauchte sich nicht umzudrehen, um zu wissen, dass sein Verfolger dicht hinter ihm war. Max war jünger und fitter, er konnte ihn abhängen. Er würde den Älteren so zum Keuchen bringen, bis seine Lunge es nicht mehr schaffte. Aber es kam ganz anders. Der Mann holte auf.

Max gelangte ans Ende des Bahnsteigs. Die Tunnel waren gefährlich, aber er hatte keine andere Wahl. Er musste auf die Gleise springen. In dem Bruchteil einer Sekunde, die ihm für seine Entscheidung blieb, sah er zu seiner Linken eine Tür. Das BETRETEN-VERBOTEN-Schild galt für den Rest der Welt, aber nicht für Max Gordon. Er warf sich mit seinem ganzen Gewicht gegen die Stäbe, auf denen PUSH stand, und stolperte in den dahinterliegenden Korridor. Auf halber Höhe verliefen an den Wänden rote, blaue und grüne Streifen wie auf der Streckennetzkarte der Londoner U-Bahn. Wenn er dort wäre, wüsste er genau, in welche Richtung er rennen musste. Hinter ihm wurde die Tür aufgestoßen.

»Max Gordon! Bleib stehen!«

Max rannte weiter, für einen Moment fassungslos, dass der Mann seinen Namen kannte. Er rannte weiter in den Korridor hinein, bog nach links, sah eine weitere Tür, rot angestrichen, und eine weitere Aufschrift – *Vorsicht, Hochspannung!* Jetzt hatte er nur noch zwei Möglichkeiten: die blaue Linie nach links, die grüne Linie nach rechts.

Er rannte nach links, sah die Treppe, wusste, er hatte die richtige Wahl getroffen, und sprang die ersten vier Stufen hinauf.

Eine Doppeltür, nur Ausgang, kein Eingang. Frische Luft wehte ihm ins Gesicht. Ein herrlicher Tag. Die kalte Luft versetzte ihm einen Energieschub.

Während Max an dem Gebäude entlangspurtete, sah er, dass das Areal von einem Sicherheitszaun umgeben war – den Eingang bildete eine bemannte Schranke, vierhundert Meter von ihm entfernt. Wenn er aus diesem umzäunten Gebiet nicht rauskam, war von dem Mann, der ihn verfolgte, nur eines zu erwarten.

Max kam an den Zaun, der oben komplett mit NATO-Draht gesichert war. Unmöglich, da drüberzuklettern. Er machte kehrt, presste sich mit dem Rücken an die Maschen, benutzte den Zaun als Sprungbrett, von dem er sich wieder abstoßen konnte. Aber da stand sein Verfolger plötzlich unmittelbar vor ihm. Dass der ihn so schnell eingeholt hatte! Er sah voraus, dass Max sich ducken und nach rechts ausweichen wollte, schlang ihm einen Arm um den Hals und nahm ihn in den Schwitzkasten. Offenbar wollte er ihn aber nicht erwürgen, sondern bloß festhalten; er ließ Max zappeln und strampeln und sich an der Umklammerung abarbeiten. Der Mann zuckte mit keiner Wimper, als Max ihm mit aller Kraft ans Schienbein trat. Max zappelte wie ein wildes Tier im Netz, und je heftiger er sich wehrte, desto schneller erlahmten seine Kräfte.

Er wollte nicht sterben! Schon gar nicht kampflos. Er sackte absichtlich zusammen, ließ sich fallen. Dass die zappelnde Masse plötzlich erschlaffte, darauf wäre der Mann nicht gefasst. Und dann würde Max sich auf der Erde zur Seite rollen.

Es klappte nicht.

Der Mann beugte ein Knie, fing ihn ab und verdrehte ihm so den Arm, dass Max' Körper zur Seite gedrückt wurde. Er presste Max sein Knie ins Kreuz und hielt ihn mit eisernem Griff fest.

Das Gesicht auf dem Boden, den Arm auf dem Rücken, die Wange in den Teer gedrückt. Das war das Ende. Dieser Gorilla würde ihm den Hals brechen. *Dad! Hilf mir!* Max wurde schwarz vor Augen, die Luft wurde ihm aus der Lunge gepresst. Und trotzdem versuchte er weiter zu treten und sich herauszuwinden. Ein sinnloser Versuch, das Unausweichliche abzuwenden. Das Sonnenlicht blendete ihn, das Blut hämmerte ihm in den Ohren. Er erinnerte sich an die Wärme Aladfars, roch den Moschus des Bärenfells, hörte den Schrei des Adlers in seinem Gedächtnis widerhallen. Aber ihm wuchs keine Stärke zu. Nichts Animalisches verlieh ihm Kraft.

Sayid zitterte. Die Männer machten eine Leibesvisitation, rissen seinen Rucksack auf, zerfetzten ihn auf der Suche nach Hinweisen auf Zabalas Codes. Sie fanden nichts. Sie ließen ihn seine Sachen wieder anziehen, aber Sayid zitterte nicht nur vor Kälte und Angst – sein Körper brauchte Nahrung und Flüssigkeit. Sein pochender Fuß tat ihm weh, der Schmerz zermürbte ihn und raubte ihm das letzte bisschen Durchhaltevermögen, das er noch besaß. Wenn er wenigstens ein paar Stunden schlafen könnte! Dann ginge es ihm wieder gut, dann wäre er im Kopf wieder frisch und würde sich überlegen, wie er Max die Nachricht zukommen ließ. Die Gangster warteten ja auf Max, und er konnte nichts machen, um ihn zu warnen.

Tischenko wusste, dass Sayid keine Informationen besaß, sondern nur dazu taugte, Max anzulocken. Sein Killer hatte die kleine Marokkanerin informiert. Sie würde Max Gordon nach Genf locken, denn niemand ließ seine Freunde in tödlicher Gefahr im Stich. Nicht, dass es darauf ankam. In ein paar Stunden würden sie sowieso alle sterben.

»Besorg ihm einen Rollstuhl«, sagt Tischenko zu einem der Männer. Er saß Sayid gegenüber, hob mit schuppigen Fingern dessen Kinn, sodass er seinem Blick nicht ausweichen konnte. »Du bist müde, Junge.«

Sayid nickte. Er wollte sich mit dem Mann auf kein Gespräch einlassen.

»Und dein gebrochener Fuß bereitet dir Schmerzen. Ich weiß, was Schmerzen sind. Die können einem die ganze Lebenskraft rauben bis zu dem Punkt, wo es einem egal wird, ob man am Leben ist oder stirbt. Bist du an diesem Punkt?«

»Nein, nein. Ich will nicht sterben.«

»Natürlich nicht. Du hast nichts zu befürchten. Ich werde dir keine Schmerzen bereiten, versprochen. Aber möchtest du vielleicht was Warmes zu essen und ein bisschen schlafen?«

Wieder nickte Sayid, fast hypnotisiert von dieser Flüsterstimme.

Tischenko sah die Männer an. »Nehmt ihn mit«, sagte er, als er auf die Türen des Lifts zuging.

Sie fuhren schweigend bis tief unter die Erde. In ein anderes Areal als das, das Sayid vorhin gesehen hatte. Die glänzenden Maschinen und Apparate in dieser von Hochtechnologie geprägten Umgebung summten vor gebremster Kraft. Ein Gebilde, das wie ein riesiger Ventilator aussah, ragte über Sayid auf; mindestens sechzig Meter hoch, höher als eine Kathedrale. Sayid kam sich vor wie eine Ameise, als Tischenko durch die gewaltige Halle schritt. Dicke Kabel, in kupferfarbenen Umhüllungen gebündelt, und Röhren, breiter als ein Bus, führten vom Rand der Maschine weg und verschwanden weit hinten in der Felswand. Tischenko sah zu, wie Sayid staunte.

»Du interessierst dich für Physik?«

Sayid konnte bloß nicken. Die Komplexität dessen, was er hier sah, überstieg sein Vorstellungsvermögen.

»Zwölf Jahre, siebenunddreißig Milliarden Dollar, vierzehn miteinander verbundene Röhren und ein siebenundzwanzig Kilometer langer Teilchenbeschleuniger-Ring einhundertfünfzig Meter unter der Erde – und dazu die besten Köpfe, die man für Geld kriegen kann. Jeder einzelne der Wissenschaftler hier hat seine Spezialaufgabe erledigt und ist dann gegangen. Nur ich und einige wenige Ausgewählte können ermessen, was wir hier zustande bringen.«

»Und das wäre?«, sagte Sayid und hoffte, das Ego dieses Mannes ließ es zu, dass er irgendwelche entscheidenden Informationen preisgab.

»Eine Energiequelle von einer Leistung, die nahezu unvorstellbar ist. Der Kondensator, den du hier siehst, wiegt fast neunzehntausend Tonnen. Er speichert die Energie für eine Mikrosekunde und leitet sie dann ins Innere des Bergs, wo …«

Sayid beobachtete das unbewegte Gesicht des Mannes, dessen Haut vor so langer Zeit zerstört worden war, dass es einer Maske glich. Nur in den funkelnden Augen spiegelte sich seine Vision, die jede Vorstellung überstieg. Tischenko war wieder verstummt, ohne sein Geheimnis preiszugeben, und sah Sayid an.

»Ich will dich nicht mit Einzelheiten langweilen. Du brauchst deinen Schlaf.«

Sayid stiegen Tränen in die Augen vor Angst. Die letzten Worte des Mannes klangen irgendwie endgültig.

Sie drangen tiefer in die Tunnel vor. Die Kälte hier ließ Sayids Atem dampfen und raubte ihm die letzten Kräfte. Sogar die Männer zitterten, nur Tischenko zeigte sich vollkommen unbeeindruckt. Sayid konnte sich einfach nicht mehr länger wach halten. Der Kopf sank ihm auf die Brust. Er riss ihn wieder hoch. Anscheinend hatte er Halluzinationen. Hinter einer Wand aus Eis entfernten sich verschwommene Gestalten, die Farben ihrer Kleidung verschwanden im Nichts. Er war in einer Kammer, die wie das Innere eines Eiswürfels aussah. Feuchte

Luft umwehte ihn und gefror. Er zwang sich, gegen die Erschöpfung anzukämpfen, und öffnete die Augen wieder. Schmerz. Beißender Frost. Er wollte den Arm heben und seine gefrorenen Tränen wegwischen, aber irgendetwas hinderte ihn daran. Er kämpfte gegen eine unsichtbare Mauer. Sein Körper war reglos geworden. Das letzte bisschen Wärme, das er noch in sich hatte, wich unter dem Angriff der eisigen Luft.

Sterne funkelten, der Himmel war undurchdringlich schwarz. Kometen flackerten vor seinen Augen vorüber, betäubende Wogen aus dunkelblauem, violettem und grellweißem Licht umbrandeten ihn. Eine Stimme flüsterte ihm hämisch zu, seine Körperkerntemperatur dürfe nicht unter siebenunddreißig Grad absinken – bei fünfunddreißig Grad setzte Unterkühlung ein, ab dreiunddreißig würde es lebensbedrohlich.

Sayids Geist verspottete ihn mit Zahlen, die den Tod bedeuteten. Er war ja längst viel kälter.

In seiner Lunge befand sich noch ein letzter Atemzug.

Sein letzter Gedanke, bevor die wirbelnden Sterne zu schwarzer Materie und Nichts zerfielen, war die Frage, wie er Max die entschlüsselte Botschaft überbringen konnte.

Max saß angeschnallt auf dem Vordersitz des schwarzen Audi. Keine zehn Minuten zuvor hatte der große, kräftige Mann am Steuer ihn noch zu Tode geängstigt, aber jetzt war er ungeheuer erleichtert. Der Mann hieß Corentin, und er und sein Partner Thierry wurden, seit Sophie Fauvre von ihrem Vater weggelaufen war, um Zabala zu suchen, dafür bezahlt, sie zu beschatten. Und dafür zu sorgen, dass sie nicht in Schwierigkeiten geriet. Zu Beginn wussten die beiden nicht, was Max mit der ganzen Sache zu tun hatte, doch als sie Sophie in Oloron aus den Augen verloren, verfolgten sie Max' Spur bis ins Krankenhaus. Max Gordon finden hieß, Sophie Fauvre finden, aber Max war ihnen entwischt. Sie hatten geglaubt, sie könnten Sophie so viel Angst einjagen, dass sie nach Hause fuhr, als sie sie in Biarritz aufspürten und es so einrichteten, dass Sophie sie auch bemerkte. Sie waren ihr zu dem alten Château nachgefahren, hatten die Spur von Max und Sophie bis zum Bahnhof verfolgt und sie in den Zug einsteigen sehen. Corentins Auftrag war damit erledigt. Fauvre war ein guter Freund – noch aus ihrer gemeinsamen Zeit in Paris. Als Sophie von Marokko nach Genf gefahren war, hatte er wieder bei ihm angerufen und Corentin gebeten, dafür zu sorgen, dass seiner Tochter und Max nichts passierte.

Während der Ex-Legionär den Wagen durchs Verkehrsgewühl steuerte, lauschte er seinem Handy in der Halterung am Armaturenbrett. Thierrys Stimme erstattete laufend Bericht.

»Ich sehe sie. Sie geht über die Brücke in Richtung Park.«

»Sie darf dich auf keinen Fall bemerken. Sonst erschrickt sie und wir haben sie verloren«, erwiderte Corentin, trat das Gaspedal durch und raste an langsamer fahrenden Wagen vorbei.

»Halt den Mund und mach du deine Arbeit«, schoss Thierry zurück. »Wie nah bist du?«

Corentin streckte den Kopf vor und prüfte ihre Position. Sein Blick flog ständig zwischen Innenspiegel und Seitenspiegel hin und her, suchte eine Lücke im Verkehr, die er ausnutzen konnte.

»Zwei Minuten.«

»Da ist noch eine. Sie hat ein anderes Mädchen gesehen, zu dem geht sie jetzt hin. Ist langsamer geworden. Irgendwas ist da faul …«

»Verdammt!«, fluchte Corentin, als ein Oberleitungsbus ihm den Weg versperrte. Er schob Max mit einer Hand einen Stadtplan zu, riss mit der anderen das Steuer herum. »Kannst du Karten lesen? Such uns einen Weg zum Parc la Grange!« Corentin wartete die Antwort nicht ab. »Wir sind auf der Rue du Roveray.«

Max' Augen flogen über den Stadtplan, seine Gedanken drehten sich noch schneller als der Motor. Wer war das Mädchen, mit dem sich Sophie traf?

Er fuhr mit dem Finger die Strecke auf der Karte ab, während der große Wagen durch den Verkehr rollte. »Rue de Montchoisy links abbiegen!«, sagte er.

»Nein! Da ist ein Stau! Die Nächste, Junge, mach schon!«

Max geriet unter Druck, blieb aber konzentriert. Er war jetzt der Steuermann und Corentin musste seinen Anweisungen folgen. »Die Erste links in die Rue de Nant. Ist eine Einbahnstraße – in der richtigen Richtung.«

Corentin fuhr schnell und gekonnt, wich geschickt aus, immer hin und her. Hupen gellten. Bremsen quietschten.

»Ich seh's schon!«, sagte er an Max gewandt.

Thierrys Stimme, aufgeregt, fordernd: »Näher kann ich nicht ran, Corentin. Oder soll ich? Sag schon!« »Sind gleich da …« Noch einmal wurde der Motor hochgejagt.

»Ich muss sie jetzt holen. Die zwei streiten sich. Sie hat eine Kette oder so was. Es gibt Ärger! Motorradfahrer!«

»Gib ihnen den Anhänger!«, rief Max. »Der ist nichts wert!« Doch er wusste, sein Geschrei war nutzlos. »Links rein, fünfzig Meter, dann rechts!«, sagte er zu Corentin.

»Verdammt, Junge! Kannst du das nicht früher sagen!« Mit schmorenden Reifen lenkte Corentin den großen Wagen über die Kreuzung. »Ich sehe den Park!«, schrie er ins Telefon. »Dreihundert Meter! Hundertfünfzig! Thierry, wo steckst du?«

Thierrys keuchender Atem drang aus dem Handy. »Am

Picknick-Platz ...« Es knisterte in der Leitung, dann kamen die letzten Worte wieder verständlich durch. »... Schlägerei ... Sieh zu, dass du herkommst!«

Max klammerte sich ans Armaturenbrett.

Corentins Augen, dunkel und drohend, waren auf den Parkeingang geheftet. Ruckartig brachte er das Auto zum Stehen und war schon zur Tür hinaus, bevor Max seinen Sicherheitsgurt abgeschnallt hatte.

Max rannte. Links gab es friedliche Rosengärten und gepflegte Teichanlagen, dann ging der Park in eine Landschaft mit Bäumen und offenen Wiesen über. Zweihundert Meter vor ihm war der Kampf bereits voll entbrannt. Thierry schleuderte gerade einen der Motorradfahrer zu Boden; in den Rädern seiner Maschine drehten sich Erde und Gras, der Motor heulte auf, als der Gashebel sich in die Erde bohrte. Der junge Mann hatte gegen Corentins Partner keine Chance – er war schon bewusstlos, bevor er auf dem Boden landete.

Die anderen Motorradfahrer schwenkten herum wie angreifende Bienen. Corentin, fünfzig Meter vor ihm, hatte einen an der Spitze der Gruppe bereits gepackt und trat ihm buchstäblich das Motorrad unter dem Hintern weg. Max wusste, was Corentins Eisenfäuste dem Fahrer antun konnten.

Sophie rannte hinter einem Mädchen her, von dem er nur den Rücken sah. Plötzlich fuhr es herum, baute sich vor Sophie auf und rang mit ihr.

Peaches!

Vor Schreck wäre Max beinahe stehen geblieben. Zwei andere Motorradfahrer rollten auf die Mädchen zu. Der Hai war nicht zu sehen. Wo war er? Er musste hier sein!

»Peaches!«, schrie Max.

Seine List funktionierte. Peaches war für den Bruchteil einer

Sekunde abgelenkt, schaute zu ihm herüber und fiel zu Boden, als Sophie sie mit einem Karatetritt zu Fall brachte.

Zwei Motorradmänner hätten Max um ein Haar erwischt, wenn Corentin und Thierry sich ihnen nicht in den Weg gestellt hätten. Die harten Ex-Soldaten hatten Kriege erlebt und körperliche und seelische Strapazen ausgehalten, die sich kaum jemand vorstellen kann, und so hatten die beiden Gangster keine Chance gegen ihre koordinierte Attacke. Das hatte bestimmt wehgetan.

Max war jetzt bis auf dreißig Meter heran. Er wusste, Peaches war nicht nur eine tüchtige Sportlerin, sondern auch ein Killer. Leicht würde sie Sophie den Sieg nicht machen. Sie nahm Sophie in eine Beinschere, brachte sie zu Fall, aber Sophie bekam das Ende einer Parkbank zu fassen, trat kräftig mit den Beinen aus, drehte sich wie im Sportunterricht auf dem Seitpferd und war wieder auf den Beinen.

Max sah, dass Peaches die Kette mit dem Anhänger um ihre Faust gewunden hatte. Aber das konnte ihm egal sein. Es ging nur noch um Sophie.

Peaches warf sich herum wie eine erfahrene Karatekämpferin und erzeugte durch die schnelle Bewegung eine enorme Kraft. Sie hatte noch etwas anderes in der Hand – einen Totschläger: schwarz, kurz und schwer, eine tödliche Waffe. Sophie fand das Gleichgewicht wieder, war aber noch verwirrt. Die beiden Männer, die sie in den Pyrenäen verfolgt hatten, waren jetzt mit Max zusammen in den Park gekommen. Was ging hier vor? Wie hatte Max sie gefunden?

»Pass auf, Sophie!«, rief Max.

Seine Warnung rettete sie. Sie machte einen Sprung rückwärts. Noch einmal zugegriffen und sie hätte Peaches mattgesetzt. Doch ihr Körper ließ sie im Stich. Sie spürte einen plötzlichen Schmerz – war sie angeschossen worden? Ein flammendes Sengen schoss durch ihr Bein, das Knie knickte unter dem Gewicht ihres Körpers ein. Die Ärzte sollten ihr später mitteilen, dass sie einen Kreuzbandriss hatte. Als ihr Bein versagte, stürzte sie böse hin, landete auf der Seite und schlug mit dem Kopf auf das Betonfundament der Parkbank.

Max sah sie zusammenbrechen. Sie war ohnmächtig.

»Corentin!«

Max hatte es kaum gerufen, da reagierte der starke Mann auch schon. Max sprintete Peaches hinterher. Sie war der Schlüssel zu allen Fragen.

Corentin war schon bei Sophie angekommen. »Kümmern Sie sich um sie!«, rief Max und lief, so schnell er konnte, der flüchtenden Peaches nach.

Die Motorradfahrer waren alle ausgeschaltet und lagen auf der Erde. Max füllte seine Lunge mit Luft, schwenkte die Arme und trieb seine Beine an. Er holte auf.

Der Hai mochte seine Truppe. Sie waren die einzige »Familie«, die er je besessen hatte. Ihm war nur allzu klar, dass Tischenko es an einem von ihnen auslassen würde, wenn er versagte – auf die Art setzte er ihn gewaltig unter Druck. Aber jetzt würde Tischenkos Killer, die hübsche Peaches, die so glamourös aussah, vollkommen makellos, den ganzen Ruhm für sich allein einheimsen. Sie hatte den Hai, einen gewöhnlichen Dieb, als Tischenkos Liebling abgelöst. Wenn sie den Anhänger abgeliefert hatte, gab der Irre ihr alles, was sie haben wollte.

Der Hai wartete still und reglos auf dem Fahrersitz eines Allradwagens unter den Bäumen. Von dort beobachtete er, wie die Männer in den Lederjacken gegen seine Leute kämpften und sie außer Gefecht setzten, und er sah immer noch zu, als

Max ins Getümmel gerannt kam. Tischenko hatte ihm gesagt, dass nur die kleine Fauvre und Max kommen würden. Die zwei Lederjacken da waren aber Profis. Wo die herkamen, war ihm ein Rätsel.

Peaches hatte ihren Zweikampf gewonnen und kam auf ihn zu. Der Hai hatte die Anweisung, Peaches, den Anhänger und Max in die Berge zu bringen. Aber die Lage hatte sich geändert. Max und Sophie waren plötzlich in der Überzahl, die zwei mit den Lederjacken hatten den Spieß umgedreht. Jetzt waren andere Dinge wichtiger. Der Hai konnte sich nicht auf den jungen Engländer stürzen. Nicht, dass er ihn nicht hätte besiegen können, das schon, aber er und Peaches waren in der Minderheit. Und den Anhänger wollte Tischenko mehr als alles andere. Wenn er den lieferte, konnte sich der Hai eine Belohnung aussuchen.

Der Hai wusste, die Ungarin war eine eiskalte Killerin, und er wusste auch, dass sie sich an seiner Stelle die Gelegenheit, die sich ihm jetzt bot, nicht entgehen lassen würde.

Der Motor lief im Leerlauf. Die Ungarin kam direkt auf die kleine Erhebung zugerannt, auf der er parkte. Er stand verdeckt genug zwischen den Bäumen, um nicht gesehen zu werden. Sie lief schnell, aber Max war keine dreißig Meter mehr hinter ihr. Er würde sie kriegen.

Der Hai gab ein Signal mit der Lichthupe. Hierher! Sie sprintete noch einmal schneller, gewann ein bisschen Vorsprung und erklomm den Hügel.

In dem Moment trat der Hai das Gaspedal durch, der Zweitonner schoss mit einem Satz zwischen den Bäumen hervor. Potÿncza Józsa, die stets lächelnde Peaches, die schicke, von allen jungen Männern angehimmelte Skifahrerin, die außerdem eine herzlose Killerin war, rannte frontal in das Auto hinein.

Das Letzte, was sie sah, bevor das Licht ihrer Augen erlosch, war ein hässlich lächelnder Mund voller spitzer Zähne.

Der Hai trat auf die Bremse und rutschte fünf Meter – direkt auf Max zu, der einen Sprung zur Seite machte. Er geriet ins Stolpern und rollte den Abhang hinunter. Als er wieder auf den Beinen war, hatte der Hai der toten Peaches den Anhänger aus der Hand genommen, war wieder ins Auto gesprungen und jagte über die Wiese davon, dass das Gras nur so hinter den Reifen aufspritzte.

Max rannte zwischen den Bäumen hindurch und erhaschte einen letzten Blick auf den Wagen, der, langsamer werdend, in einer Senke verschwand und dann auf die Hauptstraße Richtung Osten einbog. Osten! Warum Osten? Das war die falsche Richtung! Was, wenn es im CERN ein Problem gab? Das Kernforschungszentrum lag doch im Westen! Dann war der Wagen endgültig verschwunden.

Einige Augenblicke später legte Max seine zitternde Hand unter Peaches' Hals. Sie sah aus, als schliefe sie. Doch sie hatte keinen Puls. Widerstreitende Gefühle stiegen in Max hoch und verwirrten ihn. Hatte er Angst, das Mädchen zu berühren, das er einmal für seine Freundin gehalten hatte und das jetzt tot war – oder fürchtete er sich, eine Killerin anzufassen?

Corentin sah sich Sophies Verletzungen an. Sie kam immer wieder für einen Augenblick zu sich. Thierry fesselte die Motorradfahrer und ließ sie mit dem Gesicht nach unten liegen, die Handgelenke an den Knöcheln festgezurrt.

»Die Polizei wird jeden Moment da sein«, sagte Corentin. »Wir bringen sie ins Krankenhaus.«

Max nickte. »Wie schwer ist sie verletzt?«

»Kann ich nicht sagen. Sie hat eine Kopfwunde und mit ihrem Bein ist auch was nicht in Ordnung. Sie hat Blut im Ohr, wie du siehst. Ich glaube, sie hat einen Schädelbruch. Wir müssen beim Transport vorsichtig sein.«

Corentin wandte sich ab und gab Thierry durch einen Pfiff ein Zeichen, zu ihm zu kommen.

Max schob ihr die Haare aus dem Gesicht.

»Sophie, was ist los? Ich verstehe das nicht.«

Sie schlug die Augen auf, blinzelte ein paarmal und versuchte zu lächeln. »Max? Ich dachte, ich hätte geträumt. Ich wusste, dass du es bist. Entschuldige.«

»Warum hast du mir den Anhänger weggenommen? Du hättest mir doch alles sagen können.«

Sophie war schwach. Ihre Stimme klang brüchig. »Du warst krank. Du hattest kein Vertrauen zu mir.«

Was sie sagte, tat zwar weh, stimmte aber.

Der Audi kam über die Wiese auf sie zugefahren. Sophie versuchte etwas aus der Jackentasche zu ziehen.

»Max, er ist in den Bergen. Mein Handy, nimm dir mein Handy. Peaches hat es mir gesagt. Da haben sie ihn hingeschafft … in die Zitadelle.«

Max zog das Handy heraus. Sophie nickte. Sie wurde wieder ohnmächtig.

»Sophie, halte durch. Dein Dad hat diese Männer geschickt, damit sie uns helfen. Wir sind jetzt in Sicherheit.«

Sie schüttelte den Kopf. »Sayid …«, flüsterte sie. Ein flüchtiges Lächeln. Sie hob die Hand. »Ich wollte … Entschuldige, Max.« Und dann fielen ihre Augen wieder zu.

Max hielt sie fest, er wollte nicht, dass sie starb.

Corentin zog das Mädchen sacht aus seinen Armen, kontrollierte ihren Puls. »Es ist gut, Junge. Sie lebt. Wir bringen sie in die Notaufnahme.«

Corentin und Thierry legten Sophie behutsam auf den Rücksitz des Audi.

»Steig ein«, forderte Thierry ihn auf.

Max war hin- und hergerissen. Doch er schüttelte den Kopf. »Ich kann nicht. Ich muss weitermachen und sehen, dass ich das Ding hier aufhalten kann. Was immer es ist. Kümmern Sie sich um sie, Corentin. Wenn Sie nicht gewesen wären, hätten die sie umgebracht. Danke.«

Max nahm seinen Rucksack aus dem Auto.

Corentin setzte sich ans Steuer, Thierry hielt auf dem Rücksitz die bewusstlose Sophie im Arm. Sie hatten ihre Aufgabe erledigt. Max Gordon war nicht ihr Problem, trotzdem bewunderte Corentin den Jungen.

»Und du? Welches Ding? Was hast du vor?«

Auf einmal kam Max das Ganze viel zu groß vor. Als hätte ihm jemand gesagt, er solle eine senkrechte Eiswand hinaufklettern und einen Landrover hinter sich herziehen. »Nennt sich Zitadelle, wo ich hinmuss. Ich werd sie schon finden.«

»Am anderen Ende des Sees«, sagte Thierry. »Das ist ein Gebirgszug. Du kannst da nicht hin, Junge, das ist zu gefährlich. Das Wetter wird umschlagen und du hast keine Ausrüstung. Komm mit uns mit.«

Max sah Corentin an. Sie wussten beide, dass er das nicht tun würde.

Corentin schob einen zusammengefalteten Stadtplan durchs Autofenster. »Hier, nimm. Den wirst du brauchen.«

Max nickte zum Dank und sagte: »Corentin, falls Sie jemanden bei den französischen Sicherheitsbehörden kennen, Polizisten, egal was für welche, reden Sie mit denen. Nutzen Sie alle Kontakte, die Sie haben.«

»Und was soll ich denen sagen?«

»Sie sollen sich bei Laurent Fauvre melden. Er kann alles erklären.« Max zog die zusammengefalteten Zeichnungen und Notizen aus seinem Rucksack und schob sie Corentin ins Auto. »Es geht um ein Dreieck. Das zeigt auf CERN, das Kernforschungszentrum. Hier, Genf! Ich lag falsch. Ich hatte mich geirrt. Die Linie hat die Berge durchschnitten. Dieselbe Richtung, aber anderer Ort. Sagen Sie denen, es geht um etwas richtig Großes hier in den Bergen. Eine Katastrophe. Sagen Sie das denen!« Max schwang sich den Rucksack auf die Schulter und rannte schon los, als Corentin langsam anfuhr.

Sirenen kündigten an, dass die Polizei unterwegs war. Schlägereien in öffentlichen Parks kamen im vornehmen Genf nicht gerade häufig vor, und in der Anlage würde es binnen Kurzem von Polizisten wimmeln.

Max besah sich Sophies Handy. Warum hatte sie danach gegriffen? Weil sie wollte, dass er es bekam. Warum? Er drückte die Tasten, fand die SMS, und sein Herz blieb beinahe stehen.

Der Alte mit den Tieren hat Adrien. Komm mit dem Anhänger des Mönchs und Max zum Parc la Grange, Genf 7. Sayid ist bei mir. Ich kann helfen.

Deine Freundin Peaches

Sophie hatte spitzgekriegt, dass ihre Freundin eine Lügnerin war und sie verraten hatte. Es gab keinen Adrien. Er existierte nicht. Das konnte Peaches aber nicht wissen.

Aber sie hatten Sayid entführt.

Heute war der Siebte. Zabala hatte die Katastrophe für den Morgen des Achten vorhergesagt. Max hatte sich in Sophie getäuscht. Sie hatte versucht, Sayid zu retten. Jetzt ergaben Abdullahs Worte einen Sinn. Sie hatte für Max gekämpft. Und jetzt war er an der Reihe, für Sayid zu kämpfen. Er musste in die Berge, um seinen Freund zu retten.

Und um diesen Wahnsinn zu beenden.

25

Panik erfasste ihn. Die Angst hatte ihn fest im Griff. Er musste die Straße an der Seeseite erreichen oder wieder zum Bahnhof zurück. Beides würde ihn wertvolle Zeit kosten. *Schraub das Tempo ein bisschen runter und denk nach.* Die südlich von Genf verlaufende Straße überquerte die Grenze nach Frankreich, bevor er sich wieder zum nördlichen Ende des Sees wenden konnte, hin zu den Bergen, wo Sayid gefangen war. Auf dieser Route lief er Gefahr, von der Polizei erwischt zu werden. Und er konnte es nicht riskieren, festgenommen zu werden. Auf der Straße nördlich um den See herum, also auf Schweizer Seite, war viel zu viel Verkehr. Statt zwei Stunden wäre er gut und gern doppelt so lang unterwegs. Der See war über siebzig Kilometer lang und danach folgte der Aufstieg ins Gebirge – wie viel Zeit hatte er noch?

Max betrachtete die eleganten Jachten und Motorschiffe, die in mehreren Reihen an ihren Pontons in der Marina gegenüber dem Park lagen. Während er schnell darauf zuschritt, suchten seine Augen ein Boot, irgendeins, das er nehmen konnte. Stehlen heißt das, rief er sich ins Gedächtnis. Er würde eins aufbrechen und irgendwie starten müssen. Plötzlich hörte er das leise Tuckern starker Motoren. Ein Boot näherte sich mit dem Bug voran einem Ponton, und eine Frau war im Begriff, die Leinen festzuzurren. Weiße Ledersitze hoben sich deutlich von dem blauen Bootskörper ab, der wie Glas glänzte. Ein Mann ging ins

Heck des Bootes und kontrollierte die Fender. Als die Frau ein paar Meter entfernt auf dem Kai das Tau um eine Klampe schlingen wollte, ging Max unbemerkt an Bord. Der Motor lief im Leerlauf. Max ergriff das Steuerrad aus Walnussholz, stemmte die Beine fest auf den Boden und schob die vier Gashebel nach vorn. Die Dieselmotoren wühlten erfolglos im Wasser, weil sie ihre Kräfte nicht entfalten konnten; die Heckschrauben lechzten danach, den schnittigen Bootskörper durch den ruhigen See zu jagen. Der Mann fiel über Bord, die Frau schrie, aber ihre Stimme ging im Dröhnen der Motoren unter. Das Boot erreichte dreißig Knoten und der Geschwindigkeitsmesser zeigte an, dass es sogar fünfzig schaffte.

So viel Kraft ängstigte Max. Er war schon früher mit seinem Dad auf Schnellbooten gefahren, aber das hier war, als stiege er von einem Fahrrad in die Formel 1 um. Er entfernte sich in weitem Bogen von der Küstenlinie. Die Sicht war gut, aber hinter den Bergen zogen dunkle Wolken auf. Schlechtes Wetter würde ihn die nächsten Stunden begleiten. Die Polizei würde sich an seine Fersen heften, aber das kam Max diesmal sehr gelegen. Er wollte sie zur Zitadelle führen. Dieses Boot war eine Million wert, und wenn er es stahl, erregte er damit bestimmt Aufmerksamkeit. Hoffentlich waren die Ordnungshüter schon da, wenn er drüben ankam. Es war Zeit, das Tier von der Leine zu lassen – er schob die Gashebel vor und das Boot wäre beinahe aus dem Wasser gesprungen. Max schob seine Angst beiseite, als er im Gegenwind über die Wellen flog.

Mit einer Mischung aus Erleichterung und Enttäuschung stellte er vierzig Minuten später aber fest, dass niemand ihn verfolgte – vielleicht lag es an der Bürokratie, da die Grenze zwischen Frankreich und der Schweiz den See horizontal durchlief. Gut möglich, dass man sich nicht entscheiden konnte, wer die Verfolgung übernehmen sollte, und als er die hämmernden Motoren drosselte und das schnittige Boot an das leere Ufer brachte, wusste er, dass er immer noch allein war. Angesichts der vor ihm aufragenden Berge fühlte er sich plötzlich klein und verwundbar. Doch etwas, das stärker war als Furcht, trieb ihn weiter. Max spürte, dass sich in ihm ein zorniger Sturm zusammenbraute. Sayid! Ob er verletzt war? Lebte er überhaupt noch? Sie mussten ihn am Flughafen in Biarritz erwischt haben. So viel Zeit war schon vergangen, und Max hatte keine Ahnung gehabt, dass sein Freund verschleppt worden war. Der dumpfe Schmerz, den er im Herzen spürte, kam von seinen Schuldgefühlen. Er hätte besser auf Sayid aufpassen müssen. Aber jetzt würde er es wiedergutmachen.

Schnee fegte über die Berggipfel und wurde in Schluchten und Gletscherspalten geweht, doch vom dunkler werdenden Himmel über ihm fielen keine Flocken. Max war einige Kilometer gelaufen und auf dem immer steileren Weg waren seine Beine allmählich müde geworden. Ein Schild ließ ihn anhalten. Es war auf Englisch, Französisch und Deutsch beschriftet – zur Sicherheit und um Missverständnisse auszuschließen. Er atmete tief durch. *Zutritt verboten. Straße endet in 1 Kilometer. Wissenschaftliches Forschungsgelände: Wiederansiedlung von Wildtieren. Vorsicht, Wölfe!*

Bei Wachhunden tat man es vielleicht nicht unbedingt – bei Wölfen aber blieb jeder sofort wie angewurzelt stehen. Max zog die Karte heraus, nordete seinen Kompass und bestimmte die Richtung, in der sich die Gipfel der Zitadelle befanden. Er war auf Kurs. Die Umrisse waren steil, die Berghänge schwangen sich nicht weit von ihm zu Tausenden Metern Höhe hinauf. Wie sollte er da hinaufkommen? Der Schnee war ein Problem, die Kälte auch. Das Schild warnte davor. Es zeigte aber auch genau, wohin Max gehen musste. Er fing wieder an zu laufen und schob den nagenden Gedanken beiseite: Wie viele Wölfe mochten in diesen Bergen wohl frei herumlaufen? Und wonach konnten sie jagen, was konnten sie fressen – denn Max sah nirgendwo einen Bauernhof, nirgendwo natürliche Beute.

Hinter einer Kurve erblickte er das erste Hindernis. Ein Maschendrahttor, einige Hundert Meter weiter auf seinem Pfad. Es war ein gewöhnliches Tor, vier Meter hoch und Teil eines Zauns, der in den Felswänden verankert war. Max kletterte drüber. Ein zweites Schild wiederholte die Warnung von vorhin. In einiger Entfernung sah er ein teilweise vom Schnee zugewehtes Fahrzeug stehen. Bobbys Bus!

Vorsichtig zu sein brauchte er hier nicht. Der Bus war verlassen. Es gab keine Fußspuren und die Seitenwände des Autos waren von Schneewehen bedeckt. Max riss die Fahrertür auf. Es roch übel – nach vergammeltem Essen und Zigaretten. Er kletterte ins Auto. Es war eine dunkle, kalte Kiste, sein Freund war hier gefangen gehalten worden. Der ins Auto wehende Wind brachte etwas zum Schaukeln – Sayids *Misbaha!* Er war tatsächlich hier gewesen! Max kletterte über die Sitze nach hinten und nahm die Kette an sich. Wenn man mit Wünschen etwas erreichen könnte! Dann wäre sein Freund jetzt hier bei ihm. Doch ihm war klar, dass viel mehr auf ihn zukam – zähes, unnachgiebiges Suchen.

Max konnte im Bus nichts anderes erkennen, was ihm irgendwie weitergeholfen hätte. Gott sei Dank sah er nirgends Blut. Ein paar Surfbretter, Schlafsäcke, eine Matratze. Genau so, wie er es in Erinnerung hatte, nur, dass er jetzt überlegte, was Sayid hier wohl durchgemacht haben mochte. Max stöberte in den herumliegenden Sachen. Ein paar Tüten Chips und eine halb leere Wasserflasche. Er stopfte alles in seinen Rucksack und schob die Hecktür auf.

Ein paar Meter weiter auf dem Weg kam das nächste, nun schon anspruchsvollere Hindernis: ein verzinktes Tor und ein Zaun, der, einige Hundert Meter lang, zu beiden Seiten an Berghängen hinaufführte und in den Felsen verankert war. Ein paar Meter dahinter war NATO-Draht ausgerollt, und wiederum zehn Meter dahinter folgte ein zweiter, elektrisch geladener Zaun. Die Straße führte weiter in die Berge hinein, aber selbst wenn er das Tor überwand, musste er dieses Niemandsland durchqueren. Und an jeder Kreuzung beleuchteten mattrote Lichter seitliche Absperrungen – es sah fast so aus wie die Kontrollschleusen in manchen Geschäften zur Abschreckung von Ladendieben.

Der Wind blies stark; das Metall des kalten Busses knackte. Die Uhr tickte. Max hatte keine Zeit, so hoch an den Hängen hinaufzusteigen, dass er oberhalb der Barrieren vorbeikam. Er kletterte kurzentschlossen die Leiter an der Rückwand des Busses hinauf und öffnete die Haltegurte, mit denen Bobbys in Schutzhüllen steckenden Surfboards festgezurrt waren.

Das Brett, das hinten im Bus auf dem Boden lag und das Sayid bekritzelt hatte, als er nach der Lösung des magischen Zahlenquadrats suchte, lag noch genau so da, wie Sayid es beabsichtigt hatte – von allen unbemerkt, auch von Max.

Es dauerte zwanzig Minuten anstrengender Kletterei, bis Max etwa achtzig Meter weiter oben einen schmalen Felsvorsprung erreicht hatte. Dort angelangt, warf er die Hülle des Surfbretts weg, bereitete alles vor, setzte sich die Schutzbrille auf, schob die Füße in die Fußschlaufen und zog das Segel zu sich hoch. Es knatterte vor Kraft. Der Wind fauchte durch Felsspalten und um Bergflanken, erfasste den Flügel des Boards und riss Max vorwärts. Er duckte sich hinter das Segel, zog den Gabelbaum mit dem Haltegriff zu sich heran. Er musste Tempo kriegen und dann an der richtigen Stelle den Absprung finden, um diese nicht sehr einladenden Zäune zu überwinden. Das hier war Bobbys eigenes Surfboard. Der Champion hatte das schnellste und beste von allen, und Max war sich nicht sicher, ob er damit zurechtkam. Für extrem schnelles Fahren gebaut, sauste das Board über das Schneefeld. Max zog an dem Gabelbaum und das zwölf Quadratmeter große Rennsegel reagierte, die steife Tragfläche hielt ihn auf Kurs. Der Wind blies in Böen, und er richtete das Segel noch einmal aus; es zerrte an seinen Schultergelenken und die kalte Luft stach ihm in die Wangen. Das nach Geschwindigkeit lechzende Schnellboot, das er gestohlen hatte, erreichte fünfzig Knoten, aber diese speziellen Surfboards waren auch nicht viel langsamer. Es war wie Fliegen! Aber ein Vergnügen war es momentan nicht. Max raste auf den Rand des schneebedeckten Felsvorsprungs zu. Dort angekommen, würde es ihn in die Luft heben und er würde wie ein Ahornsamen in den Wind fliegen und davontrudeln. Wie viel er dann noch würde manövrieren können, wusste er nicht. Sein Absprungwinkel brachte es mit sich, dass er schnell große Höhe gewinnen und einen Salto schlagen würde. Mit einem Mal kam er sich wieder vor wie in Mont la Croix bei seiner missglückten Snowboard-Vorführung. Er musste hier einen ordentlichen Aufwind erwischen und den Spin unter Kontrolle kriegen, sonst würde ihm die ganze Aktion schlecht bekommen. Hier konnte er nicht nur sein Gesicht verlieren – sondern auch sein Leben. Der NATO-Draht konnte ihn zerfetzen, sodass er verblutete. Und falls er auf dem Elektrozaun landete, wurde er geröstet.

Das Board zischte über den Schnee. Der Wind jagte ihn, vor

dem Board stäubte der Schnee in die Höhe. Max sah den sich nähernden Abgrund vor sich, das konfuse Wirbeln des Winds, den Punkt, an dem es kein Zurück mehr gab. Wumm! Der Wind verpasste ihm einen Schlag und riss ihm beinahe den Gabelbaum aus der Hand.

Stille. Das Board hatte vom Boden abgehoben. Die Luft zischte ihm um die Ohren. Das verschmierte, transparente Segel knirschte vor Spannung, während es sich durch den Raum fliegend überschlug. Unter Max wirbelten Bilder des ausgerollten Drahts und des Elektrozauns vorbei. Kam er da drüber? War er weit genug geflogen? Es kam ihm vor, als sei er ewig in der Luft. Das Board richtete sich von selbst wieder aus; instinktiv verlagerte Max sein Gewicht, half dem Board, in die Waagerechte zu kommen. Mit einem dumpfen Schlag landete er auf dem Boden, wäre beinahe gestürzt, genau wie bei dem Snowboard-Wettkampf. Diesmal aber hatte er sich so gebückt, dass er mit der Hose über den Schnee schleifte, und balancierte das Board gleichzeitig mit dem Gabelbaum. Nur wenige Meter hinter den Hindernissen – aber immerhin: Er war drüber.

Max stieß einen Triumphschrei aus. Das war besser als jeder Preis bei einem Wettkampf.

Als er das Board stabilisiert hatte, nahm er den Wind aus dem Segel und folgte wieder der Straße. Er sah noch einmal kurz zurück und betrachtete Tischenkos Verteidigungsanlagen. Er hatte sie tatsächlich überwunden. Das gab ihm einen zusätzlichen Schub. Nichts konnte ihn jetzt mehr aufhalten. Die Berge und der Mann, der seinen Freund gefangen hielt, kamen näher. Und die drohende Katastrophe.

Tischenko fuhr in seinem Berg nach unten. An den schwarzen Felswänden, die von den Schneiden der Tunnelbohrmaschinen gezeichnet waren – so gezeichnet wie der Mann selbst –, brach sich das schwache Licht in hellen und dunklen Riffeln und die Kälte war gespeichert in Schichten aus purem Eis, einen Meter dick oder noch dicker. Apparate und Leitungen schmiegten sich an den Fels. Hier legten die Ingenieure und Bauarbeiter ihre Werkzeuge ab. Der Lastenaufzug war weit entfernt von dem Expresslift, der ihn normalerweise in seine hoch gelegene Zuflucht beförderte. Diese offene Plattform wurde vielmehr dazu benutzt, Ausrüstung in diese tief im Berg gelegene Kammer zu transportieren.

Zwischen den Rückwänden der Käfige und dem Fels rann Schmelzwasser hinab, das sich als Eis in unterirdischen Höhlen gesammelt hatte; es hatte, den Weg des geringsten Widerstands wählend, eine Rinne gebildet. Tischenko kam das Wasser sehr gelegen, denn hier unten hielt er über die Jahre seine Tiere gefangen – bevor er ihnen die Ehre erwies, sie zu jagen.

Stählerne Käfige, einige Quadratmeter groß, waren zu beiden Seiten des Lastenaufzugs in den Felswänden und im Boden verschraubt. Wie in einem Burgverlies setzten die Gitterstäbe in der eiskalten Luft Rost an, blieben aber stabil genug, um noch die stärksten Tiere zurückzuhalten. Die meisten Käfige waren leer, obwohl auf den Böden noch Stroh und Tierkot lagen. Tischenko ging an ihnen entlang und der starke Tiergeruch zog ihn besonders zu einem hin. Der kalte Hauch, den das Wasser in der Luft verbreitete, kühlte die Hitze, die ständig unter seiner verbrannten Haut zu liegen schien. Das hier war das letzte Tier, das er in Gefangenschaft hielt. An diesem Ende der Höhle hatte man keine großen Käfige bauen müssen. Nur die vordere Wand, von der aus Tischenkos Männer dem großen

Tier tote Fische und fettreiche Brocken Seehundfleisch zuwarfen, war mit Gitterstäben gesichert. Die übrigen Wände waren aus Eis.

Das knapp über null Grad kalte Wasser aus der Rinne lief in eine Senke, bevor es seinen Weg fortsetzte – ideal für eins der furchterregendsten Tiere aus dem hohen Norden. Der Eisbär hob den Kopf aus den Fluten und sah Tischenko an. Rings um sich Wasser verspritzend, stieg er aus der Senke heraus und richtete sich zu voller Größe auf.

Tischenko maß ihn mit Blicken. Der Bär war prachtvoll. Über drei Meter groß, sechshundert Kilogramm schwer. Gewaltige Kräfte und ein Jagdgespür, das seinesgleichen suchte. Majestätisch. Wenn man die DNA eines solchen Jägers der Wildnis mit der Intelligenz eines Menschen kombinierte – was für ein Wesen mochte aus dieser genetischen Verbindung hervorgehen?

Durch den Klimawandel schmolz das Eis, das die Bären brauchten, in den Weiten der Arktis jedes Jahr ein wenig mehr. Ihre Nahrungsreservoire wurden kleiner und ihre Aggression den Menschen gegenüber nahm zu. Tischenko hatte ein kleines Vermögen dafür ausgegeben, ihn fangen und hierherbringen zu lassen. Es war das größte und aggressivste Männchen, das sie finden konnten. Seine DNA hatte man dem Bären schon entnommen. Er würde das letzte Tier sein, das Tischenko jagte, bevor … Der Gedanke an morgen ließ ihn innehalten. Morgen war der große Tag, gewaltiger und Furcht einflößender als alles bisher Dagewesene.

Sein Handy klingelte.

Der Hai war zurück.

Max kletterte um etwas herum, das wie ein großer, breiter Eingang am Fuß des Berges aussah, und während er sich an dem Hang nach oben kämpfte, sah er unter sich den Geländewagen des Hais vorbeifahren und wieder außer Sichtweite verschwinden. Es war richtig gewesen, das Boot zu stehlen, sagte er sich. Der Hai war offenbar im Verkehr stecken geblieben.

Max betrachtete die abweisenden Berge. Die fast senkrecht abfallende Wand nördlich von ihm hatte einige Risse. Diese kälteste und dunkelste Seite, von Schnee und Eis verkrustet, ließ sich nicht leicht besteigen. Doch Max erspähte eine Felsspalte, die es ihm ermöglichen würde, sich langsam zu einem der schornsteinähnlichen Trichter vorzuarbeiten. Von allen Schluchten und Scharten war nur bei einer der Rand nicht mit Schnee oder Eis bedeckt. Warme Luft stieg von irgendwo auf. Da musste eine Öffnung sein. Das war Max' Weg in den Berg. *Überleg dir vorher ganz genau, wohin du gehst.* Max betrachtete die Route, sah sich an, wie er steigen konnte, suchte sich Haltepunkte für Füße und Hände.

Er brauchte fast eine Stunde, um die tückische Bergwand zu überwinden. Während er sich langsam hinaufmühte, sah er, wie die Sonne in der Ferne hinter der Gipfelkette verschwand. Ein von Norden her kommendes Donnergrollen kündigte das Nahen eines Sturms an. Der war noch mindestens achtzig, neunzig Kilometer entfernt, aber falls er sich schnell nähern würde, war das hier der letzte Ort, an dem Max sein wollte. Eine Gletscherspalte an einem Berghang, da schlugen Blitze besonders gern ein.

Max quetschte sich in den Kamin hinein, seine Stirnlampe warf ihr Licht bis ein paar Meter unterhalb seiner Füße. Der schartige Fels teilte sich etwa zehn Meter weiter unten. Max mobilisierte alle Kräfte in Beinen und Armen und stieg langsam ab. Die Lampe durchdrang das Dunkel nicht, doch er wusste, dass er sich richtig entschieden hatte. Aus einem Spalt zu seiner Linken – zu schmal, um hindurchzuklettern – drang unverkennbar Tiergeruch, wie im Zoo, stechend und scharf. Max hörte nichts, aber jedenfalls musste Luft von dort aufgestiegen sein und den Kamin erwärmt haben. Der Tunnel rechts unterhalb seiner Füße war breiter, vielleicht konnte er sich dort hineinquetschen, allerdings sah er an der Stelle undeutlich auch einen Widerschein von Eis. Eine Eisspalte konnte man ohne Ausrüstung nicht hinabsteigen. Was tun? Wieder raufklettern? Nein. Unmöglich. Irgendwie würde er auf der Eisbahn schon runterkommen.

Max stemmte sich mit den Beinen gegen ein Stück Felsen, nahm seinen Rucksack herunter und suchte nach einem kleinen Plastikbehälter, nicht größer als eine Streichholzschachtel, den er unter einen Klettverschluss gesteckt hatte. Der Fels bohrte sich mit scharfen Spitzen in seine Knie, Schweiß lief ihm in die Augen, und wenn er von seiner dürftigen Fußstütze abrutschte, würde er in den engen Schacht stürzen und sich die Beine zerschmettern. Und bei dem Schock, Schmerz und Blutverlust, den er dabei erleiden würde, wäre er in weniger als einer Stunde tot. Er bekam allmählich Platzangst in dem engen Kamin. Enge Räume machten ihm schon in guten Zeiten schwer zu schaffen, aber die Fantasie konnte die Sache noch verschlimmern. Nein! Die Felswände rückten nicht näher! Er beruhigte sich wieder im Schein seiner Stirnlampe.

Nachdem er seine Angst eingedämmt hatte, machte Max sich an den weiteren Abstieg. Er hob einen Fuß von dem glatten Stein. Seine Turnschuhe gaben ihm zwar auch abseits der Straße guten Halt, aber für Eis waren sie nicht geeignet. Sie hatten aber vorne in der Sohle vier kleine Schraubfassungen für Spikes, die einem besseren Halt verliehen. Er blies sich auf die Fingerspitzen. Von diesen feinen Spikes durfte er keinen einzigen verlieren. Nach ein paar Minuten hatte er alle eingesetzt. Jetzt würde er an der Eiswand Halt finden. Max zog sich die Stirnlampe vom Kopf, schlang sie um seinen linken Fuß, zog den Gurt fest, sodass sie Lampe nach unten zeigte, aber genügend Abstand zu den Spikes hatte, und machte den ersten vorsichtigen Schritt hinab in unbekanntes Gefilde.

Nachdem er sich davon überzeugt hatte, dass der Berg im Innern über Höhlen oder ausgehöhlte Kammern verfügte, war es nur logisch, davon auszugehen, dass auf einer Seite die wilden Tiere waren und dass es auf der anderen Seite noch eine weitere Kammer gab. Eine solche Logik funktionierte zwar nicht immer, aber Max hatte keine Wahl. Außerdem fühlte er sich besser, wenn er daran glaubte.

Die Beine gestreckt, den Rücken so fest wie möglich an die Felswand gepresst – sein Rucksack verhalf ihm wenigstens zu etwas Haftung –, ließ er sich in das gefährliche Eis hinab. Als er mit dem linken Fuß einen Haltepunkt an der Wand fand, fiel das Licht nach unten und Max sah, dass der Schacht unter ihm eine Kurve machte. Er betete, dass er dahinter nicht senkrecht abfiel, denn dann hatte er keine Chance.

Die Neigung wurde steiler. Ein feiner blauer Lichtschein, der nicht von seiner Lampe stammte, drang durch den Schacht herauf. Sehnen und Muskeln gestreckt, versuchte er sein Tempo zu drosseln. Die Spikes wurden ihm von den Schuhen gerissen, bald würde er irgendwo aufschlagen. Aber wo? Er klemmte die Knie zusammen, beugte die Beine, hob die Arme über den Kopf, zog die Ellbogen an den Körper, holte tief Luft und ließ sich fallen.

Ein gespenstischer blauer Lichtschein zog an seinen Augen

vorüber, als der Schacht ihn unten ausspie. Wo der Kamin endete, wölbte sich eine Eisfläche von der Felswand hinab in eine riesige Halle. Max war noch zehn Meter oberhalb des Bodens, aber die wie eine Bobbahn geschwungene Rutsche bremste ihn ab, und er glitt sanft nach unten.

Max schlitterte über den glänzenden schwarzen Steinboden und schlug dumpf an einer Eiswand an. Irgendwo im Hintergrund unterbrach fließendes Wasser die Stille. Er kam auf die Beine. Der dumpfe Schein kam von sehr matten Lichtern, aber die blaue Färbung rührte von dem Eis her, das ihn umgab. Er kam sich vor wie im Innern eines Gletschers. Doch als seine Augen sich an die Umgebung gewöhnt hatten, wurde es Max plötzlich eng in der Brust. Hier unten war es unter null Grad, sein Atem bildete Wölkchen. Es war aber nicht die plötzliche Kälte, die ihm solch panische Angst machte. Dutzende Augen starrten ihn an.

Die Augen von Toten.

26

Tischenko hatte sich den Bericht des Hais über die Aktion im Parc la Grange angehört.

Der Tod des Mädchens, der ungarischen Killerin, hatte kein Bedauern bei ihm ausgelöst. Das eigene Überleben hing von den Fähigkeiten und von der Entschlossenheit ab, die man besaß. Glück war ein launischer Gefährte.

Der Hai schilderte ihm den Überfall ganz genau, erzählte, zusammen mit Max Gordon seien ein paar üble Burschen aufgetaucht und hätten Peaches überfahren. Es sei unmöglich gewesen, den jungen Engländer zu schnappen. Immerhin hatte er aber, was für Tischenko am kostbarsten war – den Anhänger. Der Hai hatte sich immer danach gesehnt, von Tischenko als *Vucari* akzeptiert zu werden – als Wolfsmensch, als einer der Auserwählten.

Tischenko trug dem Jüngeren auf, etwas zu essen zu besorgen; belohnen würde er ihn später. Er besah sich den Anhänger genauer. Auf den ersten Blick konnte er nichts erkennen. Das Ding kam ihm ganz gewöhnlich vor. Seine Leute würden ihn mit Mikroskopen untersuchen, die so stark waren, dass sie damit sogar Mikroben in die Augen schauen konnten.

Endlich. Das Geheimnis, das Zabala in dem Stein versteckt hatte – die Information, für die er sein Leben gelassen hatte. Jetzt hatte das Schicksal den Anhänger Tischenko zugespielt, und auch noch in so einem entscheidenden Augenblick. Über zwanzig Jahre lang hatte der Mönch die Sterne beobachtet und nach der Wahrheit gesucht – nach dem genauen Zeitpunkt, zu dem die himmlischen Mächte einen gewaltigen Feuerball herabschicken würden, aus dem eine neue Schöpfung hervorgehen sollte. Und Zabala *hatte* es herausgefunden! Und hatte versucht, die ahnungslose Welt zu warnen. Aber die anderen Wissenschaftler hatten nicht auf ihn gehört. Hatten sich über ihn lustig gemacht. Nur Tischenko nicht. Zabalas Freund hatte ihn verraten und Tischenko erzählt, der geheimnisvolle Mönch habe endlich den Beweis für die drohende Katastrophe gefunden, nach dem er so lange gesucht hatte. Ein Fitzelchen Wissen, das Tischenko unbedingt in seinen Besitz hatte bringen wollen. Ein letzter Wink der Götter, der alles, was er geplant hatte, durch den kontrollierten Blitz morgen Früh bestätigen würde. Tischenko verfügte über die Macht. Seine Mutter hatte das bestimmt gewusst, als sie ihm seinen Namen gab – Fedir, Geschenk Gottes.

Das Gewitter zog heran. Das wütende Poltern am Himmel wurde immer lauter. Morgen sollte es seine größte Wucht erreichen. Dass Tischenko sich den Anhänger des Mönchs gesichert hatte, nur Stunden bevor er die Zitadelle verlassen und sich in die Einsamkeit begeben wollte, bestärkte ihn in seinem Glauben, dass er vom großen Mysterium des Universums geleitet wurde.

Er wollte sich nicht nur dem Gewitter, sondern auch seinem Schicksal stellen. Und aus Verwüstung und Feuer würde er Leben erschaffen. *Lux Ferre* – der Lichtbringer.

Max kauerte sich zusammen wie ein sprungbereites Tier, seine Gedanken rasten, während er zu begreifen versuchte, was er da vor sich sah. Er war in einer Eishöhle. Frost glitzerte und schimmerte an Wänden und Decke, als habe jemand den Ort mit einem Zauberbann belegt. Doch die Augen der Tiere, die ihn anstarrten, bewegten sich nicht. Kein Licht, kein Funkeln, bloß der leere Blick des Todes.

Es war ein Museum tiefgefrorener Tiere, die mit gebleckten Zähnen in natürlichen Posen dastanden. Ein Berggorilla mit silbrigem Rücken, dick mit Muskeln bepackt; ein Rhinozeros, aufrecht auf seinen vier Beinen stehend, das gebogene Horn stolz emporgereckt. Ein Leopard, der zum Sprung auf eine seltene tibetische Antilope ansetzte, beide im Frost erstarrt. Zwei Löwen kämpften. Das mächtige Männchen in Siegerpose über dem Weibchen, das eine gekrümmte Abwehrhaltung eingenommen hatte. Max spürte förmlich, wie ihre Pfoten den Staub Afrikas aufwühlten. Ein Orang-Utan, ein Luchs – alle standen sie da, wie mit Blitzlicht fotografiert. Eine Lederschildkröte, größer als alle, die Max bisher gesehen hatte, schwebte in einem Eisblock wie im Wasser des Ozeans. Hier gab es Tiere, die Max bis jetzt nur auf Fotos gesehen hatte. Den seltenen Schneeleoparden zum Beispiel; sein matt getüpfeltes Fell verschmolz fast mit dem Hügel aus Schnee, der um ihn herum aufgeschichtet worden war.

Max ging langsam und wie in Zeitlupe zwischen den Tieren umher, fasziniert, den größten Wildtieren der Welt so nahe zu sein. Dann begriff er nach und nach, dass das hier eine sehr spezielle Sammlung war. Es waren überwiegend Raubtiere: Großkatzen und Wölfe, Jagdhunde und Schakale.

Der Schakal! Seine dunkle Gestalt hob sich kaum von dem schwarzen Felsblock ab, auf dem er stand. Das Tier blickte mit klugen Augen auf ihn herab und erinnerte Max an den Schakal, der ihm damals in Afrika den Weg gewiesen hatte.

Ein bengalischer Tiger, nicht so groß wie Aladfar, aber doch gewaltig, hockte mit funkelnden Augen da, die Tatzen in den Boden gekrallt – sein lautloses Brüllen ein stummes Zeugnis für diese prachtvollen Tiere, die einst vom Menschen ungestört durch die Wildnis streiften. Dieses Privatmuseum gehörte einem Mann, der Tiere schmuggelte, viele davon Vertreter bedrohter Arten. Ein Bär, ungefähr so groß wie Max, stand auf den Hinterbeinen, die Vorderpfoten abwehrend vor sich gehalten, als sei er unsicher, was der Mensch, der ihn tötete, im Sinn hatte. Der verblüffte Ausdruck in seinem Gesicht war durch die schwarzen Ringe unter seinen Augen noch zusätzlich verstärkt. Das war der kleine südamerikanische Bär, den Sophie, als sie sich kennenlernten, erwähnt hatte. Und so war dieses arme Tier nun geendet.

Die kalte Luft überzog den Boden mit einer dünnen Eiskruste, die unter Max' Füßen knirschte. Das war ihm zu unheimlich. Und er war ja auch nicht zum Vergnügen hier. Schnell ging er zum anderen Ende der Halle, zwang sich, nicht nach hinten zu sehen – falls die Toten wieder zum Leben erweckt wurden. Die Tiere sahen alle so aus, als hätten sie gewaltigen Hunger.

Eine doppelte Stahltür versperrte ihm den Ausgang. Klinke, Knauf oder Codekästchen – Fehlanzeige. Nichts. Die wurde offenbar per Fernbedienung auf- und zugemacht. Weiter hinten war durch ein Loch in der Wand ein kleiner Wasserfall zu sehen. Er war nicht breiter als der Eistunnel, durch den er gerade heruntergerutscht war. Das Wasser schäumte weiß, bevor es, wieder schwarz, in der Tiefe verschwand. Offenbar Schmelzwasser, das von weit oben kam.

Er schob sich näher an das donnernde Wasser heran, zwängte die Schultern in die Höhlung in der Wand. Wie Wespenstiche stach ihn das Nass ins Gesicht, das Tosen war ohrenbetäubend, doch im Hintergrund hörte er noch ein anderes Geräusch. Kaum erkennbar zunächst, doch es hörte sich an wie ein Platschen, wie Wasser, das auf anderes Wasser traf. Da musste so etwas wie eine Rinne sein, ein natürlicher unterirdischer Wasserlauf. Etwas Ähnliches hatte Max mal bei einem Schulausflug in einer Höhle gesehen. Wie tief fiel das Wasser, bevor es unten in einen See stürzte? Und war der groß oder klein? Auf jeden Fall lag er tiefer als diese Eishöhle.

Es konnte eine Kammer sein, die unterhalb des Kamins lag, zu schmal, um da hindurchzuklettern. Der Wasserlauf war der einzige Weg dorthin.

Doch das war extrem gefährlich. Extrem war sogar noch untertrieben. Aber es war ein Risiko, das er eingehen musste. Max nahm eine große Mülltüte aus seinem Rucksack und zog sich aus. Mit jeder Schicht Kleidung, die er ablegte, wurde die Kälte unangenehmer. Zu lange durfte er nicht so bleiben, sonst kühlte er so stark aus, dass er nichts mehr machen konnte. Nachdem er seine Sachen in der Tüte verstaut und diese in den Rucksack gestopft hatte – jetzt trug er nur noch Boxershorts und Turnschuhe, deren feste Sohlen ihn bei seinem Weg nach unten vor scharfen Kanten schützten –, freute er sich schon darauf, wenn er sie nach seinem Vorhaben trocken wieder anziehen konnte. Er zitterte wie Espenlaub. Man musste einschätzen können, was eiskaltes Wasser mit einem machte, wenn man das überleben wollte. Kaltes Wasser kühlt den Körper fünfundzwanzigmal schneller aus als kalte Luft. In dem Augenblick, in dem Max in die Rinne stieg, würde sein Blutdruck steigen und er würde hyperventilieren – sehr gefährlich. Der plötzliche Schock würde verhindern, dass er den Atem anhalten konnte. In kaltem Wasser sind schon die stärksten Schwimmer ertrunken. Zu wissen, was ihn erwartete, half ihm zwar zu überleben, aber nicht zu wissen, wie lange er in dem Wasser sein würde, machte ihm Angst. Nach drei Minuten würde seine Körpertemperatur sinken, dann begann die Unterkühlung und seine Muskeln und Glieder wurden steif.

Fachleute nannten das den plötzlichen Kaltwassertod.

Max schnallte sich den Rucksack vor die Brust – auf die Art war er das kleinere Hindernis und gab ihm außerdem Auftrieb. Er kletterte auf den Felsvorsprung, bemühte sich, sein Zähneklappern unter Kontrolle zu kriegen, holte tief Luft und schloss sie mental in seiner Lunge ein. Er brauchte diesen Atemzug so lange wie möglich.

Kaum war er im Wasser, begann er zu keuchen und vergeudete dadurch lebenswichtigen Sauerstoff. Wasser platschte ihm auf den Kopf, sein Nacken fühlte sich an, als würde ihn jemand mit Eiszapfen traktieren, und seine Kehle zog sich vor Kälte zusammen. *Reiß dich zusammen, reiß dich zusammen!*, rief ihm eine innere Stimme zu. Er unterdrückte das dringende Bedürfnis zu schreien, als er merkte, dass der glatte Fels unter seinen Füßen verschwand. Nach zwanzig Sekunden tauchte er aus dem Dunkel in schwaches Dämmerlicht. Kaum hatten seine brennenden Augen die Fallhöhe erfasst – höchstens drei oder vier Meter –, platschte er auch schon in ein Wasserbecken.

Es war, als flössen Glasscherben durch seine Adern. Die Kälte packte ihn am Wickel – sehr schnell. Er konnte sich nicht mehr bewegen, seine Arme waren nutzlos geworden, sein Geist nicht mehr in der Lage, die tiefe Müdigkeit zu begreifen, die ihn zu ersticken drohte. Bilder tanzten vor seinem inneren Auge. Schnee und Eis türmten sich an den Rändern des Beckens unter ihm, und die Reste von etwas Dunklem, Blutigem beschmutzten den klumpigen Schnee. Das war das Ende. Er hatte gespielt und verloren, und jetzt würde ihn das dunkle Eis verschlingen.

Mit leisem Stimmchen meldete sich sein Überlebenswille ein letztes Mal und sagte ihm, er habe noch Zeit für einen allerletzten Atemzug. Dann ging er unter.

Der Aufprall, der Wasserwiderstand und dann das Gefühl zu schweben. Abwärts. Nicht mehr stehen können. Zu tief. Die Kälte wich. Das bedeutete, dass er die schreckliche Wirkung der Temperatur auf seinen Körper entweder schon nicht mehr spürte und tief in Ohnmacht fiel oder dass er ein dickes Fell hatte wie ein junger Eisbär.

Das Wasser in dem Becken war einen Hauch wärmer, nicht viel, und sein Salzgehalt brannte ihm in den Augen. Im ersten Moment kam es ihm so vor, als ströme Tageslicht in die Tiefe, doch dann sagte ihm sein schmerzhaft kalter Kopf, dass das nicht sein konnte. Das war künstliches Licht und sollte etwas beleuchten, was unterhalb des Wassers war. Aber was konnte das sein?

Ein weißes Ungeheuer platschte ins Wasser. Ein ausgewachsener Eisbär. Seine riesigen Tatzen, dreißig Zentimeter breit, zerteilten das Wasser. Da hatte er seine Antwort.

Aus Angst gespeiste Kraft durchströmte ihn. Er paddelte wie ein Hund, schaufelte das Wasser unter sich weg, strampelte mit den Beinen. Atembläschen strömten aus seinen Nasenlöchern, als er durch das Halbdunkel schaute. Er erblickte weiße Strudel in den herabstürzenden Wassermassen, die ihren Weg durch das Becken nahmen und über einer Felsnase verschwanden.

Max wagte einen Blick nach hinten. Der Eisbär schwamm in dem tiefen Becken, seine breiten Tatzen schoben das Wasser fast gemächlich, wie in Zeitlupe zur Seite. Alles Einbildung. Der Bär war so stark, dass die Kraft, die er aufwendete, mühelos aussah. Wenn er den Eindringling in seinem Territorium erwischte, würde er mit furchtbarer Gewalt über ihn herfallen.

Der Weg, den das fließende Wasser nahm, war die Fluchtroute. Max war nicht klar, wie er es geschafft hatte, so lange unter Wasser zu bleiben, oder wie sein Körper die Kälte kompensiert hatte, aber er schwamm so schnell er konnte und streckte eine Hand nach dem dicken Eis auf dem Felsvorsprung aus, um sich aus dem Wasser zu ziehen. Das aber verhinderte der Rucksack an seiner Brust. Der Horror, dass seine Beine im Wasser baumelten, während das Raubtier nur noch einige Meter hinter ihm war, verlieh ihm neue Kräfte. Er warf sich herum und schaffte es, sich auf einem Ellbogen hochzustemmen und so aus dem Wasser zu kommen.

Auf allen vieren kletterte er auf den Felsen, mitten durch die blutigen Überreste des Seehunds hindurch. Er wollte zu der Rinne, die das Wasser ableitete. Zu seiner Linken versperrte ihm eine Eiswand den Weg – doch das Platschen des Wassers hinter ihm sagte ihm, dass der Eisbär aus dem Wasser heraus und nur einen Sprung weit von ihm entfernt war. Max tauchte in die Rinne. Er ahnte den Eisbären mehr, als dass er ihn spürte, hörte sein Brüllen, seine durch die Luft sausende Tatze, die Max verfehlte und in die Eiswand schlug. Es klang, als fahre jemand mit den Fingernägeln über eine Wandtafel.

Er war dem sicheren Tod nur um Sekunden entgangen, aber wenn er in dieser schnellen Strömung blieb, würde er zu dem Wasserfall getrieben, der am Ende der Felshöhle, vierzig Meter von ihm entfernt, in die Tiefe donnerte. Max warf einen Arm zur Seite und bekam etwas Kaltes, Hartes zu fassen. Stahl. Den Rand eines stählernen Käfigs.

Er hatte keine Kraft mehr in sich. Der Strömung standzuhalten und sich über den Rand des Kanals in den Käfig zu ziehen, würde er nicht schaffen. Besser, jetzt gleich zu sterben. Einfach loszulassen und zu sterben. Es wäre ganz leicht.

Plötzlich hatte er Sayids Gesicht vor Augen, wie er ihn vom Rücksitz des Taxis ansah, das ihn zum Flughafen in Biarritz brachte. Seitdem hatte er seinen Freund nicht mehr gesehen. Es traf ihn wie ein Faustschlag in den Magen – sein Freund brauchte ihn. Deswegen war Max hier! Was ging ihn ein Verrückter an, der irgendein Unheil plante? Er wollte nur seinen Freund retten. Aber dazu musste er erst einmal überleben.

Max fasste fester zu. Er würde nicht aufgeben, aber die Anstrengung, die das kostete, war immer noch zu groß. Doch dann nahm die Natur die Sache in die Hand. Das Wasser wirbelte ihn herum; ihm wurden die Beine weggezogen, er hielt sich an dem Gitter des Käfigs fest, lag aber jetzt bäuchlings, mit dem Gesicht nach unten im Wasser und bekam keine Luft mehr.

Es ging so schnell, dass er seine Gedanken noch gar nicht ordnen konnte, als das Wasser schon mit voller Kraft gegen seinen Rucksack schlug, den er immer noch vor die Brust geschnallt hatte, und ihn mit der Strömung nach oben riss. Im selben Augenblick konnte er sich so drehen, dass er auf den mit Stroh ausgeschütteten Boden des Käfigs fiel, an dessen Stäbe er sich eben noch geklammert hatte.

Er lag still da, spürte noch nicht einmal das stachlige Stroh auf seiner gefrorenen Haut, die bläulich angelaufen war. Doch er lebte. Das Rauschen des Wasserfalls kam ihm vor wie ein Schlaflied. Es war nicht mehr bedrohlich, sondern bot seinem geschundenen Körper eine tröstliche Zuflucht. Das zweite Geräusch, das er hörte, konnte er nicht deuten – es war ein beharrliches, verzweifeltes Kratzen.

In seinem Kopf schrillte laut und deutlich eine Alarmglocke. Er brauchte Wärme und Nahrung. Sein Körper gierte förmlich nach Zucker und Kohlehydraten. Das tiefe Stroh stank nach Tier, aber Max hätte sich mit Freuden noch tiefer hineingewühlt und geschlafen. Doch stattdessen zwang er seine schmerzenden, zitternden Glieder, aufzustehen und seinen Rucksack aufzumachen. Es war noch alles trocken. Er fuhr mit beiden Armen hinein und tastete nach dem Schokoriegel, den er eingesteckt hatte. Er riss das Einwickelpapier mit den Zähnen ab und schob sich den Inhalt in den Mund. Früchte, Nüsse und Schokolade klebten an seinen Zähnen. Er saugte und kaute, immer noch zitternd, aber überglücklich, als die Energie in seinem Magen ankam. Er zog die trockenen Sachen hervor, doch er musste erst seinen Blutkreislauf in Schwung bringen, musste sich Wärme in die Haut rubbeln. Ein Stapel Säcke lehnte an der Wand hinter der Käfigtür. Er versuchte sie aufzustoßen. Der Riegel bewegte sich nicht. Max schob eine Hand durch die Stäbe. Die Feuchtigkeit hatte den Riegel verklemmt, er saß fest. Er ruckelte mit beiden Händen daran, doch der Riegel wackelte nur ein bisschen. Wenn er mit dem Handballen daran schlug, würde er sich verletzen. Er zog einen seiner durchweichten Schuhe aus, fuhr mit der Hand hinein und benutzte ihn als Polster für seine Faust.

Dann begriff er, was das Kratzgeräusch war.

Der Eisbär stand, hoch aufgerichtet, in voller Größe auf der anderen Seite der Eiswand – zwischen Max und der Stelle, wo der Bär stand, befanden sich keine Gitterstäbe. Er kratzte so wild, um zu Max zu gelangen. Und mit seinen mächtigen Tatzen würde dieser Gigant die einen halben Meter dicke Wand schnell niedergerissen haben.

Max' Kräfte waren immer noch nicht zurückgekehrt, aber er musste schnell handeln und schlug deshalb so fest, wie er konnte, auf den widerspenstigen Riegel ein. Er spürte die Wucht seiner Schläge bis in die Schulter.

Die eisige Wand gab nach. Ein Loch brach schon heraus, groß

genug, dass der Bär seine Tatze und seine Schulter durchstecken konnte. Er brummte und knurrte, offenbar freute er sich, bald an eine Mahlzeit zu kommen. Auch Max stieß ein Knurren aus, während er auf den eingerosteten Riegel einschlug.

Inzwischen roch er den Bären schon. Von seiner Schnauze stiegen Atemwolken auf, er zwängte seinen Kopf tiefer durch das Loch. Dann trat er zurück und kratzte weiter, bis er seinen Körper mit den Hinterbeinen voran noch weiter hindurchschieben konnte.

Max spürte, wie der Riegel nachgab. Er schrie so laut, wie er konnte, legte alle Kraft in den nächsten Schlag und führte ihn mit voller Wucht aus. Endlich geschafft. Die Schulter gegen die Käfigtür stemmend, kam er hinaus. Der Bär stieß durch die Eiswand wie ein Stuntman, der durch ein Fenster springt. Eis zersprang in tausend Stücke, der Bär geriet ins Straucheln, und dann war er auf allen vieren und hielt auf Max zu.

»Nicht heute!«, schrie Max ihm zu. »NICHT HEUTE!« Und lachte wie ein Verrückter, als der Bär sich gegen die Eisentür drückte, die Max gerade noch hinter sich hatte schließen können. Nur wenige Meter von dem frustriert brummenden Bären sackte er zusammen und wiederholte sein Mantra – zu mehr war sein Kopf anscheinend nicht mehr in der Lage. »Nicht heute. Nein, nicht heute. Vielen Dank, nicht heute. Ich steh heute nicht auf der Speisekarte.«

Die Furcht entließ ihn zu guter Letzt aus ihren Krallen, nur die Kälte gab ihn noch nicht frei. Er war so erledigt wie noch nie zuvor in seinem Leben. Er erschauderte und eine Woge der Erleichterung erfasste ihn. Tränen brannten ihm in den Augen. Er hatte solche Angst gehabt! Es war keine Schande, ein verletzlicher Mensch zu sein. *Dad. Oh, Dad, ich hatte richtig total Angst.* Max konnte nichts dagegen tun – sein Körper bebte plötzlich vor tiefen Schluchzern. Der Schrecken musste raus und brach sich in Tränen Bahn.

Max holte ein paarmal tief Luft. Jetzt ging es wieder. Er pustete den Schnee und die Spucke weg. Seufzte. Er war okay. Er war okay! Er sah bestimmt zum Fürchten aus. Völlig fertig saß er auf dem kalten Boden, seine Boxershorts halb über den Hintern runtergerutscht, einen Schuh an, den anderen aus, müffelndes Stroh in den Haaren, blau angelaufen und mit einer Gänsehaut. Und ihm gegenüber ein Monster von einem Eisbären, der ihn immer noch gern zum Abendbrot verspeisen wollte.

Von der Rutschpartie durch das eisige Wasser taten Max immer noch die Ohren weh; das Rauschen der Wasserrinne und das kurze, hechelnde Brummen des Bären vernahm er nur gedämpft. Auch gut. Ein bisschen Ruhe, das konnte er jetzt gut brauchen.

Max schnappte sich einen der leeren Säcke und rubbelte sich mit dem groben Leinen den ganzen Körper ab. Er musste unbedingt wieder warm werden, musste dafür sorgen, dass sich seine Körpertemperatur wieder erhöhte. Endlich spürte er, wie das Blut seine Haut zum Prickeln brachte. Das tat weh, als werde er mit tausend Nadeln gestochen, aber mit dem wieder einsetzenden Blutkreislauf kehrten Wärme und Wohlbefinden zurück. Während er sich anzog, stopfte er sich jedes bisschen Essen, das er finden konnte, in den Mund. Die faden Chips und das Wasser aus der Flasche, die er aus dem verlassenen Bus mitgenommen hatte, folgten. Jetzt fühlte er sich wieder halbwegs lebendig. Seine Turnschuhe waren zwar noch nass, aber mit den trockenen Socken und Sachen fühlte er sich schon gleich hundertmal besser.

Max sah sich um. Die riesige Halle war nach praktischen Gesichtspunkten angelegt und glich einem großen Lager. Leere Eisenkäfige, vielleicht zwanzig oder noch mehr, waren an den Wänden aufgereiht, wo der Eisbär immer noch hin- und herlief. Ruhende Maschinen, Holzpaletten, ein Gabelstapler, mit Salz gefüllte Säcke. Deswegen brannten die Schnitte und die blauen Flecke, die er abgekriegt hatte, so sehr! Offenbar schütteten sie Salz ins Schwimmbecken des Eisbären. Dann musste es auch einen Weg nach draußen geben! Ein Lastenaufzug erhob sich zwischen den leeren Käfigen, die Plattform offen und groß genug, um den Gabelstapler daraufzufahren, und zweifellos dafür genutzt, schwere Lasten nach hier unten zu transportieren.

Dann hörte Max ein Geräusch aus einem Käfig direkt unter dem Lastenaufzug. Es war leise, kaum hörbar über dem Rauschen des Wassers, das unablässig in die Tiefe stürzte. Es war eine menschliche Stimme. Jemand rief matt um Hilfe.

»Sayid?«, rief Max und rannte schon an ein paar leeren Käfigen vorbei dorthin, wo das Wimmern herkam.

Der Käfig war verschlossen, auf dem Boden war Stroh aufgeschüttet. Ein Körper lag zusammengerollt hinter den Gitterstäben, das Gesicht blau unterlaufen und mit Stoppeln und Schmutz bedeckt. Seine Augen suchten die von Max, seine Hände hoben sich um Hilfe flehend in die Höhe.

»Max«, flüsterte die heisere Stimme.

Max stand vor dem Gitter, der Schock machte ihn für einen Augenblick sprachlos. Der Mann, der dort in ramponierter Kleidung und blutüberkrustet lag, war Angelo Farentino.

Tischenko hatte nie jemanden körperlich angreifen müssen. Es hatte immer andere gegeben, die das für ihn erledigten. In den Höhlen und Hallen der Zitadelle hatte er eine Kernmannschaft bewaffneter Wachleute zur Verfügung. Die Männer stammten zum größten Teil aus Tischenkos Heimat und suchten Schutz in dessen Machtbereich. Wie ihre Väter vor ihnen gehörten diese Killer zu den *Vucari* – dem Stamm der Männer, die andere in Angst und Schrecken versetzten, indem sie sich den Aberglauben der Menschen zunutze machten oder direkt Gewalt anwendeten. Für das Privileg, zu einer Gruppe zu gehören, die im Grunde eine kleine Privatarmee war, taten sie alles, was ihnen befohlen wurde. Und einer dieser Kerle hatte dem Hai gerade den Kolben einer halbautomatischen Maschinenpistole in den Bauch gerammt.

Der Hai ging krachend zu Boden und blieb schmerzverkrümmt an der Wand liegen. Er hatte Tischenko treu gedient, seit der Mann mit der schuppigen Haut ihn und seine Gang vor acht Jahren auf den Straßen von Berlin aufgelesen hatte. Kinder wurden zu Killern. Und der Hai hatte sich seinen Ruf als kaltherziger Killer verdient, doch nun fügte ein noch kälterer, noch gemeinerer Mensch ihm Schmerzen zu.

»Der Anhänger ist wertlos! Ein Stein, ein gewöhnlicher Stein! Zabala ist nicht wegen irgendeines wertlosen Plunders gestorben!«, zischte Tischenko.

»Aber den hab ich dem Mädchen abgenommen. Was anderes hatte sie nicht«, beteuerte der Hai. Er überlegte fieberhaft, suchte nach einer Erklärung, wie das passieren konnte. Er war nur Sekunden von seinem Tod entfernt – doch dann rettete Max Gordon ihm unabsichtlich das Leben. Einer von Tischenkos Wissenschaftlern kam in den Raum.

»Jemand war in der Eishöhle. Die Wärmebilder zeigen, dass er durch einen Belüftungsschacht reingekommen sein muss«, sagte der Mann.

Tischenko drückte einen Knopf an einem Bedienungsfeld,

der Bildschirm ging an, und der rote Schein eines menschlichen Körpers war zu sehen. Die verschwommene Gestalt bewegte sich langsam, die wärmeren Zonen ihres Körpers leuchteten – Kopf, Augen und Magen. Vor dem Hintergrund der eisig blauen Atmosphäre der Eishöhle war der rote Schemen eindeutig als Eindringling erkennbar.

»Und nun?«, fragte Tischenko den Wissenschaftler, als der rote Fleck in sich zusammenfiel und mit der Umgebung verschmolz.

»Er ist ins Wasser gestiegen.«

Unglaublich, dass jemand so etwas tun würde. Tischenko konnte für einen Augenblick keinen klaren Gedanken fassen. Aber dann verstand er plötzlich.

»Er ist bei den Käfigen.«

Diese Feststellung war ein Befehl. Bewaffnete Männer stürmten aus dem Raum. Hier unten gab es keine Wärmebilddetektoren, die waren hier nicht nötig. Die konstante Temperatur unter null Grad Celsius brauchte Tischenko nur für seine Privatsammlung.

Einer der bewaffneten Wachmänner blieb über dem Hai stehen, die halbautomatische Pistole im Anschlag, bereit für den tödlichen Schuss.

»Erschieß ihn nicht«, befahl Tischenko. »Noch nicht.«

Schockiert trat Max einen Schritt zurück. Das konnte nicht der Mann sein, dem er und sein Vater einmal ihr Leben anvertraut hatten.

»Max, bitte hilf mir. Viel Zeit ist nicht mehr«, keuchte Farentino. »Ich weiß, du musst mich hassen. Aber Tischenko will …«

»Halten Sie den Mund!«, sagte Max grob. In seinem Kopf

wirbelten ein Dutzend Fragen durcheinander, obwohl jetzt nicht die Zeit war, sie zu stellen. *Konzentrier dich! Denk daran, was du hier zu tun hast!*

»Wo ist Sayid? Wo ist mein Freund?«

Farentino schüttelte langsam den Kopf, als überlege er. »Wer? Den kenne ich nicht.«

»Er ist vierzehn. Mein Freund. Er ist verletzt. Die haben ihn hierher verschleppt.«

»Woher soll ich das wissen? Max, kümmer dich nicht um ihn. Es wird eine furchtbare Katastrophe geben.«

Max wandte sich ab. Farentino schob den Arm durch den Käfig und bettelte verzweifelt.

»Max, Max, mein Junge, ich verstehe, wirklich, ich verstehe dich. Hör mir zu, bitte ... Hör zu ... ich war bei deinem Vater!«

Max machte auf dem Absatz kehrt, griff durch die Metallstäbe, packte den jämmerlichen Mann am Hemd und zog ihn näher heran. Farentino wand sich vor Schmerz.

»Lügner! Mein Dad hätte Sie verprügelt! Er hätte Sie *getötet!*«, schrie er und stieß den Mann in das stinkende Stroh zurück.

Max zitterte vor Wut. Das war Wahnsinn. Farentino hatte sich selbst in diese Lage gebracht, es war sein Problem, wie er hier rauskam. Max musste Sayid finden.

»Der Mann, der das hier alles zu verantworten hat, hat mich zu ihm geschickt. Er hat gedacht, du arbeitest für deinen Vater, seit du in den Pyrenäen warst. Ich *musste* ihn besuchen. Um mich davon zu überzeugen, dass du nicht für ihn arbeitest.«

Max blieb wie angewurzelt stehen. Die Fäuste zusammengeballt, die Beine zitternd vor Adrenalin, hätte er diesen elenden Italiener am liebsten zusammengeschlagen. Doch Farentino war in einem so kläglichen Zustand, dass Max ihm nichts antun konnte. Denn dann hätte er sich mit diesen Schlägern auf eine Stufe gestellt, und das kam nicht infrage. Er war schließlich kein Gangster, der sich blind von Rachegefühlen hinreißen ließ. In seinem Kopf tobte ein Konflikt, der schon Minuten zu dauern schien. Andererseits *wollte* er Farentino bestrafen. Vielleicht waren seine Instinkte ja doch so primitiv? Er schüttelte den Kopf.

»Sie sind es nicht wert, Farentino. Sie können meinetwegen hierbleiben, bis Sie verfaulen.«

Irgendwie musste Farentino Max von seinem Zorn abbringen. Er flüsterte los, als habe er ihm ein großes Geheimnis anzuvertrauen, und nötigte Max dadurch zum Zuhören. »Dein Vater, das ist viele Jahre her, du warst noch nicht auf der Welt – er wusste von diesem Gebiet hier, er gehörte zu einem Team. Hör mir zu, Max, du musst mir zuhören, denn davon hat mir dein Vater erzählt. Dein *Vater*.«

Max zögerte einen Moment. »Erzählt? Wovon?«, fragte er und sah, dass Farentinos Schultern erleichtert herabfielen, weil er Max am Haken hatte.

Farentino sprudelte und zischte die Wörter förmlich heraus. »Erdströme, natürliche elektromagnetische Wellen, Energieadern, die unter der Erdoberfläche liegen. Wie Haarrisse in der Erdkruste.«

Max verstand. Sein Dad hatte ihm das mal erklärt, als ihre Kompassnadel verrücktspielte. Diese elektromagnetischen Ströme wurden an verschiedenen Orten der Welt gemessen. Firmen nutzten die aus den Energieflüssen gewonnenen Daten für Voraussagen über Veränderungen der elektrischen Verhältnisse auf der Erde, für das Aufspüren von Erdölvorkommen und Verwerfungen – für alles Mögliche, von geothermischen

Wasservorräten bis hin zu unterirdischen Vulkanen. Die Stärke dieser Ströme hatte Einfluss auf das Wettergeschehen, auf die atmosphärische Elektrizität, und ließ schwere Gewitter entstehen. Die Amerikaner nutzten sie im neunzehnten Jahrhundert sogar für ihr Telegrafensystem.

Und weiter?

»Das ist mir egal, Angelo. Das ist eine Nummer zu groß für mich. Ich kann weder Sie noch diesen Ort retten. Aber Sie können mir helfen, meinen Freund zu retten.«

Max wandte sich wieder zum Gehen. Irgendwo in diesem Felsenreich wurde Sayid Khalif gefangen gehalten, und Max brauchte all seine Kraft, wenn er seinen Freund retten wollte.

Farentino rief ihm nach. »Dieser Verrückte wird eine Explosion auslösen, die Genf zerstört! Die wird den ganzen See zerreißen! Das Kernforschungszentrum in die Luft jagen! Max! Warte! Die Schockwelle wird die Erde von hier bis Paris aufwerfen. In ein paar Stunden sind dieser Berg und die Hälfte der Alpen nicht mehr da!«

Farentino hatte Recht. Es waren nur noch ein paar Stunden Zeit. Das war Max bewusst. Die Zeit war ihm davongelaufen. Es war schon alles zu spät. Er wusste ja nicht einmal, wo Sayid sich befand, geschweige denn, wie er ihn hier rausholen sollte.

Was Max betraf, konnte Angelo Farentino zusehen, wie er allein zurechtkam. Doch es verunsicherte ihn schon ein wenig, dass er so kaltblütig war. Ohne ihn war der Mann dem Tod ausgeliefert.

Der Lastenaufzug kam in Bewegung. Irgendjemand auf einer höheren Ebene holte ihn per Knopfdruck zu sich herauf. Max rannte zu der langsam nach oben fahrenden Plattform. Noch einen Meter, dann hatte er die Hände am Aufzugsgerüst. Er würde unbemerkt nach oben mitfahren.

In diesem Augenblick ließ Farentinos verzweifeltes Schreien ihn erstarren.

»Deine Mutter! Ich weiß, wie sie gestorben ist. Wie sie *wirklich* gestorben ist!«

27

Farentinos Worte trafen Max bis ins Mark. Er hatte sich zu lange aufhalten lassen. Die Plattform kam herunter und mit ihr vier Männer, jeder mit einer Maschinenpistole im Anschlag. Fluchtmöglichkeiten gab es hier keine. Farentino hatte ihn mit seiner Bemerkung gelähmt und ihm jegliche Entschlusskraft genommen. Seine Mutter. Max wusste, sie war bei einer Forschungsreise im Regenwald in Mittelamerika umgekommen, als er elf Jahre alt war. Vielleicht spielte Farentino Spielchen und redete ins Blaue hinein, nur damit Max ihm half.

Tischenkos Wachmänner hielten ihn fest, während der Lastenaufzug nach oben fuhr. Max blieb auf der Hut, suchte nach irgendetwas, das ihm helfen konnte, wenn er floh. Denn fliehen würde er, das stand fest. Er musste sicher sein, dass Angelo Farentino nicht gelogen hatte.

Dieser Lastenaufzug funktionierte wie ein einfacher Lift und wurde, so nahm Max an, nur für die unteren Ebenen der Anlage benutzt. Auf allen Stockwerken, die sie passierten, waren Tunnel in den Fels gehauen, die in verschiedene Richtungen führten. Generatoren, Kraftwerke und Depots für alles Mögliche befanden sich hier unten.

Der Aufzug hielt an und die Männer schoben ihn von der Plattform, erst über eine gepflegter aussehende Ebene und dann weiter in einen schicken, modernen Lift. Wenig später ging die Tür des Expresslifts auf, und Fedir Tischenko trat ihnen entgegen. Max drehte sich der Magen um. Ein gedrungener, kleiner Mann mit einer Haut wie eine Eidechse sah ihn an. Sein Gesicht war zur Hälfte mit Haar bedeckt, dicht wie ein Fell. Es war auch Fell, wurde Max klar, allerdings kurz geschoren bis auf die gerunzelte Haut. Max beherrschte sich und ließ sich nichts anmerken.

Ein Bewaffneter stand breitbeinig über dem Hai. Max hatte seit Stunden nicht mehr den Himmel gesehen, doch hier, in gut dreitausend Metern Höhe, konnte er durch ein großes, in den Fels gehauenes Fenster den samtblauen Himmel betrachten, bestreut mit glitzernden Sternen. Man hätte fast die Hand hinausstrecken und sich ein paar pflücken können. Aber was Max jetzt weit mehr interessierte, war die Wolkendecke ungefähr tausend Meter weiter unterhalb. Von unten gesehen würde sie schwarz den Nachthimmel überziehen, aber von hier oben sah man ihre wirbelnden Bewegungen in den wechselnden Luftströmungen und die Blitze, die in alle Richtungen durch sie hindurchzuckten.

Tischenko bemerkte mit Genugtuung die Faszination des Jungen.

»Das ist bloß ein kleines Feuerwerk verglichen mit dem apokalyptischen Ereignis, das in wenigen Stunden stattfinden wird. Mein Name ist Fedir Tischenko. Wo ist Zabalas Stein?« Er warf Max den nutzlosen Anhänger zu.

Der Hai, erkannte Max, hatte sich seine Schwierigkeiten selbst eingebrockt.

»Wo ist mein Freund?«, fragte Max zurück und hoffte, überzeugend zu bluffen.

»Der ist tot.«

Ausgeschlossen. Das glaubte Max erst, wenn er Sayids Leiche mit eigenen Augen sah. Dieses Monster wollte ihm bloß

Angst einjagen. Max ließ sich seine Gefühle nicht anmerken. »Das ist aber schade, denn er hatte den Stein.«

»Oh, mutiger Versuch, kleiner Mister Gordon. Du hast mich jetzt lange genug in meinen Plänen gestört. Wir haben den Jungen durchsucht, er hatte nichts bei sich. Du hingegen bist eine Gefahr, die ich nicht mit einkalkulieren konnte. Du hast ihn. Du musst ihn haben. Du bist doch nur hier, um mich aufzuhalten, stimmt's? Aber das wird dir nicht gelingen.«

»Ich bin wegen meines Freundes hier.«

»Aber bis vor wenigen Stunden wusstest du noch gar nicht, dass er hier ist. Wer hat dir das gesagt?«

»Niemand«, log Max. Er sah den Hai an. »Ich habe gesehen, wie Ihr Gangster hier Peaches umgebracht hat.«

»Warum überrascht mich das jetzt gar nicht? Skrupellosigkeit und Ehrgeiz können Menschen ganz schön verändern. Und weiter?«

»Ich bin ihm hierher gefolgt.«

»Lügner! Mir ist niemand gefolgt, das kann ich beschwören!«, schrie der Hai verzweifelt.

Max lächelte. »Du armer Irrer. Dir hätte ich mit geschlossenen Augen in dunkler Nacht folgen können. Du hast mich direkt hierher geführt. Ich habe Bobby Morrells Bus gefunden, und darin hat mein Freund einen Hinweis für mich hinterlassen.«

Max sah sich um, prägte sich so viel ein, wie er konnte. Ringsum waren im ganzen Raum große Bildschirme angebracht. Satellitenbilder aus dem Weltall. Stürme, die sich über dem Atlantik zusammenbrauten. Kaltwetterfronten mit niedrigem Luftdruck, die sich über Europa ausbreiteten, und ein kreisender Wolkenwirbel, der sich auf die Alpen zubewegte. Das war der erwartete Monstersturm. Nur noch Stunden entfernt.

Max spannte seine Bauchmuskeln an und sah dem entstellten Mann voll ins Gesicht.

»Ihre Leute sind sehr nachlässig, richtig schlampig. Falls Sie vorhaben, die Welt zu regieren, oder irgendeinen anderen Wahnsinn planen, sollten Sie meines Erachtens Ihr Personal sorgfältiger aussuchen.«

Ein verblüfftes Schweigen entstand nach diesen Worten. Und dann tat Fedir Tischenko etwas, das er, soweit er sich erinnerte, noch nie im Leben getan hatte – er lachte.

»Na schön, mutig bist du. Und du bist nicht zusammengezuckt, als du mein Gesicht gesehen hast. Komm, ich zeig dir was.« Er hob den Zeigefinger und winkte Max zu sich.

Max ging weiter in den Raum hinein. Eine große geologische Europakarte füllte die Wand aus. Er hatte keine Mühe, seinen Standort zu identifizieren. Rote Äderchen liefen kreuz und quer über die Karte.

»Weißt du, was das ist? Diese Linien hier, meine ich«, sagte Tischenko.

Max wusste es nicht, aber es war ja nicht schwer zu erraten. »Erdströme«, sagte er.

»Sehr gut«, sagte Tischenko. »Schau mal.«

Er drückte einen Knopf, und in der Ecke erschien eine elektronische Uhr, an der die Stunden und Minuten im schnellen Vorlauf angezeigt wurden. Der vorausberechnete Sturm hatte sein Zentrum über dem Genfer See, und an der Zitadelle erschien das Bild eines gewaltigen Blitzes – ein Stab aus goldenem Licht bohrte sich in den dreidimensional dargestellten Berg hinein, eine Schockwelle pflanzte sich längs der Äderchen nach unten und nach außen fort. Die umliegenden Berge stürzten ein, der See barst wie ein mit Wasser gefüllter Ballon, und alle roten Linien auf der Karte glühten. Es war, als ob tief unter der

Erde die Sonne explodiert wäre. Eine schwarze Wolke der Zerstörung schlug eine Schneise durch Europa.

Max begriff sofort: Hier ging es um die vollständige Vernichtung eines riesigen Gebiets. Sein Erschrecken darüber konnte er nicht länger verhehlen.

»Ich sehe, du hast verstanden. Zabala waren die geophysikalischen Gefahren in dieser Region bekannt. Die Schweiz ist ein zerbrechliches Gebilde, und seine ursprüngliche Vorhersage hätte sich vor gut zwanzig Jahren beinahe schon erfüllt. Aber dann hat man die Tunnel am Kernforschungszentrum verstärkt und sich eingebildet, man wäre auf der sicheren Seite. Und Zabala stand wie ein Trottel da. Ich hatte damals angeboten, die Umbaumaßnahmen mit einigen Milliarden Dollar zu unterstützen, aber die beteiligten Regierungen hatten nicht den Mumm, die Herausforderung anzunehmen.«

»Es geht also um Rache und Tod in großem Maßstab?«, sagte Max.

»Nein. Es geht um Rache und Leben in gigantischem Ausmaß. Weißt du, was Metamorphose ist? Die Verwandlung von Menschen in Tiere.«

Max konnte nur nicken, auch wenn ihm seine eigene dunkle Welt, in der er seine Gestalt wechseln konnte, immer noch ein Rätsel war.

Tischenko richtete eine Fernbedienung auf die Wand an der gegenüberliegenden Seite. Der größte Teil davon war ein Bildschirm. Stahltafeln glitten zur Seite. Tischenko winkte stolz und trat auf einen schmalen Steg. Max hatte noch nie zuvor etwas gesehen, das auch nur entfernt dem gewaltigen schimmernden Licht gleichgekommen wäre, das hundert Meter oder mehr unter ihnen leuchtete. Es kam aus einem Kristall, mindestens zwanzig Meter im Durchmesser und dreißig Meter hoch. Der Kristall war mit scharfen Spitzen besetzt, die wie kleine Raketen in alle Richtungen zeigten.

»Das geothermische Wasser im Innern des Berges hat das erschaffen. Ich habe es entdeckt, als ich mit dem Tunnelbau anfing. In dem Kristall ist Leben.«

Max sah nach unten. Kupferfarbene Röhren, jede zehn Meter dick, hielten den Kristall in Stahlträgern, doppelt so groß wie er, und verbanden ihn mit dem Felsgestein. Hunderte von Metern dahinter, am Ende des kathedralengroßen Tunnels, war etwas, das wie ein gigantischer Ventilator aussah. Er nahm die gesamte Höhe des Raumes ein. Max nahm an, es handelte sich um einen Generator, der den Kristall mit Strom versorgte und so zum Leuchten brachte.

»Vor vielen Jahren haben die Japaner eine Technik zur Speicherung von DNA in einem Kristall vervollkommnet, bei der man flüssigen Stickstoff verwendet. Sie haben die Zellen tiefgekühlt und in eine Art Winterschlaf versetzt. Aber dann haben sie das Experiment abgebrochen. Sie bekamen Angst, weil sie nicht wussten, was für Lebensformen sie damit womöglich erzeugten. Aber ich habe keine Angst.«

Tischenko kam näher. Max krümmte in seinen Turnschuhen die Zehen und stellte sich vor, wie er sich im Boden festkrallte, um nicht instinktiv wegzurennen.

»Regeneration. Ich habe Menschen gefunden, die wie ich geächtet und von unserer sogenannten zivilisierten Gesellschaft ausgestoßen waren. Menschen, deren Gefühle verletzt waren, Menschen, die darum kämpften, die Dämonen in ihrem Kopf in Schach zu halten, und Menschen, deren Körper so missgebildet waren, dass sie anderen Angst machten, die aber geistig voll auf der Höhe waren. Ich habe diesen Menschen alles geboten. Ich habe ihre Intelligenz gekauft, mir ihre Loyalität gesichert und ihnen ein neues Leben versprochen. Ich habe beschlossen, auch dir ein neues Leben anzubieten«, sagte Tischenko leise, ganz ergriffen von seiner großen Macht.

Bevor Max irgendetwas erwidern konnte, hatten ihn zwei von Tischenkos Männern gepackt und auf einen Stuhl gesetzt. Ein Mann in einem weißen Kittel, der Max vorher noch gar nicht aufgefallen war, trat jetzt vor. Er hielt eine kleine, nierenförmige Schale und eine Spritze in der Hand. Max schlug und trat um sich, aber dann hielt ein Mann seinen Kopf wie in einem Schraubstock fest, und der andere drückte ihm Arme und Beine nach unten. Die Nadel glitt in die Vene von Max' Armbeuge und der Weißkittel entnahm ihm ein Röhrchen Blut. Danach klebte er ihm sorgfältig ein kleines Pflaster über die Einstichstelle.

Tischenko nickte, und die Männer ließen Max los und traten zurück. Max gab dem Stuhl einen so kräftigen Tritt, dass er durch den Raum segelte, wich an die Wand zurück und ging in Abwehrstellung.

»Der Tod ist nur die Brücke zwischen zwei Welten. Schau, was ich dir zu bieten habe«, sagte Tischenko.

Er zog eine Milchglastür auf. Dahinter befand sich ein Schrank, in dem einige Dutzend Röhrchen mit einer bernsteingelben Flüssigkeit gelagert waren.

»Dein Blut wird mit der Erbsubstanz eines der Tiere vermischt, deren DNA wir hier vorrätig haben, und dann tief ins Innere des Kristalls gebracht. Die Wissenschaftler bei CERN glauben, sie können mit ihrem Teilchenbeschleuniger rekonstruieren, was den Bruchteil einer Sekunde nach der Entstehung dieser Welt geschehen ist. Morgen Früh im Morgengrauen wird mein Blitz in meinen eigenen Teilchenbeschleuniger fahren, und der ist besser gebaut als ihrer. Ich werde die Schöpfung neu erschaffen. Aber nicht eine Mikrosekunde hinterher, sondern exakt im Moment ihrer Entstehung. Und Jahre später wird dieser Kristall neues Leben schaffen. Seine Energie wird Mensch und Tier auf eine höhere Stufe heben. Intelligenz und Stärke werden die neue Spezies prägen. Symbiogenese: die Entstehung einer neuen Lebensform durch die Vermischung verschiedener Arten.« Tischenko lächelte. »Ich habe eine neue Arche Noah gebaut.«

»Sie sind verrückt«, sagte Max nur, dem angesichts dieses Wahnsinns die Worte fehlten.

Tischenkos Wahnsinn war umso erschreckender wegen der Macht, die er in der Hand hielt, und der Ressourcen, über die er verfügte. Es würde nichts ändern, wenn das CERN eine Warnung erhalten hätte. Das Forschungszentrum lag auf dem Weg, den die Druckwelle nehmen würde. Sobald Tischenko seine Kraft entfesselt hatte, würde das Kernforschungszentrum und alles, was dahinterlag, in die Luft fliegen.

Tischenko bedachte den Jungen, der in Boxerstellung in seiner Ecke stand, bereit, um sein Leben zu kämpfen, mit einem mitleidigen Blick.

»Du wirst schon tot sein, wenn ich den Sturm entfache, Max. Wenn der losgeht, bist du tot, versprochen.«

Max musste Sayid finden. Und Angelo Farentino hatte ihm einen weiteren Grund geliefert, am Leben zu bleiben – es galt die Wahrheit über den Tod seiner Mutter herauszufinden.

Max war klar, dass er nur dann eine Chance hatte, wenn er Zeit gewann. Niemals aufgeben!

»Sie haben sich die falsche Zeit für Ihre Urknall-Theorie ausgesucht«, sagte er.

»Und warum glaubst du das?«, fragte Tischenko vorsichtig.

»Weil ich Zabalas Stein und seine Berechnung der Planetenkonstellation gesehen habe – und danach suchen Sie doch, oder? Also, das alles soll morgen Vormittag um sechsundzwanzig Minuten vor zwölf eintreten.«

»Und du meinst, das glaube ich dir?«

»Sie müssen. Ich habe den Stein gesehen.«

Max war klar, dass er den letzten entscheidenden Bestandteil von Zabalas Vorhersage herausrücken musste, denn ohne die so gewonnenen zusätzlichen Stunden hatte er keine Zeit, sich einen Plan auszudenken.

Tischenko erschauderte unwillkürlich. Endlich: der genaue Zeitpunkt, an dem er seine Ziele verwirklichen konnte.

Er streckte seine faltige Hand aus.

Von da, wo Corentin und Thierry saßen, sahen die fernen Berge gewaltiger aus denn je. Es blitzte jetzt ziemlich regelmäßig und der Donner hallte durch die Täler. Die Gipfel verschwanden hinter Wolken, als das nahende Gewitter in den Bergen festsaß. Sophie hatte sie beide im Krankenhaus noch angefleht, Max zu helfen. Wenn sie es nicht täten, gäbe es eine Katastrophe von verheerendem Ausmaß. Und Max wollte doch seinen Freund retten. Corentin und Thierry würden das einer für den anderen doch auch tun, bettelte sie.

Corentin hatte einen alten Freund angerufen, einen Ex-Legionär, der jetzt beim französischen DGSE arbeitete, dem Auslandsgeheimdienst. Er hatte gesagt, es sei sehr dringend, und dadurch die üblichen bürokratischen Hindernisse überwunden. Die Regierungen waren alarmiert. Jetzt fügten sich die Teile des Puzzles allmählich zusammen. Geheimdienst und die französische Polizei hielten Verbindung, Wissenschaftler erhielten die Anweisung, sich auf ein eventuelles Katastrophenszenario einzustellen, aber solange sich die verschiedenen Stellen nicht einigen und daher keinen Plan aufstellen konnten, mussten Corentin und Thierry sich selber einen ausdenken.

Dicker Schnee wirbelte um das Auto herum. Corentin öffnete den Kofferraum und hievte zwei wuchtige Reisetaschen heraus. Jeder der beiden zog die Ausrüstung hervor, die er brauchte: Seile, Klettergerät, zwei Heckler-&-Koch-Maschinenpistolen mit Laservisier, Munition, Granaten, Leuchtkugeln, Walkie-Talkies, kugelsichere Westen und Nachtsichtgeräte. Als sie sich die ganze Ausrüstung um den Leib geschnallt hatten, sahen sie aus wie Packesel. Thierry ging voran. Da sie die Hindernisse auf ihrem Weg nicht einfach zerstören konnten – das hätte Tischenkos Leute gewarnt –, mussten sie wie Max einen anderen Weg hineinfinden. Corentins Kontaktperson hatte ihnen von den *Vucari* erzählt. Privatarmeen waren das eine, aber Typen, die sich für etwas so Besonderes hielten, dass sie sich selbst als Wölfe bezeichneten, musste mal eine Lektion in Sachen Realität erteilt werden. Der Ruf, den man hatte, war das eine – seine Sache durchzuziehen, war das andere. Es würde dauern, aber Corentin und Thierry würden einen Weg in den Berg hineinfinden und den Feind angreifen. Das klang doch recht vielversprechend.

Das fühlte sich gut an.

Max hatte den Stein aus dem Fersenprofil seiner Turnschuhe herausgeschnitten, und nach wenigen Minuten stand fest, dass er tatsächlich der entscheidende letzte Teil zur Entschlüsselung von Zabalas Geheimnis war.

»Und die in den Kristall eingeschliffenen Zahlen?«, hatte Tischenko gefragt.

Max konnte nur den Kopf schütteln. »Ich habe keine Ahnung. Die gehören zu einem Code. Aber den kenne ich nicht.«

Die Offenheit, mit der Max das zugab, überzeugte Tischenko. Zahlen waren jetzt unwichtig – es kam auf die exakte Uhrzeit an.

Tischenko gab seinen Männern ein Zeichen und der Hai wurde vom Boden hochgezerrt. »Einem von euch gebe ich die Gelegenheit, schnell zu sterben – der andere wird von Wölfen zerfleischt.«

Ein klaffendes Loch führte auf ein Schneefeld hinaus. Die kalte Luft biss Max ins Gesicht, aber es war nicht die Kälte, die ihn zittern ließ.

Max und der Hai standen auf einem Eisenrost. Fünf Meter unter ihren Füßen jaulte ein Rudel von ungefähr zwanzig Wölfen. Die Tiere waren absichtlich lange nicht gefüttert worden.

»Es scheint euer Schicksal zu sein, dass ihr gegeneinander kämpfen müsst«, sagte Tischenko.

Auf sein Zeichen wurden Max und der Hai von den Männern gepackt. Sie befestigten eine Klemme aus rostfreiem Stahl an Max' linkem Handgelenk und eine zweite am rechten Handgelenk des Hais. Eine zwei Meter lange Kette verband sie. Max war bereits an den Tiger Aladfar angekettet gewesen, doch dieser Junge, der sich Hai nannte, war verglichen damit das viel gefährlichere Tier.

»Ihr bekommt zehn Minuten Vorsprung, bevor meine Wölfe und ich die Verfolgung aufnehmen. Zwei Kilometer weiter, am Rand des Steilhangs, findet ihr zwei Eispickel. Wenn ihr bis dahin noch lebt, erwarte ich, dass einer von euch den anderen tötet, und danach werden ich oder meine Wölfe den töten, der von euch beiden noch übrig ist.« Tischenko sah auf die Uhr. »Ich schlage vor, ihr rennt jetzt los.«

Max rannte los, der Hai folgte eine halbe Sekunde später.

Sie liefen durch den verharschten Schnee, der mit ein paar Zentimetern pulvrigem Neuschnee bedeckt war. Die beiden Jungen waren zumindest so lange aufeinander angewiesen, bis sie die Eispickel gefunden hatten – an das, was danach kam, wollte Max gar nicht denken.

Am aufgewühlten Himmel rumpelte und polterte es, doch die Blitze blieben in den Wolken hängen. Trotz der Dunkelheit konnten sie das unter ihnen liegende Tal und die nackten Felswände sehen, die sich mit ihren schartigen Klauen in das gespenstische Weiß reckten. Max nahm ein Stück der baumelnden Eisenkette in die Hand und erleichterte sich dadurch das Laufen. Kurz darauf folgte der Hai seinem Beispiel. Max warf ihm einen Blick zu. Spucke flog dem Hai aus dem Mund. War er fit und kräftig genug, um dieses Tempo zwei Kilometer lang durchzuhalten?

Es war fast so, als hätte der Hai Max' Gedanken erraten.

»Ich werde dich umbringen, Max. Ich werde nicht als Futter für diese Wölfe enden. Sieh zu, dass du nicht schlappmachst.«

»Kümmer du dich um dich selber!«, erwiderte Max. Er keuchte schon und spürte den Schweiß unter seinen Sachen.

»Der kommt von oben, aus dem Himmel. So jagt er immer«, knurrte der Hai.

Max warf einen Blick nach hinten. Die Wolken hatten bis auf die unteren tausend Meter der Zitadelle alles verdeckt. Ein schwach flackerndes Licht drang aus dem höhlenartigen Loch, aus dem sie gekommen waren. Ein paar Hundert Meter darüber ragte eine breite, dunkel glänzende Felsnase hervor, und auch von dort drang ein Lichtschein aus dem Berg. Max sah eine riesige Fledermaus flattern, dann herabfallen, dann wieder aufsteigen und geradeaus fliegen. Es war ein Gleitschirm mit schwarzem Segel.

Max stolperte und fiel hin. Der Hai ging mit ihm zu Boden, war aber im Nu wieder auf den Beinen, packte Max vorn an der Jacke und schüttelte ihn in wilder Panik, als er ihn hochzerrte.

»Hoch mit dir, Idiot! Jede Sekunde zählt!«

Max schlug den Arm seines Gegners jäh weg. »Behalt deine Hände bei dir!«

Sie starrten einander mit einer Mischung aus Wut und Panik an, zogen die Kette straff und rannten weiter – die Verzweiflung trieb sie vorwärts.

Ein einzelner Wolfsschrei eröffnete die Jagd – sogleich nahmen die anderen den Ruf auf und trugen ihn weiter. Tischenkos Wölfe waren los.

Die entsetzliche Vorstellung, dass die Tiere schon bald über sie herfallen könnten, verlieh ihren Beinen neue Kraft, und inzwischen hatte Max mitbekommen, dass der Hai ganz gut in Form war. Er hatte ihn aus dem Schnee hochgehoben, ohne sich groß anzustrengen. Wie konnte er einen so starken Gegner schlagen?

Ihr keuchender Atem ging gleichmäßig, unter ihren Schritten knirschte der Schnee fast im selben Takt, trotz ihres schnellen Tempos blieb keiner hinter dem anderen zurück. Unter den Tränen, die ihnen die kalte Luft in die Augen trieb, sahen sie die weitere Umgebung nur verschwommen, aber Max' Instinkte arbeiteten auf vollen Touren. Das Blut hämmerte ihm in den Ohren, doch er registrierte jede Richtungsänderung des Sturms, jeden aus den Wolken hervorbrechenden Blitz, der das felsige Gestein am unebenen Boden beleuchtete.

Und er hörte Stoff im Wind knattern. Als er noch einmal einen Blick nach hinten warf, konnte er kaum glauben, was er sah. Der geflügelte Jäger schwebte keine fünfzig Meter hinter ihnen. Tischenko trug eine Maske aus Wolfsfell. Ein Blitz tauchte ihn in grelles Licht und ließ den Pfeil aufblinken, den er in seinem Bogen bis zum Anschlag gespannt hatte.

Max grub die Fersen in den Boden, zerrte mit beiden Händen an der Kette und riss den Hai in den Schnee. Der Junge ächzte vor Überraschung und Schreck und sah Max vernichtend an.

In diesem Augenblick aber schlug der Pfeil genau an der Stelle in den Boden, die der Hai zwei Schritte später erreicht hätte. Max wusste, bei einem beweglichen Ziel peilte jeder Jäger eine Stelle vor diesem an, und seine Reaktion hatte dem Hai das Leben gerettet.

Der Hai wusste das auch. Er nickte. Im Nu waren beide Jungen wieder auf den Beinen, rannten mit voller Geschwindigkeit weiter und schlugen Haken, damit sie als Ziel nicht so leicht auszumachen waren. Tischenko musste den Gleitschirm stabilisieren, sich selbst wieder in Position bringen, bevor er noch einen Pfeil abschoss. Je länger die Jungen aber im Zickzack rannten, desto größer wurde die Strecke, die sie überwinden mussten. Und desto näher kam das ihnen nachsetzende Wolfsrudel.

Max konzentrierte sich auf den Weg, hörte aber an den Windgeräuschen im Segel des Gleitschirms, wenn Tischenko seinen Kurs änderte. Das Flattern des Schirms im Wind verriet Tischenkos Position. Sie befanden sich über einem ebenen Schneefeld. Die Blitze zerrissen die niedrig hängenden Wolken und ließen jetzt die etwa einen halben Kilometer entfernte, stärker zerklüftete Landschaft erkennen. Schmutzige Schnee- und Eisklumpen, Risse und scharfkantige Formen – der Rand des Gletschers. Gefährliches, instabiles Terrain. Zweihundert Meter rechts davon flatterte ein Fähnchen. Dort mussten die Eispickel liegen.

Mit seinem Überhang verdeckte der Berg das weiter links

gelegene Tal, in das viele Blitze niedergingen. Sie tanzten und zuckten durch das eng umgrenzte Gebiet, und Max erblickte zwei Türme, deren Spitzen die Blitze besonders anzogen. Aber er hatte keine Zeit zu überlegen, was das für Türme sein mochten, denn Tischenko hatte wieder seinen Kurs geändert und war schon im Anflug, um den nächsten Pfeil abzuschießen.

Diesmal leuchtete ihm kein Blitz und Max konnte nur die Ohren spitzen. Aber er hörte den Pfeil nicht kommen. Ohne Vorwarnung sauste er aus dem Dunkel heran und zischte mit tödlichem Wispern an seinem Gesicht vorbei. Ein paar Zentimeter näher und er hätte sich ihm von oben durch den Hals in die Brust gebohrt.

Dem Hai war die panische Angst genauso anzumerken wie Max. Der Pfeil war zwischen ihnen niedergegangen. Nicht schlecht, dass Max beinahe getötet worden wäre, aber wäre er zu Boden gesunken, wäre der Hai auf Gedeih und Verderb den sich schnell nähernden Wölfen ausgeliefert gewesen. Ob Fedir Tischenko Max Gordon erwischte, war ihm egal, aber er wollte auf keinen Fall, an einen Toten gekettet, von Wölfen zerrissen werden.

Bis zu den Eispickeln waren es noch fünfzig Meter. Aller guten Dinge sind drei, mit seinem dritten Pfeil würde Tischenko vielleicht mehr Glück haben als mit den beiden ersten.

Max und der Hai sahen die tödlichen Waffen im selben Augenblick. Sie waren mit den gebogenen und vorne gezackten Spitzen in den festen Schnee gerammt; das abgeflachte hintere Teil glänzte im Widerschein der Blitze. Die Eispickel waren gleich lang und hatten einen mit Gummi gepolsterten Griff. Max und der Hai rissen sie fast gleichzeitig aus dem Boden.

Die Wölfe waren achtzig Meter weit weg und teilten sich jetzt in kleinere Gruppen. Diese hochintelligenten und mutigen

Jäger ließen sich von zwei Jungen mit diesen Waffen nicht abschrecken.

»Nach links!«, rief Max und zerrte an der Kette, sodass sie bis knapp an den Rand des tiefen Abgrunds gerieten.

Tischenko benötigte Gegenwind, um nicht an Fahrt zu verlieren. Eine Thermik, die er ausnutzen konnte, gab es aber nicht, es war eine kalte Nacht mit vielen Turbulenzen. Wer bei Verstand war, befand sich bei diesen Witterungsverhältnissen sowieso nicht am Himmel, aber Tischenko besaß anscheinend eine besonders gute Ausrüstung, vielleicht sogar eine spezielle, für militärische Zwecke hergestellt. Aber egal, dachte Max, denn er hatte schon eine vage Idee, wie er den Mann womöglich aufhalten konnte.

Gewitter und Sturm fielen über die fernen Berge her, aber in diesem Tal war der Wind relativ konstant – deswegen konnte Tischenko auch so zielgenau fliegen. Über dem zerklüfteten Abgrund aber musste es Turbulenzen geben, Scherwinde, die von allen Piloten gefürchtet wurden. Luftstrudel können enorme Strömungsgeschwindigkeiten entwickeln. Nicht einmal Tischenko könnte unter solchen Bedingungen seinen Gleitschirm manövrieren.

Auf dem unebenen Gelände wurden die Wölfe langsamer, und als Max und der Hai zusammen über eine der schmaleren Spalten sprangen, spürte Max den umspringenden Wind. Pulverschnee stäubte hoch und wurde umhergewirbelt.

»Weiter! Über die Spalten springen!«, schrie Max, als er sah, dass ein Rudel Wölfe einen Weg über den Berghang gefunden hatte und jetzt aus einer anderen Richtung auf sie zukam.

Wo war der geflügelte Jäger?

»Sieh nach, wo Tischenko ist!«, schrie er, während er sich, so gut es ging, zu orientieren versuchte.

Der Hai sah nach hinten. Max zog die Kette enger, so straff, wie es ging, und kontrollierte ihren Anlauf. Der Hai sprang mit, ohne hinzusehen.

Tischenko beobachtete die beiden Jungen und fletschte die spitzen Zähne, als der eine zu ihm hochsah. Dieser Max Gordon war cleverer, als er gedacht hatte. Offenbar hatte er erkannt, wo es für den Gleitschirm riskant wurde. Mit den rumpelnden Wolken einige Hundert Meter über ihm und dem scharfen Wind, der aus den Felsspalten hochstieg, konnte Tischenko den großen Schirm nicht präzise steuern. In solchen Luftwirbeln würde der Gleitschirm über ihm zusammenfallen. Dann wäre er derjenige, der verletzt auf dem Gletscher lag, wenn die Wölfe kamen. Schluss mit dem Vergnügen, sagte er sich. Er hatte sich ernsthafteren Dingen zu widmen. Er würde zum Berg zurückkehren und sich darauf vorbereiten, das bevorstehende Gewitter einzufangen und die mächtigsten Energien des Himmels auf die Erde zu holen.

Max Gordon hatte bis jetzt überlebt. Gegen seinen Willen bewunderte er diesen Jungen. Aber die Wölfe würden die Sache erledigen und er bezweifelte, dass Max den stärkeren Hai besiegen konnte.

Tischenko war es egal, welcher der beiden zuerst starb. In ein paar Stunden war sowieso alles vorüber. Er drehte seinen Gleitschirm in den Wind und ließ die todgeweihten Jungen hinter sich zurück.

»Er ist weg!«, rief der Hai.

Die beiden rannten immer noch, aber jetzt schnitten ihnen zwei kleinere Wolfsrudel den Weg ab. In dem Wetterleuchten wechselten Licht und Schatten einander ab. Max war sich nicht sicher, ob das, was er auf dem Eisfeld sah, Wölfe waren oder nicht.

»Halt mal!«, keuchte er.

Wenn sie sich nicht überlegten, wie sie den von allen Seiten sich nähernden Wölfen entkommen konnten, konnte jeder unüberlegte Schritt tödlich sein. Die Tiere jaulten, als kommunizierten sie miteinander. Max mochte Wölfe und hatte sie immer bewundert. Eigentlich griffen sie Menschen nur selten an, aber hier hatten sie es mit einem ausgehungerten Rudel zu tun, das von einem Verrückten abgerichtet worden war.

Max versuchte das Alpha-Männchen und das Alpha-Weibchen zu identifizieren. Diese Leittiere führen das Rudel nicht immer an, sondern überlassen diese Arbeit oft rangniederen ausgewachsenen Tieren. Das Alpha-Pärchen bestimmte allerdings, wie sich das ganze Rudel verhielt. Der Angriff würde kommen – aber von welchem Wolf würde er ausgehen?

Bis jetzt hatte keiner der beiden Jungen gemerkt, dass sie sich auf einem Felsvorsprung befanden. Sie waren auf drei Seiten von Wölfen umzingelt. Vor ihnen lag die nächste Spalte. Max zerrte an der Kette und näherte sich dem Abgrund.

Die Spalte war etwa drei Meter breit, nicht breiter als das zerschlissene alte Sofa im Gemeinschaftsraum der Dartmoor High. Ein Klacks. Andererseits schien die Spalte über dem unergründlich schwarzen Abgrund so tief wie der Grand Canyon. Und der Boden war vereist. Sie würden zusammen drüberspringen müssen. Wenn nur einer von ihnen ausrutschte …

»Wir müssen hier drüberspringen.«

»Das ist zu weit!«, sagte der Hai und spähte in die Tiefe.

»Siehst du eine andere Möglichkeit?«, keuchte Max und sah sich nach den Wölfen um, die schon wieder ein Stück näher gerückt waren.

Max und der Hai brauchten Platz, um genügend Anlauf zu nehmen, aber die Wölfe waren nur noch zwanzig Meter entfernt. Wie viele konnten sie töten, wenn die plötzlich losrannten? Nicht einmal einen oder zwei, dachte Max. Wölfe reißen ihre Beute zu Boden, werfen sich gleich auf den Hals ihres Opfers und schlagen die Zähne hinein, kaum dass es am Boden liegt. Und diese Wölfe hatten Hunger.

Plötzlich begannen die Tiere aufgeregt zu knurren. Eins der rangniederen Männchen war auf die beiden Jungen losgerannt, woraufhin sofort ein großes Männchen lossprang und das unverschämte Jungtier mit einem Biss in die Schranken wies. Das Jaulen des voreiligen Angreifers und seine Körpersprache demonstrierten sofortige Unterordnung. Da hatte Max also sein Alpha-Männchen. Es hatte die Ohren und den Schwanz aufgestellt und seine Augen blickten die beiden Jungen unverwandt an.

Das Rudel bildete einen Halbkreis. Die Wölfe wussten, ihre Beute war erschöpft. Jetzt war nur noch offen, welches Tier als Erstes zum Angriff überging. Max erwiderte den Blick des großen Wolfs, hob seinen Eispickel wie eine Trophäe hoch und heulte, so laut er konnte. Er hatte dem Alpha-Männchen seine Anwesenheit und Stärke unmissverständlich kundgetan. Die Wölfe wichen zurück. Sogar dem Hai gefror bei Max' Geheul das Blut in den Adern.

»Jetzt!«, rief Max.

Sie drehten sich um und sprinteten auf die Spalte zu. Die Wölfe stürzten vorwärts. Max' Fuß traf als Erster den Rand der Spalte. Der Hai, der schwerer und etwas langsamer war, folgte direkt hinter ihm. Max ruderte mit den Beinen wie beim Weitsprung. Als er auf der anderen Seite landete, warf er sich nach vorn und schlug den Eispickel in den Schnee. Er hatte kaum festen Halt gefunden, da riss die Kette seinen Arm zurück. Er drehte sich, schrie auf vor Schmerzen, als seine Schulter fast ausgerenkt wurde. Der Hai schrie ebenfalls. Er hatte die Spalte nicht übersprungen, sondern nur seinen Eispickel auf der anderen Seite einschlagen können.

»Hilfe! Hilf mir! Schnell!«

Max stemmte die Fersen gegen einen Eisklumpen, drehte sich in der Längsachse, zog seinen linken Arm vor die Brust und hielt so fast das ganze Gewicht des Hais. Auf der anderen Seite schnüffelten und jaulten die Wölfe vergeblich ihrer entkommenen Beute nach, waren aber angesichts der tiefen Spalte machtlos.

Der Hai hing unmittelbar unter dem Rand der Spalte. Er klammerte sich mit der rechten, angeketteten Hand in den Schnee und hatte die linke durch die Tragschlaufe des Eispickels geschoben. Max verlagerte das Gewicht auf die Beine und spannte die Oberschenkelmuskeln an. Er hielt den Hai und sah die Wölfe jetzt genau vor sich. Er konnte ihren Atem riechen, und es kam ihm so vor, als könnten sie ihn mit ihren knurrenden Schnauzen immer noch erwischen.

Wäre da nicht diese mörderische Anstrengung gewesen, hätte er die Wölfe verhöhnt, hätte er ihnen ins Gesicht gelacht, aber wenn er den Hai nicht über den Rand hieven konnte, brach die Eiskante womöglich noch ab, und dann gab es nie wieder Gelächter.

Max fand mit den Füßen festeren Halt und zog seinen eigenen Eispickel wieder aus dem Boden heraus. Der Hai hatte es geschafft, sich ein Stück höherzuziehen. So was Verrücktes. Max versuchte hier das Leben eines Jungen zu retten, der, kaum dass er oben angelangt war, versuchen würde, ihn zu töten. Warum hieb er nicht einfach mit dem Eispickel auf die Kette und durchtrennte sie? Er hob den Arm und der Widerschein eines Blitzes fiel auf die Klinge.

Aber der Hai bekam keinen Freifahrtschein von ihm.

»Wo ist mein Freund? Was hat Tischenko mit ihm gemacht?«, keuchte er.

»Zur Hölle mit dir!«

»Nach dir!«, schrie Max und senkte den Arm, als wolle er zuschlagen.

»Nein! Warte! Ich sag's dir! Der Tunnel oberhalb der Käfige, da ist er. Ich schwöre es.«

Plötzlich wurde Max klar, dass Sayid offenbar ganz in der Nähe gewesen war, als Angelo Farentino die rätselhaften Bemerkungen über seine Mutter gemacht hatte.

»In Ordnung. Hör zu. Ich weiß nicht, ob die Wölfe so viel Hunger haben, dass sie sich zu springen trauen, aber wenn wir nicht den Kopf verlieren und zusammenarbeiten, schaffen wir es, zu dem Berg zurückzukommen und Tischenko aufzuhalten. Verstehst du? Du bist ihm doch nichts schuldig.«

Der Hai nickte. Wie lange konnte dieser Max Gordon ihn noch halten?

Max schob dem Hai seinen Eispickel zu, und der fasste mit seiner angeketteten Hand danach. Jetzt hatten sie die Last gleichmäßig verteilt, und Max kroch rückwärts, zog den baumelnden Jungen unter Einsatz aller verfügbaren Muskelkräfte zu sich herauf.

Die Schinderei forderte ihren Tribut. Beide sackten auf dem Eis zusammen. Die Wölfe rannten hin und her, suchten einen Weg, doch noch zu ihnen zu kommen. Das große Männchen aber stand reglos inmitten des Gewimmels. Max, auf allen vieren, sah an dem Hai vorbei zu dem Wolf hinüber. Ein stilles Verstehen, Max hätte es selber nicht erklären können, schlug eine Brücke über den Abgrund. Plötzlich machte das Alpha-Männchen kehrt und lief mit großen Sprüngen davon. Für einen Augenblick verwirrt, wussten die Wölfe nicht, was sie tun sollten, folgten ihrem Anführer dann aber nach. Fünfzig Meter weiter drehte sich der Anführer des Rudels noch einmal um, sah zu Max herüber, hob den Kopf und heulte. Die anderen Wölfe stimmten ein. Das Heulen erinnerte Max an die Sirene in *Les Larmes des Anges*.

Eine Warnung.

Im selben Moment griff der Hai an.

28

Der Eispickel sauste zwischen ihnen nieder. Max konnte ihn nicht abblocken. Stattdessen ließ er die Kette hochschnappen, und als sich die gezackte Spitze der Waffe seines Gegners darin verfing, zog er kräftig, sodass sie eine Handbreit neben seinem Oberschenkel ins Eis einschlug. Was für ein gemeiner Versuch, den Gegner kampfunfähig zu machen. Er wälzte sich zur Seite, zerrte den Hai an der Kette zu sich heran, rammte ihm seine Schulter in die Brust und konnte, während er herumwirbelte und die Kette sich spannte, endlich seinen eigenen Eispickel zum Einsatz bringen.

Sie droschen aufeinander ein. Max packte den Stiel seines Eispickels mit beiden Händen und wehrte einen weiteren üblen Schlag ab. Er drückte die Waffe des anderen weg, konnte aber wegen der Kette nicht selbst zum Schlag ausholen. Sofort war der Hai wieder da. Er warf sich hin und stürzte sich auf Max wie ein Gladiator. Die Eispickel krachten mit hässlichen Geräuschen aneinander. Parieren, zustoßen, schieben, wieder zustoßen, treten, die Schulter in den Gegner bohren.

Es war ein Kampf auf Leben und Tod.

Beide holten tief Luft und brüllten laut, um ihren Armen Kraft zu verleihen. Ein so zähes Ringen konnten sie höchstens ein paar Minuten durchhalten. Ein Kampf Mann gegen Mann in seiner brutalsten Form.

Sie gerieten weiter auf die Eisfläche hinaus. Kleine Spalten im Eis zwangen sie immer wieder zu abrupten Richtungswechseln, wobei sie ständig weiter aufeinander einschlugen – ein Tanz des Todes. Max warf sich einem weit ausgeholten Hieb entgegen, der seinen Rücken treffen sollte, bekam die Waffe des Hais am Stiel zu fassen, zog, so fest er konnte, und rammte ihm seinen Schädel ans Kinn. Etwas knirschte und der Hai spuckte Blut.

Als der Hai zu Boden ging, riss er Max mit sich. Die Kette hielt sie untrennbar miteinander verbunden. Der Hai stieß Max von sich. Auf einmal hatte Max keinen Boden mehr unter den Füßen. Diesmal war es eine größere Spalte. Er rutschte immer tiefer. Jetzt musste der Hai sein Gewicht halten. Die Eiskante bröckelte. Max stürzte ab. Er stöhnte. Er bekam den Eispickel nicht hoch, um ihn irgendwo einzuschlagen. Nur die Kette hielt ihn. Mit einer Hand klammerte er sich an den eiskalten Felsrand. Der Hai zögerte keine Sekunde. Max sah den Blick in seinen Augen, als er sein Handgelenk anvisierte. Wenn er Max' Hand abschlug, war er gerettet und Max tot. Der Eispickel sauste nieder wie die Schwertklinge eines Henkers. Max verdrehte seinen Arm. Die Klinge krachte auf den Felsen, durchtrennte die Kette, und Max glitt die Eiswand hinunter in tiefe Dunkelheit.

Als Letztes sah er seinen Angreifer über die Kante spähen. Seinen blutigen Mund – wie das Maul eines Hais, der seine Beute in Stücke gerissen hat. Und über ihm dunkle, von Blitzen durchzuckte Wolken.

Das musste die Hölle sein – und der Engel des Todes.

Jonas und der Wal. Verrückte Gedanken schossen ihm durch den Kopf. Ringsum war es stockfinster, kalt und feucht wie im tiefsten Grab. Nach einigen Metern wurde die eisige Rutschbahn etwas flacher. Max drehte den Eispickel um, hielt das obere Ende in Höhe seiner Achsel, lehnte sich nach hinten und vernahm sogleich das knirschende Scharren, als die Klinge sich wie ein Anker in die glatte Oberfläche grub. Es war ein fürchterlicher Ritt. Womöglich stürzte er tausend Meter tief ins Leere, oder weiter unten lauerten Felsen, die ihn zerschmetterten. Er presste seine Fersen zusammen. Er wurde langsamer. Die riesige schwarze Eisrutsche war auf einmal ganz flach geworden.

Jetzt war er in der Waagerechten, schlitterte aber immer noch weiter. Er schlug an eine Eiswand, ächzte vor Angst und Verblüffung, zog die Knie an und wartete, bis er endlich zum Stillstand kam. Einen kurzen Moment blieb er noch liegen, dann tastete er vorsichtig den Boden um sich herum ab. Alles flach. Vielleicht war er am Grund der Spalte angelangt oder er lag auf einem breiten Vorsprung. Einigermaßen beruhigt rappelte er sich auf und lehnte sich mit dem Rücken an die kalte Wand. Irgendwo über ihm flackerten Blitze; Licht drang zu ihm hinunter, obwohl er den Himmel nicht sehen konnte. Allmählich erkannte er, dass er in einer Art Labyrinth gelandet war. Von Staub und Erde verschmutztes Eis wand sich hierhin und dorthin, zerfetzt von gewaltigen Kräften. Er befand sich am Grund der Spalte, die zum Glück nur fünfzig Meter tief war. Max befühlte die Eiswand wie jemand, der sich im Dunkeln seinen Weg ertastet. Und wartete reglos, dass seine Augen sich an die Dunkelheit gewöhnten. Unter seiner Handfläche spürte er ein leises Beben. Da *war* etwas. Eine Vibration.

Er schloss die Augen, konzentrierte sich ganz auf das schwarze Loch, in dem er steckte, auf jedes Knirschen in den sich langsam bewegenden Eismassen, jedes Flackern reflektierten Lichts auf seinen Lidern. Er mochte die Dunkelheit und vertraute darauf, dass sein Instinkt ihn den richtigen Weg einschlagen ließ. Andere Sinnesorgane schalteten sich ein. Er vernahm ein regelmäßiges Tröpfeln, weiter vorne und links von sich. Wahrscheinlich Eis, das auf warme Luft traf; vielleicht ein Überhang, der langsam abschmolz. Das Maschinensummen kam von sehr weit her, und die von Höhlen durchzogenen Felsen ließen nicht zu, die Richtung zu bestimmen, aus der es kam. Aber da war noch etwas anderes. Ein Geruch.

Wölfe und Bären wittern ihre Beute über Kilometer hinweg. Kein Mensch kann da mithalten, aber jetzt ließen Max' Sinne solche Beschränkungen hinter sich. Der schwache Geruch sagte ihm, dass wenige Kilometer entfernt Tiere sein mussten. Der Moschusgeruch eines Bären und der scharfe Geruch von Wölfen drangen in sein Hirn und wiesen ihm die Richtung. Er wusste, er kannte diese Tiere. Das Wolfsrudel und der Eisbär. Wie kam es, dass er sie riechen konnte? Vielleicht irgendein unterirdisches Höhlensystem? Aber das spielte jetzt keine Rolle. Seine Sinne sagten ihm, dass diese Tiere wieder da waren, wo sie hingehörten – auf den Berg –, und dass es aus dieser Spalte einen Ausweg gab.

Max tastete sich langsam voran, einen Fuß vor den anderen setzend, manchmal ging er auch schneller, wenn das von oben reflektierte Licht es zuließ.

Nach zwei Stunden in der engen Schlucht gelangte er in totale Dunkelheit, die nicht einmal mehr von den Blitzen erhellt wurde. Die Wände waren jetzt nicht mehr aus Eis, sondern nacktes Felsgestein. Er hörte ein tiefes Summen, und auch die Vibration war stärker geworden. Er lauschte, tastete mit einer Hand an der Wand entlang. Sie machte eine Biegung; Max schob sich vorsichtig herum und dahinter erblickte er ein schwaches Licht. Mutiger geworden, hielt er darauf zu. Über ihm tauchte der Eingang eines Tunnels auf, der offenbar in die unteren Hänge des Berges gegraben war, mindestens drei Meter hoch und ebenso breit. Max ließ sich von dem schwachen Lichtschein leiten und kletterte hinauf. Ein leiser Luftzug wehte ihm entgegen; der hatte ihm die kaum wahrnehmbaren Gerüche zugetragen.

In dem Tunnel verlief etwas, das wie eine Pipeline aussah. Max wusste zwar nicht genau, wo er war, nahm aber an, dass die Türme, die er gesehen hatte, sich rechts von ihm befanden, der Berg links. Diese Pipeline war nicht zum Transport von Treibstoff da; es war die Leitung, durch die Tischenko die von ihm erzeugte Energie schicken würde, um die von ihm im Berg installierten Höllenmaschinen in die Luft zu jagen.

Max vernahm ein leises Sirren. Über sich erblickte er eine Stahlschiene. Der Tunnel musste bestimmt ab und zu inspiziert werden – und dazu diente diese Schiene. Langsam glitt aus dem Dunkel etwas heran, ein hängender Sitz, ähnlich wie ein Skilift. Er war so konstruiert, dass man vorwärts und rückwärts darauf sitzen konnte, je nachdem in welcher Richtung man sich bewegte. Max kletterte auf das Leitungsrohr, und als der Skilift nah genug war, schwang er sich hinauf. An einer Seite entdeckte er einen Kipphebel, wie eine kleine Gangschaltung. Er drückte ihn nach vorn und die Fahrt wurde schneller. Am Ende des Tunnels, tief im Innern des Bergs, musste es eine Andockstation geben. Max lehnte sich zurück. Ein Londoner U-Bahn-Fahrer konnte es auch nicht bequemer haben.

Die Andockstation lag unterhalb eines Kontrollraumfensters, hinter dem Max eine Gestalt im weißen Kittel sitzen sah. Als der Lift aus dem Tunnel glitt, gelang es Max, sich unbemerkt an dem summenden Leitungsrohr hinabzulassen.

Max wusste, im Innern des Berges gab es mindestens zwei Aufzugschächte, und sicher befand er sich jetzt irgendwo in der Mitte zwischen den verschiedenen Ebenen. Er robbte über die kleine Plattform, duckte sich und lief, ohne den Mann im Kontrollraum aus den Augen zu lassen, zu einer Tür mit einem Schild, das auf eine abwärtsführende Treppe hinwies. Plötzlich blickte der Weißkittel auf. Max erstarrte. Der Mann sah genau in seine Richtung – und wandte sich ab. Max konnte es kaum glauben, erkannte dann aber, dass es auf der Plattform dunkler war als in dem Kontrollraum; dazu kam noch die Spiegelung des Fensters, sodass man hinter dem Glas wohl kaum etwas erkennen konnte. Aber dann erblickte Max mit Schrecken die Uhr über dem Kopf des Mannes. 9:57 Uhr. Als ob der Sturm die Stunden hinweggefegt hätte. Ihm blieb weniger Zeit, als er gedacht hatte, bis Tischenko um 11:34 Uhr den Berg sprengen würde.

Die Treppe glich einer Feuerleiter: Stahlstufen, mit Bolzen an der Felswand befestigt. Über ihm schlängelten sich die Tentakel Hunderter Kabel bis zur gut siebzig Meter entfernten Decke. Max kam sich vor wie in einer gigantischen Inspektionsgrube unter einer futuristischen Zeitmaschine. Der Kristall, den Tischenko ihm gezeigt hatte, musste sich irgendwo dort oben befinden. Max lief weiter nach unten – noch einmal hundert Stufen. Es wurde immer dunkler und stiller. Er gelangte an einen Gang, an dessen einem Ende ein Lastenaufzug zu sehen war. An der Felswand liefen zwei mächtige, verschieden dicke Rohre entlang. Er berührte sie. Eins war warm, das andere eiskalt, aber nicht beschlagen. An beiden waren Messgeräte angebracht, die einen konstanten Druck anzeigten.

Was mochte auf der anderen Seite sein, wo nur ein blaues Leuchten aus der Dunkelheit drang? Wenn Sayid, wie der Hai gesagt hatte, wirklich auf dieser Ebene festgehalten wurde, wo konnte er dann sein, wenn nicht am hinteren Ende dieses Ganges? Max war hin- und hergerissen. Der Lastenaufzug würde ihn nach unten bringen, zu Farentino, der Informationen über seine Mutter besaß. Zu wem sollte er zuerst? Er rannte in den Gang hinein.

»Sayid? Kannst du mich hören? Wo bist du, Sayid?«

Seine Stimme verhallte ohne Echo. Die Wände standen hier enger zusammen und dämpften seine Rufe. Max horchte. Keine Antwort. Er rannte weiter. Plötzlich wurde die Luft eisig kalt. Er war in das blaue Leuchten getreten. Er erschauderte. Eine Eishöhle. Max ging weiter und fasste unwillkürlich den Eispickel in seiner Hand fester. Er hatte das Gefühl, das Eis könnte sich um ihn schließen und ihn nie mehr loslassen.

Und dann sah er Sayid.

Und wusste, sein bester Freund war tot.

Tischenko hatte die letzten Anweisungen erteilt. Die Zitadelle wurde von zwanzig seiner treuesten Schützen bewacht, und eine kleine Gruppe von Wissenschaftlern beaufsichtigte die Geräte. Alle, die noch da waren, fieberten mit geradezu fanatischem Eifer dem Augenblick entgegen, in dem der Energiestoß neues Leben erschaffen würde. Für viele war es der Höhepunkt jahrelanger Arbeit auf das eine Ziel hin, ungeachtet aller Spötter ein wissenschaftliches Wunder zu vollbringen. Und Fedir Tischenko *war* für sie der Erwählte.

Tischenko stand allein in dem Kontrollraum ganz oben in einem der beiden vierzig Meter hohen, eigens für ihn errichteten Türme, die Max etwa drei Kilometer vom Berg entfernt erspäht hatte. Blitze griffen nach den Bauwerken, konnten ihm aber nichts anhaben. Der Kontrollraum war gebaut wie ein

Eisenkäfig, und die Gitterstäbe knisterten vor Hochspannung, doch innerhalb des Käfigs kamen die Blitze nicht an ihn heran. Hier war der einzige Ort, wo das elektrische Feld die Stärke null aufwies.

Die Blitze wurden durch supraleitende Spulen, die um die Türme gewickelt waren, nach unten geleitet. Jede Spule bestand aus neuntausend Drähten, die einen Durchmesser vom Zehntel eines Menschenhaares hatten. Hoch aufgeladene Energie strömte in die unterirdische, drei Kilometer lang in die Ausläufer des Berges geschnittene Beschleunigungskammer. Auf die Weise wurde eine ungeheure Spannung aufgebaut, Millionen und Abermillionen Volt, von der die Partikel zusammengedrängt wurden wie Autos bei einem Riesenstau auf der Autobahn. Wenn die gewaltige Kraft kosmischer Energiepartikel durch das Gewitter überhitzt wurde und ihm einen Blitzstrahl in die wartenden Hände gab, würde er ihn in den Teilchenbeschleuniger schleudern wie einen Lastwagen, der mit hundertachtzig in einen Verkehrsstau kracht.

Der Urknall.

Sayid war in einen Eisblock eingeschlossen, es sah aus, als schwebte er in tiefem Wasser. Seine Augen waren geschlossen, seine Lippen halb geöffnet wie im Schlaf. Ein Ausdruck von Panik lag in seinen Zügen. Vielleicht hatte er, bevor er bewusstlos wurde, ein letztes Mal versucht, sich aus der Umklammerung der Eismassen zu befreien.

Das musste die Kammer sein, in der Tischenko die Tiere einfror. Mit kryogenem Gas, wie es zur Tiefkühlung verwendet wird, wurde die enorme Hitzeentwicklung des Teilchenbeschleunigers in überschaubaren Grenzen gehalten. Sayid war erfroren.

Max drückte sein Gesicht an das Eis. Er hatte versagt, er hatte seinen Freund nicht beschützen können. Das war alles seine Schuld. Er dachte an ihre gemeinsame Reise zurück und machte sich heftige Vorwürfe, dass er Sayid hatte mitkommen lassen.

Außer sich vor Wut und Schmerz hackte er mit dem Eispickel immer und immer wieder auf den riesigen gefrorenen Würfel ein. Irgendwann hörte er auf. Sinnlose Kraftvergeudung. Sayid steckte viel zu tief da drin. Max verfluchte seinen kindischen Ausbruch. Die Wut hatte ihn blind für die Klugheit und den Mut seines Freundes gemacht. Sayid hatte bis zum bitteren Ende an ihn geglaubt. Sayids Hände drückten an das Eis, und jetzt entdeckte Max die Botschaft auf seiner linken Handfläche. Durch das Eis sah sie etwas verschwommen aus, aber die dicken, mit schwarzem Filzstift geschriebenen Buchstaben waren trotzdem gut zu erkennen:

CUT BEARS CLAW

»Cut bears claw? Schneide Bärenkralle?«, wiederholte Max ein ums andere Mal. Er wusste, Sayid hatte den Code geknackt, das magische Quadrat war der Schlüssel für die codierte Botschaft auf dem Kristall. Sayid hatte beides bei sich gehabt. Und noch in den letzten Minuten seines Lebens hatte er daran geglaubt, dass Max ihn finden würde.

»Gut gemacht, mein Freund. Du bist ein Genie. Und ich werde dich nicht hier zurücklassen. Ich bringe dich nach Hause zu deiner Mum. Versprochen«, flüsterte Max.

Bärenkralle? Wo? Wie? Eisbär? Gefrorener Bär? Er kam nicht dahinter, aber wenn *das* Zabalas verschlüsselte Botschaft war, dann war es von entscheidender Bedeutung. Max kletterte hinter den Eisblock, in dem Sayid eingeschlossen war, und tastete nach dem Ventil an dem dicken, warmen Leitungsrohr. Er drehte es zu; die Druckanzeige fiel. Dann stellte er sich auf die am Boden verlegten Rohre, lehnte sich mit dem Rücken an die Felswand und schlug mit dem Eispickel so fest zu, wie er konnte.

Wasser schoss aus dem Loch, das er in das dicke Rohr geschlagen hatte, und sprudelte auf den Eisblock. Max hatte die Leitung angezapft, die von Erdwärme aufgeheiztes Wasser aus der Tiefe beförderte. Beim Aufprall auf das Eis verdampfte es sofort.

Als Nächstes hörte Max Schüsse und eine Reihe kleinerer Explosionen. Das Licht ging aus. Einige Sekunden lang war es stockfinster, dann sprang irgendwo ein Notstromgenerator an, der die Dunkelheit immerhin mit einem schwachen Leuchten erhellte.

Im Innern des Bergs war ein Kampf ausgebrochen. Max sah weiter zu, wie das Eis langsam schmolz, aber es würde noch eine Weile dauern, bis er Sayids Leiche bergen konnte. Über ihm rumpelte es. Hörte sich an wie Automatiktüren, die sich zuschoben und schließlich mit einem dumpfen Klicken ins Schloss fielen. Aus dem Aufzugschacht drangen gedämpfte Schussgeräusche. Offenbar verlagerten sich die Kampfhandlungen weg von ihm. Falls die Angreifer Sprengstoff einsetzten und in Tischenkos Anlagen größere Zerstörungen anrichteten, flog in dem Berg wahrscheinlich sowieso alles in die Luft – auch ohne Tischenkos Riesenblitz.

Und dann wäre dieser Raum das Grab von Sayid *und* Max.

Max war völlig durchnässt; der Dampf drang durch seine Kleider. Das heiße Wasser sprudelte unaufhörlich auf den Eisblock, aber Sayid bewegte sich immer noch nicht. Schon hatte das Wasser den Gang überspült und rieselte in den Aufzugschacht. Max hörte einen Mann um Hilfe schreien. Farentino.

Der Lastenaufzug funktionierte noch, und als er jetzt langsam hinabglitt und zum Stillstand kam, sprang Max herunter. Farentino stand schreiend in seinem vergitterten Kasten und reckte die Arme durch die Stäbe. Qualm und Rauch von beschädigten Maschinen begannen die Höhle zu füllen.

»Max! Gott sei Dank! Hol mich hier raus! Schnell. Da wird geschossen. Wir werden angegriffen.«

Max sah sich in der Felsenhöhle um und entdeckte eine Tunnelbohrmaschine. Vielleicht konnte er damit die Felswand durchbrechen? Nein, das würde zu lange dauern. Es kam ihm vor, als laste der ganze Berg auf seinem Kopf. Irgendeine ernsthafte Beschädigung, und der Berg würde über ihm zusammenbrechen. Die Tunnel und Höhlen, die in den letzten zwanzig Jahren hier angelegt worden waren, hatten das Ganze zu einer sehr fragilen Angelegenheit gemacht.

»Meine Mutter!«, verlangte Max.

»Ich sage dir alles, aber wir müssen hier weg, Max. Das verstehst du doch, oder? Uns bleibt nicht mehr viel Zeit.«

Max packte Farentino am Unterarm und nahm ihm seine Rolex ab.

»Was tust du da?«

Max streifte sich die teure Uhr übers Handgelenk. Es war 10:46 Uhr. Noch knapp eine Stunde Zeit, Sayids Leiche aus dem Berg zu bringen und Tischenko aufzuhalten.

»In fünf Sekunden lasse ich den Eisbär aus seinem Käfig. Sie gehen nirgendwo hin, Farentino, Sie mieses Schwein. Ich will wissen, wie meine Mutter gestorben ist.«

»Gut, ist ja schon gut. Sie war im Dschungel. Und da ist etwas schrecklich schiefgegangen.«

»Was ist schiefgegangen?«, schrie Max.

»Das weiß ich nicht. Bitte, Max. Hol mich hier raus.«

»Reden Sie! Was ist passiert?«

Farentinos Tonfall änderte sich. Sein wütendes Gesicht sah auf einmal trotzig aus. »Du willst die hässliche Wahrheit wissen? Also gut! Dein Vater hat sie im Stich gelassen. Sie war krank, sie lag im Sterben, und er ist weggelaufen!«

»Lügner!«

Farentino spürte, dass er jetzt im Vorteil war. Er hatte Max in der Hand. »Sie ist ganz allein gestorben, Max, weil dein Vater sich in Sicherheit gebracht hat!«

»Das würde mein Vater niemals tun! Niemals!«

»Er hat es getan, und er kann mit der Schmach nicht leben! Was glaubst du, warum er dich in dieses Internat gesteckt hat? Warum siehst du ihn so selten? WARUM? Weil er weiß, dass er deine Mutter auf dem Gewissen hat!«

Seine Worte trafen Max wie ein Messerstich mitten ins Herz.

»Warum sollte ich Ihnen glauben? Sie haben jeden verraten, der Ihnen jemals vertraut hat!«

Farentino senkte die Stimme, zärtliche Erinnerungen dämpften seine Wut.

»Weil ich sie geliebt habe. Ich habe deine Mutter von ganzem Herzen geliebt. Aber sie wollte deinen Vater nicht für mich verlassen.«

Max bewegte sich nicht. Er konnte nicht. Farentino berührte ihn sanft am Arm und sagte leise: »Hol mich hier raus, Max, dann erzähle ich dir alles. Bitte. Ich versprech's dir.«

Max musste sich aus der Erstarrung reißen, die ihn zu betäuben drohte. Die Schießerei auf den Ebenen über ihnen war immer noch im Gange. Nicht allzu weit weg. Der Geruch von

Schießpulver hing in der Luft, brannte in Augen und Kehle. Und das riss ihn in die Wirklichkeit zurück. Ihm war kalt, aber das lag nicht an der Temperatur hier unten. Das kam vielmehr von seinem Herzen.

Er sah nach den Maschinen an der Wand, nahm eine dicke Eisenkette, die dort hing, steckte sie durch die Gitterstäbe des Käfigs und schob eine Eisenstange durch das letzte Kettenglied, um sie zu befestigen.

Dann schleppte er das andere Ende der Kette zum Lastenaufzug. Der Bedienungsschalter baumelte von oben herab. Max drückte auf den *Aufwärts*-Knopf und die Plattform fuhr an. Er stoppte sie auf Kopfhöhe und hakte die Kette an der Unterseite des Aufzugs fest. Nachdem er wieder auf den Knopf gedrückt hatte, fuhr die Plattform weiter nach oben und zog nach und nach die Kette stramm.

»Zurück!«, schrie er Farentino zu. Kreischend bog sich das Metall und die Kette riss den Käfig in Stücke. Max ließ den Aufzug wieder auf Kopfhöhe hinab. Farentino taumelte aus seinem Käfig, aber Max lag nichts daran, ihm zu helfen. Er sah allerdings auch keinen Grund, warum ein gefangener Eisbär hier unten sterben sollte. Schon lief er zu dem Käfig, wo er dem wütenden Bären entkommen war, schob den Riegel zurück und sah das Tier aus seinem eisigen Becken auftauchen.

»Komm! Zeit für ein Picknick! Hier sind jede Menge böse Menschen, die du fressen kannst!«

Kaum hörte der Bär Max' Stimme, begann er durch das Loch in der Eiswand zwischen den beiden Käfigen zu klettern.

Farentino war bereits auf die Plattform des Lastenaufzugs gestiegen. Max sprang zu ihm hoch – der Bär war noch gut fünfzehn Meter hinter ihm –, schnappte sich den Bedienungsschalter und beförderte sie auf die nächste Ebene.

»Ich brauche Hilfe bei meinem Freund«, sagte er zu Farentino, als er ihn von der Plattform in das fließende Wasser zog.

Die Schüsse waren jetzt lauter geworden. Explosionen. Granaten. Schmerzensschreie.

Farentino krümmte sich vor Angst, leistete aber keinen Widerstand, als Max ihn vor sich herschob. Max hatte die Plattform wieder nach unten geschickt, damit der Bär daran nach oben klettern konnte; an der Felswand würde er genug Halt finden, um nach oben zu kommen. Damit hatte Max alles getan, was er konnte. Fast alles. *Schneide Bärenkralle.* Was sollte das heißen? Er packte Farentino beim Arm und zog ihn in den dunklen Tunnel.

Es sah aus, als ob Sayid auf einer Eisbank liegen würde. Bis auf einen Block unter ihm war alles geschmolzen. Das Wasser schoss immer noch aus der Leitung, war aber jetzt nicht mehr so warm.

Max nahm Sayids Gesicht in beide Hände – am Hals war kein Puls zu fühlen. Er schob eine Hand unter Sayids Jacke und Hemd. Die Brust war eiskalt, und das Herz schlug nicht mehr.

»Er ist tot«, sagte Farentino sachlich. »Wir sollten von hier verschwinden.«

Max packte ihn am Arm, sah den Schmerz im Gesicht des Mannes.

»Der Durchgang ist zu schmal. Ich kann ihn nicht alleine tragen. Nehmen Sie seine Beine.«

Eine Explosion detonierte ganz in der Nähe – das Kampfgeschehen rückte immer näher. Farentino packte Sayids Beine, während Max seinen Freund unter den Armen fasste. Mühsam schoben sie sich an dem Lastenaufzug vorbei und gelangten in einen größeren Raum.

Max legte Sayid behutsam ab.

Zwei Gestalten, die aussahen wie schwarz gekleidete Aliens mit Gummigesichtern und Glupschaugen, kamen ihnen aus der Dunkelheit entgegengerannt, Maschinenpistolen im Anschlag. Die bleistiftdünnen Laserstrahlen ihrer Visiere schnitten durch das Dämmerlicht und zielten auf Farentinos Brust.

»Nicht schießen!«, kreischte Farentino.

Corentin und Thierry zogen die Nachtsichtbrillen von ihren Gesichtern.

»Max!«, rief Corentin. »Ist das der Junge?«

»Corentin! Wie, zum …?«

»Es war Sophie«, sagte Thierry und kniete sich neben Corentin, der Sayid bereits untersuchte. Thierry schwang einen Rucksack von seinen Schultern. »Draußen ist ein kleines Heer von französischen und Schweizer Soldaten zu unserer Unterstützung eingetroffen. Wie üblich zu spät. Wir haben die Sache hier drin selbst in die Hand genommen.«

»Wolfsmenschen! Na ja, wohl eher Hundewelpen«, sagte Corentin.

Er zückte ein gefährlich aussehendes Kampfmesser und schnitt Sayids Kleider auf. Thierry nahm einen Verbandskasten aus seinem Rucksack. Beide Männer arbeiteten schweigend, keine zu allem entschlossenen Berufssoldaten mehr, sondern im Feld erprobte Sanitäter. Thierry zog eine Spritze auf.

»Epinephrin«, erklärte er, als er Max' besorgte Miene sah.

»Retten Sie ihn, Corentin«, flehte Max.

Corentin befestigte die kleinen löffelförmigen Kondensatoren eines tragbaren Defibrillators auf Sayids Brustkorb. Thierry stieß Sayid die Nadel ins Herz. Immer noch kein Puls.

»Finger weg«, sagte Corentin.

Er löste den Impuls aus, und Sayids Körper bäumte sich auf.

»Komm schon, Sayid! Komm schon!«, bettelte Max.

»Der Junge ist tot. Ihr vergeudet hier nur eure Zeit«, sagte Farentino.

Corentin sah ihn an, als wollte er ihn umbringen. »Dieser Junge ist eiskalt. Tot ist er erst, wenn er warm und ohne Lebenszeichen ist.«

Corentin und Thierry versuchten es noch drei Mal, dann sah Corentin zu Max hoch und schüttelte den Kopf.

»Draußen wartet ein Rettungshubschrauber. Wir bringen euch jetzt hier raus. Kommt, noch ist es hier sicher. Und da draußen bricht bald die Hölle los. Dann wird hier kein Hubschrauber mehr fliegen können.«

Max betrachtete den leblosen Körper seines besten Freundes. Wo blieben die Tränen, warum weinte er nicht? Warum empfand er nichts anderes als dieses animalische Verlangen, Sayids Mörder nachzujagen?

»Junge, du bist total erschöpft. Gehen wir«, sagte Thierry sanft, während Corentin Sayid in seinen Armen hochhob.

Max sah auf die Uhr. 10:59 Uhr.

»Ich kann nicht. Tischenko wird diesen Berg in weniger als vierzig Minuten in die Luft sprengen. Er sitzt oben in einem Turm, ein paar Kilometer von hier talabwärts. Es gibt ein unterirdisches Schienensystem …«

Thierry unterbrach ihn. »Hör gut zu, Max. In diesem Tunnel waren Sprengfallen angebracht. Er ist eingestürzt. Das Rohr ist noch da, aber man kommt da nicht durch. Vielleicht wär's am besten, wir vergessen diesen Verrückten, oder?«

»Niemand geht in dieses Tal, Max. Das ist wirklich zu viel verlangt. Die Blitze sind überall«, sagte Corentin ruhig.

Max schüttelte den Kopf. »Bringen Sie ihn ins Krankenhaus, Corentin, bitte.«

Sayids Arm fiel herab. Max legte ihn zurück und streichelte seinem Freund übers Gesicht. Jetzt hatte er Tränen in den Augen. Aber ein anderer Teil von Max Gordon zog ihn plötzlich weg. Er drehte sich um und rannte, so schnell er konnte, zu Tischenkos Privataufzug.

Er drückte auf den Knopf. Der Aufzug war zwar jetzt kein Expresslift mehr, wurde aber offenbar von einem Notkondensator noch mit genügend Strom versorgt, denn Sekunden später trat Max in den Raum, wo Tischenko von den Plänen für seine Unsterblichkeit geschwärmt hatte. Die Instrumententafeln waren offen, der Kristall summte und glühte – noch immer strömte Energie in ihn hinein. Das bedeutete, dass die Energie von der unterirdischen Pipeline geliefert wurde, an der Max vorbeigekommen war – der Teilchenbeschleuniger, der bald Lichtgeschwindigkeit erreichen würde ... Wann? Er sah auf Farentinos Uhr – 11:15 Uhr. Noch neunzehn Minuten.

Schneide Bärenkralle.

Ungefähr sechzig Meter weit erstreckten sich die Wohnräume an der Felswand. Am Ende warteten zwei große Türen. Max zog eine auf und der hereinfauchende Sturmwind riss ihn von den Beinen. Regen peitschte über Tischenkos Aussichtsplattform. Max brachte sich in Sicherheit und sah zu, wie der Sturm Tischenkos Privaträume verwüstete. Da erblickte er die Wolfsmaske, die auf einer Bronzebüste Tischenkos drapiert war. Er nahm sie von dem kalten Metall herunter. Schönes, weiches Fell, aber die Augenlöcher sahen unheimlich aus. Die Maske des Jägers. Max zog sie sich übers Gesicht. Jetzt war er von der Haut des wilden Tieres umhüllt. Ein Spiegel zeigte ihm das fremde Wesen, das ihn da anstarrte. Er schauderte. Ein Beben durchlief seine Muskeln. Sein Herz raste. Angriffslust stieg aus seinem Innersten auf. Plötzlich erinnerte er sich – es gab noch eine zweite Plattform, die, von der Tischenko mit dem Gleitschirm gestartet war. Das war seine einzige Chance.

Rasch mit dem Aufzug nach unten.

11:20 Uhr.

Blitze schlugen in die Flanken des Bergs und sprengten riesige Felsbrocken heraus. Sie sahen aus wie Krallen. Max trat in eine künstlich angelegte Höhle, die groß genug war, ein kleines Flugzeug darin unterzubringen. Aber es gab hier kein Flugzeug, nur ein Dutzend Gleitschirme, die zum Trocknen an der Decke hingen. Wie gigantische Fledermäuse schwebten sie zitternd in der Zugluft, die von draußen hereindrang.

Vierhundert Meter über ihm wälzten sich die brodelnden Wolkenmassen über den Himmel. Grelle Blitze zuckten durch die Dunkelheit und ließen geisterhafte Bilder zwischen den schwarzen Formationen aufleuchten. Max brauchte Gegenwind. Er zog das Haupttor ganz auf und kam sich plötzlich vor wie im Auge eines Tornados. In dieser Höhe war die Luft ruhiger und der Wind kam von vorn. Perfekt. Max sah die zwei Türme deutlich vor sich, ein unglaubliches Blitzgewitter zuckte zwischen ihnen hin und her. Tischenko lockte die Naturgewalten an und verwandelte sie in böse Mächte.

11:22 Uhr.

Schneide Bärenkralle.

Fest in die Gurte geschnallt, warf Max den gebündelten Stoff aus seinen Armen in den Sturm. Sofort zerrte der Wind daran, knurrend und fauchend, und schleuderte ihn hoch in die Luft. Eine unwirkliche Welt. Unten Eis und Schnee, oben das Gewühl schwarzer Wolken. Die Blitze über dem Tal wiesen ihm den Weg. Er zog an den Hauptgurten, um Fahrt aufzunehmen. Die Leinen knisterten vor Spannung. Am Gurtwerk waren ein Kompass und eine Geschwindigkeitsanzeige angebracht. Max wusste ganz genau, wo er hinwollte, einen Kompass brauchte er dazu nicht, aber er sah, dass er mit sechzig Stundenkilometern vorankam.

Die Luft war schneidend kalt; Hagelkörner prasselten auf seine Hände. Gegen den Sturm ankämpfend, hielt er auf die Türme zu. Im flackernden Licht der Blitze sah Max unter sich undeutliche Bewegungen. Wölfe. Sie folgten ihm, vielleicht weil sie glaubten, der da oben unter dem schwarzen Gleitschirm sei ihr Herr und Meister. Und wenn er tiefer sank? Dann würden sie bald merken, dass die Gestalt mit der Maske nicht Fedir Tischenko war. Aber das spielte keine Rolle. Im Augenblick fühlte er sich wie der Anführer. Der Leitwolf.

Max flog viel zu hoch; in dieser Höhe würde er über die Türme hinwegfliegen, und sie waren keinen Kilometer mehr entfernt. Er zog an den Hauptgurten, um weniger Luft unter dem Schirm zu haben. Jetzt sank er, aber viel zu tief. Er fing den Sturz ab, verlagerte sein Gewicht, hob eine Hand, um sich vor einem Blitz zu schützen, der durch die Regenschleier vor ihm niederfuhr. Das war der wildeste Flug seines Lebens.

Die beiden Türme standen in einem abgezäunten Gelände. Sie sahen aus wie Wachtürme in einem Kriegsgefangenenlager, standen aber nur zweihundert Meter auseinander. Und es gab dort auch keine Baracken, nur einen halb unterirdischen Backsteinbau, der aussah wie ein Kraftwerk. Dieser Kasten stand direkt am Zaun; von der Basis der beiden Türme führten lang gestreckte Bodenerhebungen zu ihm hin.

Max wurde über den Himmel geschleudert. Eine heftige Bö hatte ihn erfasst, der Schwerwind, dem Tischenko ausgewichen war. Jetzt zwang er Max, um sein Leben zu kämpfen. Max zerrte an den Gurten, wirbelte auf und ab an den Ausläufern des Bergs entlang, geriet in Turbulenzen und verlor noch mehr Luft unter dem Schirm. Er sank. Und zwar schnell. Und hielt genau auf das eingezäunte Gelände zu.

Feuer züngelte an den Türmen. Dann aber erkannte Max, dass es Drähte waren, die die Blitze in den Erdboden leiteten, durch die lang gestreckten Erhebungen direkt in den Backsteinbau hinein.

Auf der Spitze eines der beiden Türme befand sich ein von einem Drahtkäfig umschlossener Kontrollraum, und darin stand Tischenko. Blitze schlangen sich um den Käfig, suchten vergeblich hineinzugreifen. Aber solange Tischenko innerhalb der Nullspannungszone blieb, war er vor den Monstern da draußen sicher. Wenn er auch nur einen Finger hinausstreckte, würde er allerdings sterben wie eine Mücke, die in einen elektrischen Insektenvernichter fliegt. Mit zwei Kontrollhebeln steuerte er die zehn Meter messende Parabolantenne. Sie glich einer riesigen Satellitenschüssel und diente dazu, die Blitze einzufangen und gebündelt in die vorprogrammierte Empfangsschüssel auf dem anderen Turm zu leiten. Manche der Blitze gabelten sich und schlugen in beide Schüsseln gleichzeitig ein, was sogar noch stärkere elektrische Ladungen erzeugte.

Tischenko konnte weder sehen noch hören, dass Max sich ihm näherte, aber sein sechster Sinn, wach wie eh und je, bewegte ihn dazu, sich umzudrehen und in die Nacht hinauszuschauen. Ein Wesen mit schwarzen Flügeln und dem Kopf eines Wolfs schoss aus dem Himmel auf ihn zu. Max Gordon hatte überlebt und noch immer nicht aufgegeben. Der Junge trug also die Maske eines Wolfsmenschen? Dann musste er auch bereit sein, wie ein solcher zu sterben.

Max wusste, dass er zu schnell war. Wenn er jetzt wendete, würde er unweigerlich an dem Zaun zerschmettern. Er ließ alle Gurte los, hob schützend die Arme vor den Kopf und streckte die Beine nach hinten. Der Gleitschirm plusterte sich auf, riss ihn zwei Meter in die Höhe und sackte dann ab. Max landete, als ob er von seinem Tisch in der Dartmoor High gesprungen wäre.

Er stieg aus den Gurten und rannte ins Höllenfeuer. Blitze explodierten, Wind kreischte um den Drahtkäfig auf dem Turm, und in der Ferne rollte ein Feuerball über das Tal und zerschnitt die Wolken wie ein Meteor das Sternenmeer.

Doch lauter als das ohrenbetäubende Tosen des Sturms schrie Tischenko. Er verfluchte Max Gordon.

11:30 Uhr.

Im Innern des zweiten Turms gab es einen Aufzug. Max drückte auf den Knopf. Keine Türen – eine offene Plattform beförderte ihn nach oben. Er kam sich vor, als stecke er mitten im größten Feuerwerk aller Zeiten. Ein grelles Licht blendete ihn. Fahle Schwaden schwammen vor seinen Augen. Tischenko hatte die Parabolantenne nach unten geschwenkt und einen Blitz in Max' Turm gejagt. Und noch einen. Der Schlag erschütterte den Käfig, in dem Max jetzt stand. Vor sich hatte er zwei Kontrollhebel wie von einem Computerspiel. Was auch immer Tischenko dort vorprogrammiert haben mochte, wurde von Max ausgeschaltet, als er den Knopf für die manuelle Steuerung betätigte. Maschinen summten, als er vorsichtig die Hebel bewegte. Die Schüssel auf seinem Turm reagierte sofort. Die Steuerinstrumente sprachen ohne Zeitverzögerung an.

Als Max die Schüssel in den Himmel schwenkte, war der Feuerball schon sehr viel näher herangekommen. Jenseits dieses Tals lag der Genfer See, eingeklemmt zwischen zwei Gebirgsketten. Ein Volltreffer auf diese Verwerfungslinie würde den Talboden zertrümmern wie ein Ei, das am Rand einer Bratpfanne aufgeschlagen wird.

11:32 Uhr.

Noch zwei Minuten!

Tischenko jagte den nächsten Blitz in Max' Turm. Der Boden bebte unter seinen Füßen und Max glaubte schon, der Turm werde unter ihm zusammenbrechen. Dann fing er mit seiner Schüssel einen Blitz auf und lenkte ihn auf Tischenkos Turm. Wenn Tischenko mit ihm spielen wollte, konnte er das haben. Dank Sayid kannte Max sich mit Computerspielen gut aus.

Das Naturereignis am Himmel sah jetzt aus wie ein glühender Meteor, der auf die Erde stürzt, war aber in Wirklichkeit die Spitze eines mächtigen Blitzstrahls. Nun stand die Katastrophe unmittelbar bevor, und ein Mönch hatte sie vorausgesagt. In weniger als einer Minute würde die gewaltige Feuerfaust den Berg pulverisieren.

11:33 Uhr.

Schneide Bärenkralle.

Tischenko hatte Sayid getötet! Max' Wut loderte so mächtig und er war so konzentriert, dass er von dem Krachen und Toben nichts mehr mitbekam.

Tischenko und Max bombardierten sich mit Blitzen, die wie zweihundert Meter lange Schwerter über das Schlachtfeld zwischen den Türmen zuckten und aneinanderkrachten.

Wieder traf Tischenko Max' Turm. Ein ungeheurer Schlag, der die ganze Gegend grell aufleuchten ließ. Max taumelte zurück. Tischenko sah den Jungen wanken und zu Boden gehen.

Der Feuerball gleißte über dem Tal. Dahinter ragte wie ein schwarzes Monster der Berg in den Himmel, sein Gipfel geformt wie der Kopf eines Bären, die schroffen Ausläufer wie – Krallen.

Schneide Bärenkralle.

Max überlegte nicht lange.

11:34 Uhr.

Der kosmische Blitz schlug ein.

Max hatte die Steuerung wieder unter Kontrolle. Ein Blitzstrahl schoss gebündelt aus der Schüssel und zerschnitt den Ausläufer des Bergs, der in diesem Augenblick wie die Kralle eines Bären aussah.

Fedir Tischenkos gesamte Existenz verdichtete sich in dieser Mikrosekunde. Er war der Feuergott, der Leben vernichten und erschaffen würde. Als Kind von der Himmelsmacht berührt, konnte ihm nichts mehr etwas anhaben. Und so war er völlig verblüfft, als ein sengender Schmerz in seine Brust fuhr und ihn ans Drahtgitter seines Käfigs schleuderte. Das Auge des Sturms erkannte seinen längst verloren geglaubten Sohn, rammte ihm einen grausamen Zackenblitz in den Leib und holte ihn heim.

Max sah alles wie in Zeitlupe. Sein Turm brach zusammen, die Bergflanke explodierte, und der Hai stand im feuerhellen Schnee neben einem Motorrad, einen Arm noch ausgestreckt, nachdem er den Pfeil mit Tischenkos Jagdbogen abgeschossen hatte. Die Stahlspitze des Pfeils hatte Tischenkos Brust durchbohrt und dann die Käfigwand durchstoßen, und damit war Tischenko plötzlich den Blitzen ausgeliefert.

Max' Turm sackte langsam in sich zusammen wie ein geschlagener Ritter in seiner Rüstung. Max klammerte sich an die Steuerhebel, als um ihn herum Metall zerriss und der Turm im Todeskampf mit einem letzten stählernen Röcheln auf den Zaun krachte.

Die Erde bebte, der Wind fegte die Wolken weg, und binnen einer Stunde legte die kristallklare Nacht tiefen Frost über das Land und Max' gekrümmten Körper.

Dann kamen die Wölfe.

Schweigen kann man kaufen. Unliebsame Ereignisse kann man mit Halbwahrheiten und wissenschaftlichen Erklärungen entsprechend auslegen. Bei dem Kampf, den Corentin und Thierry ganz allein in dem Berg ausgefochten hatten, hatte es über ein Dutzend Tote gegeben. Nach offizieller Darstellung gehörten sieben dieser Männer zu einer Bergsteigergruppe, die an der berüchtigten Nordwand der Zitadelle in Schwierigkeiten geraten war. Angeblich wurden die unerfahrenen Kletterer von einem kleinen Erdbeben überrascht, das die Region in dieser Nacht erschütterte, und fünf Retter starben bei dem Versuch, sie von dem Berg herunterzuholen. Eine Tragödie.

Ein Dorf am Fuß des Bergs trug erhebliche Sachschäden davon, aber zum Glück gab es keine Todesopfer. Aus dem Forschungszentrum, das die seismischen Aktivitäten der Zitadelle überwachte, wurde eine ungenannte Zahl von Wissenschaftlern gerettet, was die Anwesenheit von Schweizer und französischen Soldaten in dem Gebiet erklärte – ein wunderbares Beispiel für grenzüberschreitende Zusammenarbeit, wie ein Regierungssprecher es formulierte. Die Wahrheit war, dass man Tischenkos Wissenschaftler in geheimen Einrichtungen festgesetzt hatte, um sie auf ihren Geisteszustand hin zu untersuchen.

Der Klimawandel und eine außerordentliche Wetterlage mussten schließlich als Erklärung für alles andere herhalten.

»Wach auf, Junge«, sagte Corentin grob.

Er schüttelte Max, wischte Reif und Schnee von seinem Körper, tätschelte ihn so freundlich, wie es jemandem wie Corentin nur möglich war, bis Max endlich erwachte.

»Ist ja gut, alles in Ordnung … Corentin … Was ist passiert?«, fragte Max benommen.

Der große Mann hob ihn auf die Füße.

»Die Kavallerie ist wie üblich zu spät gekommen, wird aber den ganzen Ruhm einheimsen«, sagte Thierry. »Wie immer.«

Max erinnerte sich an Tischenkos Tod. »Wo ist der Hai?«

»Wer?«, fragte Corentin.

»Da war ein Junge. Er hat Tischenko getötet.«

»Gib ihm einen Orden«, sagte Thierry. »Aber hier war niemand außer dir und den Wölfen.«

»Ein Rudel Wölfe?«, fragte Max.

»Ganz genau. Und ein Eisbär. Der wollte dich unbedingt zum Frühstück verspeisen«, sagte Corentin.

»Ich verstehe gar nichts mehr«, sagte Max verzweifelt.

»Die Wölfe hatten dich eingekreist, und der größte von ihnen …«

»Ein übler Geselle«, unterbrach Thierry lachend seinen Partner, während sie Max zu dem Audi brachten.

»Der hat keinen an dich rangelassen – und das Rudel, na ja, so etwas habe ich noch nie gesehen, aber die haben diesen Eisbären von dir ferngehalten.«

»Sie haben die Wölfe doch nicht getötet?«, fragte Max, plötzlich beunruhigt.

»Ein paar Schüsse in die Luft. Das Alpha-Männchen hat seinen Posten bis zum Ende behauptet, aber als Corentin dann mit ihm geredet hat wie mit seinem Pudel zu Hause, hat es sich schließlich auch verzogen.«

»Ich habe weder einen Pudel noch sonst irgendeinen Hund. Red keinen Unsinn«, seufzte Corentin, als er Max auf den Beifahrersitz des Audi half.

Noch nie war Max so dankbar gewesen, dass ihn jemand nach Hause fuhr. Er fühlte sich, als sei er unter eine Dampfwalze geraten.

»Ich sitze vorne«, sagte Thierry leise zu Corentin, der schon zur Fahrerseite ging.

Max sah Corentin grinsen.

»Hinten wird mir schlecht«, sagte Max.

»Mir auch. Steig aus«, befahl Thierry.

»Lass ihn. Ich will nicht, dass der Wagen vollgekotzt wird«, sagte Corentin. »Der Junge hat schon genug mitgemacht.«

Er reichte Max eine Wasserflasche, und der trank in großen Schlucken.

»Und wenn ich mich übergeben muss?«, sagte Thierry.

»Dann schluck's runter«, erwiderte Corentin und ließ den Motor an.

Thierry zwängte sich auf den Rücksitz. »Ich muss aber das Fenster aufmachen.«

»Nur zu.« Corentin steuerte den Wagen aus dem verwüsteten Gelände heraus. Die Winterreifen knirschten über den Schnee.

»Und nimm die Kurven nicht so schnell«, ermahnte ihn Thierry.

»Halt die Klappe.«

Mehr bekam Max von dem Geplänkel der beiden Söldner nicht mehr mit. Er fiel in einen tiefen Schlaf und erwachte sechzehn Stunden später in einer Schweizer Privatklinik.

Der Reiz der Schweiz liegt nicht nur in ihrer großartigen Landschaft, sondern auch in ihren Geheimhaltungsvorschriften. Alles wurde vertuscht. Jeder, der irgendwie mit Max' Fall zu tun gehabt hatte, wurde in Gewahrsam genommen, entsprechend betreut und umsorgt und von Regierungsvertretern und Wissenschaftlern eingehend befragt.

Wissenschaftler erklärten, dass die Trümmer des Bergausläufers, den Max zur Explosion gebracht hatte, in die Erdspalten unter der Talsohle gerutscht seien. Dadurch sei verhindert worden, dass eine Schockwelle den Genfer See überlaufen ließ und dass das Kernforschungszentrum CERN zerstört wurde, was gewaltige Umweltschäden angerichtet und zahllose Menschenleben gefordert hätte. Sie wollten von Max wissen, woher er gewusst habe, dass er das tun musste.

»Zabala. Er hat es gewusst«, antwortete Max.

»Dieser Verrückte, dieser Versager, dem niemand geglaubt hat?«, fragten sie spöttisch.

Max konnte seine Aussage nicht beweisen. Der Anhänger mit dem Stein hatte sich mit Tischenko in Luft aufgelöst. Vielleicht reichte es, dass Max als Einziger die Wahrheit kannte. Fest stand jedenfalls: Max war froh, dass er überlebt hatte und diese herrliche Hochgebirgsluft atmen konnte, ohne hinter jedem Stein eine Gefahr fürchten zu müssen.

Der Hai war in jener Nacht entkommen. Von Tischenkos Wolfsmaske, die Max getragen hatte, fand sich keine Spur. Offenbar hatte der Killer Max für tot gehalten und sie mitgenommen, bevor dann die Wölfe kamen. Wer weiß? Vielleicht hatte der Hai sich damit zufriedengegeben, dass er Tischenko getötet und die Maske der *Vucari* an sich genommen hatte.

»Was ist aus dem riesigen Kristall in dem Berg geworden?«, fragte Max Corentin.

Corentin zuckte mit den Schultern. Er wisse gar nichts, sagte er. Er sei nur ein ehemaliger Legionär, den man dafür bezahlt habe, ein paar Kinder zu retten. Dabei hätte Max seine Hilfe gar nicht gebraucht.

Das war ein großes Kompliment von dem alten Haudegen, aber Max wusste, seine DNA war mit der eines Raubtiers vermischt und in diesem Kristall abgespeichert. Wo war der jetzt?

Die Ärzte und Wissenschaftler, die er danach fragte, antworteten alle, sie hätten nicht die geringste Ahnung.

Der Fall war abgeschlossen. Und offiziell war das Ganze sowieso nie geschehen. Egal, so waren Regierungen nun einmal. Max war nur froh, dass alles gut ausgegangen war. Glaubte er an Schicksal? Oder war das bloß Aberglaube? Auch das war ihm egal – Hauptsache, das Schicksal meinte es gut mit einem.

Drei weitere Gestalten lagen auf Holzliegen in der Spätwintersonne, ihre verletzten Beine jeweils hochgestützt. Sophie Fauvre war vom besten Chirurgen der Schweiz an ihrem lädierten Knie operiert worden. Als Max kam, hatte sie gestrahlt, aber auch seine Müdigkeit bemerkt. Die Erschöpfung nach der Schlacht, hatte Corentin ihr erklärt. Max habe Schlimmes durchgemacht. Etwas, worüber er wahrscheinlich lange Zeit nicht werde sprechen können. »Lass ihn erst einmal zu sich kommen. Das braucht er jetzt«, hatte er gesagt. Sophie verstand. Sie würde erst mal zu ihrem Vater zurückkehren und ihm in seinem Kampf für die gefährdeten Arten beistehen, und sie hoffte, dass Max, wenn er wieder zu Hause war, mit seinem Dad reden konnte.

»Hey!« Sie hatte Max umarmt.

»Alles geregelt«, hatte er lächelnd geantwortet.

Bobby Morrell war aus einem französischen Krankenhaus in die Klinik gebracht worden. Er war noch ziemlich wortkarg. Seine diversen Knochenbrüche – ein Arm, ein Bein und mehrere Rippen – wären bald verheilt, aber die Trauer um seine Großmutter würde ihn noch lange begleiten.

Das größte Glück aber hatte Sayid gehabt, fand Max. Eine ganze Woche lang hatte man ihn untersucht. Seit einige Jahre zuvor ein im Gebirge erfrorener Japaner wiederbelebt worden war, hatte es keinen Fall mehr gegeben, wo jemand eine so extreme Kälte überlebt hatte. Die Ärzte waren sich einig – Sayid war in einen unterkühlten Zustand geraten, wie er bei Tieren im Winterschlaf üblich ist. Seine Gehirn- und Organfunktionen waren dabei wie auf einem Datenspeicher im Cyberspace abgelegt und daher nicht geschädigt worden. Er war vollständig wiederhergestellt.

Sie alle waren in Decken gehüllt, schauten über die Gartenanlagen der Klinik nach den schneebedeckten Bergen und tranken heiße Schokolade, die eine Schwester gebracht hatte, für die Bobby Morrell ganz offensichtlich schwärmte.

»Wie hast du mich eigentlich gefunden?«, fragte Sayid Max. Er wusste, eines Tages würde Max ihm die ganze Geschichte erzählen.

»Ich hab dich schnarchen gehört«, antwortete Max.

Sie lachten, bald aber war Max verstummt und hörte den anderen zu, die jetzt aufgeregt erzählten, wie sie ihre Abenteuer überlebt hatten.

Farentino hatte sich im Chaos der Rettungsaktion der Schweizer und französischen Truppen aus dem Staub gemacht, aber seine Worte gingen Max noch immer schmerzlich nach. Was war wirklich mit seiner Mutter geschehen? Wusste sein Dad, dass Farentino sie geliebt hatte? Max sah einer ungewissen Zukunft entgegen. Er musste die Wahrheit über den Tod seiner Mutter herausfinden.

Und ob sein Vater ihn belogen hatte.

In der Ferne hörte Max einen Bären brüllen, dem ein Wolf mit Heulen antwortete. Ein Schauder lief ihm über den Rücken. Es war, als riefen sie nach ihm.

»Habt ihr das gehört?«, fragte er die anderen.

»Was denn?«, gaben sie zurück.

Max schüttelte den Kopf und schaute wieder Richtung Berge.

»Ach, nichts.« Er lächelte. »Das habe ich mir wohl nur eingebildet.«

Anmerkungen des Autors

Mont la Croix und Montagne Noire sind Orte, die ich für diese Geschichte erfunden habe, aber wenn jemand von euch ein angehender (oder sogar ein erfahrener) Skifahrer oder Snowboarder ist, sollte er stets die Hinweise zum sicheren Fahren in den Bergen beachten. Der Klimawandel, den wir erleben, ist mit einer erhöhten Lawinengefahr verbunden. Wer dennoch abseits bestehender Pisten im Gelände unterwegs sein möchte, sollte einen Sender bei sich tragen – manchmal die einzige Möglichkeit, dass man rechtzeitig von einem Rettungsteam gefunden wird, wenn eine Lawine abgeht.

Das Château d'Antoine d'Abbadie sieht ziemlich genauso aus, wie ich es beschrieben habe. Nur der französische Verwalter ist eine erfundene Gestalt und kein Vergleich zu der reizenden französischen Dame, die mir dort geholfen hat. Fotos von dem Château könnt ihr euch in meinem Blog ansehen.

Biarritz ist ein tolles Ziel für Surfer, und obwohl die Komtess von mir erfunden wurde, findet man ihr Château ziemlich genau an der von mir beschriebenen Stelle. Das Haus befindet sich in Privatbesitz, deshalb kann ich Genaueres darüber nicht mitteilen.

Am CERN, dem Europäischen Kernforschungszentrum, kam es 1986 zum Einsturz eines Tunnels und die Schweiz wird durch ihre Regierung als Erdbebenrisikogebiet eingestuft. Das Land liegt am Rand der eurasischen Erdplatte und das Gebiet von Valais – wo Tischenko seine Anlage hatte – gilt als besonders gefährdet. Fachleute befürchten, dass Erdrutsche die Seen und Wasserreservoire des Landes zerstören und Flutwellen auslösen könnten.

Von der Existenz von Erdströmen weiß man seit dem Altertum. Geobiologen und andere Wissenschaftler nutzen sie sowie die ebenfalls nachgewiesenen Magnetströme für unterirdische Forschungen.

Während meiner eigenen Recherchen habe ich ziemlich viel über Blitze herausgefunden. Ein russischer Forscher, Alex Gurewitsch vom Lebedew-Institut an der Russischen Akademie der Wissenschaften, hat die Theorie entwickelt, Blitzeinschläge würden durch kosmische Strahlen ausgelöst, die Atome ionisieren, wodurch eine Lawine von relativistischen Elektronen erzeugt und auf die Reise durch die Wolken geschickt wird.

1901 entwickelte Nikola Tesla seine berühmte Tesla-Spule, einen Transformator, mit dem sich elektrische Entladungen sehr hoher Spannung erzeugen lassen – ernorm starke »Blitzschläge«. Blitze sind ein Phänomen, über das immer noch relativ wenig bekannt ist. Blitztürme hat man, auf die Tesla-Spule zurückgreifend, allerdings bereits gebaut. Blitzentladungen können zwischen zwei Türmen hin- und herspringen. Die ersten Experimente in dieser Richtung – Blitze zu zähmen – gab es 1932. Damals spannten zwei Wissenschaftler einen Draht zwischen zwei Alpengipfeln und erzeugten Funkenentladungen von über hundert Metern Länge. Ihr damals gefasster Plan, eine Röhre zur Beschleunigung von Teilchen zu bauen, musste aufgegeben werden, als einer der beiden starb.

Kristalle wiederum können Träger von Energie und Information sein. Wissenschaftlern an der Stanford University in Kalifornien ist es gelungen, ein dreidimensionales Bild der Mona Lisa in einen Quarzkristall zu bringen und es von dort zurückzugewinnen. Manche Wissenschaftler behaupten sogar, das Leben habe in kristalliner Form angefangen, wonach die Genetik die Führung übernommen und das Leben in Zellform entwickelt habe.

Eine der interessantesten Herausforderungen bei der Niederschrift des Buchs war, dass ich Planetenbewegungen finden musste, die synchron zu Ereignissen auf der Erde waren. Ich habe das Buch 2007 geschrieben und die Handlung im Winter 2007 / 2008 spielen lassen. Veröffentlicht werden sollte es im Sommer 2008, deshalb brauchte ich eine Katastrophe, die sich möglicherweise im März 2008 hätte ereignen können.

Mein Dilemma war, wie ich erklären sollte, dass Zabala, der Wissenschaftler und Astronom, der sich außerdem in Astrologie auskannte, sich bei seiner zwanzig Jahre früher vorhergesagten Katastrophe so geirrt haben konnte. Ich habe also nach einer möglichen Situation gesucht, bei der die Planetenkonstellation eine potenzielle Katastrophe an einem bestimmten Punkt der Erde widerspiegelt.

Über Monate hinweg habe ich mit David Matthews, einem erfahrenen Astrologen, gearbeitet. Ihm wurde klar, dass die drei erst vor Kurzem entdeckten Planeten Eris, Sedna und Quaoar astrologische Eigenschaften – oder Energien – besaßen, die Ereignisse hier auf der Erde widerspiegeln konnten. Mein Astrologe und Mönch im Buch, Zabala, hatte vor zwanzig Jahren von deren Existenz noch nichts wissen können, daher fehlten ihm bei seiner ersten Vorhersage entscheidende Informationen. Und dann stellte mein Fachmann fest, dass diese drei Planeten im März 2008 exakt dieselbe Konstellation haben würden wie im März 1988.

Manche Sterne und Planeten haben eine Verbindung mit Ereignissen auf der Erde. Nicht notwendigerweise so, dass sie diese Ereignisse auslösen, sie spiegeln sie jedoch wider. Das Universum ist eine in sich geschlossene Einheit, sodass man mit Fug und Recht sagen kann: »Wie im Himmel, so auf Erden.«

Ich hatte nun eine Karte, die mir die Planetenkonstellationen von 1988 und von 2008 zeigte. Die Entfesselung menschengemachter Kräfte stellt der Planet Uranus dar – Blitz und Energie –, und er stand (wie auch andere mit ihm), ohne dass ich damit gerechnet hätte, genau an der richtigen Stelle am Himmel, um in meine Geschichte hineinzupassen. Pluto und der Steinbock stehen für große Verwandlungen genau zu diesem Zeitpunkt. Bei diesen wichtigen Recherchen passte zuletzt alles ausgezeichnet zusammen.

Und was ist mit den wilden Tieren, die im Buch eine Rolle spielen? Neben dem Klimawandel, der bestimmte Tierarten aussterben lässt und andere gefährdet, existiert auch ein entsetzlicher Handel mit gefährdeten Tieren.

In dieser Geschichte habe ich das Thema nur am Rande berührt, aber illegale Fallen, die Verschiffung und das Töten von Tieren sind weitverbreitet.

Wer mehr darüber wissen möchte, findet entsprechende Literatur in Bibliotheken und interessante Fakten auf speziellen Webseiten.

Hier seien drei der wichtigsten genannt:

wwf.org.uk
kidsplanet.org
newscientist.com/channel/life/endangered species/

Bei diesen Links handelt es sich um unabhängige Internet-Webseiten. Sie sollen lediglich als Hinweis für interessierte Leser dienen. Der Verweis auf diese Seiten erfolgt weder im Auftrag des Verlages, noch fungiert dieser als Betreiber solcher Seiten und ist daher auch nicht für deren Inhalt verantwortlich.

Dank

Über das Volk der Basken, ihre Kultur und ihre Sprache weiß man im Allgemeinen nicht viel – daher bin Louise Letoux außerordentlich dankbar dafür, dass sie den Text, den ich verwenden wollte, ins Baskische übersetzt hat. Der Astrologe David Matthews hat viele Stunden geduldig mit mir verbracht, als ich mir eine mögliche Katastrophe ausdenken wollte. Elizabeth und Victoria Chiazzari haben mir einige technische Probleme beim Wildwasserkajak-Fahren erklärt. Oliver Wren hat die Passagen übers Snowboarden gelesen und mir Hinweise dazu gegeben, und alle medizinischen Probleme habe ich wie immer mit Dr. Grenville Major besprochen. Für alle Fehler, die der Text haben mag, ob absichtliche oder unabsichtliche, bin allein ich verantwortlich.

Dank sagen möchte ich noch einmal Keith Chiazzari und James McFarlane für ihren unschätzbaren Rat. Isobel Dixon, meine Agentin, beruhigt alle Stürme so weit, dass sie nicht zu Orkanen eskalieren. Sie ist der sichere Hafen für ein manchmal angeschlagenes Schiff.

Ich habe das Glück, mit einem großartigen Team zu arbeiten, und der ungebrochene Enthusiasmus dieser Menschen für Max Gordon und *Danger Zone* bestärkt mich immer wieder. Tom Sanderson versteht es hervorragend, mit seinem Farbkasten umzugehen, und kreiert wunderschöne Umschläge. Carl Rolfe, Andy Taylor und Brigid Nelson schwenken treu die Fahnen.

Meine Lektorin, Lindsey Heaven, macht sich mit großem Können über die Story her, und Wendy Tse und ihre Lektoratsmannschaft finden jeden Tippfehler, der mir unterläuft.

Vielen Dank an Emily, Sophie und an die enorm tatkräftige Jodie Mullish, die mir das Unterwegssein so leicht gemacht hat. Ich hoffe, sie hat viel Spaß bei ihrem eigenen Amazonas-Abenteuer. Möge ihr Kompass sie über den Horizont führen.

© Foto: Charles Shearn

David Gilman ist ein erfolgreicher Drehbuchautor mit einer spannenden Vergangenheit. Er hat in der englischen Armee als Fallschirmjäger gedient, war Feuerwehrmann, professioneller Fotograf und Marketing Manager bei einem großen südafrikanischen Verlagshaus. Viele seiner Ideen und Eindrücke gewann er, während er die Welt bereiste. Gilman hat die faszinierendsten Orte gesehen und weiß, wie hart das Überleben in der Natur sein kann.

DANGER ZONE
DIE FESTUNG DES TEUFELS
DAVID GILMAN
Ravensburger Buchverlag